OS SENHORES DO ARCO

OBRAS DO AUTOR PUBLICADAS PELA EDITORA RECORD

Dunstan
O Falcão de Esparta
O livro perigoso para garotos (com Hal Iggulden)
Tollins – histórias explosivas para crianças

Série O Imperador

Os portões de Roma
A morte dos reis
Campo de espadas
Os deuses da guerra
Sangue dos deuses

Série O Conquistador

O lobo das planícies
Os senhores do arco
Os ossos das colinas
Império da prata
Conquistador

Série Guerra das Rosas

Pássaro da tempestade
Trindade
Herança de sangue
Ravenspur

Como C. F. Iggulden

Série Império de Sal

Darien
Shiang

CONN IGGULDEN

OS SENHORES DO ARCO

Tradução de
ALVES CALADO

9ª edição

EDITORA RECORD
RIO DE JANEIRO • SÃO PAULO
2024

CIP-BRASIL. CATALOGAÇÃO NA FONTE
SINDICATO NACIONAL DOS EDITORES DE LIVROS, RJ

I26s   Iggulden, Conn.
9ª ed.   Os senhores do arco / Conn Iggulden; tradução de Alves Calado. –
       9ª ed. – Rio de Janeiro: Record, 2024. – (O conquistador; 2)

       Tradução de: Lords of the bow
       ISBN: 978-85-01-08243-5

       1. Romance inglês I. Alves-Calado, Ivanir, 1953- II. Título. III. Série

                              CDD: 823
09-0595   CDU: 821.111-3

Texto revisado segundo o novo Acordo Ortográfico da Língua Portuguesa.

Título original inglês:
LORDS OF THE BOW

Copyright © Conn Iggulden 2007

Foto de capa: Getty Images/Bruno Morandi

Todos os direitos reservados.
Proibida a reprodução, no todo ou em parte, através de quaisquer meios.

Direitos exclusivos de publicação em língua portuguesa somente para
o Brasil adquiridos pela
EDITORA RECORD LTDA.
Rua Argentina, 171 – 20921-380 – Rio de Janeiro, RJ – Tel.: (21) 2585-2000,
que se reserva a propriedade literária desta tradução.

Impresso no Brasil

ISBN 978-85-01-08243-5

Seja um leitor preferencial Record.
Cadastre-se no site www.record.com.br e receba informações
sobre nossos lançamentos e nossas promoções.

Atendimento e venda direta ao leitor:
sac@record.com.br

EDITORA AFILIADA

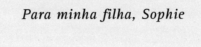

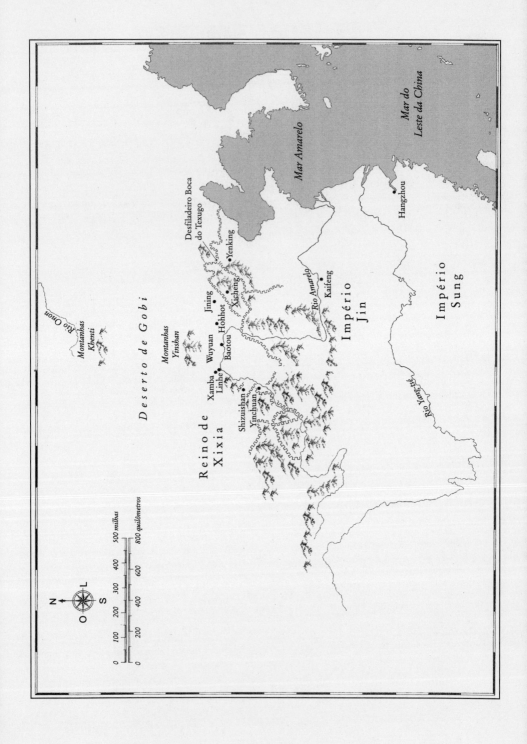

PRIMEIRA PARTE

"Eis que virá um povo do norte, uma grande nação. Armam-se de arco e lança; eles são cruéis, e não têm piedade; a sua voz bramará como o mar, e montarão cavalos, todos postos em ordem como um homem para a batalha."

— Jeremias 50:41, 42

PRÓLOGO

O CÃ DOS NAIMANES ERA VELHO. TREMIA AO VENTO QUE SOPRAVA SOBRE A colina. Lá embaixo, o exército reunido por ele enfrentava o homem que se chamava de Gêngis. Mais de uma dúzia de tribos apoiava os naimanes ao pé dos morros enquanto o inimigo atacava em ondas. O cã podia ouvir gritos no ar límpido da montanha, mas estava quase cego e não conseguia ver a batalha.

— Diga o que está acontecendo — murmurou de novo para seu xamã.

Kokchu ainda não chegara aos trinta anos e seus olhos eram afiados, mas sombras de pesar brincavam sobre eles.

— Os jajirat largaram os arcos e as espadas, senhor. Perderam a coragem, como o senhor disse que poderia acontecer.

— Eles deram muita honra a ele, com o medo — disse o cã, apertando o dil em volta do corpo magro. — Fale dos meus naimanes: ainda lutam?

Kokchu não respondeu durante muito tempo, enquanto olhava a massa ondulante de homens e pôneis abaixo. Gêngis havia apanhado todos de surpresa, saindo das planícies cobertas de capim ao alvorecer, quando os melhores batedores disseram que ele ainda estava a centenas de quilômetros. Seus guerreiros haviam atacado a aliança dos naimanes com toda a ferocidade de homens acostumados à vitória, mas houvera uma chance de conter seu ataque. Kokchu xingou em silêncio a tribo jajirat, que trouxera tantos homens das montanhas a ponto de ele ter pensado que poderiam vencer o inimigo. Por pouco tempo a aliança fora uma coisa grandiosa, que teria sido impossível até mesmo uns poucos anos antes. Tinha durado o tempo do primeiro ataque, e depois o medo a havia despedaçado e os jajirat se afastaram.

Enquanto olhava, Kokchu xingou baixinho, vendo que alguns dos homens que seu cã recebera até mesmo lutavam contra os irmãos. Tinham a mente de uma matilha de cães, virando-se com o vento que soprava mais forte.

— Continuam lutando, senhor — respondeu finalmente. — Suportaram o ataque e suas flechas acertam os homens de Gêngis, ferindo-os.

O cã dos naimanes juntou as mãos ossudas, com os nós dos dedos brancos.

— Isso é bom, Kokchu, mas eu deveria voltar para baixo e ficar com eles, para lhes dar ânimo.

O xamã virou um olhar febril para o homem a quem havia servido durante toda a vida adulta.

— O senhor morrerá se fizer isso. Eu vi acontecer. Seus homens de confiança sustentarão esta colina até mesmo contra as almas dos mortos.

Escondeu a vergonha. O cã confiara em seu conselho, mas quando Kokchu viu as primeiras linhas dos naimanes desmoronarem, percebeu sua própria morte chegando nas flechas que cantavam. Nesse momento, só quis ir embora.

O cã suspirou.

— Você me serviu bem, Kokchu. Sou grato. Agora diga de novo o que vê.

Kokchu respirou fundo, rapidamente, antes de responder:

— Os irmãos de Gêngis se juntaram à batalha. Um deles liderou um ataque contra os flancos dos nossos guerreiros. Estão penetrando fundo nas fileiras. — Parou, mordendo o lábio. Como uma mosca zumbindo, percebeu uma flecha voando para cima, na direção deles, e a viu se cravar até as penas no chão, a poucos metros de onde estavam agachados.

— O senhor deve ir mais para cima — disse, levantando-se sem afastar o olhar da matança fervilhante lá embaixo.

O velho cã se levantou com ele, ajudado por dois guerreiros. Estes permaneciam de rosto frio enquanto testemunhavam a destruição de seus amigos e irmãos, mas subiram o morro seguindo o gesto de Kokchu, ajudando o velho.

— Nós contra-atacamos, Kokchu? — perguntou ele com a voz trêmula. Kokchu virou e encolheu-se diante do que viu. Flechas pairavam no ar embaixo, parecendo se mover com uma lentidão oleosa. A força naiman fora dividida em duas pelo ataque. A armadura que Gêngis havia copiado dos jin era melhor do que o couro fervido que os naimanes usavam. Cada homem usava centenas de placas de ferro da largura de um dedo, costuradas em lona grossa sobre uma túnica de seda. Mesmo assim, ela não podia conter um disparo forte, mas a seda costumava prender a ponta da flecha. Kokchu viu os guerreiros de Gêngis suportarem a tempestade de setas. O estandarte de rabo de cavalo da tribo merkit fora pisoteado, e eles também largaram as armas e se ajoelharam, com o peito arfando. Só os oirates e os naimanes continuavam lutando, furiosos, sabendo que não conseguiriam se sustentar por muito tempo. A grande aliança havia se formado para resistir a um único inimigo, e, com seu fim, ia embora toda a esperança de liberdade. Kokchu franziu a testa, pensando no futuro.

— Os homens lutam com orgulho, senhor. Não fugirão, principalmente enquanto o senhor estiver olhando. — Viu que uma centena de guerreiros de Gêngis havia chegado ao pé da colina e olhavam malévolos para as fileiras de homens de confiança. O vento estava cruelmente frio naquela altitude, e Kokchu sentiu desespero e raiva. Havia chegado muito longe, para fracassar numa colina seca com o sol frio no rosto. Todos os segredos que obtivera do pai, e que até mesmo havia suplantado, iriam se desperdiçar num golpe de espada, ou numa flecha, para acabar com sua vida. Por um momento, odiou o velho cã que tentara resistir à nova força nas planícies. Havia fracassado, e isso o tornava um idiota, não importando o quanto já parecera forte um dia. Em silêncio, Kokchu amaldiçoou o azar que ainda o perseguia.

O cã dos naimanes estava ofegando enquanto subiam, e sacudiu a mão cansada para os homens que seguravam seus braços.

— Devo descansar aqui — disse, balançando a cabeça.

— Eles estão muito perto, senhor — respondeu Kokchu. Os homens de confiança ignoraram o xamã, ajudando o cã a sentar-se num trecho plano de capim.

— Então perdemos? — perguntou o cã. — De que outro modo os cachorros de Gêngis poderiam chegar a esta colina, se não por cima dos naimanes mortos?

Kokchu não encarou os homens de confiança. Eles sabiam da verdade tanto quanto ele, mas ninguém queria dizer as palavras e destruir a última esperança de um velho. Abaixo, o terreno era marcado em curvas e traços formados por homens mortos, como uma escrita de sangue no capim. Os oirates haviam lutado corajosamente e bem, mas também tinham finalmente rompido as fileiras. O exército de Gêngis movia-se com fluidez, aproveitando cada fraqueza nas linhas. Kokchu podia ver grupos de dezenas e centenas de homens correndo pelo campo de batalha, com seus oficiais se comunicando em velocidade espantosa. Restava apenas a grande coragem dos guerreiros naimanes para conter a tempestade, e ela não bastaria. Kokchu teve um instante de esperança quando os guerreiros retomaram o pé da colina, mas era um pequeno grupo de homens exaustos e foi varrido pelo próximo grande ataque.

— Seus homens de confiança permanecem prontos a morrer pelo senhor — murmurou Kokchu. Era só isso que poderia dizer. O resto do exército que estivera tão brilhante e forte na noite anterior se encontrava despedaçado. Dava para ouvir os gritos dos agonizantes.

O cã assentiu, fechando os olhos.

— Achei que eu poderia vencer neste dia — disse, com uma voz que era pouco mais do que um sussurro. — Se isso acabou, diga aos meus filhos para baixarem as espadas. Não quero que morram por algo sem sentido.

Os filhos do cã haviam sido mortos enquanto o exército de Gêngis passava rugindo sobre eles. Os dois homens de confiança encararam Kokchu ao ouvirem a ordem, com o sofrimento e a raiva escondidos da visão. O velho desembainhou a espada e verificou o gume, com as veias do rosto e do pescoço aparecendo claramente, como fios delicados sob a pele.

— Levarei a notícia a seus filhos, senhor, se o senhor me deixar ir.

O cã levantou a cabeça.

— Diga para eles viverem, Murakh, para que possam ver aonde este Gêngis nos leva a todos.

Havia lágrimas nos olhos de Murakh, e ele as enxugou com raiva, enquanto encarava o outro homem de confiança, ignorando Kokchu como se ele não estivesse ali.

— Proteja o cã, filho — disse baixinho. O homem mais novo baixou a cabeça e Murakh pôs a mão em seu ombro, inclinando-se para os dois tocarem as testas por um instante. Sem olhar para o xamã que os havia trazido à colina, Murakh desceu a encosta.

O cã suspirou, com a mente cheia de nuvens.

— Diga para deixarem o conquistador passar — sussurrou. Kokchu ficou olhando enquanto uma gota de suor pendia em seu nariz e estremecia. — Talvez ele tenha misericórdia de meus filhos, depois de me matar.

Lá embaixo, Kokchu viu Murakh, o homem de confiança, chegar ao último grupo de defensores. Eles se empertigaram mais em sua presença; homens exaustos, derrotados, que mesmo assim levantavam a cabeça e tentavam não demonstrar que sentiam medo. Kokchu ouviu-os gritando despedidas uns para os outros enquanto caminhavam com passo leve na direção do inimigo.

Ao pé da colina, Kokchu viu o próprio Gêngis atravessar a massa de guerreiros, com a armadura marmorizada de sangue. Kokchu sentiu o olhar do sujeito passar sobre ele. Estremeceu e tocou o punho da faca. Será que Gêngis pouparia um xamã que a tivesse passado pela garganta de seu próprio cã? O velho estava sentado de cabeça baixa, o pescoço dolorosamente fino. Talvez um assassinato desses garantisse a vida de Kokchu e, nesse momento, ele sentia um medo desesperado da morte.

Gêngis olhou para cima durante longo tempo, sem se mexer, e Kokchu deixou a mão cair. Não conhecia aquele guerreiro frio que viera de lugar nenhum junto com o sol do amanhecer. Kokchu sentou-se ao lado de seu cã e ficou olhando os últimos naimanes se abaixarem para morrer. Entoou um velho feitiço de proteção que seu pai lhe ensinara, para trazer os inimigos para seu lado. Ouvir as palavras rolando pareceu aliviar a tensão do velho cã.

Murakh fora o principal guerreiro dos naimanes, e não havia lutado naquele dia. Com um grito ululante, atirou-se contra as fileiras dos homens de Gêngis sem pensar na própria defesa. Os últimos naimanes gritaram atrás dele, com o cansaço desaparecendo. Suas flechas fizeram os homens de Gêngis cair girando, mas eles se levantaram rapidamente e partiram as hastes, mostrando os dentes enquanto vinham. Enquanto Murakh matava o primeiro que o enfrentou, mais uma dúzia pressionava de todos os lados, fazendo suas costelas ficarem cobertas de vermelho com os golpes.

Kokchu prosseguiu com o canto, os olhos se arregalando enquanto Gêngis soprava uma trompa e seus homens se afastavam dos ofegantes sobreviventes naimanes.

Murakh ainda vivia, de pé e atordoado. Kokchu pôde ver Gêngis chamá-lo, mas não conseguiu ouvir as palavras. Murakh balançou a cabeça e cuspiu sangue no chão enquanto levantava a espada mais uma vez. Havia apenas uns poucos naimanes ainda de pé, e todos estavam feridos, o sangue escorrendo pelas pernas. Eles também levantaram suas espadas, cambaleando.

— Vocês lutaram bem — gritou Gêngis. — Rendam-se a mim e irei recebê-los em minhas fogueiras. Eu lhes darei honra.

Murakh riu para ele através dos dentes vermelhos.

— Cuspo na honra dos lobos — disse ele.

Gêngis ficou imóvel em seu pônei antes de finalmente dar de ombros e baixar o braço de novo. A fileira avançou, e Murakh e os outros foram engolfados na pressão de homens que pisoteavam e cravavam espadas.

No alto da colina, Kokchu se levantou, com o canto morrendo na garganta enquanto Gêngis desmontava e começava a subir. A batalha havia acabado. Os mortos estavam caídos às centenas, mas outros milhares haviam se rendido. Kokchu não se importava com o que acontecesse com eles.

— Ele está vindo — disse Kokchu baixinho, olhando colina abaixo. Seu estômago doeu e os músculos das pernas tremiam como um cavalo incomodado por moscas. O homem que havia posto as tribos das planícies sob seus estandartes vinha subindo resolutamente, o rosto sem expressão. Kokchu pôde ver que a armadura dele estava amassada e com um bom número de escamas de metal pendendo nos fios. A luta fora dura, mas Gêngis subia de boca fechada, como se a exaustão não significasse nada para ele.

— Meus filhos sobreviveram? — sussurrou o cã, rompendo o silêncio. Em seguida, estendeu a mão e tocou a manga do dil de Kokchu.

— Não — respondeu Kokchu com um súbito jorro de amargura. A mão se afastou e o velho afrouxou o corpo. Enquanto Kokchu observava, os olhos leitosos se ergueram de novo, e havia força no modo como ele se portava.

— Então deixe esse Gêngis vir. O que ele importa para mim agora?

Kokchu não respondeu, incapaz de afastar o olhar do guerreiro que subia a colina. O vento era frio em seu pescoço, e ele sabia que o estava sentindo de um modo mais doce do que nunca. Tinha visto homens enfrentando a morte; havia dado a morte a eles com os ritos mais sombrios, lançando suas almas para longe. Viu sua própria morte chegando no passo firme daquele homem e, por um momento, quase perdeu o controle e saiu correndo. Não era a coragem que o mantinha ali. Ele era um homem de palavras e feitiços, mais temido entre os naimanes do que seu pai jamais fora. Fugir era morrer com a certeza do inverno chegando. Ouviu o chiado enquanto o filho de Murakh desembainhava a espada, mas não sentiu conforto nisso. Havia algo que inspirava espanto no passo firme do destruidor. Exércitos não o haviam contido. O velho cã levantou a cabeça para vê-lo chegar, sentindo a aproximação do mesmo modo como um olho sem visão ainda podia procurar o sol.

Gêngis parou ao chegar junto aos três homens, olhando-os. Era alto e sua pele brilhava com óleo e saúde. Os olhos eram de um amarelo-lobo, e Kokchu não viu misericórdia neles. Enquanto Kokchu ficava imobilizado, Gêngis desembainhou uma espada ainda manchada de sangue meio seco. O filho de Murakh deu um passo adiante para ficar entre os dois cãs. Gêngis olhou-o com uma fagulha de irritação e o rapaz se retesou.

— Desça o morro, garoto, se quiser viver — disse Gêngis. — Já vi muitos do meu povo morrerem hoje.

O jovem guerreiro balançou a cabeça sem dizer uma palavra e Gêngis suspirou. Com um golpe rápido, derrubou a espada de lado e girou a outra mão, mergulhando uma adaga na garganta do rapaz. Enquanto a vida o abandonava, o filho de Murakh tombou de braços abertos sobre Gêngis. Gêngis deu um grunhido enquanto segurava o peso e o empurrava para longe. Kokchu viu o corpo rolar frouxo pela encosta.

Calmamente, Gêngis enxugou a faca e recolocou-a na bainha à cintura, com o cansaço subitamente evidente.

— Eu teria honrado os naimanes se vocês tivessem se juntado a mim — disse.

O velho cã o encarou com os olhos vazios.

— Você ouviu minha resposta — respondeu ele, com voz forte. — Agora mande-me para junto dos meus filhos.

Gêngis assentiu. Sua espada baixou com uma lentidão aparente. Decepou a cabeça do cã e mandou-a rolando morro abaixo. O corpo mal se sacudiu com o golpe da espada e apenas se inclinou ligeiramente de lado. Kokchu ouviu o sangue batendo nas pedras enquanto cada um dos seus sentidos gritava para viver. Empalideceu quando Gêngis virou para ele e falou, numa torrente desesperada de palavras:

— O senhor não deve derramar o sangue de um xamã. Não deve. Sou um homem de poder, um homem que entende o poder. Golpeie-me e descobrirá que minha pele é ferro. Em vez disso, deixe-me servi-lo. Deixe-me proclamar sua vitória.

— Até que ponto você serviu bem ao cã, trazendo-o aqui para morrer? — respondeu Gêngis.

— Eu não o trouxe para longe da batalha? Eu vi o senhor chegando, nos meus sonhos. Preparei o caminho para o senhor do melhor modo que pude. O senhor não é o futuro das tribos? Minha voz é a voz dos espíritos. Eu ando sobre a água, enquanto o senhor anda sobre a terra e o céu. Deixe-me servi-lo.

Gêngis hesitou, com a espada perfeitamente imóvel. O homem que ele encarava usava um dil marrom escuro sobre túnica e calças sujas. Era decorado com padrões de bordado, redemoinhos de roxo que estavam quase pretos de gordura e sujeira. As botas de Kokchu eram amarradas com corda, do tipo que um homem poderia usar se o dono anterior não tivesse mais utilidade para elas.

No entanto, havia algo no modo como os olhos ardiam no rosto escuro. Gêngis se lembrou de como Eeluk, dos lobos, havia matado o xamã de seu pai. Talvez o destino de Eeluk tivesse sido selado naquele dia sangrento, tantos anos antes. Kokchu ficou olhando-o, esperando o golpe que encerraria sua vida.

— Não preciso de outro contador de histórias — disse Gêngis. — Já tenho três homens que afirmam falar pelos espíritos.

Kokchu viu a curiosidade no olho do outro e não hesitou.

— Eles são crianças, senhor. Deixe-me mostrar.

Sem esperar resposta, ele enfiou a mão dentro do dil e retirou um pedaço fino de aço preso desajeitadamente num cabo de chifre. Sentiu Gêngis levantar a espada e levantou a mão livre para conter o golpe, fechando os olhos.

Com um enorme esforço de vontade, o xamã afastou a sensação do vento na pele e do medo frio que devorava sua barriga. Murmurou as palavras que seu pai havia ensinado repetidamente e sentiu a calma de um transe chegar mais forte e mais rápida do que até ele mesmo esperava. Os espíritos estavam com ele, sua carícia diminuía o ritmo do coração. Num instante se encontrava em outro lugar, observando.

Gêngis arregalou os olhos enquanto Kokchu encostava a adaga no próprio antebraço, com a lâmina fina penetrando na carne. O xamã não demonstrou qualquer sinal de dor enquanto o metal o atravessava, e Gêngis olhou, fascinado, quando a ponta fez levantar a pele do outro lado. O metal apareceu preto, atravessando, e Kokchu piscou lentamente, quase preguiçosamente, enquanto o arrancava de volta.

Observou os olhos do jovem cã à medida que a faca se soltava. Estavam fixos no ferimento. Kokchu respirou fundo, sentindo o transe se aprofundar até que um grande frio cobrisse cada membro.

— Há sangue, senhor? — sussurrou, sabendo a resposta.

Gêngis franziu a testa. Não embainhou a espada, mas avançou um passo e passou o polegar sobre o ferimento oval no braço de Kokchu.

— Nenhum. É uma habilidade útil — admitiu, de má vontade. — Pode ser ensinada?

Kokchu sorriu, não mais com medo.

— Os espíritos não virão àqueles que eles não escolheram, senhor.

Gêngis assentiu, afastando-se. Mesmo ao vento frio, o xamã fedia como um bode velho e ele não sabia o que pensar do estranho ferimento que não sangrava.

Com um grunhido, passou os dedos ao longo da espada e embainhou-a.

— Vou lhe dar um ano de vida, xamã. É o bastante para provar seu valor.

Kokchu caiu de joelhos, encostando o rosto no chão.

— O senhor é o grande cã, como eu previ — disse, com lágrimas manchando a poeira das bochechas. Sentiu o frio dos espíritos sussurrantes abandoná-lo. Abaixou a manga do dil para esconder a mancha de sangue que crescia rapidamente.

— Sou — respondeu Gêngis. Em seguida, olhou colina abaixo, para o exército que esperava sua volta. — O mundo ouvirá meu nome. — Quando falou de novo, foi tão baixo que Kokchu teve de se esforçar para ouvir.

— Este não é um tempo de morte, xamã. Somos um só povo, e não haverá mais batalhas entre nós. Vou juntar todos. Cidades cairão diante de nós, novas terras serão nossas, para cavalgarmos. Mulheres vão chorar e eu ficarei satisfeito em ouvir.

Olhou o xamã prostrado, franzindo a testa.

— Você viverá, xamã. Eu já disse. Levante-se e desça comigo.

Ao pé do morro, Gêngis assentiu para seus irmãos, Kachiun e Khasar. A autoridade de cada um deles havia crescido nos anos desde que tinham começado a juntar as tribos, mas ainda eram jovens, e Kachiun sorriu enquanto o irmão caminhava entre eles.

— Quem é esse? — perguntou Khasar, olhando para Kokchu e seu dil maltrapilho.

— O xamã dos naimanes — respondeu Gêngis.

Outro homem aproximou seu pônei e apeou, com os olhos fixos em Kokchu. Arslan fora ferreiro da tribo naiman e Kokchu o reconheceu ao se aproximar. Aquele homem era um assassino, lembrou-se, forçado ao banimento. Não foi surpresa encontrar alguém assim entre os oficiais de confiança de Gêngis.

— Lembro-me de você — disse Arslan. — Então seu pai morreu?

— Há anos, violador de juramento — respondeu Kokchu, irritado com o tom do outro. Pela primeira vez, percebeu que havia perdido a autoridade que obtivera com tanta dificuldade com os naimanes. Havia poucos homens naquela tribo que o olhariam sem baixar os olhos, por medo de serem acusados de deslealdade e ficarem diante de suas facas e seu fogo. Kokchu enfrentou o olhar do traidor naiman sem se encolher. Eles iriam conhecê-lo.

Gêngis observou a tensão entre os dois com algo que parecia diversão.

— Não ofenda, xamã. Não ofenda o primeiro guerreiro a vir para os meus estandartes. Não existem mais naimanes nem ligações a tribos. Eu reivindiquei todas.

— Vi isso nas visões — respondeu Kokchu imediatamente. — O senhor foi abençoado pelos espíritos.

O rosto de Gêngis ficou tenso com aquelas palavras.

— Foi uma bênção dura. O exército que você vê ao redor foi conquistado com força e habilidade. Se as almas dos nossos ancestrais estavam nos ajudando, foram sutis demais para que eu as visse.

Kokchu piscou. O cã dos naimanes havia sido crédulo e fácil de comandar. Percebeu que esse novo homem não era tão aberto à sua influência. Mesmo assim, o ar era doce em seus pulmões. Ele vivia, e uma hora antes não esperava nem mesmo isso.

Gêngis virou para os irmãos, descartando Kokchu de seus pensamentos.

— Faça com que os novos homens me prestem juramento esta tarde, ao pôr-do-sol — disse a Khasar. — Espalhe-os entre os outros, para que comecem a se sentir parte de nós, e não inimigos derrotados. Faça isso com cuidado. Não posso ficar alerta para facas às minhas costas.

Khasar baixou a cabeça antes de virar e sair andando por entre os guerreiros até onde as tribos derrotadas continuavam de joelhos.

Kokchu viu um sorriso de afeto ser trocado entre Gêngis e seu irmão mais novo, Kachiun. Os dois eram amigos, e Kokchu estava começando a aprender tudo que podia. Até mesmo o menor detalhe seria útil nos próximos anos.

— Rompemos a aliança, Kachiun. Eu não disse que faríamos isso? — Gêngis deu-lhe um tapa nas costas. — Seus cavalos blindados chegaram na hora perfeita.

— Como você me ensinou — respondeu Kachiun, à vontade com o elogio.

— Com os novos homens, este é um exército para cavalgar nas planícies — disse Gêngis, sorrindo. — Está na hora de estabelecer o caminho, finalmente. — E pensou por um momento. — Mande cavaleiros em todas as direções, Kachiun. Quero que a terra seja expurgada de cada família desgarrada e cada tribo pequena. Diga que venham à montanha negra na próxima primavera, perto do rio Onon. É uma planície lisa que vai abrigar todos os milhares de nosso povo. Vamos nos reunir lá, prontos para cavalgar.

— Que mensagem eles devem receber? — perguntou Kachiun.

— Diga para virem a mim — respondeu ele baixinho. — Diga que Gêngis os convoca para uma reunião. Agora não existe ninguém para resistir a nós. Eles podem nos seguir ou podem passar seus últimos dias esperando meus guerreiros no horizonte. Diga isso. — Gêngis olhou ao redor, satisfeito. Em sete anos, havia reunido mais de dez mil homens. Contando com os sobreviventes das tribos derrotadas, tinha quase o dobro desse número. Não restava ninguém nas planícies que pudesse desafiar sua liderança. Desviou o olhar do sol e virou para o leste, imaginando as cidades inchadas e ricas dos jin.

— Eles nos mantiveram separados por mil gerações, Kachiun. Nos dominaram até que não passássemos de cães selvagens. Isso é passado. Eu juntei todos nós, e eles vão tremer. Vou lhes dar motivo.

CAPÍTULO 1

No CREPÚSCULO DE VERÃO, O ACAMPAMENTO DOS MONGÓIS SE ESTENDIA POR quilômetros em todas as direções, e a grande reunião ainda parecia insignificante na planície à sombra da montanha preta. Iurtas salpicavam a paisagem até onde a vista alcançava, e ao redor delas milhares de fogueiras de cozinhar iluminavam o terreno. Mais além, rebanhos de pôneis, cabras, ovelhas e iaques arrancavam o capim do chão em sua fome constante. Cada amanhecer via-os serem levados ao rio e às boas pastagens antes de retornarem às iurtas. Ainda que Gêngis garantisse a paz, a tensão e a suspeita cresciam a cada dia. Em nenhum lugar já fora vista uma horda assim, e era fácil sentir-se esmagado pelos números. Insultos imaginários e reais eram trocados enquanto todos sentiam a pressão de viver perto demais de guerreiros desconhecidos. À noite havia muitas brigas entre os rapazes, apesar da proibição. Cada amanhecer encontrava um ou dois corpos daqueles que haviam tentado resolver uma antiga pendência ou um ressentimento. As tribos murmuravam entre si enquanto esperavam para ouvir por que tinham sido levadas para tão longe de suas terras.

No centro do exército de tendas e carroças ficava a iurta do próprio Gêngis, diferente de qualquer coisa já vista nas planícies. Com uma vez e meia a altura das outras, tinha o dobro da largura e era construída de materiais mais fortes do que a trama de vime das tendas ao redor. A construção havia se mostrado pesada demais para ser desarmada muito facilmente, e era montada numa carroça puxada por oito bois. Quando a noite chegou, muitas centenas de guerreiros dirigiram os pés até ela, só para confirmar o que tinham ouvido e se maravilhar.

Dentro, a grande iurta era iluminada com lamparinas de óleo de carneiro que lançavam um brilho quente nos ocupantes e deixavam o ar denso. As paredes tinham estandartes de seda pendurados, mas Gêngis desdenhava qualquer demonstração de riqueza e sentava-se num banco tosco de madeira. Seus irmãos estavam esparramados em cobertores de pele de cavalo empilhados e selas, bebendo e conversando preguiçosamente.

Diante de Gêngis estava sentado um jovem guerreiro nervoso, ainda suando da longa cavalgada que o trouxera ao meio daquela horda enorme. Os homens ao redor do cã não pareciam prestar atenção, mas o mensageiro tinha consciência de que as mãos deles jamais se afastavam muito das armas. Eles não pareciam tensos nem preocupados com sua presença, e ele pensou que as mãos daqueles homens deviam estar sempre perto de uma espada. Seu povo havia tomado a decisão, e ele esperava que os cãs mais velhos soubessem o que estavam fazendo.

— Se terminou de tomar o chá, ouvirei sua mensagem — disse Gêngis.

O mensageiro assentiu, colocando o copo raso de volta no chão, junto dos pés. Deglutiu o último gole, fechou os olhos e recitou:

— Estas são as palavras de Barchuk, cã dos uigures.

As conversas e os risos morreram ao redor enquanto o rapaz falava, e ele soube que todos estavam escutando. Seu nervosismo aumentou.

— É com júbilo que fiquei sabendo de sua glória, Sr. Gêngis Khan. Ficamos cansados esperando que nosso povo conhecesse uns aos outros e crescesse. O sol nasceu. O rio está liberto do gelo. O senhor é gurcã, aquele que vai liderar todos nós. Vou dedicar minha força e meu conhecimento ao senhor.

O mensageiro parou e enxugou o suor da testa. Quando abriu os olhos, viu que Gêngis estava olhando-o interrogativamente e sua barriga se retesou de medo.

— As palavras são muito belas — disse Gêngis —, mas onde estão os uigures? Tiveram um ano para chegar a este local. Se eu tiver de ir pegá-los... — Ele deixou a ameaça pendendo.

O mensageiro falou rapidamente:

— Senhor, foram necessários meses somente para construir as carroças para viajar. Nós não nos afastamos de nossas terras há muitas gerações. Cinco grandes templos tiveram de ser desmontados, pedra por pedra, cada uma delas numerada de modo a serem construídos de novo. Somente nosso depósito de pergaminhos exigiu uma dúzia de carroças, e não pode ser transportado rapidamente.

— Vocês têm escritos? — perguntou Gêngis, inclinando-se à frente com interesse.

O mensageiro assentiu sem orgulho.

— Já há muitos anos, senhor. Colecionamos os textos de nações do ocidente, sempre que nos permitiram comerciar para elas. O nosso cã é um homem de grande sabedoria e até copiou obras dos jin e dos xixia.

— Então devo receber eruditos e professores neste lugar? Vocês lutarão com pergaminhos?

O mensageiro ficou vermelho enquanto os homens na iurta soltavam risinhos.

— Também há quatro mil guerreiros, senhor. Eles seguirão Barchuk aonde quer que ele os lidere.

— Eles me seguirão, ou serão deixados como carne morta no capim.

Por um momento, o mensageiro só pôde ficar olhando, mas então baixou os olhos para o piso de madeira polida e permaneceu em silêncio.

Gêngis conteve a irritação.

— Você não falou quando eles virão, esses eruditos uigures — disse.

— Eles podem estar apenas alguns dias atrás de mim, senhor. Parti há três luas e eles estavam quase prontos para sair. Agora não deve demorar, se o senhor tiver paciência.

— Por quatro mil, esperarei — disse Gêngis baixinho, pensando. — Você conhece a escrita dos jin?

— Não aprendi as letras, senhor. Meu cã sabe ler as palavras deles.

— Esses pergaminhos dizem como pode ser tomada uma cidade feita de pedra?

O mensageiro hesitou enquanto sentia o interesse aguçado dos homens ao redor.

— Não ouvi nada desse tipo, senhor. Os jin escrevem sobre filosofia, as palavras do Buda, de Confúcio e Lao Tsé. Não escrevem sobre guerra ou, se escrevem, não permitiram que víssemos esses pergaminhos.

— Então eles não têm utilidade para mim — reagiu Gêngis bruscamente. — Vá comer alguma coisa e não comece uma briga cantando vantagens. Avaliarei os uigures quando eles finalmente chegarem.

O mensageiro fez uma reverência profunda antes de sair da iurta, respirando aliviado assim que estava fora da atmosfera enfumaçada. Mais uma vez se perguntou se seu cã entendia o que prometera com aquelas palavras. Os uigures não governavam mais a si próprios.

Olhando o vasto acampamento ao redor, o mensageiro viu luzes tremulando por quilômetros. A uma palavra do homem que ele havia conhecido, eles poderiam ser mandados em qualquer direção. Talvez o cã dos uigures não tivesse tido escolha.

Hoelun enfiou seu pano num balde e colocou-o na testa do filho. Temuge sempre fora mais fraco que os irmãos, e parecia um fardo a mais ele adoecer com mais frequência que Khasar ou Kachiun, ou que o próprio Temujin. Deu um sorriso torto ao pensar que agora precisava chamar o filho de "Gêngis". Significava oceano, e era uma palavra linda, cujo significado fora distorcido pela ambição dele. Temujin, que nunca vira o mar em seus vinte e seis anos de vida. Não que ela própria tivesse visto, claro.

Temuge se remexeu no sono, encolhendo-se enquanto ela sondava sua barriga com os dedos.

— Agora ele está quieto. Acho que vou sair durante um tempo — disse Borte.

Hoelun olhou com frieza para a mulher que Temujin havia tomado como esposa. Borte dera a ele quatro filhos perfeitos, e, por um tempo, Hoelun havia pensado que as duas seriam como irmãs, ou pelo menos amigas. A mulher mais jovem já fora cheia de vida e empolgação, mas os acontecimentos haviam-na distorcido em algum lugar fundo, que não podia ser visto. Hoelun sabia do modo como Temujin olhava para o menino mais velho. Não brincava com o pequeno Jochi e praticamente o ignorava. Borte havia lutado contra a desconfiança, mas esta crescera entre eles como uma cunha de ferro penetrando em madeira forte. Não ajudou em nada o fato de os três outros meninos terem herdado os olhos amarelos de sua linhagem. Os de Jochi eram castanho-escuros, e pareciam tão negros quanto seu cabelo à luz fraca. Enquanto Temujin cobria os outros de atenção, era Jochi que corria para a mãe, incapaz de entender a frieza no rosto do pai ao olhar para ele. Hoelun viu a jovem olhar para a porta da iurta, sem dúvida pensando nos filhos.

— Você tem serviçais para colocá-los na cama — censurou Hoelun. — Se Temuge acordar, vou precisar de você aqui.

Enquanto falava, seus dedos passaram sobre um nó duro sob a pele do filho, apenas à distância de alguns dedos acima dos pelos escuros da virilha. Ela já vira uma coisa assim, quando homens levantavam cargas pesadas demais. A dor era debilitante, mas a maioria se recuperava. Temuge não teve essa sorte, nunca havia tido. Parecia menos do que nunca um guerreiro, à medida que crescia até ficar adulto. Quando dormia, tinha rosto de poeta, e ela o amava por isso. Talvez porque o pai dele tivesse se regozijado se visse os homens que os outros haviam se tornado, ela sempre nutrira uma ternura especial por Temuge. Ele não ficara implacável, mas havia suportado tanto quanto os outros. Suspirou sozinha e sentiu o olhar de Borte grudado nela, na semiescuridão.

— Talvez ele se recupere — disse Borte. Hoelun se encolheu. Seu filho ficava com bolhas sob o sol e raramente carregava uma lâmina maior do que uma faca de comer. Ela não havia se importado enquanto ele começava a aprender as histórias das tribos, absorvendo-as em tamanha velocidade que os velhos ficavam espantados com sua memória. Nem todo mundo podia ser hábil com armas e cavalos, disse a si mesma. Sabia que ele odiava as zombarias e as provocações que o acompanhavam no trabalho, mas havia poucos que se arriscavam a que Gêngis soubesse delas. Temuge se recusava a mencionar os insultos, e isso, em si, era uma forma de coragem. Nenhum de seus filhos carecia de espírito.

As duas mulheres levantaram os olhos quando a pequena porta da iurta se abriu. Hoelun franziu a testa ao ver Kokchu entrar e baixar a cabeça para elas. O olhar feroz dele foi até a figura deitada de seu filho e ela lutou para não demonstrar a aversão, sem ao menos entender por que reagia assim. Existia algo no xamã que deixava seus dentes rilhando, e ela havia ignorado os mensageiros mandados por ele. Por um momento, levantou-se, lutando entre a indignação e o cansaço.

— Não mandei chamá-lo — disse, com frieza.

Kokchu pareceu não perceber o tom de voz.

— Mandei um escravo implorar por um momento com a senhora, mãe dos cãs. Talvez ele ainda não tenha chegado. Todo o acampamento fala da doença de seu filho.

Hoelun sentiu o olhar do xamã se grudar nela, esperando ser formalmente recebido, enquanto ela olhava de novo para Temuge. Kokchu estava sempre vigiando, como se, por dentro, houvesse outra pessoa olhando para fora. Ela vira como ele havia penetrado nos círculos mais íntimos ao redor de Gêngis, e não conseguia gostar dele. Os guerreiros podiam feder a cocô de ovelha, gordura de carneiro e suor, mas esses eram cheiros de homens saudáveis. Kokchu carregava um odor de carne podre, mas não dava para saber se era das roupas ou de sua carne.

Diante do silêncio, ele deveria ter deixado a iurta ou se arriscado a que ela chamasse os guardas. Em vez disso, falou ousadamente, de algum modo com certeza de que ela não iria mandá-lo embora.

— Tenho algumas habilidades de cura, se a senhora me deixar examiná-lo.

Hoelun tentou engolir a aversão. O xamã dos olkhun'ut havia apenas entoado cantos sobre Temuge, sem resultado.

— Você é bem-vindo à minha casa, Kokchu — disse ela enfim. Viu-o relaxar sutilmente e não conseguiu afastar o sentimento de estar perto demais de algo desagradável. — Meu filho está adormecido. A dor é muito grande quando ele acorda, e eu quero que ele descanse.

Kokchu atravessou a pequena iurta e se agachou ao lado das duas mulheres. Ambas se afastaram inconscientemente.

— Acho que ele precisa de mais do que descanso. — Kokchu espiou Temuge, inclinando-se para cheirar seu hálito. Hoelun se encolheu quando ele estendeu a mão para a barriga nua de Temuge e tocou a área do calombo, mas não o impediu. Temuge gemeu no sono e Hoelun prendeu o fôlego.

Depois de um tempo, Kokchu assentiu para si mesmo.

— A senhora deveria se preparar, velha mãe. Este vai morrer.

Hoelun moveu a mão rapidamente e agarrou o pulso do xamã. A força dela o surpreendeu.

— Ele torceu as tripas, xamã. Já vi isso muitas vezes. Até em pôneis e cabras já vi isso, e eles sempre sobrevivem.

Kokchu soltou o aperto dela usando a outra mão. Ficou satisfeito em ver o medo nos olhos da mulher. Com o medo, ele poderia dominá-la de corpo e alma. Se ela fosse uma jovem mãe naiman, ele poderia ter buscado favores sexuais em troca de curar o filho, mas neste novo acampamento precisava impressionar o grande cã. Manteve o rosto imóvel enquanto respondia.

— Está vendo a parte escura no calombo? É um tumor que não pode ser cortado. Se estivesse na pele, talvez eu pudesse queimá-lo, mas ele deve ter feito crescer garras no estômago e nos pulmões. Isso o devora implacavelmente e não vai ficar satisfeito até que ele esteja morto.

— Você está errado — disse Hoelun rispidamente, mas havia lágrimas em seus olhos.

Kokchu baixou o olhar para que ela não visse seu brilho de triunfo.

— Eu gostaria de estar errado, velha mãe. Já vi esse tipo de coisa, e ela tem apenas apetite. Vai continuar a devastá-lo até que os dois morram juntos. — Para enfatizar, baixou a mão e apertou o inchaço. Temuge se sacudiu e acordou ofegando.

— Quem é você? — perguntou Temuge a Kokchu, ofegando. Lutou para se sentar, mas a dor o fez gritar e ele caiu de volta na cama estreita. Suas mãos agarraram um cobertor para cobrir a nudez, e as bochechas ficaram vermelhas sob o exame de Kokchu.

— Ele é um xamã, Temuge. Vai fazer você ficar bom — disse Hoelun. Temuge começou a suar de novo e ela encostou o pano em sua pele enquanto o filho se recostava. Depois de um tempo, sua respiração ficou mais lenta e ele caiu de novo num sono exausto. Hoelun perdeu parte da tensão, ainda que não o terror que Kokchu havia trazido para seu lar.

— Se não há esperança, xamã, por que você ainda está aqui? — perguntou ela. — Há outros homens e mulheres que precisam de sua habilidade de cura. — Hoelun não conseguiu disfarçar a amargura em sua voz e não achou que Kokchu tivesse se rejubilado com isso.

— Lutei com isso que o come por duas vezes na vida. É um ritual escuro e perigoso para o homem que o pratica, não só para o seu filho. Digo isso para que a senhora não se desespere, mas seria tolice ter esperança. Considere que ele morreu e, se eu o trouxer de volta, a senhora conhecerá a alegria.

Hoelun sentiu um arrepio ao fitar os olhos do xamã. Ele cheirava a sangue, percebeu, ainda que nenhum traço de sangue aparecesse em sua pele. A ideia de ele tocar em seu filho perfeito a fez apertar as mãos com força, mas aquele homem a havia amedrontado ao falar em morte, e ela estava impotente diante dele.

— O que quer que eu faça? — sussurrou.

Kokchu ficou sentado imóvel enquanto pensava.

— Precisarei de toda a minha força para trazer os espíritos para seu filho. Precisarei de um cabrito para levar o tumor e outro para limpá-lo com sangue. Tenho as ervas de que preciso, se eu estiver suficientemente forte.

— E se fracassar? — perguntou Borte subitamente.

Kokchu respirou fundo, deixando o ar sair dos lábios num tremor.

— Se minha força fracassar quando eu começar o canto, sobreviverei. Se eu chegar ao estágio final e os espíritos me levarem, vocês me verão ser arrancado do corpo. Viverei por um tempo, mas sem a alma serei apenas carne vazia. Isso não é pouca coisa, velha mãe.

Hoelun olhou-o, de novo com suspeitas. Ele parecia muito plausível, mas seus olhos rápidos estavam sempre observando, vendo como as palavras eram recebidas.

— Pegue dois cabritos, Borte. Vamos ver o que ele pode fazer.

Estava escuro lá fora e, enquanto Borte trazia os animais, Kokchu usou o pano para enxugar o peito e a barriga de Temuge. Quando enfiou os dedos na boca de Temuge, o rapaz acordou de novo, os olhos brilhantes de terror.

— Fique parado, garoto. Vou ajudá-lo se tiver força. — Kokchu não olhou ao redor enquanto os cabritos balindo foram trazidos e arrastados para perto, mantendo a atenção completamente no jovem aos seus cuidados.

Com a lentidão de um ritual, Kokchu pegou quatro tigelas de latão dentro do manto e colocou-as no chão. Jogou um pó cinza em cada uma e acendeu uma vela no fogão. Logo serpentes de fumaça branco-acinzentada tornavam o ar de uma densidade sufocante na iurta. Kokchu respirou fundo, enchendo os pulmões. Hoelun tossiu na mão e ficou vermelha. A fumaça estava provocando tontura, mas não deixaria o filho sozinho com um homem em quem não confiava.

Numa voz sussurrante, Kokchu começou a cantar na língua mais antiga de seu povo, quase esquecida. Hoelun se recostou enquanto ouvia, lembrando-se dos sons dos curandeiros e xamãs de sua juventude. Aquilo trouxe de volta memórias sombrias para Borte, que ouvira seu marido recitar as antigas palavras numa noite havia muito tempo, trucidando homens e forçando pedaços de coração queimado por entre os lábios deles. Era uma linguagem de sangue e crueldade, adequada às planícies no inverno. Não havia nela palavras para gentileza ou para amor. Enquanto Borte escutava, as fitas de fumaça penetraram nela, deixando sua pele entorpecida. As palavras rolando trouxeram um jorro de imagens malignas e ela engasgou.

— Fique parada, mulher — resmungou Kokchu, com os olhos selvagens. — Fique quieta enquanto os espíritos vêm. — Seu canto voltou com força maior, hipnótico à medida que ele repetia as frases vezes sem conta, aumentando o volume e a urgência. O primeiro cabrito baliu de desespero quando ele o segurou acima de Temuge, olhando os olhos aterrorizados do rapaz. Com a faca, Kokchu cortou a garganta do cabrito e segurou-o enquanto o sangue se derramava fumegando sobre o filho de Hoelun. Temuge gritou com o calor súbito, mas Hoelun encostou a mão nos lábios dele, que se aquietou.

Kokchu deixou o cabrito cair, ainda se sacudindo. Seu canto ficou mais rápido e ele fechou os olhos, cravando a mão na barriga de Temuge. Para sua surpresa, o rapaz continuou em silêncio, e Kokchu teve de apertar o calombo com força para fazê-lo gritar. O sangue escondeu o giro rápido enquanto ele desfazia o pedaço de entranha estrangulada e o empurrava de volta para trás da parede de músculos. Seu pai lhe havia mostrado o ritual com um tumor de verdade, e Kokchu vira o velho cantando enquanto homens e mulheres gritavam, algumas vezes gritando de volta sobre a boca aberta de modo que seu cuspe entrasse na garganta da pessoa. O pai de Kokchu os levava tão longe, além da exaustão, que eles se perdiam, enlouqueciam e *acreditavam*. Tinha visto tumores obscenos se encolherem e morrerem depois daquele ponto de agonia e fé. Se um homem se entregasse absolutamente ao xamã, algumas vezes os espíritos recompensavam a confiança.

Não havia honra em usar essa habilidade para enganar um rapaz com nó nas tripas, mas as recompensas seriam grandes. Temuge era irmão do cã, e um homem assim seria sempre um aliado valioso. Pensou nos alertas de seu pai sobre aqueles que abusavam dos espíritos com mentiras e truques. Aquele homem nunca havia entendido o poder, ou como ele podia ser inebriante. Os espíritos enxameavam ao redor da crença como moscas em carne morta. Não era errado fazer a crença aumentar no acampamento do cã. Sua autoridade só poderia crescer.

Kokchu respirava fundo enquanto cantava, revirando os olhos para cima e empurrando a mão mais fundo na barriga de Temuge. Com um grito de triunfo, fez um movimento de torção, tirando um pedacinho de fígado de bezerro que havia escondido. Em sua mão, aquilo estremecia como algo vivo, e Borte e Hoelun se encolheram.

Kokchu continuou a cantar enquanto puxava o segundo cabrito para perto. Este também lutou, mas ele forçou a mão a passar pelos dentes amarelos, apesar de eles morderem seus dedos. Empurrou a carne fétida pela goela até que o animal não pôde fazer nada senão engolir em espasmos bruscos. Quando viu a garganta se mexer, massageou-a com força, forçando o fígado a ir para o estômago do cabrito antes de soltá-lo.

— Não o deixe tocar os outros animais — disse, ofegando — ou a coisa vai se espalhar e viver de novo, talvez até mesmo voltar para seu filho. — O suor pingava do nariz do xamã enquanto ele os observava. — Seria melhor queimar o cabrito até virar cinzas. Ele não deve ser comido, já que a carne contém o tumor. Certifique-se disso. Não tenho forças para fazer de novo.

E se deixou tombar frouxo, como se os sentidos o houvessem abandonado, mas ainda respirava como um cão ao sol.

— A dor sumiu — escutou Temuge dizer, pensativo. — Está dolorido, mas nada como antes. — Kokchu sentiu Hoelun se inclinar sobre o filho e ouviu-o ofegar quando ela tocou o lugar onde a tripa havia atravessado o músculo da barriga.

— A pele está inteira — disse Temuge. Kokchu pôde ouvir o espanto na voz dele e escolheu esse momento para abrir os olhos e sentar-se empertigado. Estava com os olhos opacos e franziu-os através da névoa de fumaça.

Seus dedos longos procuraram nos bolsos do dil, tirando um pedaço de crina de cavalo torcida e manchada de sangue velho.

— Isto foi abençoado — disse aos outros. — Vou amarrar sobre o ferimento de modo que nada possa entrar.

Ninguém falou enquanto ele pegava uma tira de pano sujo de dentro do dil e fazia Temuge sentar-se. Kokchu cantou baixinho, amarrando-a ao redor da barriga do rapaz, cobrindo o pedaço de pelo rígido com camada após camada de tecido e apertando cada uma delas até a crina estar escondida. Quando terminou de amarrar, Kokchu se recostou, satisfeito porque a tripa não iria saltar para fora e estragar tudo que ele havia conseguido.

— Obrigado pelo que fez — disse Hoelun. — Não entendo...

Kokchu deu um sorriso cansado.

— Demorei vinte anos de estudos para começar a dominar a habilidade, velha mãe. Não pense que vai entender numa única tarde. Agora seu filho vai se curar, como teria acontecido se o tumor não tivesse começado a se retorcer dentro dele. — Pensou por um momento. Não conhecia a mulher, mas ela certamente contaria a Gêngis o que havia acontecido. Para ter certeza, falou de novo:

— Devo pedir que não conte a ninguém o que viu. Ainda há tribos onde matam aqueles que praticam a magia antiga. Ela é considerada perigosa demais. — Kokchu deu de ombros. — Talvez seja. — Com isso, sabia que a história iria se espalhar pelo acampamento antes mesmo que ele acordasse no dia seguinte. Sempre havia quem desejasse um feitiço contra doença ou uma maldição contra um inimigo. Eles deixariam leite e carne em sua iurta, e com o poder viriam o respeito e o medo. Ansiava que eles sentissem medo, porque, quando sentissem, iriam lhe dar qualquer coisa. O que importava que ele não tivesse salvado uma vida desta vez?

A crença estaria lá, quando outra vida pendesse nas suas mãos. Ele havia jogado uma pedra no rio e as ondulações iriam longe.

Gêngis e seus generais estavam sozinhos na grande iurta enquanto a lua subia sobre a horda de seu povo. O dia fora movimentado para todos, mas não podiam dormir enquanto ele se mantivesse acordado, e haveria bocejos e olhos vermelhos no dia seguinte. Gêngis parecia tão revigorado quanto estivera de manhã, quando recebera duzentos homens e mulheres de uma tribo turca tão distante no noroeste que eles não conseguiam entender mais do que algumas palavras do que ele dizia. Mesmo assim tinham vindo.

— Cada dia traz mais, faltando duas luas para o verão — disse Gêngis, olhando orgulhoso os homens que estavam com ele desde os primeiros dias. Aos cinquenta anos, Arslan ia ficando velho depois dos anos de guerra. Ele e seu filho Jelme tinham vindo a Gêngis quando ele não possuía nada além da inteligência e dos três irmãos. Ambos haviam permanecido absolutamente leais nos anos duros, e Gêngis os deixara prosperar e tomar esposas e riquezas. Gêngis assentiu para o ferreiro que havia se tornado seu general, satisfeito ao ver as costas do sujeito eretas como sempre.

Temuge não comparecia às discussões, mesmo quando estava bem de saúde. De todos os irmãos, era o único que não demonstrava aptidão para tática. Gêngis o amava, mas não podia lhe confiar a liderança de outros. Balançou a cabeça, percebendo que seus pensamentos estavam vagueando. Também se sentia cansado, mas não deixaria que isso transparecesse.

— Alguns homens das tribos novas nem mesmo ouviram falar nos jin — disse Kachiun. — Os que chegaram hoje cedo se vestem de um modo que nunca vi antes. Não são mongóis como nós.

— Talvez — respondeu Gêngis. — Mas farei com que sejam bem-vindos. Que se provem em guerra antes de nós os julgarmos. Eles não são tártaros, nem inimigos de sangue de nenhum homem daqui. Pelo menos não serei chamado para apartar alguma rixa que dura doze gerações. Eles serão úteis.

Tomou um gole de um copo de cerâmica áspera, estalando os lábios por causa da amargura do airag preto.

— Tenham cuidado no acampamento, irmãos. Eles vieram porque *não* vir nos convida a destruí-los. Ainda não confiam em nós. Muitos sabem apenas meu nome, e nada mais.

— Tenho homens ouvindo em cada fogueira — disse Kachiun. — Sempre haverá quem busque vantagem numa reunião como esta. Enquanto falamos aqui, há mil outras conversas a nosso respeito. Até os sussurros serão ouvidos. Saberei se precisar agir.

Gêngis assentiu para o irmão, sentindo orgulho dele. Kachiun havia se tornado um homem atarracado, com ombros larguíssimos devido ao treino com arco. Os dois compartilhavam uma ligação que Gêngis não tinha com mais ninguém, nem mesmo com Khasar.

— Mesmo assim, minhas costas coçam quando ando pelo acampamento. Enquanto esperamos, eles ficam inquietos, mas há outros para chegar e ainda não posso me mover. Os uigures, principalmente, serão valiosos. Os que estão aqui podem nos testar, por isso estejam preparados para não deixar que nenhum insulto fique sem castigo. Confiarei no julgamento de vocês, mesmo que joguem uma dúzia de cabeças aos meus pés.

Os generais na iurta se encararam sem sorrir. Para cada homem que haviam trazido à grande planície, mais dois tinham chegado. A vantagem que possuíam era que nenhum dos cãs mais fortes sabia até que ponto tinha apoio. Qualquer um que chegasse cavalgando à sombra da montanha preta via uma única horda e não pensava no fato de que ela era composta de uma centena de facções diferentes, observando umas às outras numa desconfiança mútua.

Finalmente Gêngis bocejou.

— Durmam um pouco, irmãos — disse, cansado. — O amanhecer está chegando e os rebanhos têm de ser levados a pastos novos.

— Vou dar uma olhada em Temuge antes de dormir — disse Kachiun.

Gêngis suspirou.

— Esperemos que o pai céu o faça ficar bom. Não posso perder meu único irmão sensato.

Kachiun fungou, abrindo a porta pequena para o ar lá fora. Quando todos haviam saído, Gêngis se levantou, fazendo estalar a rigidez do pescoço com um puxão rápido com as mãos. A iurta de sua família ficava ali perto, mas seus filhos deviam estar dormindo. Era mais uma noite em que cairia nos cobertores sem que a família soubesse que ele havia chegado em casa.

CAPÍTULO 2

GÊNGIS OLHOU O IRMÃO MAIS NOVO COM INQUIETAÇÃO. TEMUGE HAVIA PASsado a manhã contando a quem quisesse ouvir sobre a cura feita por Kokchu. O acampamento era um lugar apertado, apesar do tamanho, e qualquer notícia se espalhava depressa. Ao meio-dia ela estaria na boca dos mais novos desgarrados das planícies.

— Então como você sabe que *não* era um pedaço de tripa estrangulada? — perguntou Gêngis, observando-o. Temuge parecia um pouco mais empertigado do que o usual na iurta da família, e seu rosto estava iluminado de empolgação e algo mais. Sempre que mencionava o nome de Kokchu, sua voz baixava quase até um murmúrio. Gêngis achava essa reverência irritante.

— Eu o vi arrancá-lo de mim, irmão! Aquilo se retorcia e tremia nas mãos dele, e quase vomitei ao ver. Quando saiu, a dor saiu junto. —Temuge tocou o lugar e se encolheu.

— Então não sumiu completamente — observou Gêngis.

Temuge deu de ombros. A área acima e abaixo da bandagem era uma massa roxa e amarela, mas já estava começando a desbotar.

— A coisa estava me comendo vivo antes. Isto aqui não é pior do que um hematoma.

— Mas você disse que não existe corte — disse Gêngis, pensativo.

Temuge balançou a cabeça, com a empolgação que retornava. Havia explorado a área com os dedos na escuridão antes do amanhecer. Sob o tecido apertado, podia sentir uma abertura no músculo, ainda incrivelmente sensível. Tinha certeza que era dali que o tumor fora arrancado.

— Ele tem poder, irmão. Mais do que qualquer um dos charlatães que vimos antes. Acredito no que vi. Você sabe que os olhos não mentem.

Gêngis assentiu.

— Vou recompensá-lo com éguas, ovelhas e tecido novo. Talvez uma faca nova e botas. Não posso admitir que o homem que salvou meu irmão pareça um mendigo.

Temuge se encolheu com dúvida súbita.

— Ele não queria que a história fosse contada, Gêngis. Se você recompensá-lo, todo mundo vai saber o que ele fez.

— Todo mundo *sabe* — respondeu Gêngis. — Kachiun me contou ao amanhecer e mais três vieram falar sobre isso antes de eu ver você. Não há segredos neste acampamento, você deveria saber disso.

Temuge assentiu, pensativo.

— Então ele não pode se importar, ou vai perdoar. — E hesitou antes de continuar, nervoso sob o olhar do irmão. — Com sua permissão, vou aprender com ele. Acho que ele me aceitaria como aluno, e nunca senti tanta vontade de saber... — Ele parou enquanto Gêngis franzia a testa.

— Eu esperava que você retomasse seus deveres com os guerreiros, Temuge. Não quer cavalgar comigo?

Temuge ficou vermelho e olhou para o chão.

— Você sabe tanto quanto eu que nunca serei um grande oficial. Talvez eu pudesse aprender a ser competente, mas os homens sempre saberão que fui promovido pelo sangue, e não pela capacidade. Deixe-me aprender com esse Kokchu. Não creio que ele vá se indispor.

Gêngis ficou sentado, perfeitamente imóvel, enquanto pensava. Mais de uma vez Temuge fora motivo de riso nas tribos. Sua habilidade com o arco era abismal, e ele não obtinha respeito ao se esforçar de rosto vermelho com a espada. Dava para ver que o irmão mais novo estava tremendo, o rosto tenso de medo que Gêngis recusasse. Temuge se sentia deslocado nas tribos e houvera muitas noites em que Gêngis desejara que ele encontrasse algo que pudesse fazer. No entanto, relutava em deixá-lo ir com tanta facilidade. Homens como Kokchu ficavam separados das tribos. Eram temidos, certamente, e isso era bom, mas não faziam parte da família. Não eram bem-vindos e recebidos como velhos amigos. Gêngis balançou a cabeça ligeiramente. Temuge também sempre estivera fora das tribos; era um observador. Talvez sua vida prosseguisse assim.

— Com a condição de que você treine com espada e arco durante duas horas por dia. Dê sua palavra e eu confirmarei sua escolha, seu caminho.

Temuge assentiu, sorrindo timidamente.

— Farei isso. Talvez eu seja mais útil para você como xamã do que jamais fui como guerreiro.

Os olhos de Gêngis ficaram frios.

— Você ainda é guerreiro, Temuge, mesmo que isso nunca tenha sido fácil. Aprenda o que puder com esse homem, mas, em seu coração, lembre-se que é meu irmão e filho do nosso pai.

Temuge sentiu lágrimas vindo aos olhos e baixou a cabeça antes que o irmão pudesse ver e sentisse vergonha dele.

— Não esqueço — respondeu.

— Então diga a seu novo mestre para vir a mim e ser recompensado. Vou abraçá-lo diante dos meus generais e dizer como ele é valioso para mim. Minha sombra vai garantir que você seja tratado com cortesia no acampamento.

Temuge fez uma reverência profunda antes de virar, e Gêngis foi deixado sozinho, com os pensamentos se retorcendo de modo sombrio. Havia esperado que Temuge endurecesse e cavalgasse com os irmãos. Ainda não encontrara um xamã de quem gostasse, e Kokchu tinha toda a arrogância de sua espécie. Gêngis suspirou. Talvez isso fosse justificado. A cura fora extraordinária e ele se lembrou de como Kokchu havia atravessado a própria carne com uma faca sem derramar uma gota de sangue. Diziam que os jin possuíam homens que operavam magia, lembrou-se. Poderia ser útil ter homens à altura deles. Suspirou de novo. Ter seu próprio irmão como um daqueles nunca estivera em seus planos.

Khasar passeava pelo acampamento, desfrutando a agitação e o barulho. Novas iurtas brotavam em cada pedacinho de terreno livre, e Gêngis havia ordenado que fundos poços de latrina fossem cavados em cada interseção de caminhos. Com tantos homens, mulheres e crianças num só lugar, novos problemas precisavam ser enfrentados a cada dia, e Khasar não sentia interesse pelos detalhes. Kachiun parecia gostar dos desafios e havia organizado um grupo de cinquenta homens fortes para cavar os poços e ajudar a erguer as iurtas. Khasar podia ver dois deles construindo um abrigo para os feixes de novas flechas de bétula, para protegê-las da chuva. Muitos guerreiros faziam suas próprias flechas, mas Kachiun havia ordenado a feitura de vastas quantidades para o exército, e em cada iurta por onde Khasar passava havia mulheres e crianças ocupadas com penas, fios e cola, amontoando as flechas em fardos de cinquenta para serem levados. As forjas das tribos rugiam e cuspiam a noite toda para fazer pontas de flechas, e cada amanhecer trazia novos arcos às áreas de treino, para serem testados.

O vasto acampamento era um lugar de vida e trabalho, e Khasar ficava satisfeito ao ver seu povo tão laborioso. A distância, uma criança recém-nascida começou a chorar e ele sorriu ao ouvir. Seus pés seguiam trilhas que haviam sido gastas no capim até a argila embaixo. Quando saíssem, o acampamento pareceria um vasto desenho de formas, e ele lutou para visualizar aquilo.

Relaxado como estava, a princípio não notou a agitação num encontro de caminhos adiante. Havia sete homens numa confusão irada, lutando para pôr no chão um garanhão relutante. Khasar parou para vê-los castrarem o animal, encolhendo-se quando um casco acertou um homem na barriga e o deixou se retorcendo na terra. O pônei era jovem e musculoso. Lutou contra os homens, usando a força enorme contra as cordas que o prendiam. Assim que estivesse caído, eles iriam amarrar as pernas e deixá-lo impotente para a faca da castração. Os homens mal pareciam saber o que estavam fazendo, e Khasar balançou a cabeça, achando divertido, e começou a passar pelo grupo agitado.

Enquanto se esgueirava ao redor do animal que chutava, este empinou, derrubando um dos homens. O pônei bufou com fúria e recuou para cima de Khasar, pisando em seu pé e fazendo-o gritar de dor. O homem mais próximo reagiu ao barulho, dando-lhe um tapa com as costas da mão para mantê-lo afastado.

Khasar irrompeu numa fúria equivalente à do cavalo amarrado. Deu um soco de volta. O homem cambaleou, atordoado, e Khasar viu os outros largarem as cordas, com os olhos cheios de perigo. O pônei aproveitou a liberdade inesperada para sair correndo, disparando de cabeça baixa pelo acampamento. Ao redor, os outros garanhões do rebanho relincharam em resposta a seus chamados e Khasar ficou encarando homens furiosos. Permaneceu diante deles sem medo, sabendo que iriam reconhecer sua armadura.

— Vocês são woyela — disse, querendo romper a tensão. — Mandarei que seu cavalo seja recapturado e trazido de volta.

Eles não disseram nada enquanto trocavam olhares. Cada um deles compartilhava uma semelhança, e Khasar percebeu que eram filhos do cã dos woyela. Seu pai havia chegado apenas alguns dias antes, trazendo quinhentos guerreiros, além das famílias. Tinha reputação de pavio curto e um sentimento de honra eriçado. Enquanto os homens se amontoavam ao redor, Khasar pensou que as mesmas características haviam passado aos filhos.

Por um momento, Khasar esperou que o deixassem ir embora sem lutar, mas o homem que ele havia acertado estava louco de raiva e foi ele quem chegou mais perto, encorajado pela presença dos irmãos. Uma marca lívida aparecia na lateral do rosto, onde Khasar havia acertado.

— Que direito você tem de interferir? — perguntou um dos outros rispidamente. Estavam encurralando-o deliberadamente, e Khasar pôde ver que a agitação do acampamento ao redor havia parado. Muitas famílias olhavam a cena e, com um sentimento de frustração, ele soube que não poderia recuar sem envergonhar Gêngis, talvez até mesmo arriscando seu domínio sobre o acampamento.

— Eu estava tentando passar — disse, com os dentes trincados, preparando-se. — Se o bezerro do seu irmão não tivesse me acertado, vocês estariam com aquele pônei no chão agora. Da próxima vez, amarrem as pernas dele primeiro.

Um dos maiores cuspiu no chão perto dos pés dele, e Khasar fechou os punhos enquanto uma voz cortava o ar.

— O que é isso?

O efeito nos homens foi instantâneo, e eles ficaram imóveis. Khasar olhou para um homem mais velho, que tinha o mesmo tipo de feições. Só podia ser o cã dos woyela, e Khasar não pôde fazer nada além de baixar a cabeça. A situação ainda não havia chegado às espadas, e ele sabia que não deveria insultar o único homem que poderia controlar os filhos.

— Você é irmão do homem que se chama de Gêngis — disse o cã. — No entanto, este é um acampamento woyela. Você está aqui para irritar meus filhos e estragar o trabalho deles?

Khasar ficou vermelho de irritação. Sem dúvida alguém devia ter informado Kachiun sobre o confronto e ele estaria com homens a caminho, mas, a princípio, Khasar não confiou em si mesmo para responder. O cã dos woyela estava claramente gostando da situação e Khasar não duvidou de que ele a vira desde o início. Quando conseguiu dominar o mau humor, falou devagar e claramente ao cã:

— Bati no homem que bateu em mim. Não há motivo para ver sangue derramado hoje.

Em resposta, a boca do cã se retorceu num riso de desprezo. Tinha cem guerreiros que poderiam ser chamados imediatamente e seus filhos estavam prontos para espancar e humilhar o homem que se mantinha tão orgulhoso diante dele.

— Eu poderia esperar uma resposta assim. A honra não pode ser posta de lado quando é conveniente. Esta parte do acampamento é terra woyela. Você a invadiu.

Khasar assumiu o rosto frio do guerreiro para esconder a irritação.

— As ordens do meu irmão foram claras — disse. — Todas as tribos podem usar a terra enquanto nos reunimos. Não existe terra woyela aqui.

— Eu digo que existe, e não vejo ninguém com posto para questionar minha palavra. No entanto, você se esconde à sombra do seu irmão.

Khasar respirou lentamente. Se reivindicasse a proteção de Gêngis, o incidente acabaria. O cã dos woyela não era idiota a ponto de desafiar seu irmão no acampamento, com um vasto exército sob as ordens dele. No entanto, o homem o observava como uma cobra pronta para atacar, e Khasar se perguntou se fora o acaso que havia posto os irmãos e o garanhão selvagem em seu caminho naquela manhã. Sempre haveria quem estivesse disposto a testar os homens que presumiam levá-los à guerra. Khasar balançou a cabeça para afastar o pensamento. Kachiun gostava de política e de manobras, mas ele não tinha apreço por isso, nem pela pose do cã e de seus filhos.

— Não vou derramar sangue aqui — começou, vendo o triunfo nos olhos do cã —, mas não precisarei da sombra do meu irmão. — Enquanto falava, acertou o punho no queixo do irmão mais próximo, derrubando-o. Os outros rugiram e saltaram sobre ele quase ao mesmo tempo. Golpes choveram sobre sua cabeça e seus ombros enquanto ele recuava, depois firmou as pernas e acertou com força um rosto, sentindo o nariz se partir. Khasar gostava de lutar, tanto quanto qualquer homem que tivesse crescido com irmãos, mas as chances contrárias eram enormes e ele quase caiu quando sua cabeça foi lançada para trás e socos fortes acertavam sua armadura. Pelo menos ali estava protegido e, enquanto permanecesse de pé, podia se abaixar e se desviar dos socos ao mesmo tempo que os golpeava de volta com toda a força que possuía.

Ao mesmo tempo que formava esse pensamento, um deles o segurou pela cintura e o jogou no chão. Khasar chutou com força, ouvindo um guincho enquanto cobria a cabeça para se proteger das botas. Onde estava Kachiun, pelos espíritos? Khasar sentiu sangue jorrando do nariz e seus lábios tinham começado a inchar. A cabeça zumbia por causa de um chute no ouvido direito. Se recebesse muito mais daquilo ficaria permanentemente mutilado.

Sentiu o peso de um deles montando-o, tentando afastar seus braços do rosto. Khasar espiou o homem através de uma abertura. Escolheu esse momento e mandou um polegar com força contra o olho do atacante. O olho pareceu ceder sob o golpe, e Khasar esperou tê-lo cegado. O filho do cã woyela rolou com um grito e, no mínimo, os chutes se intensificaram.

Um grito de dor veio de algum lugar próximo e, por um momento, Khasar ficou sozinho para tentar se levantar. Viu que um estranho havia saltado entre os irmãos woyela, derrubando um e chutando outro com força no joelho. O recém-chegado era pouco mais do que um garoto, mas conseguia dar socos com todo o peso do corpo por trás do golpe. Khasar sorriu para ele através dos lábios partidos, mas estava tonto demais para se levantar.

— Parem com isso! — ordenou uma voz atrás dele, e Khasar teve um momento de esperança antes de perceber que Temuge não havia chegado com uma dúzia de homens para ajudá-lo. Seu irmão mais novo correu direto para a massa em luta e empurrou para longe um dos woyela.

— Chame Kachiun — gritou Khasar, com o coração se encolhendo. Temuge não conseguiria nada além de ser espancado, e então haveria sangue. Gêngis podia aceitar um irmão lutando, mas um segundo seria um ataque pessoal contra sua família, um ataque grande demais para ser ignorado. O cã dos woyela parecia não ter noção do perigo, e Khasar o ouviu rir quando um de seus filhos acertou um punho no rosto de Temuge, derrubando-o de joelhos. O jovem estranho também havia perdido a vantagem da surpresa e estava sofrendo sob uma chuva de chutes e socos. Os filhos do cã woyela estavam rindo enquanto transferiam os esforços para os dois recém-chegados, e Khasar sentiu fúria ao ouvir Temuge gritando de dor e humilhação, tentando se abrigar dos chutes enquanto lutava para ficar de pé.

Então veio outro som, uma série de estalos duros que fizeram os filhos do cã woyela gritar e cair para trás. Khasar continuou protegendo a cabeça no chão até ouvir a voz de Kachiun, tensa de fúria. Ele havia trazido homens, e eram seus porretes que Khasar tinha ouvido.

— Levante-se, se puder, irmão. Diga quem você quer que seja morto — disse Kachiun rispidamente a Khasar. Enquanto baixava as mãos, Khasar cuspiu catarro vermelho no capim e ficou de pé. Seu rosto era uma massa de ferimentos e sangue, e o cã dos woyela se enrijeceu diante daquela visão, a diversão se esvaindo.

— Esta foi uma questão particular — disse o cã rapidamente enquanto Kachiun o olhava furioso. — Seu irmão não reivindicou posto formal.

Kachiun olhou para Khasar, que deu de ombros, encolhendo-se enquanto seu corpo ferido protestava.

Temuge também havia ficado de pé, pálido como leite. Seus olhos estavam frios, e a vergonha o deixou mais irado do que Khasar ou Kachiun jamais tinham visto. O terceiro homem se empertigou dolorosamente e Khasar assentiu para ele, agradecendo. Ele também fora espancado, mas ria de modo contagiante enquanto apoiava as mãos nos joelhos e ofegava.

42

— Tenham cuidado — murmurou Kachiun para os irmãos, de modo praticamente inaudível. Havia trazido apenas uma dúzia de seus trabalhadores, todos os que pôde pegar quando soube da briga. Eles só durariam alguns instantes diante dos woyela armados. Olhos duros na multidão observavam a cena, e o cã recuperou parte da confiança.

— A honra foi satisfeita — declarou ele. — Não há ressentimento entre nós. — Em seguida virou para Khasar para ver como suas palavras haviam sido recebidas. Khasar se levantou com um sorriso torto. Tinha ouvido o som de pés se aproximando em marcha. Todos os que estavam ali se enrijeceram alarmados diante do tilintar da aproximação de guerreiros com armaduras. Só podia ser Gêngis.

— Não há ressentimento? — sibilou Kachiun para o cã. — Isto não é você quem decide, woyela.

Todos os olhos se viraram para ver a chegada de Gêngis. Ele vinha andando com Arslan e mais cinco homens com armadura completa. Todos levavam espadas desembainhadas, e os filhos do cã woyela se entreolharam com o horror surgindo diante do que haviam feito. Haviam falado em testar um dos irmãos de Gêngis, e essa parte acontecera lindamente. Só que a chegada de Temuge os havia arrastado para águas mais fundas e nenhum deles sabia como a coisa seria resolvida.

Gêngis captou a cena, o rosto parecendo uma máscara. Seu olhar se demorou em Temuge e, por um momento, os olhos amarelos ficaram tensos ao ver as mãos trêmulas do irmão mais novo. O cã dos woyela falou antes de qualquer pessoa:

— Isso já está resolvido, senhor. Foi meramente uma diversão, uma luta por causa de um cavalo. — Ele engoliu em seco. — Não há necessidade de o senhor tomar alguma decisão.

Gêngis o ignorou.

— Kachiun?

Kachiun controlou a raiva para responder em voz calma:

— Não sei o que fez começar. Khasar pode lhe dizer.

Khasar se encolheu ao ouvir seu nome. Sob o olhar de Gêngis, pensou cuidadosamente nas palavras. Todo o acampamento acabaria sabendo, e ele não poderia ser visto reclamando como uma criança ao pai. Principalmente se esperava liderá-los na guerra mais tarde.

— Estou satisfeito com minha parte nisso, irmão — disse, com os dentes trincados. — Se tiver necessidade de discutir mais o assunto com esses homens, farei isso em outro dia.

— Não fará — respondeu Gêngis rispidamente, entendendo a ameaça implícita tão bem quanto os filhos do cã woyela. — Proíbo.

Khasar baixou a cabeça.

— Como quiser, senhor.

Gêngis olhou para Temuge, vendo a vergonha em seu espancamento público, junto com a fúria luminosa que havia surpreendido Khasar e Kachiun antes.

— Você também está marcado, Temuge. Não acredito que fez parte disto.

— Ele tentou impedir — respondeu Kachiun. — Eles o derrubaram de joelhos e...

— Chega! — reagiu Temuge. — Com o tempo, vou devolver cada golpe. — Ruborizado, ele parecia à beira das lágrimas, como uma criança. Gêngis o encarou e subitamente sua raiva se soltou. Com um grunhido, balançou a cabeça e caminhou entre os irmãos woyela. Um deles foi lento demais e Gêngis o derrubou com o ombro, mal parecendo sentir o impacto. O cã levantou as mãos num pedido, mas Gêngis agarrou seu dil e o puxou à frente. Enquanto desembainhava a espada, os guerreiros woyela também desembainharam as suas, num chiado de metal.

— Parados! — gritou Gêngis, uma voz que havia dominado uma centena de batalhas. Eles ignoraram a ordem e, enquanto se aproximavam, Gêngis levantou o cã como se fosse uma marmota. Com dois golpes rápidos, passou a espada pelas coxas do sujeito, retalhando os músculos.

— Se meu irmão foi obrigado a se ajoelhar, woyela, você não ficará de pé de novo — disse. O cã estava berrando e o sangue se derramava sobre seus pés enquanto ele caía. Antes que os guerreiros pudessem alcançá-lo, Gêngis levantou o olhar para dominá-los.

— Se eu vir uma espada na mão de alguém dentro de mais dez segundos, nenhum homem, mulher ou criança woyela viverá além desta noite.

Os oficiais em meio aos guerreiros hesitaram, levantando os braços para conter os outros. Gêngis ficou diante deles sem qualquer traço de medo enquanto o cã, a seus pés, caía de lado, gemendo. Os filhos continuavam imóveis, horrorizados com o que tinham visto. Com um esforço da vontade, o cã fez um gesto que seus oficiais optaram por interpretar como consentimento. Eles embainharam as espadas e os guerreiros os acompanharam, com os olhos arregalados. Gêngis assentiu.

— Quando cavalgarmos, vocês, woyela, serão os guardas do meu irmão — disse. — Você os aceita?

Khasar murmurou a concordância, com o rosto inchado inexpressivo.

— Então isso está encerrado. Não há rixa de sangue e eu vi a justiça ser cumprida.

Gêngis captou o olhar dos irmãos e eles o acompanharam enquanto voltava à grande iurta e às tarefas do dia. Khasar deu um tapinha no rapaz que o havia ajudado, levando-o junto em vez de deixá-lo para ser espancado de novo.

— Este veio me ajudar — disse Khasar enquanto andava. — Ele não conhece medo, irmão.

Por um instante, Gêngis olhou o rapaz, vendo seu orgulho.

— Qual é o seu nome? — perguntou, carrancudo, ainda fumegando pelo que tinha visto.

— Tsubodai dos uriankhai, senhor.

— Venha me ver quando quiser um bom cavalo e uma armadura — disse Gêngis. Tsubodai sorriu de orelha a orelha e Khasar lhe deu um soco de leve no ombro, aprovando. Atrás deles, o cã dos woyela foi deixado para ser cuidado por suas mulheres. Com aqueles ferimentos, jamais ficaria de pé direito, ou talvez nem mesmo andasse de novo.

Enquanto Gêngis e os irmãos caminhavam por entre as tribos reunidas à sombra da montanha preta, havia muitos que os olhavam com espanto reverente e aprovação. Ele havia mostrado que não seria questionado, e mais uma pequena vitória fora obtida.

Os uigures foram avistados quando o verão se esvaía e as águas das enchentes vindas dos morros incharam o rio Onon até o ponto de transbordar. As planícies ainda eram de um verde vívido, e as cotovias saltavam e adejavam enquanto as carroças dos uigures passavam.

Era uma demonstração impressionante de força e Gêngis respondeu com cinco mil de seus cavaleiros enfileirados diante do grande acampamento. Não veio recebê-los pessoalmente, sabendo que sua presença seria tomada como desaprovação sutil por chegarem tarde. Em vez disso, os woyela assumiram posição em volta de Khasar enquanto este cavalgava para receber os recém-chegados, e nenhum dos filhos do cã ousou mais do que olhar para sua nuca.

Enquanto os uigures se aproximavam, Khasar foi para perto da carroça que liderava a escura serpente de pessoas e animais. Seu olhar saltou sobre os guerreiros, avaliando a qualidade deles. Estavam bem armados e pareciam ferozes e alertas, mas ele sabia que as aparências podiam enganar. Eles aprenderiam as táticas que haviam trazido a vitória a Gêngis ou seriam relegados a levar mensagens entre a horda.

Os uigures eram comerciantes de cavalos, além de eruditos, e Khasar ficou satisfeito ao ver o vasto rebanho que os acompanhava. Devia haver três pôneis para cada guerreiro, e ele sabia que o acampamento estaria movimentado nos próximos meses, enquanto as outras tribos vinham barganhar e melhorar suas linhagens de sangue.

Diante de sua mão levantada, os guerreiros ao redor da carroça da frente se juntaram em posição defensiva, as mãos nos punhos das espadas. Os uigures deviam ter um bom suprimento de minério, para que um número tão grande deles portasse espadas, pensou Khasar. Talvez houvesse comércio de aço também. No acampamento ainda existia um número muito grande de homens que não possuíam nada além de uma faca para complementar os arcos. Khasar direcionou o olhar para um pequeno homem grisalho na frente da carroça. Era ele que havia erguido o braço para fazer com que a coluna parasse, e Khasar viu como os guerreiros o olhavam esperando ordens. Ainda que o dil do homem fosse de corte simples, ele tinha de ser Barchuk, o cã dos uigures. Khasar decidiu lhe dar a honra de falar primeiro.

— O senhor é bem-vindo ao acampamento — disse formalmente. — A sua é a última grande tribo a chegar, mas meu senhor Gêngis recebeu sua mensagem de boa vontade e separou áreas de pastagem para suas famílias.

O homem pequeno assentiu pensativamente enquanto olhava para além de Khasar, para os guerreiros que esperavam em formação.

— Posso ver que devemos ser os últimos. Mal acredito que haja mais guerreiros no mundo, dado o tamanho da horda nesta planície. Vocês são os primeiros homens que vemos em muitos dias de viagem. – Ele balançou a cabeça, espantado diante desse pensamento. – Os uigures vão assumir compromisso com Gêngis, como prometi. Mostre-nos onde colocar nossas iurtas e faremos o resto.

Em comparação com alguns dos cãs mais eriçados, Khasar apreciou os modos diretos do sujeito. Sorriu.

– Sou irmão dele, Khasar – disse. – Eu mesmo mostrarei.

– Então venha para perto de mim, Khasar. Estou faminto por notícias. – O cã deu um tapinha no banco de madeira da carroça e Khasar apeou, mandando o cavalo de volta para a primeira fileira de guerreiros woyela com um tapa na anca. – Se somos os últimos, talvez não demore muito até que Gêngis aponte esta grande flecha contra seus inimigos – disse o cã enquanto Khasar subia a seu lado. Barchuk estalou a língua para os bois e a carroça se moveu com um sacolejo. Khasar ficou olhando como os guerreiros uigures mantinham a formação ao redor e ficou satisfeito. Eles sabiam cavalgar, pelo menos.

– Só ele pode dizer, senhor. – Os ferimentos que recebera dos woyela haviam quase desaparecido, mas Khasar sentiu o olhar de Barchuk passar sobre eles sem comentários. O acampamento estivera calmo por um bom tempo, depois de verem os woyela serem humilhados, mas, com o fim do verão, os homens estavam inquietos de novo e, agora que os uigures haviam chegado, ele achava que o irmão iria se mover dentro de apenas alguns dias. Sentiu a empolgação crescer com essa ideia. As tribos haviam chegado e Gêngis receberia os juramentos de lealdade. Depois disso, a guerra viria e ele e os irmãos tirariam o pé dos jin do pescoço de seu povo.

– Você parece animado, Khasar – observou Barchuk enquanto guiava a carroça ao redor de um calombo no capim. O velho era magro e forte, e seus olhos pareciam constantemente divertidos.

– Estava pensando que nunca nos juntamos antes, senhor. Sempre houve alguma rixa de sangue ou suborno dos jin para nos manter uns na garganta dos outros. – Ele balançou o braço indicando o acampamento na planície. – Isto? É uma coisa nova.

– Isto pode terminar causando a destruição do nosso povo – murmurou Barchuk, observando-o atentamente. Khasar riu. Lembrou-se de Kachiun e Gêngis debatendo o mesmo argumento e ecoou as palavras deles:

— Sim, mas nenhum de nós, nenhum homem, mulher ou criança estará vivo dentro de cem anos. Todo mundo que você vir aqui será apenas ossos.

Viu Barchuk franzir a testa, perplexo, e desejou ter a capacidade de Kachiun para falar, enquanto prosseguia.

— Qual é o propósito da vida, senão conquistar? Roubar mulheres e terras? Eu preferiria estar aqui e ver isto do que levar toda a vida em paz.

Barchuk assentiu.

— Você é um filósofo, Khasar.

Khasar deu um risinho.

— O senhor é o único que pensa isso. Não, sou o irmão do grande cã, e este é o nosso tempo.

CAPÍTULO 3

Barchuk dos uigures falou durante horas enquanto o sol se punha do lado de fora da grande iurta. Gêngis ficou fascinado com o conhecimento do sujeito, e se o recém-chegado abordava um conceito que ele não entendia, Gêngis o fazia repeti-lo e repeti-lo até que o significado estivesse claro.

Dentre todos os assuntos, qualquer coisa que tivesse a ver com os jin fazia Gêngis se inclinar adiante no assento, como um falcão, os olhos brilhando de interesse. Os uigures tinham vindo de uma terra distante, no sudoeste, às margens do deserto de Gobi e do reino jin de Xixia. Gêngis adorava cada detalhe que Barchuk pudesse dar sobre as caravanas de comércio dos jin, suas vestimentas e seus costumes e, acima de tudo, suas armas e armaduras. Era verdade que os mercadores talvez não tivessem as melhores guardas, mas cada farrapo de informação caía no deserto da imaginação de Gêngis como água de fonte, penetrando fundo.

— A paz lhe trouxe riqueza e segurança — disse Gêngis quando Barchuk parou para limpar a garganta com um gole de chá. — Talvez você pudesse ter abordado o rei dos xixia para se aliar contra mim. Chegou a pensar nisso?

— Claro — respondeu Barchuk, desarmando-o com sua honestidade. — Mas se eu lhe dei a impressão de que eles eram amigos, é uma impressão falsa. Eles comerciam conosco porque têm mercados para as peles de leopardos-da-neve das montanhas, de madeiras de lei, até mesmo de sementes de plantas raras que os ajudam em seus estudos de cura. Em troca nos vendem ferro bruto, tapetes, chá e algumas vezes um pergaminho que já copiaram muitas vezes. – O cã parou e deu um sorriso torto para os homens reunidos. – Eles trazem as liteiras e os guardas para as cidades uigures, mas seu nojo pode ser visto em cada rosto, até mesmo daqueles que são chamados de escravos. – As lembranças haviam trazido um jorro de irritação ao seu rosto e ele enxugou a testa antes de continuar: – Como aprendi a língua deles, conheço-os muito bem para pedir apoio. O senhor precisa vê-los para entendê-los. Eles não se importam nem um pouco com os que não são súditos dos xixia. Até os jin os consideram um povo separado, mas compartilham muitos costumes iguais. Eles pagam tributo ao imperador jin e, ainda que sob sua proteção, consideram-se separados do vizinho poderoso. Sua arrogância é colossal, senhor.

Barchuk se inclinou adiante, dando um tapinha no joelho de Gêngis. Não pareceu notar como os homens ao redor se eriçaram.

– Nós ficamos com as migalhas deles durante muitas gerações, senhor, enquanto eles mantêm a melhor carne atrás de suas fortalezas e muralhas.

– E você gostaria de vê-las derrubadas – murmurou Gêngis.

– Gostaria. Só peço que as bibliotecas sejam entregues aos uigures, para estudarmos. Além disso, vimos gemas raras e uma pedra que parece leite e fogo. Eles não vendem essas coisas, não importando o quanto ofereçamos.

Gêngis observou o cã atentamente enquanto este falava. Barchuk sabia que não tinha direito de exigir espólios de guerra. As tribos não eram pagas para lutar, e qualquer coisa que ganhassem ou saqueassem era delas, por tradição. Barchuk pedia muita coisa, mas Gêngis não conseguia pensar em outro grupo que pudesse querer as bibliotecas dos xixia. A simples ideia lhe dava vontade de sorrir.

– Pode ficar com os pergaminhos, Barchuk. Dou minha palavra. Qualquer outra coisa vai para os vitoriosos, e isso está nas mãos do pai céu. Não posso lhe conceder nenhuma reivindicação especial.

Barchuk se recostou e assentiu com relutância.

– Isso basta, com tudo o mais que ganharmos deles. Vi meu povo ser expulso das estradas pelos cavalos deles, senhor. Vi-o passar fome enquanto os xixia engordam com as colheitas que não querem compartilhar. Eu trouxe meus guerreiros para cobrar um preço pela arrogância deles, e nossas cidades e campos ficaram vazios. Os uigures estão com o senhor: iurtas, cavalos, sal e sangue.

Gêngis estendeu a mão e os dois selaram o juramento com um rápido aperto que escondia a seriedade de uma declaração daquelas. As tribos esperavam do lado de fora da iurta, e Gêngis exigiria um juramento semelhante de todas elas assim que estivesse pronto. Oferecê-lo em particular era uma demonstração de apoio que Gêngis não desconsiderou.

— Peço uma coisa, Barchuk, antes de irmos até eles.

Barchuk parou enquanto ia se levantando e seu rosto se tornou uma máscara ao perceber que a conversa não havia terminado.

— Meu irmão mais novo expressou interesse por aprender — disse Gêngis. — Levante-se, Temuge, para que ele possa vê-lo. — Barchuk olhou para o rapaz magro que se levantou e fez uma reverência. Ele recebeu o gesto baixando rigidamente a cabeça antes de virar de novo para Gêngis.

— Meu xamã, Kokchu, vai guiá-lo nisso, quando chegar a hora, mas eu gostaria que eles lessem e aprendessem o que acharem que valha a pena. Incluo os pergaminhos que você já possui, além de qualquer um que ganhemos de nossos inimigos.

— Os uigures estão sob seu comando, senhor — disse Barchuk. Não era muito a pedir, e ele não entendeu por que Gêngis se sentia pouco à vontade ao puxar o assunto. Temuge sorriu às suas costas e Kokchu baixou a cabeça como se tivesse recebido uma grande honra.

— Então está resolvido. — Os olhos de Gêngis estavam sombrios, brilhando às lamparinas que haviam sido acesas na semiescuridão do fim de tarde. — Se os xixia são tão ricos como você diz, serão os primeiros a nos ver em ação. Os jin vão apoiá-los?

Barchuk deu de ombros.

— Não posso dizer com certeza. As terras deles fazem fronteira, mas os xixia sempre ficaram separados em seu reino. Os jin podem levantar um exército contra o senhor para se contrapor a qualquer ameaça posterior. Ou podem deixá-los morrer até o último homem sem levantar a mão. Ninguém pode dizer como a mente deles funciona.

Gêngis deu de ombros.

— Se você tivesse me dito há dez anos que os kerait iriam enfrentar uma grande horda, eu teria rido e me considerado sortudo por não estar no caminho da batalha. Agora eu os chamo de irmãos. Não importa se os jin vierem contra nós. Se vierem, vou derrotar todos eles mais depressa. Na verdade, eu preferiria enfrentá-los numa planície a ter de escalar as muralhas de suas cidades.

— Até as cidades podem cair, senhor — disse Barchuk em voz baixa, com a empolgação crescendo.

— E cairão. Com o tempo, cairão. Você me mostrou a barriga dos jin nesses xixia. Vou estripá-los lá e depois arrancar o coração.

— Sinto-me honrado em servir, senhor — respondeu Barchuk. Em seguida se levantou e fez uma reverência profunda, mantendo a pose até que Gêngis fez um gesto para ele se levantar.

— As tribos se reuniram — disse Gêngis, levantando-se e esticando as costas. — Se formos atravessar o deserto, teremos de coletar água e alimento para os cavalos. Assim que eu tiver o juramento, nada mais nos segurará neste local. — Ele parou por um momento. — Chegamos aqui como tribos, Barchuk. Saímos como uma nação. Se você está registrando os acontecimentos nesses pergaminhos, como descreve, certifique-se de escrever isso.

Os olhos de Barchuk brilharam, fascinados com o homem que comandava a grande horda.

— Farei com que isso seja feito, senhor. Ensinarei a escrita a seu xamã e a seu irmão, para que eles possam ler para o senhor.

Gêngis piscou, surpreso, intrigado com a imagem de seu irmão repetindo palavras presas em pele rígida.

— Seria interessante ver isso — disse. Em seguida pegou Barchuk pelo ombro, dando-lhe honra ao sair da grande iurta em sua companhia. Os generais foram atrás. Lá fora podiam ouvir o murmúrio baixo das tribos reunidas que esperavam aquele que iria liderá-las.

Mesmo na escuridão do verão, o campo luzia amarelo sob as estrelas, iluminado por dez mil chamas tremeluzentes. O centro fora limpo num vasto círculo ao redor da iurta de Gêngis, e os guerreiros de uma centena de facções haviam deixado suas famílias para ficar de pé, juntos, à luz trêmula. Comparando-se um homem com o que estava ao lado, as armaduras podiam ser um pedaço de couro rígido ou os elmos e os belos conjuntos de escamas de ferro copiados dos jin. Algumas levavam a estampa de suas tribos, ao passo que a maioria estava sem símbolos, mostrando que eram novas e que havia apenas uma tribo sob o céu. Muitos seguravam espadas recém-saídas das forjas que vinham trabalhando noite e dia desde que haviam chegado à planície. Buracos enormes tinham sido cavados por homens suarentos sob o sol enquanto levavam carroças de ferro para as chamas e olhavam empolgados os ferreiros produzirem espadas que eles podiam usar. Mais de um homem havia queimado os dedos pegando-as antes de terem esfriado direito, mas eles jamais haviam sonhado em ter uma espada longa, e não se importavam.

O vento sempre soprava na planície, mas naquela noite a brisa era suave enquanto eles esperavam Gêngis.

Quando saiu, Barchuk dos uigures desceu os degraus da carroça e ficou na primeira fileira ao redor das rodas de madeira e ferro. Gêngis parou por um momento, olhando acima das cabeças da multidão e se maravilhando com o tamanho dela. Seus irmãos, Arslan, Jelme e finalmente o xamã, Kokchu, desceram do lugar alto, cada um deles parando para observar as fileiras que se estendiam até longe, em poços de luz.

Então ele estava sozinho e fechou os olhos por um momento. Agradeceu ao pai céu por trazê-lo àquele lugar, com um exército assim para segui-lo. Disse algumas palavras breves ao espírito de seu pai, para o caso de ele poder vê-lo. Yesugei teria orgulho do filho, ele sabia. Havia aberto um novo terreno para seu povo, e só os espíritos poderiam dizer onde esse caminho terminaria. Enquanto abria os olhos, viu que Borte havia trazido seus quatro filhos para a primeira fila, três deles novos demais para ficarem sozinhos. Gêngis assentiu rapidamente para eles, com o olhar se demorando no mais velho, Jochi, e em Chagatai, cujo nome ele dera em homenagem ao xamã dos lobos. Com quase nove anos, Jochi sentia um espanto reverente pelo pai e baixou os olhos, enquanto Chagatai meramente olhava, com nervosismo óbvio.

— Chegamos aqui vindos de cem tribos diferentes — gritou Gêngis. Queria que sua voz chegasse longe, mas nem mesmo uma garganta treinada no campo de batalha poderia alcançar tantos. Aqueles que não ouvissem teriam de acompanhar os que ouviam.

"Eu trouxe lobos a esta planície, olkhun'ut e keraites. Trouxe merkites e jajirates, oirates e naimanes. Woyelas vieram aqui, tuvanes, uigures e uriankhai. — Enquanto citava cada grupo, havia uma agitação no local onde eles estavam. Notou como permaneciam juntos mesmo naquela noite. Não seria uma assimilação fácil para aqueles que tinham a honra tribal acima de todo o resto. Não importava, disse a si mesmo. Gêngis ergueria os olhares daqueles homens mais para o alto. Sua memória era impecável enquanto citava cada tribo que havia cavalgado para se juntar a ele à sombra da montanha preta. Não deixou nenhuma de fora, sabendo que a omissão seria notada e lembrada.

"Mais: convoquei aqueles que não tinham tribo — continuou — mas ainda possuíam honra e atendiam ao chamado do sangue ao sangue. Eles cavalgaram até nós em confiança. E digo a todos vocês: não existem tribos sob o pai céu. Existe apenas uma nação mongol, e ela começa esta noite, neste lugar.

Alguns do que ouviam gritaram comemorando, enquanto outros permaneciam com rosto de pedra. Gêngis manteve a máscara do guerreiro em suas feições. Precisava que entendessem que não havia perda de honra no que pedia.

— Somos irmãos no sangue, separados por tempo demais para que qualquer um aqui saiba o quanto. Reivindico uma família maior, de todas as tribos, um laço de sangue com todos vocês. Chamo-os de irmãos, para o meu estandarte, e cavalgaremos como uma família, uma nação. — Parou, avaliando as reações. Eles tinham ouvido a ideia antes, sussurrada na reunião de uma tribo a outra. Mesmo assim, ouvir isso dito por ele os sacudia. O grosso dos homens não aplaudiu, e ele precisou esmagar um súbito espinho de irritação. Os espíritos sabiam que ele amava seu povo, mas às vezes este era enlouquecedor.

"Vamos pilhar espólios suficientes para se igualar à montanha que está às costas de vocês. Vocês terão pôneis, esposas e ouro, óleos e carne saborosa. Tomarão terras e serão temidos onde quer que ouçam seus nomes. Cada homem aqui será um cã para os que prestarem reverência a ele.

Aplaudiram isso, pelo menos, e Gêngis arriscou um pequeno sorriso, satisfeito por ter encontrado o tom certo. Que os cãs inferiores se preocupassem com a ambição dos que estavam ao redor. Ele falava cada palavra a sério.

— Ao sul fica o grande deserto — gritou. O silêncio caiu no mesmo instante e Gêngis sentiu a atenção deles como uma força. — Vamos atravessá-lo numa velocidade que os reinos jin não podem imaginar. Vamos cair sobre o primeiro deles como lobos sobre cordeiros e eles vão se espalhar diante de nossas espadas e nossos arcos. Vou dar a vocês as riquezas e as mulheres deles. É lá que vou plantar meu estandarte e o chão vai tremer. A mãe terra saberá que seus filhos e irmãos encontraram sua herança e vai se regozijar ao ouvir o trovão nas planícies.

Os aplausos voltaram e Gêngis levantou os braços pedindo silêncio, ainda que aquilo o agradasse.

— Cavalgaremos em terreno seco, levando toda a água de que precisarmos, para um ataque súbito. Depois disso, não pararemos até que o mar nos contenha em todas as direções. Sou Gêngis, que digo isso, e minha palavra é ferro.

Eles rugiram, apreciando, e Gêngis estalou os dedos para Khasar, que esperava no chão abaixo. Khasar entregou uma pesada vara de bétula prateada onde haviam sido amarrados oito rabos de cavalo. A multidão murmurou ao vê-la. Alguns reconheceram o preto dos merkites, ou o rabo vermelho dos naimanes, amarrados com os outros. Cada um deles tinha sido o estandarte do cã de uma das grandes tribos, e Gêngis estava com todas elas na planície. Quando ele pegou o cajado, Khasar entregou um rabo de cavalo tingido com o azul dos uigures.

Os olhos de Barchuk se estreitaram diante daquele símbolo poderosíssimo, mas, com a horda às costas, o cã dos uigures ainda estava cheio de empolgação e da visão do futuro. Quando sentiu o olhar de Gêngis passar sobre ele, baixou a cabeça.

Com dedos ágeis, Gêngis amarrou a ponta do último rabo de cavalo e cravou a base da vara na madeira a seus pés. A brisa bateu no estandarte colorido, de modo que os rabos chicotearam e se retorceram como se estivessem vivos.

— Eu amarrei as cores — gritou ele. — Quando todas estiverem desbotadas e brancas, não haverá diferença entre elas. Serão o estandarte de uma nação.

Aos seus pés, os oficiais levantaram as espadas e a horda reagiu, apanhada no clima do momento. Milhares de armas golpearam o céu e Gêngis assentiu, fascinado. Demorou um longo tempo para o barulho terminar, mas ele levantou a mão e bateu o ar.

— O juramento que vocês farão nos une, irmãos. No entanto, não é mais forte que o sangue que já nos une. Ajoelhem-se diante de mim.

As fileiras da frente se abaixaram de imediato e o resto acompanhou, em ondulações que se espraiavam enquanto todos viam o que estava acontecendo. Gêngis ficou atento a qualquer hesitação, mas não houve nenhuma. Tinha todos eles.

Kokchu subiu de novo os degraus da carroça, com a expressão cuidadosamente vazia. Nem em suas ambições mais loucas havia sonhado com um momento assim. Temuge falara a seu favor e Kokchu se parabenizava por ter levado o rapaz ao ponto de fazer a sugestão.

Enquanto as tribos se ajoelhavam, Kokchu se deleitou com seu status. Imaginou se Gêngis havia considerado que ele seria o único dentre todos que não faria o juramento. Khasar, Kachiun e Temuge se ajoelharam no capim com todos os outros, tanto cãs quanto guerreiros.

— Sob um cã, somos uma nação — gritou Kokchu acima das cabeças, com o coração martelando empolgado. As palavras ecoaram de volta para ele, preenchendo o vale em ondas enquanto os que estavam atrás repetiam-nas. — Ofereço iurtas, cavalos, sal e sangue, com toda a honra.

Kokchu segurou o corrimão da carroça enquanto eles entoavam as palavras. Depois daquela noite, todos conheceriam o xamã do grande cã. Olhou para cima enquanto as palavras vinham em jorros, cada vez mais do fundo. Sob aquele céu límpido, os espíritos estariam se retorcendo de júbilo selvagem e simples, sem serem vistos nem sentidos por ninguém, a não ser os mais poderosos dentre os iguais a ele. No cântico de milhares, Kokchu sentiu-os redemoinhando no ar e exultou. Por fim, as tribos ficaram em silêncio e ele soltou um hausto longo.

— Agora você, xamã — murmurou Gêngis às suas costas. Kokchu levou um susto, surpreso, antes de cair de joelhos e repetir o mesmo juramento.

Quando Kokchu havia se reunido aos outros ao redor da carroça, Gêngis desembainhou a espada de seu pai. Para os que podiam ver, seus olhos brilhavam de satisfação.

— Está feito. Somos uma nação e vamos cavalgar. Nesta noite, que nenhum homem pense em sua tribo e lamente. Somos uma família maior, e todas as terras existem para as tomarmos.

Baixou o braço enquanto eles gritavam, desta vez como um só. O cheiro de cordeiro assado era forte na brisa e seu passo era leve enquanto os guerreiros se preparavam para uma noite de bebidas e comida suficientes para fazerem as barrigas incharem. Haveria mil crianças geradas por guerreiros bêbados antes do amanhecer. Gêngis pensou em voltar para Borte em sua tenda e mascarou o desconforto ao pensar nos olhos acusadores da mulher. Ela cumprira o dever para com ele, nenhum homem poderia negar, mas a paternidade de Jochi permanecia uma dúvida, como um espinho cravado em sua carne.

Balançou a cabeça para afastar os pensamentos soltos e aceitou um odre de airag preto de Kachiun. Esta noite, beberia até a insensibilidade, como cã de todas as tribos. De manhã eles se prepurariam para atravessar as terras secas do deserto de Gobi e seguiriam pelo caminho que ele escolhera.

CAPÍTULO 4

O VENTO GRITAVA AO REDOR DAS CARROÇAS, CARREGANDO UMA FINA NÉVOA de areia que fazia os homens e as mulheres cuspirem constantemente e estremecerem diante da aspereza na comida. Moscas atormentavam todos, sentindo o gosto do sal no suor e deixando marcas vermelhas onde haviam picado. Durante o dia, os uigures haviam mostrado como proteger o rosto com tecidos, deixando apenas os olhos para espiar a paisagem vazia, tremeluzindo de calor. Os que usavam armadura descobriram que seus elmos e protetores de pescoço eram quentes demais ao toque, mas não reclamavam.

Depois de uma semana, o exército de Gêngis subiu uma cordilheira colorida para entrar numa vasta planície de dunas onduladas. Apesar de terem caçado ao pé dos morros, a caça ficou mais rara à medida que o calor aumentava. Na areia quentíssima, o único sinal de vida eram minúsculos escorpiões pretos correndo para longe dos pôneis e desaparecendo em buracos. Repetidamente as carroças atolavam e tinham de ser arrancadas em pleno calor do dia. Era um trabalho de arrebentar as costas, mas cada hora perdida era uma hora que os trazia mais para perto de ficarem sem água.

Haviam enchido milhares de odres, amarrados com tendões e endurecidos ao sol. Sem outra fonte, o suprimento diminuía visivelmente e, no calor, descobriu-se que muitos odres haviam estourado sob o peso dos outros. Tinham carregado água para apenas vinte dias, e doze já haviam se passado. Os guerreiros bebiam o sangue de suas montarias dia sim, dia não, além de alguns copos de água quente e salobra, mas estavam perto do limite da resistência e ficaram atordoados e desatentos, com os lábios secos a ponto de sangrar.

Gêngis cavalgava com os irmãos à frente do exército, franzindo os olhos na claridade, em busca de algum sinal das montanhas que lhe haviam dito para esperar. Os uigures tinham comerciado penetrando fundo no deserto, e ele dependia de Barchuk para guiá-los. Franziu a testa ao considerar a interminável bacia plana feita de ondulações em preto e amarelo, estendendo-se até o horizonte. O calor do dia era o pior que ele já conhecera, mas sua pele havia escurecido e o rosto era costurado em novas linhas de sujeira e areia. Quase ficara feliz com o frio da primeira noite, até que este se tornou tão cortante que as peles das iurtas davam pouca proteção. Os uigures haviam mostrado aos homens das outras tribos como esquentar pedras ao fogo e depois dormir sobre uma camada delas enquanto iam esfriando. Um bom número de guerreiros tinha manchas marrons às costas, no lugar onde as pedras haviam queimado os dils, mas o frio fora vencido e, se sobrevivessem à sede constante, o deserto não tinha mais nada que pudesse impedi-los de prosseguir. Gêngis enxugava a boca a intervalos, enquanto cavalgava, mudando uma pedrinha de lugar dentro da bochecha, para manter o cuspe fluindo.

Olhou para trás enquanto Barchuk se aproximava cavalgando. Os uigures haviam coberto os olhos de seus pôneis com pano e os animais cavalgavam às cegas. Gêngis tentara o mesmo com suas montarias, mas as que não haviam experimentado isso antes empacavam e bufavam contra o tecido até que ele fosse retirado, depois sofriam durante os dias quentes. Muitos animais haviam desenvolvido crostas de muco amarelo-esbranquiçado nas pálpebras e precisariam de unguentos para curá-los se saíssem do deserto. Por mais rijos que fossem, os pôneis tinham de receber sua porção da água preciosa. A pé, a nova nação morreria no deserto.

Barchuk apontou para o chão, movendo a mão para baixo e erguendo a voz acima do vento implacável.

— Está vendo as manchas azuis na areia, senhor?

Gêngis assentiu, remexendo a boca seca para poder responder.

— Elas marcam o início do último grande estágio antes das montanhas Yinshan. Há cobre aqui. Nós comerciamos esse cobre com os xixia.

— Então quanto falta para que vejamos essas montanhas? — perguntou Gêngis, rouco, recusando-se a deixar que as esperanças crescessem.

Barchuk deu de ombros com impassibilidade mongol.

— Não sabemos com certeza, mas os mercadores xixia ainda estão descansados quando cruzam com nossas trilhas neste lugar, com os cavalos praticamente sem marcas de poeira. Não pode ser longe.

Gêngis olhou para trás, por cima do ombro, para a massa silenciosa de cavaleiros e carroças. Havia trazido sessenta mil guerreiros para o deserto, e um número igual de mulheres e crianças. Não podia ver o fim da cauda que se estendia por quilômetros, as formas se borrando umas nas outras até não passarem de uma mancha escura tremulando no calor. A água havia quase acabado, e logo teriam de matar os rebanhos, levando apenas a carne que pudessem carregar e deixando o resto na areia. Barchuk acompanhou seu olhar e deu um risinho.

— Eles sofreram, senhor, mas não demorará muito até batermos às portas do reino xixia.

Gêngis fungou, cansado. O conhecimento do cã dos uigures os havia trazido a esse lugar inóspito, mas por enquanto tinham apenas sua palavra de que o reino era tão rico e fértil quanto ele dizia. Nenhum guerreiro uigur tivera permissão de viajar para além das montanhas que cercavam o deserto ao sul, e Gêngis não sabia como planejar seu ataque. Pensou nisso, irritado, enquanto o cavalo fazia outro escorpião correr pela areia. Havia arriscado todos pensando numa chance de encontrar um ponto fraco nas defesas dos jin, mas ainda se perguntava como seria ver uma grande cidade de pedra, alta como uma montanha. Contra uma coisa assim, seus cavaleiros poderiam apenas ficar olhando, frustrados.

A areia sob os cascos do pônei ficou verde-azulada enquanto cavalgavam, grandes tiras de cores estranhas se estendendo em todas as direções. Quando paravam para comer, as crianças jogavam a areia no ar e faziam desenhos com gravetos. Gêngis não conseguia compartilhar o prazer delas à medida que o suprimento de água diminuía e cada noite era passada tremendo, apesar das pedras quentes.

Havia pouca coisa para divertir o exército antes de os homens caírem no sono cansado. Por duas vezes em doze dias, Gêngis fora chamado para resolver alguma disputa entre tribos enquanto o calor e a sede faziam os humores explodirem. Nas duas vezes, ele executara os homens envolvidos e deixou claro que não permitiria nada que ameaçasse a paz do acampamento. Considerava que haviam entrado em terras inimigas e que, se os oficiais não pudessem cuidar dos distúrbios, seu envolvimento significava um resultado implacável. A ameaça bastou para manter a maioria dos guerreiros de cabeça quente fora da desobediência explícita, mas seu povo nunca fora fácil de ser governado, e horas demasiadas em silêncio o deixava rebelde e difícil.

Enquanto o décimo quarto alvorecer trazia de novo o grande calor, Gêngis só pôde estremecer ao jogar longe os cobertores e espalhar as pedras embaixo do corpo para serem coletadas na noite seguinte pelos serviçais. Sentia-se rígido e cansado, com uma camada de sujeira na pele que lhe dava coceira. Quando o pequeno Jochi trombou nele durante um jogo com os irmãos, Gêngis lhe deu um cascudo com força, fazendo-o ir chorando procurar consolo com a mãe. Todos estavam de pavio curto no calor do deserto, e só as promessas de Barchuk, de uma planície verde e um rio no fim, mantinha os olhares no horizonte, esticando-se até lá, na imaginação.

No décimo sexto dia surgiram morros pretos e baixos. Os guerreiros uigures que cavalgavam como batedores voltaram a meio galope, com as montarias levantando tufos de areia e se esforçando com o chão fofo. Ao redor, a terra era quase verde com o cobre, e pedras pretas se projetavam como lâminas afiadas. Mais uma vez as famílias podiam ver liquens e pequenos arbustos meio secos agarrando-se à vida à sombra das rochas e, ao amanhecer, os caçadores trouxeram lebres e arganazes apanhados nas armadilhas noturnas. O humor das famílias melhorou sutilmente, mas todos estavam sofrendo de sede e olhos feridos, de modo que os humores permaneciam péssimos no acampamento. Apesar do cansaço, Gêngis aumentou as patrulhas ao redor da força principal e mandou os homens exercitarem e treinarem com os arcos e espadas. Os guerreiros estavam morenos e magros como chicotes, por causa do deserto, mas assumiram o trabalho com resistência séria, cada homem decidido a não fracassar sob os olhares do grande cã. Lenta e imperceptivelmente o passo se acelerou de novo, enquanto as carroças mais pesadas iam ficando para trás na procissão.

À medida que se aproximavam dos morros, Gêngis viu que eram muito mais altos do que ele havia pensado. Eram feitos da mesma pedra preta que rompia a areia ao redor, afiados e íngremes. Subir neles era impossível, e ele sabia que teria de haver uma passagem entre os picos, caso contrário seria forçado ao redor de toda a extensão. Com o suprimento de água quase terminado, as carroças estavam mais leves, mas ele sabia que precisavam encontrar rapidamente o vale de Barchuk, caso contrário começariam a morrer. As tribos o haviam aceitado como cã, mas se ele os tivesse trazido a um lugar de calor e morte, se os matasse, eles se vingariam enquanto ainda tivessem forças. Gêngis cavalgava de costas eretas na sela, a boca que era uma massa de feridas. Atrás, as tribos murmuravam, carrancudas.

Kachiun e Khasar forçavam a vista através do ar nublado pelo calor ao pé dos penhascos. Com dois batedores, haviam cavalgado à frente do exército principal para procurar a passagem. Os batedores eram homens experientes e os olhos afiados de um deles havia apontado para um corte promissor entre os picos. A coisa começou muito bem, enquanto as encostas íngremes davam lugar a um cânion estreito que fazia ecoar os cascos dos quatro cavaleiros. Dos dois lados as pedras se estendiam na direção do céu, altas demais para um homem escalar sozinho, quanto mais com carroças e cavalos. Não era necessária habilidade especial de rastreador para ver que o terreno fora desgastado até formar um caminho largo, e o pequeno grupo instigou as montarias até um meio galope, esperando serem capazes de informar sobre um caminho que chegasse ao reino xixia do outro lado das montanhas.

Quando rodearam uma curva fechada na trilha, os batedores puxaram as rédeas, atônitos, num espanto silencioso. O fim do cânion era bloqueado por uma parede gigantesca, feita com a mesma pedra preta das montanhas. Cada bloco sozinho seria mais pesado que qualquer coisa que as tribos poderiam mover, e a muralha parecia estranha, de algum modo *errada* aos seus olhos. Eles não tinham artesãos que trabalhassem em pedra.

Com suas linhas bem-feitas e superfícies lisas, aquilo era claramente obra humana, mas o simples tamanho e a escala eram algo que eles só tinham visto em rochas e vales selvagens. Na base ficava a prova final de que não era uma coisa natural. Um portão de ferro preto e madeira ficava na base da muralha, antigo e forte.

— Olhe o tamanho daquilo! — disse Kachiun, balançando a cabeça. — Como vamos passar por aí?

Os batedores meramente deram de ombros e Khasar assobiou baixinho.

— Seria fácil montar uma armadilha para nós neste lugar sem espírito. Gêngis deve ser informado rapidamente, antes que venha atrás de nós.

— Ele quererá saber se há guerreiros lá em cima, irmão. Você sabe.

Khasar olhou as encostas íngremes dos dois lados, sentindo-se subitamente vulnerável. Era fácil imaginar homens jogando pedras de cima, e não haveria como evitá-las. Considerou o par de batedores que os acompanhavam no cânion. Haviam sido guerreiros keraites antes que Gêngis os reivindicasse. Agora esperavam impassivelmente por ordens, escondendo o espanto pelo tamanho da muralha.

— Talvez eles tenham simplesmente construído para bloquear algum exército vindo do deserto — disse Khasar ao irmão. — Talvez não esteja guarnecida.

Enquanto ele falava, um dos batedores apontou, direcionando o olhar dos dois para uma figura minúscula que se movia no topo da muralha. Só poderia ser um soldado, e Khasar sentiu o coração se encolher. Se havia outra passagem, Barchuk não tinha conhecimento, e encontrar um caminho para além das montanhas faria com que o exército de Gêngis começasse a se encolher. Khasar tomou uma decisão, sabendo que ela poderia significar a vida dos dois batedores.

— Cavalguem até a base da muralha e depois voltem — disse. Os dois homens baixaram a cabeça, trocando um olhar com o rosto inexpressivo. Como se fossem um só, bateram os calcanhares e gritaram "Chuh!" para fazer as montarias correrem. Areia foi jogada para o alto enquanto eles começavam a corrida até a base da muralha preta, e Khasar e Kachiun ficaram espiando com os olhos semicerrados por causa da claridade.

— Acha que eles vão chegar até lá? — perguntou Kachiun. Khasar deu de ombros, sem dizer nada, concentrado demais em vigiar a muralha.

Kachiun pensou ter visto um gesto incisivo feito pelo guarda distante. Os batedores tiveram o bom senso de não cavalgar juntos, pegando um caminho dividido, a pleno galope, e desviando-se à direita e à esquerda para atrapalhar a mira de algum arqueiro. Durante longo tempo não houve som a não ser os ecos dos cascos, e os irmãos olhavam com a respiração presa.

Kachiun xingou quando uma fileira de arqueiros surgiu na muralha.

— *Vamos* — instigou, baixinho. Pontos escuros voaram para baixo, contra os dois batedores que cavalgavam loucamente, e Kachiun viu um deles puxar as rédeas com imprudência quando chegou ao grande portão. Eles o viram bater com o punho na madeira enquanto fazia a montaria girar, mas os arqueiros estavam disparando em ondas e, um instante depois, ele e seu cavalo foram atravessados por uma dúzia de flechas. O homem agonizante gritou e sua montaria começou a viagem de volta, dando um passo em falso e tropeçando enquanto era acertada repetidamente. Por fim, caíram quase juntos e ficaram imóveis na areia.

O segundo batedor teve mais sorte, mas não chegou a tocar a muralha. Durante um tempo, pareceu que poderia escapar das flechas, e Khasar e Kachiun gritaram para ele. Então o homem estremeceu na sela, seu cavalo empinou e caiu, com as pernas chutando enquanto rolava sobre ele.

O cavalo conseguiu ficar de pé e veio mancando até os irmãos, deixando o corpo do batedor partido lá atrás.

Khasar apeou e pegou as rédeas soltas. A pata estava quebrada e o pônei não poderia ser montado de novo. Em silêncio, Khasar amarrou as rédeas à sua sela. Não deixaria o animal para trás, com tantas bocas para serem alimentadas no acampamento.

— Temos a resposta, irmão — murmurou Khasar. — Mas não é a que eu queria. Como vamos passar por eles?

Kachiun balançou a cabeça.

— Vamos achar um modo — disse, olhando de novo para a linha escura de arqueiros que os vigiavam. Alguns levantaram os braços, mas não dava para ver ser era em zombaria ou saudação. — Mesmo que tenhamos de derrubá-la, pedra por pedra.

Assim que Khasar e Kachiun foram vistos cavalgando sozinhos, as forças de Gêngis pararam. Antes que pudessem chegar às primeiras linhas de guerreiros montados, os irmãos passaram por grupos de escaramuça que permaneciam olhando para fora, para as montanhas que eles haviam deixado para trás. Gêngis e seus oficiais haviam aprendido lições duras nos anos em que transformaram as tribos num único exército, e garotos galoparam adiante para lhe dizer que seus irmãos estavam chegando.

Nenhum dos dois respondeu aos que gritavam para eles. Sérios e silenciosos, cavalgaram até a iurta do irmão, acomodada como um molusco sobre sua carroça. Quando chegaram, Khasar apeou num salto e olhou para o homem que avançou para pegar as rédeas.

— Tsubodai — disse, cumprimentando-o, forçando um sorriso. O jovem guerreiro parecia nervoso, e Khasar se lembrou que lhe havia sido prometida uma armadura e um bom cavalo. Fez uma careta diante da impropriedade do momento.

— Temos muita coisa para discutir com o cã. Reivindique seu cavalo outra hora.

O rosto de Tsubodai revelou o desapontamento, e Khasar fungou, pegando-o pelo ombro enquanto ele virava. Lembrou-se da coragem do rapaz ao saltar entre os woyela. Era um favor que ele poderia pagar.

— Talvez haja um momento, quando tivermos terminado. Venha comigo, então, se você conseguir ficar em silêncio. — Tsubodai recuperou o sorriso num instante, tingido de nervosismo por encontrar o grande cã. Com a boca seca, subiu os degraus da carroça e acompanhou os irmãos até o interior sombreado.

Gêngis estava preparado para eles, com o jovem mensageiro ainda ofegando ao lado.

— Onde estão os batedores? — perguntou, vendo as expressões sérias.

— Mortos, irmãos. E a passagem é guardada por uma muralha de pedras pretas com a altura de cem iurtas, talvez mais.

— Vimos cerca de quinze arqueiros disparando — acrescentou Kachiun. — Não eram hábeis, como sabemos, mas não erravam. A muralha fica no fim de uma passagem estreita, uma fenda entre rochas íngremes. Não pude ver um modo de flanqueá-los.

Gêngis franziu a testa, levantando-se. Fez um som estalado com a garganta enquanto atravessava a iurta e saía ao sol forte. Khasar e Kachiun seguiramno para fora, mal notando o arregalado Tsubodai em seus calcanhares.

Gêngis ficou parado na areia verde-azulada abaixo deles, olhando para cima. Segurou um graveto e fez um gesto com ele, desenhando uma linha no chão.

— Mostrem-me — ordenou. Foi Kachiun que pegou o graveto e desenhou em gestos precisos. Khasar ficou olhando fascinado seu irmão recriar o cânion que ele vira algumas horas antes. De um dos lados, Kachiun desenhou uma cópia do portão em arco e Gêngis esfregou o queixo, irritado.

— Poderíamos desmontar as carroças e fazer escudos para que os homens pudessem se aproximar — disse, em dúvida.

Kachiun balançou a cabeça.

— Isso nos levaria ao portão, contra as flechas deles, mas assim que estivéssemos lá, eles poderiam jogar pedras em cima de nós. Daquela altura, umas poucas tábuas seriam despedaçadas.

Gêngis levantou a cabeça, olhando por cima das fileiras de famílias até a vastidão sem árvores do deserto em todas as direções. Não tinham nada com que construir.

— Então teremos de tirá-los de lá — disse. — Uma retirada falsa, com itens valiosos deixados para trás. Mandarei homens com as melhores armaduras e eles sobreviverão às flechas, mas serão expulsos pelo pânico, com muitos gritos. — Ele sorriu diante da perspectiva. — Isso talvez ensine um pouco de humildade aos nossos guerreiros.

Kachiun esfregou a bota ao longo da borda do desenho.

— Poderia funcionar se soubéssemos quando eles abrem o portão, mas o cânion é retorcido. Assim que estivermos fora das vistas, não temos como saber quando eles saírem. Se eu pudesse colocar uns dois garotos nos penhascos laterais, eles poderiam sinalizar para nós, mas é uma escalada maligna e não há cobertura naquelas pedras. Eles seriam vistos.

— Posso falar, senhor? — disse Tsubodai de repente.

Khasar levou um susto, indignado.

— Eu mandei você ficar quieto. Não vê como isso é importante?

Os olhares dos três homens viraram para o jovem guerreiro e ele ficou vermelho.

— Desculpe. Pensei num modo de sabermos quando eles saírem.

— Quem é você? — perguntou Gêngis.

A voz de Tsubodai falhou enquanto ele baixava a cabeça.

— Tsubodai dos uriankhai, senhor. — Ele se conteve, sem graça. — Da nação, senhor. Eu...

Gêngis levantou a mão.

— Eu me lembro. Diga o que está pensando.

Com esforço visível, Tsubodai engoliu o nervosismo e explicou. Surpreendeu-o que eles não tivessem pensado nisso. O olhar de Gêngis, em particular, pareceu se cravar nele, e o cã terminou olhando para a distância.

Tsubodai sofreu em silêncio enquanto os três homens consideravam. Depois de séculos, Gêngis assentiu.

— Pode dar certo — disse, de má vontade. Tsubodai pareceu crescer um pouco.

Khasar lançou um sorriso para o rapaz, como se fosse responsável por sua inteligência.

— Cuide disso, Kachiun — disse Gêngis. Em seguida, riu diante do orgulho de Tsubodai. — Depois vou até este lugar que vocês descrevem. — Seu humor mudou enquanto ele pensava na destruição de algumas das carroças que haviam transportado as famílias pelo deserto. Com a madeira tão escassa, cada uma delas era muito remendada e repassada de uma geração à outra. Não havia outra saída.

— Peguem as primeiras dez carroças que vocês virem e juntem a madeira numa barricada que possa ser transportada.

Viu o olhar de Kachiun ir até a iurta do cã, às suas costas, e fungou.

— Comece com a próxima carroça que você vir, irmão. Nem pense em pegar a minha.

Kachiun se afastou rapidamente para juntar os homens e os materiais de que precisaria. Gêngis ficou parado, encarando o jovem guerreiro.

— Eu lhe prometi um cavalo e armadura. O que mais deseja de mim?

O rosto de Tsubodai empalideceu, em confusão. Não havia pensado em aumentar a dívida do cã, apenas em solucionar um problema que o havia intrigado.

— Nada, senhor. É suficiente cavalgar com o meu povo.

Gêngis o encarou e coçou o rosto.

— Ele tem coragem e inteligência, Khasar. Dê-lhe dez homens no ataque à muralha. — Seus olhos amarelos saltaram de volta na direção de Tsubodai, que ficou enraizado, em choque.

"Vou ficar de olho, para ver como você lidera guerreiros mais experientes. — Em seguida, parou para que a notícia se assentasse e acrescentou uma farpa para cutucar a confiança crescente do rapaz:

— Se você fracassar com eles, não viverá além do pôr-do-sol daquele dia — disse.

Tsubodai fez uma reverência profunda, em resposta, e o aviso mal arranhou sua empolgação. Gêngis resmungou.

— Mande trazerem meu cavalo, Khasar. Vou ver essa muralha e esses arqueiros que acham que podem ficar no meu caminho.

CAPÍTULO 5

Os defensores xixia não podiam ter ideia de quantos mongóis haviam cruzado o deserto para ir contra eles. Ainda que tivesse ido com uma dúzia de oficiais até o limite do alcance dos arcos, Gêngis manteve o exército principal bastante afastado do cânion tortuoso. Decidira não mandar escaladores para as encostas. O plano dependia de os defensores pensarem que eles eram pastores sem sofisticação. Vigias nos picos revelariam pelo menos algum talento para planejamento e deixariam os soldados do forte com suspeitas. Gêngis mordeu o lábio inferior enquanto olhava a fortaleza xixia. Arqueiros se amontoavam como formigas na muralha, e, a intervalos, um deles atirava uma flecha para o alto, com o objetivo de estabelecer o alcance para qualquer ataque que pudesse acontecer. Gêngis viu a última delas se cravar no chão uma dúzia de passos à sua frente. Seus homens podiam disparar mais longe, e ele cuspiu com desprezo na direção dos arqueiros inimigos.

O ar estava denso e parado no cânion, onde nenhum vento podia soprar. O calor do deserto ainda era forte enquanto o sol cruzava no alto e diminuía as sombras até quase nada. Gêngis tocou a espada de seu pai, em busca de sorte, depois virou o pônei e cavalgou de volta até onde uma centena de guerreiros esperavam.

Estavam em silêncio, como fora ordenado, mas a empolgação era visível nos rostos jovens. Como todos os mongóis, eles adoravam a ideia de enganar um inimigo, mais ainda do que a de dominá-lo pela força.

— O escudo de madeira está firme — disse Khasar junto ao seu ombro. — É grosseiro, mas vai levá-los ao pé da muralha. Eu lhes dei marretas de forja para testar o portão. Quem sabe eles podem arrombá-lo.

— Se isso acontecer, deixe outros cem prontos para um ataque de apoio. — Gêngis virou para Kachiun, parado ali perto para supervisionar os últimos detalhes. — Mantenha o resto para trás, Kachiun. Seria uma matança fácil para eles, ficarmos apinhados enquanto só uns poucos podem passar. Não quero que avancem feito loucos.

— Vou colocar Arslan à frente do segundo grupo — respondeu Kachiun. Era uma boa escolha, e Gêngis confirmou com a cabeça. O ferreiro seria capaz de seguir ordens em meio a uma tempestade de flechas.

Às costas deles, a muralha parecia se erguer imóvel, mesmo não estando diretamente à vista. Gêngis não fazia ideia do que haveria atrás das pedras escuras, ou de quantos homens defendiam a passagem. Não importava. Em menos de dois dias, os últimos odres de água estariam vazios. Depois disso as tribos começariam a cair, morrendo de sede e de suas ambições. A fortaleza precisava cair.

Muitos homens levavam lindas espadas e lanças para serem deixadas na areia, qualquer coisa que pudesse atrair o olhar dos defensores e fazer com que saíssem. Absolutamente todos usavam as melhores armaduras, cópias de um desenho jin. No calor, as escamas de ferro da largura de um dedo feriam a pele nua, e logo as túnicas internas, de seda, estavam azedas de suor. Eles bebiam água do suprimento cada vez mais reduzido. Gêngis havia imposto uma ração para os homens que iriam arriscar a vida.

— Fizemos todo o possível, irmão — disse Khasar, interrompendo seus pensamentos. Os dois ficaram olhando quando Kokchu apareceu entre os guerreiros, salpicando a água preciosa sobre eles e entoando. Muitos homens baixaram a cabeça para receber a bênção e Gêngis franziu a testa. Imaginou Temuge fazendo a mesma coisa no futuro e não conseguiu encontrar glória nisso.

— Eu deveria estar entre os atacantes — murmurou.

Kachiun ouviu e balançou a cabeça.

— Você não pode ser visto correndo de nada, irmão. Talvez o plano dê errado e as tribos se espalhem. Você não pode ser visto como covarde, e nem metade do exército conhece o plano aqui, pelo menos por enquanto.

Para eles, basta ver você olhando. Escolhi a maior parte pela energia e pela coragem. Eles seguirão as ordens.

— Têm de seguir — respondeu Gêngis.

Seus irmãos se afastaram para abrir caminho para o grupo de ataque e o largo abrigo de madeira. Os homens o carregavam sobre a cabeça com orgulho, e a tensão aumentou no silêncio.

— Quero ver esta muralha derrubada — disse Gêngis a eles. — Se não com espadas e marretas, com ardil. Alguns de vocês morrerão, mas o pai céu ama o espírito do guerreiro, e vocês serão bem-vindos. Vão abrir um caminho para o doce reino que há do outro lado. Toquem os tambores e as trompas. Que eles ouçam e se preocupem em sua fortaleza preciosa. Que o som chegue direto ao coração dos xixia e até mesmo aos jin em suas cidades.

Os guerreiros respiraram fundo, preparando-se para a corrida. A distância, um pássaro cantou estridente, no alto das termais acima dos morros. Kokchu exclamou que era um bom presságio e a maioria dos homens olhou para a tigela azul sobre as cabeças. Uma dúzia de tambores começou a tocar ao ritmo da batalha, e o som familiar animou a todos, fazendo os corações baterem mais rápido. Gêngis baixou o braço e o exército rugiu e as trompas uivaram. O primeiro grupo correu até o ponto em que poderiam entrar na parte principal do cânion e depois acelerou, gritando um desafio rouco. De volta ecoaram os gritos de alerta vindos da fortaleza.

— Agora veremos — disse Gêngis, apertando e abrindo a mão da espada.

As vozes dos guerreiros se chocaram contra as laterais da passagem enquanto eles corriam. Estavam sofrendo sob o peso da barricada acima das cabeças, já meio cegos de suor. Em instantes aquela peça provou seu valor, ficando eriçada de flechas pretas, com as penas coloridas estremecendo. Os arqueiros eram bem disciplinados, viu Gêngis, e atiravam juntos depois de uma ordem gritada. Um ou dois disparos tiveram sorte, e quando a barricada chegou à muralha havia três figuras imóveis caídas de rosto na areia, mais atrás.

Um estrondo surdo preencheu a passagem quando os homens das marretas atacaram a porta da muralha. Arqueiros se apinhavam como um enxame no alto, inclinando-se para disparar as flechas direto para baixo, contra as aberturas menores. Homens gritavam e caíam das bordas do escudo de madeira, com o corpo se sacudindo enquanto eram acertados repetidamente.

Gêngis xingou baixinho ao ver pedras pesadas sendo erguidas até o parapeito. Havia discutido essa possibilidade com seus generais, mas mesmo assim encolheu-se de ansiedade quando um oficial usando um elmo com plumas levantou um braço e gritou uma ordem. A primeira pedra pareceu cair por longo tempo, e Gêngis ouviu o estalo quando ela derrubou de joelhos os que estavam embaixo. Enquanto eles lutavam para se levantar, os homens das marretas golpeavam com mais força ainda, as pancadas vindo tão rápidas quanto os tambores que eles haviam deixado para trás.

Mais duas pedras caíram antes que a barricada de madeira se partisse. As marretas foram jogadas na areia e um grande rugido de pânico subiu enquanto os arqueiros acima encontravam novos alvos. Gêngis apertou os punhos olhando seus homens se espalharem. A porta na muralha havia aguentado, e eles não podiam fazer nada mais do que sacudir as armas em fúria contra o inimigo lá no alto. Um homem depois do outro foi caindo, e, sem aviso, eles voltaram pela passagem, disputando corrida uns com os outros, em desespero.

Enquanto corriam, mais guerreiros eram derrubados por ondas de flechas zumbindo. Pouco mais de uma dúzia conseguiu sair do alcance, apoiando as mãos nos joelhos e ofegando. Atrás deles, a passagem estava coberta de tudo que haviam largado na fuga, os corpos marcados por flechas se projetando.

Gêngis caminhou lentamente até o centro do caminho, olhando para os defensores em júbilo no alto. Podia ouvir seus gritos de comemoração, e foi difícil se obrigar a lhes dar as costas. Quando fez isso, o som se intensificou e ele se afastou rigidamente, até saber que não estava mais à vista.

No ponto mais alto da muralha, Liu Ken o viu ir embora, com a satisfação forçando a máscara impassível que mostrava aos soldados em volta. Os homens estavam sorrindo abertamente e dando tapas nas costas uns dos outros, como se tivessem obtido uma grande vitória. Liu Ken sentiu a irritação crescendo diante da idiotice deles.

— Troquem de turno e mandem cinco Sui de arqueiros descansados cá para cima — disse rispidamente. Os sorrisos desapareceram. — Perdemos mil flechas no desfiladeiro, portanto certifiquem-se que as aljavas estejam cheias de novo. Deem água a todos os homens.

Liu pousou as mãos na pedra antiga, olhando para a passagem. Haviam matado quase todos os que haviam chegado ao alcance, e ele ficou satisfeito com os arqueiros. Fez uma anotação mental para parabenizar o oficial da muralha. O som das marretas o havia preocupado, mas a porta aguentou. Liu Ken deu um sorriso tenso. Se não tivesse aguentado, os mongóis teriam entrado direto num recinto cercado de muros altos, com arqueiros de cada lado, acima deles. A fortaleza tinha um belo projeto, e ele estava satisfeito porque seu tempo de serviço não havia terminado antes que ele visse esse teste da construção.

Franziu a testa diante dos pedaços de madeira quebrada na areia. Tudo que haviam lhe dito sobre as tribos sugeria que, se elas viessem, atacariam como animais selvagens. A barricada demonstrava planejamento hábil, e isso o incomodava. Iria se certificar de pôr em seu relatório ao governador da província. Que ele decidisse o melhor modo de reagir. Liu ficou pensando enquanto olhava os mortos espalhados lá embaixo. As pedras nunca haviam sido usadas antes. A maioria estava coberta de musgo devido aos anos passados junto à muralha. Também teriam de ser substituídas por material vindo dos depósitos, mas havia funcionários para esse tipo de atividade mundana. Era hora de fazerem mais do que alocar água e comida para os homens, pensou.

Liu virou ao escutar o barulho de sandálias e engoliu a consternação ao ver o comandante do forte subindo as escadas da muralha. Shen Ti era administrador, mais do que soldado, e Liu se preparou para responder às perguntas idiotas dele. A subida ao topo da muralha deixara o sujeito gordo ofegando, por isso Liu teve de desviar o olhar, para não reconhecer a fraqueza do superior. Esperou sem falar enquanto Shen Ti se juntava a ele na muralha e olhava para baixo com olhos brilhantes, a respiração ainda dificultosa.

— Fizemos os cães saírem correndo — disse Shen Ti, recuperando-se.

Liu inclinou a cabeça numa concordância silenciosa. Não tinha visto o comandante durante o ataque. Sem dúvida ele estivera se encolhendo acovardado com suas concubinas nos aposentos particulares do outro lado da fortaleza. Com humor seco, Liu pensou nas palavras de Sun Tzu sobre guerra defensiva. Shen Ti era certamente adepto de se esconder "nos recessos da terra", mas só porque Liu estivera ali para espalhar os atacantes. Mesmo assim, devia cortesia ao posto do sujeito.

— Deixarei os corpos lá durante o resto do dia, senhor, para ter certeza que nenhum está fingindo ter morrido. Mandarei homens para recolher armas e flechas ao amanhecer.

Shen Ti olhou os corpos no cânion. Podia ver caixas caídas no chão, além de uma lança bonita, do tamanho de um homem. Sabia que, se deixasse por conta dos soldados, qualquer coisa de valor desapareceria nas coleções particulares. Algo brilhou na areia verde e dourada e ele franziu a vista.

— Você irá supervisioná-los, Liu. Mande homens para baixo agora, verificar se o portão não foi danificado. Mande que tragam qualquer coisa de valor para eu examinar.

Liu escondeu um tremor diante da cobiça nua do comandante. Os uigures nunca possuíam nada de valor, pensou. Não havia motivo para esperar mais do que alguns pedaços de metal brilhante daqueles selvagens maltrapilhos. No entanto, ele não era um nobre, e fez uma reverência o mais baixo que pôde com sua armadura completa.

— Como ordenar, senhor. — E deixou Shen Ti olhando para baixo, com um leve sorriso tocando os lábios carnudos. Liu estalou os dedos para atrair a atenção de um grupo de arqueiros que estavam se revezando para beber água de um balde.

— Vou despir os mortos. — Ele respirou fundo, sabendo que havia permitido que sua irritação pela ordem vergonhosa aparecesse. — Voltem às suas posições e estejam preparados para outro ataque.

Os homens correram para obedecer, deixando o balde d'água cair com ruído e girar sem que ninguém o pegasse, enquanto corriam de volta à muralha. Liu suspirou, antes de se concentrar na tarefa próxima. Sem dúvida os uigures iriam pagar pelo ataque quando o rei ficasse sabendo. Nas terras pacíficas dos xixia, aquilo seria o assunto da corte, talvez durante meses. O comércio seria estrangulado durante uma geração, e ataques punitivos seriam feitos contra cada povoado uigur. Liu não gostava desse tipo de guerra e pensou em pedir uma transferência de volta para a cidade de Yinchuan. Bons guardas com experiência eram sempre necessários.

Deu ordens ríspidas para uma dúzia de lanceiros o seguirem e desceu os degraus frios até o portão externo. De dentro, ele parecia intocado pelo ataque e, à sombra das muralhas, Liu pensou no destino de qualquer um que fosse idiota o bastante para derrubá-lo. Não gostaria de estar entre eles, pensou. Para ele, era um trabalho inferior verificar se o portão interno estava seguro antes de levantar a mão para a barra que trancava o externo. Sun Tzu talvez fosse o maior pensador militar que os jin haviam produzido, mas ele não considerava as dificuldades causadas por homens cobiçosos, como Shen Ti, dando ordens.

Liu respirou fundo e empurrou a porta, deixando entrar um facho de áspera luz do sol. Os homens atrás dele arrastaram os pés, em prontidão, e ele assentiu ao capitão.

— Quero que dois homens fiquem para guardar a porta. O resto de vocês vai recolher flechas usáveis e qualquer outra coisa que possa ter valor. Se houver problema, larguem tudo e corram para o portão. Ninguém deverá falar e nenhum de vocês deve andar mais de cinquenta passos, mesmo que haja esmeralda do tamanho de ovos de pata caídas na areia. Obedeçam minhas ordens.

Os soldados fizeram uma saudação como se fossem um só, e o capitão deu um tapa no ombro de dois deles, para permanecerem de guarda. Liu confirmou com a cabeça, franzindo as pálpebras sob o sol enquanto os olhos se ajustavam. Não poderia esperar altos padrões dos soldados que iam parar na fortaleza. Quase todos haviam cometido algum erro no exército ou ofendido alguém influente. Até Shen Ti cometera algum erro secreto em seu passado político, ele tinha certeza, mas o gordo jamais iria se abrir a um soldado comum, não importando o posto que ele tivesse.

Liu expirou longamente, verificando uma lista mental das defesas. Tinha feito tudo que podia, mas ainda havia em seus ossos uma sensação da qual não gostava. Passou por cima de um cadáver, notando que o homem usava uma armadura muito semelhante à sua. Franziu a testa diante daquilo. Não havia registro de os uigures copiarem armaduras jin. Era grosseira, mas de qualidade razoável, e Liu sentiu a inquietação crescendo.

Pronto para saltar para trás, pisou com força numa mão estendida. Ouviu o osso quebrar e, com a falta de movimento, assentiu e foi adiante. Os mortos estavam em maior número perto do portão e ele pôde ver dois homens esparramados com flechas atravessando a garganta. Martelos pesados haviam caído perto deles, e Liu pegou um, encostando-o na muralha para ser apanhado na volta. Também era bem-feito.

Enquanto ele estreitava os olhos em direção ao fim da passagem, seus homens se espalharam, curvando-se para pegar armas na areia. Liu começou a relaxar um pouco ao ver dois deles arrancando flechas de um corpo que parecia um porco-espinho, com a densidade dos disparos acertados. Afastou-se da sombra da muralha, encolhendo-se diante da claridade súbita. Trinta passos à frente havia duas caixas, e ele sabia que Shen Li estaria olhando para ver se ele encontrava algo de valor dentro delas. Liu não podia imaginar por que os selvagens teriam trazido ouro ou prata para um ataque, mas andou pelo sol quente na direção delas, com a mão a postos na espada. Será que poderiam conter cobras ou escorpiões? Ele ouvira falar de coisas assim sendo usadas para atacar cidades, mas geralmente eram jogadas por cima das muralhas. Os selvagens não haviam trazido catapultas nem escadas para o ataque.

Liu desembainhou a espada e cravou a ponta na areia, levantando a caixa de lado. Pássaros irromperam do espaço confinado, voando para o alto enquanto ele se jogava para trás, em choque.

Por um momento, Liu ficou parado e olhou os pássaros, incapaz de entender por que haviam sido deixados assando na areia. Levantou a cabeça para vê-los voar e então a compreensão baixou, e seus olhos se arregalaram em pânico súbito. Os pássaros eram o sinal. Um rumor surdo chegou aos seus ouvidos e o chão pareceu vibrar sob seus pés.

— Voltem ao portão! — gritou, balançando a espada. Ao redor, viu seus soldados olhando em choque, alguns com os braços cheios de flechas e espadas. — Corram! Voltem! — gritou Liu de novo. Olhando pela passagem, viu as primeiras linhas escuras de cavalos a galope e virou para o portão. Se os idiotas fossem lentos demais, teriam apenas a si mesmos para culpar, pensou, com a mente em disparada.

Parou escorregando, horrorizado, antes de ter corrido mais do que alguns passos. Ao redor do portão alguns cadáveres estavam saltando de pé, ainda com flechas alojadas. Um deles havia ficado perfeitamente imóvel enquanto Liu quebrara sua mão com a sandália. Liu engoliu o pânico diante do trovão que crescia às costas e começou a correr de novo. Viu o portão começando a se fechar, mas um dos inimigos estava lá para enfiar o braço pela abertura. O mongol gritou em agonia quando sua mão foi despedaçada do lado de dentro, mas havia outros com ele para abri-lo à força e cair sobre os defensores.

Liu soltou um uivo de raiva e não chegou a ver a flecha que o acertou na nuca. Caiu na areia, sentindo-a arder mesmo enquanto a escuridão o cobria. O portão interno estava fechado, tinha certeza. Tinha-o visto ser fechado, e ainda havia uma chance. Seu sangue sufocou os pensamentos e o som dos cascos foi se esvaindo até sumir.

Tsubodai se levantou de onde estivera caído, na areia. A flecha que o derrubara fora seguida de mais duas encravadas na armadura. Suas costelas eram uma agonia, e cada passo provocava mais dores e a sensação quente do sangue escorrendo pela coxa. O cânion estava cheio com um som que parecia trovão enquanto a linha a galope se aproximava a toda velocidade. Tsubodai olhou para cima, ouviu arcos estalando e viu flechas pretas voando para baixo. Um cavalo relinchou atrás dele enquanto Tsubodai viu o portão ser aberto por corpos e cambaleou para lá.

Olhou ao redor procurando os dez homens que Gêngis pusera sob seu comando. Reconheceu quatro das figuras que corriam para o portão, enquanto os outros continuavam na areia, mortos de verdade. Tsubodai engoliu a saliva dolorosamente enquanto passava sobre um homem que ele conhecia da tribo uriankhai.

O som dos cavaleiros aumentou de força às suas costas até que ele esperou ser derrubado. Pensou que os ferimentos o haviam atordoado, porque tudo parecia estar acontecendo lentamente e dava para ouvir cada respiração dificultosa passando pela boca aberta. Fechou-a, irritado com essa demonstração de fraqueza. À frente, os que haviam sobrevivido ao ataque estavam correndo para o portão, com espadas desembainhadas. Tsubodai ouviu o estalar dos arcos, abafado pelas pedras grossas da muralha. Teve um vislumbre de homens caindo ao passar, crivados de flechas enquanto olhavam para cima e gritavam. Nesse instante, sua mente clareou e os sentidos se aguçaram. Flechas ainda se cravavam na areia ao redor, mas ele as ignorou. Rugiu uma ordem para pararem, enquanto seus guerreiros chegavam ao portão. A voz estava áspera, mas, para seu alívio, os homens atenderam.

— Façam escudos com a madeira. Peguem as marretas — disse, apontando. Ouviu o tilintar de armaduras enquanto homens saltavam na areia ao redor. Khasar pousou no chão correndo e Tsubodai agarrou o braço dele.

— Há arqueiros do lado de dentro. Ainda podemos usar a madeira quebrada.

Flechas desapareciam na areia ao redor, deixando somente as penas pretas. Com calma, Khasar olhou para a mão de Tsubodai apenas por tempo suficiente para lembrar ao jovem guerreiro seu status. Enquanto Tsubodai o soltava, Khasar gritou ordens. Ao redor, os homens pegaram pedaços do escudo original e ergueram sobre a cabeça enquanto passavam correndo pelo portão.

Enquanto as marretas eram apanhadas de novo, arqueiros no alto atiravam na área estreita entre os dois portões. Mesmo com o escudo precário, algumas flechas acertaram os alvos. Na areia quente lá fora, Khasar ordenou ondas de flechas contra os arqueiros na muralha externa, mantendo os soldados jin abaixados e atrapalhando a mira deles até que o exército pudesse se mover. Mordeu o lábio diante daquela situação exposta, mas, até que o portão interno estivesse quebrado, todos ficariam encurralados. O som surdo das marretas ecoava acima do grito dos agonizantes.

— Entre lá e se certifique que eles não estejam tendo um rápido descanso enquanto nós esperamos — gritou Khasar a Tsubodai. O jovem guerreiro baixou a cabeça e correu para se juntar aos seus homens.

Passou sob uma faixa de sombra, chegando à luz forte do sol, e teve o vislumbre de uma fileira de arqueiros de olhos frios disparando uma flecha depois da outra para dentro do buraco da matança.

Tsubodai mal teve tempo de se enfiar sob um pedaço de tábua quebrada. Uma flecha raspou em seu braço e ele xingou alto. Reconheceu apenas um dos seus homens ainda vivo.

O espaço entre os portões era deliberadamente pequeno, e não mais do que uma dúzia de guerreiros podia ficar ali dentro ao mesmo tempo. A não ser pelos que brandiam as marretas com força desesperada, os outros ficavam parados com pedaços de madeira sobre a cabeça, espremidos uns contra os outros do melhor modo que pudessem. O chão ainda era arenoso e estava cheio de flechas disparadas, mais densas que os pelos de um cão. Mais flechas eram disparadas, e Tsubodai ouviu ordens gritadas numa língua desconhecida acima de sua cabeça. Se eles tivessem pedras para jogar, todo o ataque seria esmagado antes que o portão interno cedesse, pensou, lutando contra o terror. Sentia-se preso numa armadilha. O homem mais próximo havia perdido o elmo durante o ataque. Ele deu um berro de pânico e caiu com as penas de uma flecha se projetando em pé no pescoço, disparada quase diretamente de cima. Tsubodai pegou a tábua que ele estivera segurando e levantou-a, encolhendo-se a cada impacto que o fazia estremecer. Os golpes de martelo continuavam com lentidão enlouquecedora. De repente, Tsubodai ouviu um grunhido de satisfação vindo de um dos guerreiros e o som mudou enquanto os mais próximos começavam a chutar as tábuas que iam se partindo.

O portão cedeu, esparramando homens no terreno poeirento atrás. Os primeiros a passar morreram instantaneamente ao serem recebidos por uma saraivada de setas de bestas disparadas por uma fileira de soldados. Atrás deles, os homens de Khasar rugiam numa antecipação selvagem, sentindo que havia um modo de entrar. Eles pressionaram à frente, comprimindo o grupo junto ao portão, que saiu tropeçando sobre os mortos.

Tsubodai não podia acreditar que continuava vivo. Desembainhou a espada que o próprio Gêngis havia lhe dado e correu para a frente numa massa de homens furiosos, finalmente libertos do confinamento da área de matança. Os homens das bestas não tiveram chance de recarregar as armas, e Tsubodai matou seu primeiro inimigo com um golpe direto na garganta enquanto o soldado se imobilizava, horrorizado. Metade dos que haviam entrado no forte estava ferida e ensanguentada, mas eles haviam sobrevivido e exultaram ao encontrar as primeiras linhas de defensores. Alguns dos primeiros a chegar no interior subiram escadas de madeira até um nível mais alto e riram ao verem os arqueiros ainda disparando para o buraco da matança. Arcos mongóis lançaram flechas por cima da luta abaixo, derrubando os arqueiros xixia como se tivessem sido acertados por marretas.

O exército de Gêngis começou a se afunilar pelo portão, explodindo dentro da fortaleza. Havia pouca ordem na primeira carga do ataque. Até que oficiais superiores como Khasar ou Arslan assumissem o controle, Tsubodai soube que estava livre para matar o máximo de inimigos que pudesse, e gritava feito louco, cheio de empolgação.

Sem Liu Ken para organizar a defesa, os guerreiros xixia cederam e fugiram diante dos invasores, espalhando-se em pânico. Deixando seu cavalo na passagem, Gêngis atravessou o portão e cruzou o portão interno, que fora quebrado. Seu rosto estava iluminado de triunfo e orgulho enquanto seus guerreiros trespassavam os soldados do forte. Em toda a sua história, as tribos jamais haviam tido chance de atacar de volta aqueles que as dominavam. Gêngis não se importava que os soldados xixia se achassem diferentes dos jin. Para seu povo, todos faziam parte daquela raça antiga e odiada. Viu que alguns defensores haviam largado as armas e balançou a cabeça, chamando Arslan, que ia passando.

— Nada de prisioneiros, Arslan — disse Gêngis. Seu general baixou a cabeça.

Depois disso, a matança ficou metódica. Homens eram descobertos nos porões da fortaleza e arrastados para a execução. Enquanto o dia passava, os soldados mortos eram empilhados nas pedras vermelhas de um pátio central. Ali, um poço se tornou o olho da tempestade enquanto cada homem de garganta seca arranjava tempo para aplacar a sede com água, balde a balde, até estarem ofegando e encharcados. Haviam vencido o deserto.

À medida que o sol começava a se pôr, o próprio Gêngis foi até o poço, passando sobre a pilha de mortos retorcidos. Os guerreiros ficaram silenciosos diante de seu passo e um deles encheu o balde de couro e o entregou ao cã. Enquanto Gêngis bebia finalmente e ria, eles rugiram e berraram em vozes suficientemente altas para ecoar nas paredes em volta. Haviam achado o caminho através do labirinto de salas, salões, claustros e passarelas, tudo estranho aos seus olhos. Como uma matilha de lobos selvagens, tinham chegado ao outro lado da fortaleza, deixando para trás pedras ensanguentadas.

O comandante do forte foi descoberto numa suíte de aposentos enfeitados com sedas e tapeçarias de valor inestimável. Foram necessários três homens para derrubar a porta de ferro e carvalho e revelar Shen Ti, escondido com uma dúzia de mulheres aterrorizadas. Enquanto Khasar entrava no aposento, Shen Ti tentou tirar a própria vida com uma adaga. Em seu terror, a faca escorregou nas mãos suadas e meramente riscou uma linha na garganta. Khasar embainhou a espada e segurou a mão carnuda do homem acima do punho da arma, guiando-a de volta ao pescoço. Shen Ti perdeu a coragem e tentou lutar, mas o aperto de Khasar era forte e ele passou a lâmina com força, recuando quando o sangue jorrou e o homem se sacudiu até morrer.

— Este é o último — disse Khasar. Em seguida, olhou as mulheres e assentiu. Eram criaturas estranhas, com a pele empoada, branca como leite de égua, mas ele as achou atraentes. O cheiro de jasmim se misturava com o fedor de sangue no aposento, e Khasar deu um sorriso lupino para elas. Seu irmão Kachiun havia ganhado uma garota olkhun'ut como esposa e já estava com duas crianças em sua iurta. A primeira esposa de Khasar havia morrido e ele não tinha nenhuma. Imaginou se Gêngis o deixaria se casar com duas ou três daquelas estrangeiras. A ideia o agradou enormemente e ele foi até a janela mais distante, olhando para as terras dos xixia.

A fortaleza ficava no alto das montanhas, e Khasar teve a visão de um vale enorme, com penhascos se estendendo na névoa distante dos dois lados. Muito abaixo viu uma terra verde, salpicada de fazendas e povoados. Respirou fundo, apreciando.

— Vai ser como colher fruta madura — disse, virando para Arslan enquanto este entrava. — Mande alguém chamar meus irmãos. Eles devem ver isto.

CAPÍTULO 6

O REI ESTAVA SENTADO NA SALA MAIS ALTA DO PALÁCIO, OLHANDO O VALE plano dos xixia. Com a névoa do amanhecer subindo dos campos, era uma paisagem de grande beleza. Se ele não soubesse que havia um exército ali, fora das vistas, a terra poderia parecer pacífica como em qualquer outra manhã. Os canais brilhavam ao sol como linhas de ouro, levando a água preciosa para as plantações. Havia até mesmo figuras distantes de agricultores por lá, trabalhando sem pensar no exército que penetrara em seu país, vindo do deserto ao norte.

Rai Chiang ajeitou seu manto de seda verde com estampas em ouro. Sozinho, sua expressão era calma, mas, enquanto olhava para o amanhecer, os dedos repuxaram nervosamente um fio, até que ele se prendeu em suas unhas e se partiu. Franziu a testa, observando o dano. O manto era de tecido jin, usado para lhe trazer sorte na questão dos reforços. Havia mandado uma carta com dois de seus batedores mais rápidos assim que ouviu falar da invasão, mas a resposta estava demorando a chegar.

Suspirou, os dedos voltando a repuxar o tecido sem que ele percebesse. Se o velho imperador jin ainda vivesse, haveria cinquenta mil soldados marchando para defender seu pequeno reino, tinha certeza. Os deuses tinham sido caprichosos ao levarem embora seu aliado justo no momento em que ele precisava de ajuda. O príncipe Wei era um estranho, e Rai Chiang não sabia se o filho arrogánte teria a generosidade do pai.

Rai Chiang pensou nas diferenças entre as terras deles, imaginando se poderia ter feito mais alguma coisa para garantir o apoio dos jin. Seu ancestral mais distante havia sido um príncipe jin e governara a província como um feudo. Ele não consideraria vergonha pedir ajuda. O reino xixia fora esquecido nos séculos de conflitos anteriores, sem ser notado enquanto grandes príncipes lutavam uns contra os outros até que o império jin fora dividido em dois. Rai Chiang era o sexagésimo quarto governante desde aquele período sangrento. Desde a morte de seu pai, havia passado quase três décadas mantendo o povo livre da sombra dos jin, cultivando outros aliados e jamais causando ofensas que pudessem fazer com que seu reino fosse obrigado a retornar ao domínio jin. Algum dia, um de seus filhos herdaria essa paz precária. Rai Chiang pagava seus tributos, mandava seus mercadores comerciarem e seus guerreiros aumentarem as fileiras do exército imperial. Em troca, era tratado como um aliado de honra.

Era verdade que Rai Chiang havia ordenado a criação de uma nova escrita para seu povo, uma escrita com pouca semelhança com as letras jin. O antigo imperador jin lhe havia mandado textos raros de Lao Tsé e do Buda Sakyamuni para serem traduzidos. Sem dúvida isso era sinal de aceitação, ainda que não de aprovação. O vale de Xixia iria se afastar mais da influência dos jin. Era um jogo perigoso e delicado, mas ele sabia que tinha visão e energia para encontrar o futuro certo para seu povo. Pensou nas novas rotas de comércio que havia aberto a oeste e nas riquezas que fluíam por elas. Tudo isso estava em perigo, com aquelas tribos que vinham rugindo do deserto.

Rai Chiang se perguntou se o príncipe Wei perceberia que os mongóis haviam rodeado sua preciosa muralha no nordeste ao entrar no reino xixia. Aquela muralha não adiantaria nada para os jin, agora que os lobos haviam encontrado o portão para o campo.

— Você *precisa* me apoiar — sussurrou sozinho. Irritava-o depender da ajuda militar dos jin, depois de tantas gerações afastando seu povo da dependência deles. Ainda não sabia se poderia suportar o que o príncipe Wei cobraria por essa ajuda. O reino só poderia ser salvo para se tornar uma província de novo.

Rai Chiang bateu com os dedos, irritado, ao pensar num exército jin em suas terras. Precisava desesperadamente deles, mas e se eles não fossem embora depois da batalha? E se não viessem?

Duzentas mil pessoas já se abrigavam dentro das muralhas de Yinchuan, com milhares a mais reunidas em volta dos portões fechados. À noite, os mais desesperados tentavam escalar para dentro da cidade e os guardas do rei eram obrigados a expulsá-los usando espadas, ou disparar uma saraivada de flechas no meio deles. Todos os dias o sol se erguia sobre novos cadáveres, e mais soldados tinham de sair de Yinchuan para enterrá-los antes que pudessem espalhar doenças, trabalhando sob os olhares carrancudos do resto. Era um trabalho sinistro e desagradável. Mas a cidade só podia alimentar um certo número de pessoas, e os portões permaneceram fechados. Rai Chiang ficou repuxando os fios de ouro até que gotas de sangue apareceram sob suas unhas.

Os que haviam obtido abrigo dormiam nas ruas, já que as camas de todas as hospedarias e alojamentos tinham sido ocupadas havia muito. O preço da comida crescia diariamente e o mercado negro prosperava, ainda que os guardas enforcassem todo mundo que fosse apanhado escondendo mantimentos. Yinchuan era uma cidade de medo enquanto a população esperava o ataque dos bárbaros, mas três meses haviam se passado sem nada além de relatórios de destruição enquanto o exército de Gêngis devastava tudo que houvesse no caminho. Ainda não haviam chegado a Yinchuan, mas seus batedores tinham sido vistos cavalgando a distância.

Um gongo soou, fazendo Rai Chiang levar um susto. Mal podia acreditar que já fosse a hora do dragão. Estivera perdido em contemplação, mas isso não lhe trouxera o sentimento de paz usual antes que o dia chegasse de verdade. Balançou a cabeça para se livrar dos espíritos maliciosos que minavam o espírito dos homens fortes. Talvez o amanhecer trouxesse notícias melhores. Preparando-se para ser visto, empertigou-se no trono de ouro laqueado e enfiou a manga que tinha o fio partido por dentro da outra. Quando tivesse falado com os ministros, mandaria trazer um manto novo e preparar um banho refrescante para fazer seu sangue correr com menos turbulência.

O gongo soou de novo e as portas da câmara se abriram em silêncio perfeito. Uma fileira de seus conselheiros mais dignos de confiança entrou, os passos abafados por sapatos de feltro para que o piso polido não fosse arranhado. Rai Chiang olhou-os impassivelmente, sabendo que ganhavam confiança ao verem sua postura. Se mostrasse ao menos um traço de nervosismo, eles sentiriam as tempestades de pânico que sopravam nos pardieiros e nas ruas da cidade abaixo.

Dois escravos assumiram posição de cada lado do rei, criando uma brisa suave com leques gigantes. Rai Chiang mal notou a presença deles enquanto via que seu primeiro-ministro praticamente não conseguia manter a calma. Obrigou-se a esperar até que os homens houvessem encostado a testa no chão e proclamado seu juramento de lealdade. As palavras eram antigas e reconfortantes. Seu pai e seu avô tinham-nas ouvido muitos milhares de vezes nesta mesma sala.

Por fim estavam prontos para começar os negócios do dia, e as grandes portas se fecharam. Era tolice pensar que se encontravam completamente isolados, refletiu Rai Chiang. Qualquer coisa importante que acontecesse no trono se tornava fofoca nos mercados antes do pôr-do-sol. Observou os ministros atentamente, procurando algum sinal de que sentiam o medo coalhando em seu peito. Nada aparecia, e seu humor melhorou um pouquinho.

— Majestade imperial, filho do céu, rei e pai de todos nós — começou o primeiro-ministro —, trago uma carta do imperador Wei, dos jin. — Ele não se aproximou, e sim entregou o rolo a um escravo portador. O rapaz se ajoelhou e estendeu o rolo de papel precioso, e Rai Chiang reconheceu o selo pessoal do príncipe Wei. Rai Chiang escondeu a agitação de esperança no peito enquanto pegava-o e partia o lacre de cera.

Não demorou muito para ler a mensagem e, apesar do controle, Rai Chiang franziu a testa. Podia sentir a fome de notícias na sala, e sua calma fora tremendamente afetada para que ele a lesse em voz alta.

— É vantagem nossa quando nossos inimigos atacam uns aos outros. Onde está o perigo para nós? Sangrem esses invasores e os jin vingarão sua memória.

Houve silêncio absoluto na sala enquanto os ministros digeriam as palavras. Um ou dois deles haviam empalidecido, visivelmente perturbados.

Não haveria reforços. Pior, o novo imperador os havia descrito como inimigos e não podia mais ser considerado um aliado, como seu pai fora. Era possível que tivessem ouvido o fim do reino xixia naquelas poucas palavras.

— Nosso exército está pronto? — perguntou, baixinho, Rai Chiang no silêncio.

Seu primeiro-ministro fez uma reverência profunda antes de responder, escondendo o medo. Não podia se obrigar a dizer ao rei como os soldados eram mal preparados para a guerra. Gerações de paz haviam-nos deixado mais hábeis em arrancar favores das prostitutas da cidade do que em artes marciais.

— Os quartéis estão cheios, majestade. Com seus guardas reais para liderá-los, eles mandarão esses animais de volta para o deserto.

Rai Chiang ficou sentado perfeitamente imóvel, sabendo que ninguém ousaria interromper seus pensamentos.

— Quem manterá a cidade em segurança se minha guarda pessoal sair para as planícies? — perguntou finalmente. — Os camponeses? Não: eu abriguei e alimentei a milícia durante anos. É hora de eles *fazerem por merecer* o que receberam da minha mão. — O rei ignorou a expressão tensa do primeiro-ministro. O sujeito era meramente um primo e, mesmo comandando os escribas da cidade com disciplina rígida, ficava fora de ação diante de qualquer coisa que exigisse pensamento original.

— Mande chamar meu general, para que eu possa planejar um ataque — disse Rai Chiang. — Parece que terminou o tempo de palavras e cartas. Vou considerar as palavras do... imperador Wei, e minha resposta a elas, quando tivermos lidado com a ameaça mais próxima.

Os ministros saíram, com o nervosismo aparecendo na postura rígida. O reino estivera em paz durante mais de três séculos, e ninguém ali podia se lembrar dos terrores da guerra.

— Este lugar é perfeito para nós — disse Kachiun, olhando para a planície de Xixia. Às suas costas erguiam-se as montanhas, mas seu olhar se demorou nos campos verdes e dourados, luxuriantes com plantações crescendo. As tribos haviam percorrido o território numa velocidade incrível durante os três meses anteriores, cavalgando de povoado em povoado praticamente sem receber oposição. Três grandes cidades haviam caído antes que a notícia fosse à frente e o povo do reino minúsculo começasse a fugir dos invasores. A princípio, as tribos haviam feito prisioneiros, mas, quando estes chegaram a quase quarenta mil, Gêngis se cansou de suas vozes gemendo. Seu exército não podia alimentar tantos, e não iria deixá-los para trás, ainda que os agricultores miseráveis não parecessem representar qualquer ameaça. Dera a ordem e a matança demorou um dia inteiro. Os mortos foram deixados apodrecendo ao sol, e Gêngis visitou as colinas dos mortos apenas uma vez, para ver que suas ordens haviam sido cumpridas. Depois disso, não pensou mais neles.

Só as mulheres foram deixados vivas para serem tomadas como prêmio, e Kachiun havia descoberto duas raras beldades naquela manhã mesmo. Elas o esperavam em sua iurta e ele descobriu os pensamentos se desgarrando naquela direção em vez de para o próximo movimento de ataque. Balançou a cabeça para limpá-la.

— Os camponeses não parecem dispostos à guerra e aqueles canais são perfeitos para nossos cavalos beberem — continuou, olhando para o irmão mais velho.

Gêngis sentou-se numa pilha de selas ao lado de sua iurta, pousando o queixo nas mãos. O humor das tribos era alegre ao redor dos dois, e ele viu um grupo de garotos arrumando varas de bétula no chão. Levantou a cabeça interessado ao ver que seus dois filhos mais velhos faziam parte do grupo animado, empurrando uns aos outros enquanto discutiam sobre o melhor modo de arrumar as varas. Jochi e Chagatai eram companhia perigosa para os garotos das tribos, frequentemente guiando-os para encrencas e brigas que resultavam em serem apartados aos tapas pelas mulheres das iurtas.

Gêngis suspirou, passando a língua no lábio inferior enquanto pensava.

— Somos como um urso com a pata no mel, Kachiun, mas eles vão se erguer. Barchuk me diz que os mercadores xixia alardeavam um enorme exército a postos. Ainda não o encontramos.

Kachiun deu de ombros, despreocupado com a perspectiva.

— Talvez. Ainda há a grande cidade deles. Eles podem estar escondidos atrás das muralhas de lá. Poderíamos fazer com que passassem fome, ou derrubar as muralhas em volta das orelhas deles.

Gêngis franziu a testa para o irmão.

— Não será tão fácil, Kachiun. Da parte de Khasar, espero temeridade. Mantenho você por perto para ser a voz da cautela e do bom senso quando os guerreiros ficam muito cheios de si. Não travamos uma única batalha neste reino e não quero que os homens fiquem gordos e lentos quando ela chegar. Ponha-os de volta no campo de treinamento e queime a preguiça deles. A sua também.

Kachiun ficou vermelho com a censura.

— A sua vontade, irmão — disse ele, baixando a cabeça. Viu que Gêngis estava olhando os filhos montando os pôneis peludos. Era um jogo de habilidade aprendido com os olkhun'ut, e Gêngis ficou distraído enquanto Jochi e Chagatai se preparavam para galopar passando pela fileira de varas no solo.

Jochi virou seu pônei mais rápido e correu ao longo da linha com seu arco de criança totalmente encurvado. Gêngis e Kachiun ficaram olhando-o disparar a flecha a toda velocidade, fazendo a ponta atravessar a vara fina. Foi um bom tiro e, no mesmo instante, Jochi se abaixou com a mão esquerda e pegou o pedaço de madeira que ia caindo, levantando-o em triunfo enquanto virava de volta para os companheiros. Eles aplaudiram, mas Chagatai apenas fungou antes de começar sua corrida.

— Seu filho será um ótimo guerreiro — murmurou Kachiun. Gêngis se encolheu diante das palavras e Kachiun não o olhou, sabendo que expressão veria.

— Enquanto eles puderem se esconder atrás de muros cinco vezes mais altos que um homem — disse Gêngis, teimosamente —, podem rir de estarmos cavalgando pelas planícies. O que umas poucas centenas de aldeãos importam ao rei deles? Mal o espetamos enquanto essa tal cidade de Yinchuan fica em segurança e ele reside lá.

Kachiun não respondeu enquanto Chagatai cavalgava junto à fileira. Sua flecha cortou a vara, mas a mão balançando não conseguiu pegá-la antes de cair. Jochi riu do irmão e Kachiun viu o rosto de Chagatai ficar sombrio de raiva. Eles sabiam que o pai estava olhando, claro.

Às suas costas, Gêngis tomou a decisão, levantando-se.

— Deixe os homens sóbrios e prontos para marchar. Verei esta cidade de pedra que tanto impressionou os batedores. De algum modo deve haver uma entrada. — Ele não mostrou ao irmão as preocupações que o atormentavam. Nunca vira uma cidade cercada por muros altos, como os batedores descreviam. Esperava que a visão trouxesse alguma ideia de como poderia entrar sem que seu exército se chocasse inutilmente contra as pedras.

Enquanto Kachiun saía para repassar as ordens, viu que Chagatai havia dito algo ao irmão mais velho. Jochi saltou do pônei enquanto passava, caindo com o outro no chão numa agitação de cotovelos e pés descalços. Kachiun riu ao passar por eles, lembrando-se da própria infância.

A terra que haviam encontrado atrás das montanhas era fértil e rica. Talvez tivessem de lutar para mantê-la, mas ele não podia imaginar uma força capaz de derrotar o exército que haviam trazido a mil e quinhentos quilômetros do lar. Quando era garoto, uma vez havia soltado uma pedra enorme numa colina e visto como ela ganhava velocidade. A princípio desceu lenta, mas depois de pouco tempo era impossível de ser parada.

O escarlate era a cor da guerra dos xixia. Os soldados do rei usavam armaduras laqueadas em vermelho vívido, e a sala onde Rai Chiang se encontrou com seu general não tinha adornos, a não ser paredes polidas, da mesma cor. Apenas uma mesa estragava o vazio ecoante, e os dois homens ficaram de pé olhando os mapas da região, mantidos abertos com pesos de chumbo. A separação original dos jin fora planejada dentro daquelas paredes vermelhas; era um lugar digno de ser usado para salvar e ganhar um reino, rico de sua própria história. A armadura laqueada do general Giam combinava de modo tão perfeito com a sala que ele quase desaparecia contra o fundo das paredes. Rai Chiang usava uma túnica de ouro sobre calças de seda.

O general era grisalho, um homem digno. Podia sentir a história dos xixia pendendo pesada no ar daquela sala antiga, tão pesada quanto a responsabilidade que ele carregaria.

Pôs outro marcador de marfim nas linhas de tinta azul-escura.

— O acampamento deles fica aqui, não longe do lugar por onde entraram no reino. Eles mandam os guerreiros fazerem ataques até uma centena de *li* em todas as direções.

— Não é possível cavalgar mais do que isso em um dia, por isso devem fazer outros acampamentos para passar a noite — murmurou Rai Chiang. — Talvez possamos atacá-los lá.

O general balançou a cabeça ligeiramente, não querendo contradizer seu rei abertamente.

— Eles não descansam nem param para comer, majestade. Temos batedores que dizem que eles cavalgam toda essa distância e voltam, do amanhecer ao pôr-do-sol. Quando fazem prisioneiros, ficam mais lentos, impelindo-os à frente. Não têm infantaria e levam suprimentos do acampamento principal.

Rai Chiang franziu a testa com delicadeza, sabendo que isso seria crítica suficiente para fazer o general suar em sua presença.

— O acampamento não é importante, general. O exército deve atacar e derrotar esses cavaleiros que causaram tanta destruição. Tenho um relatório sobre uma pilha de camponeses mortos, alta como uma montanha. Quem vai fazer as colheitas? A cidade poderia passar fome mesmo que esses invasores nos deixassem hoje mesmo!

O general Giam tornou seu rosto uma máscara, para não se arriscar a mais raiva.

— Nosso exército precisará de tempo para se formar e preparar o terreno. Com a guarda real para liderá-lo, posso semear o campo com espetos que destruam qualquer carga de cavalaria. Se a disciplina for boa, vamos esmagá-los.

— Eu preferiria ter soldados jin com a minha milícia — disse Rai Chiang, como se falasse consigo mesmo.

O general pigarreou, sabendo que aquele era um assunto delicado.

— Por isso seus guardas são mais necessários ainda, majestade. A milícia é pouco melhor do que camponeses com armas. Não pode se sustentar sozinha.

Rai Chiang virou os olhos claros para o general.

— Meu pai tinha quarenta mil soldados treinados para guarnecer as muralhas de Yinchuan. Quando era criança, vi as fileiras vermelhas desfilarem pela cidade no aniversário dele, e pareciam não ter fim. — Ele fez uma careta, irritado. — Ouvi idiotas e me preocupei mais com o custo de um número tão grande do que com os perigos que poderíamos enfrentar. Há apenas vinte mil homens em minha guarda, e você quer que eu os mande para fora? E quem defenderia a cidade? Quem formaria as equipes para os grandes arcos e sustentaria as muralhas? Você acha que camponeses e mercadores teriam alguma utilidade quando minha guarda tiver partido? Haverá tumulto por comida e incêndios. Planeje para vencer sem ela, general. Não há outro modo.

O general Giam era filho de um dos tios do rei e a promoção viera facilmente. No entanto, ele tinha coragem bastante para enfrentar a desaprovação de Rai Chiang.

— Se o senhor me ceder dez mil de seus guardas, eles darão força aos outros. Formarão um cerne que o inimigo não pode romper.

— Até mesmo dez mil é um número grande demais — reagiu Rai Chiang bruscamente.

O general Giam engoliu em seco.

— Sem cavalaria não posso vencer, senhor. Com ao menos cinco mil guardas e três mil deles em cavalos pesados, eu teria uma chance. Se o senhor não pode me dar isso, deveria me executar agora mesmo.

Rai Chiang levantou o olhar do mapa e encontrou os olhos firmes do general Giam. Sorriu, divertido com a gota de suor que estava descendo pelo rosto do sujeito.

— Muito bem. É um equilíbrio entre lhe dar o melhor que temos e ainda manter o bastante para defender a cidade. Leve mil besteiros, dois mil cavaleiros e mais dois mil lanceiros pesados. Eles formarão o cerne que vai liderar os outros contra o inimigo.

O general Giam fechou os olhos em agradecimento silencioso por um instante. Rai Chiang não notou enquanto virava de novo para o mapa.

— Pode esvaziar os depósitos de armaduras. A milícia pode não ser minha guarda vermelha, mas talvez ganhe coragem se ficar parecida com ela. Isso vai substituir o tédio de enforcar especuladores e pintar os alojamentos, sem dúvida. Não fracasse, general.

— Não fracassarei, majestade.

Gêngis cavalgava à frente do exército, uma vasta linha de cavaleiros que se estendia pela planície de Xixia. Quando chegavam aos canais, a fileira se curvava enquanto os homens disputavam corrida para saltar, rindo e gritando uns com os outros e zombando de qualquer um que caísse na água escura e tivesse de se esforçar para alcançar os outros.

A cidade de Yinchuan havia sido uma mancha no horizonte durante horas, antes de Gêngis dar a ordem de interromper a marcha. Trompas soaram por toda a fileira e a horda parou, com as ordens ecoando para alertar os homens nos flancos. Aquele era um país hostil e eles não seriam apanhados de surpresa.

A cidade se erguia ao longe. Até mesmo a quilômetros de distância parecia uma construção gigantesca, intimidante simplesmente pelo tamanho. Gêngis franziu a vista contra a ofuscação do sol da tarde. A pedra que os construtores haviam usado era cinza-escura e ele podia ver colunas que poderiam ser torres dentro das muralhas. Não conseguia adivinhar seu propósito e lutava para não demonstrar o espanto na frente dos homens.

Olhou ao redor, vendo que seu povo não poderia ser emboscado num terreno daqueles. As plantações poderiam esconder soldados que se arrastassem, mas seus batedores os veriam muito antes de eles chegarem perto. Era o local mais seguro para montar um acampamento, e ele tomou a decisão, apeando enquanto dava as ordens.

Atrás, as tribos se apressaram nas rotinas conhecidas. Iurtas eram montadas e erguidas pelas famílias acostumadas havia muito com aquele trabalho. Uma aldeia, um povoado, uma cidade brotava das carroças e dos rebanhos de animais balindo. Não se passou muito tempo até que a carroça de Gêngis chegasse e o cheiro de cordeiro frito enchesse o ar.

Arslan caminhava pela fileira com seu filho Jelme. Sob seus olhos, os guerreiros de todas as tribos se mantinham empertigados e conversavam o mínimo possível. Gêngis aprovou e estava pronto com um sorriso quando eles o alcançaram.

— Nunca vi uma terra tão plana — disse Arslan. — Não há onde se esconder, nem para onde se retirar se formos dominados. Estamos expostos demais aqui.

Seu filho Jelme ergueu o olhar ao ouvir essas palavras, mas não falou. Arslan tinha o dobro da idade dos outros generais e liderava com cautela e inteligência. Nunca seria um incendiário entre as tribos, mas sua habilidade era respeitada e seu humor era temido.

— Não seremos expulsos, Arslan. Daqui, não — respondeu Gêngis, dando-lhe um tapa no ombro. — Faremos com que eles saiam daquela cidade, e se não saírem, talvez eu simplesmente monte uma rampa de terra até o topo das muralhas e entre cavalgando. Seria uma coisa digna de se ver, não?

O sorriso de Arslan era tenso. Ele fora um dos que haviam cavalgado até mais perto de Yinchuan, suficientemente perto para que desperdiçassem flechas contra ele.

— É como uma montanha, senhor. O senhor verá quando chegar perto das muralhas. Cada canto tem uma torre e as muralhas são cheias de fendas onde os arqueiros enfiam a cara para ver a gente passar. Seria difícil acertar neles, ao passo que eles têm mira fácil contra nós.

Gêngis perdeu parte do bom humor.

— Verei primeiro, antes de decidir. Se ela não cair diante de nós, vou matá-los de fome.

Jelme assentiu diante da ideia. Havia cavalgado com o pai suficientemente perto para sentir a sombra da cidade às costas. Para um homem acostumado com as estepes abertas, pegou-se irritado ao pensar num formigueiro de homens como aquele. A simples ideia o ofendia.

— Os canais penetram na cidade, senhor — disse Jelme —, através de túneis com barras de ferro. Disseram que eles levam para longe o esterco de tantas pessoas e animais. Pode haver uma fraqueza aí.

Gêngis se animou. Havia cavalgado o dia todo e estava cansado. Teria tempo para planejar um ataque no dia seguinte, quando tivesse comido e descansado.

— Vamos encontrar um modo — prometeu.

CAPÍTULO 7

Sem qualquer sinal de oposição, os guerreiros mais jovens sob o comando de Gêngis passavam o dia cavalgando o mais próximo da cidade que ousavam, testando a coragem. Os mais bravos galopavam à sombra das muralhas enquanto flechas zuniam acima. Seus gritos ecoavam nos campos, em desafio, mas em três dias apenas um arqueiro xixia conseguiu acertar um disparo limpo. Mesmo assim, o mongol recuperou a montaria e se afastou, arrancando a flecha da armadura e jogando-a com desprezo no chão.

Gêngis também cavalgou até perto, com seus generais e oficiais. O que viu não lhe trouxe inspiração. Até os canais que penetravam na cidade eram protegidos por barras de ferro grossas como o antebraço de um homem, encravadas fundo na pedra. Pensou que mesmo assim poderiam abrir caminho, mas a ideia de se arrastar por túneis molhados era desagradável para um homem das planícies.

À medida que a noite caía, seus irmãos e generais se reuniam na grande iurta para comer e discutir o problema. O humor de Gêngis ficara sombrio de novo, mas Arslan o conhecia desde o início de sua ascensão e não tinha medo de falar às claras.

— Com o tipo de escudo de madeira que usamos contra a fortaleza, poderíamos proteger homens por tempo suficiente para abrir caminho a marretadas pelas aberturas nos canais — disse, mastigando. — Mas não gosto da aparência daquelas estruturas sobre as muralhas. Eu não acreditava que um arco poderia ser tão grande. Se forem de verdade, devem disparar flechas do tamanho de um homem. Quem sabe o dano que eles podem causar?

— Não podemos ficar aqui para sempre enquanto eles mandam mensagens aos aliados — murmurou Kachiun. — E não podemos passar e deixar o exército deles livre para atacar nossas costas. Temos de entrar na cidade ou retornar ao deserto e desistir de tudo que conseguimos.

Gêngis olhou o irmão mais novo com expressão azeda.

— Isso não vai acontecer — disse, com mais confiança do que sentia. — Temos as plantações deles. Quanto tempo uma cidade pode resistir antes que as pessoas estejam comendo umas às outras? O tempo está do nosso lado.

— Acho que ainda não estamos fazendo mal a eles — respondeu Kachiun. — Eles têm os canais para levar água e, pelo que sabemos, a cidade pode estar atulhada de grãos e carne salgada. — Ele viu Gêngis franzir a testa diante dessa imagem, mas continuou: — Poderíamos ficar aqui durante anos, esperando, e quem sabe quantos exércitos estão marchando para ajudá-los? Quando eles estiverem passando fome, nós poderemos estar enfrentando os próprios jin e ser apanhados entre eles.

— Então me deem uma resposta! — reagiu Gêngis. — Os eruditos uigures me dizem que cada cidade nas terras dos jin é como esta, ou maior ainda, se vocês puderem imaginar isso. Se elas foram construídas por homens, podem ser destruídas por homens, tenho certeza. Digam como.

— Poderíamos envenenar a água dos canais — disse Khasar, pegando outro pedaço de carne com sua faca. Fisgou-a em silêncio súbito e olhou os outros ao redor.

— E daí? Esta terra não é nossa.

— Isso é uma coisa má de se dizer — censurou Kachiun, falando por todos eles. — O que nós beberíamos, então?

Khasar deu de ombros.

— Beberíamos água limpa, de mais adiante.

Gêngis ouviu, pensativo.

— Temos de provocá-los para saírem — disse. — Não admitirei ver água limpa ser envenenada, mas podemos cortar os canais e deixar a cidade ficar com sede. Que eles vejam o trabalho de gerações ser destruído e talvez se encontrem conosco na planície.

— Farei que seja assim — disse Jelme.

Gêngis assentiu para ele.

— E você, Khasar, mandará cem homens quebrarem as barras nos lugares onde os canais entram na cidade.

— Para protegê-los, teremos de desmontar mais carroças. As famílias não vão gostar disso — respondeu Khasar.

Gêngis fungou.

— Vou construir mais quando estivermos naquela cidade maldita. Então elas vão nos agradecer.

Todos os homens na iurta ouviram cascos se aproximando a galope. Gêngis parou com um pedaço de cordeiro gorduroso nos dedos. Levantou os olhos enquanto passos soavam do lado de fora e a porta da iurta se abria.

— Eles estão saindo, senhor.

— Na escuridão? — perguntou Gêngis, incrédulo.

— Não há lua, mas eu estava suficientemente perto para escutar, senhor. Eles falavam sem parar, como pássaros, e faziam mais barulho do que crianças.

Gêngis jogou a carne na bandeja no centro da iurta.

— Retornem aos seus homens, irmãos. Deixem-nos preparados. — Seu olhar girou ao redor da iurta, encontrando Arslan e Jelme que estavam sentados juntos.

— Arslan, você ficará com cinco mil para proteger as famílias. O resto vai cavalgar comigo. — Riu diante da perspectiva, e eles reagiram do mesmo modo.

— Não serão anos, Kachiun. Nem mais um *dia*. Ponha os batedores mais rápidos cavalgando. Quero saber o que eles estão fazendo assim que o amanhecer chegar. Então terei ordens para vocês.

No sul tão remoto, o sol ainda era quente, as plantações não colhidas tombavam sob o próprio peso enquanto começavam a apodrecer nos campos. Os batedores mongóis gritavam desafios contra o exército vermelho que havia marchado para fora da segurança de Yinchuan, enquanto outros cavalgavam de volta para Gêngis, trazendo detalhes. Entravam na grande iurta em grupos de três, repassando o que haviam descoberto.

Gêngis andava de um lado para o outro, ouvindo cada homem que descrevia a situação.

— Não gosto desse negócio com os cestos — disse a Kachiun. — O que eles poderiam estar semeando nesse chão? — Ouvira falar de centenas de homens caminhando juntos, em padrões organizados, à frente da horda de Yinchuan. Cada um levava um cesto nos ombros enquanto um homem atrás enfiava a mão nele, repetidamente, jogando coisas na área ao redor.

O cã dos uigures fora chamado para explicar o mistério. Barchuk havia interrogado os batedores detalhadamente, exigindo cada migalha de informação que eles pudessem lembrar.

— Pode ser alguma coisa para diminuir a velocidade dos nossos cavalos, senhor — disse finalmente. — Pedras afiadas, talvez, ou ferro. Eles espalharam uma grande faixa dessas sementes diante do exército e não demonstram sinal de atravessar o limite. Se estiverem querendo nos atrair, talvez esperem que a carga de cavalaria fracasse.

Gêngis deu-lhe um tapa no ombro.

— O que quer que seja, não deixarei que eles escolham o terreno — disse. — Você ainda terá seus pergaminhos, Barchuk. — Olhou ao redor, para os rostos animados de seus homens de maior confiança. Nenhum podia conhecer de fato o inimigo que enfrentavam. A matança na fortaleza para entrar nas terras dos xixia mostrava pouca relação com as formações de luta da cidade do rei. Ele podia sentir o coração acelerar ao pensamento de finalmente enfrentar os inimigos de seu povo. Certamente não fracassaria depois de tantos preparativos. Kokchu disse que as próprias estrelas proclamavam um novo destino para seu povo. Com o xamã ajudando, Gêngis havia sacrificado um bode branco ao pai céu, usando o nome na antiquíssima língua do xamã. Tängri não iria abandoná-los. Eles haviam sido pobres por tempo demais, tornados assim pelos jin em suas cidades de ouro. Agora eram fortes e ele veria as cidades dos inimigos caírem.

Os generais ficaram perfeitamente imóveis enquanto Kokchu enfiava a mão em potes minúsculos e desenhava linhas no rosto deles. Quando se entreolharam, não puderam ver os homens que conheciam. Viam apenas as máscaras da guerra e olhos ferozes e terríveis.

O xamã deixou Gêngis para o final, riscando uma linha vermelha que ia do alto da testa do cã, passava sobre os olhos e descia a cada lado da boca.

— O ferro não vai tocá-lo, senhor. A pedra não vai quebrá-lo. O senhor é o Lobo, e o pai céu observa.

Gêngis ficou olhando sem piscar. De algum modo, o sangue estava quente em sua pele. Por fim, assentiu e saiu da iurta, montando em seu pônei com fileiras de guerreiros arrumadas de cada lado. Podia ver a cidade a distância e, diante dela, uma massa turva de homens vermelhos esperando para ver suas ambições serem humilhadas. Olhou à esquerda e à direita, ao longo da linha, e levantou o braço.

Os tambores começaram a tocar, levados por uma centena de meninos desarmados. Cada um deles havia lutado com os amigos pelo direito de cavalgar com os guerreiros, e muitos tinham marcas da briga. Gêngis sentiu sua força ao tocar o punho da espada do pai, para dar sorte. Baixou o braço e, como se fossem um só, os homens trovejaram sobre a planície de Xixia em direção à cidade de Yinchuan.

— Eles estão vindo, senhor — disse, empolgado, o primeiro-ministro de Rai Chiang. O ponto de observação na torre do rei proporcionava a melhor vista da planície, comparado a qualquer outro lugar da cidade, e Rai Chiang não havia objetado à presença dos conselheiros em seus aposentos particulares.

Com as armaduras laqueadas, os guerreiros pareciam uma grande mancha de sangue no chão diante da cidade. Rai Chiang pensou que podia ver a distante figura de barba branca do general Giam cavalgando de um lado para o outro diante das fileiras. Lanças brilhavam ao sol da manhã enquanto os regimentos se formavam, e ele pôde ver sua guarda real sustentando os flancos. Eram os melhores cavaleiros dos xixia e ele não se arrependia de tê-los dado para aquela tarefa.

Rai Chiang havia sofrido profundamente por se esconder na cidade enquanto suas terras eram devastadas. A simples visão de um exército enfrentando o invasor levantou seu ânimo. Giam era um pensador sólido, um homem confiável. Era verdade que não vira batalha em sua ascensão ao poder no exército, mas Rai Chiang havia revisado os planos e não encontrara defeito neles. O rei tomou um vinho branco enquanto esperava, gostando da ideia de ver os inimigos serem destruídos diante de seus olhos. As notícias da vitória chegariam ao imperador Wei e ele conheceria a amargura. Se os jin tivessem mandado reforços, Rai Chiang ficaria em dívida para sempre. O imperador Wei era sutil o bastante para saber quando havia dado uma vantagem no comércio e no poder, e a ideia era inebriante para Rai Chiang. Ele garantiria que os jin fossem informados de cada detalhe da batalha.

O general Giam olhava a nuvem de poeira à medida que o inimigo avançava. Percebeu que o terreno estava secando, sem agricultores que ousassem molhar as plantações. Os que haviam tentado tinham sido mortos pelos batedores do invasor, aparentemente por esporte ou para dar o batismo de sangue aos jovens. Isso acabaria hoje, pensou Giam.

Suas ordens eram repassadas às fileiras com o uso de estandartes em mastros altos, adejando à brisa para que todos vissem. Enquanto olhava de um lado para o outro, cruzes pretas se misturavam aos estandartes vermelhos, símbolo de que manteriam posição. Para além do exército, os campos estavam semeados com cem mil espetos de ferro, escondidos no capim. Giam esperou impaciente que os mongóis chegassem a eles. Seria uma carnificina, e então ele levantaria as bandeiras para atacar em formação cerrada, enquanto os inimigos ainda estivessem atordoados.

A cavalaria real sustentava os flancos e ele assentiu ao ver seus belos cavalos, fungando e batendo as patas no chão, excitados. Os guardas lanceiros do rei se mantinham resolutos no centro de seu exército, esplêndidos em escarlate, como escamas de peixes exóticos. Seus rostos sérios ajudavam a manter os outros firmes enquanto a nuvem de poeira ficava maior e todos sentiam a terra tremer sob os pés. Giam viu um dos mastros de bandeira baixar e mandou um homem para castigar o porta-estandarte. O exército de Xixia estava nervoso, dava para ver nos rostos. Quando os homens vissem a linha inimiga desmoronar, isso iria encorajá-los. Giam sentiu a bexiga reclamando e xingou baixinho, sabendo que não poderia apear enquanto o inimigo corria em sua direção. Nas fileiras, viu muitos homens urinando no chão poeirento, preparando-se.

Teve de gritar as ordens acima do trovão crescente dos cavalos a galope. Os oficiais da guarda estavam espalhados ao longo da fileira e eles repetiram a ordem de ficar firmes e esperar.

— Só um pouquinho mais — murmurou. Podia ver indivíduos em meio ao inimigo, e seu estômago se apertou à visão de tantos. Sentiu o olhar dos cidadãos às costas e soube que o rei estaria olhando, junto com todos os outros homens e mulheres que conseguissem um lugar nas muralhas. Yinchuan dependia deles para a sobrevivência, mas seus homens não deixariam a desejar.

Seu segundo no comando estava pronto para repassar as ordens.

— Será uma grande vitória, general — disse ele. Giam pôde ouvir a tensão na voz do sujeito e se obrigou a afastar os olhos do inimigo.

— Com o olhar do rei sobre nós, os homens não devem se acovardar. Eles sabem que ele está observando?

— Eu me certifiquei disso, general. Eles... — Os olhos do sujeito se arregalaram, e Giam se virou rapidamente de novo para a linha de ataque que vinha martelando a planície.

A partir do centro da fileira, uma centena de pôneis avançou a galope, com os cavaleiros formando uma coluna como uma haste de flecha. Giam olhou sem entender enquanto eles se aproximavam da linha de espetos escondidos no capim. Hesitou, sem saber de que modo a nova formação afetava seus planos. Sentiu um fio de suor escorrer do cabelo e desembainhou a espada para firmar as mãos.

— Estão quase chegando — sussurrou. Os cavaleiros vinham abaixados sobre os pôneis, os rostos se franzindo por causa do vento. Giam viu quando eles passaram pela linha que ele havia criado e, por um momento aterrorizante, pensou que de algum modo eles atravessariam direto os espetos. Então o primeiro cavalo relinchou e tropeçou, caindo com grande estrépito. Outras dezenas caíram enquanto os espetos furavam a parte macia dos cascos e os homens eram jogados para a morte. A fina coluna hesitou e Giam conheceu um momento de júbilo feroz. Viu a linha a galope oscilar enquanto a massa de guerreiros que vinha atrás puxava violentamente as rédeas. Quase todos os que haviam corrido de encontro aos espetos estavam aleijados ou mortos no capim, e um grito de comemoração subiu das fileiras vermelhas.

Giam viu que os lanceiros se mantinham orgulhosos e apertou o punho esquerdo, empolgado. Que eles viessem a pé e vissem o que ele lhes reservava!

Para além dos homens e cavalos que gritavam, o grosso do inimigo parou sem formação, tendo perdido todo o ímpeto com a morte dos irmãos. Enquanto Giam olhava, os mongóis sem treinamento entraram em pânico. Não tinham tática, a não ser o ataque selvagem, e haviam perdido isso. Sem aviso, centenas deram as costas para cavalgar a toda através de suas próprias fileiras. A debandada se espalhou com velocidade extraordinária, e Giam viu os oficiais mongóis berrando ordens conflitantes para os homens que fugiam, golpeando-os com a parte chata das espadas enquanto eles passavam. Atrás dele, o povo de Yinchuan rugiu ao ver aquilo.

Giam fez um giro sobre a sela. Toda a primeira fila deu um passo adiante, fazendo força como um cão preso à guia. Ele podia ver a luxúria do sangue subindo neles e sabia que aquilo precisava ser controlado.

— Fiquem firmes! — gritou. — Oficiais, contenham seus homens. A ordem é ficar! — Eles não podiam ser contidos. Outro passo rompeu a última contenção e as fileiras vermelhas avançaram aos gritos, com as armaduras novas brilhando. O ar se encheu de poeira. Só a guarda do rei manteve a posição e, mesmo assim, a cavalaria nos flancos foi obrigada a avançar com os outros ou então deixá-los vulneráveis. Giam gritou de novo e de novo, em desespero, e seus oficiais corriam de um lado para o outro nas fileiras, tentando conter o exército. Era impossível. Eles tinham visto o inimigo cavalgando à sombra da cidade durante quase dois meses. Finalmente havia uma chance de fazê-lo sangrar. A milícia gritou em desafio quando chegou à barreira de espetos de ferro. Estes não representavam perigo para os homens, e eles passaram rapidamente, matando os guerreiros ainda vivos e golpeando repetidamente os mortos até que fossem apenas trapos sangrentos no capim.

Giam usou seu cavalo para bloquear as fileiras de homens do melhor modo que podia. Em fúria, mandou que as trompas dessem o toque de retirada, mas os homens estavam surdos e cegos a tudo que não fosse o inimigo e o rei que os olhava. Não podiam ser chamados de volta.

A cavalo, Giam viu a mudança súbita nas tribos antes de qualquer um de seus homens a pé. Diante de seus olhos, a debandada louca desapareceu e novas linhas mongóis, perfeitas, se formaram, com disciplina aterrorizante. O exército escarlate de Xixia havia ultrapassado por oitocentos metros as armadilhas e buracos que haviam cavado na noite anterior e continuava correndo para ensanguentar as espadas e expulsar aqueles inimigos de sua cidade. Sem aviso, estavam à frente de um confiante exército de cavaleiros em terreno exposto. Gêngis deu uma única ordem e toda a força se moveu a trote. Os guerreiros mongóis tiraram arcos de suportes de couro moldado, presos às selas, pegando as primeiras flechas longas nas aljavas nos quadris ou às costas. Guiavam os pôneis somente com os joelhos, cavalgando com as flechas apontando para baixo. Diante de outra ordem gritada por Gêngis, levaram as fileiras a um meio-galope e depois, instantaneamente, ao pleno galope, com as flechas subindo até o rosto para as primeiras saraivadas.

Apanhada em terreno aberto, o medo varreu a massa de soldados vermelhos. As fileiras dos xixia se comprimiram e alguns de trás ainda estavam gritando em ignorância alegre enquanto o exército mongol retornava. Giam rugia ordens desesperadas para aumentar o espaço entre as fileiras, mas só a guarda do rei reagiu. Enquanto enfrentava um ataque em massa pela segunda vez, a milícia se comprimiu ainda mais, aterrorizada e confusa.

Vinte mil flechas zumbindo fizeram as fileiras vermelhas caírem de joelhos. Os xixia não podiam disparar de volta, diante de tamanha destruição. Seus besteiros só podiam atirar às cegas na direção do inimigo, atrapalhados pelos próprios colegas. Os mongóis se aproximavam e disparavam dez vezes a cada sessenta batidas do coração, e sua precisão era esmagadora. O exército vermelho conseguiu disparar algumas vezes, mas, quando os soldados se levantavam gritando, eram acertados de novo e de novo, até ficarem no chão. Enquanto os mongóis se aproximavam para a matança de perto, Giam bateu os calcanhares no animal e disparou ao longo das linhas sangrentas para chegar aos lanceiros do rei, desesperado para que se mantivessem firmes. De algum modo, conseguiu chegar incólume.

Os guardas do rei não pareciam diferentes da milícia, em suas armaduras vermelhas. Enquanto Giam assumia o comando, viu alguns milicianos correndo de volta pelas fileiras, perseguidos por cavaleiros mongóis que gritavam. Os guardas não fugiram, e Giam deu uma ordem ríspida para levantarem as lanças, que foi repassada pela fileira. Os mongóis viram tarde demais que aqueles não estavam em pânico como os outros. As lâminas das lanças erguidas em ângulo podiam cortar um homem ao meio enquanto atacava, e dezenas de cavaleiros mongóis caíram tentando passar a galope. Giam sentiu crescer a esperança de que talvez ainda pudesse resgatar a situação.

A cavalaria da guarda havia se movido para defender os flancos contra o inimigo móvel. Enquanto a milícia era esmagada, Giam foi deixado apenas com os poucos milhares de homens treinados do rei e algumas centenas de desgarrados. Os mongóis pareciam se deliciar em acertar os cavaleiros xixia. Sempre que a cavalaria da guarda tentava atacar, os inimigos se lançavam em alta velocidade e derrubavam os homens usando arcos. Os mais loucos enfrentavam os guardas com espadas, chegando e saindo como insetos que picavam. Ainda que a cavalaria mantivesse a disciplina, ela fora treinada para atacar soldados de infantaria em terreno aberto e não conseguia reagir a ataques vindos de todas as direções. Apanhada fora da cidade, foi uma chacina.

Os lanceiros sobreviveram às primeiras cargas, estripando os cavalos mongóis. Quando a cavalaria do rei foi esmagada e espalhada, os que lutavam a pé ficaram expostos. Os lanceiros não podiam virar facilmente para encarar os inimigos, e a cada vez que tentavam eram lentos demais. Giam berrava ordens inutilmente, mas os mongóis os cercavam e os despedaçavam numa tempestade de flechas que, ainda assim, não conseguiam acertá-lo. Cada homem que morria tombava com uma dúzia de flechas ou era derrubado da sela por uma espada a pleno galope. Lanças eram partidas e pisoteadas na confusão. Os que ainda sobreviviam tentavam fugir para a sombra das muralhas onde arqueiros poderiam protegê-los. Quase todos foram alcançados e derrubados.

Os portões foram fechados. Enquanto Giam olhava de volta para a cidade, pegou-se quente de vergonha. O rei estaria olhando cheio de horror. O exército foi feito em pedaços, arruinado. Apenas alguns homens machucados e exaustos chegaram às muralhas. De algum modo, Giam havia permanecido na sela, mais consciente do que nunca do olhar de seu rei. Arrasado, levantou a espada e galopou suavemente em direção às fileiras dos mongóis até que eles o viram.

Uma flecha depois da outra se partiu contra sua armadura vermelha enquanto ele se aproximava. Antes de ele chegar à linha, um jovem guerreiro galopou para encontrá-lo, de espada erguida. Giam gritou uma vez, mas o guerreiro se abaixou sob seu golpe, abrindo um talho enorme sob o braço direito do general. Giam oscilou na sela, com o cavalo reduzindo o passo até um caminhar. Podia ouvir o guerreiro circulando de volta, mas seu braço pendia dos tendões e ele não podia levantar a espada. O sangue escorria pelas coxas e ele ergueu os olhos por um momento, jamais sentindo o golpe que arrancou sua cabeça e acabou com sua vergonha.

Gêngis cavalgou em triunfo em meio aos montes de mortos escarlates, com as armaduras parecendo brilhantes carcaças de besouros. Na mão direita segurava uma lança comprida com a cabeça do general xixia na ponta, a barba branca estremecendo à brisa. O sangue escorria pelo cabo até sua mão e secava ali, colando os dedos uns nos outros. Alguns homens do exército haviam escapado correndo de volta através dos espetos, onde seus cavaleiros não poderiam segui-los. Mesmo assim, ele havia mandado guerreiros guiando os cavalos a pé. Havia sido um processo vagaroso, e talvez uns mil inimigos, no todo, tivessem chegado suficientemente perto da cidade para serem protegidos pelos arqueiros. Gêngis riu ao ver os homens arrasados à sombra de Yinchuan. Os portões continuavam fechados e eles não podiam fazer nada além de olhar num desespero vazio para seus guerreiros que cavalgavam entre os mortos, rindo e gritando uns para os outros.

Gêngis apeou quando chegou ao capim e encostou a lança sangrenta contra o flanco arfante de seu cavalo. Abaixou-se e pegou um dos espetos, examinando-o com curiosidade. Era um negócio simples, feito de quatro pregos unidos, de modo que um deles permanecia de pé, não importando como tivesse caído. Se fosse obrigado a assumir uma posição defensiva, pensou que poderia colocar faixas daquilo em círculos cada vez mais largos ao redor do exército, mas mesmo assim os defensores não eram guerreiros como os que ele conhecia. Seus homens tinham disciplina melhor, ensinada por uma terra mais dura do que o pacífico vale de Xixia.

Enquanto caminhava, Gêngis pôde ver fragmentos de armaduras rasgadas e partidas no chão. Examinou um pedaço com interesse, vendo como a laca vermelha havia se lascado e soltado flocos nas bordas. Alguns soldados xixia haviam lutado bem, mas os arcos mongóis os derrubaram mesmo assim. Era um bom presságio para o futuro e a confirmação final de que ele os trouxera ao lugar certo. Os homens sabiam disso, enquanto olhavam o cã num espanto reverente. Ele os havia trazido pelo deserto e lhes dado inimigos que lutavam mal. Era um bom dia.

Seu olhar pousou em dez homens usando dils marcados com a costura azul dos uigures, andando entre os mortos. Um deles carregava um saco, e ele viu os outros se abaixando para os corpos e fazendo um movimento rápido com uma faca.

— O que estão fazendo? — gritou para eles. Os homens se levantaram orgulhosos, ao verem quem falava.

— Barchuk dos uigures disse que o senhor quereria saber o número de mortos — respondeu um deles. — Estamos cortando orelhas para serem contadas mais tarde.

Gêngis piscou. Olhando ao redor, viu que muitos corpos próximos tinham uma ferida vermelha onde houvera uma orelha naquela manhã. O saco já estava pesado.

— Podem agradecer a Barchuk em meu nome — começou, depois sua voz parou. Enquanto os homens compartilhavam olhares nervosos, Gêngis deu três passos por entre os cadáveres, fazendo as moscas zumbirem no ar em volta.

— Há um homem aqui sem nenhuma orelha — disse Gêngis. Os guerreiros uigures vieram correndo e, ao ver o soldado sem orelha, o homem do saco começou a xingar os colegas.

— Seu desgraçado! Como vamos poder contar direito se você cortar as duas orelhas?

Gêngis olhou para o rosto deles e explodiu numa gargalhada enquanto retornava ao pônei.

Ainda estava rindo quando pegou a lança e jogou o bocado de pregos pretos no capim. Caminhou até as muralhas com seu troféu sinistro, avaliando até onde os arqueiros xixia podiam alcançar.

Em plena vista das muralhas da cidade, cravou a lança no chão com todo o peso do corpo, afastando-se dela enquanto olhava para cima. Como havia esperado, flechas finas saltaram em sua direção, mas a distância era muito grande e ele nem se encolheu. Em vez disso, desembainhou a espada de seu pai e levantou-a para eles, enquanto seu exército cantava e rugia às suas costas.

A expressão de Gêngis ficou séria de novo. Havia sangrado a nova nação. Havia mostrado que podiam enfrentar até mesmo os soldados jin. No entanto, ainda não sabia como entrar numa cidade que zombava dele com sua força. Cavalgou lentamente até onde seus irmãos haviam se juntado. Assentiu para eles.

— Cortem os canais — disse.

CAPÍTULO 8

COM CADA HOMEM CAPAZ TRABALHANDO COM PEDRAS E MARRETAS DE FERRO, foram necessários seis dias para reduzir a entulho os canais ao redor de Yinchuan. A princípio, Gêngis olhava a destruição com prazer selvagem, esperando que os rios pudessem inundar a cidade.

Perturbou-o ver como as águas subiam depressa na planície, até que seus guerreiros estavam com os tornozelos afundados antes de destruí-rem o último canal. Os dias quentes trouxeram enormes quantidades de neve derretida dos picos das montanhas e ele não havia considerado de fato para onde toda aquela água poderia ir, assim que não estivesse canalizada para a cidade e as plantações.

Até mesmo o terreno que subia suavemente virou lama encharcada ao meio-dia do terceiro dia e, ainda que as plantações estivessem inun-dadas, as águas continuavam a subir. Gêngis podia ver a curiosidade no rosto de seus generais ao perceberem o erro. A princípio, a caçada foi excelente, já que os pequenos animais escapando da inundação podiam ser vistos de longe, espadanando. Centenas de lebres foram mortas e trazidas para o acampamento, formando escorregadios montes de pelo molhado, mas nesse ponto as iurtas corriam perigo de serem arruinadas. Gêngis foi obrigado a transferir o acampamento para vários quilômetros ao norte, antes que a água inundasse toda a planície.

À tarde, chegaram a um ponto acima do sistema de canais destruído, onde o terreno ainda era firme. A cidade de Yinchuan era um ponto escuro a distância e, no meio, um novo lago havia brotado do nada. Não tinha mais de trinta centímetros de profundidade, mas captava o sol poente e brilhava dourado por quilômetros.

Gêngis estava sentado na escada que dava em sua iurta quando seu irmão Khasar apareceu com o rosto cuidadosamente neutro. Ninguém mais tinha ousado dizer alguma coisa ao homem que os liderava, mas havia muitos rostos tensos no acampamento naquela noite. As tribos adoravam uma brincadeira, e inundar-se a ponto de ter de sair da planície agradava ao seu humor.

Khasar acompanhou o olhar irritado do irmão para a vastidão de água.

— Bom, isso nos deu uma lição valiosa — murmurou Khasar. — Devo mandar que os guardas fiquem vigiando nadadores inimigos que possam se esgueirar até nós?

Gêngis olhou azedamente para o irmão. Os dois podiam ver crianças das tribos brincando à beira d'água, pretas com a lama fedorenta enquanto uns jogavam os outros no atoleiro. Jochi e Chagatai estavam no centro deles como sempre, deliciados com a nova característica da planície de Xixia.

— A água vai afundar no chão — respondeu Gêngis, franzindo a testa.

Khasar deu de ombros.

— Se desviarmos as águas, sim. Acho que depois disso, durante um tempo, o chão vai estar mole demais para os cavaleiros. Fico imaginando que quebrar os canais pode não ter sido o melhor plano que já bolamos.

Gêngis virou e viu o irmão olhando-o com expressão marota, e soltou uma gargalhada enquanto ficava de pé.

— Nós aprendemos, irmão. Muito disso é novo para nós. Da próxima vez, *não* destruímos os canais. Está satisfeito?

— Estou — respondeu Khasar, animado. — Eu estava começando a pensar que meu irmão não era capaz de cometer um erro. Foi um dia agradável para mim.

— Fico satisfeito por você. — Os dois olharam os meninos à beira d'água, começando a brigar de novo. Chagatai se jogou contra o irmão e eles se embolaram na lama, primeiro um por cima, depois o outro.

— Não podemos ser atacados a partir do deserto e nenhum exército pode nos alcançar aqui, com o novo lago no caminho. Vamos festejar esta noite e comemorar a vitória — disse Gêngis.

Khasar assentiu, rindo.

— Esta, meu irmão, é uma ótima ideia.

Rai Chiang segurou com força os braços de sua cadeira forrada de ouro, olhando para a planície inundada. A cidade tinha depósitos de carne salgada e grãos, mas, com as plantações apodrecendo, os víveres não seriam repostos. Revirou o problema repetidamente no pensamento, desanimando. Mesmo que ainda não soubessem, muitas pessoas na cidade morreriam de fome. Os guardas que restavam seriam dominados pela turba faminta quando o inverno chegasse, e Yinchuan seria arruinada por dentro.

Até onde sua vista alcançava, as águas se estendiam negras em direção às montanhas. Atrás da cidade, ao sul, ainda havia campos e cidades onde nem os invasores nem a enchente haviam alcançado, mas isso não bastava para alimentar as pessoas de Xixia. Pensou na milícia daqueles lugares. Se retirasse cada homem daquelas cidades, poderia reunir outro exército, mas perderia as províncias para o banditismo assim que a fome começasse a apertar. Era de enfurecer, mas ele não conseguia ver uma solução para os problemas.

Suspirou, fazendo seu primeiro-ministro levantar os olhos.

— Meu pai dizia para sempre manter os camponeses alimentados — disse Rai Chiang em voz alta. — Na época, eu não entendia o significado. O que importa se alguns poucos morrerem a cada inverno? Isso não mostra o desprazer dos deuses?

O primeiro-ministro assentiu com solenidade.

— Sem o exemplo do sofrimento, majestade, nosso povo não trabalharia. Enquanto puderem ver os resultados da preguiça, eles labutam ao sol para se alimentar e às suas famílias. Foi assim que os deuses organizaram o mundo e não podemos ir contra a vontade deles.

— Mas agora *todos* vão ficar com fome — reagiu Rai Chiang rispidamente, cansado da voz sonora do outro. — Em vez de um exemplo justo, de uma lição moral, metade de nosso povo vai clamar por comida e brigar nas ruas.

— Talvez, majestade — respondeu o ministro, sem se preocupar. — Muitos morrerão, mas o reino permanecerá. As plantações vão crescer de novo e, no ano que vem, haverá abundância para a boca dos camponeses. Os que sobreviverem ao inverno ficarão gordos e abençoarão seu nome.

Rai Chiang não pôde encontrar palavras para argumentar. Olhou da torre de seu palácio para a multidão nas ruas. Os mendigos mais pobres tinham ouvido a notícia de que as plantações haviam sido deixadas estragando na água vinda das montanhas. Ainda não estavam famintos, mas deviam pensar nos meses frios e já havia tumultos. A guarda fora implacável sob suas ordens, eliminando centenas ao menor sinal de inquietação. O povo aprendera a temer o rei e, no entanto, em seus pensamentos privados, ele os temia ainda mais.

— Alguma coisa pode ser salva? — perguntou, enfim. Talvez fosse sua imaginação, mas pensou que podia sentir na brisa o cheiro pungente da vegetação morrendo.

O primeiro-ministro pensou, examinando uma lista de eventos da cidade como se pudesse encontrar inspiração ali.

— Se os invasores partissem hoje, majestade, sem dúvida poderíamos salvar um pouco dos grãos mais resistentes. Poderíamos semear arroz nos campos inundados e fazer uma colheita. Os canais poderiam ser reconstruídos, ou poderíamos direcionar o curso da água ao redor da planície. Talvez um décimo da produção pudesse ser salvo ou substituído.

— Mas os invasores *não vão* partir — continuou Rai Chiang. E bateu com o punho no braço da cadeira. — Eles nos derrotaram. Selvagens cobertos de piolhos e fedorentos penetraram até o coração de Xixia e eu devo ficar aqui sentado, sentindo o fedor de trigo podre.

O primeiro-ministro baixou a cabeça diante daquilo, com medo de falar. Dois de seus colegas haviam sido executados naquela manhã, enquanto o humor do rei ia piorando. Não queria se juntar a eles.

O rei se levantou e cruzou as mãos às costas.

— Não tenho mais escolha. Se eu tirar a milícia de cada cidade no sul, não chegaremos a um número igual ao dos que fracassaram contra eles. Quanto tempo iria se passar até que nossas cidades se tornassem refúgio de bandidos, sem os soldados do rei para mantê-los quietos? Eu perderia o sul, além do norte, e depois a cidade cairia. – Ele xingou baixinho e o ministro empalideceu.

– Não vou ficar sentado esperando que os camponeses se revoltem, ou que esse fedor enjoativo de podridão encha cada aposento da cidade. Diga a ele que lhe concedo uma audiência para que possamos discutir suas exigências ao meu povo.

– Majestade, esses homens são pouco mais do que cães selvagens – reagiu, perplexo, o ministro. – Não pode haver negociação com eles.

Rai Chiang virou os olhos furiosos para seu servidor.

– Mande-os. Não consegui destruir esse exército de cães selvagens. Tudo que tenho é o fato de que ele não pode tomar minha cidade. Talvez eu possa suborná-lo para ir embora.

O ministro ficou vermelho com a vergonha da tarefa, mas fez uma reverência até o chão, encostando a cabeça na madeira fria.

Quando a noite chegou, as tribos estavam bêbadas e cantando. Os contadores de histórias haviam se ocupado com narrativas da batalha e de como Gêngis havia atraído o inimigo para fora de seu círculo de ferro. Poemas cômicos faziam as crianças terem ataques de risos e, antes que a luz sumisse, houve muitas disputas de luta e arco, e os campeões usaram uma guirlanda de capim na cabeça e beberam a ponto de ficarem insensíveis.

Gêngis e seus generais assistiram à comemoração. Gêngis abençoou uma dúzia de novos casamentos, dando armas e pôneis de seu rebanho para os guerreiros que haviam se distinguido. As iurtas estavam apinhadas de mulheres capturadas das cidades, mas nem todas as esposas recebiam bem as recém-chegadas. Mais de uma luta entre mulheres havia terminado em derramamento de sangue, e em todas as vezes as rijas mulheres mongóis eram vitoriosas sobre as cativas dos maridos. Antes do anoitecer, Kachiun fora chamado ao local de três matanças diferentes, enquanto a raiva explodia com o álcool do airag nas veias. Ele havia ordenado que dois homens e uma mulher fossem amarrados num poste e espancados até sangrar. Não se importava com os que haviam sido mortos, mas não tinha desejo de ver as tribos caírem numa orgia de luxúria e violência. Talvez por causa de seu punho de ferro, o humor das tribos permaneceu leve enquanto as estrelas saíam e, ainda que alguns mongóis sentissem falta das planícies de casa, olhavam para seus líderes com orgulho.

Ao lado da iurta onde Gêngis recebia os generais ficava o lar de sua família, que não era maior nem mais ornamentado que qualquer outro erguido pelas famílias da nova nação. Durante o tempo em que ele aplaudia as lutas e as tochas eram acesas no vasto acampamento, sua esposa Borte ficou sentada com os quatro filhos, cantando para eles enquanto comiam. Com a chegada do crepúsculo, Jochi e Chagatai haviam sido difíceis de achar, preferindo o barulho e a diversão da festa ao sono. Borte fora obrigada a mandar três guerreiros revirarem as iurtas procurando-os, e os dois foram trazidos ainda lutando sob os braços dos homens. Os dois ficaram sentados entreolhando-se na pequena iurta enquanto Borte cantava para fazer Ogedai e o pequeno Tolui dormirem. O dia fora exaustivo para eles e não demorou muito até que os dois meninos menores estivessem sonhando em seus cobertores.

Borte virou para Jochi, franzindo a testa diante da raiva no rosto dele.

— Você não comeu, homenzinho — disse ela. Ele fungou sem responder e Borte se inclinou para perto.

— Esse cheiro que estou sentindo no seu hálito não pode ser de airag, não é?

Os modos de Jochi mudaram instantaneamente e ele puxou os joelhos para perto do corpo, como uma barreira.

— Deve ser — disse Chagatai, adorando a chance de ver o irmão em dificuldades. — Uns homens deram para ele beber e ele vomitou no capim.

— Fique de boca fechada! — gritou Jochi, pondo-se de pé. Borte agarrou-o pelo braço, sua força facilmente capaz de dominar o menino. Chagatai riu, totalmente satisfeito.

— Ele está com raiva porque quebrou o arco predileto hoje cedo — disse Jochi rispidamente, lutando no aperto da mãe. — Me solta!

Em resposta, Borte deu um tapa no rosto de Jochi e o largou de novo sobre os cobertores. Não foi um golpe forte, mas ele levou a mão à face, chocado.

— Ouvi dizer que vocês ficaram brigando o dia todo — disse ela, com raiva. — Quando vão perceber que não podem brigar como cachorrinhos com as tribos olhando? Vocês, não. Acham que isso agrada a seu pai? Se eu contar a ele, vocês vão...

— Não conte — disse Jochi depressa, o medo aparecendo no rosto. Borte cedeu imediatamente.

— Não vou contar, se vocês se comportarem e trabalharem. Vocês não vão herdar nada simplesmente porque são filhos dele. Arslan é do sangue dele? Jelme? Se vocês forem bons para liderar, ele vai escolhê-los, mas não esperem que ele prefira vocês a homens melhores.

Os dois estavam escutando atentamente, e ela percebeu que nunca havia falado assim com eles. Surpreendeu-a ver como os meninos se agarravam a cada palavra e pensou no que mais poderia dizer antes que eles se distraíssem.

— Comam sua comida enquanto escutam — disse. Para seu prazer, os dois pegaram os pratos de carne e começaram a devorá-los, mesmo tendo ficado frios havia muito tempo. Seus olhos jamais se afastavam dos dela, enquanto esperavam que a mãe continuasse.

— Eu havia pensado que o pai de vocês já teria explicado isso — murmurou. — Se ele fosse o cã de uma tribo pequena, talvez o filho mais velho esperasse herdar sua espada, seu cavalo e seus homens de confiança. Há muito tempo ele esperou a mesma coisa do avô de vocês, Yesugei, apesar de seu irmão Bekter ser mais velho.

— O que aconteceu com Bekter? — perguntou Jochi.

— Papai e Kachiun o mataram — respondeu Chagatai, adorando aquilo. Borte se encolheu enquanto os olhos de Jochi se arregalavam de surpresa.

— Verdade?

Sua mãe suspirou.

— Isso é história para outro dia. Não sei onde Chagatai ouviu, mas ele deveria saber que não é bom ficar escutando as fofocas em volta das fogueiras.

Chagatai assentiu rapidamente para Jochi, pelas costas dela, rindo do desconforto do irmão. Borte lhe lançou um olhar irritado, pegando-o antes que ele pudesse se imobilizar.

— Seu pai não é um pequeno cã das colinas — disse ela. — Ele tem mais tribos do que se pode contar com as mãos. Vocês vão esperar que ele as entregue a um fraco? — Virou para Chagatai. — Ou a um idiota? —

Borte balançou a cabeça. — Não fará isso. Ele tem irmãos mais novos, e todos eles terão filhos. O próximo cã pode vir deles, se ele ficar insatisfeito com os homens que vocês se tornarem.

Jochi balançou a cabeça enquanto pensava nisso.

— Sou melhor com um arco do que qualquer um — murmurou. — E meu pônei só é lento porque é pequeno demais. Quando eu tiver uma montaria de homem, serei mais rápido.

Chagatai fungou.

— Não estou falando das habilidades de guerra — disse Borte, irritada. — Vocês dois serão ótimos guerreiros, já vi isso. — Antes que eles pudessem começar a se pavonear diante daquele elogio raro, ela continuou: — Sei pai tentará ver se vocês conseguem liderar homens e pensar rápido. Vocês viram como ele elevou Tsubodai para comandar uma centena? O garoto é desconhecido, não vem de nenhuma linhagem sanguínea importante, mas seu pai respeita sua mente e suas habilidades. Ele será testado, mas poderá chegar a general quando tiver crescido totalmente. Ele poderia comandar mil, até dez mil guerreiros. Vocês farão o mesmo?

— Por que não? — perguntou Chagatai instantaneamente.

Borte virou para ele.

— Quando está brincando com seus amigos, é para você que os outros olham? Eles seguem suas ideias ou você segue as deles? Pense bem agora, porque haverá muitos que lisonjeiam vocês por causa do seu pai. Pense naqueles que *você* respeita. Eles ouvem?

Chagatai mordeu os lábios enquanto pensava. Deu de ombros.

— Alguns. Eles são crianças.

— Por que eles iriam segui-lo, quando você passa os dias brigando com seu irmão? — perguntou ela, pressionando.

O menino pareceu ressentido enquanto lutava com ideias grandes demais. Levantou o queixo em desafio.

— Eles não vão seguir Jochi. Ele acha que eles deveriam, mas isso nunca vai acontecer.

Borte sentiu um frio tocar seu peito ao ouvir as palavras.

— Verdade, filho? — perguntou, baixinho. — Por que eles não seguiriam seu irmão mais velho?

Chagatai virou a cabeça para o outro lado e Borte o agarrou com força pelo braço. Ele não gritou, mas lágrimas apareceram nos cantos de seus olhos.

— Há segredos entre nós, Chagatai? — perguntou Borte, a voz se esganiçando. — Por que eles nunca seguiriam seu irmão?

— Porque ele é um bastardo tártaro! — gritou Chagatai. Desta vez, o tapa de Borte no filho não foi gentil. Fez sua cabeça tombar, e o garoto se esparramou na cama, atordoado. Sangue escorreu do nariz e ele começou a gemer em choque.

Jochi falou baixinho atrás dela:

— Ele diz isso a eles o tempo todo. — Sua voz estava sombria de fúria e desespero, e Borte encontrou lágrimas nos próprios olhos diante da dor que ele sofria. O choro de Chagatai havia acordado os dois filhos menores e eles também começaram a soluçar, afetados pela cena na iurta, sem entendê-la.

Borte estendeu a mão para Jochi e o envolveu com os braços.

— Você não pode desejar que o insulto volte para a boca idiota do seu irmão — murmurou contra o cabelo dele. Em seguida se afastou para fitar os olhos de Jochi, querendo que ele entendesse. — Algumas palavras podem ser um peso cruel para o homem, a não ser que ele aprenda a ignorá-las. Você precisará ser melhor que todos os outros para obter a aprovação do seu pai. Você sabe disso.

— Então é verdade? — sussurrou Jochi, afastando o olhar. Sentiu a rigidez nas costas da mãe enquanto ela pensava na resposta, e começou a soluçar baixinho.

— Seu pai e eu começamos a fazer você numa planície de inverno, a centenas de quilômetros dos tártaros. É verdade que fiquei perdida dele durante um tempo, e ele... matou os homens que haviam me pegado, mas você é filho dele e meu. É o primogênito dele.

— Mas meus olhos são diferentes.

Borte fungou.

— Os de Bekter também eram, quando eles eram pequenos. Ele era filho de Yesugei, mas tinha olhos escuros como os seus. Ninguém jamais *ousou* questionar o sangue dele. Não pense nisso, Jochi. Você é neto de Yesugei e filho de Gêngis. Será cã um dia.

Enquanto Chagatai fungava e enxugava o sangue com a mão, Jochi fez uma careta, inclinando-se para trás e olhando a mãe. Visivelmente juntou coragem, respirando fundo antes de falar. Sua voz embargou, humilhando-o diante dos irmãos.

— Ele matou o irmão — disse — e eu vi como ele me olha. Ele gosta de mim, ao menos?

Borte apertou o menino contra o seio, o coração se partindo por ele.

— Claro que gosta. Você fará com que ele o veja como herdeiro, meu filho. Você irá deixá-lo orgulhoso.

CAPÍTULO 9

Cinco mil guerreiros demoraram um tempo ainda maior para desviar os canais com terra e entulho do que para quebrá-los. Gêngis dera a ordem ao ver que os níveis da enchente ameaçavam até mesmo o terreno elevado do novo acampamento. Quando o trabalho estava feito, a água formou novos lagos a leste e oeste, mas finalmente o caminho para Yinchuan foi secando ao sol. O terreno estava denso com plantas pretas e escorregadias e enxames de moscas que picavam e irritavam as tribos. Os pôneis afundavam até os joelhos na lama pegajosa, tornando difícil vigiar o terreno e fazendo aumentar a sensação de confinamento nas iurtas. Havia muitas discussões e brigas entre as tribos a cada noite, e Kachiun precisava se esforçar para manter a paz.

A notícia de que oito cavaleiros atravessavam com dificuldade a planície encharcada foi bem recebida por todos que haviam se cansado da inatividade. Não haviam atravessado o deserto para ficar num lugar só. Até as crianças haviam perdido o interesse pela inundação e muitas tinham adoecido por beber a água estagnada.

Gêngis ficou olhando os cavaleiros xixia num esforço para atravessar a lama. Havia reunido cinco mil de seus guerreiros para esperá-los no terreno seco, colocando-os à beira da lama de modo que o inimigo não tivesse onde descansar. Os cavalos xixia já estavam bufando pelo esforço de arrancar cada pata do solo grudento, e os cavaleiros se esforçavam muito para manter a dignidade enquanto se arriscavam a uma queda.

Para enorme prazer de Gêngis, um deles escorregou da sela quando sua montaria tropeçou num buraco. As tribos uivaram com escárnio enquanto o homem puxava as rédeas violentamente e montava de novo, coberto de imundície. Gêngis olhou para Barchuk, ao lado, notando a expressão satisfeita do outro. Ele estava ali como intérprete, mas Kokchu e Temuge também estavam com eles, para ouvir o que o mensageiro do rei tinha a dizer. Os dois haviam iniciado seus estudos da língua dos jin com o que Gêngis considerou um prazer indecente. O xamã e o irmão mais novo de Gêngis estavam claramente empolgados com a chance de testar o novo conhecimento.

Os cavaleiros pararam quando Gêngis ergueu a palma da mão. Haviam chegado apenas o suficientemente perto para que ele ouvisse suas palavras e, mesmo parecendo desarmados, Gêngis não era um homem dado à confiança. Se estivesse na situação do rei xixia, uma tentativa de assassinato certamente seria considerada naquele momento. Às suas costas, as tribos observavam em silêncio, com os arcos de curva dupla prontos nas mãos.

— Estão perdidos? — gritou Gêngis. Ficou observando enquanto os recém-chegados olhavam para um dos companheiros, um soldado com bela armadura completada por um elmo feito de escamas de ferro. Gêngis assentiu, sabendo que o sujeito falaria por todos os outros. Não ficou desapontado.

— Trago uma mensagem do rei dos xixia — respondeu o soldado. Para desapontamento de Temuge e Kokchu, as palavras eram perfeitamente claras na língua das tribos.

Gêngis olhou interrogativamente para Barchuk, e o cã uigur falou num murmúrio, praticamente sem mexer os lábios:

— Eu já o vi antes, nos tempos de comércio. É um oficial de posto médio, muito orgulhoso.

— É o que parece, com aquela bela armadura — respondeu Gêngis, antes de levantar a voz para se dirigir aos soldados. — Apeie, se vai falar comigo — gritou Gêngis. Os cavaleiros trocaram olhares resignados e Gêngis mascarou sua diversão enquanto eles desciam na lama densa.

Ficaram praticamente imóveis, presos nela, e a expressão dos rostos levantou seu ânimo.

— O que seu rei tem a dizer? — continuou Gêngis, olhando o oficial. O sujeito havia se ruborizado de raiva enquanto a lama arruinava suas ótimas botas e demorou um momento para dominar as emoções antes de responder:

— O rei o convida a se encontrar com ele à sombra das muralhas de Yinchuan, sob trégua. A honra dele garantirá que não haja ataque enquanto o senhor estiver lá.

— O que ele tem a me dizer? — perguntou Gêngis de novo, como se não tivesse havido resposta.

O rubor do sujeito ficou mais profundo.

— Se eu soubesse o que ele pensa, haveria pouco sentido numa reunião assim — respondeu ele, rispidamente. Os que estavam junto olharam nervosos para a horda de guerreiros mongóis que esperavam com arcos. Tinham visto a precisão extraordinária daquelas armas e seus olhos imploravam ao porta-voz para não fazer alguma ofensa que pudesse levar a um ataque.

Gêngis sorriu.

— Qual é o seu nome, raivoso?

— Ho Sa. Sou Hsiao-Wei de Yinchuan. Pode me chamar de cã, talvez, ou de oficial superior.

— Eu não o chamaria de cã — respondeu Gêngis. — Mas você é bem-vindo ao meu acampamento, Ho Sa. Mande esses bodes de volta para casa e eu o receberei na minha iurta e compartilharei chá e sal com você.

Ho Sa virou para os companheiros e balançou a cabeça na direção da cidade distante. Um deles falou uma fiada de sílabas sem sentido que fizeram Kokchu e Temuge se inclinarem adiante, para ouvir. Ho Sa deu de ombros para os companheiros, e Gêngis ficou olhando enquanto os outros sete montavam e retornavam à cidade.

— Aqueles cavalos são lindos — disse Barchuk junto ao seu ombro. Gêngis olhou para o cã uigur. Assentiu, atraindo o olhar de Arslan que estava na fileira de guerreiros. Gêngis apontou dois dedos para o grupo que se afastava, como uma cobra atacando.

Um instante depois, uma centena de flechas disparou no ar, arrancando os sete cavaleiros das selas. Um dos cavalos foi morto e Gêngis ouviu Arslan rosnando com um guerreiro infeliz, por sua incompetência. Enquanto Gêngis olhava, Arslan pegou o arco do sujeito e cortou a corda com um movimento rápido de sua faca antes de devolvê-lo. O guerreiro pegou-o de cabeça baixa, em humilhação.

Corpos estavam caídos imóveis na planície, de rosto na lama. Num terreno daqueles, os cavalos não podiam correr com facilidade. Sem os cavaleiros para instigá-los, ficaram imóveis, olhando de volta para as tribos. Dois deles focinharam os corpos dos homens que haviam conhecido, relinchando nervosos com o cheiro de sangue.

Ho Sa ficou olhando com fúria e lábios apertados enquanto Gêngis virava para encará-lo.

— Eram cavalos bons — disse Gêngis. A expressão do soldado não mudou, e o cã deu de ombros. — As palavras não são pesadas. Não é preciso mais do que um de vocês para carregar minha resposta.

Deixou Ho Sa para ser levado à grande iurta e receber chá salgado. Gêngis permaneceu para ver os cavalos serem capturados e trazidos de volta.

— Serei o primeiro a escolher — disse a Barchuk. O cã uigur assentiu, levantando os olhos por um momento. A primeira escolha daria a Gêngis os melhores, mas eram boas montarias que ainda valiam a pena.

Apesar da estação avançada, o sol estava quente no vale de Xixia e o terreno fora cozido até formar uma crosta fina quando Gêngis cavalgou na direção da cidade. O rei havia requisitado que ele trouxesse apenas três companheiros, mas outros cinco mil cavalgaram juntos nos primeiros quilômetros. Quando estava suficientemente perto para ver os detalhes do pavilhão erguido diante das muralhas, a curiosidade de Gêngis se tornou avassaladora. O que o rei poderia querer com ele?

Deixou a escolta para trás com alguma relutância, mas sabia que Khasar viria em sua ajuda caso ele sinalizasse. Havia considerado as chances de um ataque surpresa contra o rei enquanto conversavam, mas Rai Chiang não era idiota. O toldo cor de pêssego fora montado muito perto dos muros da cidade. Arcos enormes armados com hastes com ponta de ferro, do tamanho de um homem, podiam destruí-lo em instantes e garantir que Gêngis não sobreviveria. O rei era mais vulnerável fora das muralhas, mas o equilíbrio era delicado.

Gêngis seguia empertigado na sela, cavalgando à frente com Arslan, Kachiun e Barchuk dos uigures. Estavam bem armados e levavam facas extras escondidas nas armaduras, para o caso de o rei insistir em remover suas espadas.

Gêngis tentou aliviar a expressão séria enquanto captava cada detalhe do toldo cor de pêssego. Gostava da cor e se perguntou onde poderia encontrar seda daquele tamanho e daquela qualidade. Trincou os dentes ao pensar na cidade intocada, à plena vista. Se tivesse encontrado um modo de entrar, não teria vindo se encontrar com o rei dos xixia. Incomodava-o a ideia de que cada cidade nas terras dos jin fosse tão bem protegida, e ele não descobrira um modo de superar as defesas.

Os quatro cavaleiros não falaram enquanto passavam para a fresca sombra cor de pêssego e apeavam. O toldo os escondia da visão dos arqueiros nas muralhas, e Gêngis se pegou relaxando, parado em silêncio sério diante dos guardas do rei.

Sem dúvida eles haviam sido escolhidos para impressionar, pensou, avaliando-os. Alguém havia ponderado muito as dificuldades da reunião. A entrada do pavilhão era larga para que ele pudesse ver que nenhum assassino esperava para pegá-lo ao entrar. Os guardas eram fortes e não demonstraram qualquer reação ao homem que estava diante deles. Em vez disso, olhavam de volta como estátuas para a fileira de guerreiros montados que ele reunira a distância.

Apesar de haver cadeiras dentro, o pavilhão abrigava apenas um homem, e Gêngis assentiu para ele.

— Onde está seu rei, Ho Sa? É cedo demais para ele?

— Ele vem, senhor cã. Um rei não chega primeiro.

Gêngis levantou uma sobrancelha enquanto pensava se iria se ofender.

— Talvez eu devesse ir embora. Não pedi que ele viesse a mim, afinal de contas.

Ho Sa ficou vermelho e Gêngis sorriu. Era fácil irritar aquele sujeito, mas havia descoberto que gostava dele, apesar de toda a sua honra eriçada. Antes que ele pudesse responder, trompas soaram nas muralhas da cidade e os quatro mongóis levaram as mãos às espadas. Ho Sa levantou a mão.

— O rei garante a paz, senhor cã. As trompas são para me avisar que ele está saindo da cidade.

— Saia e vigie enquanto ele chega — disse Gêngis a Arslan. — Diga quantos homens cavalgam com ele. — Em seguida, fez um esforço para relaxar os músculos tensos. Havia se encontrado com cãs antes e os matara em suas próprias iurtas. Não existia nada de novo nisso, disse a si mesmo, mas ainda assim havia um toque de espanto nele, um eco dos modos de Ho Sa. Gêngis sorriu diante da própria tolice, percebendo que isso fazia parte de estar tão longe de casa. Tudo era novo e diferente das planícies que ele recordava, mas não teria escolhido outro local onde estar naquela manhã.

Arslan voltou rapidamente.

— Ele vem numa liteira carregada por escravos. Parece a que Wen Chao usava.

— Quantos escravos? — perguntou Gêngis, franzindo a testa. Ele ficaria em menor número, e a irritação apareceu em seu rosto.

Ho Sa respondeu antes de Arslan:

— São eunucos, senhor. Oito homens fortes, mas não são guerreiros. Não passam de animais de carga e são proibidos de portar armas.

Gêngis pensou. Se saísse antes da chegada do rei, os que estavam na cidade acreditariam que sua coragem havia falhado. Talvez seus próprios guerreiros achassem o mesmo. Manteve-se imóvel. Ho Sa usava uma espada longa no cinto e os dois guardas tinham boas armaduras. Ele avaliou os riscos e depois desconsiderou-os. Algumas vezes um homem podia se preocupar demais com o que poderia acontecer. Deu um risinho, fazendo Ho Sa piscar com surpresa, depois sentou-se para esperar a chegada do rei.

Os escravos carregadores mantinham seu fardo precioso à altura da cintura enquanto se aproximavam do pavilhão de seda. De dentro, Gêngis e seus três companheiros olhavam com interesse enquanto eles baixavam o palanquim ao chão. Seis deles ficaram parados em silêncio à medida que dois desenrolavam um pedaço de seda preta sobre a lama. Para surpresa de Gêngis, eles tiraram flautas de madeira das faixas de cintura e começaram a tocar uma melodia sutil enquanto as cortinas eram abertas. Era estranhamente pacífico escutar a música na brisa, e Gêngis se pegou fascinado enquanto Rai Chiang saía.

O rei era um homem relativamente pequeno, mas usava uma armadura que se ajustava perfeitamente ao corpo. As escamas haviam sido polidas até brilhar, fazendo-o reluzir ao sol. No quadril usava uma espada com punho cravejado de joias, e Gêngis se perguntou se ele já a teria desembainhado com raiva. A música cresceu quando ele foi aparecendo, e Gêngis descobriu que estava gostando da apresentação.

O rei dos xixia assentiu para os dois guardas e eles se afastaram do pavilhão para assumir posição a seu lado. Só então ele deu os poucos passos para entrar no pavilhão. Gêngis e seus companheiros se levantaram para recebê-lo.

— Senhor cã — disse Rai Chiang, inclinando a cabeça. Seu sotaque era estranho e ele disse as palavras como se as tivesse memorizado sem entender.

— Majestade — respondeu Gêngis. Usou a palavra xixia que Barchuk lhe havia ensinado. Para seu prazer, viu um brilho de interesse nos olhos do rei. Por um instante fugaz, Gêngis desejou que seu pai tivesse vivido para vê-lo se encontrar com reis numa terra estranha.

Os dois guardas assumiram posição diante de Kachiun e Arslan, claramente marcando seus homens para o caso de encrenca. De sua parte, os dois generais olharam de volta impassivelmente. Eram meros espectadores no encontro, mas nenhum dos dois seria apanhado de surpresa. Se o rei tivesse planejado a morte deles, não sobreviveria à tentativa.

Arslan franziu a testa com um pensamento súbito. Nenhum deles tinha visto o rei antes. Se aquele fosse um impostor, o exército de Yinchuan poderia esmagar o pavilhão de cima das muralhas e perder apenas alguns homens leais. Olhou na direção de Ho Sa, para ver se ele estava numa tensão incomum, mas o sujeito não demonstrava qualquer sinal de esperar a destruição iminente.

Rai Chiang começou a falar na língua de seu povo. Sua voz era firme, como seria de esperar da parte de alguém acostumado à autoridade. Sustentou o olhar de Gêngis e nenhum dos dois parecia piscar. Quando o rei terminou, Ho Sa pigarreou, o rosto cuidadosamente inexpressivo enquanto traduzia as palavras.

— Por que os uigures devastam a terra dos xixia? Nós não comerciamos honestamente com vocês?

Barchuk fez um som com a garganta, mas o olhar do rei não se afastou de Gêngis.

— Sou cã de todas as tribos, majestade — respondeu Gêngis. — Dentre elas estão os uigures. Nós cavalgamos porque temos força para dominar. Que outro motivo haveria?

A testa do rei se franziu enquanto ele escutava a tradução de Ho Sa. Sua resposta foi comedida e não traía qualquer sugestão de raiva.

— Você ficará sentado diante de minha cidade até o fim do mundo? Isso não é aceitável, senhor cã. Seu povo não barganha na guerra?

Gêngis se inclinou adiante, com o interesse estimulado.

— Não vou barganhar com os jin, majestade. Seu povo é um inimigo tão antigo quanto a terra, e verei suas cidades serem transformadas em pó. Suas terras são minhas e eu cavalgarei por todas elas enquanto quiser.

Gêngis esperou com paciência enquanto Ho Sa repassava as palavras ao rei. Todos os homens na tenda podiam ver a animação súbita que fulgurou em Rai Chiang enquanto as ouvia. Ele se empertigou e sua voz ficou incisiva. Gêngis se retesou, cauteloso, esperando que Ho Sa falasse. Em vez disso, foi Barchuk que assumiu a tradução.

— Ele diz que seu povo não é da raça jin — disse Barchuk. — Se *eles* são seu inimigo, por que fica se retardando aqui no vale de Xixia? As grandes cidades jin ficam ao norte e ao leste. — Barchuk assentiu enquanto o rei falava de novo.— Acho que eles não são os amigos que já foram, senhor rei. Este rei não ficaria insatisfeito se você fizesse guerra contra as cidades jin.

Gêngis franziu os lábios, pensativo.

— Por que eu deixaria um inimigo às minhas costas? — perguntou.

Rai Chiang falou de novo assim que entendeu. Ho Sa havia empalidecido enquanto ouvia, mas traduziu antes que Barchuk pudesse fazer isso.

— Deixe um aliado, senhor cã. Se seu verdadeiro inimigo são os jin, mandaremos tributos às suas tribos enquanto estivermos ligados como amigos. — Ho Sa engoliu em seco, nervoso. — Meu rei oferece seda, falcões e pedras preciosas, suprimentos e armaduras. — Ele respirou fundo. — Camelos, cavalos, tecidos, chá e mil moedas de bronze e prata a serem pagas a cada ano. Ele faz uma oferta a um aliado, e não poderia considerar a mesma coisa em relação a um inimigo.

Rai Chiang falou de novo, impaciente, e Ho Sa ouviu. Este ficou imóvel enquanto o rei falava e ousou fazer uma pergunta. Rai Chiang fez um gesto incisivo com a mão e Ho Sa baixou a cabeça, claramente perturbado.

— Além disso, meu rei oferece sua filha, Chakahai, para ser sua esposa.

Gêngis piscou, avaliando. Imaginou se a garota seria feia demais para se casar com alguém do povo xixia. O butim satisfaria às tribos e manteria os pequenos cãs longe das tramas. A ideia de um tributo não era nova para as tribos, mas elas jamais haviam estado em posição de exigir isso de um inimigo verdadeiramente rico. Ele teria preferido ver a cidade de pedra esmagada, mas nenhum de seus homens conseguia sugerir um plano que pudesse dar certo. Deu de ombros. Se algum dia descobrisse um modo, iria voltar. Até então, que eles acreditassem que haviam comprado a paz. As cabras podiam ser ordenhadas muitas vezes, mas só podiam ser mortas uma vez. Tudo que restava era conseguir a melhor barganha possível.

— Diga a seu senhor que a generosidade dele é bem recebida — respondeu ironicamente. — Se ele puder acrescentar dois mil de seus melhores soldados, bem armados e montados, deixarei este vale antes da mudança da lua. Meus homens vão demolir a fortaleza na passagem do deserto. Aliados não precisam de muralhas entre si.

Enquanto Ho Sa começava a traduzir, Gêngis se lembrou do interesse de Barchuk pelas bibliotecas dos xixia. Ho Sa parou para ouvir enquanto Gêngis falava de novo, interrompendo seu fluxo de palavras.

— Alguns de meus homens são estudiosos — disse Gêngis. — Eles gostariam de ter a oportunidade de ler os manuscritos dos xixia. — Enquanto Ho Sa abria a boca, ele continuou: — Mas não de filosofia. Questões práticas, assuntos que interessariam a um guerreiro, se vocês tiverem.

A expressão de Rai Chiang era ilegível enquanto Ho Sa lutava para repetir tudo que tinha ouvido. A reunião parecia estar no fim, e Rai Chiang não fez uma contraoferta. Nisso Gêngis viu seu desespero. Já estava para se levantar quando decidiu forçar a sorte.

— Se eu for entrar nas cidades dos jin, vou precisar de armas que rompam muralhas. Pergunte a seu rei se ele pode fornecer isso, junto com o resto.

Ho Sa falou nervosamente, sentindo a raiva de Rai Chiang ao entender. Relutante, ele balançou a cabeça.

— Meu rei disse que teria de ser idiota — respondeu Ho Sa, incapaz de encarar Gêngis nos olhos.

— É, teria — respondeu Gêngis com um sorriso. — O terreno secou e vocês podem colocar os presentes em carroças novas, com eixos bem lubrificados para uma longa viagem. Pode dizer a seu rei que estou satisfeito com a oferta. Vou mostrar esse prazer aos jin.

Ho Sa traduziu e o rosto de Rai Chiang não mostrou qualquer sinal de sua satisfação. Todos os homens se levantaram juntos, e Gêngis e os companheiros saíram primeiro, deixando Rai Chiang e Ho Sa sozinhos com os guardas. Eles viram os generais mongóis montar e ir embora.

Ho Sa pensou em ficar em silêncio, mas tinha mais uma pergunta que precisava fazer.

— Majestade, nós levamos a guerra aos jin?

Rai Chiang virou um olhar frio para seu oficial.

— Yenking fica a mais de mil quilômetros e é guardada por montanhas e fortalezas que fazem Yinchuan parecer uma cidade provinciana. Ele não tomará as cidades deles. — A boca do rei se retorceu ligeiramente, ainda que sua expressão fosse de pedra. — Além disso, "É vantagem nossa quando nossos inimigos atacam uns aos outros. Onde está o perigo para nós?"

Ho Sa não estivera presente na reunião de ministros e não reconheceu as palavras.

O humor entre as tribos foi quase o de um festival. Era verdade que não haviam tomado a cidade de pedra que ficava a distância, mas, se os guerreiros resmungavam por causa disso, suas famílias estavam empolgadas com a seda e os espólios que Gêngis ganhara para elas. Um mês havia se passado desde a reunião com o rei, e as carroças tinham vindo da cidade. Camelos jovens fungavam e cuspiam em meio aos rebanhos de ovelhas e cabras. Barchuk havia desaparecido em sua iurta com Kokchu e Temuge para decifrar a estranha escrita do povo xixia. Rai Chiang fornecera pergaminhos com a escrita dos jin sob a deles, mas era um trabalho dificultoso.

Finalmente o inverno havia chegado, mas era ameno naquele vale. Khasar e Kachiun haviam começado a treinar os guerreiros que Rai Chiang lhes dera. Os soldados xixia tinham protestado contra a perda de suas boas montarias, mas aqueles animais eram demasiadamente bons para serem desperdiçados com homens que não conseguiam montar tão bem quanto as crianças mongóis. Em vez disso, receberam pôneis de reserva dos rebanhos. À medida que as semanas voavam e o ar ficava mais frio, eles aprenderam a controlar os animais mal-humorados e rijos formando uma linha de guerra. O exército se preparava para se movimentar, mas Gêngis se demorava em sua iurta enquanto esperava que Rai Chiang mandasse o último tributo e sua filha. Não podia prever como Borte receberia a notícia. Esperava que sua princesa xixia fosse pelo menos atraente.

Ela chegou no primeiro dia de uma lua nova, carregada numa liteira muito semelhante àquela que seu pai havia usado para a reunião. Gêngis ficou olhando a guarda de honra de cem homens mantendo formação cerrada em volta dela. Achou divertido ao ver que as montarias não eram de tão boa qualidade quanto as que esperava. Rai Chiang não pretendia perdê-las também, nem mesmo para escoltar uma filha.

A liteira foi posta no chão a apenas alguns passos de Gêngis enquanto este esperava com armadura completa. A espada de seu pai estava no quadril e ele a tocou para dar sorte, controlando a impaciência. Podia ver que os soldados da cidade estavam com raiva de terem de entregar a filha do rei, e sorriu com prazer genuíno, bebendo a frustração deles. Como havia requisitado, Ho Sa viera da cidade com eles. Este, pelo menos, tinha uma expressão fria que Gêngis podia aprovar, sem revelar nada dos sentimentos interiores.

Quando a filha do rei desceu, houve um murmúrio de apreciação da parte dos guerreiros que haviam se reunido para testemunhar esse último sinal de triunfo. Ela vestia seda branca bordada em ouro, de modo que brilhava ao sol. Seu cabelo estava preso à cabeça com grampos de prata, e Gêngis respirou fundo ao ver a beleza impecável da pele branca. Em comparação com as mulheres de seu povo, ela era uma pomba em meio a corvos, mas ele não disse isso em voz alta. Os olhos da jovem eram escuros poços de desespero enquanto ia até ele. Não o olhou; em vez disso, baixou-se elegantemente até o chão, com os punhos cruzados à frente.

Gêngis sentiu a raiva dos soldados do pai dela crescer, mas ignorou-os. Se eles se mexessem, seus arqueiros iriam matá-los antes mesmo que pudessem desembainhar uma espada.

— Você é bem-vinda à minha iurta, Chakahai — disse, baixinho. Ho Sa murmurou uma tradução, a voz quase um sussurro. Gêngis se abaixou para tocar o ombro da jovem e ela se levantou, o rosto cuidadosamente inexpressivo. Não tinha nada da força nodosa que ele passara a esperar de suas mulheres, e sentiu-se começando a ficar excitado enquanto um leve traço do perfume dela chegava às suas narinas.

— Acho que você vale mais do que todo o resto dos presentes do seu pai — disse, dando-lhe a honra diante de seus guerreiros, ainda que ela não pudesse entender as palavras. Ho Sa começou a falar, mas Gêngis silenciou-o com um gesto ríspido.

Estendeu a mão escurecida pelo sol, maravilhando-se com o contraste enquanto levantava o queixo da princesa para ela olhá-lo. Pôde ver seu medo e também um clarão de nojo quando ela sentiu sua pele áspera tocá-la.

— Fiz uma boa barganha, garota. Você terá ótimos filhos meus — disse. Era verdade que eles não poderiam ser seus herdeiros, mas ele se pegou inebriado com ela. Dificilmente poderia mantê-la na mesma iurta com Borte e os filhos, percebeu. Uma garota tão frágil não sobreviveria. Mandaria construir outra iurta só para ela e para os filhos que ela teria.

Percebeu que estivera parado em silêncio durante longo tempo e as tribos estavam olhando sua reação com interesse crescente. Vários guerreiros sorridentes cutucavam uns aos outros e sussurravam com os amigos. Gêngis levantou o olhar para o oficial que estava junto de Ho Sa. Os dois homens estavam pálidos de raiva, mas, quando Gêngis fez um gesto na direção da cidade, Ho Sa virou com tanta presteza quanto os outros. O oficial lhe deu uma ordem ríspida e o queixo de Ho Sa caiu, surpreso.

— Preciso de você, Ho Sa — disse Gêngis, deliciado com a perplexidade dele. — Seu rei me entregou você por um ano.

Ho Sa transformou a boca numa linha fina enquanto entendia. Com olhos amargos, viu o resto da escolta cavalgar para a cidade, deixando-o ali com a garota trêmula que ele viera entregar aos lobos.

Gêngis virou para encarar o vento leste, respirando seu cheiro e imaginando as cidades dos jin além do horizonte. Elas tinham muralhas que ele não podia romper, e ele não arriscaria de novo seu povo na ignorância.

— Por que me pediu? — perguntou Ho Sa de repente, as palavras arrancadas no silêncio que Gêngis parecia não sentir.

— Talvez nós tornemos você um guerreiro. — Gêngis parecia achar a ideia divertida, e deu um tapa na perna. Ho Sa olhou-o com expressão de pedra, até que Gêngis deu de ombros.

— Você verá.

O acampamento estava ruidoso com o barulho das iurtas sendo desmontadas à medida que as tribos se preparavam para se pôr em movimento. Quando a meia-noite chegou, somente a iurta do cã permanecia intocada em sua grande carroça, iluminada por dentro por lâmpadas a óleo, de modo que luzia na escuridão e podia ser vista por todos que se acomodavam em seus tapetes e peles para dormir sob as estrelas.

Gêngis estava de pé junto a uma mesa baixa, franzindo os olhos para um mapa. Era desenhado em papel grosso, e pelo menos Ho Sa podia ver que fora copiado às pressas da coleção de Rai Chiang. O rei dos xixia era um homem muito inteligente para deixar que um mapa que tivesse seu selo caísse nas mãos do imperador Wei, dos jin. Até as letras eram na língua dos jin, refeitas cuidadosamente.

Gêngis inclinou a cabeça para um lado e para o outro enquanto tentava imaginar as linhas e os desenhos de cidades como lugares verdadeiros. Era o primeiro mapa que já vira, mas com Ho Sa presente ele não revelaria sua inexperiência.

Com um dedo escuro, Gêngis acompanhou uma linha azul que ia para o norte.

— Este é o grande rio que os batedores informaram — disse. Em seguida, levantou os olhos claros para Ho Sa, interrogativamente.

— Huang He — respondeu Ho Sa. — O rio Amarelo. — Em seguida parou, não querendo falar demais na companhia dos generais mongóis. Estes enchiam a iurta: Arslan, Khasar, Kachiun e outros que ele não conhecia. Ho Sa havia se encolhido para longe de Kokchu quando Gêngis o apresentara. O xamã esquálido o lembrava dos mendigos loucos de Yinchuan e tinha um cheiro que penetrava no ar até que Ho Sa foi obrigado a respirar com mais cuidado.

Todos os presentes observaram enquanto Gêngis seguia com o dedo mais para o norte e o leste ao longo do rio, até que pousou num símbolo minúsculo e bateu.

— Esta cidade aqui fica na margem das terras jin — murmurou Gêngis. De novo olhou para Ho Sa, buscando confirmação, e este assentiu relutante.

— Baotou — disse Kokchu, lendo o que estava escrito sob o desenho minúsculo. Ho Sa não olhou para o xamã, com o olhar sustentado por Gêngis enquanto o cã sorria.

— Essas marcas ao norte, o que são? — perguntou Gêngis.

— É um trecho da muralha externa — respondeu Ho Sa.

Gêngis franziu a testa, perplexo.

— Ouvi falar dessa coisa. Os jin se escondem de nós atrás dela, não é?

Ho Sa conteve a irritação.

— Não. Nenhuma das duas muralhas foi construída para vocês, mas para manter separados os reinos dos jin. Vocês passaram pela mais fraca das duas. Não passarão pela muralha interna ao redor de Yenking. Ninguém jamais passou. — Gêngis riu daquilo, antes de virar de novo para examinar o mapa. Ho Sa o encarou, irritado com a confiança tranquila do cã.

Quando era menino, Ho Sa tinha viajado com o pai até o rio Amarelo. O velho lhe havia mostrado a muralha jin ao norte e, mesmo na época, existiam buracos e trechos reduzidos a entulho. Desde então não haviam sido feitas reformas durante décadas. Enquanto Gêngis acompanhava uma linha com o dedo sobre o pergaminho, Ho Sa perguntou-se como os jin haviam se descuidado tanto com sua paz. A muralha externa não valia nada. Engoliu em seco, nervoso. Especialmente porque as tribos já estavam do outro lado dela. Xixia fora o ponto fraco e as tribos haviam se derramado para o sul. A vergonha queimou nele enquanto Ho Sa estudava Gêngis, imaginando o que ele estaria planejando.

— O senhor vai atacar Baotou? — perguntou Ho Sa, sem aviso.

Gêngis balançou a cabeça.

— E uivar diante dos portões como fiz aqui? Não. Vou para casa, para as montanhas Khenti. Vou cavalgar nas colinas da minha infância, fazer voar minha águia e me casar com a filha do seu rei. — Sua expressão feroz se aliviou com esse pensamento. — Meus filhos devem conhecer a terra que me viu nascer e ficarão fortes lá.

Ho Sa ergueu os olhos do mapa, confuso.

— Então por que essa conversa sobre Baotou? Por que estou aqui?

— Eu disse que *eu* ia para casa, Ho Sa. *Você* não. Esta cidade fica longe demais daqui para temer meu exército. Eles estarão com os portões abertos e os mercadores irão e virão como quiserem. — Ho Sa viu que Arslan e Khasar estavam rindo dele enquanto se obrigava a se concentrar.

Gêngis lhe deu um tapa no ombro.

— Uma cidade murada como Baotou terá construtores, mestres desse ofício, não é? Homens que entendam cada aspecto das defesas.

Ho Sa não respondeu e Gêngis deu um risinho.

— Seu rei não quis me entregá-los, mas você irá encontrá-los lá, Ho Sa. Viajará a essa tal de Baotou com Khasar e meu irmão Temuge. Três homens podem entrar onde um exército não pode. Vocês farão perguntas até encontrarem os homens que constroem muralhas e sabem de tantas coisas inteligentes. E vão trazê-los a mim.

Então Ho Sa viu que todos estavam sorrindo, achando divertida sua expressão pasma.

— Ou eu vou matá-lo agora e pedir outro homem do seu rei — disse Gêngis, baixinho. — Um homem sempre deve ter a escolha final na vida e na morte. Qualquer outra coisa pode ser tirada dele, mas isso jamais.

Ho Sa lembrou-se de como seus companheiros tinham sido mortos em troca dos cavalos que montavam e não duvidou que sua vida pendia numa única palavra.

— Estou ligado ao senhor pela ordem do meu rei — disse finalmente.

Gêngis resmungou, dando as costas ao mapa:

— Então me fale de Baotou e suas muralhas. Conte tudo que ouviu ou viu.

O acampamento estava silencioso ao amanhecer, mas a luz ainda tremeluzia em ouro na iurta do cã, e os que estavam deitados perto, no capim frio, podiam ouvir o murmúrio de vozes parecendo distantes tambores de guerra.

CAPÍTULO 10

Os três cavaleiros se aproximaram da margem do rio escuro, apeando enquanto os pôneis começavam a beber. Uma lua pesada pendia baixa sobre os morros, lançando uma luz cinzenta que iluminava a vastidão de água. Estava suficientemente claro para criar sombras pretas por trás dos homens que olhavam as formas de pequenos barcos ancorados, balançando e estalando na noite.

Khasar pegou uma sacola de pano de sob a sela. A cavalgada do dia havia amaciado a carne que estava dentro e ele enfiou a mão na massa fibrosa, pegando um pedaço e colocando na boca. O cheiro era rançoso, mas ele estava com fome e mastigou preguiçosamente enquanto olhava os companheiros. Temuge se sentia cansado a ponto de oscilar ligeiramente, parado junto ao irmão, as pálpebras baixas enquanto ansiava pelo sono.

— Os barqueiros ficam longe da margem à noite — murmurou Ho Sa. — São cautelosos em relação a bandidos na escuridão e devem ter ouvido falar de seu exército no oeste. Deveríamos encontrar um local para dormir e continuar de manhã.

— Ainda não entendo por que você quer usar o rio para chegar a Baotou — disse Khasar. Ho Sa engoliu a raiva. Havia explicado meia dúzia de vezes desde que tinham deixado as tribos, mas a ligação do guerreiro mongol ao seu pônei estava se mostrando difícil de ser superada.

— Recebemos ordem de não chamar atenção, de entrar em Baotou como mercadores ou peregrinos — respondeu, mantendo a voz calma. — Mercadores não entram cavalgando, como nobres jin, e peregrinos não teriam nenhum cavalo.

— Mas seria mais rápido — disse Khasar, teimoso. — Se o mapa que eu vi é acurado, poderíamos atravessar o arco formado pelo rio e chegar lá em poucos dias.

— E teríamos a passagem notada por cada camponês e cada viajante nas estradas — reagiu Ho Sa rispidamente. Sentiu Khasar se enrijecer, com raiva de seu tom de voz, mas havia suportado essa reclamação por tempo suficiente. — Não creio que seu irmão goste do pensamento de cavalgar mil *li* em terreno aberto.

Khasar fungou, mas foi Temuge quem respondeu.

— Ele está certo, irmão. Este grande rio vai nos levar até Baotou ao norte e nós estaremos perdidos na massa de viajantes. Não quero que tenhamos de abrir caminho lutando para passar por soldados jin cheios de suspeita.

Khasar não confiava em si mesmo para responder. A princípio, ficara empolgado com a ideia de passar despercebido em meio aos povos jin, mas Temuge cavalgava como uma velha de juntas rígidas e não era companhia adequada para um guerreiro. Ho Sa era um pouco melhor, mas, longe de Gêngis, sua fúria diante da tarefa que recebera o tornava um companheiro carrancudo. Era pior quando Temuge fazia Ho Sa conversar na língua do pio dos pássaros e Khasar não podia participar. Havia pedido que Ho Sa lhe ensinasse palavrões e insultos, mas o sujeito apenas o olhou irritado. Longe de ser uma aventura, essa viagem estava se tornando uma disputa de picuinhas e ele queria acabar com aquilo o mais rápido possível. A ideia de deslizar lentamente num daqueles barcos sombreados fazia seu humor piorar ainda mais.

— Poderíamos atravessar os cavalos a nado esta noite e depois... — começou.

Ho Sa expeliu o ar sibilando:

— Você seria levado para longe! — disse bruscamente. — Este é o rio Amarelo, mede um *li* inteiro de uma margem à outra, e este é um ponto estreito. Não é um dos seus riachos mongóis. Não há balsas aqui e, quando tivéssemos chegado a Shisuizhan para comprar lugar em uma, nosso progresso teria sido informado. Os jin não são idiotas, Khasar. Devem ter espiões vigiando as fronteiras. Três homens a cavalo seriam interessantes demais para eles ignorarem.

Khasar fungou enquanto enfiava mais um pedaço de cordeiro na bochecha e ficava chupando.

— O rio não é tão largo assim — disse. — Eu poderia atirar uma flecha do outro lado.

— Não poderia — respondeu Ho Sa imediatamente. Em seguida, apertou os punhos enquanto Khasar pegava o arco. — E nós não iríamos vê-la caindo no escuro.

— Então eu lhe mostro de manhã — retrucou Khasar.

— E em quê isso vai nos ajudar? Acha que os barqueiros vão ignorar um arqueiro mongol disparando flechas sobre o rio deles? Por que seu irmão mandou você para esse trabalho?

Khasar deixou a mão cair do lugar onde estava o arco. Virou para Ho Sa sob a luz da lua. Na verdade, havia pensado a mesma coisa, mas jamais admitiria isso a Ho Sa ou a seu irmão estudioso.

— Para proteger Temuge, imagino — respondeu. — Ele está aqui para aprender a língua jin e verificar se você não irá nos trair quando chegarmos à cidade. Você só está aqui para falar, e já provou isso o suficiente hoje. Se formos atacados por soldados jin, meu arco será mais valioso que sua boca.

Ho Sa deu um suspiro. Não quisera puxar o assunto, mas seu humor mal podia ser controlado e ele também estava cansado.

— Você terá de deixar seu arco aqui. Pode enterrá-lo na lama do rio antes do amanhecer.

Diante disso, Khasar ficou sem fala. Antes que pudesse exprimir a indignação, Temuge pôs a mão em seu ombro para acalmá-lo e o sentiu estremecer.

— Ele conhece esse povo, irmão, e até agora se manteve fiel a nós. Devemos pegar o rio, e seu arco levantaria suspeitas desde o início. Temos bronze e prata para comprar mercadorias no caminho, de modo a termos algo para comerciar em Baotou. Mercadores não carregariam um arco mongol.

— Podemos fingir que queremos vendê-lo — respondeu Khasar. Na escuridão, ele pousou a mão na arma amarrada à sela, como se o toque lhe trouxesse conforto. — Vou soltar meu pônei, sim, mas não vou abrir mão do meu arco, nem em troca de uma dúzia de viagens secretas pelo rio. Não me testem nesse aspecto, minha resposta será a mesma, independentemente do que vocês disserem.

Ho Sa começou a argumentar de novo, mas Temuge balançou a cabeça, cansado dos dois.

— Deixe para lá, Ho Sa — disse. — Vamos enrolar o arco num pano e talvez ele não seja notado. — Baixou a mão do braço de Khasar e se afastou para livrar o pônei do fardo da sela e das rédeas. Demoraria para enterrar aquilo tudo, e ele não podia se arriscar a cair no sono até que o trabalho estivesse feito. Imaginou de novo por que Gêngis o havia escolhido para a tarefa de acompanhar os dois guerreiros. No acampamento havia outros que sabiam a língua jin, dentre eles Barchuk dos uigures. Talvez ele fosse velho demais, pensou. Suspirou enquanto soltava as cordas da montaria. Conhecendo o irmão como conhecia, Temuge suspeitou que Gêngis ainda esperava transformá-lo num guerreiro. Kokchu havia lhe mostrado um caminho diferente e ele desejava que seu mestre estivesse ali para ajudá-lo a meditar antes de dormir.

Enquanto levava o pônei para a escuridão sob as árvores do rio, Temuge pôde ouvir seus companheiros retomarem a discussão em sussurros ferozes. Imaginou se teriam chance de sobreviver à viagem à cidade de Baotou. Depois de enterrar a sela e se deitar, esforçou-se para se desligar das vozes tensas, repetindo as expressões ensinadas por Kokchu para trazer calma. Não trouxeram, mas o sono veio enquanto ele ainda esperava.

De manhã, Ho Sa levantou o braço num sinal a outro barco que bordejava contra o vento para subir o rio. Por nove vezes o gesto fora ignorado, apesar de ele ter estendido uma bolsa de couro com moedas e sacudido o conteúdo. Os três respiraram aliviados quando o último barco virou na água, vindo para eles. A bordo, seis rostos escurecidos pelo sol olhavam cheios de suspeita em sua direção.

— Não diga nada — murmurou Ho Sa a Temuge enquanto eles permaneciam na lama e esperavam que o barco chegasse mais perto. Ele e os dois irmãos usavam mantos simples amarrados na cintura, que não pareceriam estranhos demais para as tripulações do rio. Khasar carregava num dos ombros um rolo de pano de sela que continha seu arco na meia bolsa de couro e uma aljava cheia. Olhou para o barco com algum interesse, jamais tendo visto uma coisa assim à luz do dia. A vela era quase tão alta quanto o comprimento do barco, talvez doze metros de ponta a ponta. Não dava para ver como ele poderia chegar suficientemente perto para que entrassem no pequeno convés.

— A vela parece uma asa de pássaro. Posso ver os ossos — disse.

Ho Sa virou rapidamente para ele.

— Se perguntarem, direi que você é mudo, Khasar. Você não deve falar com nenhum deles. Entendeu?

Khasar fez um muxoxo para o soldado xixia.

— Sei que você quer que eu passe dias sem abrir a boca. Vou lhe dizer: quando isto acabar, você e eu vamos a um lugar quieto...

— Silêncio — disse Temuge. — Eles estão suficientemente perto para ouvir. — Khasar ficou quieto, mas sustentou o olhar de Ho Sa por tempo suficiente para assentir de modo sinistro.

O barco manobrou para perto da margem e Ho Sa não esperou os companheiros, pisando na água rasa e vadeando até lá. Ignorou o xingamento baixo de Khasar enquanto mãos fortes o puxavam por cima da amurada.

O mestre do barco era um homem baixo e musculoso, com um pano vermelho amarrado na cabeça para manter o suor longe dos olhos. Afora isso, estava nu, a não ser por uma tanga de pano marrom com duas facas batendo na coxa despida. Ho Sa imaginou num instante se não teriam sido apanhados por uma das tripulações de piratas que supostamente atacavam os povoados ao longo do rio, mas era tarde demais para hesitar.

— Vocês podem pagar? — perguntou o mestre, dando um tapa no peito de Ho Sa com as costas da mão. Enquanto Khasar e Temuge eram puxados a bordo, Ho Sa apertou três quentes moedas de bronze na palma estendida. O homenzinho espiou pelo buraco no centro de cada uma delas, antes de enfiá-las num barbante sob o cinto.

— Sou Chen Yi — disse, olhando enquanto Khasar se empertigava. O mongol era uma cabeça mais alto que o maior tripulante e ficou franzindo a testa como se tivesse sido afrontado. Ho Sa pigarreou e Chen Yi olhou para ele, inclinando a cabeça de lado.

— Nós vamos até Shizuishan — disse Chen Yi. Ho Sa balançou a cabeça e pegou mais moedas. Chen Yi ficou olhando atentamente enquanto ouvia o som de metal.

— Mais três para nos levar até Baotou — disse Ho Sa, estendendo-as.

O capitão pegou as moedas rapidamente, acrescentando-as ao barbante na cintura com habilidade treinada.

— Mais três para ir tão longe, rio acima — respondeu.

Ho Sa lutou para controlar o humor. Já havia pagado mais do que o suficiente para irem até a cidade. Duvidava que o homem devolvesse o dinheiro caso ele decidisse esperar outro barco.

— Você já recebeu o suficiente — disse, com firmeza.

Os olhos de Chen Yi baixaram até o lugar onde Ho Sa mantinha seu dinheiro, sob o cinto, e deu de ombros.

— Mais três ou mando jogar vocês de volta — disse.

Ho Sa ficou imóvel e sentiu a confusão irritada de Khasar enquanto a conversa prosseguia. A qualquer momento ele faria alguma pergunta, Ho Sa tinha certeza.

— Onde você vai parar depois, na roda da vida? — murmurou Ho Sa. Para sua surpresa, Chen Yi pareceu despreocupado e apenas deu de ombros. Ho Sa balançou a cabeça, perplexo. Talvez estivesse acostumado demais ao exército, onde sua autoridade jamais era questionada. Havia em Chen Yi um ar de confiança que não combinava com seus trapos e o barquinho sujo. Ho Sa olhou irritado enquanto entregava mais três moedas.

— Mendigos não vão a Baotou — disse Chen Yi, animado. — Agora fiquem fora do caminho dos meus homens enquanto trabalhamos no rio. — Indicou uma pilha de sacos de grãos na popa do barquinho, junto ao leme, e Ho Sa viu Khasar se acomodando neles antes que pudesse assentir.

Chen Yi lançou um olhar cheio de suspeitas para Temuge e Khasar, mas tinha novas moedas em seu barbante, que tilintavam enquanto ele se movia. Deu ordens para virar a vela contra o vento, fazendo o primeiro bordejo que os levaria ao destino no norte. O barco estava apinhado e não havia cabines. Ho Sa achou que a tripulação dormia no convés, à noite. Começou a relaxar no instante em que Khasar foi até a amurada e urinou no rio com um grande suspiro de alívio. Ho Sa ergueu os olhos para o céu enquanto o som na água continuava interminavelmente.

Dois tripulantes apontaram para Khasar e fizeram uma piada obscena, dando tapas nas costas um do outro e soltando gargalhadas. Khasar ficou vermelho e Ho Sa moveu-se rapidamente para ficar entre o guerreiro e a tripulação, alertando-o com um olhar irritado. Os marinheiros olharam aquilo com risos largos antes de Chen Yi rosnar uma ordem e eles correrem à proa para empurrar a vela.

— Cães amarelos — disse Khasar atrás deles. Chen Yi estivera guiando a vela por cima da cabeça quando ouviu as palavras. O coração de Ho Sa se encolheu enquanto o mestre do barco voltava para eles.

— O que foi que ele disse? — perguntou Chen Yi.

Ho Sa respondeu rapidamente:

— Ele é maometano. Não fala língua civilizada. Quem pode entender os costumes dessas pessoas?

— Ele não parece maometano — respondeu Chen Yi. — Onde está a barba? — Ho Sa sentiu os olhares da tripulação sobre eles e, desta vez, cada homem pousou a mão perto da faca.

— Todos os mercadores têm segredos — disse Ho Sa, sustentando o olhar de Chen Yi. — Por que vou me importar com a barba de um homem quando tenho sua riqueza para comerciar? A prata fala sua própria língua, não é?

Chen Yi riu. Em seguida, estendeu a mão e Ho Sa apertou uma moeda de prata contra ela, sem demonstrar nada com o rosto.

— Fala — disse Chen Yi, imaginando quantas moedas a mais o guerreiro carregaria nos bolsos. Independentemente do que os três homens afirmassem ser, não eram mercadores. Chen Yi indicou Khasar com um movimento do polegar sujo.

— Então ele é idiota de confiar em você? Vai jogá-lo na água durante a noite, passando-lhe uma adaga na garganta? — Para desconforto de Ho Sa, o homenzinho passou o dedo pela própria garganta, um gesto que Khasar observou com interesse crescente. Temuge também estava franzindo a testa, e Ho Sa imaginou o quanto ele teria entendido da rápida troca de palavras.

— Eu não traio ninguém, assim que dou a palavra — disse Ho Sa ao mestre rapidamente, tanto por causa de Temuge quanto por causa de qualquer um. — E ainda que ele certamente seja idiota, é um lutador de grande habilidade. Tenha cuidado para não insultá-lo, caso contrário não poderei contê-lo.

Chen Yi inclinou a cabeça de novo, um gesto habitual. Não confiava nos homens que havia recebido a bordo, e o alto e idiota parecia arder de raiva. Finalmente deu de ombros. Todos os homens dormiam e, se esses lhe causassem problema, não seriam os primeiros passageiros que ele deixaria na esteira de seu barco. Deu-lhes as costas depois de apontar para a pilha de sacos. Aliviado a mais não poder, Ho Sa se juntou aos outros dois na popa. Esforçou-se tremendamente para parecer que o incidente não provocara tensão.

Khasar não pareceu arrependido.

— O que disse a ele? — perguntou.

Ho Sa respirou fundo.

— Que você é um viajante que vem de centenas de quilômetros de distância. Pensei que ele talvez não tivesse ouvido falar dos seguidores do islã, mas ele já encontrou pelo menos um, no passado. Ele acha que estou mentindo, mas não vai fazer muitas perguntas. Mesmo assim, isso explica por que você não fala a língua jin.

Khasar soltou a respiração, satisfeito.

— Então não sou mudo — disse, satisfeito. — Acho que não iria aguentar isso. — Em seguida se acomodou nos sacos, cutucando Temuge para se afastar e lhe dar uma posição confortável. Enquanto o barco deslizava rio acima, Khasar fechou os olhos e Ho Sa achou que ele havia dormido.

— Por que ele passou o dedo pela garganta? — perguntou Khasar sem abrir os olhos.

— Queria saber se eu pretendia matar você e jogá-lo no rio — respondeu Ho Sa rispidamente. — A ideia havia me ocorrido.

Khasar riu.

— Estou começando a gostar daquele homenzinho — disse, sonolento. — Fico feliz por termos pegado um barco.

Gêngis caminhava pelo vasto acampamento à sombra das montanhas que conhecia desde a infância. A neve caíra à noite e ele respirou fundo o ar gelado, gostando de como ele enchia os pulmões. Podia ouvir o relincho das éguas chamando os companheiros e, a distância, alguém cantava para uma criança dormir. Com as famílias ao redor, ele estava em paz, com o humor tranquilo. Era fácil se lembrar dos dias em que seu pai ainda vivia e ele e os irmãos não conheciam nada do mundo ao redor. Balançou a cabeça na escuridão enquanto pensava nas terras que lhe haviam sido mostradas. O mar de capim era maior do que havia imaginado, e parte de Gêngis ansiava por ver coisas novas, até mesmo as cidades dos jin. Era jovem, forte e comandava um exército de homens com habilidades para tomar o que quisessem. Sorriu sozinho enquanto chegava à iurta que havia construído para sua segunda mulher, Chakahai. Seu pai era satisfeito com sua mãe, verdade, mas Yesugei fora cã de uma tribo pequena e não recebera a oferta de mulheres lindas como tributo.

Gêngis baixou a cabeça ao entrar. Chakahai estava esperando-o com os olhos arregalados e escuros à luz de uma única lâmpada. Gêngis não disse nada enquanto ela se levantava para recebê-lo. Não sabia como ela havia conseguido duas jovens de seu próprio povo para servi-la. Presumivelmente haviam sido capturadas por seus guerreiros e ela as havia comprado ou barganhado. Enquanto as duas saíam da iurta, Gêngis sentiu o perfume que usavam e estremeceu ligeiramente quando uma delas roçou seda em seus braços nus. Ouviu suas vozes sussurrantes sumirem a distância e ficou sozinho.

Chakahai estava de pé, orgulhosa diante dele, de cabeça erguida. As primeiras semanas com as tribos haviam sido difíceis para ela, mas ele sentia um belo espírito nos olhos brilhantes da jovem muito antes de ela ter aprendido as primeiras palavras de seu povo. Caminhava como ele esperaria que a filha de um rei caminhasse, e a visão dela sempre o excitava. Era uma coisa estranha, mas a postura perfeita representava a maior parte de sua beleza.

Chakahai sorriu enquanto seu olhar a percorria, sabendo que tinha toda a atenção dele. Escolhendo o momento, ajoelhou-se diante dele, baixando a cabeça e depois levantando os olhos para ver se ele ainda observava a demonstração de humildade. Gêngis riu disso e segurou um pulso para levantá-la de novo, erguendo-a no ar para deitá-la na cama.

Segurou a cabeça da jovem com as duas mãos e beijou-a, com os dedos perdidos nos cabelos pretos. Chakahai gemeu em sua boca, e ele sentiu as mãos dela tocando de leve suas coxas e sua cintura, excitando-o. A noite estava quente, e ele não se importou em esperar enquanto ela abria a túnica de seda e revelava a brancura até uma barriga lisa e o cinto e a calça de seda que usava, como um homem. Ela ofegou quando ele beijou e mordeu seus seios suavemente. Depois disso, o resto das roupas foi largado rapidamente e o acampamento cochilou modorrento ao redor enquanto ele tomava a princesa xixia, cujos gritos ecoavam até longe na escuridão.

CAPÍTULO 11

Demorou uma semana para o barco de Chen Yi alcançar Shizuishan, na margem ocidental do rio. Os dias eram cinzentos e frios, e a água lodosa escureceu até merecer seu nome, enrolando-se cremosa sob a proa. Durante um tempo, uma família de golfinhos tinha permanecido com eles, até que Khasar acertou um com um remo, empolgado, e eles desapareceram tão rapidamente quanto haviam surgido. Ho Sa havia formado suas opiniões sobre o pequeno mestre do barco e suspeitava que o casco estaria cheio de mercadorias contrabandeadas, talvez até artigos de luxo que renderiam muito dinheiro para o dono. Não teve oportunidade de testar as suspeitas, já que a tripulação jamais parecia se cansar de vigiar os passageiros. Era provável que fossem empregados de um mercador rico e que não devessem ter arriscado a carga pegando passageiros. Ho Sa avaliou que Chen Yi era um homem experiente, que parecia conhecer o rio muito melhor do que os cobradores de impostos do imperador. Por mais de uma vez haviam pegado um afluente, saindo da rota principal e circulando até longe antes de retornar a ela. Na última dessas ocasiões, Ho Sa vira a sombra escura de uma barca oficial no meio da corrente, atrás deles. A tática servia às suas necessidades e ele não comentou sobre a perda de tempo, mas dormia com a faca na manga e mesmo assim com sono leve, acordando ao menor som.

Khasar roncava num volume espantoso. Para irritação de Ho Sa, a tripulação parecia gostar dele e já lhe havia ensinado expressões que teriam pouca utilidade fora de um bordel do cais. Engoliu a raiva quando Khasar disputou queda-de-braço com três dos marinheiros mais valentões, ganhando um odre de forte vinho de arroz que em seguida ele se recusou a compartilhar.

Dos três, era Temuge que parecia não sentir nenhum prazer com a viagem pacífica. Ainda que o rio fosse raramente turbulento, ele havia vomitado pela amurada na segunda manhã, ganhando uivos de zombaria dos tripulantes. Os mosquitos o encontravam à noite, de modo que a cada manhã ele tinha uma nova brotação de picadas vermelhas nos tornozelos. Via a camaradagem animada de Khasar com uma tensa expressão de desaprovação, mas não fazia qualquer tentativa de se juntar a ele, apesar do maior domínio da língua. Ho Sa só podia desejar que a viagem terminasse, mas Shizuishan era meramente um ponto de parada para reabastecer os suprimentos.

Muito antes de a cidade surgir, o rio ficou apinhado de barcos pequenos atravessando de uma margem à outra e levando as fofocas e notícias de mil quilômetros. Chen Yi não procurou ninguém, mas, quando atracou num poste de madeira perto do cais, um barco depois do outro se aproximou para trocar palavras com ele. Ho Sa percebeu que o homenzinho era bem conhecido no rio. Um bom número de perguntas foi gritado a respeito dos passageiros, e Ho Sa suportou os olhares. Sem dúvida a descrição deles correria por toda a extensão do rio antes mesmo que avistassem Baotou. Começou a considerar que todo o empreendimento estava condenado, e não ajudava nada ver Khasar de pé na proa gritando insultos imundos para os outros capitães. Em circunstâncias diferentes, isso poderia lhe render uma surra ou até uma faca na garganta, mas Chen Yi gargalhava e alguma coisa na expressão de Khasar parecia não causar ofensa. Em vez disso, eles respondiam com coisas piores, e Khasar trocou algumas moedas por frutas frescas e peixe antes do pôr-do-sol. Ho Sa ficou olhando num silêncio irritado, dando socos num saco de grãos para fazer uma depressão para a cabeça enquanto tentava dormir.

Temuge acordou quando algo bateu na lateral do barco. O ar da noite estava denso de insetos e ele se sentia pesado de sono. Remexeu-se tonto, gritando uma pergunta para Ho Sa. Não houve resposta, e quando Temuge levantou a cabeça viu que Ho Sa e seu irmão estavam acordados olhando para o negrume.

— O que está acontecendo? — sussurrou. Podia ouvir estalos e sons abafados de movimento, mas a lua ainda não havia nascido e ele percebeu que só poderia ter dormido por pouco tempo.

Uma luz brilhou sem aviso quando um tripulante retirou a cobertura de uma minúscula lâmpada a óleo na proa. Temuge viu o braço do sujeito se iluminar em ouro, e então a noite irrompeu em gritos e confusão. Khasar e Ho Sa desapareceram no escuro, e Temuge se levantou, enraizado no medo. Corpos escuros saltaram com estrondo no barco, vindo sobre as amuradas. Ele levou a mão à faca, agachando-se atrás dos sacos para que não o vissem.

Um grito de dor soou em algum lugar perto, e Temuge xingou alto, convencido de que haviam sido descobertos pelos guardas imperiais. Ouviu Chen Yi gritando ordens e ao redor soavam os grunhidos e sons ofegantes de homens lutando na escuridão quase absoluta. Agachou-se mais baixo, esperando ser atacado. Enquanto forçava a vista, viu a minúscula lâmpada dourada voando no ar, deixando uma trilha que permaneceu em sua visão. Em vez de cair sibilando no rio, ouviu-a bater sobre a madeira. O óleo se derramou num clarão de luz e Temuge ofegou com medo.

A lâmpada atirada havia caído no convés de um segundo barco, que balançou feito louco quando os homens saltaram dele. Como Chen Yi e sua tripulação, os atacantes usavam pouco mais do que uma tira de pano à cintura. Tinham facas do tamanho dos antebraços e lutavam com grunhidos e xingamentos malignos. Atrás deles, as chamas cresciam na madeira seca, e Temuge podia ver os corpos suados se embolando, alguns mostrando talhos escuros e derramando sangue.

Enquanto olhava cheio de terror, Temuge ouviu um som que conhecia acima de todos os outros: o estalo de um arco de curva dupla. Girou e viu Khasar de pé na proa, disparando uma flecha depois da outra. Cada flecha encontrava seu alvo, a não ser uma que caiu na água quando Khasar foi obrigado a se desviar de uma faca atirada. Temuge estremeceu quando um morto caiu de cara perto dele e o impacto fez a haste da flecha penetrar mais fundo no peito, de modo que a ponta se projetou às costas.

Mesmo assim, eles poderiam ter sido dominados se as chamas não tivessem começado a se espalhar no barco dos atacantes. Temuge viu alguns deles pularem pelo espaço até voltarem à outra embarcação, pegando baldes de couro. Eles também caíram sob as flechas de Khasar antes que pudessem estancar o fogo.

Chen Yi cortou duas grossas cordas que prendiam os barcos juntos e se firmou na amurada de madeira para empurrar o outro para longe. Este se afastou sem controle no rio escuro, e Temuge pôde ver sombras agitadas de homens lutando contra as chamas. Era tarde demais para o barco e, a distância, ele ouviu os sons dos homens saltando para a segurança na água.

O fogo fazia seu próprio som, um rugido cheio de tosses e estalos que foi diminuindo à medida que a correnteza levava o barco incendiado rio abaixo. Um dedo de fagulhas brilhantes subiu para a escuridão, mais alto que uma vela. Finalmente Temuge se levantou, o peito arfando. Pulou quando alguém chegou perto, mas era Ho Sa, fedendo a fumaça e sangue.

— Está machucado? — perguntou Ho Sa.

Temuge balançou a cabeça, depois percebeu que o companheiro estava cego na escuridão, depois de ter olhado para as chamas.

— Estou bem — murmurou. — Quem eram aquelas pessoas?

— Ratos do rio, talvez atrás do que Chen Yi leva no porão. Criminosos. — Ficou em silêncio enquanto a voz de Chen Yi rosnava na noite e a vela se virava contra o vento de novo. Temuge ouviu a água sibilando à medida que começavam a se afastar das docas de Shizuishan para penetrar na parte mais funda do canal. Com outra ordem de Chen Yi, a tripulação ficou em silêncio e eles prosseguiram sem serem vistos.

A lua pareceu demorar séculos para nascer, mas ainda estava meio cheia e iluminava o rio em prata, lançando sombras da tripulação sobrevivente. Dois homens de Chen Yi haviam sido mortos na luta, e Temuge os viu serem jogados por sobre a amurada sem qualquer cerimônia.

Chen Yi havia retornado com Khasar para supervisionar o trabalho e assentiu para Temuge, a expressão ilegível à meia-luz. Temuge o viu retornar ao seu lugar perto da vela, mas o sujeito parou, obviamente tomando uma decisão. Ficou diante da alta figura de Khasar, olhando-o.

— Este seu mercador não é um seguidor do islã — disse Chen Yi a Ho Sa. — Os maometanos rezam interminavelmente, e eu ainda não o vi cair de joelhos.

Ho Sa ficou tenso enquanto esperava que o pequeno mestre continuasse. Chen Yi deu de ombros visivelmente.

— Mas luta bem, como você disse. Posso ser cego no escuro ou de dia, entende?

— Entendo — respondeu Ho Sa. Chen Yi estendeu a mão e deu um tapa no ombro de Khasar. Imitou o som do arco com a garganta, fazendo um ruído sibilante, com satisfação óbvia.

— Quem eram eles? — perguntou Ho Sa, baixinho.

Chen Yi ficou quieto por um momento, pensando na resposta.

— Idiotas, e agora são idiotas mortos. Não é da sua conta.

— Isso depende se seremos atacados de novo, antes de chegar a Baotou — respondeu Ho Sa.

— Nenhum homem pode conhecer o próprio destino, soldado-mercador, mas não creio. Eles tiveram chance de nos roubar e a desperdiçaram. Não vão nos pegar duas vezes. — De novo ele copiou o som do arco de Khasar e riu.

— O que há no porão, que eles queriam? — perguntou Temuge de repente. Havia preparado as palavras com cuidado, mas ainda assim Chen Yi ficou surpreso com os sons estranhos. Temuge ia tentar de novo quando o pequeno mestre respondeu:

— Eles foram curiosos e agora estão mortos. Você é curioso?

Temuge entendeu e ficou ruborizado, sem ser visto, na escuridão. Balançou a cabeça.

— Não, não sou — respondeu, desviando o olhar.

— E tem sorte de ter amigos que podem lutar por você — disse Chen Yi. — Não o vi se mexer quando fomos atacados. — Ele deu um risinho enquanto Temuge franzia a testa. Podia compreender o som de escárnio, ainda que não todas as palavras, mas Chen Yi virou para Khasar antes que Temuge pudesse formular uma resposta, segurando seu irmão pelo braço.

— Você. Cobertor de puta — disse. — Quer uma bebida? — Temuge pôde ver a brancura dos dentes do irmão quando este reconheceu a palavra que designava a beberragem forte. Chen Yi guiou-o à proa para brindar à vitória. A tensão permaneceu enquanto Ho Sa e Temuge ficavam parados juntos.

— Não estamos aqui para lutar contra ladrões do rio — disse Temuge finalmente. — O que eu poderia ter feito, só com uma faca?

— Vá dormir um pouco, se puder — respondeu Ho Sa, mal-humorado. — Acho que não vamos parar de novo nos próximos dias.

Era um belo dia de inverno nas montanhas. Gêngis havia cavalgado com a esposa e os filhos até um rio que conhecia da infância, longe do vasto acampamento das tribos. Jochi e Chagatai tinham seus próprios pôneis, enquanto Borte mantinha a montaria a passo atrás deles, com Ogedai e Tolui empoleirados na sela.

Enquanto se afastavam das tribos, Gêngis sentiu seu humor ficar leve. Conhecia a terra sob os cascos da égua e ficara surpreso com a onda de emoção que o havia golpeado ao retornar do deserto. Sabia que as montanhas tinham domínio sobre ele, mas, para sua perplexidade, sentir a terra de sua infância sob os pés lhe trouxera lágrimas aos olhos, rapidamente afastadas com um piscar.

Quando era jovem, uma viagem daquelas sempre teria um elemento de perigo. Desgarrados ou ladrões podiam percorrer as colinas ao redor do riacho. Talvez ainda houvesse uns poucos que não tivessem se juntado a ele na viagem para o sul, mas Gêngis possuía uma nação em seus calcanhares, no acampamento, e as colinas estavam vazias de rebanhos e pastores.

Sorriu enquanto apeava, olhando com aprovação Jochi e Chagatai juntando arbustos e amarrando as rédeas das montarias. O rio corria rápido e raso ao pé de um morro íngreme ali perto. Lascas serrilhadas de gelo rolavam, vindas dos picos de onde haviam se quebrado. Gêngis olhou para as encostas, lembrando-se do pai e de como um dia ele havia escalado atrás de águias no morro vermelho. Yesugei o trouxera ao mesmo lugar e Gêngis não vira júbilo nele, ainda que talvez estivesse escondido. Decidiu não deixar que os filhos vissem seu prazer por estar de volta entre as árvores e vales que conhecia tão bem.

Borte não sorriu ao baixar os dois filhos mais novos para o chão antes de apear também. Houvera poucas palavras tranquilas entre os dois desde que ele havia se casado com a filha do rei xixia, e ele sabia que ela teria ouvido falar de suas visitas noturnas à iurta da garota. Ela não havia mencionado isso, mas existia uma tensão ao redor da boca, que parecia se aprofundar diariamente. Ele não pôde deixar de compará-la a Chakahai enquanto ela se empertigava e se espreguiçava à sombra das árvores que se inclinavam sobre o rio, deixando a água na sombra. Borte era alta, musculosa e forte, ao passo que a garota xixia era suave e maleável. Ele suspirou. Todas as duas podiam levá-lo à luxúria com o toque certo, mas só uma parecia querer. Passara muitas noites com a nova esposa enquanto Borte permanecia sozinha. Talvez por causa disso ele havia arranjado esse passeio para longe dos guerreiros e das famílias, onde os olhos sempre espiavam e as fofocas jorravam como chuva de primavera.

Seu olhar pousou em Jochi e Chagatai, que se aproximavam da beira do rio e olhavam a água correndo. Não importando como estivessem as coisas com a mãe, ele não poderia deixar que os meninos chegassem sozinhos à vida adulta, nem poderia deixar que a mãe os levasse. Era fácil demais lembrar a influência de Hoelun sobre seu irmão Temuge e como isso o deixara fraco.

Caminhou atrás dos filhos mais velhos e conteve um tremor diante do pensamento na água gelada. Lembrou-se de quando havia se escondido de inimigos num lugar assim, o corpo ficando entorpecido e inútil enquanto a vida se esvaía. No entanto, havia sobrevivido e, em consequência, ficado mais forte.

— Traga os outros dois para perto — gritou para Borte. — Quero que escutem, mesmo que sejam novos demais para entrar. — Viu Jochi e Chagatai trocando um olhar preocupado diante dessa confirmação do objetivo. Nenhum dos dois gostava da ideia de entrar no rio gélido. Jochi olhou para Gêngis com o mesmo olhar chapado e interrogativo que sempre usava. De algum modo, isso fez o temperamento de seu pai se eriçar e ele afastou os olhos enquanto Borte trazia Tolui e Ogedai para ficarem na margem.

Gêngis sentiu o olhar de Borte e esperou até ela ter se afastado e se acomodado perto dos pôneis. Ela continuou olhando, mas ele não queria que os meninos se voltassem para a mãe em busca de apoio. Eles precisavam se sentir sozinhos, para se testar e para que ele visse seus pontos fortes e fracos. Gêngis viu que os dois ficavam nervosos perto dele e se culpou pelo tempo que passava longe dos filhos. Quanto tempo havia se passado desde que enfrentara os olhares desaprovadores da mãe dos garotos para brincar com um deles? Lembrava-se de seu pai com amor, mas como seus filhos iriam se lembrar dele? Afastou esses pensamentos, lembrando-se das palavras de Yesugei no mesmo lugar, uma vida antes.

— Vocês devem ter ouvido falar no rosto frio — disse aos meninos. — O rosto do guerreiro que não revela nada aos inimigos. Ele vem de uma força que não tem nada a ver com os músculos, ou de como vocês dobram um arco. É o coração da dignidade que significa que vocês enfrentarão a morte com nada além de desprezo. O segredo é que é mais do que uma simples máscara. Aprendê-lo traz uma calma própria, significando que vocês dominaram o medo e a carne.

Com alguns movimentos rápidos, tirou a faixa do dil, as calças justas e as botas, ficando nu à beira do rio. Seu corpo era marcado por cicatrizes antigas e o peito era mais branco que o marrom escuro dos braços e das pernas. Ficou parado, sem embaraço, diante deles, depois entrou na torrente gelada, sentindo o escroto se encolher ao ser tocado pela água.

Enquanto se abaixava na água, seus pulmões se enrijeceram tanto que cada respiração era uma luta. Nada transparecia no rosto, e ele olhou os filhos sem expressão enquanto mergulhava a cabeça na água, depois se deitava de costas, meio flutuando com as mãos tocando as pedras do leito do rio.

Os quatro meninos olhavam fascinados. Seu pai parecia completamente à vontade na água gélida, o rosto calmo como estivera antes. Só os olhos eram ferozes, e eles não conseguiam sustentar seu olhar por muito tempo.

Jochi e Chagatai trocaram um olhar, cada um desafiando o outro. Jochi deu de ombros e se despiu sem embaraço, entrando na água e mergulhando sob a superfície. Gêngis o viu estremecer no frio, mas o menino musculoso olhou de volta para Chagatai como em desafio, esperando. Mas parecia ter consciência do pai, ou da lição que este pretendia ensinar.

Chagatai fungou com desdém, desamarrando as roupas. Aos seis anos, Ogedai ainda era muito menor que os outros. Ele também começou a se despir, e Gêngis viu a mãe se levantar para chamá-lo.

— Deixe-o vir, Borte — disse ele. Ficaria olhando para garantir que seu terceiro filho não se afogasse, mas não lhe daria o conforto de dizer isso em voz alta. Borte se encolheu de medo enquanto Ogedai entrava na água apenas um passo atrás de Chagatai. Com isso, apenas Tolui ficou na margem, frustrado. Com grande relutância, ele também começou a tirar seu dil. Gêngis deu um risinho, satisfeito com o espírito do garoto. Falou antes que Borte pudesse interferir:

— Você, não, Tolui. Talvez no ano que vem, mas desta vez não. Fique aí e escute.

O alívio no rosto do menino foi óbvio enquanto ele amarrava de novo o pano na cintura, com um nó bem-feito. Respondeu ao sorriso do pai sorrindo também, e Gêngis piscou para ele, fazendo Tolui dar um riso mais aberto.

Jochi havia escolhido um poço na beira do rio, onde a água era parada. Olhava o pai tendo apenas a cabeça fora d'água, e durante a breve troca de palavras havia encontrado o controle da respiração. Seu maxilar estava travado contra os dentes que batiam, e os olhos estavam arregalados e escuros. Como acontecera mil vezes, Gêngis se perguntou se era pai do garoto. Sem essa certeza, uma barreira permanecia em seu afeto. Às vezes, a barreira era forçada, porque Jochi estava ficando alto e forte, mas ainda assim Gêngis se perguntava se via as feições de um estuprador tártaro cujo coração ele havia comido de vingança. Era difícil amar um rosto daqueles, com os olhos escuros, quando os seus eram amarelos como de um lobo.

Chagatai era tão obviamente seu filho que chegava a ser doloroso. Seus olhos estavam claros com o frio enquanto ele se acomodava na água, e Gêngis teve de segurar o afeto para não estragar o momento. Obrigou-se a respirar fundo, lentamente.

— Numa água assim, uma criança pode cair no sono no tempo de seiscentas ou setecentas batidas do coração. Até um homem adulto pode ficar inconsciente em pouco tempo. O corpo começa a morrer, primeiro as mãos e os pés. Vocês sentem que eles ficaram entorpecidos e inúteis.

Seus pensamentos ficam vagarosos e, se vocês permanecerem muito tempo, não terão força nem vontade de sair. — Ele parou por um momento, observando-os. Os lábios de Jochi tinham ficado azuis, e ele ainda não havia soltado nenhum som. Chagatai parecia estar lutando contra o frio, os membros se retorcendo na água. Gêngis vigiava Ogedai com mais atenção do que todos, enquanto este tentava copiar os irmãos mais velhos. O esforço era demasiado para ele, e Gêngis ouviu os dentes do menino chacoalhando. Não podia mantê-los ali por muito mais tempo e pensou em mandar Ogedai de volta à margem. Não, seu pai não havia feito isso, mas o pequeno Temuge havia desmaiado perto do fim e quase se afogado.

— Não demonstrem nada do que estão sentindo — disse-lhes. — Mostrem o rosto frio que mostrarão aos inimigos que provocarem vocês. Lembrem-se que eles também estão com medo. Se vocês já imaginaram que eram o único covarde num mundo de guerreiros, saibam que eles sentem a mesma coisa, até o último homem. Ao saber disso, vocês podem esconder seu medo e forçá-los a baixar o olhar. — Os três garotos lutaram para esvaziar a dor e o medo do rosto, e, na margem, o pequeno Tolui os imitava numa concentração séria.

— Respirem devagar pelo nariz para diminuir o ritmo do coração. Sua carne é uma coisa fraca, mas vocês não precisam ouvir os gritos dela pedindo ajuda. Já vi um homem atravessar a própria carne com uma faca sem que o sangue caísse. Deixem que a força chegue a vocês e respirem. Não me mostrem nada e fiquem vazios.

Jochi entendeu imediatamente e sua respiração ficou lenta e longa, numa imitação perfeita da do pai. Gêngis o ignorou, olhando Chagatai, que lutava para assumir o controle. Este chegou finalmente, quase na hora em que Gêngis soube que precisaria acabar com aquilo antes que eles desmaiassem na água.

— Seu corpo é como qualquer outro animal que esteja aos seus cuidados — disse-lhes. — Ele vai clamar por comida e água, calor e alívio da dor. Encontrem o rosto frio e poderão apagar a voz do corpo que clama.

Os três meninos haviam ficado entorpecidos, e Gêngis avaliou que era hora de tirá-los. Esperava ter de levar os garotos frouxos para a margem e virou para segurar o primeiro. Em vez disso, Jochi se levantou com ele, o corpo brotando em rosa com o sangue sob a pele. Os olhos do menino jamais se afastaram do pai enquanto Gêngis encostava a mão no braço de Chagatai, não querendo levantá-lo depois de Jochi ter se erguido sozinho.

Chagatai se remexeu, sonolento, os olhos vítreos. Focalizou Jochi e, quando o viu de pé, fechou a boca com força e lutou para se levantar, escorregando na lama macia sob a superfície. Gêngis pôde sentir a inimizade entre os dois garotos e não pôde evitar a lembrança de Bekter, o irmão que ele havia matado tantos anos antes.

Ogedai não conseguiu se levantar sozinho, e os braços fortes do pai o colocaram na margem para secar ao sol. Gêngis saiu andando com a água escorrendo da pele, sentindo a vida retornar aos membros com um jorro de energia. Jochi e Chagatai vieram para perto dele, ofegando enquanto as mãos e os pés retornavam à vida. Eles sentiam que o pai continuava observando-os, e cada garoto entendeu e tentou controlar o corpo de novo. As mãos tremiam descontroladas, mas eles se mantiveram eretos ao sol, olhando-o, não confiando nos próprios maxilares trêmulos para falar.

— Isso matou vocês? — perguntou Gêngis. Yesugei havia feito a mesma pergunta, e Khasar tinha respondido "Quase", fazendo o homem enorme gargalhar. Seus filhos não disseram nada, e ele não tinha com eles a mesma amizade que havia desfrutado com Yesugei. Prometeu que passaria mais tempo com eles. A princesa xixia era um fogo no seu sangue, mas ele tentaria ignorar o chamado com mais frequência enquanto os garotos cresciam.

— Seu corpo não domina vocês — disse, tanto para si mesmo quanto para eles. — É uma fera idiota que não sabe nada sobre as obras dos homens. É meramente a carroça que carrega vocês. Vocês o controlam com a vontade e com a respiração pelo nariz, quando ele implora que vocês ofeguem como um cão. Quando levarem uma flechada na batalha e a dor for avassaladora, vocês vão empurrá-la para longe e, antes de cair, devolverão a morte aos seus inimigos. — Gêngis olhou para a colina, para as lembranças de dias tão inocentes e distantes que ele mal suportava recordá-los.

— Agora encham a boca com água e subam correndo até o topo desse morro e voltem. Quando retornarem, vão cuspir a água para mostrar que respiraram direito. Quem chegar primeiro vai comer. Os outros ficarão com fome.

Não era um teste justo. Jochi era mais velho e, naquela idade, até um ano fazia diferença. Gêngis não deu qualquer sinal de saber disso enquanto via os garotos trocarem olhares, avaliando as chances. Bekter também era mais velho, mas Gêngis deixara o irmão ofegando no morro. Esperava que Chagatai fizesse o mesmo.

Chagatai partiu para a água sem aviso, batendo nela com um grande borrifo e mergulhando o rosto na superfície para sugar um bocado. Ogedai estava logo atrás. Gêngis se lembrou de como a água havia ficado quente e densa em sua boca. Podia sentir o gosto dela, com as lembranças.

Jochi não havia se mexido e Gêngis virou para o garoto interrogativamente.

— Por que não está indo? — perguntou.

Jochi deu de ombros.

— Posso vencê-los. Já sei.

Gêngis o encarou, vendo um desafio que não conseguia entender. Nenhum dos filhos de Yesugei havia recusado a tarefa. O garoto que Gêngis fora havia adorado a chance de humilhar Bekter. Não podia entender Jochi e sentiu o temperamento explodir. Seus outros filhos já estavam lutando morro acima, ficando menores a distância.

— Você tem medo — murmurou Gêngis, mas estava apenas supondo.

— Não tenho — respondeu Jochi sem se abalar, pegando suas roupas. — Você vai gostar mais de mim se eu vencê-los? — Pela primeira vez, sua voz estremecia com emoção forte. — Não creio.

Gêngis olhou o menino, atônito. Nenhum dos filhos de Yesugei ousaria falar com ele assim. Como seu pai teria reagido? Encolheu-se diante das lembranças das mãos de Yesugei agarrando-o. Seu pai não teria permitido. Por um instante, pensou em enfiar o bom senso no garoto a pancada, mas então viu que Jochi esperava isso e que havia se retesado para o golpe. O impulso morreu antes de nascer.

— Você me deixaria orgulhoso — disse Gêngis.

Jochi estremeceu, mas não de frio.

— Então hoje vou correr — disse. Seu pai ficou olhando sem entender enquanto Jochi enchia a boca com água do rio e partia, correndo rápido e seguro sobre o terreno irregular, atrás dos irmãos.

Quando tudo ficou calmo de novo, Gêngis andou com o pequeno Tolui até onde Borte estava sentada junto aos pôneis. Ela estava com rosto pétreo e não o encarou.

— Vou passar mais tempo com eles — disse ele, ainda tentando entender o que havia acontecido com Jochi.

Ela o olhou e, por um instante, ficou com rosto suave enquanto via sua confusão.

— Ele não deseja nada no mundo além de ser aceito como seu filho — disse.

Gêngis fungou.

— Eu aceito. Quando não aceitei?

Borte se levantou para encará-lo.

— Quando você o abraçou? Quando disse que sente orgulho dele? Acha que ele não ouviu os sussurros dos outros garotos? Quando você silenciou os idiotas com alguma demonstração de afeto?

— Eu não queria que ele ficasse mole — respondeu, perturbado. Não soubera que isso havia sido tão óbvio e, por um momento, viu como tinha forçado Jochi a uma vida dura. Balançou a cabeça para clareá-la. Sua vida fora mais difícil, e ele não podia se obrigar a amar o menino. À medida que cada ano passava, via menos de si mesmo naqueles olhos escuros.

Seus pensamentos foram interrompidos pelo riso de Borte. Não era um som agradável.

— A coisa mais amarga de tudo isso é que ele é tão obviamente seu filho, mais do que qualquer um dos outros. No entanto, você não consegue ver isso. Ele tem a coragem de enfrentar o próprio pai e você fica cego. — Ela cuspiu no capim. — Se Chagatai tivesse feito a mesma coisa, você estaria rindo e me dizendo que o menino tinha a coragem do avô.

— Chega — disse Gêngis, baixinho, enjoado da voz e das críticas dela. O dia fora estragado para ele, uma zombaria do júbilo e do triunfo que recordava, de quando chegara àquele lugar com o pai e os irmãos.

Borte olhou irritada para sua expressão furiosa.

— Se ele vencer Chagatai na descida do morro, como você vai reagir? — perguntou.

Gêngis xingou, o humor azedo como leite velho. Não havia considerado que Jochi ainda poderia vencer e sabia que, se ele vencesse, não abraçaria o menino com Borte olhando. Seus pensamentos giravam sem se libertar, e ele não fazia ideia de como reagiria.

Temuge ouviu os grunhidos de Khasar com expressão furiosa. Seu irmão havia recebido um bocado de boa vontade da tripulação com a reação ao ataque. Nos dias seguintes àqueles momentos aterrorizantes no escuro, Chen Yi incluía regularmente o guerreiro mongol na camaradagem do barco. Khasar havia aprendido muitas expressões na língua deles e compartilhava suas rações de bebida forte e bolas de arroz com camarão à noite. Ho Sa também parecia ter caído nas graças do mestre do barco, mas Temuge permanecia resolutamente afastado. Não o surpreendia ver Khasar agindo como um animal como os outros. Ele não tinha entendimento e Temuge desejava que Khasar percebesse que não passava de um arqueiro mandado para proteger o irmão mais novo. Gêngis, pelo menos, sabia como Temuge podia ser valioso para ele.

Na noite antes de partirem para o rio, Gêngis havia chamado Temuge e pedido que ele se lembrasse de cada detalhe das muralhas de Baotou, de cada parte das defesas. Se eles deixassem de retornar com os pedreiros que haviam construído a cidade, esse conhecimento poderia ser tudo que teriam para começar uma campanha no verão. Gêngis confiava na memória de Temuge e na inteligência aguçada que Khasar evidentemente não possuía. Temuge havia se lembrado daquela urgência, frustrado, quando passaram por um barco com duas mulheres e Khasar mostrou moedas de prata a elas, convidando-as.

Não havia privacidade no barco, e Temuge só pôde ficar olhando para a água para não observar enquanto as duas jovens se despiam e nadavam como lontras, brilhando e tremendo ao subir a bordo. Chen Yi havia jogado âncora na água funda de modo que as mulheres pudessem nadar de volta quando a tripulação tivesse terminado com elas.

Temuge fechou os olhos diante dos guinchos que vinham da segunda mulher. Tinha seios pequenos e era esguia, bela em sua juventude, mas não havia olhado em sua direção enquanto aceitava a moeda de Khasar. Os sons que fazia só foram interrompidos quando os esforços sexuais de Khasar fizeram sua mão se abrir e a moeda rolou para longe, provocando risos da tripulação quando ela o empurrou para longe e correu atrás, de quatro. Temuge observou com o canto dos olhos enquanto Khasar aproveitava a oportunidade, e os risos da garota o fizeram xingar baixinho. O que Gêngis acharia do atraso no planejamento? Eles haviam recebido uma tarefa de importância sem igual para as tribos. Gêngis deixara isso claro. Sem saber como entrar nas cidades muradas dos jin, os soldados imperiais jamais poderiam ser derrotados. Temuge ficou furioso enquanto esperava Khasar terminar pela segunda vez. O dia estava sendo desperdiçado e ele sabia que, se dissesse alguma coisa, seu irmão iria zombar dele diante da tripulação. Temuge ardia de humilhação silenciosa. Não tinha se esquecido do motivo para estarem ali, ainda que Khasar tivesse.

Estava ficando escuro quando Borte viu Jochi vindo à frente dos irmãos exaustos, atravessando o rio. Seus pés descalços ainda sangravam da corrida quando ele parou diante dela, o peito arfando. O coração de Borte se partiu pelo menino enquanto este procurava em vão pelo pai. Algo saiu dele ao ver que Gêngis não estava ali. Cuspiu o bocado d'água e ofegou alto no silêncio da tarde.

— Seu pai foi chamado de volta ao acampamento — mentiu Borte. Jochi não acreditou. Ela pôde ver a dor no rosto do garoto e escondeu a frustração com o marido e consigo mesma por ter discutido com ele.

— Ele deve ter ido encontrar a esposa nova, a estrangeira — disse Jochi de repente. Borte mordeu o lábio para não responder. Nisso também ela havia perdido o homem com quem se casara. Com o filho mais velho ali parado, perplexo e magoado à sua frente, era fácil odiar Gêngis por sua cegueira egoísta. Decidiu entrar na iurta da mulher xixia, se não pudesse encontrá-lo. Talvez ele não gostasse mais da esposa, mas gostava dos filhos, e ela usaria isso para trazê-lo de volta.

Chagatai e Ogedai chegaram cambaleando na escuridão, cada um deles cuspindo a água, como fora ordenado. Sem o pai para ver, a vitória era oca, e eles pareciam perdidos.

— Vou dizer a ele como vocês correram — disse Borte, os olhos brilhando com lágrimas.

Não bastava para eles, e os três ficaram em silêncio e feridos enquanto montavam para retornar à casa.

CAPÍTULO 12

Ho SA DISSE AOS IRMÃOS QUE ERA UMA CAMINHADA DE ALGUNS QUILÔMETROS desde o movimentado porto fluvial que trazia os suprimentos até Baotou. A cidade era o último posto comercial entre Jin, ao norte, e o reino de Xixia, e o rio estava atulhado de barcos quando eles abriram caminho até lá. A viagem havia demorado três semanas desde que tinham abandonado os pôneis, e Temuge, pelo menos, estava enjoado das horas lentas, das névoas úmidas do rio e da dieta de arroz e peixe. Chen Yi e sua tripulação bebiam do rio sem sofrer efeitos negativos e Khasar parecia ter estômago de ferro, mas as entranhas de Temuge haviam se enfraquecido durante três dias, deixando-o arrasado e com as roupas fétidas. Nunca havia comido ou mesmo visto peixe antes, e não confiava naquelas coisas com escamas prateadas do rio. A tripulação do barco parecia adorá-los e os puxava a bordo com linhas finas, sacudindo-se e pulando feito loucos enquanto os homens batiam em suas cabeças. Temuge lavou as roupas enquanto atracavam, mas seu estômago continuava a roncar e produzir ar ruim pelas duas extremidades.

Enquanto o rio Amarelo serpenteava entre morros, mais e mais pássaros podiam ser vistos, vivendo de migalhas dos barcos e dos comerciantes. Temuge e Khasar ficaram fascinados simplesmente com a quantidade de homens e embarcações transportando cargas rio abaixo e rio acima, mais densos neste lugar do que em qualquer outro que tivessem visto.

Ainda que Chen Yi parecesse capaz de encontrar um caminho na confusão usando apenas a vela, muitos barqueiros levavam paus compridos para afastar os outros barcos. Era um negócio barulhento e caótico, com centenas de comerciantes gritando, competindo para vender de tudo, desde peixe fresco até tecidos estragados pela água, que ainda podiam ser usados para roupas grosseiras. O cheiro de temperos estranhos pairava no ar enquanto Chen Yi manobrava entre seus concorrentes, procurando um espaço para atracar durante a noite.

Chen Yi era mais conhecido ainda nessas águas, e Temuge observou com os olhos apertados enquanto ele era saudado por amigos repetidamente. Apesar de a tripulação ter aceitado Khasar como um deles, Temuge não confiava no pequeno mestre de embarcação. Concordava com Ho Sa: o porão provavelmente estava cheio de algum contrabando, mas talvez o sujeito pudesse ganhar mais algumas moedas denunciando a presença deles aos soldados imperiais. Permanecer a bordo sem saber se estavam seguros era uma tensão crescente para os três homens.

Sem dúvida não foi por acaso que chegaram ao porto fluvial enquanto a noite caía. Chen Yi havia atrasado a passagem por uma curva do rio, não se dignando a responder quando Temuge o pressionou para ir mais rápido. O que quer que houvesse em seu porão seria descarregado no escuro, quando os coletores de impostos e seus soldados estivessem menos alertas.

Temuge murmurou baixinho, com raiva. Não se importava nem um pouco com os problemas de Chen Yi. Sua tarefa era chegar ao cais o mais depressa possível antes de ir para a cidade. Ho Sa havia dito que seriam apenas algumas horas de caminhada por uma estrada boa, mas as visões e os sons estranhos ao redor deixavam Temuge nervoso e ele queria estar em movimento. A tripulação também havia ficado tensa enquanto encontrava um lugar onde pudesse atracar e esperar sua vez no cais precário.

O porto fluvial não era impressionante de se ver, não mais do que algumas dúzias de construções de madeira parecendo encostar-se umas nas outras em busca de apoio. Era um lugarzinho esquálido, construído mais para o comércio do que para o conforto. Temuge não se importou com isso, mas pôde ver dois soldados bem armados de olho em tudo que era descarregado, e não queria chamar a atenção deles.

Ouviu Chen Yi falar em voz baixa com os tripulantes, claramente dando ordens enquanto eles baixavam a cabeça com gestos firmes. Lutou para esconder a irritação por mais um atraso. Temuge e seus companheiros logo estariam fora do rio e longe desse mundinho peculiar que ele não entendia. Durante pouco tempo havia imaginado se poderia comprar manuscritos ilustrados no mercado de barcos, mas não existia sinal de um comércio assim e ele não tinha gosto por lingotes de prata ou estatuetas esculpidas. Esses itens eram estendidos na mão suja dos meninos que remavam em canoas de junco até chegar perto de qualquer embarcação nova. Temuge olhava com expressão de pedra para longe dos moleques, até que eles passassem. Seu humor estava negro quando Chen Yi chegou à popa para falar com os passageiros.

— Devemos esperar até que haja espaço no cais — disse. — Vocês estarão a caminho antes da meia-noite, ou algumas horas depois. — Para irritação de Temuge, o homenzinho assentiu para Khasar. — Se você não comesse muito, eu poderia aceitá-lo como tripulante — disse. Khasar não entendeu, mas deu um tapa no ombro de Chen Yi, em resposta. Ele também estava impaciente para prosseguir, e o pequeno mestre sentiu o humor dos passageiros.

— Se quiserem, posso arranjar um lugar nas carroças para levá-los à cidade. Será um preço justo — disse.

Temuge viu o sujeito observando-o atentamente. Não fazia ideia se a viagem até Baotou era fácil ou não, mas suspeitava que um mercador, como ele afirmava ser, não recusaria a oferta de transporte. A ideia de continuar viajando com o olhar cheio de suspeitas de Chen Yi o deixava desconfortável, mas ele forçou um sorriso e respondeu na língua jin:

— Diremos sim a você. A não ser que sua descarga demore muito.

Chen Yi deu de ombros.

— Tenho amigos aqui para ajudar. Não vai demorar muito. Acho que vocês são muito impacientes, para mercadores. — E sorriu enquanto falava, mas seus olhos permaneceram fixos neles, absorvendo cada detalhe. Temuge sentiu-se grato porque Khasar não conseguia entender. Seu irmão era mais fácil de ser lido do que um mapa.

— Decidiremos mais tarde — disse Temuge, virando para se certificar que Chen Yi soubesse que estava sendo dispensado. O sujeito podia tê-los deixado a sós, mas Khasar apontou para os soldados no cais.

— Pergunte sobre aqueles homens — disse a Ho Sa. — Queremos passar por eles, e acho que ele também. Pergunte como ele vai descarregar sem que eles notem.

Ho Sa hesitou, não querendo deixar que Chen Yi soubesse que eles haviam adivinhado que sua carga era ilegal ou não pagava impostos. Não sabia como o sujeito iria reagir. Antes que ele pudesse falar, Khasar fungou.

— Chen Yi — disse apontando de novo para os soldados.

O mestre do barco levantou a mão e baixou o braço de Khasar antes que o gesto pudesse ser visto.

— Tenho amigos no cais — disse ele. — Não haverá problema aqui. Baotou é minha cidade, onde eu nasci, entendeu?

Ho Sa traduziu e Khasar confirmou com a cabeça.

— Devemos manter esse sujeito à vista, irmão — disse a Temuge. — Ele não pode nos trair enquanto estiver descarregando, caso contrário atrairia muita atenção para o que quer que estivemos carregando nas últimas semanas.

— Obrigado pelo interesse, Khasar — respondeu Temuge, com a voz ácida. — Pensei no que fazer. Vamos aceitar a oferta de transporte para a cidade e entrar nas muralhas com ele. Depois disso, encontraremos nossos homens e voltaremos.

Ele falou sabendo que Chen Yi não entenderia, mas ainda foi com um sentimento de presságio. Encontrar os pedreiros de Baotou era uma parte do plano que eles não podiam prever enquanto estavam no reino de Xixia. Ninguém sabia se esses homens seriam fáceis de encontrar, ou que perigos a cidade apresentaria. Mesmo que tivessem sucesso, Temuge ainda não sabia como tirariam prisioneiros contra a vontade ou quando um grito pedindo socorro poderia trazer soldados correndo. Pensou na riqueza em prata que Gêngis havia lhe dado para facilitar a passagem.

— Você vai retornar ao rio, Chen Yi? — perguntou. — Talvez não fiquemos muito tempo na cidade.

Para seu desapontamento, o sujeito balançou a cabeça.

— Estou em casa agora, e há muitas coisas que preciso fazer. Só partirei de novo daqui a muitos meses.

Temuge se lembrou do quanto havia sido cobrado pela passagem, como se Chen Yi tivesse ficado relutante em ir tão longe.

— Então você vinha para cá de qualquer modo? — perguntou, ultrajado. Chen Yi riu para ele.

— Homens pobres não vão a Baotou — respondeu, com um risinho. Temuge olhou-o irritado até que ele voltou caminhando tranquilo para a tripulação.

— Não confio nele — murmurou Ho Sa. — Ele não se preocupa com os soldados no cais. Está carregando alguma coisa suficientemente valiosa para se arriscar a um ataque armado e é bem conhecido de todos os outros barqueiros de Baotou. Não gosto disso nem um pouco.

— Estaremos preparados — disse Temuge, mas as palavras o haviam deixado em pânico. Os homens no cais e no rio eram todos inimigos, e ele esperava passar sem ser visto. Gêngis havia posto as esperanças neles, mas às vezes parecia que tinha estabelecido uma tarefa impossível.

A lua subiu como uma fatia congelada de branco, lançando apenas um leve brilho sobre a água. Temuge se perguntou se Chen Yi teria planejado a chegada com mais cuidado ainda do que ele pensara. A princípio, a noite escura era um estorvo enquanto Chen Yi desamarrava as cordas que os mantinham presos a um poste no rio e mandava dois tripulantes manobrar um remo-leme na popa. Enquanto o remo deslizava para um lado e para o outro, Chen Yi usou uma vara comprida para criar um caminho até as docas. Homens sonolentos xingavam-no quando a vara batia em madeira, com o ruído abafado no escuro. Temuge pensou que a lua havia se movido quando eles chegaram ao alcance da doca propriamente dita, mas Chen Yi mal tinha suado com o esforço.

O cais estava escuro, mas algumas construções de madeira ainda mostravam luzes nas janelas e era possível escutar risos em algum lugar próximo. O brilho amarelo daqueles lugares era tudo de que Chen Yi parecia necessitar para encontrar seu lugar na doca, e foi o primeiro a pular na estacada de madeira, com uma corda na mão para amarrar o barco. Não havia ordenado silêncio, mas ninguém da tripulação falou enquanto baixavam a vela. Até o som de quando abriram as escotilhas para o porão era abafado.

Temuge soltou um suspiro longo e aliviado por ter chegado à terra, mas ao mesmo tempo sentiu a pulsação acelerar. Algumas figuras sombrias podiam ser vistas, descansando ou dormindo. Temuge franziu a vista para elas, imaginando se seriam mendigos, prostitutas ou mesmo informantes. Os soldados que tinha visto certamente estariam preparados para desembarques noturnos. Temeu algum grito súbito ou um jorro de homens armados que pudessem significar o fim de tudo que haviam conseguido até agora. Tinham chegado à cidade que Gêngis quisera, ou pelo menos no ponto do rio mais próximo dela. Talvez porque estivessem tão perto do objetivo, ele se convenceu de que tudo daria em nada e passou desajeitadamente entre os outros até atravessar a amurada e pisar na prancha de madeira, tropeçando. Foi Ho Sa que segurou seu braço para firmá-lo, enquanto Khasar desaparecia no escuro.

Temuge não queria nada mais do que deixar para trás o barco e a tripulação, mas ainda se preocupava com a hipótese de Chen Yi traí-los. Se o mestre do barco tivesse entendido o significado de Khasar estar levando um arco mongol, a informação poderia lhe garantir o livramento de encrenca. Numa terra estranha, mesmo com a ajuda de Ho Sa, os irmãos teriam dificuldade de evitar uma caçada, em especial se os caçadores soubessem que eles estavam indo para Baotou.

Estalos soaram na escuridão, fazendo Temuge levar a mão à faca. Obrigou-se a relaxar quando viu duas carroças se aproximando, puxadas por mulas cuja respiração provocava névoa no ar frio. Os cocheiros apearam e falaram em voz baixa com Chen Yi, um deles rindo enquanto começavam a descarregar o barco. Temuge não conseguiu deixar de forçar a vista para ver o que estava saindo dele, mas não conseguiu perceber os detalhes. O que quer que os homens carregavam era pesado, a julgar pelos sons que faziam ao levantá-lo. Temuge e Ho Sa se pegaram chegando mais perto, atraídos pela curiosidade. Foi Khasar que falou no escuro, passando com um volume escuro no ombro.

— Seda — sussurrou para Temuge. — Senti a ponta de um rolo. — Eles o ouviram grunhir enquanto colocava o peso na carroça mais próxima antes de retornar aos dois.

— Se for tudo igual, estamos contrabandeando seda para a cidade — sussurrou.

Ho Sa mordeu os lábios sem ser visto.

— Numa quantidade tão grande? Deve ter vindo de Kaifeng ou mesmo da própria Yenking. Uma carga assim vale mais do que uns poucos marinheiros para defendê-la.

— Quanto mais? — perguntou Khasar, a voz suficientemente alta para fazer Temuge se encolher.

— Milhares em ouro — respondeu Ho Sa. — O bastante para comprar cem barcos como este e uma casa senhorial. Esse tal de Chen Yi não é um pequeno comerciante ou ladrão. Se ele arranjou para trazer isso pelo rio, só pode ter sido para afastar o olhar de quem poderia roubá-lo. Mesmo assim, poderia ter perdido tudo se não estivéssemos a bordo. — Pensou por um momento antes de continuar.

"Se o porão estiver cheio, só pode ser do estoque imperial. Não é uma questão de pagar impostos. A seda é ferozmente protegida antes da venda. Talvez este seja apenas o primeiro estágio numa rota para levá-la por milhares de quilômetros, até o destino final.

— O que isso importa? — perguntou Khasar. — Ainda precisamos entrar na cidade, e ele é o único oferecendo transporte.

Ho Sa respirou fundo para esconder uma farpa de raiva.

— Se alguém estiver procurando a seda, somos um alvo maior do que se estivéssemos sozinhos. Entende? Viajar a Baotou com isso pode ser a pior coisa para fazermos. Se os guardas da cidade revistarem as carroças, seremos presos e torturados para revelar tudo que sabemos.

Temuge sentiu o estômago se retorcer diante desse pensamento. Estava a ponto de ordenar aos outros para se afastarem das docas quando Chen Yi se aproximou. Carregava uma lâmpada com anteparos fechados, mas seu rosto podia ser visto à luz fraca. Sua expressão estava mais tensa do que eles jamais tinham visto, e ele brilhava de suor.

— Subam, todos vocês — disse. Temuge abriu a boca para inventar alguma desculpa, mas a tripulação havia abandonado o barco. Todos tinham facas e estavam a postos, e Temuge não pôde encontrar palavras para aliviar o medo crescente. Estava bastante claro que os passageiros não teriam permissão de simplesmente sair andando na noite, depois do que tinham visto. Xingou Khasar por ter ajudado com os rolos de tecido. Talvez isso tivesse aumentado as suspeitas ainda mais.

Chen Yi pareceu sentir seu desconforto e assentiu.

— Vocês não iam querer ir sozinhos para a cidade no escuro — disse. — Não vou permitir.

Temuge se encolheu, levantando a mão para subir na carroça. Notou como a tripulação indicou a segunda carroça para Ho Sa, permitindo que Khasar ficasse junto do irmão. Com um sentimento frustrado, percebeu que Chen Yi os havia separado deliberadamente. Imaginou se algum dia veria Baotou ou se seria largado junto à estrada com um talho na garganta. Pelo menos ainda estavam com as armas. Khasar levava o arco enrolado de novo em pano e Temuge tinha sua faca pequena, mas sabia que jamais conseguiria escapar lutando.

As carroças continuaram paradas quando um assobio baixo soou nas sombras das construções do cais. Chen Yi pulou no chão com um movimento leve e assobiou de volta. Temuge ficou olhando com fascínio nervoso enquanto uma forma escura se descolava e ia em direção ao pequeno grupo. Era um dos soldados, ou outro bem parecido com ele. O homem falou em voz baixa, e Temuge se esforçou para ouvir as palavras. Viu Chen Yi entregar uma pesada bolsa de couro e ouviu o grunhido de prazer do soldado ao sentir o peso.

— Conheço sua família, Yan. Conheço seu povoado, entende? — disse Chen Yi. O homem se enrijeceu, compreendendo a ameaça. Não respondeu. — Você é velho demais para ser guarda de cais — disse Chen Yi. — Em suas mãos há o bastante para comprar sua aposentadoria, talvez uma pequena propriedade, com mulher e galinhas. Talvez seja hora de você também deixar as docas para trás.

O homem assentiu na escuridão, apertando a sacola contra o peito.

— Se eu for apanhado, Yan, tenho amigos que vão encontrá-lo, não importa para onde você fuja.

O homem assentiu de novo, trêmulo. Seu medo era óbvio, e Temuge se perguntou de novo quem seria Chen Yi, se este era ao menos seu nome verdadeiro. Sem dúvida, nenhuma carga de seda imperial roubada seria confiada a um simples mestre de embarcação.

O soldado desapareceu de novo entre os prédios, movendo-se rapidamente com tanta riqueza junto ao corpo. Chen Yi subiu de novo na carroça e os cocheiros estalaram a língua para as mulas, fazendo-as andar. Temuge deixou os dedos procurarem embaixo do corpo, buscando a sensação oleosa da seda, mas em vez disso encontrou tecido áspero com uma costura de linha grossa. A seda fora coberta, mas ele só podia esperar que Chen Yi tivesse mais homens subornados esperando em Baotou. Sentia-se deslocado, apanhado em acontecimentos que não podia controlar. Bastaria uma boa revista nas muralhas da cidade e ele jamais veria de novo as montanhas de Khenti. Como Kokchu havia ensinado, rezou aos espíritos para guiá-lo em segurança pelas águas escuras dos dias vindouros.

Um tripulante ficou para trás, para levar o barco de volta ao rio. Sozinho ele mal poderia controlá-lo, e Temuge supôs que a embarcação seria afundada em algum lugar fora das vistas das autoridades questionadoras. Chen Yi não era do tipo de homem que cometesse erros, e Temuge desejou saber se o sujeito era inimigo ou amigo.

A estimativa de Ho Sa para a distância de Baotou era correta, avaliou Temuge. A cidade fora construída a cerca de treze quilômetros do rio — uns vinte e cinco *li*, como os jin avaliavam a distância. A estrada era boa, pavimentada com pedras lisas e irregulares, de modo que os mercadores pudessem vir do rio em pouco tempo. O amanhecer mal era visível ao leste enquanto Temuge se esticava na semiescuridão e via a sombra escura da muralha da cidade se aproximando. O que quer que fosse acontecer, fosse uma busca nas carroças que terminaria com sua morte ou uma entrada tranquila em Baotou, aconteceria logo. Sentiu um suor de nervosismo brotar na pele e coçou as axilas. Afora o perigo atual, ele jamais havia entrado numa cidade de pedra. Não podia afastar a imagem de um formigueiro que o engoliria numa massa arfante de estranhos. A ideia de tê-los se comprimindo perto o fez respirar ofegante, já com medo. As famílias de seu povo pareciam muito distantes. Temuge se inclinou para a sombra escura que era seu irmão, quase tocando a orelha dele com os lábios para não serem ouvidos.

— Se formos descobertos no portão, ou se a seda for encontrada, devemos fugir e encontrar um esconderijo na cidade.

Khasar olhou para onde Chen Yi estava sentado, na frente da carroça.

— Vamos esperar que isso não seja necessário. Nunca iríamos encontrar uns aos outros e acho que nosso amigo é muito mais do que um simples contrabandista.

Temuge se recostou nos sacos ásperos enquanto Chen Yi girava a cabeça para olhá-los. À luz que ia aumentando, a inteligência no olhar do homenzinho era desconcertante, e Temuge olhou para além dele, para a muralha da cidade, sentindo o nervosismo aumentar.

Não estavam mais sozinhos na estrada. A luz do amanhecer mostrava uma fila de carroças se juntando na frente do portão. Muitas outras haviam claramente passado a noite na estrada, esperando a permissão de entrar. Chen Yi passou adiante enquanto elas despertavam, ignorando os homens sonolentos que haviam perdido o lugar na fila. Campos marrons lamacentos estendiam-se até a distância, já que toda a plantação de arroz fora colhida para alimentar a cidade. Baotou se erguia acima de todos eles, e Temuge engoliu em seco enquanto olhava repetidamente para as pedras cinzentas.

O portão da cidade era uma enorme construção de madeira e ferro, talvez destinada a impressionar os viajantes. De cada lado, torres com uma vez e meia a altura do portão podiam ser vistas, com uma plataforma entre elas. Soldados eram visíveis ali, e Temuge soube que eles teriam uma visão clara de tudo que passasse embaixo. Viu que eles carregavam bestas e sentiu o estômago apertar.

O portão se abriu e Temuge ficou olhando enquanto mais soldados o empurravam de volta, bloqueando a entrada com uma trave de madeira com contrapesos. As carroças mais próximas não se mexeram enquanto os soldados assumiam posição, prontos para o dia. Os cocheiros de Chen Yi puxaram suavemente as rédeas, parando as mulas. Não demonstravam nada da tensão que Temuge sentia, e ele lutou para se lembrar do rosto frio que havia conhecido na infância. Não seria bom que os soldados o vissem suando numa manhã gélida, e ele passou as mangas pela testa.

Atrás deles, outro mercador parou, gritando um cumprimento alegre para alguém ao lado da estrada. A fila de carroças foi entrando lentamente na cidade, e Temuge pôde ver que os soldados estavam parando uma em cada três, trocando palavras rápidas com os cocheiros. A trave de madeira fora levantada para a primeira e foi baixada de novo. Temuge começou a repetir as expressões relaxantes que Kokchu havia ensinado, sentindo conforto em sua familiaridade. A canção do vento. A terra sob os pés. As almas dos morros. O rompimento das correntes.

O sol havia se desgrudado do horizonte quando a primeira carroça de Chen Yi chegou ao portão. Temuge estivera contando o padrão de revistas e pensou que poderiam passar sem interferência quando o mercador à frente foi verificado e passou. Com um sentimento crescente de terror, viu os soldados olharem para o cocheiro impassível de Chen Yi. Um deles parecia mais alerta que os companheiros sonolentos, e foi este que chegou perto.

— O que o traz a Baotou? — perguntou o soldado. Ele se dirigiu ao cocheiro, que começou a arengar uma resposta. Temuge sentiu o coração latejar quando Chen Yi olhou para a cidade, por cima da cabeça do guarda. Para além do portão ficava uma praça ampla e um mercado já movimentado à primeira luz do amanhecer. Temuge viu Chen Yi assentir com firmeza e de repente houve um estrondo em meio às barracas, que fez o soldado dar meia-volta.

Crianças correndo pareceram irromper por toda a praça, gritando e se desviando para evitar os barraqueiros. Para sua perplexidade, Temuge viu tufos de fumaça subindo de mais de um local e ouviu o soldado xingar e rosnar ordens aos companheiros. Barracas tombaram e outras caíram enquanto os paus que sustentavam os toldos eram chutados. Gritos de "Ladrão!" soavam e o caos crescia a cada momento.

O guarda no portão deu um tapa na carroça de Chen Yi, mas não ficou claro se era uma ordem para ficar ou ir. Com cinco outros, correu para controlar o que estava se transformando rapidamente num tumulto generalizado. Temuge arriscou um olhar para cima, mas os besteiros na ponte estavam escondidos de sua visão. Esperava que também estivessem distraídos e se obrigou a olhar para a frente enquanto o cocheiro de Chen Yi estalava a língua e entrava na cidade.

O fogo grassava na pequena praça à medida que uma barraca depois da outra se incendiava e estalava mais alto do que os gritos dos vendedores. Temuge vislumbrou soldados correndo, mas as crianças eram rápidas e já estavam desaparecendo em buracos e becos, algumas carregando mercadorias roubadas.

Chen Yi não olhou para a cena caótica enquanto suas duas carroças saíam da praça para uma rua mais calma. Os sons foram ficando para trás, e Temuge se deixou afundar sobre os sacos, enxugando mais suor da testa.

Não podia ter sido coincidência, sabia. Chen Yi dera um sinal. De novo, Temuge se perguntou sobre o homem que eles haviam conhecido no rio. Com uma carga tão valiosa no porão, talvez não se importasse com algumas poucas moedas extras, afinal de contas. Talvez meramente quisesse mais alguns homens para defendê-la.

Chacoalharam por um labirinto de ruas, entrando repetidamente em ruelas menores entre as casas. Temuge e Khasar sentiam-se comprimidos pelas construções, erguidas tão perto umas das outras que o sol nascente não podia tocar as sombras no meio. Por três vezes outras carroças foram obrigadas a recuar entrando em becos laterais para que eles passassem e, à medida que o sol ia subindo, as ruas se encheram com mais pessoas do que Temuge ou Khasar poderiam crer. Temuge viu dezenas de lojas servindo comida quente em tigelas de cerâmica. Mal podia imaginar a ideia de encontrar comida sempre que estivesse com fome, sem ter de matar ou caçar pela carne. Os trabalhadores matinais se amontoavam ao redor dos vendedores, comendo com os dedos e enxugando a boca com panos antes de voltarem para a multidão. Muitos deles carregavam moedas de bronze com buracos, presas num barbante ou arame. Ainda que Temuge tivesse alguma ideia do valor da prata, nunca vira a troca de moedas por mercadorias, e ficava boquiaberto diante de cada nova maravilha. Viu escribas idosos escrevendo mensagens em troca de pagamento, galinhas cacarejando penduradas à venda, mostruários de facas e homens para afiá-las em pedras que giravam, presas entre as pernas. Viu tintureiros com as mãos manchadas de azul ou verde, mendigos e vendedores de amuletos contra doenças. Todas as ruas eram apinhadas, barulhentas e vibrantes e, para sua surpresa, Temuge adorou aquilo.

— Isso é maravilhoso — disse, baixinho.

Khasar olhou-o.

— Há muita gente e a cidade fede — respondeu ele. Temuge afastou o olhar, irritado com o irmão idiota que não podia ver a empolgação de um lugar daqueles. Por um tempo, quase esqueceu o medo que o acompanhava. Ainda esperava um grito, como se os guardas do portão os tivessem seguido até tão longe no labirinto de Baotou. O grito não veio, e ele viu Chen Yi relaxar enquanto serpenteavam cada vez mais para longe das muralhas, desaparecendo no coração apinhado da cidade.

CAPÍTULO 13

As DUAS CARROÇAS CHACOALHARAM RUIDOSAMENTE SOBRE AS RUAS DE PEdra até chegarem a um sólido portão de ferro que se abriu assim que chegaram perto. Foi uma questão de instantes para que as carroças entrassem e os portões se fechassem. Temuge olhou para trás e mordeu o lábio ao ver postigos de madeira serem desdobrados sobre as barras, bloqueando a visão dos passantes.

Depois do barulho e da compressão humana, seria um alívio, não fosse o sentimento de estar confinado. A cidade o deixara tonto e dominado pela complexidade. Mas, ao mesmo tempo que isso o empolgava, comprimia-se demais sobre seus sentidos e o fazia ansiar pelas planícies vazias, só para respirar uma vez antes de mergulhar de novo. Balançou a cabeça para clareá-la, sabendo que precisava da mente afiada para o que viria.

As carroças estalaram e balançaram enquanto os homens pulavam no chão, com Chen Yi gritando ordens para os que estavam ao redor. Temuge desceu, juntando-se a Khasar, com o nervosismo anterior voltando em força total. Chen Yi mal pareceu notar os passageiros enquanto uma multidão de homens vinha correndo das construções, e cada par carregou um rolo de seda. Não demorou muito para que a carga preciosa desaparecesse na casa, e Temuge pensou de novo na teia de contatos que Chen Yin parecia ter na cidade.

A casa que envolvia o pátio pavimentado era certamente propriedade de um homem rico, pensou Temuge. Não combinava com o amontoado de residências pelas quais haviam passado, mas talvez houvesse outras igualmente bem escondidas. Um único andar com cobertura de telhas vermelhas se estendia por todos os lados ao redor, mas a seção virada para o portão se erguia em vértices pontudos até um segundo andar. Temuge só pôde piscar diante do trabalho para fazer tantas centenas ou mesmo milhares de telhas. Não pôde deixar de comparar a construção com as iurtas de feltro e vime que conhecera durante toda a vida e sentiu um toque de inveja. Que luxo seu povo já havia conhecido nas planícies?

De todos os lados o telhado se estendia para além das paredes, sustentado por colunas de madeira pintada de vermelho formando um claustro longo. Havia homens armados postados nos cantos, e Temuge começou a perceber que era prisioneiro da vontade de Chen Yi. Não havia uma fuga fácil daquele lugar.

Quando as carroças haviam sido esvaziadas, os cocheiros as levaram e Temuge ficou parado com Ho Sa e Khasar, sentindo-se vulnerável sob o olhar dos estranhos. Notou que Khasar estava com a mão dentro do rolo de pano que embrulhava o arco.

— Não podemos fugir lutando — sussurrou para Khasar, que pulou como se seus pensamentos tivessem sido ecoados.

— Não vejo ninguém abrindo o portão para nos deixar sair — sussurrou Khasar de volta.

Chen Yi havia desaparecido dentro da casa, e os três ficaram aliviados ao vê-lo retornar. Ele vestia um manto preto, de mangas compridas, e calçava sandálias de couro. Temuge viu que o homenzinho usava uma espada curva no quadril e parecia confortável com o peso dela.

— Esta é minha *jia*: minha casa — disse Chen Yi, para perplexidade particular de Temuge. — Vocês são bem-vindos. Querem comer comigo?

— Temos negócios na cidade — respondeu Ho Sa, fazendo um gesto para o portão.

Chen Yi franziu a testa. Não havia em seus modos qualquer traço do afável mestre barqueiro. Parecia ter abandonado completamente esse papel e ficou com as mãos cruzadas às costas, o rosto sério.

— Devo insistir. Temos muita coisa a conversar. — Sem esperar que respondessem, voltou para a casa e eles o seguiram. Temuge lançou um olhar demorado para o portão, por cima do ombro, enquanto entrava à sombra do claustro. Conteve um tremor ao pensar no simples peso das telhas sobre sua cabeça. Ho Sa não parecia nem um pouco perturbado, mas Temuge podia imaginar as traves enormes despencando e esmagando todos eles. Repetiu em silêncio um dos cânticos de Kokchu, procurando a calma que não queria vir.

A entrada da casa principal era por uma porta de madeira forrada de bronze polido, martelado muitas vezes em padrões decorativos. Temuge viu a forma de morcegos gravada no metal e imaginou qual seria o significado. Antes que pudesse comentar, entrou num cômodo mais ornamentado que qualquer coisa que já vira. Khasar baixou o rosto frio sobre as feições para não parecer surpreso, mas Temuge abriu a boca diante da opulência da casa de Chen Yi. Para homens nascidos em iurtas, aquilo era espantoso. O ar cheirava a algum incenso estranho, no entanto era sutilmente rançoso para homens que haviam crescido ao vento e nas montanhas. Temuge não conseguia deixar de olhar para cima a intervalos, constantemente cônscio do peso enorme sobre a cabeça. Khasar também parecia desconfortável e estalou os nós dos dedos no silêncio.

Havia sofás e cadeiras encostados em telas de ébano e seda pintada que deixavam a luz entrar, vinda de cômodos do outro lado. À primeira vista, tudo parecia feito de madeira rica em cores que combinavam, agradando ao olhar. Colunas de madeira muito polida seguiam por toda a extensão do aposento, alcançando as traves do teto. O piso também era feito de milhares de segmentos, polidos de modo a quase reluzir. Depois da imundície das ruas da cidade, a sala era limpa e acolhedora, a madeira dourada fazendo-a parecer quente. Temuge viu que Chen Yi havia trocado as sandálias por um par de outras limpas, junto à porta. Ruborizando, voltou para fazer o mesmo. Enquanto tirava as botas, um serviçal se aproximou, ajoelhando-se diante dele para ajudá-lo a calçar um par limpo, de feltro branco.

Temuge viu fios de fumaça branca e contínua subir de pratos de latão numa mesa esculpida, junto à parede mais distante. Não entendia o que poderia merecer aquele sinal de devoção, mas Chen Yi baixou a cabeça diante do pequeno altar e murmurou uma prece de agradecimento pela volta em segurança.

— Você vive com grande beleza — disse Temuge com cuidado, lutando para encontrar os sons corretos.

Chen Yi inclinou a cabeça no gesto que eles conheciam, um hábito que havia sobrevivido à transformação.

— Você é generoso — disse ele. — Algumas vezes acho que eu era mais feliz quando era jovem, transportando mercadorias pelo rio Amarelo. Na época não tinha nada, mas a vida era mais simples.

— O que você é agora, para ter tamanha riqueza? — perguntou Ho Sa.

Chen Yi assentiu para ele, em vez de responder.

— Vocês quererão se banhar antes de comer — disse. — O cheiro do rio está em todos nós. — Fez um gesto para que o seguissem, e eles trocaram olhares enquanto eram guiados até outro pátio atrás do primeiro. Temuge e Khasar se empertigaram um pouquinho ao sair ao sol e deixar para trás as vigas pesadas. Ali podiam ouvir o som de água, e Khasar foi até um poço onde peixes preguiçosos se agitaram à sua sombra. Chen Yi não o vira parar, mas quando olhou para trás e viu Khasar começando a se despir, riu deliciado.

— Você vai matar meus peixes! — disse. — Venha cá, onde tenho banheiras para vocês.

Khasar deu de ombros, irritado, puxando o manto de novo sobre os ombros. Acompanhou Temuge e Ho Sa, ignorando a diversão do soldado xixia.

Na extremidade oposta do segundo pátio viram portas abertas, com fiapos de vapor saindo ao ar quente. Chen Yi fez um gesto para entrarem.

— Façam como eu — disse. — Vocês vão gostar.

Despiu-se rapidamente, revelando o corpo pequeno, musculoso e cheio de cicatrizes que eles conheciam tão bem, do barco. Temuge viu dois poços de água no chão, com vapor subindo preguiçosamente de um deles. Teria ido para lá, mas Chen Yi balançou a cabeça e, em vez disso, Temuge ficou olhando enquanto dois escravos se aproximavam e Chen Yi levantou os braços. Para perplexidade de Temuge, os homens derramaram baldes d'água em seu senhor, depois usaram panos enrolados nas mãos para esfregá-lo com alguma substância que fazia espuma até ele ficar escorregadio e branco com aquilo. Mais baldes se seguiram e só então ele entrou no poço com um grunhido de prazer.

Temuge engoliu em seco, nervoso, enquanto largava o manto no chão. A vestimenta estava tão imunda quanto ele, e ele não gostava da ideia de ser esfregado por estranhos. Fechou os olhos enquanto os baldes eram derramados sobre a cabeça, depois manteve-os firmemente fechados enquanto mãos ásperas pareciam socar seu corpo, fazendo-o balançar de um lado para o outro. Os últimos baldes eram gelados e ele ofegou.

Em seguida, entrou cautelosamente na água quente. Sentiu os músculos das costas e das coxas relaxarem enquanto encontrava um assento de pedra sob a superfície e grunhia com apreciação. A sensação era exótica. Era assim que um homem deveria viver! Atrás dele, Khasar bateu nas mãos dos escravos que se aproximaram com seus panos. Os homens ficaram imóveis diante de sua atitude, e antes que um deles tentasse de novo, sem aviso, Khasar deu um soco na lateral da cabeça do sujeito, fazendo-o girar e cair nos ladrilhos duros.

Chen Yi explodiu numa gargalhada. Gritou uma ordem e os escravos se levantaram de novo. O que fora derrubado se ergueu com cautela, de cabeça baixa, enquanto Khasar pegava um pano e esfregava o corpo até que o trapo estivesse preto. Temuge não olhou quando Khasar levantou uma das pernas sobre uma laje de pedra junto à parede para esfregar os genitais até ficarem limpos. Ele terminou o processo derramando um balde d'água sobre a própria cabeça, o tempo todo olhando irritado para o homem em quem havia batido.

Khasar devolveu o balde e murmurou algo que fez o escravo se retesar e trincar o queixo. Ho Sa suportou o processo com menos estardalhaço, e os dois entraram juntos na água, Khasar xingando em duas línguas enquanto se abaixava.

Os quatro ficaram sentados em silêncio durante um tempo, antes que Chen Yi se levantasse e mergulhasse no outro poço. Eles o imitaram em frustração silenciosa, cansados das rotinas e das demoras. No segundo poço, Khasar sibilou por causa do frio, mergulhando a cabeça sob a água e saindo com um rugido enquanto uma nova energia o preenchia. Nenhum dos mongóis jamais conhecera água quente, mas um mergulho frio não era pior que os rios de casa. Temuge olhou com desejo para o banho fumegante que havia deixado, mas não retornou para lá.

Quando haviam se acomodado na água, Chen Yi estava de fora e sendo enxugado pelos escravos com toalhas. Khasar e Temuge não se demoraram e saíram depois dele, Khasar soprando como um peixe fora d'água. Os dois escravos não se aproximaram de Khasar pela segunda vez, apenas lhe entregaram um grande pedaço de tecido áspero para se enxugar. Ele fez isso vigorosamente, com a pele mostrando uma vermelhidão nova. Havia retirado a tira que prendia o cabelo, que chicoteou em longas mechas pretas.

Temuge olhou para a pilha lamentável de tecido sujo que era seu manto e já ia estendendo a mão para ele, quando Chen Yi bateu palmas e os escravos trouxeram roupas novas. Havia prazer em deixar para trás o fedor dos barcos, pensou Temuge, passando as mãos pelo material macio. Só podia imaginar o que Chen Yi teria em mente para eles, enquanto voltavam para comer.

A comida era farta, mas Khasar e Temuge procuraram carne de cordeiro em vão, no meio dos pratos.

— O que é isso? — perguntou Khasar, pegando um pedaço de carne branca entre os dedos.

— Cobra no gengibre — respondeu Chen Yi. E apontou para outra tigela. — Vocês conhecem carne de cachorro, tenho certeza.

Khasar assentiu.

— Quando os tempos são difíceis — respondeu ele, enfiando os dedos numa sopa para procurar outro pedaço.

Sem mostrar sinal de aversão, Chen Yi pegou um par de varetas de madeira e mostrou aos mongóis como pegar um pedaço de comida com eles. Só Ho Sa pareceu confortável, e Chen Yi ficou ligeiramente ruborizado quando Khasar e Temuge deixaram cair pedaços de carne e arroz no tecido. De novo mostrou a eles, desta vez colocando os pedaços nos pratos à frente dos mongóis para que pudessem pegá-los com os dedos.

Khasar conteve o mau humor. Fora esfregado, mergulhado e recebera roupas que coçavam. Estava rodeado de coisas estranhas que não entendia, e a raiva borbulhava por baixo da superfície. Quando desistiu dos estranhos pauzinhos e os enfiou de pé numa tigela de arroz, Chen Yi estalou a língua baixinho, removendo-os com um gesto rápido.

— Deixá-los assim é um insulto — disse —, mas você não poderia saber. — Khasar achou que um prato de grilos em palitos era mais fácil de ser manuseado e mastigou a fiada de insetos fritos com prazer evidente.

— Isto é melhor — disse, com a boca ocupada.

Temuge estava preparado para copiar qualquer coisa que Chen Yi fizesse e mergulhou bolas de massa frita em água salgada antes de mastigá-las. Quando todos os grilos haviam acabado, Khasar estendeu a mão para uma pilha de laranjas, pegando duas. Depois de cuspir um pedaço da casca, descascou a primeira com os polegares e relaxou visivelmente enquanto rasgava pedaços da polpa e comia. Ele e o irmão esperaram que Chen Yi falasse, com a impaciência óbvia e crescente.

Quando todos haviam terminado, Chen Yi olhou os esforços de Khasar com a laranja, depois colocou seus pauzinhos na mesa e não disse nada enquanto os escravos retiravam todas as evidências da refeição. Quando estavam sozinhos de novo, recostou-se em sua poltrona. Seus olhos perderam o ar reservado e ganharam de novo o tom afiado do mestre do rio que eles conheciam.

— Por que vieram a Baotou? — perguntou a Temuge.

— Para comerciar — respondeu Temuge imediatamente. — Somos mercadores.

Chen Yi balançou a cabeça.

— Mercadores não carregam um arco mongol, nem atiram com ele como seu irmão. Vocês são daquele povo. Por que estariam aqui, nas terras do imperador?

Temuge engoliu em seco dolorosamente enquanto tentava pensar. Chen Yi tinha o conhecimento havia muito tempo e não os havia entregado, mas ele não conseguia se obrigar a confiar no sujeito, em especial depois de tanta estranheza e confusão.

— Somos das tribos do grande cã, sim — disse ele. — Mas viemos abrir o comércio entre nossos povos.

— Eu sou comerciante. Façam suas ofertas a mim — respondeu Chen Yi. Seu rosto não revelava nada, mas Temuge podia sentir a curiosidade feroz do homenzinho.

— Ho Sa perguntou quem você era, para ter tanta riqueza — disse Temuge lentamente, escolhendo as palavras. — Você tem esta casa e escravos, mas assumiu o papel de um contrabandista do rio, subornando guardas e montando uma distração junto ao portão da cidade. Quem é você, para que possamos confiar?

O olhar de Chen Yi era frio enquanto os examinava.

— Sou um homem que se sente desconfortável com a ideia de vocês andarem por sua cidade. Quanto tempo demoraria para vocês serem capturados por soldados imperiais? Quanto tempo se passaria, depois disso, até que contassem tudo que viram?

Ele esperou enquanto Temuge traduzia para o irmão.

— Diga que se, formos mortos ou feitos prisioneiros, Baotou será queimada até o chão — respondeu Khasar, partindo a segunda laranja ao meio e chupando uma metade. — Gêngis virá nos pegar no ano que vem. Ele sabe onde estamos, e esse homenzinho verá sua preciosa casa arder em chamas. Diga isso.

— Você ficaria bem em permanecer quieto, irmão, se quisermos sair daqui com vida.

— Deixe-o falar — disse Chen Yi. — Como minha cidade seria queimada se vocês forem mortos?

Para horror de Temuge, Chen Yi falava na língua das tribos. Seu sotaque era forte, mas suficientemente claro para os dois. Ele se imobilizou ao pensar em todas as conversas que Chen Yi teria escutado nas semanas de viagem até Baotou.

— Como sabe minha língua? — perguntou, esquecendo-se do medo por um momento.

Chen Yi riu, um som agudo que não ajudou em nada a acalmar os homens sentados à mesa.

— Vocês acham que foram os primeiros a viajar às terras dos jin? Os uigures cavalgaram na rota da seda. Alguns ficaram. — Ele bateu palmas e outro homem entrou na sala. Estava tão limpo quanto eles e vestia um manto jin simples, mas seu rosto era mongol e a largura dos ombros mostrava alguém que fora criado com o arco. Khasar se levantou para cumprimentá-lo, apertando sua mão e batendo em suas costas com o punho. O estranho sorriu diante da recepção.

— É bom ver um rosto verdadeiro nesta cidade — disse Khasar.

O homem pareceu quase esmagado ao ouvir essas palavras.

— E para mim também — respondeu, olhando para Chen Yi. — Como estão as planícies? Não vou para casa há muitos anos.

— Iguais — disse Khasar. Um pensamento lhe ocorreu e sua mão baixou para onde a espada costumava ficar, junto ao quadril. — Este homem é escravo?

Chen Yi levantou os olhos sem embaraço.

— Claro. Quishan já foi mercador, mas optou por jogar comigo.

O homem deu de ombros.

— É verdade. Não serei escravo para sempre. Dentro de mais alguns anos, minha dívida estará paga. Então acho que vou retornar às planícies e encontrar uma esposa.

— Primeiro me procure, quando fizer isso. Vou lhe dar um recomeço — prometeu Khasar. Chen Yi ficou olhando enquanto Quishan fazia uma reverência com a cabeça. Khasar aceitou o gesto como se não fosse novo para ele, e o olhar de Chen Yi ficou duro.

— Diga de novo como minha cidade vai queimar — disse.

Temuge abriu a boca, mas Chen Yi levantou a mão.

— Não, não confio em *você*. Seu irmão falou a verdade quando achou que eu não entenderia. Que ele diga tudo.

Khasar lançou um olhar para Temuge, gostando tremendamente da frustração do irmão. Demorou um momento para escolher as palavras. Talvez Chen Yi mandasse matá-los quando ouvisse. Levou a mão até onde havia escondido uma pequena faca, nas dobras do manto.

— Nós já fomos os Lobos — disse Khasar finalmente —, mas meu irmão uniu as tribos. O reino de Xixia é nosso primeiro vassalo, mas haverá mais. — Ho Sa se remexeu, desconfortável com aquelas palavras, mas nenhum dos outros olhou para ele. Khasar ficou sentado como uma pedra, encarando os olhos de Chen Yi.

— Talvez eu morra aqui, esta noite, mas, se isso acontecer, meu povo virá até os jin e arrasará suas preciosas cidades, uma a uma, pedra por pedra.

O rosto de Chen Yi havia ficado tenso enquanto ouvia. Seu domínio da língua era apenas o que ele necessitava para o comércio, e teria sugerido um retorno à sua, se isso não parecesse fraqueza.

— As notícias viajam rápido no rio — disse ele, recusando-se a responder à intensidade mortal de Khasar. — Eu tinha ouvido falar na guerra em Xixia, mas não que seu povo foi triunfante. O rei está morto, então?

— Não quando eu parti — respondeu Khasar. — Ele pagou com tributos e uma filha. Uma garota linda, na minha opinião.

— Você não respondeu à minha pergunta, a não ser com ameaças — lembrou Chen Yi. — Por que viria aqui, à minha cidade?

Khasar notou a ligeira tensão que Chen Yi havia posto no "minha". Ele não tinha a sutileza para jogar com palavras ou tecer um fio de mentiras em que Chen Yi acreditasse.

— Precisamos de construtores — respondeu Khasar. Ouviu Temuge soltar o ar com força junto a seu ombro e ignorou-o. — Precisamos conhecer os segredos de suas cidades. O próprio grande cã nos mandou. Baotou é apenas um lugar num mapa, sem grande importância.

— É o meu lar — murmurou Chen Yi, pensando.

— Pode ficar com ele — disse Khasar, sentindo que o momento era correto. — Baotou não será tocada se levarmos de volta a notícia de sua ajuda.

Esperou que Chen Yi terminasse de pensar, o suor pingando pelo rosto. Bastaria um grito e a sala se encheria de homens armados, tinha certeza. Era verdade que Gêngis destruiria a cidade por vingança, mas Chen Yi não podia ter certeza disso. Pelo que sabia, eles podiam estar contando vantagem ou mentindo.

Foi Quishan que rompeu o silêncio. Havia empalidecido diante do que ouvira, e sua voz saiu baixa de espanto.

— As tribos estão unidas? Inclusive os uigures?

Khasar assentiu, sem que o olhar jamais se afastasse de Chen Yi.

— A cauda azul faz parte do estandarte do grande cã. Os jin nos contiveram por muito tempo, mas isso acabou. Cavalgamos à guerra, irmão.

Chen Yi ficou olhando atentamente o rosto de Quishan, vendo como a notícia trazia uma expressão de esperança atônita.

— Farei uma barganha com vocês — disse de repente. — O que quer que vocês quiserem, vão ter, da minha mão. Vocês levarão ao cã a notícia e dirão que aqui há um homem em quem ele pode confiar.

— De que nos serve um contrabandista? — reagiu Khasar. Temuge quase gemeu enquanto Khasar prosseguia: — Como *você* pode barganhar pelo destino de uma cidade?

— Se vocês fracassarem, ou se estiverem mentindo, não perdi nada. Se estiverem dizendo a verdade, precisarão de aliados, não é? Eu tenho poder aqui.

— Você trairia a corte imperial? Seu próprio imperador? — Khasar fez a pergunta para testar Chen Yi, e, para sua perplexidade, o homenzinho cuspiu no chão polido.

— Esta é minha cidade. Tudo que acontece aqui chega aos meus ouvidos. Não tenho amor por nobres que acham que todos os homens podem ser atropelados por suas carruagens como animais. Perdi minha família e meus amigos para os soldados deles, vi entes queridos serem enforcados quando se recusaram a entregar o meu nome. O que me importam eles?

Ele havia se levantado enquanto falava, e Khasar ficou de pé para encará-lo.

— Minha palavra é ferro — disse Khasar. — Se eu disser que você terá esta cidade, ela será sua para governar, quando viermos.

— Você pode falar pelo cã? — perguntou Chen Yi.

— Ele é meu irmão. Posso falar por ele.

Temuge e Ho San só puderam ficar olhando enquanto os dois homens se encaravam.

— No barco, eu sabia que você era um guerreiro — disse Chen Yi. — Você era um mau espião.

— Eu sabia que você era um ladrão, mas que era bom — respondeu Khasar. Chen Yi deu um risinho e os dois deram um forte aperto de mão.

— Tenho muitos homens que me obedecem. Vou lhes dar o que vocês precisam e garantirei que voltem em segurança ao seu povo. — Chen Yi sentou-se, pedindo vinho enquanto Temuge começava a falar. Não conseguia entender como o homenzinho havia confiado em Khasar, mas isso não importava. Tinham um aliado em Baotou.

À medida que a noite chegava, Khasar, Ho Sa e Temuge aceitaram a oferta de algumas horas de sono antes de uma noite longa, retirando-se para aposentos no segundo pátio. Chen Yi jamais havia precisado de mais do que algumas horas de descanso desde os dias em que fugia dos soldados nos becos de Baotou — uma eternidade antes. Sentou-se com Quishan e dois de seus guardas e conversaram em voz baixa enquanto moviam peças de marfim num tabuleiro de majongue. Quishan ficou quieto por longo tempo, fazendo as peças baterem umas nas outras, na mão. Conhecia Chen Yi havia quase dez anos e, nesse tempo, vira um desejo implacável de poder florescendo. O homenzinho havia esmagado três outros líderes das quadrilhas criminosas de Baotou e não tinha exagerado quando disse a Khasar que pouca coisa na cidade acontecia sem chegar aos seus ouvidos.

Quishan descartou uma peça e ficou olhando enquanto a mão de Chen Yi pairava sobre ela. O homem que ele passara a chamar de amigo estava claramente distraído do jogo, com os pensamentos em outro lugar. Quishan se perguntou se aumentaria a aposta e aliviaria mais um pouco da dívida. Decidiu não fazer isso, lembrando-se de outros jogos em que Chen Yi o havia enganado exatamente com a mesma abordagem e depois ganhado com consistência.

Olhou Chen Yi pegar outra peça e o jogo continuou ao redor da mesa, com um dos guardas gritando "Pung" e fazendo Quishan xingar baixinho.

Quando o guarda mostrou três peças iguais, Chen Yi baixou a mão.

— Chega por esta noite. Você está melhorando, Han, mas seu turno no portão está chegando.

Os dois guardas se levantaram e fizeram uma reverência. Haviam sido resgatados dos piores pardieiros e eram fortes e leais ao homem que comandava a *tong*. Quishan ficou, sentindo que Chen Yi queria falar.

— Você está pensando nos estranhos — disse Quishan enquanto juntava as peças sobre a mesa. Chen Yi assentiu, olhando para a escuridão através das portas de tela. A noite já estava fria, e ele se perguntou o que as próximas horas trariam.

— São pessoas estranhas, Quishan. Já lhe disse isso antes. Peguei-os para guardar minha seda, quando três dos meus homens adoeceram. Talvez meus ancestrais estivessem me guiando. — Ele suspirou e esfregou os olhos, cansado. — Você viu como Khasar notou as posições dos guardas? Os olhos dele estavam sempre em movimento. No barco, achei que nunca o vi relaxar, mas você é igual. Talvez todas as pessoas de seu povo sejam assim.

Quishan deu de ombros.

— A vida é luta, senhor. Não é algo em que os budistas acreditam? Nas planícies do meu lar, os fracos morrem cedo. Sempre foi assim.

— Nunca vi ninguém atirar com arco tão bem quanto ele. Praticamente na escuridão, num barco balançando, matou seis homens sem hesitar. Todos do seu povo são hábeis assim?

Quishan ocupou as mãos com as peças de majongue, colocando-as de volta na caixa de couro.

— Eu não sou, mas os uigures valorizam o conhecimento e o comércio mais do que qualquer outra tribo. Os lobos são conhecidos pela ferocidade. — Fez uma pausa, as mãos se imobilizando. — É quase demasiado acreditar que as tribos se uniram sob o comando de um homem, um cã. Ele deve ser extraordinário.

Quishan apertou o fecho da caixa de couro, recostando-se. Queria beber para aplacar o estômago, mas Chen Yi nunca permitia álcool quando a noite precisava de cabeças limpas.

— Você receberá bem o meu povo quando ele chegar junto às muralhas? — perguntou, baixinho. Sentiu o olhar de Chen Yi, mas não levantou os olhos de suas mãos cruzadas.

— Acha que eu traí minha cidade? — perguntou Chen Yi.

Quishan levantou os olhos, vendo uma raiva sombria no homem em quem passara a confiar no correr dos anos.

— Tudo isso é novidade. Talvez esse novo cã seja destruído pelos exércitos do imperador e aqueles que se disserem aliados sofram o mesmo destino. Já pensou nisso?

Chen Yi fungou.

— Claro, mas vivi muito tempo com um pé no meu pescoço, Quishan. A casa, meus escravos, todos que me seguem são apenas o que os ministros do imperador perderam através da preguiça e da corrupção. Nós estamos abaixo da percepção deles, como ratos em seus armazéns. Às vezes eles mandam um homem para dar exemplo e ele enforca algumas centenas. Às vezes até pegam pessoas valiosas para mim. Ou que são amadas por mim. — O rosto de Chen Yi era como pedra enquanto falava, e Quishan soube que ele estava pensando no filho, não mais do que um menino quando fora apanhado num pesqueiro das docas, dois anos antes. O próprio Chen Yi havia retirado o corpo pendurado à brisa do rio.

— Mas um incêndio não sabe quem ele queima — disse Quishan. — Você está convidando as chamas para sua casa, sua cidade. Quem sabe como isso vai terminar?

Chen Yi ficou em silêncio. Sabia, tão bem quanto Quishan, que podia fazer com que os três estranhos desaparecessem. Sempre havia corpos no rio Amarelo, nus e inchados enquanto passavam flutuando. As mortes jamais seriam ligadas a ele. No entanto, algo que vira em Khasar provocara uma sede de vingança que Chen Yi havia enterrado desde a manhã em que carregara o corpo frouxo do filho.

— Que eles venham, esse seu povo que usa arcos e cavalos. Eu o julgo mais por você do que pelas promessas de homens que não conheço. Há quanto tempo você trabalha para mim?

— Nove anos, senhor.

— E manteve a honra comigo para pagar sua dívida. Quantas vezes você poderia ter escapado e voltado ao seu povo?

— Três vezes — admitiu Quishan. — Três em que pensei que poderia fugir antes que você ficasse sabendo.

— Eu soube delas — respondeu Chen Yi. — Sei do mestre de barco que fez a primeira oferta. Era um dos meus. Você não teria ido longe antes que ele cortasse sua garganta.

Quishan franziu a testa diante da informação.

— Então você me testou.

— Claro. Não sou idiota, Quishan. Nunca fui. Que as chamas cheguem a Baotou. Ficarei vivo sobre as cinzas quando eles estiverem terminando. Que as autoridades imperiais queimem suas plumas nelas e eu conhecerei o contentamento. Conhecerei o júbilo enfim.

Chen Yi se levantou e se espreguiçou, as costas estalando audivelmente nos aposentos silenciosos.

— Você é um jogador, Quishan, por isso trabalhou para mim durante tanto tempo. Eu nunca fui. Tornei esta cidade minha, mas ainda preciso baixar a cabeça sempre que vejo um dos favoritos do imperador cabriolando a cavalo pelas ruas. Minhas ruas, Quishan, no entanto eu baixo a cabeça e piso na imundície das sarjetas para não ficar no caminho deles.

Chen Yi olhou para a escuridão, os olhos mortos no rosto.

— Agora vou ficar de pé, Quishan, e as pedras do jogo cairão como quiserem.

CAPÍTULO 14

Quando chegou a meia-noite, uma chuva pesada começou a cair na cidade de Baotou. O aguaceiro sibilava nas ruas e ressoava nas telhas parecendo trovão distante. Chen Yi parecia satisfeito com a mudança no tempo enquanto entregava espadas a seus homens. Até os mendigos se encolhiam nos portais quando a chuva chegava. Era um bom presságio.

Quando saíram à rua escura, Khasar e Ho Sa olharam para um lado e outro, para ver se eram observados. A lua estava escondida e havia apenas uma luz fraca quando as nuvens rápidas se abriam em retalhos. Temuge havia presumido que a água lavaria parte do fedor da cidade. Em vez disso, ele parecia florescer no ar, a mancha de imundície humana ia longe em meio à umidade, penetrando em seus pulmões e deixando-o nauseado. As sarjetas já estavam cheias, e Temuge via coisas escuras, molhadas, que não podia identificar e vinham rolando, trazidas pela corrente. Estremeceu, subitamente cônscio da compressão de humanidade se retorcendo ao redor. Sem Chen Yi, não saberia por onde começar sua busca no labirinto de casas e lojas, empilhadas umas sobre as outras em todas as direções.

Mais dois homens de Chen Yi haviam se juntado a eles no portão. Ainda que não houvesse um toque de recolher oficial, dez homens seriam questionados por qualquer soldado que permanecesse na rua. Chen Yi deu a um deles a tarefa de verificar cada encruzilhada e instruiu outros dois a ficarem para trás e verem se eram seguidos. Temuge não podia escapar à sensação de que estava indo para uma batalha. À medida que a chuva se derramava, ele segurava o punho molhado da espada que Chen Yi lhe dera, esperando não ter de desembainhá-la. Estava tremendo quando saíram, movendo-se numa corrida leve. O portão se fechou atrás deles com um estalo audível, mas ninguém olhou para trás.

Em algumas ruas, as empenas das casas formavam um trecho de caminho seco. Chen Yi diminuía o passo até estar caminhando enquanto guiava o grupo ao passar nesses lugares, não querendo que o som de pés correndo atraísse a atenção dos moradores. A cidade não estava totalmente escura, nem dormindo. Temuge via luzes ocasionais de forjas e armazéns, ainda trabalhando noite adentro. Apesar das precauções de Chen Yi, tinha certeza que podia sentir olhos neles enquanto passavam.

Na semiescuridão, Temuge perdeu a noção do tempo até parecer que estivera correndo durante metade da noite. Não havia padrão nas ruas enquanto serpenteavam de uma para a outra; algumas vezes eram pouco mais do que trilhas de terra lamacenta que os sujava até os joelhos. Temuge estava sem fôlego depois de um curto tempo, e mais de uma vez alguém segurou seu braço na escuridão e o puxou, forçando-o a se manter junto aos outros. Xingou baixinho quando um desses puxões em sua manga o fez pisar numa sarjeta e alguma coisa mole e fria ficou presa entre os dedos dos pés. Esperou que fosse uma fruta podre e nada pior, mas não parou.

Só uma vez o corredor da frente retornou para guiar Chen Yi por um caminho diferente. Temuge esperou que os soldados estivessem passando a noite num alojamento quente em vez de se congelando e se encharcando como ele.

Finalmente, Chen Yi parou seus homens ofegantes à sombra da própria muralha da cidade. Temuge podia vê-la como um trecho de escuridão mais profunda. Do outro lado ficava o mundo que ele conhecia, e teve um sentimento da proteção que ela trazia à cidade. Uma muralha assim havia servido ao rei xixia em Yinchuan. Nem mesmo todos os guerreiros convocados por Gêngis puderam fazer uma brecha numa coisa daquelas. Estendia-se a distância, erguendo-se acima de uma rua larga com casas que pareciam a de Chen Yi. Mas essas não estavam escondidas em meio aos pardieiros, erguiam-se bem espaçadas e deixavam na brisa o cheiro de jardins floridos. Até mesmo o padrão de ruas havia mudado nessa parte de Baotou. Os homens corriam através de uma grade de ilhas, cada uma separada da cidade atrás de seus portões e muros. Temuge lutou para controlar o fôlego. Quase engasgou quando Khasar lhe deu um tapa nos ombros, tão confortável quanto se tivesse saído para uma caminhada à tarde.

Os dois corredores de trás chegaram rapidamente, sacudindo a cabeça. Não tinham sido seguidos. Chen Yi não parou para descansar, sussurrando ordens para ficarem fora das vistas enquanto se aproximava do portão mais próximo. O olhar do sujeito caiu sobre Temuge, que estava ali parado com as mãos pousadas nos joelhos, e ele chegou perto para falar no seu ouvido.

— Haverá guardas. Eles vão acordar o dono da casa e eu falarei com ele. Não faça ameaças na minha cidade, mongol. O dono vai estar nervoso com a presença de estranhos tão tarde em sua casa, e não quero que as armas sejam desembainhadas.

Chen Yi virou, ajeitando o manto preto com as mãos enquanto se aproximava do portão. Dois de seus homens o acompanharam, e o resto do grupo desapareceu num dos lados, onde não podiam ser vistos. Khasar pegou Temuge pela manga e o arrastou antes que ele pudesse protestar.

O próprio Chen Yi bateu no portão, e Temuge viu uma luz amarela cair no rosto dele quando um quadrado preso com dobradiças se abriu na madeira.

— Diga a seu senhor que ele tem uma visita para tratar de questões imperiais — disse Chen Yi, a voz firme. — Acorde-o se ele estiver dormindo.

Temuge não pôde ouvir a resposta, mas depois de séculos o quadrado se abriu de novo e Chen Yi olhou para outro rosto.

— Não conheço você — disse o homem claramente.

Chen Yi ficou imóvel.

— A Tong Azul conhece você, Lian. Esta noite suas dívidas serão pagas.

O portão se abriu rapidamente, mas Chen Yi não entrou.

— Se você tiver bestas esperando, Lian, será sua última noite. Tenho homens comigo, mas as ruas são perigosas. Não se alarme e tudo ficará bem.

O homem oculto murmurou uma resposta, a voz trêmula. Só então Chen Yi voltou o olhar para os outros e indicou para que o acompanhassem.

Temuge viu medo no homem que fora retirado da cama. Lian tinha ombros quase tão largos quanto Khasar, mas tremia visivelmente, mantendo os olhos baixos enquanto Chen Yi entrava em sua casa.

Havia apenas um guarda no portão, e ele também manteve o olhar afastado dos que entravam. Temuge sentiu a confiança crescer e olhou ao redor, com interesse, assim que o portão foi fechado. A corrida na chuva e na escuridão havia ficado para trás, e ele gostou do modo subserviente com que o mestre construtor de Baotou reagia.

Lian ficou diante de Chen Yi como se estivesse atordoado, o cabelo revolto por causa do sono.

— Mandarei preparar comida e bebida — murmurou ele, mas Chen Yi balançou a cabeça.

— Não será necessário. Mostre onde podemos conversar em particular. — Chen Yi olhou o pátio da casa ao redor. O construtor havia prosperado sob o poder imperial. Além de consertar a muralha, ele era responsável pela criação de três quartéis e da pista de corrida no coração do distrito imperial. No entanto, sua casa era simples e elegante. O olhar de Chen Yi se fixou no único guarda e viu que o homem estava muito perto de um sino pendurado numa trave.

— Você não vai querer que seu homem chame soldados, Lian. Diga para ele ficar longe do sino, ou vou acreditar que você duvida da minha palavra.

O construtor assentiu para o soldado, que se encolheu visivelmente e assumiu outra posição perto da construção principal. A chuva ficou mais forte, caindo no pequeno pátio. Esfriado por ela, o construtor pareceu voltar a si. Guiou-os para a casa e escondeu seu medo à luz das lâmpadas. Temuge viu a mão de Lian tremer enquanto ele levava o círio a um pavio após o outro, mais do que eles precisavam, como se a luz pudesse banir o medo.

Chen Yi se acomodou numa poltrona dura enquanto esperava que o construtor terminasse de se agitar pela sala. Khasar, Ho Sa e Temuge ficaram de pé juntos, olhando a cena com fascínio silencioso. Os guardas de Chen Yi assumiram posições atrás de seu senhor, e Temuge viu o olhar do construtor saltar sobre eles, registrando a ameaça.

Por fim, Lian não conseguiu se demorar mais. Sentou-se diante de Chen Yi, juntando as mãos para esconder como elas tremiam.

— Eu paguei meu dízimo à tong — disse. — Foi pouco?

— Não foi. — Chen Yi demorou um momento tirando a água da chuva do rosto, passando a mão pelo cabelo e jogando as gotas no chão de madeira. O olhar de Lian as acompanhou. — Não é isso que me traz a você.

Antes que Chen Yi pudesse continuar, Lian falou de novo, incapaz de se conter:

— São os trabalhadores, então? Usei todos os homens que pude, mas dois dos que você mandou não queriam trabalhar. Os outros reclamavam que eles não faziam sua parte. Eu ia dispensá-los hoje cedo, mas se é sua vontade que eles permaneçam...

Era como se Chen Yi fosse esculpido em mármore, enquanto examinava o mestre construtor.

— Eles são filhos de amigos. Vão continuar, mas não é por isso que estou aqui.

O construtor se afrouxou ligeiramente em sua cadeira.

— Então não entendo — disse.

— Você tem alguém que possa assumir o trabalho da manutenção da muralha?

— Meu filho, senhor.

Chen Yi ficou sentado imóvel até que o construtor o olhou.

— Não sou um senhor, Lian. Sou um amigo que precisa lhe pedir um obséquio.

— Qualquer coisa — respondeu Lian, retesando-se à espera do pior.

Chen Yi assentiu, satisfeito.

— Você vai chamar seu filho e dizer que ele deve assumir o trabalho durante um ano, talvez dois. Recebi bons relatórios sobre ele.

— Ele é um bom filho — concordou Lian imediatamente. — Vai ouvir o pai.

— Isso é sensato, Lian. Diga que você ficará fora durante esse tempo, talvez para encontrar uma nova fonte de mármore em alguma pedreira. Invente a mentira que quiser, mas não o deixe com suspeitas. Lembre-o que as dívidas do pai são dele enquanto você estiver fora, e explique que o dízimo deve ser pago à tong se ele quiser trabalhar. Não quero ter de lembrá-lo pessoalmente.

— Está feito — disse Lian. Temuge viu que ele estava suando, uma fileira brilhante de gotas aparecendo na linha do couro cabeludo. Viu o construtor corpulento juntar coragem para fazer uma pergunta:

— Direi a mesma coisa à minha mulher e aos meus filhos, mas posso saber a verdade?

Chen Yi deu de ombros, inclinando a cabeça de lado.

— Isso mudará alguma coisa, Lian?

— Não, senhor. Sinto muito...

— Não importa. Você vai acompanhar estes meus amigos para fora da cidade. Eles precisam de seus conhecimentos, Lian. Leve suas ferramentas e, quando seu trabalho estiver terminado, farei com que você seja recompensado.

O construtor assentiu, arrasado, e Chen Yi se levantou abruptamente.

— Fale com as pessoas que você ama, Lian, depois venha comigo.

O construtor deixou o grupo a sós e desapareceu na escuridão da casa. Os que ficaram relaxaram um pouco, e Khasar foi até uma pintura sobre seda, usando o tecido para enxugar a chuva do rosto e do cabelo. Temuge ouviu o choro distante de uma criança enquanto o homem dizia o que lhe fora ordenado.

— Não sei o que teríamos feito se você não estivesse aqui para ajudar — disse Ho Sa a Chen Yi.

O chefe da tong deu um leve sorriso.

— Vocês teriam feito bobagem pela minha cidade até que os soldados os apanhassem. Talvez eu tivesse ido assistir aos espiões estrangeiros serem empalados ou enforcados. Os deuses são caprichosos, mas desta vez estavam com vocês.

— Já pensou em como vai nos tirar da cidade? — perguntou Temuge. Antes que Chen Yi pudesse responder, Lian retornou. Seus olhos estavam vermelhos, mas ele se mantinha empertigado e havia perdido um pouco do medo. Usava uma capa de pesado tecido encerado para se proteger da chuva, e sobre um dos ombros havia um embrulho de couro enrolado que ele agarrava como se lhe desse conforto.

— Estou com minhas ferramentas — disse a Chen Yi. — Estou pronto.

Deixaram a casa, e, de novo, Chen Yi mandou um homem à frente para vigiar se havia soldados em patrulha. A chuva havia diminuído, e Temuge viu a estrela do norte brevemente através das nuvens. Chen Yi não tinha explicado nada, mas eles foram para o oeste, ao longo de uma rua paralela à muralha, e Temuge só podia correr junto.

Na escuridão adiante, escutaram uma voz gritar e o grupo parou como se fosse um só.

— Mantenham as armas escondidas — sibilou Chen Yi. Temuge engoliu em seco, nervoso, ouvindo passos na rua pavimentada. Eles esperavam que o homem à frente retornasse, mas em vez disso escutaram o som de sandálias com proteção de aço e Chen Yi olhou ao redor, procurando possíveis rotas de fuga.

— Fiquem parados — disse uma voz rispidamente, na escuridão. Temuge estava suficientemente perto para ver Chen Yi fazer uma careta.

Havia seis soldados com armaduras de escamas, liderados por um homem que usava capacete com plumas eriçadas. Temuge soltou um gemido baixo ao ver as bestas que eles seguravam. Os homens de Chen Yi tinham pouca chance de abrir caminho lutando. Sentiu o pânico subir como ácido na garganta e começou a recuar sem pensar. Foi o aperto de ferro de Khasar que o manteve parado.

— Onde está seu capitão? — perguntou Chen Yi. — Lujan pode responder por mim. — Viu que eles seguravam seu homem pelo cangote. O sujeito lutava, preso, mas Chen Yi não olhou para ele.

O oficial emplumado franziu a testa diante daquele tom de voz, adiantando-se à frente de seus homens.

— Lujan está de folga esta noite. Por que vocês estão correndo pelas ruas no escuro?

— Lujan vai explicar — disse Chen Yi. E lambeu os lábios, nervoso. — Ele me disse que seu nome nos permitiria passar.

O oficial olhou para o homem desafortunado, seguro pelo pescoço.

— Não me disseram nada. Venham para o alojamento e perguntaremos a ele.

Chen Yi suspirou.

— Não. Não. Não faremos isso — disse. Em seguida, saltou adiante com uma faca na mão, cravando-a na garganta do oficial, que caiu para trás com um grito sufocado. Os soldados atrás dispararam instantaneamente as bestas contra o grupo. Alguém gritou e os homens de Chen Yi estavam no meio deles, cravando as lâminas nos soldados.

Khasar desembainhou a espada que havia recebido e rugiu a plenos pulmões. O som fez o soldado mais próximo dar um passo atrás, e Khasar o derrubou, avançando para acertar com o antebraço o rosto do sujeito. O impacto fez o soldado cair, e Khasar passou dando uma estocada, perdido num redemoinho maligno em que usava cotovelos, pés, cabeça: qualquer coisa para derrubar os inimigos. Os que haviam disparado as bestas só puderam levantá-las para se defender. A espada de Khasar despedaçou uma das armas antes de ele passar o gume pelo pescoço do soldado. Na escuridão ele se movia como uma brisa, chutando um joelho exposto e sentindo-o se quebrar. Os soldados eram desajeitados com as armaduras, e Khasar era mais rápido, girando quando sentia qualquer ameaça antes que ela pudesse chegar perto. Sentiu alguém segurá-lo por trás, prendendo seu braço da espada. Jogou a cabeça bruscamente para trás, golpeando com os cotovelos, e foi recompensado com um grunhido de dor quando o atacante caiu.

Temuge gritou quando um dos soldados colidiu com ele. Balançou-se feito louco com a espada, o terror roubando sua força. Em algum lugar, um sino começou a tocar. Enquanto registrava o som, ele se sentiu sendo levantado e gritou, silenciando quando Ho Sa lhe deu um tapa no rosto.

— Levante-se. Acabou — disse Ho Sa rispidamente, envergonhado por ele. Temuge segurou o braço do outro enquanto se levantava e viu Khasar rodeado de corpos caídos.

— Você chama isso de soldados, Chen Yi? — perguntou Khasar. — Eles se movem como ovelhas doentes.

Chen Yi ficou parado, atônito, enquanto Khasar enfiava casualmente a espada no peito de um que ainda se mexia, encontrando um lugar por baixo das escamas da armadura antes de apoiar todo o peso nela. Mal podia acreditar na rapidez com que o guerreiro mongol havia se movido. Seus próprios guardas eram homens escolhidos pela habilidade, mas Khasar os fizera parecerem camponeses. Ele se pegou com vontade de defender os soldados de sua cidade, por mais que os odiasse.

— Há seis quartéis na cidade, cada um com quinhentas ou mais dessas ovelhas doentes — respondeu. — Já foi o bastante.

Khasar cutucou um dos corpos com o pé.

— Meu povo vai comê-los vivos. — Em seguida, se encolheu e pôs a mão na clavícula. Ela voltou manchada de sangue, rapidamente diluído na chuva de modo a escorrer entre os dedos.

— Você foi cortado — disse Temuge.

— Estou acostumado demais a lutar com armadura, irmão. Deixei o golpe me acertar. — Irritado, Khasar chutou o elmo do oficial que estava a seus pés, fazendo-o girar pelo pavimento.

Dois homens de Chen Yi estavam caídos frouxos em meios aos colegas, com sangue se juntando nas poças de água da chuva. Chen Yi examinou-os, os dedos tocando as setas que se projetavam dos peitos. Pensou rapidamente, com os planos desorganizados.

— Nenhum homem pode evitar a roda da fortuna — disse. — Que fiquem aí para serem encontrados. As autoridades imperiais vão querer corpos para mostrar à multidão amanhã.

Os dois mortos foram deixados esparramados nas pedras. Temuge viu que outros tinham ferimentos e ofegavam como cães ao sol. Chen Yi virou para ele, a raiva se transformando em escárnio.

— Você está seguro por enquanto, medroso, mas eles vão rasgar toda a cidade, procurando por nós. Se eu não tirá-los esta noite, vocês ficarão aqui até a primavera.

As bochechas de Temuge ardiam de humilhação. Todo o grupo o estava encarando, e Khasar desviou os olhos. Chen Yi embainhou a espada e retomou a corrida que iria levá-los às muralhas. O batedor havia sobrevivido à luta sangrenta e foi correndo adiante outra vez.

O portão do oeste era menor que aquele por onde haviam passado na vinda do rio. Temuge desanimou ao ver luzes aumentando à frente e ouvir gritos. Com o sino tocado por algum cidadão, os soldados haviam saído dos alojamentos e Chen Yi teria dificuldades para não ser visto. Foi até uma construção escura perto do portão, batendo com força na porta para que o deixassem entrar. Temuge pôde ouvir o barulho de homens com armaduras chegando mais perto quando a porta se abriu e eles se amontoaram dentro, fechando-a rapidamente em seguida.

— Coloque homens nas janelas mais altas — disse Chen Yi ao homem que havia atendido às suas batidas. — Mande que avisem se virem algo. —

Em seguida, xingou baixinho, e Temuge não ousou falar com ele. A visão do talho feio por toda a extensão da clavícula de Khasar arrancou Temuge do pânico, e ele pediu a um dos homens de Chen Yi uma agulha e um fio de tripa de gato. Seu irmão ficou olhando com apenas algum grunhido ocasional enquanto Temuge costurava a pele numa linha irregular. O sangue e a chuva haviam limpado o ferimento, e ele pensou que o corte não iria infeccionar. A ação ajudou a acalmar seu coração apressado e o impediu de ficar pensando no fato de que estavam sendo caçados naquele exato momento.

Um dos homens lá em cima falou para baixo, a voz num sussurro áspero enquanto ele se inclinava por sobre uma balaustrada.

— O portão está fechado e com barricadas. Estou vendo uns cem soldados, mas a maioria está em movimento. Trinta guardam o portão.

— Bestas? — perguntou Chen Yi, olhando para o homem.

— Vinte, talvez mais.

— Então estamos presos. Eles vão revirar a cidade atrás de nós. — Em seguida, virou para Temuge.

— Não posso mais ajudá-los. Se eu for encontrado, eles vão me matar e a Tong Azul terá um novo líder. Preciso deixá-los aqui.

O construtor, Lian, não havia lutado com os outros. Desarmado, tinha ido para a sarjeta assim que a luta começou. Foi ele que respondeu a Chen Yi, a voz trovejando no silêncio chocado:

— Eu conheço uma saída. Se vocês não se importarem com um pouco de sujeira nas mãos.

— Soldados na rua! — sibilou o homem do alto para eles. — Estão batendo às portas, revistando as casas.

— Diga logo, Lian — ordenou Chen Yi. — Se formos apanhados, você não será poupado.

O construtor assentiu, sério.

— Temos de ir agora. Não é longe daqui.

As lâmpadas de gordura de carneiro queimavam e cuspiam, lançando uma luz amarela fraca enquanto Gêngis encarava uma fileira de seis homens ajoelhados. Cada um deles tinha as mãos amarradas às costas. Todos mostravam o rosto frio, como se o terror do cã não os devorasse por dentro.

Gêngis andou de um lado para o outro diante da fila. Fora tirado da cama de Chakahai e tinha se levantado com fúria, mesmo ao ver que era Kachiun quem chamava seu nome no escuro.

Os seis homens eram irmãos, desde o mais novo, pouco mais que um menino, até guerreiros maduros que tinham esposas e filhos.

— Cada um de vocês prestou juramento a mim — disse Gêngis rispidamente. Seu mau gênio explodiu enquanto ele falava e, por um instante, sentiu-se tentado a arrancar a cabeça dos seis.

"Um de vocês matou um garoto dos uriankhai. Que esse fale e só um morrerá. Se não falar, a vida de vocês é minha. — Em seguida, desembainhou lentamente a espada do pai, deixando que eles ouvissem o som. Do lado de fora do círculo de lâmpadas, sentiu a presença de uma multidão crescente, chamada do sono pela perspectiva de ver a justiça. Não iria desapontá-los. Gêngis se ergueu perto do mais novo dos irmãos e levantou a espada como se ela não pesasse nada.

— Posso encontrá-lo, senhor — disse Kokchu baixinho, da borda da escuridão. Os irmãos levantaram os olhos e viram o xamã entrar na luz fraca, com olhos terríveis. — Só preciso pôr a mão em cada cabeça para saber qual o senhor procura.

Os irmãos estavam tremendo visivelmente enquanto Gêngis assentia, embainhando a espada.

— Faça seus feitiços, xamã. O garoto foi despedaçado. Encontre quem fez isso.

Kokchu fez uma reverência e parou diante dos irmãos. Eles não ousaram olhá-lo, mas suas expressões congeladas eram tensas e trêmulas.

Gêngis olhou fascinado enquanto Kokchu apertava a mão de leve na cabeça do primeiro homem e fechava os olhos. As palavras da língua do xamã irromperam num rolo de som líquido. Um dos irmãos se sacudiu e quase caiu, antes de lutar para ficar empertigado.

Quando Kokchu levantou a mão, o primeiro irmão cambaleou, atordoado e pálido. A multidão do lado de fora da luz havia crescido, e centenas de pessoas murmuravam no escuro. Kokchu foi até o segundo homem e inspirou fundo, fechando os olhos.

— O garoto... — disse ele. — O garoto viu... — Ficou imóvel, e o acampamento prendeu o fôlego para observá-lo. Por fim, Kokchu se sacudiu, como se lutasse para se livrar de um peso enorme. — Um desses homens é traidor, senhor. Eu vi. Vi o rosto dele. Ele matou o garoto para impedi-lo de contar o que viu.

Com um passo rápido, Kokchu foi até o quarto homem na fila, o mais velho dos irmãos. Sua mão saltou rápida e os dedos se retorceram como ossos no cabelo preto do sujeito.

— Eu não matei o garoto! — gritou o homem, lutando.

— Se você mentir, os espíritos vão roubar sua alma — sibilou Kokchu no silêncio chocado. — Agora minta *de novo* e mostre ao senhor cã o destino dos traidores e assassinos.

O guerreiro estava com o rosto frouxo de terror enquanto gritava:

— Eu não matei o garoto. Juro! — Sob a mão pesada de Kokchu, ele se convulsionou de repente e a multidão gritou de medo. Todos olharam aterrorizados enquanto os olhos do homem se reviravam para cima e seu queixo ficava aberto, frouxo. Ele caiu de lado, soltando-se do aperto medonho enquanto se sacudia em espasmos, a bexiga liberando um grande jorro de urina fumegante no capim gelado.

Kokchu ficou parado, olhando, até o homem ficar imóvel, os olhos mostrando a parte branca na claridade das lâmpadas. O silêncio era imenso, preenchendo o acampamento. Só Gêngis podia quebrá-lo, e até ele teve de lutar para superar o sentimento de espanto e pavor que o dominava.

— Cortem as cordas dos outros homens — disse. — A morte do garoto foi respondida. — Kokchu fez uma reverência, e Gêngis dispensou a multidão para casa, para esperar, temerosa, o retorno do sol.

CAPÍTULO 15

Sinos de alarme soaram por toda Baotou enquanto eles corriam pela noite, atrás de Lian. Até a escuridão ia se dissipando em alguns lugares, à medida que os moradores acordavam e acendiam lâmpadas em todos os portões. O grupo corria por entre poços de luz onde a chuva aparecia como flocos dourados, depois entrando na escuridão.

Os soldados não os tinham visto sair, mas fora por pouco. Lian obviamente conhecia bem a área e corria sem hesitação por becos minúsculos atrás das casas dos ricos. A maior parte dos guardas imperiais havia se juntado na área dos portões, mas eles estavam indo para o centro da cidade, aumentando o aperto enquanto procuravam os criminosos que haviam matado seus colegas.

Temuge ofegava debilmente à medida que lutava para prosseguir. Iam ao longo da muralha, mas às vezes Lian se afastava dela para evitar pátios abertos e cruzamentos de ruas. Khasar corria junto dele, alerta aos soldados. Depois da luta, ele sorria sempre que Temuge o olhava, mas Temuge suspeitava que era o sorriso de um idiota que não podia imaginar as consequências de ser apanhado. Sua imaginação era suficientemente brutal para os dois, e ele se encolhia correndo, imaginando ferros quentes na carne.

Lian parou perto de um trecho silencioso da muralha. Os soldados correndo feito formigas haviam sido deixados para trás, mas os sinos de alerta tinham trazido as pessoas para fora das portas, espiando, temerosas, os homens que corriam.

Lian virou para os outros, ofegando.

— A muralha está sendo consertada aqui. Podemos subir pelas cordas dos cestos de entulho. Vocês não vão encontrar outra saída de Baotou esta noite.

— Mostre — disse Cheng Yi. Lian olhou os rostos pálidos em volta, observando de cada janela à vista. Engoliu em seco, nervoso, guiando-os até onde puderam pôr as mãos nas antigas pedras da muralha da cidade.

Havia cordas enroladas na escuridão, e eles puderam ver as formas bulbosas dos cestos moles usados para levar o entulho até o topo, onde era jogado no cerne da muralha. Três cordas estavam esticadas, e Chen Yi segurou uma delas com uma exclamação satisfeita.

— Você fez bem, Lian. Não há escadas?

— Elas ficam trancadas à noite. Eu poderia quebrar as fechaduras facilmente, mas isso iria nos atrasar.

— Então isto vai servir. Pegue esta e mostre como é feito.

O construtor largou seu embrulho de ferramentas no chão e começou a escalar, grunhindo com o esforço. Era difícil avaliar a altura da muralha no escuro, mas parecia gigantesca a Temuge, enquanto ele olhava para cima. Apertou os punhos na escuridão, desesperado para não ser humilhado de novo na frente de Khasar. Iria subir. A ideia de ser levantado como um saco de martelos era medonha demais para contemplar.

Ho Sa e Khasar subiram juntos, mas Khasar olhou de volta para Temuge antes de começar a subir. Sem dúvida pensou que o irmão fraco iria escorregar e cair sobre Chen Yi como um castigo divino. Temuge olhou-o furioso até que Khasar riu e subiu como um rato, fazendo parecer fácil apesar do ferimento.

— O resto de vocês espere aqui — murmurou Chen Yi aos seus homens. — Vou subir com eles, e retornar assim que eles tiverem descido em segurança. Alguém terá de puxar as cordas de volta, do outro lado.

Entregou uma corda grossa a Temuge e ficou olhando enquanto o rapaz começava a subir, escalando a muralha com os braços trêmulos. Chen Yi balançou os braços, exasperado.

— Não caia, medroso — disse. Sendo pequeno, Chen Yi subiu rapidamente, deixando Temuge a escalar sozinho no escuro. Os braços dele estavam queimando e o suor se derramava nos olhos, mas se obrigou a subir pela pedra áspera, pendurado sobre os homens lá embaixo. Não havia luz perto do topo, e ele quase se soltou, em choque, quando mãos fortes o agarraram e puxaram para cima.

Ficou deitado, ofegando, ignorado pelos outros e desesperadamente aliviado. Seu coração martelava feito louco enquanto eles se levantavam e olhavam de volta para a cidade. Lá embaixo, os cestos de entulho haviam sido cortados e eles puxaram as cordas rapidamente, jogando-as do outro lado.

A muralha tinha três metros de grossura no topo e a corda se esticava sobre ela. Lian xingou baixinho ao ver que as cordas não chegariam ao chão do lado de fora da cidade.

— Teremos de pular na última parte e esperar que ninguém quebre uma perna — disse.

A última corda precisava ser puxada para cima. Ela foi batendo na muralha até o topo, com o fardo das ferramentas de Lian, o arco de Khasar e três espadas simples, tudo embrulhado junto. Lian baixou-a do lado de fora da muralha e parou, aguardando que Chen Yi desse a ordem.

— Vá agora — disse Chen Yi. — Vocês terão de andar até encontrarem um local onde comprar mulas.

— Não vou montar uma mula — disse Khasar imediatamente. — Nesta terra não existem pôneis que valha a pena roubar?

— É risco demais. Seu povo fica ao norte, a não ser que vocês pretendam voltar por Xixia. Não são mais do que algumas centenas de *li*, a partir daqui, mas haverá guarnições de soldados imperiais em todas as estradas e passagens de montanhas. Seria melhor irem para o oeste, para além das montanhas, viajando apenas à noite.

— Veremos — disse Khasar. — Adeus, ladrãozinho. Não vou esquecer como você nos ajudou. — Em seguida, se agachou na borda externa, deslizou por cima e se pendurou pelos cotovelos, antes de pegar a corda pendurada. Ho Sa foi atrás com apenas um cumprimento de cabeça para Chen Yi, e Temuge também teria partido sem dizer uma palavra se o homenzinho não tivesse posto a mão em seu ombro.

— Seu cã tem o que desejava. Vou cobrar a promessa feita em nome dele.

Temuge assentiu rapidamente. Não se importava se Gêngis incendiasse Baotou até os alicerces.

— Claro — disse. — Somos um povo honrado. — Chen Yi ficou olhando-o descer, tão desajeitado e débil quanto antes. Quando ficou sozinho na muralha, o líder da Tong Azul suspirou. Não confiava em Temuge, com seus olhos sempre se mexendo e a covardia visível. Em Khasar havia sentido um espírito companheiro; um homem implacável, mas que ele esperava que compartilhasse seu sentimento de honra e dívida. Deu de ombros enquanto virava de volta para a cidade. Não podia ter certeza. Não gostava da empolgação de apostar, e jamais a havia entendido nos que gostavam. — As peças do jogo estão voando — murmurou. — Quem sabe onde vão cair?

No décimo dia, os homens estavam empoeirados e com os pés feridos. Sem o costume de andar, Khasar estava mancando e de humor azedo enquanto caminhavam. Assim que se viu fora do alcance de Chen Yi, Lian também havia feito apenas umas poucas perguntas antes de se estabelecer num silêncio sério. Caminhava com as ferramentas no ombro e, mesmo compartilhando as lebres que Khasar matava com o arco, não fazia qualquer tentativa de participar das conversas enquanto os outros planejavam a rota. Um vento forte os fazia andar com uma das mãos segurando os mantos, apertando o tecido com força.

Khasar quisera pegar o caminho mais curto para o norte. Temuge havia argumentado e fora ignorado, mas Ho Sa o convenceu com descrições das fortalezas jin e da muralha que guardava o império contra invasores. Mesmo estando quebrada, ainda havia guardas suficientes para representar perigo para quatro homens sozinhos. O único caminho seguro era para o oeste, ao longo das margens do rio Amarelo até chegarem às montanhas que separavam o reino de Xixia do deserto de Gobi.

No fim do décimo dia, Khasar insistiu em entrar num povoado jin para procurar pôneis. Ele e o irmão ainda carregavam uma pequena fortuna em prata e ouro — o bastante para aterrorizar camponeses que nunca teriam visto aquele tipo de riqueza. Era difícil até mesmo encontrar um mercador disposto a trocar algumas moedas de prata por outras de bronze. Partiram de mãos vazias e prosseguiram quando a noite caiu, não querendo permanecer muito tempo num mesmo lugar.

À medida que a lua subia, os quatro homens cansados estavam dentro de uma floresta de pinheiro, seguindo lentamente através de trilhas de animais e tentando enxergar as estrelas para se orientar. Pela primeira vez na vida, Temuge percebia seu próprio cheiro de suor e sujeira e queria outra oportunidade de se banhar ao estilo jin. Olhava com nostalgia para sua primeira experiência numa cidade, lembrando-se da limpeza da casa de Chen Yi. Não se importava com os mendigos, nem com a massa de pessoas parecendo larvas numa carne coberta de moscas. Era filho e irmão de um cã e jamais cairia numa condição tão baixa. Descobrir que os ricos podiam viver como ele vira era uma revelação, e fez perguntas a Lian enquanto andavam no escuro. O construtor pareceu surpreso ao ver que Temuge sabia tão pouco sobre a vida na cidade, mal entendendo como cada fato parecia água caindo numa alma seca. Contou a Temuge sobre o aprendizado e as universidades, onde grandes pensadores vinham trocar ideias e discutir sem derramamento de sangue. Como pedreiro, falou de esgotos sendo construídos até nas partes mais pobres da cidade, se bem que a corrupção havia emperrado as obras durante mais de doze anos. Temuge bebia tudo aquilo e, enquanto andava, sonhava em caminhar com homens eruditos em pátios ensolarados, discutindo grandes questões com as mãos cruzadas às costas. Então tropeçava numa raiz escondida e Khasar ria dele, despedaçando as imagens.

Foi Khasar quem parou na trilha sem aviso, deixando Ho Sa trombar em suas costas. O soldado xixia era experiente demais para romper o silêncio. Lian parou, confuso, e Temuge levantou a cabeça afastando os pensamentos, com a respiração se prendendo na garganta. Teriam sido encontrados? Eles haviam visto um guarda postado na estrada dois dias antes e passaram ao largo. Temuge sentiu uma pontada de desespero, subitamente com certeza de que Chen Yi os havia entregado em troca da própria vida. Era o que Temuge teria feito, e o pânico o dominou na escuridão, enquanto via inimigos em cada sombra.

— O que é? — sibilou às costas do irmão.

— Escutei vozes. O vento mudou agora, mas elas estavam aí.

— Deveríamos ir para o sul por alguns quilômetros para despistá-los — sussurrou Ho Sa. — Se estiverem nos procurando, podemos usar a floresta para ficar escondidos durante um dia.

— Soldados não acampam em florestas — disse Khasar. — É fácil demais chegar perto se esgueirando. Vamos em frente, mas devagar. Estejam com as armas a postos.

Lian tirou um martelo de cabo comprido de seu rolo de instrumentos, pendurando a cabeça da ferramenta no ombro. Temuge olhou para Khasar com raiva crescente.

— O que nos importa quem mais esteja na floresta? — perguntou. — Ho Sa está certo, deveríamos passar ao largo.

— Se eles tiverem cavalos, vale o risco. Acho que vai cair neve e estou cansado de andar. — Sem mais uma palavra, Khasar foi se esgueirando em silêncio, obrigando-os a ir atrás. Temuge xingou-o baixinho. Homens como Khasar não caminhariam nas avenidas da cidade de sua imaginação. Guardariam as muralhas, talvez, enquanto homens melhores teriam a honra e a dignidade merecidas.

Enquanto seguiam pela trilha estreita, a luz de uma fogueira pôde ser vista por entre as árvores, e todos escutaram os barulhos que os ouvidos afiados de Khasar haviam captado. Risos chegavam claramente pelo ar noturno, e Khasar sorriu ao escutar o relincho de uma égua.

Os quatro se esgueiraram lentamente na direção da luz, com o ruído de seus movimentos ocultos pelos gritos e risos. Quando estavam suficientemente perto, Khasar se deitou de barriga no chão e espiou na direção de uma clareira minúscula onde raízes antigas se sobrepunham em padrões retorcidos.

Havia uma mula puxando a tira de couro que a prendia a um galho. Para o prazer de Khasar, três pôneis hirsutos estavam amarrados na borda da clareira. Eram pequenos e magros, de pé com as cabeças baixas. O olhar de Khasar se endureceu ao ver as linhas brancas de cicatrizes nas ancas, e ele pegou o arco, arrumando flechas sobre as urzes.

Havia quatro homens ao redor da fogueira, e três deles provocavam o quarto. Este era uma figura pequena, com manto vermelho-escuro. Sua cabeça raspada brilhava com suor à luz da fogueira. Os outros não usavam armadura, mas levavam facas nos cintos e um tinha um arco curto, encostado numa árvore. Os rostos eram cruéis enquanto continuavam com seu esporte, saltando repetidamente para atacar o homem pequeno. As feições dele estavam feridas e inchadas, mas um dos homens sangrava abundantemente pelo nariz e não acompanhava o riso dos outros.

Enquanto Khasar olhava, o que tinha o nariz sangrando bateu com um pedaço de pau, fazendo o homem pequeno cambalear. O som da pancada pôde ser ouvido do outro lado da clareira, e Khasar deu um riso lupino, encordoando o arco pelo tato. Voltou arrastando-se até Ho Sa, longe da luz, com a voz que era um mero sussurro.

— Precisamos dos cavalos deles. Não parecem soldados, e eu posso derrubar dois com o arco se vocês pegarem o outro. Há um jovem com a cabeça que parece um ovo. Ele ainda está lutando, mas não tem chance contra os três.

— Pode ser um monge — disse Ho Sa. — São homens duros, apesar de passarem o tempo todo mendigando e rezando. Não o subestime.

Khasar levantou os olhos, achando divertido.

— Passei a infância aprendendo a lidar com armas desde o amanhecer até o crepúsculo. Ainda não vi alguém do seu povo que pudesse me enfrentar.

Ho Sa franziu a testa, balançando a cabeça.

— Se ele for um monge, não tentará matar os agressores. Já os vi mostrando as habilidades ao meu rei.

— Vocês são um povo estranho. Soldados que não sabem lutar e homens santos que sabem. Diga a Lian para preparar o martelo para quebrar uma cabeça quando eu tiver disparado.

Khasar avançou de novo, retornando lentamente a uma posição de joelhos. Para sua surpresa, viu que o homem de nariz sangrento estava caído no chão, retorcendo-se em agonia. Os outros dois haviam ficado num silêncio sério. O jovem monge estava ereto apesar dos ferimentos que havia recebido, e Khasar ouviu-o falar calmamente com seus atormentadores. Um deles riu com desprezo, jogando de lado seu pedaço de pau e puxando do cinto uma adaga de aparência maligna.

Khasar curvou o arco e, quando este estalou, o homem olhou para ele através da fogueira, subitamente com os pés leves como se estivesse pronto para saltar para longe. Os outros não haviam notado e um deles correu para o monge, com a adaga preparada para se cravar em seu peito.

Khasar soltou a respiração e disparou uma flecha que acertou o bandido na axila, derrubando-o. O outro girou enquanto Lian e Ho Sa gritavam, saltando. Enquanto eles se moviam, o monge chegou muito perto do homem que restava e deu-lhe um golpe na cabeça, derrubando-o na fogueira.

Então Ho Sa e Lian chegaram gritando, mas o monge os ignorou, arrastando o agressor para fora das chamas e batendo em seu cabelo que havia começado a fumegar. O homem estava frouxo, mas o peso não parecia incomodar o monge em absoluto.

Quando isso estava feito, ele se levantou para encarar os recém-chegados, assentindo para eles. Agora o que tinha o nariz sangrando gemia de medo, além de dor. Khasar pôs outra flecha no arco enquanto andava, com Temuge seguindo em seus calcanhares.

O monge viu o que Khasar pretendia e saltou à frente, de modo que a figura que se retorcia ficou bloqueada da visão de Khasar. O crânio careca o fazia parecer pouco mais velho do que um menino.

— Fique de lado — disse Khasar.

As palavras foram recebidas sem expressão, mas o monge não se mexeu e apenas cruzou os braços para olhar a flecha.

— Diga para ele se afastar, Ho Sa — disse Khasar, trincando os dentes por causa da tensão de manter o arco retesado. — Diga que precisamos da mula dele, mas que afora isso ele pode ir embora assim que eu tiver matado este aí.

Ho Sa falou, e Khasar viu o rosto do monge se iluminar ao ouvir palavras que podia reconhecer. Seguiu-se uma rápida troca de palavras e, quando ela não demonstrou sinais de que iria parar, Khasar xingou na língua jin e liberou a tensão.

— Ele diz que não precisava de nós e que a vida do homem não é nossa, para a tomarmos — respondeu Ho Sa finalmente. — Também disse que não vai entregar a mula, já que não é dele, apenas foi emprestada.

— Ele não vê o arco que estou segurando? — perguntou Khasar, virando-o bruscamente na direção do monge.

— Ele não se importaria se você tivesse uma dúzia de arcos apontados. É um homem santo, e não tem medo.

— Um menino santo, com uma mula para Temuge — respondeu Khasar. — A não ser que você queira cavalgar junto com meu irmão.

— Não me importo — respondeu Ho Sa imediatamente. Em seguida, falou com o monge, fazendo três reverências durante a conversa. O garoto assentiu com firmeza no fim, olhando para Khasar.

— Ele disse que vocês podem pegar os pôneis — disse Ho Sa. — Ele ficará aqui para cuidar dos feridos.

Khasar balançou a cabeça, incapaz de entender.

— Ele me agradeceu por tê-lo salvado?

Ho Sa ficou inexpressivo.

— Ele não precisava ser salvo.

Khasar franziu a testa para o monge, que o encarava calmamente.

— Gêngis adoraria esse sujeito — disse Khasar de súbito. — Pergunte se ele quer vir conosco.

Ho Sa falou de novo, e o garoto balançou a cabeça, sem que os olhos jamais se afastassem de Khasar.

— Ele diz que a obra do Buda pode levá-lo a estradas estranhas, mas que seu lugar é entre os pobres.

Khasar fungou.

— Os pobres estão em toda parte. Pergunte como ele sabe que esse Buda não queria que nós o encontrássemos aqui.

Ho Sa assentiu e, enquanto ele falava, o monge ficou cada vez mais interessado.

— Ele pergunta se o Buda é conhecido entre seu povo.

Khasar riu.

— Diga que acreditamos num pai céu acima e numa mãe terra embaixo. O resto é luta e dor antes da morte. — Ele deu um risinho enquanto Ho Sa piscava ao ouvir aquela filosofia.

— É só nisso que vocês acreditam? — perguntou ele.

Khasar olhou para o irmão.

— Alguns idiotas acreditam também em espíritos, mas a maioria de nós acredita num bom cavalo e num braço direito forte. Não conhecemos esse Buda.

Quando Ho Sa repassou a fala, o jovem monge fez uma reverência e caminhou até onde sua mula estava amarrada. Khasar e Temuge olharam-no saltar na sela, fazendo o animal bufar e escoicear.

— Esse é um bicho feio — disse Khasar. — O garoto vem conosco?

Ho Sa ainda parecia surpreso enquanto assentia.

— Vem. Diz que nenhum homem pode adivinhar o próprio caminho, mas que talvez você esteja certo e que foram guiados até ele.

— Certo — respondeu Khasar. — Mas diga que não deixarei meus inimigos viverem, que ele não deve interferir comigo de novo. Diga que, se ele fizer isso, eu corto sua cabecinha careca.

Quando ouviu as palavras, o monge riu alto, batendo na coxa montado na mula.

Khasar franziu a testa para ele.

— Sou Khasar dos Lobos, monge — disse, apontando para si mesmo. — Qual é o seu nome?

— Yao Shu! — respondeu ele, batendo o punho duas vezes no peito como uma saudação. O ato pareceu divertir o monge, e ele riu até que precisou enxugar os olhos. Khasar ficou olhando-o.

— Monte, Ho Sa — disse finalmente. — A égua castanha é minha. Pelo menos a caminhada terminou.

Não demoraram muito para montar. Ho Sa e Temuge cavalgaram juntos assim que a sela foi tirada e jogada fora. Os bandidos sobreviventes haviam ficado quietos durante a conversa, sabendo que sua vida pendia na balança. Viram os estranhos ir embora, só se sentando para xingar quando tiveram certeza de que estavam sozinhos.

O desfiladeiro que separava o reino de Xixia da borda sul do deserto estava vazio quando o grupo de cinco homens o alcançou. Nos montes Khenti, mil e seiscentos quilômetros ao norte, o inverno estaria se aprofundando, agarrando a terra por muitos meses vindouros. Mesmo no desfiladeiro, um vendaval gélido rugia como se sentisse prazer em se soltar. Não havia mais um forte para tornar a passagem um lugar de imobilidade. Em vez disso, o vento sempre soprava e o ar era cheio de areia e terra.

Khasar e Temuge apearam ao chegar ao desfiladeiro, lembrando-se dos primeiros esforços sangrentos para tomar a fortaleza que estivera ali.

Gêngis fora eficiente em mandar demoli-la. Algumas poucas pedras grandes estavam onde haviam caído na areia, mas todas as outras tinham sido arrastadas para longe. Apenas alguns buracos quadrados no penhasco apareciam onde as madeiras e engastes haviam sido ancorados, mas afora isso era como se o forte jamais tivesse existido. Não havia mais barreira para as tribos que viessem para o sul, e esse fato deu a Khasar um sentimento de orgulho.

Ele seguiu devagar com Temuge ao longo do desfiladeiro, olhando os altos penhascos de cada lado. O monge e o construtor observavam-nos sem entender, já que nenhum dos dois conhecera o lugar quando abrigava uma fortaleza de pedra preta e o reino de Xixia governava num isolamento esplêndido.

Ho Sa olhou para o sul, virando seu pônei para espiar por sobre os campos nus de sua pátria. Manchas escuras a distância mostravam onde as plantações apodrecidas haviam sido queimadas e as cinzas devolvidas à terra. Haveria fome nos povoados, ele tinha certeza, talvez até em Yinchuan. Balançou a cabeça diante desse pensamento.

Estava longe havia quase quatro meses e seria bom ver de novo a mulher e os filhos. Imaginou como o exército teria se saído depois da derrota esmagadora nas mãos do grande cã. As tribos haviam despedaçado uma paz antiga, e ele se encolheu ao recordar a destruição. Tinha perdido amigos e colegas naqueles meses, e a amargura jamais estava longe da superfície. A humilhação final fora ver uma filha do rei ser entregue aos bárbaros. Ho Sa estremeceu ao pensar numa mulher daquelas sendo obrigada a viver nas tendas fétidas em meio a ovelhas e cabras.

Enquanto olhava para o vale, percebeu com alguma surpresa que sentiria falta da companhia de Khasar. Apesar de toda a grosseria e da violência fácil do sujeito, Ho Sa podia ver a jornada com algum orgulho. Ninguém mais dos xixia havia penetrado numa cidade jin e retornado vivo com um mestre construtor. Era verdade que Khasar quase o fizera ser morto num povoado onde ele havia bebido muito vinho de arroz. Ho Sa esfregou uma casca de ferida na lateral do corpo, onde um soldado havia passado uma faca em suas costelas. O homem nem mesmo era postado no lugar e estava visitando a família. Khasar não conseguiu se lembrar da briga depois de ficar sóbrio e parecia não pensar nada a respeito.

209

Em alguns sentidos, era o homem mais irritante que Ho Sa já conhecera, mas seu otimismo imprudente havia afetado o soldado xixia, e ele imaginava, inquieto, se poderia retornar à disciplina rígida do exército do rei. O tributo anual teria de ser transportado pelo deserto, e Ho Sa decidiu que iria se apresentar como voluntário para comandar os soldados na viagem, só para ver a terra que pudera dar à luz as tribos.

Khasar voltou aos companheiros. Sentia-se empolgado pensando em ver seu lar de novo e trazer para Gêngis o resultado da tarefa. Riu para os outros, mostrando o prazer. Absolutamente todos estavam cobertos de poeira e imundos, com riscas de sujeira em cada ruga do rosto. Yao Shu começara a aprender com Ho Sa a língua das tribos. Lian não tinha bom ouvido para línguas, mas também havia captado algumas palavras úteis. Eles assentiram inseguros para Khasar, sem saber o motivo de seu bom humor.

Ho Sa sustentou seu olhar enquanto Khasar se aproximava. Ficou surpreso com o aperto no peito ao pensar em deixar aquela companhia estranha e lutou para encontrar palavras que expressassem isso. Khasar falou antes que ele pudesse pensar em alguma coisa:

— Dê uma boa olhada, Ho Sa. Você não vai ver seu lar de novo por um bom tempo.

— O quê? — perguntou Ho Sa, o humor pacífico desaparecendo.

Khasar deu de ombros.

— Seu rei nos deu você por um ano. Faz menos de quatro meses, talvez mais dois até chegarmos às montanhas. Precisaremos de você como intérprete para o construtor e para ensinar o monge a falar direito. Achava que eu iria deixá-lo aqui? Pensava, sim! — Khasar pareceu deliciado diante da expressão amarga que perpassou o rosto de Ho Sa.

"Vamos voltar às planícies, Ho Sa. Vamos atacar alguns morros com o que o pedreiro nos ensinar e, quando estivermos prontos, vamos à guerra. Talvez até lá você seja tão útil para nós que pediremos ao seu rei que nos empreste você por mais um ou dois anos. Acho que ele estaria disposto a abater seu preço do tributo que cobramos do reino.

— Você está fazendo isso para me torturar — disse Ho Sa rispidamente.

Khasar deu um risinho.

— Talvez um pouco, mas você é um lutador que conhece os jin. Vamos precisar de você por perto quando cavalgarmos até eles.

Ho Sa olhou furioso para Khasar. O guerreiro mongol lhe deu um tapa animado na perna enquanto virava, chamando por cima do ombro.

— Teremos de pegar água dos canais. Depois disso é o deserto e chegar em casa para as mulheres e os espólios. Alguém pode querer mais? Até vou lhe arranjar uma viúva para deixá-lo quente, Ho Sa. Estou fazendo um favor, se ao menos você tiver olhos para ver.

Khasar montou de novo, levando seu pônei até onde Temuge estava sendo ajudado por Lian a subir na sela. Ele se inclinou para o irmão.

— As planícies estão nos chamando, irmão. Pode sentir?

— Posso — respondeu Temuge. Na verdade, queria retornar às tribos tanto quanto Khasar, mas só porque agora possuía um entendimento melhor do que poderiam obter. Enquanto o irmão sonhava com guerra e saques, Temuge via em sua imaginação cidades e toda a beleza e o poder que vinham com elas.

SEGUNDA PARTE

1211 d.C.

Xin-Wei
(Haste Celestial de Metal. Linhagem Terrena da Ovelha.)
Dinastia Jin: Imperador Wei

CAPÍTULO 16

Gêngis estava de pé, com armadura completa, olhando a destruição da cidade de Linhe. Os campos de arroz haviam sido pisoteados até se transformarem numa gosma marrom e úmida pelo espaço de vinte quilômetros em todas as direções à medida que seu exército cercava as muralhas. Seu estandarte de nove caudas de cavalo pendia frouxo sem uma brisa enquanto o sol poente golpeava o exército que ele trouxera àquele lugar.

De cada lado, homens de confiança esperavam ordens, com os cavalos pateando o chão. Um serviçal estava logo atrás, segurando uma égua castanha, mas o cã ainda não se sentia pronto para montar.

Perto da coluna que esperava, uma tenda de pano vermelho-sangue tremulava ao vento. Por oitenta quilômetros ao redor, seu exército havia esmagado qualquer resistência até que somente a cidade permanecia intocada, como Yinchuan um dia abrigara o rei xixia. Guarnições e fortalezas de estradas foram encontradas vazias enquanto os soldados jin recuavam diante de uma horda que não podiam ter esperanças de enfrentar. Carregavam adiante o medo da invasão e fizeram recuar as bordas do controle jin, deixando as cidades nuas. Nem mesmo a grande muralha havia se mostrado um obstáculo para as catapultas e escadas de seu povo. Gêngis sentira prazer em ver enormes seções dela se partirem em entulho como treino para suas novas máquinas de guerra. Seus homens haviam varrido os defensores até onde podiam alcançar, queimando os alojamentos de madeira com algo que parecia rancor. Os jin não podiam mantê-los de fora. Só podiam fugir ou ser destruídos.

Haveria um ajuste de contas, Gêngis tinha certeza: quando surgisse um general capaz de comandar os jin ou quando as tribos chegassem à própria Yenking. Não seria hoje.

Xanba havia caído em sete dias, e Wuyuan fora queimada em apenas três. Gêngis olhou as pedras de suas catapultas arrancarem lascas das muralhas de Linhe e riu sozinho, satisfeito. O construtor que seus irmãos tinham trazido de volta lhe mostrara um novo tipo de guerra, e ele nunca mais seria impedido por muralhas altas. Em dois anos, seu povo havia construído catapultas e aprendido os segredos e as fraquezas das altas muralhas jin. Seus filhos tinham ficado altos e fortes, e ele estava presente para ver o mais velho chegar à beira da idade adulta. Isso bastava. Havia retornado aos inimigos de seu povo e aprendido bem.

Mesmo estando atrás das linhas das catapultas, podia ouvir as pancadas com clareza no ar parado. Os soldados jin lá dentro não ousavam marchar para enfrentar sua horda e, se fizessem isso, ele gostaria do fim rápido. O fato de a tenda vermelha ter sido montada não iria ajudá-los. Pedaço a pedaço, as muralhas estavam sendo golpeadas, as pedras das catapultas voavam lançadas por equipes de seus homens suados. Lian havia lhe mostrado projetos de uma arma ainda mais temível. Gêngis a visualizou na mente, vendo de novo o enorme contrapeso que Lian dissera que atiraria pedras a muitas dezenas de metros com força esmagadora. O construtor jin encontrara sua vocação em projetar as armas para um governante que apreciava sua habilidade. Gêngis havia descoberto que conseguia entender os diagramas de Lian como se o conhecimento sempre houvesse estado ali. A palavra escrita ainda era mistério para ele, mas força e fricção, alavancas, blocos e cordas ficavam instantaneamente claros em seu pensamento. Ele deixaria Lian construir sua grande máquina para atacar Yenking.

No entanto, a cidade do imperador não era uma Linhe, para ser golpeada até a submissão. Gêngis grunhiu diante do pensamento, imaginando os fossos e as muralhas imensos descritos por Lian, tendo a espessura da base equivalente ao tamanho de sete homens deitados, pés contra cabeças. As muralhas de Xamba haviam desmoronado para dentro de túneis cavados por baixo, mas as torres-fortalezas de Yenking eram construídas de pedra e não podiam ser solapadas. Ele precisaria de mais do que catapultas para derrubar a cidade do imperador, mas havia outras armas à sua disposição, e a cada vitória seus guerreiros ficavam mais hábeis.

A princípio, Gêngis havia pensado que eles resistiriam ao novo papel de manuseadores de máquinas. Seu povo jamais fora bom em infantaria, mas Lian havia apresentado a eles a ideia de engenheiros, e Gêngis encontrara muitos que podiam entender a disciplina das forças e dos pesos. Havia demonstrado prazer ao ter homens para romper as cidades, e eles se orgulhavam sob seu olhar.

Gêngis mostrou os dentes quando um trecho de muralha caiu para fora. Tsubodai tinha mil homens trabalhando diante das muralhas de Linhe. A horda principal havia formado colunas do lado de fora dos quatro portões da cidade, esperando para penetrar ao primeiro sinal de abertura. Gêngis viu Tsubodai caminhando entre as equipes das catapultas, direcionando os golpes. Aquilo tudo era muito novo, e Gêngis sentiu orgulho ao ver como seu povo havia se adaptado bem. Se ao menos seu pai tivesse vivido para ver!

A distância, Tsubodai ordenou o avanço de barricadas de madeira, protegendo seus guerreiros que puxavam as pedras enfraquecidas usando compridos paus com ganchos. Os arqueiros da cidade não podiam disparar sem arriscar a própria vida e, mesmo quando tinham sucesso, suas flechas batiam em madeira e eram desperdiçadas.

Enquanto Gêngis olhava, um grupo de defensores mostrou a cabeça para virar um pote de ferro por cima da crista da muralha. Muitos deles caíram acertados por flechas, mas sempre havia outros para ocupar o lugar. Gêngis franziu a testa quando eles conseguiram encharcar uma dúzia dos homens dos ganchos com um líquido preto. Os guerreiros se encolheram embaixo do escudo de madeira, mas apenas alguns instantes depois foram lançadas tochas contra o óleo e chamas explodiram, mais ruidosas do que os gritos engasgados quando o pulmão dos homens sufocava.

Gêngis ouviu homens xingando ao redor. Os soldados de Tsubodai, em chamas, foram cambaleando até os outros grupos, estragando o ritmo regular do ataque. Na confusão, arqueiros jin acertavam qualquer um que saísse de baixo de um escudo, espantando-os ou pondo um fim em sua agonia.

Tsubodai rosnou ordens novas, e os grupos com escudos retornaram lentamente, deixando os homens se retorcendo até serem consumidos. Gêngis assentiu em aprovação quando as catapultas começaram a assobiar de novo. Tinha ouvido falar do óleo que queimava, mas nunca o vira ser usado desse modo. Pegava fogo muito mais rápido que a gordura de cordeiro das lâmpadas mongóis, e Gêngis decidiu garantir um suprimento daquilo. Talvez restasse um pouco em Linhe quando a cidade caísse. Sua mente se enchia com as centenas de detalhes que precisava recordar todos os dias, até que a mente ficasse inchada de planos.

Corpos escuros, soltando fumaça, estavam caídos sob a muralha, e ele pôde ouvir fracos sons de comemoração dentro da cidade. Esperou que Tsubodai abrisse uma brecha, a impaciência crescendo. A luz do dia não duraria muito mais, e, ao pôr-do-sol, Tsubodai teria de ordenar a retirada de seus homens para passar a noite.

Enquanto as catapultas cantavam de novo, Gêngis se perguntou quantos homens havia perdido no ataque. Não importava. Tsubodai comandava seus guerreiros menos experientes, e eles precisavam ser endurecidos na guerra. Nos dois anos que havia passado nas montanhas de Khenti, mais oito mil garotos haviam chegado à idade adulta e montado para se juntar a ele. A maioria cavalgava com Tsubodai, usando o nome de Jovens Lobos, em homenagem a Gêngis. Tsubodai quase havia implorado para ser o primeiro no ataque a Linhe, mas Gêngis já planejara deixar que aqueles garotos liderassem o ataque. Junto com seu novo general, eles precisavam do batismo de sangue.

Gêngis ouviu o grito de homens feridos chegar no vento e bateu inconscientemente com o protetor do pulso contra as placas laqueadas da coxa. Mais duas seções da muralha caíram. Viu uma pequena torre de pedra desmoronar, derramando um ninho de arqueiros quase aos pés dos animados guerreiros de Tsubodai. Agora as muralhas de Linhe lembravam dentes partidos, e Gêngis soube que o fim não demoraria muito. Escadas sobre rodas foram empurradas enquanto as equipes de catapultas paravam finalmente, exaustas e triunfantes.

Gêngis sentiu a empolgação crescer ao redor enquanto os Jovens Lobos de Tsubodai partiam como um enxame contra os defensores, escurecendo a pedra cinza-clara com seus corpos em movimento. Seus melhores arqueiros cobriam o assalto de baixo, homens capazes de acertar um ovo à distância de cem passos. Os soldados jin que se mostravam nas muralhas estavam gordos de flechas trêmulas quando caíam para trás.

Gêngis assentiu rapidamente e pegou as rédeas da égua, para montar. O animal bufou, sentindo seu humor. Ele olhou à esquerda e à direita, vendo o rosto paciente de seus homens de confiança e as fileiras e colunas num grande círculo ao redor da cidade. Fizera exércitos dentro de exércitos, de modo que cada um de seus generais comandava um *tuman* de dez mil homens e agia por conta própria. Arslan estava fora de suas vistas, do outro lado de Linhe, mas Gêngis podia ver o estandarte da cauda de cavalo de Jelme adejando na brisa. A luz do sol os deixava chamejando em ouro e laranja, lançando sombras compridas. Gêngis procurou seus irmãos, pronto para cavalgar em direção aos portões de leste e oeste caso se abrissem primeiro. Khasar e Kachiun estariam ansiosos para ser os primeiros a entrar nas ruas de Linhe.

Junto a seu ombro, a enorme figura de Tolui, que já fora homem de confiança de Eeluk dos Lobos, mereceu apenas um olhar, mas Gêngis viu o sujeito se enrijecer de orgulho. Velhos amigos estavam ali, reagindo com movimentos de cabeça. A linha de frente da coluna tinha a largura de apenas vinte cavalos, homens se aproximando dos trinta anos, assim como ele. O espírito de Gêngis se elevava ao ver como se esticavam à frente, olhando a cidade famintos.

A fumaça subia em espirais no ar a partir de uma dúzia de pontos em Linhe, como os fiapos distantes de uma tempestade nas planícies. Gêngis olhava e esperava, as mãos tremendo ligeiramente de tensão.

— Posso abençoá-lo, grande cã? — pediu uma voz que ele conhecia, interrompendo os pensamentos. Gêngis virou e fez um gesto para seu xamã pessoal, o primeiro entre os homens que percorriam os caminhos escuros. Kokchu havia jogado fora os trapos de seus dias em que servia ao cã dos naimanes. Usava um manto de seda azul-escura amarrado com uma faixa dourada. Os pulsos eram enrolados com couro cheio de moedas jin partidas e tilintaram quando ele ergueu os braços. Gêngis baixou a cabeça sem expressão, sentindo o toque frio do sangue de ovelha quando Kokchu fez riscas em seu rosto com ele. Sentiu um jorro de calma se assentar e manteve a cabeça baixa enquanto Kokchu entoava uma oração à mãe terra.

— Ela receberá o sangue que o senhor lhe mandar, como se as próprias chuvas caíssem vermelhas.

Gêngis soltou o ar lentamente, com uma consciência agradável do medo dos homens ao redor. Cada um deles era um guerreiro nato, endurecido no fogo e na batalha dos primeiros anos, mas mesmo assim fechavam a boca e paravam com as conversas casuais quando Kokchu andava em seu meio. Gêngis vira o medo crescer e o havia usado para disciplinar as tribos, dando a Kokchu poder em troca do apoio.

— Devo mandar desarmar a tenda vermelha, senhor? — perguntou Kokchu. — O sol está se pondo e o pano preto está pronto para a estrutura.

Gêngis pensou. Fora o próprio Kokchu quem havia sugerido isso para semear o terror nas cidades dos jin. No primeiro dia, uma tenda branca era erguida do lado de fora das muralhas, e sua simples existência mostrava que não havia soldados para salvá-las. Se eles não abrissem os portões ao pôr-do-sol, a tenda vermelha era erguida e, ao amanhecer, Gêngis mandava a promessa de que cada homem na cidade morreria. No terceiro dia, a tenda preta significava que só haveria morte sem fim, sem misericórdia, para todos que estivessem vivos lá dentro.

A lição seria aprendida pelas cidades a leste, e Gêngis se perguntou se elas iriam se render com mais facilidade, como dissera Kokchu. O xamã sabia usar o medo. Seria difícil não deixar que os homens as saqueassem de modo tão selvagem quanto os que resistiam, mas a ideia o atraía. A velocidade era tudo, e, se as cidades caíssem sem luta, ele poderia se mover muito mais depressa. Inclinou a cabeça para o xamã, dando-lhe honra.

— O dia ainda não terminou, Kokchu. As mulheres viverão sem os maridos. As que forem muito velhas ou muito sem graça para nós levarão a notícia mais longe e o medo se espalhará.

— Sua vontade, senhor — disse Kokchu, os olhos brilhando. Gêngis percebeu os próprios sentidos se acendendo em resposta. Precisava de homens inteligentes se quisesse tomar o caminho desenhado por sua imaginação.

— Senhor cã! — gritou um oficial. Gêngis girou a cabeça rapidamente, vendo o portão norte ser aberto pelos jovens guerreiros de Tsubodai. Os defensores ainda lutavam, e ele pôde ver alguns homens de Tsubodai caírem enquanto lutavam para manter a vantagem obtida. Na borda de sua visão, os dez mil de Khasar instigaram as montarias até o galope, e ele soube que a cidade estava aberta em pelo menos dois lugares. Kachiun continuava parado junto ao portão leste e só podia ficar olhando, frustrado, enquanto seus irmãos avançavam.

— Cavalguem! — gritou Gêngis, batendo os calcanhares. Enquanto o ar passava por ele chicoteando, lembrou-se de quando corria pelas planícies do lar nos dias distantes. Na mão direita, segurava uma comprida lança de bétula, outra inovação. Apenas alguns dos homens mais fortes haviam começado a treinar com elas, mas a moda estava crescendo entre as tribos. Com a ponta virada para cima, Gêngis trovejou pela terra, cercado de seus guerreiros leais.

Haveria outras cidades, sabia, mas estas primeiras sempre seriam as mais doces em sua lembrança. Rugiu com seus homens, a coluna galopando a toda velocidade pelos portões, espalhando defensores como folhas sangrentas.

Temuge caminhou pela escuridão de breu até a iurta de Kokchu. Ao passar pela porta, ouviu o som abafado de choro vindo de dentro, mas não parou. A lua estava ausente do céu, e Kokchu lhe dissera que era nessas ocasiões que ele estaria mais forte e mais capaz de aprender. Fogueiras ainda ardiam na casca estripada de Linhe, a distância, mas o acampamento estava silencioso depois da destruição.

Perto da iurta do xamã havia outra, tão baixa e atarracada que Temuge teve de se ajoelhar para entrar. Uma única lâmpada encoberta lançava um brilho fraco e o ar estava denso de fumaça que deixou Temuge tonto depois de respirar apenas algumas vezes. Kokchu estava sentado de pernas cruzadas num piso de seda preta amarrotada. Todas as coisas dentro tinham vindo da mão de Gêngis, e Temuge sentiu a inveja se misturando ao medo que sentia do sujeito.

Fora chamado e viera. Não tinha o direito de questionar e, quando sentou-se e cruzou as pernas para encarar o xamã, viu que os olhos de

Kokchu estavam fechados e que sua respiração não passava de um ligeiro movimento no peito. Temuge estremeceu no silêncio denso, imaginando espíritos escuros na fumaça que enchia os pulmões. Aquilo vinha do incenso queimando num par de pratos de latão e ele se perguntou de que cidade saqueada eles viriam. As iurtas de seu povo abrigavam muitos objetos estranhos naqueles dias sangrentos e havia poucas pessoas que pudessem reconhecer todos.

Tossiu quando a fumaça entrou muito densa nos pulmões. Viu o peito nu de Kokchu estremecer, e os olhos do sujeito se abriram sem enxergar, procurando-o mas sem ver. À medida que o foco retornava, o xamã sorriu para ele, os olhos em sombras profundas.

— Você não veio a mim durante toda uma virada da lua — disse, com a voz rouca da fumaça.

Temuge desviou o olhar.

— Eu estava incomodado. Algumas coisas que você me disse eram... perturbadoras.

Kokchu deu um risinho, um casquinar seco na garganta.

— Assim como as crianças têm cautela com o escuro, os homens também têm cautela com o poder. Ele os tenta e, no entanto, os consome. Nunca foi um jogo para ser disputado levianamente. — Ele pousou o olhar em Temuge até que o rapaz levantou os olhos e se encolheu visivelmente. Os olhos de Kokchu, que não piscavam, estavam estranhamente brilhantes, com as pupilas maiores e mais escuras do que Temuge jamais vira.

— Por que veio esta noite — murmurou Kokchu —, se não para mergulhar as mãos de novo na escuridão?

Temuge respirou fundo. A fumaça não parecia mais irritar seus pulmões, e ele se sentiu tonto, quase confiante.

— Ouvi dizer que você encontrou um traidor enquanto eu estava fora, em Baotou. Meu irmão, o cã, falou sobre isso. Disse que foi maravilhoso como você escolheu o homem em meio a uma fila de guerreiros ajoelhados.

— Muita coisa mudou desde então — disse Kokchu, dando de ombros. — Pude sentir a culpa dele, meu filho. É uma coisa que você poderia aprender. — Kokchu juntou forças para manter os pensamentos focalizados. Estava acostumado à fumaça e podia tomar muito mais dela do que seu jovem companheiro, mas mesmo assim havia luzes fortes piscando nas bordas da visão.

Temuge sentiu todas as preocupações se dissolvendo enquanto permanecia sentado com aquele homem estranho que cheirava a sangue apesar de seus novos mantos de seda. As palavras rolavam, e ele não sabia que as engrolava.

— Gêngis disse que você pôs as mãos no traidor e falou palavras na língua mais antiga — sussurrou Temuge. — Disse que o homem gritou e morreu na frente de todos, sem nenhum ferimento.

— E você gostaria de fazer o mesmo, Temuge? Não há mais ninguém aqui e não existe vergonha entre nós. Diga as palavras. É isso que você quer?

Temuge se afrouxou ligeiramente, deixando as mãos descerem ao piso de seda para senti-lo deslizar entre os dedos com clareza extraordinária.

— É isso que eu quero.

Kokchu deu um sorriso mais largo diante disso, mostrando gengivas escuras enquanto os lábios recuavam. Ele não sabia a identidade do traidor e nem mesmo se houvera um. A mão que havia apertado o couro cabeludo do sujeito segurava duas presas minúsculas e um saco de veneno entranhado em cera. Kokchu havia demorado muitas noites caçando a pequena víbora maligna que ele desejava, arriscando-se a ser picado. Começou a rir de novo com a lembrança do espanto no rosto do cã quando a vítima se retorceu com apenas um toque. O agonizante havia ficado com o rosto quase preto antes do fim, com as duas manchas de sangue escondidas pelo cabelo. Kokchu o escolhera por causa da garota jin que ele queria tomar como esposa. Ela havia excitado o xamã até a luxúria ao passar por sua iurta para pegar água e depois o havia recusado, como se fosse alguém do povo, e não uma escrava. Ele riu mais forte ao se lembrar do conhecimento chegando aos olhos do marido dela antes que a morte o levasse, junto com todo o resto. Desde aquele momento, Kokchu fora temido e homenageado no acampamento. Nenhum dos outros xamãs das tribos ousava desafiar sua posição, principalmente depois daquela demonstração de poder. Ele não sentia culpa pela mentira. Seu destino era ficar com o cã da nação, triunfante sobre os inimigos. Se tivesse de matar mil para conseguir isso, achava que valeria pagar o preço.

Viu que Temuge estava com os olhos vítreos sentado em meio à fumaça sufocante. Kokchu fechou o maxilar com força, afastando a diversão. Precisava da mente limpa para atar o rapaz, tão perto que ele jamais se libertaria.

Lentamente enfiou a mão no pequeno pote de pasta preta e densa ao seu lado, levantando um dedo de modo que sementes minúsculas eram visíveis na gosma brilhante. Estendeu-a para Temuge e abriu sua boca sem encontrar resistência, espalhando a pasta na língua.

Temuge engasgou com o gosto amargo, mas, antes que pudesse cuspir, sentiu o entorpecimento se espalhar rapidamente. Escutou vozes sussurrantes atrás e virou a cabeça bruscamente para um lado e para o outro enquanto os olhos ficavam vítreos, procurando a origem do som.

— Sonhe os sonhos mais sombrios, Temuge — disse Kokchu, satisfeito. — Vou guiá-lo. Não, melhor ainda. Vou lhe dar os meus.

O dia amanheceu antes que Kokchu saísse cambaleando da iurta, o suor azedo manchando o manto. Temuge estava inconsciente no piso de seda e dormiria durante a maior parte do dia. Kokchu não havia tocado na pasta, não querendo confiar no modo como ela o fazia falar e ainda sem saber o quanto Temuge recordaria. Não tinha desejo de se colocar sob o poder do outro, principalmente quando o futuro era tão luminoso. Respirou fundo o ar gelado e sentiu a cabeça se livrar da fumaça. Podia sentir a doçura dela saindo pelos poros e riu sozinho enquanto ia até sua iurta e abria a porta intempestivamente.

A garota jin estava ajoelhada onde ele a havia deixado, no chão perto do fogão. Era incrivelmente linda, pálida e delicada. Ele sentiu a luxúria crescer de novo e pensou em sua própria energia. Talvez fosse o resto da fumaça nos pulmões.

— Quantas vezes você me desobedeceu e se levantou? — perguntou.

— Não fiz isso — respondeu ela, tremendo visivelmente.

Ele estendeu a mão para levantar a cabeça da jovem, com as mãos escorregando desajeitadas do rosto dela e o enfurecendo. O gesto se tornou um soco e ele a derrubou, esparramada.

Ficou parado, ofegando, enquanto ela voltava com dificuldade e se ajoelhava de novo. No momento em que ele começou a desamarrar a faixa do dil, a jovem ergueu a cabeça. Havia sangue em sua boca, e ele viu que o lábio inferior já estava inchando. A visão o inflamou.

— Por que me machuca? O que mais o senhor quer? — perguntou ela, as lágrimas brilhando nos olhos.

— Poder sobre você, pequenina — respondeu ele, sorrindo. — O que qualquer homem deseja, além disso? É uma coisa que está no sangue em cada um de nós. Todos seríamos tiranos, se pudéssemos.

CAPÍTULO 17

ACIDADE IMPERIAL DE YENKING FICOU SILENCIOSA NAS HORAS ANTES DO AMA-nhecer, mas era mais devido a um excesso de comida e bebida na Festa das Lanternas do que por medo do exército mongol. Enquanto o sol se punha, o imperador Wei havia subido numa plataforma para ser visto pela multidão enorme, e mil dançarinos haviam feito um estardalhaço capaz de ressuscitar os mortos, com pratos e trompas. Ele havia ficado ali, descalço, mostrando a humildade diante de seu povo enquanto um milhão de vozes entoava "Dez mil anos! Dez mil anos!", o som estron-deando pela cidade. A noite era banida na Festa das Lanternas. A cidade reluzia como uma joia, com uma miríade de chamas iluminando qua-drados de chifre fervido ou vidro. Até os três grandes lagos estavam iluminados, com as superfícies pretas cobertas por minúsculos barcos, cada um levando uma chama. A comporta estava aberta para o grande canal que se estendia por três mil *li* até a cidade de Hangzhou, ao sul, e os barcos deslizavam para fora como um rio de fogo pela noite, levando a luz com eles. O simbolismo agradava ao jovem imperador enquanto ele suportava o barulho e a fumaça dos fogos de artifício estrondeando e ecoando nas grandes muralhas. Havia tantos que toda a cidade estava coberta de fumaça branca, de pólvora, e o próprio ar era amargo na língua. Crianças seriam feitas naquela noite, à força ou por prazer. Have-ria mais de cem assassinatos, e os próprios lagos reivindicariam uma dúzia de bêbados para as profundezas escuras enquanto eles tentavam atravessá-lo a nado. Era a mesma coisa todo ano.

O imperador havia suportado os cantos de adoração, açoitado pelo clamor de seu nome que se estendia das muralhas e mais além. Até mesmo os mendigos, escravos e prostitutas o aplaudiam naquela noite e iluminavam seus pardieiros com óleo precioso. Ele suportava tudo isso, mas, às vezes, seu olhar sobre a cabeça do povo era distante e frio enquanto ele planejava esmagar o exército que ousara entrar em suas terras.

Os camponeses não sabiam nada sobre a ameaça, e até mesmo os vendedores de notícias tinham poucas informações. O imperador Wei havia cuidado para que os fofoqueiros fossem mantidos em silêncio e, se sua prisão perturbava aqueles que buscavam sinais desse tipo, o festival fora adiante com sua energia de sempre, louco de bebida, ruídos e luz. Ao ver as pessoas festejando, o imperador se lembrou de vermes se retorcendo num cadáver. Seus mensageiros imperiais traziam relatórios sombrios enquanto a cidade comemorava. Do outro lado das montanhas, cidades estavam em chamas.

Com o amanhecer iluminando o horizonte, os gritos e cantos nas ruas finalmente morreram, dando-lhe paz. O último dos pequenos barquinhos de madeira carregando velas havia desaparecido no campo e apenas algumas poucas bombinhas podiam ser ouvidas a distância. O imperador Wei estava sentado em seus aposentos particulares olhando por cima do coração imóvel e escuro do lago Songhai, rodeado por centenas de casas grandiosas. Seus nobres mais poderosos se aglomeravam ao redor daquela massa central de água escura, à vista do homem de quem recebiam o poder. Ele poderia dizer o nome de cada membro das famílias de alto nascimento que lutavam como vespas cheias de joias para administrar seu império no norte.

A fumaça e o caos do festival se esvaíram com a névoa matinal dos lagos. Com aquela cena de beleza antiga, era difícil compreender a ameaça vinda do oeste. No entanto, a guerra estava chegando, e ele desejou que o pai ainda estivesse vivo. O velho havia passado a vida esmagando a menor sugestão de desobediência até as bordas do império e mais além. O imperador Wei aprendera muita coisa aos pés dele, mas sentia intensamente a novidade de sua situação. Já havia perdido cidades que tinham feito parte das terras jin desde o grande cisma que dividira o império em duas metades, trezentos anos antes. Seus ancestrais haviam conhecido uma era de ouro, e ele só podia sonhar em restaurar o império à glória anterior.

Deu um sorriso torto ao pensar no pai ouvindo falar sobre a horda mongol nas terras de sua família. Ele teria se enfurecido pelos corredores do palácio, batendo em escravos para saírem do caminho enquanto convocava o exército. Seu pai jamais havia perdido uma batalha, e sua confiança levantaria a todos.

O imperador Wei levou um susto e afastou os pensamentos quando alguém pigarreou baixinho atrás dele. Deu as costas para a janela alta e viu seu primeiro-ministro fazendo uma reverência até o chão.

— Majestade imperial, o general Zhi Zhong está aqui, como o senhor pediu.

— Mande-o entrar e faça com que eu não seja incomodado — respondeu o imperador, dando as costas para o amanhecer e sentando-se. Olhou os aposentos particulares ao redor, vendo que nada estava fora do lugar. Sua escrivaninha estava livre do atulhamento de mapas e papéis e não havia qualquer sinal da raiva enquanto aguardava o homem que iria livrá-lo dos selvagens. Não podia deixar de pensar no rei xixia e na carta que mandara a ele três anos antes. Com vergonha, lembrou-se do rancor de suas palavras e do prazer que havia sentido ao enviá-las. Quem poderia saber, na época, que a ameaça mongol era algo mais do que alguns poucos selvagens gritando? Seu povo jamais temera aqueles que podiam ser contidos sempre que ficavam inquietos. O imperador Wei mordeu a parte interna dos lábios enquanto pensava no futuro. Se eles não pudessem ser vencidos rapidamente, teria de subornar os tártaros para atacar seus inimigos mais antigos. O ouro jin poderia vencer tantas batalhas quanto arcos e lanças. Lembrou-se com carinho das palavras do pai e de novo desejou que ele estivesse ali para dar conselhos.

O general Zhi Zhong era um homem de imensa presença física, com corpo de lutador. Sua cabeça era perfeitamente raspada e brilhou com óleo enquanto ele fazia a reverência. O imperador Wei sentiu-se empertigar automaticamente quando ele entrou, legado de muitas horas na área de treinamento. Era tranquilizador ver de novo aquele olhar feroz e a cabeça enorme, apesar de todos os tremores que isso lhe havia causado quando era garoto.

Enquanto Zhi Zhong se empertigava, o imperador viu que ele tinha uma aparência assassina e de novo se sentiu como uma criança. Lutou para manter a voz firme enquanto falava. Um imperador não podia demonstrar fraqueza.

— Ele estão vindo para cá, general. Ouvi os relatórios.

Zhi Zhong avaliou o rapaz de rosto liso que encarava, desejando que fosse o pai. O velho já teria agido, mas a roda da vida o havia levado, e esse era o garoto com quem ele teria de lidar. O general apertou os dois punhos nas laterais do corpo, mantendo-se dolorosamente ereto.

— Eles não têm mais do que sessenta e cinco mil guerreiros, majestade imperial. Sua cavalaria é soberba e cada um deles é um arqueiro de habilidade extraordinária. Além disso, aprenderam a arte do sítio e têm armas de grande poder. Adquiriram uma disciplina que não testemunhei quando lidei com eles antes.

— Não me fale dos pontos fortes! — disse rispidamente o imperador. — Em vez disso, diga como iremos esmagá-los.

O general Zhi Zhong não reagiu ao tom de voz. Seu silêncio era crítica suficiente, e o imperador fez um gesto para que ele continuasse, um rubor manchando as bochechas pálidas.

— Para derrotar o inimigo, nós *devemos* conhecê-lo, senhor, filho do céu. — Ele pronunciou o título como uma ajuda para controlar, para lembrar ao imperador seu status num momento de crise. O general Zhi Zhong esperou até que o imperador tivesse firmado a boca e dominado o medo. Por fim continuou:

— No passado teríamos procurado fraquezas na aliança entre eles. Não acredito que a tática funcione aqui.

— Por quê? — reagiu Wei bruscamente. Será que o sujeito não iria lhe dizer como derrotar aqueles selvagens? Quando era garoto, ele havia suportado muitos sermões do velho general, e parecia que não poderia escapar deles nem mesmo com um império aos seus pés.

— Nenhuma força mongol jamais passou da muralha externa antes, majestade imperial. Eles só podiam uivar diante dela. — Deu de ombros.

— Ela não é mais a barreira que já foi, e esses mongóis não foram obrigados a recuar devido a uma força superior, como poderia ter acontecido. Em resultado, ficaram ousados.

"Fez uma pausa, mas o imperador não falou de novo. O olhar do general perdeu parte da ferocidade. Talvez o garoto estivesse começando a entender quando deveria manter a boca fechada.

— Nós torturamos os batedores deles, majestade imperial. Mais de uma dúzia nos últimos dias. Perdemos homens para trazê-los vivos, mas valeu a pena para conhecer o inimigo. — O general franziu a testa, lembrando. — Eles estão unidos. Não sei dizer se a aliança vai se desmoronar com o tempo, mas pelo menos neste ano eles são fortes. E têm engenheiros, algo que pensei que nunca veria. E mais, eles têm a riqueza dos xixia por trás. — O general parou, o rosto mostrando desprezo pelos antigos aliados.— Vou gostar de levar o general ao vale de Xixia, majestade imperial, quando isto acabar.

— Os batedores, general — instigou o imperador Wei, a impaciência crescendo.

— Eles falam desse Gêngis como se fosse amado por seus deuses. Não pude encontrar qualquer sugestão de um grupo com desafeto no meio deles, mas não cessarei a busca. Eles já foram desmembrados antes com promessas de poder e riqueza.

— Diga como irá derrotá-los, general — reagiu rispidamente o imperador Wei — ou vou arranjar quem possa dizer.

Diante disso, a boca de Zhi Zhong se tornou uma linha afiada em seu rosto.

— Com a muralha externa quebrada, não podemos defender as cidades ao redor do rio Amarelo, senhor. A terra é plana demais e lhes dá todas as vantagens. Sua majestade imperial deve se reconciliar com a ideia de perder essas cidades enquanto recuamos os homens.

O imperador Wei balançou a cabeça, frustrado, mas o general pressionou:

— Não devemos deixar que eles escolham as batalhas. Linhe vai cair, como Xamba e Wuyuan caíram. Baotou, Hohhot, Jining, Xicheng, todas estão no caminho deles. Não podemos salvar essas cidades, somente vingá-las.

O imperador Wei se levantou, furioso.

— As rotas de comércio serão cortadas e nossos inimigos saberão que estamos fracos! Mandei que você viesse aqui para dizer como salvar as terras que herdei, e não para olhá-las queimar, comigo.

— Elas não podem ser mantidas, majestade imperial — disse Zhi Zhong com firmeza. — Também lamentarei pelos mortos quando tudo terminar. Viajarei a cada uma dessas cidades e espalharei cinzas na pele e farei oferendas como expiação. Mas elas *vão* cair. Dei ordens para retirar nossos soldados desses lugares. Eles servirão melhor a sua majestade imperial aqui.

O jovem imperador estava sem fala, a mão direita se remexendo de encontro ao forro do manto. Com um enorme esforço de vontade, ele se conteve.

— Fale com cuidado comigo, general. Preciso de uma vitória e, se me disser mais uma vez que devo abrir mão das terras do meu pai, mandarei cortar sua cabeça agora mesmo.

O general sustentou o olhar furioso do imperador. Não havia qualquer traço da fraqueza que ele vira antes. Por um instante, lembrou-se do pai do rapaz e essa ideia o agradou. Talvez a guerra trouxesse o sangue forte à tona como nenhuma outra coisa conseguiria.

— Posso juntar quase duzentos mil soldados para enfrentá-los, majestade imperial. Haverá fome enquanto os suprimentos forem desviados para o exército, mas a guarda imperial manterá a ordem em Yenking. O local da batalha será de minha escolha, onde os mongóis não possam nos dominar a cavalo. Juro ao filho do céu, pelo próprio Lao Tsé, que irei destruí-los completamente. Treinei muitos dos oficiais e digo a sua majestade que eles não fracassarão.

O imperador levantou a mão para um escravo que esperava e aceitou um copo de água fresca. Não ofereceu bebida ao general, nem pensou nisso, ainda que o sujeito tivesse o triplo da sua idade e a manhã estivesse quente. A água da fonte de jade era somente para a família imperial.

— É isso que eu queria ouvir — disse, agradecido, bebendo a água. — Onde a batalha acontecerá?

— Quando as cidades tiverem caído, eles partirão para Yenking. Sabem que é nesta cidade que o imperador reside e virão. Farei com que parem na cordilheira a oeste, no desfiladeiro Yuhung, que eles chamam de "Boca do Texugo". É suficientemente estreito para atrapalhar os cavalos e vamos matar todos eles. Eles não chegarão a esta cidade. Juro.

— Eles não podem tomar Yenking, mesmo que você fracasse — disse o imperador, cheio de confiança. O general Zhi Zhong olhou-o, imaginando se o rapaz algum dia havia saído da cidade onde nascera. O general pigarreou baixinho.

— Essa questão não surgirá. Vou destruí-los lá e, quando o inverno tiver passado, viajarei à terra natal deles e queimarei até o último. Eles não ficarão fortes de novo.

O imperador sentiu o ânimo crescer com as palavras do general. Não teria de se envergonhar diante do pai na terra dos mortos silenciosos. Não teria de expiar o fracasso. Por um momento, pensou nas cidades que os mongóis tomariam, uma visão de sangue e chamas. Forçou-a a sair da mente, tomando outro gole d'água. Iria reconstruí-las. Quando o último selvagem tivesse sido despedaçado ou pregado a cada árvore do império, ele reconstruiria aquelas cidades, e o povo saberia que seu imperador ainda era poderoso, ainda era amado pelo céu.

— Meu pai dizia que você era um martelo contra os inimigos — disse o imperador, a voz tornada mais gentil com a mudança de humor. Em seguida, estendeu a mão e segurou o ombro de Zhi Zhong coberto pela armadura. — Lembre-se das cidades caídas quando tiver chance de fazê-los sofrer. Em meu nome, cobre a reparação.

— Será como sua majestade imperial desejar — respondeu Zhi Zhong, fazendo uma reverência profunda.

Ho Sa caminhava pelo vasto acampamento, perdido em meditação. Durante quase três anos, seu rei o havia deixado com o cã mongol e havia ocasiões em que ele precisava lutar para se lembrar do oficial xixia que fora antigamente. Em parte era porque os mongóis o aceitavam sem questionar. Khasar parecia gostar dele e Ho Sa havia passado muitas noites bebendo airag na iurta do sujeito, atendidos por suas duas esposas jin. Deu um sorriso torto enquanto caminhava. Haviam sido noites boas. Khasar era um homem generoso e não se incomodava em emprestar suas esposas a um amigo.

Ho Sa parou por um instante para inspecionar um fardo de flechas novas, um dentre uma centena de outros sob uma rígida construção de couro e mastros. Eram perfeitas, como ele sabia que seriam. Ainda que zombassem dos regulamentos que ele um dia conhecera, os mongóis tratavam seus arcos como outro filho, e só o melhor serviria para eles.

Havia muito tempo percebera que gostava das tribos, mas ainda podia sentir falta do chá de sua casa, tão diferente da gosma salgada que eles bebiam para se proteger do frio. O frio! Ho Sa jamais conhecera uma estação tão maligna como aquele primeiro inverno. Havia escutado todos os conselhos que eles lhe davam simplesmente para ficar vivo e, mesmo assim, sofrera terrivelmente. Balançou a cabeça diante da lembrança e se perguntou o que faria se o rei o convocasse para casa, como certamente acabaria fazendo. Ele iria? Gêngis o promovera à liderança de uma centena de homens sob o comando de Khasar, e Ho Sa gostava da camaradagem dos oficiais. Cada um deles poderia ser comandante em Xixia, tinha certeza. Gêngis não permitia que idiotas fossem promovidos, e isso era motivo de orgulho para Ho Sa. Ele cavalgava com o maior exército do mundo, como guerreiro e líder. Não era pouca coisa para um homem, ser digno de confiança.

A iurta da segunda esposa do cã era diferente de todas as outras naquele acampamento imenso. Seda jin cobria as paredes e, quando Ho Sa entrou, ficou de novo impressionado com o cheiro de jasmim. Não fazia ideia de como Chakahai conseguia manter um suprimento, mas nos anos em que estavam longe de casa ela não ficara à toa. Ele sabia que outras mulheres xixia e jin se reuniam em sua iurta a intervalos regulares. Quando um dos maridos havia proibido isso, Chakahai ousara levar o problema a Gêngis. O cã não fizera nada, mas depois disso a esposa jin ficara livre para visitar a princesa xixia. Só fora necessária uma palavra no lugar certo.

Ho Sa sorriu enquanto fazia uma reverência para ela, aceitando as mãos de duas jovens jin em seu ombro enquanto tiravam seu dil externo. Mesmo nisso havia algo novo. Os mongóis só se vestiam para manter longe o frio, e não pensavam nos bons costumes.

— Você é bem-vindo em minha casa, conterrâneo — disse Chakahai, também fazendo uma reverência. — Foi bom você ter vindo. — Ela falava na língua jin, ainda que o sotaque fosse o da pátria dele. Ho Sa deu um suspiro ao ouvir os sons, sabendo que ela fazia isso para agradá-lo.

— A senhora é a filha do meu rei, a esposa do meu cã — respondeu. — Sou seu servo.

— Isso é bom, Ho Sa, mas espero que também sejamos amigos, não?

Ho Sa fez outra reverência, mais profunda que antes. Enquanto se empertigava, aceitou uma tigela de chá escuro e inalou, apreciando.

— Somos, claro, mas o que é isto? Não sinto um cheiro assim desde... — Ele respirou fundo de novo, deixando o perfume quente penetrar nos pulmões. Ficou com saudade de casa, e a força daquilo o fez oscilar, de pé.

— Meu pai manda um pouco junto com o tributo a cada ano, Ho Sa. As tribos deixaram estragar, mas este é do lote mais fresco.

Ho Sa sentou-se com cuidado, aninhando a tigela enquanto bebericava.

— A senhora é muito gentil em ter pensado em mim. — Ele não a pressionou, mas não sabia por que ela o havia chamado naquele dia. Tinha consciência de que os dois não podiam passar muito tempo na companhia um do outro. Por mais natural que pudesse parecer os dois xixia se procurarem, um homem não visitava a esposa de um cã sem ter motivo. Em dois anos, eles haviam se encontrado apenas meia dúzia de vezes.

Antes que ela pudesse responder, outro homem entrou. Yao Shu juntou as mãos para fazer uma reverência à senhora da iurta. Ho Sa ficou olhando, divertido, enquanto o monge também recebia uma tigela de chá de verdade e soltava um suspiro de deleite diante do perfume. Somente quando Yao Shu terminou de fazer seu cumprimento Ho Sa franziu a testa. Se havia perigo em se encontrar com a esposa do cã em particular, havia mais perigo ainda em ser acusado de conspiração. Sua preocupação cresceu quando as duas jovens escravas fizeram uma reverência e deixaram os três a sós. Ho Sa começou a se levantar, tendo esquecido o chá.

Chakahai pôs a mão em seu braço, e ele não podia se mexer sem afastá-la. Acomodou-se desconfortavelmente e ela o encarou nos olhos. Os dela eram grandes e escuros contra a pele clara. Ela era linda, e nenhuma mancha de gordura rançosa de carneiro permanecia ao redor. Ele não pôde resistir a um tremor delicado que desceu pelas costas ao toque dos dedos frios em sua pele.

— Eu pedi que viesse, Ho Sa. Você é meu hóspede. Seria um insulto sair agora, não é? Diga, eu não entendo os costumes da iurta? — Era tanto uma censura quanto uma mentira. Ela entendia muito bem as sutilezas do status mongol. Ho Sa lembrou-se que essa mulher havia crescido como uma das muitas filhas de seu rei. Apesar da beleza, não era inocente nas questões da corte. Ele se recostou e se obrigou a tomar o chá.

— Não há ninguém para nos ouvir — disse ela em tom leve, piorando a agitação dele. — Você teme conspiração, Ho Sa, onde não há nenhuma. Sou a segunda esposa do cã, mãe de um filho e de sua única filha. Você é um oficial de confiança, e Yao Shu ensinou aos outros meninos do meu marido a língua e as habilidades marciais. Ninguém ousaria sussurrar contra nenhum de nós. Se fizessem isso, eu mandaria que tivessem a língua cortada.

Ho Sa olhou para a garota delicada que era capaz de fazer uma ameaça dessas. Não sabia se ela teria poder à altura das palavras. Quantos amigos ela teria cultivado neste acampamento, com seu status? Quantos dos escravos jin e xixia? Era possível. Obrigou-se a sorrir, mas estava frio por dentro.

— Bom, cá estamos. Três amigos tomando um bom chá. Vou terminar minha taça, majestade, e depois sairei.

Chakahai suspirou e seu rosto se suavizou. Para perplexidade dos dois homens, lágrimas brilharam na borda de seus olhos.

— Eu devo ficar sempre sozinha? Devo sofrer as suspeitas até de vocês? — sussurrou, claramente lutando consigo mesma. Ho Sa jamais tocaria um membro da corte xixia, mas Yao Shu não tinha esse tipo de inibição. O monge passou o braço pelos ombros dela e deixou-a pousar a cabeça em seu peito.

— A senhora não está sozinha — disse Ho Sa em voz baixa. — A senhora sabe que seu pai me deu ao serviço de seu marido. Por um momento, pensei que talvez a senhora estivesse conspirando contra ele. Por que outro motivo nos traria aqui e mandaria suas garotas embora?

A princesa xixia se empertigou, recolocando uma mecha de cabelos no lugar. Ho Sa engoliu em seco diante de sua beleza.

— Você é o único homem de minha terra neste acampamento — disse ela. — Yao Shu é o único homem jin que não é soldado. — Suas lágrimas pareciam esquecidas, e a voz se fortaleceu enquanto ela falava. – Eu não trairia meu marido, Ho Sa, nem com você nem com mil como você. Mas tenho filhos, e é a mulher que precisa olhar para os anos à frente. Nós três vamos ficar olhando e assistir o império jin ser arrastado para as chamas? Vamos ver a civilização ser feita em pedaços sem dizer *nada*? – Em seguida, virou para Yao Shu, que estava escutando atentamente. – Onde estará seu budismo então, amigo? Você irá vê-lo ser esmagado sob os cascos dessas tribos?

Yao Shu falou pela primeira vez, parecendo perturbado.

– Se minhas crenças pudessem ser queimadas, senhora, eu não confiaria nelas, nem viveria por elas. Elas sobreviverão a esta guerra com os jin, mesmo que os jin não sobrevivam. Os homens lutam para ser imperadores e reis, mas essas coisas não passam de nomes. Não importa qual homem tenha determinado nome. Os campos ainda precisarão ser trabalhados. As cidades ainda estarão cheias de vícios e corrupção. – Ele deu de ombros. – Nenhum homem sabe aonde o futuro nos levará. Seu marido não fez objeção a ter os filhos treinados pela minha mão. Talvez as palavras do Buda se enraízem num deles, mas é tolice olhar tão à frente.

– Ele está certo, majestade – disse Ho Sa, baixinho. – A senhora falou por medo e solidão, vejo isso agora. Eu não havia considerado como isso deve ser difícil. – Respirou fundo, sabendo que brincava com fogo, mas inebriado por ela. – A senhora tem em mim um amigo, como disse.

Então Chakahai sorriu, os olhos brilhantes com novas lágrimas. Estendeu as mãos e cada um dos dois segurou uma, sentindo o frio dos dedos dela.

– Talvez eu tenha sentido medo – disse Chakahai. – Imaginei a cidade do meu pai sendo dominada, e meu coração vai até o imperador jin e sua família. Acham que ele pode sobreviver a isso?

– Todos os homens morrem – respondeu Yao Shu antes que Ho Sa pudesse falar. – Nossa vida não é mais do que um pássaro voando por uma janela iluminada e depois saindo de novo para a escuridão. O importante é não causarmos dor. Uma boa vida defenderá os fracos e, ao fazer isso, acenderá uma lâmpada na escuridão que vai durar por muitas vidas à frente.

Ho Sa olhou o monge solene, vendo como sua cabeça raspada brilhava. Não concordava com as palavras e quase podia estremecer ao pensar numa vida tão séria e sem júbilo. Preferia a filosofia mais simples de Khasar, de que o pai céu não lhe daria força para ser desperdiçada. Se um homem podia levantar uma espada, deveria usá-la e não havia oponentes melhores do que os fracos. Eles tinham menos probabilidade de estripá-lo quando você não estivesse olhando. Não disse nada disso em voz alta e ficou satisfeito ao ver Chakahai relaxar e assentir para o monge.

— Você é um bom homem, Yao Shu. Eu senti isso. Os filhos do meu marido aprenderão muito com você, tenho certeza. Talvez um dia eles tenham coração budista.

Então ela se levantou de repente, quase fazendo Ho Sa derramar a borra do chá frio. Ele pôs a tigela de lado e fez mais uma reverência, agradecendo porque a estranha reunião estava terminando.

— Nós somos de uma cultura antiga — disse Chakahai, baixinho. — Acho que podemos influenciar uma nova, à medida que ela cresce. Se tivermos cuidado, isso beneficiará todos nós.

Ho Sa piscou diante da princesa de seu povo, antes de entrar nas rotinas corteses que iriam levá-lo de novo ao ar exterior, com Yao Shu ao lado. Os dois se encararam por mais um instante antes de tomarem caminhos separados no acampamento.

CAPÍTULO 18

A PAZ E A ORDEM USUAIS NO QUARTEL IMPERIAL EM BAOTOU SE PERDERAM enquanto os soldados carregavam seus equipamentos em carroças. As ordens de Yenking haviam chegado à noite, e o comandante, Lujan, não perdera tempo. Nada de valor deveria ser deixado para os mongóis e qualquer coisa que não pudessem levar teria de ser destruída. Ele já pusera homens trabalhando com marretas, quebrando os depósitos extras de flechas e lanças com eficiência metódica.

Comandar a evacuação fora difícil, e ele não havia dormido desde que recebera a ordem. Os soldados que guardavam Baotou contra bandidos e tongs criminosas estavam na cidade havia quase quatro anos. Muitos tinham família ali, e Lujan havia procurado em vão a permissão de levá-las junto.

A carta do general Zhi Zhong viera por mensageiro imperial, com os lacres perfeitos. Lujan sabia que se arriscava a ser rebaixado, ou coisa pior, se deixasse que os homens que tinham esposas e filhos juntassem as famílias, mas não podia deixá-las para os inimigos. Viu outro grupo de meninos ocupar os bancos numa carroça e olhar em volta com expressão amedrontada. Baotou era tudo que conheciam e, numa única noite, lhes haviam dito para abandonar todas as posses e ir rapidamente para o quartel mais próximo.

Lujan suspirou. Com tantas pessoas envolvidas, fora impossível manter segredo. Sem dúvida as esposas haviam alertado as amigas e a notícia se espalhara em ondulações cada vez mais amplas durante a noite. Talvez por isso as ordens não tivessem incluído evacuar as famílias de seus homens.

Do lado de fora dos quartéis, ele podia ouvir a multidão se reunindo. Balançou a cabeça inconscientemente. Não podia salvar todos e não desobedeceria as ordens. Sentia vergonha do próprio alívio por não ter de ficar no caminho do exército mongol e tentou não escutar as vozes que gritavam em confusão e terror nas ruas.

O sol havia nascido e ele já temia ter se atrasado demais. Se não tivesse mandado trazer as famílias do exército, poderia ter escapado à noite. Como a situação estava, iriam passar por uma multidão hostil em plena luz do dia. Preparou-se para ser implacável, agora que a decisão fora tomada. Haveria derramamento de sangue se os cidadãos ficassem com raiva, talvez uma luta correndo até o portão do rio, a quatrocentos passos do quartel. Na véspera, a distância não parecera tão grande. Ele desejou que tivesse aparecido outra solução, mas seu caminho estava estabelecido e logo seria hora de partir.

Dois de seus homens passaram correndo para fazer alguma última tarefa. Nenhum dos dois saudou o comandante, e Lujan sentiu a raiva deles. Sem dúvida eram homens que mantinham prostitutas ou tinham amigos na cidade. Todos tinham. Haveria tumultos quando eles saíssem, com as tongs à solta pelas ruas. Alguns criminosos eram como cães selvagens, praticamente impossíveis de serem contidos pela ameaça da força. Com os soldados fora da cidade, eles iriam se fartar até que o inimigo chegasse para queimá-los.

Esse pensamento deu alguma satisfação a Lujan, mas ele ainda sentia vergonha. Tentou limpar a mente, concentrar-se no problema de levar a coluna de soldados e carroças para fora da cidade. Havia posto besteiros ao longo da linha, com ordens de atirar contra a multidão se fossem atacados. Se isso não desse certo, lanças conteriam a turba por tempo suficiente para saírem de Baotou, tinha quase certeza. De qualquer modo, seria uma coisa maligna, e ele não conseguia sentir orgulho no planejamento.

Outro soldado veio correndo, e Lujan o reconheceu como um dos que ele havia posto no portão do quartel. Será que o tumulto já começara?

— Senhor, um homem quer lhe falar. Eu lhe disse para ir para casa, mas ele me deu isto e disse que o senhor o receberia.

Lujan olhou o pedacinho de concha azul marcado com o selo pessoal de Chen Yi. Encolheu-se. Não era uma reunião que ele desejava ter, mas as carroças estavam quase prontas e os homens haviam formado fileiras diante do portão. Assentiu, talvez por causa da culpa.

— Mande-o entrar pela porta pequena e certifique-se de não deixar ninguém forçar a entrada junto com ele. — O soldado foi correndo, e Lujan ficou sozinho com seus pensamentos. Chen Yi morreria com o resto, e ninguém jamais saberia do acordo que haviam feito no correr dos anos. Fora lucrativo para os dois, mas Lujan não lamentaria ficar livre da influência do homenzinho. Lutou contra o cansaço enquanto o soldado retornava com o líder da Tong Azul.

— Não posso fazer nada por você, Chen Yi — começou Lujan enquanto o soldado corria de volta para ocupar seu lugar na coluna. — Minhas ordens são para me retirar de Baotou e me juntar ao exército que está se reunindo diante de Yenking. Não posso ajudá-lo.

Chen Yi o encarou, e Lujan viu que o homem estava armado com uma espada no quadril. Ela deveria ter sido retirada na porta engastada no portão principal, mas nenhuma das rotinas estava sendo cumprida hoje.

— Achei que você mentiria para mim dizendo que estava fazendo manobras ou treinamento — disse Chen Yi. — Eu não teria acreditado, claro.

— Você deve ter sido um dos primeiros a ficar sabendo, ontem à noite — respondeu Lujan, dando de ombros. — Devo seguir minhas ordens.

— Vai deixar Baotou ser queimada? Depois de tantos anos dizendo que são nossos protetores, vocês vão fugir assim que aparece uma ameaça de verdade?

Lujan sentiu-se ruborizar.

— Sou um soldado, Chen Yi. Quando meu general manda marchar, eu marcho. Sinto muito.

Chen Yi estava com o rosto vermelho, mas Lujan não sabia se era de raiva ou do esforço de correr até o quartel. Sentiu a força do olhar do outro e mal pôde enfrentá-lo.

— Vejo que você deixou que seus homens levassem as esposas e os filhos para a segurança — observou Chen Yi. — Sua própria esposa e seus filhos não sofrerão quando os mongóis chegarem.

Lujan olhou para a coluna. Já havia rostos virados para ele, esperando sua ordem de marchar.

— Excedi minha autoridade até mesmo nisso, amigo.

Chen Yi soltou um rosnado com a garganta.

— Não chame um homem de "amigo" se o deixa para ser morto. — Agora sua raiva era clara, e Lujan não pôde encará-lo enquanto Chen Yi prosseguia: — A roda vai girar, Lujan. Seus senhores pagarão pela crueldade ao mesmo tempo que você paga por essa vergonha.

— Devo partir agora — disse Lujan, olhando a distância. — Você poderia esvaziar a cidade antes da chegada dos mongóis. Muitos poderiam ser salvos se você desse a ordem.

— Talvez eu faça isso, Lujan. Afinal de contas, não haverá outra autoridade em Baotou quando você tiver ido embora. — Os dois sabiam que era impossível evacuar a população de Baotou. O exército mongol estava a menos de dois dias de distância. Mesmo que enchessem cada barco e usassem o rio para escapar, não haveria lugar suficiente para mais do que uns poucos. O povo de Baotou seria trucidado enquanto fugia. Visualizando os campos de arroz vermelhos de sangue, Lujan deu um longo suspiro. Já havia se demorado demais.

— Boa sorte — murmurou, olhando os olhos de Chen Yi. Não pôde entender o triunfo que viu brilhando ali e quase falou de novo, antes de pensar melhor. Caminhou até a frente da coluna, onde seu cavalo estava sendo seguro. Enquanto Chen Yi olhava, o portão do quartel se abriu e os que estavam na frente se enrijeceram à medida que a multidão ficava em silêncio.

As ruas estavam ladeadas de pessoas olhando. Elas haviam deixado o caminho livre para os soldados imperiais e suas carroças, mas os rostos estavam frios de ódio, e Lujan deu ordens em voz alta para seus besteiros ficarem a postos, deixando a multidão ouvir isso enquanto trotava para fora. O silêncio era irritante, e ele esperava uma chuva de insultos a cada segundo. Seus homens seguravam nervosos as espadas e as lanças, tentando não ver o rosto das pessoas que eles conheciam, enquanto deixavam o quartel para trás. A mesma cena estaria acontecendo nos outros quartéis e eles iriam se encontrar com a segunda e a terceira colunas do lado de fora da cidade, antes de irem para o leste na direção de Yenking e do desfiladeiro Boca do Texugo. Então Baotou estaria indefesa, pela primeira vez na história.

Chen Yi ficou olhando a coluna de guardas partir em direção ao portão do rio. Lujan não podia saber que muitos na multidão eram homens seus, que estavam ali para manter a ordem e impedir que os cidadãos mais imprudentes demonstrassem o nojo pela retirada. Não queria que Lujan retardasse a partida, mas não pudera resistir a ver sua vergonha antes que ele saísse. Lujan fora uma voz simpática na guarnição durante muitos anos, mas eles não haviam sido amigos. Chen Yi sabia que as ordens de retirada deviam ter sido duras para o sujeito, e tinha adorado cada momento de sua humilhação. Fora um enorme esforço não demonstrar a satisfação interior. Não haveria uma voz dissidente quando os mongóis viessem, nenhum soldado com ordem de lutar até o último homem. A traição do imperador entregara Baotou nas mãos de Chen Yi em uma manhã.

Franziu a testa enquanto a coluna de soldados chegava ao portão do rio e Lujan passava à sombra das desertas plataformas dos arqueiros. Tudo dependia da honra dos dois irmãos mongóis que ele havia ajudado. Desejava saber com certeza se Khasar e Temuge eram de confiança, ou se ele veria sua preciosa cidade ser despedaçada. A multidão diante do quartel olhava os soldados se retirando num silêncio fantasmagórico, e Chen Yi fez orações aos espíritos de seus ancestrais. Lembrando-se de seu serviçal mongol, Quishan, murmurou uma última oração ao pai céu em nome daquele povo estranho, pedindo sua ajuda nos dias vindouros.

Encostado na barra de madeira de um curral de cabras, Gêngis sorriu ao ver seu filho Chagatai, ouvindo os gritos de alegria do menino pelo acampamento. Naquela manhã, havia dado uma armadura ao garoto de dez anos, feita especialmente para seu corpo pequeno. Chagatai era novo demais para se juntar aos guerreiros em batalha, mas ficara deliciado com a armadura, cavalgando ao redor do acampamento num pônei novo para mostrá-la aos homens mais velhos. Havia muitos sorrisos ao vê-lo brandindo o arco e alternando entre gritos de guerra e gargalhadas.

Gêngis se espreguiçou, passando a mão pelo tecido grosso da tenda branca que havia erguido diante das muralhas de Baotou. Ela era diferente das iurtas de seu povo, de modo que as pessoas da cidade soubessem disso e implorassem a rendição a seus líderes. Com o dobro da altura de sua própria iurta, não era de construção tão sólida e estremecia ao vento, as laterais balançando para dentro e para fora como uma respiração. Estandartes de caudas de cavalo brancas ficavam em altos pilares dos dois lados e chicoteavam como se estivessem vivos.

Baotou permanecia fechada para eles, e Gêngis se perguntou se seus irmãos estariam corretos na avaliação do tal Chen Yi. Os batedores haviam trazido a notícia de uma coluna de soldados marchando para fora da cidade no dia anterior. Alguns guerreiros jovens tinham cavalgado suficientemente perto para conseguir matar a distância com seus arcos antes de serem obrigados a se afastar. Se eles haviam estimado os números corretamente, a cidade não tinha soldados para defendê-la, e Gêngis se pegou num humor afável. De um modo ou de outro, a cidade cairia como todas.

Ele havia falado com o construtor de Baotou e este garantira que Chen Yi não teria esquecido o acordo. A família de Lian permanecia dentro das muralhas que ele havia ajudado a construir, e o construtor tinha muitos motivos para querer uma submissão pacífica. Gêngis olhou para a tenda branca. A cidade tinha até o pôr-do-sol para se render, ou veria a tenda vermelha no dia seguinte. Então nenhum acordo iria salvá-la.

Gêngis sentiu olhos fixos nele e viu o filho mais velho, Jochi, do lado oposto às cabras reunidas. O garoto o estava observando em silêncio e, apesar do que prometera a Borte, Gêngis sentiu-se reagir àquilo como se fosse um desafio. Sustentou friamente o olhar do garoto até Jochi ser obrigado a desviar os olhos. Só então Gêngis falou com ele.

— Seu aniversário é daqui a um mês. Até lá, mandarei que outra armadura seja feita para você.

Jochi franziu o lábio num riso de desprezo.

— Vou fazer doze anos. Não vai demorar muito até que possa cavalgar com os guerreiros. Não há sentido em fazer jogos de criança até lá.

O temperamento de Gêngis se eriçou. A oferta fora generosa. Ele teria falado de novo, mas os dois foram distraídos pelo retorno de Chagatai. O garoto veio trovejando no pônei e saltou no chão, mal tropeçando enquanto se firmava contra o cercado de madeira e passava as rédeas num poste fazendo um nó rápido. As cabras no cercado baliram em pânico e se afastaram dele, indo para o outro lado. Gêngis não pôde evitar um sorriso diante da alegria descomplicada de Chagatai, mas sentiu o olhar de Jochi pousar nele, sempre observando.

Chagatai fez um gesto na direção da cidade silenciosa de Baotou, a menos de um quilômetro e meio dali.

— Por que não estamos atacando aquele lugar, pai? — perguntou, olhando para Jochi.

— Porque seus tios fizeram uma promessa a um homem que está lá dentro — respondeu Gêngis com paciência. — Em troca do construtor que nos ajudou a vencer todas as outras, esta poderá ficar de pé. — Fez uma pausa. — Caso se rendam hoje.

— E amanhã? — perguntou Jochi de repente. — Outra cidade, e outra depois? — Quando Gêngis virou para ele, Jochi se empertigou. — Vamos passar a vida toda tomando esses lugares um a um?

Gêngis sentiu o sangue correr para o rosto diante do tom de voz do garoto, depois lembrou-se da promessa feita a Borte, de que trataria Jochi como tratava os irmãos. Ela não parecia entender o modo como o garoto o espicaçava a cada oportunidade, mas Gêngis precisava de paz em sua própria iurta. Demorou um instante para controlar o humor.

— Não é um jogo o que estamos fazendo aqui. Eu não escolhi esmagar as cidades jin porque gosto das moscas e do calor desta terra. Estou aqui, *você* está aqui, porque eles nos atormentaram durante mil gerações. O ouro jin manteve cada tribo saltando para a garganta das outras por mais tempo do que qualquer um pode lembrar. Quando tivermos paz durante uma geração, eles soltarão os tártaros em cima de nós como cães selvagens.

— Eles não podem fazer isso agora — respondeu Jochi. — Os tártaros estão derrotados, e nosso povo é uma nação, como o senhor diz. Somos fortes demais. Então é a vingança que nos impele? — O garoto não olhou diretamente para o pai, apenas arriscando-se a lançar olhares para ele quando Gêngis virava para o outro lado, mas havia interesse genuíno em seu olhar.

O pai fungou.

— Para vocês, a história não passa de histórias. Vocês nem eram nascidos quando as tribos estavam espalhadas. Não conheceram aquele tempo e talvez não possam entender. Sim, é vingança, em parte. Nossos inimigos precisam aprender que não podem nos dominar sem que venha uma tempestade em seguida. — Desembainhou a espada do pai e virou-a ao sol, para que a superfície brilhante lançasse uma linha dourada no rosto de Jochi.

— Esta é uma boa espada, feita por um mestre. Mas, se eu a enterrasse no chão, por quanto tempo ela manteria o gume?

— O senhor vai dizer que as tribos são como a espada — respondeu Jochi, surpreendendo-o.

— Talvez — disse Gêngis, irritado porque seu sermão fora interrompido. O garoto era inteligente demais para seu próprio bem. — Qualquer coisa que eu ganhei pode ser perdida, talvez por um filho idiota que não tem paciência para ouvir o pai. — Jochi riu disso, e Gêngis percebeu que o havia reconhecido como filho ao mesmo tempo que tentava arrancar a expressão arrogante do rosto dele.

Gêngis abriu o portão do cercado de cabras e entrou, segurando a espada no alto. As cabras lutaram para se afastar, subindo umas em cima das outras e balindo insensatas.

— Com sua inteligência, Jochi, diga o que aconteceria se as cabras me atacassem.

— O senhor mataria todas elas — respondeu Chagatai rapidamente, atrás dele, tentando não se envolver na disputa de vontades.

Gêngis não olhou para trás enquanto Jochi falava:

— Elas iriam derrubá-lo. Então nós somos cabras, unidas como uma nação? — O garoto pareceu achar a ideia divertida, e Gêngis perdeu as estribeiras, estendendo um braço para puxar Jochi por cima do corrimão e jogá-lo esparramado entre os animais. Eles correram em pânico, balindo, alguns tentando pular por cima da cerca.

— Nós somos o *lobo*, garoto, e o lobo não pergunta sobre as cabras que ele mata. Não fica pensando no melhor modo de passar o tempo até que sua boca e suas patas estejam vermelhas de sangue e ele tenha conquistado todos os inimigos. E se você zombar de mim outra vez, vou mandá-lo para se juntar a eles.

Jochi se levantou, com o rosto frio baixando sobre as feições como uma máscara. Em Chagatai, a disciplina teria merecido aprovação, mas Gêngis e Jochi ficaram se encarando num silêncio tenso, nenhum dos dois querendo ser o primeiro a virar. Chagatai deu um risinho na borda da visão de Jochi, adorando sua humilhação. No fim, Jochi ainda era uma criança, e seus olhos se encheram de lágrimas quentes de frustração enquanto afastava o olhar do pai e subia de novo na trave de madeira.

Gêngis respirou fundo, já procurando algum modo de aliviar a raiva que havia sentido.

— Vocês não devem pensar nesta guerra como algo que fazemos antes de retornar à vida mais calma. Somos guerreiros, se a conversa sobre espadas e lobos é fantasiosa demais. Se eu passar minha juventude destruindo a força do imperador jin, considerarei cada dia um júbilo. A família dele governou por tempo suficiente e agora a *minha* família ascendeu. Não vamos suportar mais as mãos frias deles sobre nós.

Jochi estava com a respiração pesada, mas se controlou para fazer mais uma pergunta:

— Então isso não terá fim? Mesmo quando o senhor estiver velho e grisalho, ainda procurará inimigos com quem lutar?

— Se restar algum — respondeu Gêngis. — O que eu comecei não pode ser parado. Se perdermos o ânimo, se hesitarmos, eles virão para nós em maior número do que vocês podem imaginar. — Ele lutou tentando encontrar algo para dizer que levantasse o espírito do garoto. — Mas, afinal de contas, meus filhos terão idade para cavalgar por terras novas e colocá-las sob nosso comando. Eles serão reis. Vão comer comida gordurosa e usar espadas cheias de joias e esquecer o que devem a mim.

Khasar e Temuge haviam passado pela borda do acampamento para olhar as muralhas de Baotou. O sol estava baixo no horizonte, mas o dia fora quente e os dois estavam suando no ar denso. Nunca suavam nas altas montanhas que eram seu lar, onde a sujeira caía como poeira da pele seca. Nas terras jin, seus corpos ficavam fétidos e as moscas os atormentavam constantemente. Temuge, em particular, parecia pálido e doentio, e seu estômago se revirava ao se lembrar da última vez em que vira a cidade. Havia passado noites demais na iurta enfumaçada de Kokchu, e algumas coisas que tinha visto ainda o perturbavam. Quando sua garganta apertou, ele tossiu. O ato pareceu piorar a sensação, até ele ficar tonto e enjoado.

Khasar olhou-o se recuperar sem qualquer traço de simpatia.

— Seu fôlego está partido, irmãozinho. Se você fosse um pônei, eu iria matá-lo para alimentar as tribos.

— Você não entende nada, como sempre — respondeu Temuge com debilidade, enxugando a boca com as costas da mão. O rubor em suas bochechas estava sumindo, e a pele parecia feita de cera, ao sol.

— Sei que você está se matando de tanto beijar os pés daquele xamã imundo. Até está começando a cheirar como ele, já notei.

Temuge poderia ter ignorado a farpa do irmão, mas, quando olhou para cima, existia nos olhos de Khasar uma cautela que ele não vira antes. Havia sentido isso em outros, que o associavam ao xamã do grande cã. Não era exatamente medo, a não ser que fosse medo do desconhecido. Ele havia desconsiderado isso antes como sendo ignorância dos tolos, mas ver a mesma cautela em Khasar era estranhamente agradável.

— Aprendi muito com ele, irmão. Às vezes senti medo das coisas que vi.

— As tribos murmuram muitas coisas sobre ele, mas nada de bom — disse Khasar, baixinho. — Ouvi dizer que ele pega os bebês cujas mães não os querem. Eles não são vistos de novo. — Não olhou para Temuge enquanto falava, preferindo fixar o olhar nas muralhas de Baotou. — Dizem que ele matou um homem apenas com um toque.

Temuge se empertigou lentamente depois da cãibra da tosse.

— Aprendi a invocar a morte desse modo — mentiu. — Ontem à noite, enquanto você estava dormindo. Foi uma agonia, e é por isso que estou tossindo hoje, mas a carne vai se recuperar e eu continuarei sabendo.

Khasar olhou de lado para o irmão, tentando ver se ele dizia a verdade.

— Tenho certeza que foi algum tipo de truque.

Temuge sorriu para ele, e o fato de suas gengivas estarem manchadas com a pasta preta tornava a expressão terrível.

— Não precisa ficar com medo do que eu sei, irmão — disse, baixinho. — O conhecimento não é perigoso. Só o homem é perigoso.

Khasar fungou.

— É esse o tipo de conversa infantil que ele ensina a você? Você está parecendo aquele monge budista, o Yao Shu. Pelo menos ele é um que não fica embasbacado com Kokchu. Os dois parecem carneiros na primavera, no território um do outro, sempre que se encontram.

— O monge é um idiota — reagiu Temuge. — Não deveria estar ensinando os filhos de Gêngis. Um deles pode ser cã um dia, e esse "budismo" vai deixá-los moles.

— Não com o monge ensinando — respondeu Khasar, rindo. — Ele é capaz de partir tábuas com as mãos, mais do que Kokchu pode fazer. Gosto do sujeito, ainda que ele mal consiga falar uma palavra de língua decente.

— *Ele é capaz de partir tábuas* — disse Temuge, zombando da voz do irmão. — Claro que você ficaria impressionado com uma coisa dessas. Ele impede que os espíritos das trevas entrem no acampamento nas noites sem lua? Não, ele faz lenha.

Mesmo contra a vontade, Khasar descobriu que estava ficando com raiva. Havia algo nessa nova confiança de Temuge que o repugnava, mesmo que não pudesse colocar em palavras.

— Nunca vi um desses espíritos jin que Kokchu diz ser capaz de banir. Mas sei como usar lenha. — E deu um riso de escárnio enquanto Temuge ruborizava, também se irritando. — Se eu tivesse de escolher entre os dois, preferiria um homem capaz de lutar como ele e me arriscaria com os espíritos dos camponeses jin mortos.

Furioso, Temuge levantou o braço para o irmão, e, para sua perplexidade, Khasar se encolheu. O homem capaz de atacar um grupo de soldados sem pensar duas vezes deu um passo atrás, afastando-se do irmão mais novo, e baixou a mão à espada. Por um instante, Temuge quase riu. Queria fazer com que Khasar percebesse a brincadeira e se lembrasse que já haviam sido amigos, mas então sentiu a frieza penetrar em seu ser e exultou com o medo que vira.

— Não zombe dos espíritos, Khasar, nem dos homens que os controlam. Você não andou nos caminhos quando a lua sumiu nem viu o que eu vi. Eu teria morrido muitas vezes se Kokchu não estivesse ali para me guiar de volta à terra.

Khasar soube que o irmão o vira reagir a nada mais do que a palma da mão aberta, e seu coração martelou no peito. Parte dele não acreditava que Temuge poderia saber qualquer coisa que ele não soubesse, mas *havia* mistérios, e nas festas vira Kokchu cravar facas na carne sem que saísse ao menos uma gota de sangue.

Olhou o irmão, frustrado, antes de girar nos calcanhares e voltar às iurtas de seu povo, ao mundo que conhecia.

Sozinho, Temuge sentiu vontade de uivar em triunfo.

Enquanto olhava para Baotou, os portões da cidade se abriram e trombetas de aviso soaram no acampamento atrás dele. Os guerreiros estariam correndo para os cavalos. Que corressem, pensou, tonto com a vitória sobre o irmão. O enjoo havia passado, e ele caminhou cheio de confiança em direção ao portão aberto. Imaginou se Chen Yi teria arqueiros nas muralhas, prontos para a traição. Não importava. Ele se sentia invulnerável e seus pés eram leves no chão pedregoso.

CAPÍTULO 19

A CIDADE DE BAOTOU ESTAVA SILENCIOSA ENQUANTO CHEN YI DAVA AS BOAS-vindas a Gêngis em sua casa. Ho Sa acompanhava o cã, e Chen Yi fez uma reverência profunda para ele, reconhecendo que as promessas haviam sido cumpridas.

— O senhor é bem-vindo à minha casa — disse Chen Yi na língua das tribos, fazendo outra reverência ao ficar cara a cara com Gêngis pela primeira vez. Gêngis era muito mais alto que ele, mais até do que Khasar. O cã usava armadura completa e tinha uma espada à cintura. Chen Yi podia sentir sua força interior, maior que a de qualquer pessoa que ele conhecera. Gêngis não respondeu ao cumprimento formal, meramente assentindo enquanto entrava no pátio aberto. Chen Yi teve de andar rapidamente para guiá-lo à casa principal e, em sua pressa, não viu Gêngis olhar para o telhado imenso e se preparar para entrar. Ho Sa e Temuge haviam descrito aquilo para ele, mas o cã continuava curioso para ver como um homem rico vivia no coração de uma cidade.

Do lado de fora, as ruas estavam livres até mesmo de mendigos. Todas as casas tinham barricadas contra os homens das tribos que vagueavam pelas ruas, espiando através de portões e procurando itens que valessem a pena ser levados. Gêngis dera ordens para deixarem a cidade intacta, mas ninguém achava que a ordem incluiria depósitos de vinho de arroz. As imagens domésticas de deuses tinham demanda especial. Os

250

homens das tribos raciocinavam que agora precisavam de toda proteção possível em suas iurtas e recolhiam qualquer estatueta que parecesse adequadamente poderosa.

Uma guarda de honra de guerreiros esperava do lado de fora, junto ao portão, mas na verdade Gêngis poderia andar sozinho em qualquer lugar da cidade. O único perigo possível vinha de homens que ele poderia comandar com uma palavra.

Chen Yi teve de lutar para não mostrar o nervosismo enquanto Gêngis caminhava pelo interior de sua casa, examinando itens. O cã parecia tenso, e Chen Yi não sabia direito como iniciar uma conversa. Seus guardas e serviçais haviam sido mandados embora, para a reunião, e a casa parecia estranhamente vazia.

— Fico feliz porque meu construtor pôde ser útil ao senhor — disse, para romper o silêncio. Gêngis estava inspecionando um pote de laca preta e não levantou os olhos quando o pôs de volta no suporte. Ele parecia grande demais para o cômodo, como se a qualquer momento pudesse segurar as traves e derrubar o lugar inteiro. Chen Yi disse a si mesmo que era somente a reputação que o fazia parecer poderoso, mas então Gêngis virou os olhos amarelo-claros para ele e seus pensamentos congelaram.

Gêngis passou um dedo na decoração do pote que mostrava figuras num jardim, depois virou para o anfitrião.

— Não tenha medo de mim, Chen Yi. Ho Sa diz que você é um homem que fez muito a partir de pouco, um homem que não recebeu nada e, no entanto, sobreviveu e ficou rico neste lugar. — Chen Yi olhou para Ho Sa ao ouvir as palavras, mas o soldado xixia não demonstrou nada. Pela primeira vez na vida, Chen Yi sentia-se perdido. Baotou lhe fora prometida, mas ele não sabia se o cã manteria a palavra. Sabia que, quando um vendaval destrói a casa de um homem, ele só pode dar de ombros e entender que era o destino, que não poderia resistir. Conhecer Gêngis foi assim. As regras que conhecera durante toda a vida haviam sido jogadas fora. A uma ordem simples do cã mongol, Baotou seria arrasada até os alicerces.

— Sou um homem rico — concordou Chen Yi. Antes que pudesse continuar, sentiu os olhos de Gêngis, subitamente interessado. O cã pegou de novo o pote laqueado e fez um gesto com ele. Em suas mãos, o objeto parecia incrivelmente frágil.

— O que é a riqueza, Chen Yi? Você é um homem de cidades, de ruas e casas. O que você valoriza? Isto?

Ele falou rapidamente, e Ho Sa ganhou tempo para Chen Yi responder traduzindo a pergunta. Chen Yi lançou um olhar agradecido ao soldado.

— Esse pote demorou mil horas de trabalho para ser feito, senhor. Quando o olho, sinto prazer.

Gêngis girou o pote nas mãos. Parecia obscuramente desapontado, e Chen Yi olhou de novo para Ho Sa. O soldado levantou as sobrancelhas, instigando para que ele falasse mais.

— Mas não é riqueza, senhor — continuou Chen Yi. — Eu passei fome, por isso conheço o valor da comida. Senti frio, por isso conheço o valor do calor.

Gêngis deu de ombros.

— Uma ovelha também sabe isso. Você tem filhos? — Ele sabia a resposta, mas ainda queria entender esse homem que vinha de um mundo tão diferente do seu.

— Tenho três filhas, senhor. Meu filho me foi tomado.

— Então o que é a riqueza, Chen Yi?

Com as perguntas, Chen Yi ficou muito calmo. Não sabia o que o cã desejava, por isso respondeu honestamente:

— Para mim, senhor, a vingança é riqueza. A capacidade de estender a mão e derrubar meus inimigos. Isso é riqueza. Ter homens que matariam e morreriam por mim é riqueza. Minhas filhas e minha mulher são riqueza. — Com gentileza enorme, ele pegou o pote nas mãos de Gêngis e largou-o no chão de madeira. O objeto estilhaçou em pedaços minúsculos, explodindo na madeira polida. — Qualquer outra coisa é sem valor.

Gêngis riu brevemente. Khasar havia falado a verdade quando disse que Chen Yi não seria dobrado.

— Acho que, se eu tivesse nascido numa cidade, poderia levar uma vida como a sua, Chen Yi. Mas não teria confiado nos meus irmãos, conhecendo-os como conheço.

Chen Yi não respondeu que havia confiado apenas em Khasar, mas Gêngis pareceu adivinhar seus pensamentos.

— Khasar fala bem de você. Não voltarei atrás em relação à palavra dele, dada em meu nome. Baotou é sua. Para mim, ela é apenas um passo no caminho para Yenking.

— Fico feliz, senhor — respondeu Chen Yi, quase estremecendo de alívio. — Gostaria de uma taça de vinho? — Gêngis assentiu, e uma enorme pressão abandonou a sala. Ho Sa relaxou de modo visível enquanto Chen Yi olhava ao redor, automaticamente, procurando um serviçal, e não encontrou nenhum. Rigidamente pegou as taças, com as sandálias fazendo barulho nas lascas de louça inestimável que já adornara a casa de um imperador. Sua mão tremia ligeiramente enquanto servia três taças, e só então Gêngis sentou-se. Ho Sa ocupou outro assento, com a armadura tilintando ao se acomodar. Ele baixou a cabeça uma fração para Chen Yi quando os olhares dos dois se encontraram de novo, como se este tivesse passado por uma espécie de teste.

Chen Yi sabia que o cã não se demoraria, sentando-se, a não ser que desejasse algo. Ficou olhando o rosto moreno e chato enquanto Gêngis aceitava a taça em sua mão. Chen Yi percebeu que o cã também estava pouco à vontade e à procura de palavras.

— Baotou deve parecer pequena para o senhor — sugeriu Chen Yi enquanto Gêngis tomava o vinho de arroz, parando por causa de um gosto que não conhecera antes.

— Nunca estive dentro de uma cidade, a não ser para queimá-la — respondeu Gêngis. — Ver uma tão calma é estranho para mim. — Esvaziou a taça e encheu-a de novo, oferecendo a garrafa a Chen Yi e depois a Ho Sa.

— Mais uma, pois essa bebida é forte e quero a mente clara — respondeu Chen Yi.

— É mijo de cavalo — respondeu Gêngis, fungando —, mas gosto de como ela aquece.

— Mandarei que uma centena de garrafas seja entregue em seu acampamento, senhor — disse Chen Yi rapidamente.

O líder mongol observou-o por cima da taça e assentiu.

— Você é generoso.

— Não é muito, em troca da cidade onde nasci.

Diante disso, Gêngis pareceu relaxar, recostando-se no divã.

— Você é um homem inteligente, Chen Yi. Khasar disse que você governava a cidade, mesmo quando os soldados estavam aqui.

— Ele pode ter exagerado um pouco, senhor. Minha autoridade é mais forte entre as castas mais baixas, os estivadores e comerciantes. Os nobres levam uma vida diferente e só raras vezes eu podia encontrar um modo de colocar rédeas no poder deles.

Gêngis grunhiu. Não conseguia exprimir o desconforto que sentia numa casa daquelas, rodeado por mil outras. Quase podia sentir a pressão de humanidade ao redor. Khasar estivera certo: para alguém criado aos ventos limpos das planícies, o cheiro da cidade era terrível.

— Então você odeia esses nobres? — perguntou Gêngis. Não era uma pergunta casual, e Chen Yi pensou na resposta cuidadosamente. A linguagem das tribos carecia das palavras de que ele necessitava, por isso falou em sua própria língua e deixou Ho Sa traduzir.

— A maioria leva uma vida tão distante que não penso neles, senhor. Seus juízes fazem questão de aplicar as leis do imperador, mas não tocam os nobres. Se eu roubar, posso ter as mãos cortadas ou ser chicoteado até a morte. Se um nobre roubar de mim, não haverá justiça. Mesmo que ele pegue um filho meu ou uma filha, não posso fazer nada. — Esperou pacientemente que Ho Sa terminasse de traduzir, sabendo que seus sentimentos haviam ficado óbvios enquanto Gêngis o encarava. — Sim, eu os odeio.

— Havia corpos enforcados nos portões dos quartéis, quando entrei — disse Gêngis. — Duas ou três dúzias. Foi trabalho seu?

— Cobrei dívidas antigas, antes de sua chegada.

Gêngis assentiu, enchendo as duas taças.

— O homem deve sempre cobrar suas dívidas. Há muitos que sentem o mesmo que você?

Chen Yi deu um sorriso amargo.

— Mais do que posso contar, senhor. Os nobres jin são uma elite que governa um número muitas vezes maior que o deles. Sem o exército, eles não teriam nada.

— Se você tem os números, por que não vai contra eles? — perguntou Gêngis, com curiosidade genuína.

Chen Yi suspirou, de novo usando a língua jin, com as palavras jorrando a grande velocidade.

— Padeiros, pedreiros e barqueiros não formam um exército, senhor. As famílias nobres são implacáveis ao primeiro sinal de rebelião. Houve tentativas no passado, mas eles têm espiões no meio do povo e até mesmo uma coleção de armas faria seus soldados baixarem sobre nós. Se uma rebelião se enraizasse, eles denunciariam ao imperador e o exército dele marcharia. Cidades inteiras podem ser mortas com espadas ou fogo. Já soube de isso acontecer, em meu tempo de vida. — Hesitou, percebendo, enquanto Ho Sa traduzia, que o cã não levaria em consideração esses atos. Chen Yi quase levantou a mão para fazer com que o soldado xixia parasse, mas ficou imóvel. Baotou fora poupada, afinal de contas.

Gêngis avaliou o homem à sua frente, fascinado. Havia forçado às tribos a ideia de uma nação, mas ela não era compartilhada por homens como Chen Yi, ainda não. Cada cidade podia ter sido governada pelo imperador jin, mas elas não o procuravam em busca de liderança nem se sentiam parte de sua família. Estava claro que os nobres recebiam a autoridade do imperador. Também estava claro que Chen Yi os odiava por sua arrogância, riqueza e poder. Esse conhecimento poderia ser útil.

— Eu senti o olhar deles sobre meu povo, Chen Yi — disse. — Nós nos tornamos uma nação para resistir a eles. Não: para esmagá-los.

— E depois vão governar como eles? — perguntou Chen Yi, ouvindo a amargura em seu tom de voz antes que pudesse se impedir. Sentia uma liberdade perigosa ao falar com o cã, percebeu. As contenções e cautelas usuais em sua língua eram uma proteção frágil sob aquele olhar amarelo. Para seu alívio, Gêngis deu um risinho.

— Não pensei no que virá depois das batalhas. Talvez eu governe. Não é esse o direito do conquistador?

Chen Yi respirou fundo antes de falar.

— Governar, sim, mas seu guerreiro de menor posto irá caminhar como um imperador em meio aos conquistados? Vai zombar e pegar tudo que não mereceu ganhar?

Gêngis o encarou.

— Os nobres são a família do imperador? Se está perguntando se minha família vai pegar o que quiser, claro que vai. Os fortes governam, Chen Yi. Os que não são fortes sonham com isso. — Ele parou, tentando entender. — Você quereria que eu atasse meu povo com regras mesquinhas?

Chen Yi respirou fundo de novo. Havia passado a vida com espiões e falsidades, uma camada de proteção sobre a outra, para o dia em que o exército do imperador o arrancasse da cidade com fogo e sangue. Esse dia não viera. Em vez disso, ele se via encarando alguém diante de quem podia falar sem restrições. Jamais teria essa oportunidade de novo.

— Entendo o que o senhor disse, mas esse direito será passado aos filhos e netos deles? Quando algum fraco cruel matar um menino, daqui a cem anos, ninguém ousará protestar porque o *seu* sangue está nele?

Gêngis permaneceu imóvel. Depois de longo tempo, balançou a cabeça.

— Não conheço esses nobres jin, mas meus filhos governarão depois de mim, se tiverem força. Talvez dentro de cem anos meus descendentes ainda governem e sejam esses nobres que você despreza. — Deu de ombros, terminando de tomar a bebida da taça.

"A maioria dos homens é como ovelhas — continuou. — Não são como nós. — Descartou a resposta de Chen Yi. — Duvida? Quantos nesta cidade podem igualar sua influência, seu poder, até mesmo antes de eu chegar? A maioria é incapaz de liderar: a ideia os aterroriza. No entanto, para os que são como você e eu, não há alegria maior do que saber que *não* chegará ajuda. A decisão é apenas nossa. — Ele gesticulou selvagemente na direção de sua taça. Chen Yi quebrou o lacre de cera de outra garrafa e serviu o vinho outra vez.

O silêncio ficou tenso. Para surpresa dos dois, foi Ho Sa quem falou:

— Eu tenho filhos — disse ele. — Não os vejo há três anos. Quando crescerem, eles me seguirão entrando para o exército. Quando os homens ouvirem dizer que são meus filhos, esperarão mais deles. Eles ascenderão mais depressa do que um homem sem nome. Fico contente com isso. Para isso trabalho duro e suporto qualquer coisa.

— Esses seus filhos soldados jamais serão nobres — disse Chen Yi. — Um garoto das grandes casas ordenaria que eles fossem mortos na fogueira só para salvar um pote como o que eu quebrei esta noite.

Gêngis franziu a testa, perturbado com a imagem.

— Você considera que todos os homens são iguais?

Chen Yi deu de ombros. Seus pensamentos redemoinhavam no vinho, e ele não soube que estava falando na língua jin.

— Não sou idiota. Sei que não existe lei para o imperador ou para a família dele. Todas as leis vêm dele e do exército que ele possui. Ele não pode estar abaixo dela, como os outros homens. Mas, quanto ao resto, os milhares de parasitas que comem na mão dele, por que deveriam ter permissão de assassinar e roubar sem castigo? — Esvaziou sua taça enquanto Ho Sa traduzia, assentindo como se o soldado falasse para concordar com ele.

Gêngis se empertigou, desejando pela primeira vez que Temuge estivesse ali para argumentar por ele. Pretendera falar com Chen Yi e entender a estranha raça que vivia nas cidades. Em vez disso, o homenzinho fazia sua cabeça nadar.

— Se um dos meus guerreiros quiser se casar — disse Gêngis —, ele encontra um inimigo e o mata, pegando tudo que ele possui. Dá os cavalos e as cabras ao pai da garota. Isso é assassinato e roubo? Se eu proibisse isso, iria torná-los fracos. — Ele estava tonto por causa do vinho, mas seu humor era afável e, de novo, encheu os copos.

— Esse guerreiro toma de sua própria família, de sua própria tribo? — perguntou Chen Yi.

— Não. Se fizesse isso seria um criminoso, abaixo do desprezo. — Antes mesmo que Chen Yi falasse de novo, ele viu aonde o homenzinho queria chegar.

— Então o que será de suas tribos, agora que elas estão unidas? — perguntou Chen Yi, inclinando-se à frente. — O que vocês farão se todas as terras jin forem de vocês?

Era um conceito estonteante. Era verdade que Gêngis já havia proibido que os jovens das tribos atacassem uns aos outros, em vez disso dando presentes de casamento de seu próprio rebanho. Não era uma solução que ele poderia manter por muito tempo. O que Chen Yi sugeria era meramente uma extensão daquela paz, mas abarcaria terras tão vastas que era difícil imaginar.

— Vou pensar nisso — disse, engrolando ligeiramente as palavras. — Esses pensamentos são ricos demais para serem comidos de uma só vez. — Ele sorriu. — Em especial porque o imperador jin permanece seguro em sua cidade e nós mal começamos. Talvez no próximo ano eu seja apenas ossos espalhados.

— Ou terá vencido os nobres em suas fortalezas e cidades e terá uma chance de mudar tudo isso. O senhor é um homem de visão. Mostrou isso ao poupar Baotou.

Gêngis balançou a cabeça, tonto.

— Minha palavra é ferro. Quando tudo o mais estiver perdido, ainda haverá isso. Mas, se eu não tivesse poupado Baotou, teria sido outra cidade.

— Não entendo.

Gêngis virou o olhar duro para ele de novo.

— As cidades não irão se render se não houver benefício para elas. — Em seguida, ergueu um punho fechado e o olhar de Chen Yi foi atraído para ele. — Aqui eu tenho a ameaça do derramamento de sangue, pior do que qualquer coisa que eles possam imaginar. Assim que ergo a tenda vermelha, eles sabem que perderão todos os homens que estiverem dentro das muralhas. Quando veem a preta, sabem que todos morrerão. — Balançou a cabeça. — Se tudo que eu oferecer for a morte, eles não terão escolha além de lutar até o último homem. — Gêngis baixou o punho e pegou a taça, que Chen Yi encheu de novo com as mãos trêmulas.

"Se eu poupar ao menos uma cidade, vai se espalhar a notícia de que eles não *precisam* lutar. Eles podem optar por se render quando a tenda branca for erguida. Por isso poupei Baotou. Por isso você ainda vive.

Gêngis se lembrou do outro motivo para querer o encontro com Chen Yi. Sua mente parecia ter perdido a clareza costumeira, e ele pensou que talvez não devesse ter bebido tanto.

— Você tem mapas nesta cidade? Mapas das terras a leste?

Chen Yi estava tonto com os conhecimentos que recebera. O homem que o encarava era um conquistador que não seria impedido pelos débeis nobres jin e seus exércitos corruptos. Estremeceu de repente, vendo um futuro cheio de chamas.

— Há uma biblioteca — disse, gaguejando ligeiramente. — Era proibida para mim até agora. Não creio que os soldados a tenham destruído antes de partir.

— Preciso de mapas — respondeu Gêngis. — Você vai examiná-los comigo? Ajudar-me a planejar a destruição do seu imperador?

Chen Yi havia bebido tanto quanto ele, e seus pensamentos se teciam em fiapos na cabeça. Deixou que todos se queimassem.

— Ele não é meu imperador, senhor. Tudo que há nesta cidade é seu. Farei o que puder. Se quiser escribas para redigir leis novas, irei mandá-los ao senhor.

Gêngis assentiu, bêbado.

— A escrita — respondeu, com escárnio. — Ela aprisiona as palavras.

— Ela as torna reais, senhor. Faz com que durem.

Na manhã depois do encontro com Chen Yi, Gêngis acordou com uma dor de cabeça latejante tão forte que não saiu da iurta durante o dia inteiro, a não ser para vomitar. Não conseguia se lembrar de grande coisa depois de a sexta garrafa ter sido trazida, mas as palavras de Chen Yi lhe retornavam a intervalos, e ele as discutiu com Kachiun e Temuge. Seu povo só havia conhecido o governo de um cã, com toda a justiça decorrendo do julgamento de um homem. Como as coisas estavam, Gêngis poderia passar cada dia decidindo brigas e punindo criminosos nas tribos. Já era demais para ele, no entanto não podia permitir que os cãs menores retomassem seus papéis, para não correr o risco de perder tudo.

Quando finalmente deu a ordem de prosseguirem, foi estranho deixar uma cidade sem ver chamas no horizonte atrás. Chen Yi lhe dera mapas das terras jin até o mar do leste, mais preciosos que qualquer coisa que tivessem conseguido antes. Ainda que Chen Yi permanecesse em Baotou, o construtor Lian havia concordado em acompanhar Gêngis até Yenking. Lian parecia considerar as muralhas da cidade do imperador um desafio pessoal à sua habilidade e fora fazer a oferta a Gêngis antes que isso lhe fosse pedido. Seu filho não fizera o negócio empobrecer durante sua ausência, e Gêngis achava, em particular, que era uma questão de continuar com o exército invasor ou se acomodar numa aposentadoria tranquila.

A grande viagem prosseguiu penetrando nas terras jin, a massa central de carroças e iurtas movendo-se lentamente, mas sempre rodeada por dezenas de milhares de cavaleiros procurando a menor chance de obter o elogio dos comandantes. Gêngis havia permitido que mensageiros viajassem de Baotou às outras cidades no caminho para as montanhas a oeste de Yenking, e a decisão gerou frutos rapidamente. O imperador havia retirado a guarnição de Hohhot e, sem soldados para dar coragem, a cidade se rendeu sem que uma única flecha fosse disparada, depois forneceu dois mil rapazes para serem treinados na arte dos cercos e da lança. Chen Yi havia demonstrado o valor disso com sua própria convocação de homens, escolhendo os melhores de sua cidade para acompanhar os mongóis e aprender as habilidades de batalha. Era verdade que não tinham cavalos, mas Gêngis os entregou como infantaria a Arslan, e eles aceitaram a nova disciplina sem questionar.

A guarnição de Jining havia se recusado a obedecer à ordem do imperador e os portões permaneceram fechados. A cidade foi queimada até os alicerces depois de a tenda preta ser erguida no terceiro dia. Depois disso, três outras cidades se renderam. Os homens jovens e fortes eram tomados como prisioneiros e guiados como ovelhas. Eram simplesmente muitos para serem usados como soldados sem que as tribos ficassem suplantadas em números. Gêngis não os queria, mas não podia deixar tantos na retaguarda. Seu povo impelia metade deles de novo, e a cada dia havia corpos deixados para trás. À medida que as noites iam ficando mais frias, os prisioneiros jin se amontoavam e sussurravam, um sussurro constante que era fantasmagórico na escuridão.

Fora um dos verões mais quentes que qualquer um deles já vira. Os velhos diziam que um inverno gélido viria em seguida, e Gêngis não sabia se deveria ir para a capital ou deixar a campanha para o ano seguinte.

As montanhas diante de Yenking já estavam visíveis, e seus batedores corriam atrás de observadores montados do imperador sempre que eles apareciam a distância. Ainda que seus cavalos fossem rápidos, alguns vigias jin eram apanhados, e cada um acrescentava detalhes à imagem que Gêngis estava montando.

Numa manhã em que o chão havia congelado durante a noite, Gêngis sentou-se numa pilha de selas de madeira e ficou olhando o sol fraco. Ele se erguia sobre uma cordilheira escarpada que protegia Yenking, envolta em névoa. Mais alta que os picos entre o deserto de Gobi e Xixia, fazia até mesmo as montanhas de sua casa parecerem menos impressionantes. No entanto, os observadores capturados falavam da passagem conhecida como Boca do Texugo, e ele sentiu que estava sendo atraído para lá. O imperador reunira seus homens ali, apostando numa única força gigantesca capaz de fazer com que o exército que Gêngis trouxera parecesse anão. Tudo poderia terminar ali, e todos os seus sonhos virariam cinzas.

Riu sozinho ao pensar. O que quer que o futuro trouxesse, ele enfrentaria de cabeça erguida e com a espada na mão. Lutaria até o fim e, se caísse diante dos inimigos, teria sido uma vida bem vivida. Parte dele sentia uma pontada ao pensar que seus filhos não sobreviveriam muito à sua morte, mas esmagou a fraqueza. Eles fariam a própria vida, como ele fizera a sua. Se fossem varridos no vento dos grandes acontecimentos, seria o destino. Não poderia protegê-los de tudo.

Na iurta às suas costas, ouviu um dos filhos de Chakahai chorando. Não dava para saber se era o filho ou a filha. Animou-se ao pensar na menininha que, mal andando, vinha encostar a cabeça afetuosamente em sua perna sempre que o via. Ele vira um ciúme terrível em Borte ao testemunhar aquele ato simples e suspirou, lembrando. Conquistar cidades inimigas era muito menos complicado do que as mulheres da sua vida ou as crianças que elas geravam para ele.

Com o canto do olho, viu seu irmão Kachiun se aproximar, caminhando por uma das trilhas do acampamento ao sol da manhã.

— Você escapou para cá? — gritou Kachiun. Gêngis assentiu, batendo num lugar ao lado, sobre as selas. Kachiun se juntou a ele e deu a Gêngis uma das duas bolsas quentes com carne de cordeiro e pão sem fermento, denso de gordura quente. Gêngis pegou o seu, agradecido. Sentia cheiro de neve no ar e ansiava pela chegada dos meses frios.

— Onde está Khasar nesta manhã? — perguntou, rasgando um pedaço do pão com os dedos e mastigando.

— Saiu com Ho Sa e os Jovens Lobos, ensinando a fazer ataques usando grupos de prisioneiros. Você já viu? Ele dá lanças aos prisioneiros! Perdemos três rapazes contra eles ontem.

— Ouvi dizer — respondeu Gêngis. Khasar só usava pequenos grupos de prisioneiros para o treinamento. Gêngis ficou surpreso ao ver como eram poucos os que queriam participar, mesmo com a promessa de uma lança ou espada. Sem dúvida era melhor morrer assim do que numa apatia indiferente. Deu de ombros, pensando. Os rapazes das tribos tinham de aprender a lutar, como faziam antigamente contra seu próprio povo. Khasar sabia o que estava fazendo, Gêngis tinha quase certeza.

Kachiun o estava olhando em silêncio, com um sorriso torto no rosto.

— Você nunca pergunta sobre Temuge — disse.

Gêngis fez uma careta. Seu irmão mais novo o deixava inquieto, e Khasar parecia ter se desentendido com ele. Na verdade, não poderia se importar menos com o mais novo entusiasmo de Temuge. Ele se cercava de manuscritos jin capturados, lendo-os no escuro à luz das lâmpadas.

— Então, por que está sentado aqui? — perguntou Kachiun, para mudar de assunto.

Seu irmão fungou.

— Você viu os homens esperando aí perto?

— Notei um dos filhos do cã woyela, o mais velho — admitiu Kachiun. Seus olhos afiados não deixavam escapar nada.

— Eu lhes disse para não se aproximarem de mim até que eu me levante. Quando eu fizer isso, eles virão com perguntas e exigências, como fazem todas as manhãs. Farão com que eu decida qual deles tem direito a um potro em particular, já que um é dono da égua e outro do garanhão. Vão querer que eu encomende novas armaduras de algum ferreiro, que por acaso é parente deles. Isso não acaba nunca.

Gemeu ao pensar.

— Talvez você possa retardá-los por tempo suficiente para eu sair daqui.

Kachiun sorriu da dificuldade do irmão.

— E eu que pensei que nada podia amedrontar você. Nomeie outro para cuidar deles. Você deve estar livre para planejar a guerra com seus generais.

Gêngis assentiu, relutante.

— Você já disse isso antes, mas em quem posso confiar para esse cargo? Com um único golpe, ele teria mais poder do que qualquer outro homem das tribos. — Uma resposta ocorreu aos dois ao mesmo tempo, mas foi Kachiun quem falou:

— Temuge ficaria honrado em assumir esse trabalho, você sabe.

Gêngis não respondeu, e Kachiun continuou, como se não sentisse objeção:

— Ele tem menos probabilidade de roubar de você do que qualquer outro homem, ou de abusar do cargo. Dê-lhe um título como "Mestre do Comércio". Em poucos dias ele estará correndo pelo acampamento. — Ao ver que o irmão não se abalava, Kachiun escolheu outra abordagem.

— Isso também pode obrigá-lo a passar menos tempo com Kokchu.

Diante disso, Gêngis levantou os olhos, vendo que os homens esperando davam um passo adiante, para o caso de ele se levantar. Pensou de novo na conversa com Chen Yi em Baotou. Parte dele queria tomar todas as decisões pessoalmente, mas era verdade que tinha uma guerra a ser vencida.

— Muito bem — disse, relutante. — Diga que a tarefa é dele durante um ano. Vou mandar para ele três guerreiros que tenham sido mutilados na batalha, para o trabalho. Isso lhes dará algo para fazer e quero que um deles seja homem seu, Kachiun, prestando contas apenas a você. Nosso irmão terá muitas chances de pegar uma parte de qualquer coisa que passe por sua mão. Um pouquinho não fará mal, mas, se ele for ganancioso, quero saber. — Gêngis parou por um instante. — E certifique-se que ele saiba que Kokchu não pode ter nada a ver com seu novo papel. — Em seguida, suspirou. — Se ele recusar, quem mais existe?

— Ele não vai recusar — respondeu Kachiun com certeza. — Temuge é um homem de ideias, irmão. Esse papel vai lhe dar a autoridade que ele quer para comandar o acampamento.

— Os jin têm juízes para aplicar as leis e decidir disputas — disse Gêngis, olhando para a distância. — Imagino se nosso povo aceitaria homens assim.

— Se não forem de sua família? — perguntou Kachiun. — Teria de ser um homem corajoso para tentar resolver rixas de sangue, não importando o título que recebesse. Na verdade, vou mandar mais uma dúzia de guardas para manter Temuge em segurança. Nosso povo não se exime de demonstrar o ressentimento com uma flecha disparada nas costas. Ele não é o cã, afinal de contas.

Gêngis deu um riso de desprezo.

— Sem dúvida ele mandaria um dos seus espíritos sinistros pegar a flecha no ar. Já ouviu as histórias que contam sobre ele? É pior do que com Kokchu. Algumas vezes me pergunto se meu xamã sabe o que criou.

— Somos de uma linhagem de cãs, irmão. Nós comandamos onde quer que estejamos.

Gêngis lhe deu um tapa nas costas.

— Vamos descobrir se o imperador jin acha o mesmo. Talvez ele mande seu exército se render quando nos vir chegando.

— Então será este ano? No inverno? Acho que não demorará muito para nevar.

— Não podemos ficar aqui sem pastagens melhores. Devo tomar a decisão rapidamente, mas não gosto da ideia de deixar o exército deles nessa tal de Boca do Texugo sem um desafio. Somos capazes de suportar um frio que os deixa lentos e inúteis.

— Mas eles devem ter fortificado a passagem, semeado espetos no chão, cavado trincheiras, qualquer coisa em que possam pensar — disse Kachiun. — Não será fácil para nós.

Gêngis virou os olhos claros para o irmão, e Kachiun desviou o olhar para as montanhas que eles ousariam atravessar.

— Ele são arrogantes demais, Kachiun. Cometeram o erro de deixar que eu soubesse onde estão. Querem que cavalguemos contra eles onde são mais fortes, onde esperam. A muralha deles não impedirá minha ida. As montanhas e os exércitos não impedirão.

Kachiun sorriu. Sabia como seu irmão pensava.

— Vi que você colocou todos os batedores no pé das montanhas. Isso é estranho, se formos arriscar tudo num ataque através do desfiladeiro.

Gêngis deu um sorriso maroto.

— Eles acham que as montanhas são altas demais para serem trans-postas, Kachiun. Outra muralha deles segue pela cordilheira e só os picos mais altos são deixados como proteção, altos demais para os homens. — Ele fungou. — Para os soldados jin, talvez, mas nós nascemos na neve. Lembro-me de meu pai me expulsando nu da iurta quando eu tinha ape-nas oito anos. Podemos suportar o inverno deles e podemos atravessar essa muralha interior.

Kachiun também havia chorado à porta da iurta do pai, gritando para que o deixassem entrar de novo. Imaginou se Gêngis fizera o mesmo com os filhos e, ao mesmo tempo que formava o pensamento, soube que sim. Seu irmão não permitiria fraqueza, mesmo que pudesse destruir os filhos no processo de fortalecê-los.

Gêngis terminou de comer, chupando a gordura endurecida nos dedos.

— Os batedores vão achar trilhas ao redor do desfiladeiro. Quando os jin estiverem tremendo em suas tendas, chegaremos sobre eles por todos os lados. Só então, Kachiun, cavalgarei pela Boca do Texugo, impelindo o povo deles à minha frente.

— Os prisioneiros?

— Não podemos alimentá-los. Eles ainda podem ser úteis se sugarem as flechas e lanças de nossos inimigos. — Gêngis deu de ombros. — Será mais rápido para eles do que morrer de fome.

Nesse ponto, Gêngis se levantou, olhando para as nuvens pesadas que transformariam as planícies jin numa vastidão de neve e gelo. O inverno sempre fora um tempo de morte, quando apenas os fortes sobreviviam. Suspirou ao ver movimento com o canto do olho. Os homens que observavam o tinham visto se levantar e vieram rapidamente para perto, antes que ele pudesse mudar de ideia. Gêngis os encarou azedamente.

— Mande-os falar com Temuge — disse, afastando-se depressa.

CAPÍTULO 20

OS DOIS BATEDORES ESTAVAM MORRENDO DE FOME. ATÉ O MINGAU DE QUEIJO e água que levavam às costas havia se congelado enquanto escalavam muito acima do desfiladeiro Boca do Texugo. Ao norte e ao sul, a segunda muralha jin corria pelas montanhas. Era menos gigantesca do que as que as tribos haviam atravessado para entrar nas terras jin, mas esta não fora deixada para desmoronar com o passar dos séculos. Preservada em gelo, abria caminho por vales distantes, uma serpente cinza em meio à brancura. Algum dia podia ter sido uma maravilha para os batedores mongóis, mas agora eles meramente davam de ombros. Os exércitos jin não tinham tentado construir sua muralha até os picos. Achavam que ninguém poderia sobreviver às rochas e encostas de gelo sólido, tão frias que o sangue certamente iria congelar. Estavam errados. Os batedores escalaram para além do nível da muralha, entrando num mundo de neve e gelo, procurando um modo de atravessar as montanhas.

Mais neve havia chegado às planícies, redemoinhando das nuvens de tempestade sobre os picos que os cegavam. Havia momentos em que os vendavais abriam um buraco na brancura, revelando o desfiladeiro e as pernas de aranha da muralha interna se estendendo para longe. Dessa altura, os dois homens podiam ver a mancha escura do exército jin do outro lado. Seu próprio povo se encontrava perdido das vistas na planície, mas também estava lá, esperando a volta dos batedores.

266

— Não há como passar — gritou Taran ao vento. — Talvez Beriakh e os outros tenham mais sorte. Deveríamos voltar. — Taran podia sentir o gelo nos ossos, os cristais em cada junta. Tinha certeza que estava perto de morrer e era difícil não mostrar o medo. Seu companheiro, Vesak, meramente grunhiu sem olhá-lo. Os dois faziam parte de um grupo de dez, um dos muitos que haviam subido às montanhas para encontrar um modo de atacar a retaguarda do exército jin. Mesmo tendo se separado dos companheiros durante a noite, Taran ainda confiava em Vesak para farejar uma rota, mas o frio o estava mutilando, forte demais para resistir.

Vesak era um velho com mais de trinta anos, ao passo que Taran ainda não fizera quinze. Os outros homens de seu grupo diziam que Vesak conhecia o general dos Jovens Lobos, que cumprimentava Tsubodai como um velho amigo sempre que se encontravam. Poderia ser verdade. Como Tsubodai, Vesak era da tribo uriankhai, do extremo norte, e não parecia sentir o frio. Taran desceu com dificuldade uma encosta gelada, quase caindo. Firmou-se cravando a faca numa fissura, a mão quase escorregando do punho quando parou bruscamente. Sentiu a mão de Vesak no ombro, depois o velho estava correndo de novo e Taran prosseguiu cambaleando, tentando acompanhar seu passo.

O garoto mongol estava perdido em seu próprio mundo de sofrimento e resistência quando viu Vesak parar à frente. Vinham seguindo uma crista no lado leste, tão escorregadia e perigosa que Vesak havia prendido os dois com uma corda para que um pudesse salvar o outro. Só o puxão em sua cintura impedia Taran de cair no sono enquanto andava, e ele deu cinco passos antes mesmo de perceber que Vesak havia se agachado. Taran se abaixou com um gemido mal controlado, fazendo o gelo em seu dil cair em lascas afiadas. Usava luvas de pele de cordeiro, mas os dedos continuavam congelados quando encheu a boca de neve e chupou-a. A sede era uma coisa da qual recordava, de tentativas anteriores nos picos. Assim que a água em seu odre congelava, não havia nada além de neve para derreter na boca. Isso nunca bastava para satisfazer a garganta seca.

Enquanto se agachava, perguntou-se como os pôneis conseguiam sobreviver em casa, quando os rios viravam gelo. Vira-os pastando neve e isso parecia bastar. Atordoado e exausto, abriu a boca para perguntar a Vesak. O batedor mais velho olhou-o e fez um gesto de silêncio.

Taran percebeu os próprios sentidos se afiando, o coração começando a perder a lentidão. Antes haviam chegado perto de batedores jin. Quem quer que comandasse o exército no desfiladeiro os mandara em força total, para observar e informar. Com a tempestade tornando difícil enxergar mais do que alguns passos adiante, as escaladas haviam se tornado uma disputa mortal entre as duas forças. O irmão mais velho de Taran havia trombado direto com um deles, quase caindo sobre o sujeito. Taran se lembrava da orelha que seu irmão havia trazido de volta como prova e o invejava. Imaginou se teria chance de levar seu próprio troféu e se manter empertigado junto dos outros guerreiros. Menos de um terço deles havia provado sangue, e era sabido que Tsubodai escolhia seus oficiais em meio a esses, e não entre aqueles cuja coragem era desconhecida. Taran não levava espada nem arco, mas sua faca era afiada e ele girou os dedos entorpecidos para deixá-los ágeis.

Sentindo dor nos joelhos, esgueirou-se mais perto de Vesak, com o vento uivante escondendo qualquer som de movimento. Espiou a brancura, procurando o que quer que o sujeito mais velho teria visto. Vesak era como uma estátua, e Taran tentou copiar sua imobilidade, mas o frio do chão penetrava em seu corpo e ele tremia constantemente.

Ali. Algo havia se movido na brancura. Os batedores jin usavam roupas claras que se fundiam à neve, tornando-os quase invisíveis. Taran se lembrou das histórias contadas pelos velhos das tribos, que as montanhas escondiam mais do que homens quando a neve fazia redemoinhos. Esperava que fossem apenas histórias inventadas para amedrontá-los, mas apertou a faca com força. Ao seu lado, Vesak levantou o braço, apontando. Ele também vira a forma.

Os instintos de Vesak eram bons. Viu os olhos de Taran se arregalarem e se jogou deitado, de algum modo girando para longe. Taran ouviu o estalo do arco sem vê-lo, e de repente havia sangue na neve e Vesak estava gritando de fúria e dor. O frio sumiu, e Taran se levantou, ignorando a figura do amigo que se retorcia. Haviam-lhe ensinado como reagir a uma besta, e sua mente ficou vazia enquanto ele corria à frente. Tinha apenas alguns instantes até que o homem puxasse de novo a corda para outro disparo.

Taran escorregou no chão traiçoeiro, com a corda que o prendia a Vesak serpenteando no chão, atrás. Não tinha tempo para cortá-la. Viu o batedor jin lutando com sua arma e se chocou contra ele, fazendo-o cair esparramado. A besta girou para longe, e Taran se pegou preso num abraço com um homem mais forte que ele.

Lutaram num silêncio ofegante, sozinhos e congelados. Taran havia caído em cima do soldado e tentava desesperadamente usar a vantagem. Golpeou com joelhos e cotovelos, a mão da faca segura pelas duas do inimigo. Taran estava olhando os olhos do sujeito quando baixou a cabeça com força contra o nariz do outro, sentindo-o quebrar e ouvindo o homem soltar um grito. Sua mão da faca continuava segura, e ele golpeou repetidamente, acertando a testa no rosto sangrento, embaixo. Conseguiu colocar o antebraço livre sob o queixo do inimigo, fazendo força contra a garganta exposta. As mãos que apertavam seu punho se soltaram e dedos gadanharam seus olhos, tentando cegá-lo. Taran franziu o rosto, batendo com a cabeça sem olhar.

A luta terminou tão depressa quanto havia começado. Taran abriu os olhos e viu o soldado jin olhando cego para o alto. Sua faca havia golpeado sem que ele sentisse e ainda se projetava do manto do inimigo, forrado de pele. Taran ficou deitado, ofegando no ar rarefeito, incapaz de respirar adequadamente. Escutou Vesak chamar e percebeu que o som vinha acontecendo havia algum tempo. Então lutou em busca do rosto frio, juntando a disciplina. Não seria envergonhado diante do guerreiro mais velho.

Com um puxão, liberou a faca e se levantou de cima do cadáver. A corda havia se enrolado em seus pés durante a luta e ele se livrou dela, chutando-a. Vesak chamou de novo, o som mais fraco que antes. Taran não conseguia afastar os olhos do homem que ele havia matado, mas não podia parar para pensar. Demorou apenas alguns instantes para arrancar o manto pesado do soldado, enrolando-se nele. O corpo parecia menor sem a roupa, e Taran ficou de pé olhando o sangue espalhado na neve, um círculo de gotas desenhando a forma de onde ele estivera. Podia sentir o sangue endurecendo na pele e esfregou o rosto com força, subitamente enjoado. Quando olhou de novo para Vesak, o companheiro conseguira se sentar e estava olhando-o. Taran assentiu para Vesak, depois se abaixou para cortar uma orelha de seu primeiro morto.

Enfiando o pedaço de cartilagem sangrenta numa bolsa, cambaleou de volta até Vesak, ainda atordoado. O frio havia desaparecido durante a luta, mas retornou com força e ele se pegou tremendo, os dentes chacoalhando sempre que relaxava o maxilar.

Vesak estava ofegando, o rosto tenso de dor. A seta o havia acertado na lateral do corpo, abaixo das costelas. Taran podia ver a extremidade preta da haste se projetando, o sangue já começando a endurecer como cera vermelha. Estendeu o braço para ajudar Vesak a ficar de pé, mas o homem mais velho apenas balançou a cabeça, cansado.

— Não posso me levantar — murmurou Vesak. — Deixe-me ficar sentado aqui enquanto você vai mais adiante.

Taran balançou a cabeça, recusando-se a aceitar. Puxou Vesak, mas o peso era demasiado. Vesak gemeu e Taran caiu junto com ele, ficando de joelhos na neve.

— Não posso ir com você — disse Vesak, ofegando. — Deixe-me morrer. Siga a trilha do sujeito o melhor que puder. Ele veio mais lá de cima. Entendeu? Deve haver uma passagem.

— Eu poderia arrastar você no casaco do soldado como se fosse um trenó. — Taran não podia crer que o amigo estivesse desistindo e começou a estender a pele na neve. Suas pernas quase se dobraram ao fazer isso, e ele se firmou numa pedra, esperando que a força retornasse.

— Você precisa encontrar a trilha, garoto — sussurrou Vesak. — Ele não veio do nosso lado da montanha. — Sua respiração estava saindo a intervalos mais longos, e ele ficou sentado de olhos fechados. Taran olhou para além de Vesak, para onde o soldado estava caído no meio do sangue. A súbita lembrança daquilo fez seu estômago se apertar, e ele se curvou e sentiu ânsias de vômito. Não havia nada sólido para sair, mas um fio de líquido amarelo e denso escorreu dos lábios, desenhando linhas na neve. Enxugou a boca, furioso consigo mesmo. Vesak não tinha visto. Olhou para o companheiro, para os flocos que pousavam sobre o rosto dele. Taran sacudiu-o mas não houve reação. Estava sozinho e o vento uivava por ele.

Depois de um tempo, levantou-se cambaleando e retornou para onde o soldado jin estava deitado. Pela primeira vez, Taran olhou para além do corpo e suas forças retornaram num jorro. Cortou a corda com a faca e depois foi cambaleando, subindo imprudentemente e escorregando mais de uma vez. Não havia trilha, mas o terreno parecia sólido enquanto ele socava a neve para formar pontos de apoio e subia uma encosta. Estava soluçando a cada respiração no ar rarefeito quando o vento morreu e ele se viu ao abrigo de uma grande rocha de granito. O pico ainda estava muito acima, mas ele não precisava alcançá-lo. Adiante viu uma corda, onde o soldado havia subido até aquele ponto. Vesak estivera certo. Havia uma rota para o outro lado, e a preciosa muralha interior dos jin não havia se mostrado uma defesa melhor do que a outra.

Ficou parado, entorpecido no frio, com os pensamentos vagarosos. Por fim, assentiu sozinho, depois começou a andar de volta, passando pelos dois mortos. Não fracassaria. Tsubodai estava esperando notícias.

Atrás dele, a neve caía densa, cobrindo os mortos e apagando todos os sinais da luta sangrenta até estar congelada e perfeita de novo.

O acampamento não estava silencioso na neve. Os generais de Gêngis faziam seus homens atravessá-lo cavalgando, treinando manobras e arco, endurecendo-se. Os guerreiros cobriam as mãos e os rostos com grossa gordura de cordeiro e trabalhavam durante horas disparando flechas a pleno galope contra bonecos de palha, separados por dez passos uns dos outros, avaliando a chance antes que o próximo cavaleiro viesse em seguida.

Os prisioneiros que haviam trazido das cidades ainda eram contados aos milhares, apesar dos jogos de guerra dos quais Khasar os obrigara a participar. Ficavam sentados ou de pé numa massa do lado de fora das iurtas. Apenas alguns pastores vigiavam os homens famintos, mas eles não fugiam. Nos primeiros dias, alguns haviam escapado, mas cada guerreiro das tribos era capaz de rastrear ovelhas perdidas e trazia de volta apenas cabeças, jogando-as para o alto no meio da turba de prisioneiros, como aviso para os outros.

A fumaça pairava sobre as iurtas enquanto os fogos se mantinham em atividade, as mulheres cozinhando os animais mortos e destilando airag preto para aquecer seus homens. Quando estavam treinando, os guerreiros comiam e bebiam mais do que o usual, tentando aumentar a camada de gordura para se proteger contra o frio. Era difícil criá-la com doze horas nas selas a cada dia, mas Gêngis dera a ordem e quase um terço dos rebanhos fora morto para satisfazer a fome dos homens.

Tsubodai levou Taran à grande iurta assim que o jovem batedor se apresentou. Gêngis estava lá com os irmãos Khasar e Kachiun e saiu ao ouvir Tsubodai se aproximando. O cã viu que o garoto com Tsubodai estava exausto, oscilando ligeiramente no frio. Havia círculos pretos sob os olhos e ele parecia não ter comido durante dias.

— Venha comigo à iurta da minha mulher — disse Gêngis. — Ela vai colocar carne quente no seu estômago e poderemos falar. — Tsubodai baixou a cabeça, e Taran tentou fazer o mesmo, espantado por falar com o próprio cã. Trotou atrás dos dois enquanto Tsubodai falava da passagem que ele e Vesak haviam encontrado. Enquanto os dois falavam, o garoto olhou para as montanhas, sabendo que o corpo congelado de Vesak estava lá, em algum local. Talvez o degelo da primavera o revelasse de novo. Taran estava com muito frio para pensar e, quando ficou ao abrigo do vento, pegou uma tigela de cozido gorduroso com as mãos entorpecidas e o derramou na boca, sem expressão.

Gêngis ficou olhando o garoto, achando divertido seu apetite voraz e o modo como ele lançava olhares de inveja para a águia do cã em seu poleiro. O pássaro preto estava encapuzado, mas virou para o jovem recém-chegado e pareceu observá-lo de volta.

Borte se movimentou em volta do batedor, enchendo a tigela assim que ficou vazia. Deu-lhe também um odre de airag preto, fazendo-o tossir e engasgar, depois assentiu quando o vermelho surgiu de novo nas bochechas geladas.

— Você encontrou uma passagem? — perguntou Gêngis, quando os olhos de Taran haviam perdido o ar vítreo.

— Vesak encontrou, senhor. — Um pensamento pareceu golpeá-lo, e ele remexeu na bolsa com os dedos rígidos, pegando algo que era obviamente uma orelha. Estendeu-a com orgulho.

— Eu matei um soldado lá, que estava esperando por nós.

Gêngis pegou a orelha, examinando-a antes de devolver.

— Fez bem — disse, com paciência. — Pode encontrar o caminho de novo?

Taran assentiu, pegando a orelha como se fosse um talismã. Muita coisa havia acontecido em pouco tempo, e ele se sentia esmagado, cônscio de novo de que estava falando com o homem que havia formado uma nação a partir das tribos. Seus amigos jamais acreditariam que ele havia se encontrado com o próprio cã, com Tsubodai olhando como um pai orgulhoso.

— Posso, senhor.

Gêngis sorriu, o olhar distante. Assentiu para Tsubodai, vendo seu próprio triunfo refletido ali.

— Então vá dormir, garoto. Descanse e coma até estar cheio, depois durma de novo. Você precisará estar forte para guiar meus irmãos. — Em seguida, deu um tapa no ombro de Taran, quase derrubando-o.

— Vesak era um homem bom, senhor — disse Tsubodai. — Eu o conhecia bem.

Gêngis olhou para o jovem guerreiro que ele havia promovido para comandar dez mil de seus homens. Viu uma profundidade de tristeza nos olhos e entendeu que Vesak era da mesma tribo. Mesmo tendo proibido que se falasse nas velhas famílias, alguns laços eram fortes.

— Se o corpo dele puder ser encontrado, mandarei que o tragam para receber as honras — disse. — Ele tinha mulher, filhos?

— Tinha, senhor.

— Farei com que sejam cuidados — respondeu Gêngis. — Ninguém pegará o rebanho deles, nem obrigará sua esposa a ir para a iurta de outro homem.

O alívio de Tsubodai era óbvio.

— Obrigado, senhor. — Deixou Gêngis para ir comer com sua esposa e levou Taran de novo para o vento, segurando sua nuca para demonstrar o orgulho.

A tempestade ainda era furiosa dois dias depois, quando Khasar e Kachiun reuniram seus homens. Cada um deles havia fornecido cinco mil homens, e Taran iria guiá-los em fila através dos picos. Seus cavalos foram deixados para trás, e Gêngis não havia desperdiçado aqueles dois dias. Os bonecos dos arqueiros tinham sido copiados aos milhares, colocando homens de palha, madeira e pano em cada cavalo de reserva. Se os batedores jin pudessem ver a planície no meio de toda a neve, não notariam que o número de homens era menor.

Khasar estava junto do irmão, cada um esfregando gordura no rosto do outro nos preparativos para a difícil escalada. Diferentemente dos batedores, seus homens carregavam o peso de arcos e espadas, além de uma centena de flechas em duas aljavas pesadas presas às costas. No total, os dez mil homens levavam um milhão de flechas — dois anos de trabalho e mais valiosas que qualquer coisa que possuíam. Sem as florestas de bétula, elas não podiam ser substituídas.

Tudo que levavam tinha de ser enrolado em tecido oleado por causa da umidade, e eles se moviam rigidamente com as camadas extras, batendo os pés no chão e as mãos enluvadas umas nas outras para se proteger do vento.

Taran estava com as costas rígidas de orgulho por guiar os irmãos do cã, tão cheio de empolgação que mal conseguia ficar parado. Quando estavam prontos, Khasar e Kachiun assentiram para o garoto, olhando a coluna de homens que atravessaria a montanha a pé. A subida seria rápida e dura, um teste cruel até mesmo para os que estavam em melhor forma. Se fossem vistos por batedores jin, os homens sabiam que teriam de chegar à alta passagem antes que seus movimentos fossem denunciados. Qualquer um que caísse seria deixado para trás.

O vento golpeava as fileiras enquanto Taran começava a andar, olhando para trás ao sentir os olhares dos outros nele. Khasar viu seu nervosismo e riu, compartilhando o momento de empolgação com o irmão Kachiun. Era o dia mais frio até então, mas o humor dos homens estava bom. Queriam esmagar o exército que os esperava do outro lado do desfiladeiro. Mais ainda, adoravam a ideia de chegar por trás do inimigo e despedaçar suas defesas inteligentes. O próprio Gêngis viera vê-los partir.

— Vocês têm até o amanhecer do terceiro dia, Kachiun — dissera Gêngis ao irmão. — Então irei pela passagem.

CAPÍTULO 21

Demoraram até a manhã do segundo dia para chegar ao ponto no alto dos picos onde Vesak havia morrido. Taran cavou e tirou o corpo do amigo de um monte de neve, limpando as feições cinzentas num silêncio reverente.

— Poderíamos deixar uma bandeira na mão dele para marcar o caminho — murmurou Khasar a Kachiun, fazendo-o sorrir. A fila de guerreiros se estendia montanha abaixo e a tempestade parecia estar amainando, mas eles não fizeram o jovem batedor se apressar enquanto ele pegava uma tira de pano azul e enrolava no cadáver de Vesak, entregando-o ao pai céu.

Taran se levantou e baixou a cabeça por um momento, antes de se apressar no trecho final de terreno gelado que levava à encosta do outro lado. A coluna passou pela figura congelada, cada homem olhando para o rosto morto e murmurando algumas palavras de cumprimento ou oração.

Com a alta passagem deixada para trás, Taran estava em terreno novo e o ritmo diminuiu de modo frustrante. A luz do sol era difusa numa claridade forte que vinha de todas as direções, tornando difícil seguir para o leste. Quando o vento revelava as montanhas dos dois lados, Khasar e Kachiun espiavam a distância, marcando detalhes do terreno. Ao meio-dia, avaliaram que estariam na metade da descida, com as duas fortalezas do desfiladeiro lá embaixo.

Uma queda íngreme, de mais de quinze metros, os retardou de novo, mas cordas velhas mostravam por onde o batedor jin havia subido. Depois de dias no frio, os cabos trançados estavam quebradiços e eles prenderam outros novos, descendo com cuidado extremo. Os que tinham luvas as enfiavam nos dils para a descida, depois descobriam que os dedos ficavam pálidos e rígidos com velocidade alarmante. As ulcerações provocadas pelo frio eram mais do que uma preocupação para homens que deveriam usar os arcos. Enquanto corriam pelas encostas irregulares, cada guerreiro abria e fechava as mãos ou as mantinha enfiadas sob as axilas de modo que as mangas dos dils balançavam soltas.

Muitos escorregavam no terreno gelado, e os que haviam escondido as mãos caíam mais violentamente. Erguiam-se rígidos, o rosto franzido com força por causa do vento enquanto outros homens passavam trotando sem olhá-los. Cada um estava sozinho e lutava para ficar de pé e não ser deixado para trás.

Foi Taran quem gritou um alerta quando a trilha se dividiu. Sob aquele cobertor de neve, era pouco mais do que uma dobra na superfície branca, mas serpenteava em outra direção e ele não sabia qual das duas iria levá-los para baixo.

Khasar chegou até ele, fazendo parar com o punho erguido os que vinham em seguida. A fileira de homens se estendia quase até o corpo de Vesak, lá atrás. Eles não podiam se demorar, e um único erro naquele ponto poderia significar uma morte lenta, presos e exaustos num beco sem saída.

Khasar cutucou um pedaço de pele solta nos lábios, olhando para Kachiun em busca de inspiração. O irmão deu de ombros.

— Deveríamos continuar indo para o leste — disse Kachiun, cauteloso. — O caminho lateral volta na direção das fortalezas.

— Poderia ser outra chance de surpreendê-los por trás — respondeu Khasar, olhando a distância. O caminho desaparecia em menos de vinte passos enquanto o vento e a neve giravam em redemoinhos.

— Gêngis quer que cheguemos atrás dos jin o mais depressa possível — lembrou Kachiun. Taran olhava a conversa fascinado, mas os dois ignoraram o garoto.

— Ele não sabia que poderia haver outro caminho atrás das fortalezas — disse Khasar. — Vale olhar, pelo menos.

Kachiun balançou a cabeça, irritado.

— Temos mais uma noite neste lugar morto, depois ele vai se mover ao amanhecer. Se você se perder, pode morrer congelado.

Khasar olhou o rosto preocupado do irmão e riu.

— Noto como você tem certeza de que seria eu. Eu poderia ordenar que você pegasse o caminho.

Kachiun suspirou. Gêngis não colocara nenhum dos dois no comando, e ele achava isso um erro, quando se tratava de Khasar.

— Você não poderia — respondeu, com paciência. — Eu vou em frente, com ou sem você. Não vou impedi-lo, se quiser experimentar o outro caminho.

Khasar assentiu, pensativo. Apesar do tom leve, conhecia os riscos.

— Vou esperar aqui e levar os últimos mil. Se o caminho não der em lugar nenhum, volto e me junto a você à noite. — Eles se apertaram as mãos brevemente, depois Kachiun e Taran partiram de novo, deixando Khasar para levar os outros às pressas.

Contar nove mil homens que se moviam lentamente demorou muito mais do que ele havia imaginado. Quando os últimos mil surgiram, já estava escurecendo. Khasar se aproximou de um guerreiro cambaleante e pegou-o pelo ombro, gritando acima do vento.

— Venha comigo — disse. Sem esperar resposta, pegou o outro caminho, afundando quase até os quadris em neve recente. Os homens cansados que vinham atrás não questionaram a ordem, todos entorpecidos de sofrimento e frio.

Sem ter o irmão com quem falar, Kachiun passou a maior parte das horas restantes do dia em silêncio. Taran ainda os guiava, mas ele não conhecia o caminho melhor do que qualquer um dos outros. A descida era um pouco mais limpa do outro lado das montanhas e, depois de um longo tempo, o ar pareceu menos rarefeito. Kachiun percebeu que agora não ofegava tanto para encher os pulmões e, mesmo estando exausto, sentia-se mais forte e mais alerta. A tempestade foi morrendo na escuridão, e eles puderam ver as estrelas pela primeira vez em vários dias, luminosas e perfeitas através das nuvens deslizantes.

O frio pareceu se intensificar à medida que a noite prosseguia, mas eles não pararam, comendo carne seca tirada das bolsas, para ganhar força. Haviam dormido a primeira noite nas encostas, cada homem cavando um buraco, como os lobos faziam. Kachiun conseguira cochilar apenas algumas horas e se sentia desesperadamente cansado. Sem saber se estavam perto do exército jin, não ousava deixar que descansassem de novo.

Depois de um tempo, a encosta começou a ficar mais fácil. Bétulas claras se misturavam a pinheiros escuros, crescendo tão densos em alguns lugares que eles caminhavam mais sobre folhas mortas do que sobre neve. Kachiun achou essa visão reconfortante, prova de que estavam perto do fim da jornada. No entanto, não sabia se haviam passado além dos soldados jin ou se ainda andavam paralelos à Boca do Texugo.

Taran também sofria, e Kachiun o via girar os braços a intervalos. Era um velho truque de batedores para forçar o sangue a retornar às pontas dos dedos para não congelarem nem ficarem pretos. Kachiun imitou-o e mandou a ordem pela fileira, para fazerem o mesmo. A ideia da fila de soldados sérios batendo asas como pássaros o fez rir, apesar da dor em cada músculo.

A lua subiu cheia e clara acima das montanhas, iluminando a coluna cansada que seguia com dificuldade. O pico que haviam subido estava acima deles, era outro mundo. Kachiun se perguntou quantos de seus homens teriam caído nas altas passagens, para serem deixados para trás como Vesak. Esperava que os outros tivessem tido o bom senso de pegar as aljavas de flechas antes que a neve os cobrisse. Deveria ter se lembrado de dar a ordem e murmurou irritado consigo mesmo enquanto andava. O amanhecer ainda estava distante, e ele só podia ter esperanças de encontrar o caminho até o exército jin antes que Gêngis atacasse. Seus pensamentos vagueavam enquanto ele andava pela neve, grudando-se em Khasar por um instante, depois nos filhos que haviam ficado no acampamento. Às vezes sonhava como se estivesse numa iurta quente e era com um tremor que retornava à superfície e se pegava ainda caminhando. Uma vez caiu e foi Taran que correu de volta para ajudá-lo a se levantar. Eles não deixariam o irmão do cã morrer na lateral do caminho, tendo as aljavas de flechas apanhadas para os outros. Pelo menos por isso Kachiun se sentia grato.

278

Era como se estivesse andando por uma eternidade quando saíram do limite das árvores e Taran se agachou adiante. Kachiun imitou o garoto antes de se esgueirar sobre os joelhos que protestavam. Atrás dele, ouviu xingamentos abafados à medida que os homens trombavam uns nos outros ao luar, acordados dos transes pela parada súbita. Estavam numa encosta suave, um vale de brancura perfeita que parecia continuar para sempre. Do lado mais distante, as montanhas subiam de novo em penhascos tão íngremes que ele duvidava que alguém um dia os escalasse. À esquerda, o desfiladeiro Boca do Texugo terminava numa grande área plana a menos de um quilômetro e meio de distância. A visão de Kachiun parecia mais nítida que o normal ao luar, e ele podia enxergar através do vazio, lindo e mortal. Um mar de tendas e estandartes se acomodava na extremidade do desfiladeiro. A fumaça subia acima delas juntando-se à névoa dos picos e, à medida que os sentidos de Kachiun ficavam vivos, ele pôde sentir o cheiro de fumaça de madeira no ar.

Gemeu sozinho. Os jin haviam reunido um exército tão vasto que ele não conseguia ver o final. A Boca do Texugo dava lugar a planícies de gelo e neve, quase o fundo de uma tigela de picos altos antes da estrada que levava à cidade do imperador. No entanto, os soldados jin a preenchiam e se derramavam cada vez mais longe, para a planície atrás. As montanhas brancas escondiam sua vastidão, mas mesmo assim eram mais homens do que Kachiun jamais vira. Gêngis não sabia quantos, e estaria cavalgando pela passagem dentro de apenas algumas horas.

Com uma súbita pontada de medo, Kachiun se perguntou se seus homens poderiam ser vistos do acampamento. Batedores jin deviam estar patrulhando a área. Seriam idiotas se não fizessem isso, e ali estava ele, com uma fila de guerreiros se estendendo para a solidez branca das montanhas. Precisavam da surpresa e quase a havia jogado fora. Deu um tapa nas costas de Taran, agradecendo pelo aviso, e o garoto sorriu de prazer.

Kachiun fez seus planos, passando a notícia pela fila. Os homens atrás iriam recuar o bastante para que o amanhecer não os revelasse aos inimigos de olhos afiados. Kachiun olhou o céu límpido e desejou mais neve para cobrir seus rastros. O amanhecer estava próximo, e ele esperava que Khasar tivesse chegado a algum lugar seguro. Lenta e dolorosamente, a fila de guerreiros começou a se mover de volta, subindo a encosta até as árvores que haviam deixado para trás. Kachiun teve uma lembrança da infância enquanto subia. Havia se escondido com a família numa fenda nos morros, com a morte e a fome sempre perto. De novo iria se esconder, mas desta vez sairia rugindo, e Gêngis cavalgaria com ele.

Em silêncio, fez uma oração ao pai céu, para que Khasar também tivesse sobrevivido e não estivesse congelando até a morte nas encostas elevadas, perdido e sozinho. Kachiun riu com esse pensamento. Seu irmão não era fácil de ser impedido. Se alguém conseguiria sair da dificuldade, seria ele.

Khasar passou a mão para um lado e para o outro sobre a garganta, sinalizando para os homens atrás fazerem silêncio. A tempestade finalmente havia parado, e ele podia ver as estrelas no alto, reveladas através de nuvens que passavam. A lua iluminava as encostas estéreis, e ele se viu numa borda afiada sobre um penhasco vertical. Sua respiração ficou presa na garganta quando avistou a torre preta de uma das fortalezas jin abaixo, quase sob seus pés, mas separada por um mergulho no negrume sobre rochas tão afiadas que apenas um pouquinho de neve havia se assentado sobre elas. Grandes montes de neve se encalombavam ao redor da fortaleza, onde haviam escorregado dos penhascos, e Khasar imaginou se seus homens conseguiriam fazer a descida final. A fortaleza propriamente dita fora construída numa crista acima do desfiladeiro, sem dúvida cheia de armas que esmagariam qualquer um que passasse. Eles não esperariam um ataque dos penhascos às costas.

Pelo menos havia luar. Voltou até onde seus homens haviam começado a se agrupar. O vento amainara até se tornar um gemido suave e ele pôde sussurrar a ordem, começando com um comando para comerem e descansarem enquanto passavam as cordas adiante. Esses últimos mil eram da tribo tuman, e Kachiun e Khasar não os conheciam, mas os oficiais se adiantaram e apenas assentiram ao ouvir as ordens. A notícia se espalhou rapidamente, e o primeiro grupo de dez começou a amarrar cordas, enrolando-as perto do precipício. Estavam com frio e as mãos eram desajeitadas com os nós, fazendo Khasar imaginar se estaria mandando todos para a morte.

— Se caírem, permaneçam em silêncio — sussurrou ao primeiro grupo. — Ou seu grito vai acordar a fortaleza abaixo. Vocês podem até sobreviver se caírem em neve funda. — Um ou dois riram disso, olhando pela borda e balançando a cabeça.

— Eu vou primeiro — disse Khasar. Em seguida, tirou as luvas de pele, encolhendo-se por causa do frio quando segurou a corda grossa. Havia escalado penhascos piores, disse a si mesmo, mas nunca quando estava cansado ou com frio. Forçou uma expressão de confiança no rosto enquanto dava um puxão na corda. Os oficiais a haviam amarrado ao tronco de uma bétula caída, que parecia sólido. Khasar recuou até a borda e tentou não pensar na queda. Ninguém poderia sobreviver, tinha certeza.

— Não mais do que três homens em cada corda — disse, passando pela beira. Pendurou-se o mais longe que pôde, começando a descer pela rocha gelada. — Amarrem mais algumas ou vamos demorar a noite toda para descer. — Estava dando ordens para esconder o próprio nervosismo, forçando o rosto frio para esconder o medo. Os outros se juntaram na borda para olhá-lo até que, finalmente, ele havia passado mais além e estava descendo. O homem mais próximo começou a amarrar mais cordas para permitir uma segunda descida, e um deles assentiu para os amigos e se deitou de barriga e segurou a corda que prendia Khasar. Ele também desapareceu pela borda.

Gêngis esperava com impaciência o amanhecer. Havia mandado batedores pelo desfiladeiro, até o mais longe que pudessem ir, de modo que alguns voltaram com setas de bestas enterradas na armadura. O último havia retornado ao acampamento enquanto o sol se punha, com duas setas se projetando às costas. Uma delas tinha penetrado no ferro sobreposto e deixou uma tira de sangue que manchava sua perna e os flancos arfantes do pônei. Gêngis ouviu o relatório antes que os ferimentos do homem fossem tratados, já que precisava das informações.

O general jin havia deixado a passagem aberta. Antes que o batedor fosse impelido de volta por uma tempestade de setas, vira duas grandes fortalezas erguendo-se acima da faixa de terra abaixo. Gêngis não duvidava que os soldados nelas estivessem prontos para derramar a morte sobre qualquer um que tentasse atravessar à força. O fato de que o desfiladeiro não fora bloqueado o preocupava. Sugeria que o general queria que ele tentasse um ataque frontal e tinha confiança de que o exército mongol poderia ser afunilado na direção de seus homens e esmagado onde fosse mais fraco.

Na abertura, a passagem tinha cerca de um quilômetro e meio de largura, mas, sob as fortalezas, as paredes de rocha se estreitavam até um aperto com apenas algumas dúzias de passos. A simples ideia de ser espremido, incapaz de atacar, provocou uma sensação de enjoo no estômago de Gêngis, que ele esmagou assim que reconheceu. Havia feito todo o possível, e seus irmãos atacariam assim que pudessem ver o suficiente para mirar. Não podia chamá-los de volta, mesmo que encontrasse um plano melhor nos últimos instantes. Os dois estavam perdidos para ele, escondidos pelas montanhas e pela neve.

Pelo menos a tempestade havia cedido. Gêngis olhou as estrelas, revelando a massa de prisioneiros comprimidos que ele havia arrebanhado até a boca da passagem. Eles iriam à frente de seu exército, encharcando-se com as setas e flechas dos jin. Se as fortalezas derramassem óleo em fogo, os prisioneiros receberiam a pior parte.

O ar estava congelado na noite, mas ele não conseguia dormir e respirava fundo, sentindo o frio alcançar os pulmões. O amanhecer não estava longe. Repassou de novo os planos, mas não havia mais nada a fazer. Seus homens estavam bem alimentados, melhor do que nos últimos meses. Os que ele lideraria na passagem eram guerreiros veteranos com boas armaduras. Ele havia formado as primeiras fileiras com homens armados de lanças, em parte para ajudá-los a empurrar os prisioneiros. Os Jovens Lobos de Tsubodai viriam atrás dele, depois os guerreiros de Arslan e Jelme, vinte mil que não iriam fugir, não importando o quanto a luta ficasse maligna.

Gêngis desembainhou a espada do pai, vendo o punho com a cabeça de lobo brilhar à luz das estrelas. Deu uma estocada, grunhindo. O acampamento estava silencioso ao redor, mas sempre havia olhos observando. Fez o corpo cumprir uma rotina que Arslan havia ensinado e que alongava os músculos, além de fortalecê-los. O monge Yao Shu estava ensinando uma disciplina semelhante a seus filhos, endurecendo os corpos como se fossem qualquer outra ferramenta. Gêngis suava enquanto brandia a espada fazendo as sequências. Não tinha mais a velocidade de raio, como antigamente, mas havia crescido em força e puro poder e ainda era ágil, apesar das cicatrizes de tantos ferimentos antigos.

Não queria esperar o amanhecer. Pensou em encontrar uma mulher, sabendo que isso ajudaria a queimar um pouco da energia nervosa. Sua primeira mulher, Borte, estaria dormindo na iurta, rodeada pelos filhos. A segunda ainda estava amamentando a filhinha. Animou-se com esse pensamento, imaginando seus seios pálidos pesados de leite.

Embainhou a espada enquanto caminhava pelo acampamento até a iurta de Chakahai, já excitado com a perspectiva. Deu um risinho, andando. Uma mulher quente e uma batalha adiante. Estar vivo numa noite assim era uma coisa maravilhosa.

Em sua tenda, o general Zhi Zhong tomou uma taça de vinho de arroz, quente, incapaz de dormir. O inverno havia se fechado sobre as montanhas, e ele achava que poderia muito bem passar os meses mais frios no campo com seu exército. Não era um pensamento tão desagradável. Tinha onze filhos com três mulheres em Yenking e, quando estava em casa, sempre havia algo para distraí-lo. Em comparação, achava as rotinas da vida no campo repousantes, talvez porque as conhecera durante toda a vida. Mesmo na escuridão, podia ouvir as senhas murmuradas enquanto as guardas eram trocadas e conhecia um sentimento de paz. O sono sempre lhe viera lento, e ele sabia que parte de sua lenda em meio aos homens dizia que passava noite após noite sentado, com a luz das lâmpadas aparecendo através do tecido pesado da tenda de comando. Algumas vezes, dormia com as lâmpadas ainda acesas, para que os guardas achassem que o general não precisava de descanso, como eles. Acreditava que não fazia mal encorajar o espanto dos homens. Os soldados precisavam ser liderados por alguém que não demonstrasse nenhuma das fraquezas deles.

Pensou no vasto exército ao redor e nos preparativos que havia feito. Seus regimentos de espadas e lanceiros sozinhos já suplantavam em número os guerreiros mongóis. A simples necessidade de alimentar tantos homens havia esvaziado os armazéns de Yenking. Os mercadores só podiam gemer, incrédulos, enquanto ele lhes mostrava os documentos que o imperador havia assinado. A lembrança o fez sorrir. Aqueles gordos vendedores de grãos pensavam que eram o coração da cidade. Zhi Zhong se divertiu lembrando-lhes onde estava o verdadeiro poder. Sem o exército, suas belas casas não valiam nada.

Manter duzentos mil homens alimentados durante todo o inverno deixaria os fazendeiros empobrecidos numa distância de mil e quinhentos quilômetros ao leste e ao sul. Zhi Zhong balançou a cabeça pensando isso, a mente ocupada demais para pensar na tentativa de dormir. Que opção existia? Ninguém lutava no inverno, mas ele não poderia deixar o desfiladeiro desguarnecido. Até mesmo o jovem imperador entendia que poderiam se passar meses antes que houvesse batalha. Quando os mongóis viessem, na primavera, ele ainda estaria ali. Zhi Zhong se perguntou, preguiçosamente, se o cã teria os mesmos suprimentos que ele. Duvidava. Os homens das tribos provavelmente comiam uns aos outros e consideravam isso uma iguaria.

Estremeceu enquanto a noite fria penetrava em sua tenda e puxou os cobertores contra os ombros enormes. Nada era o mesmo desde a morte do velho imperador. Zhi Zhong dera sua lealdade completa ao sujeito, reverenciando-o. De fato, o mundo fora abalado quando ele finalmente morreu, levado durante o sono depois de uma doença longa. Balançou a cabeça, triste. O filho não era o pai. Para a geração do general, só poderia haver um imperador. Ver um garoto jovem e sem treino ser levado ao trono do império minava os alicerces de toda a sua vida. Era o fim de uma era, e talvez ele devesse ter se aposentado depois da morte do velho. Teria sido uma reação adequada e digna. Em vez disso, havia permanecido para ver o jovem imperador se estabelecer, e então os mongóis tinham vindo. A aposentadoria demoraria mais um ano, pelo menos.

Zhi Zhong fez uma careta quando o frio penetrou em seus ossos. Os mongóis não sentiam frio, lembrou-se. Pareciam capazes de suportá-lo como uma raposa selvagem, sem nada além de uma única camada de pelo de animal sobre a pele nua. Eles o enojavam. Não construíam nada, não realizavam nada em suas vidas curtas. O velho imperador os mantivera no devido lugar, mas o mundo fora adiante, e agora eles ousavam ameaçar os portões da grande cidade. O general não demonstraria misericórdia quando a batalha terminasse. Se deixasse aqueles homens percorrerem os campos à solta, o sangue das tribos sobreviveria em mil crianças malnascidas. Ele não deixaria que se reproduzissem como piolhos para ameaçar

Yenking de novo. Não descansaria até que o último estivesse morto e a terra vazia. Iria queimá-los e, no futuro, se outra raça ousasse se erguer contra os jin, talvez se lembrasse dos mongóis e desistisse das tramas e ambições. Era a única resposta que eles mereciam. Talvez esse pudesse ser seu legado quando se aposentasse, uma vingança tão sangrenta e definitiva que ecoasse pelos séculos à frente. Ele seria a morte de toda uma nação. Seria uma espécie de imortalidade, e a ideia o agradava. Seus pensamentos faziam redemoinho enquanto o acampamento dormia. Decidiu deixar as lâmpadas acesas e se perguntou se ao menos iria dormir.

Quando a primeira luz do alvorecer apareceu atrás das montanhas, Gêngis olhou as nuvens que amortalhavam os altos picos. As planícies abaixo continuavam na escuridão, e ele sentiu o coração se animar vendo aquilo. O exército de prisioneiros que ele empurraria pela passagem ficara em silêncio. Seu povo havia se formado atrás dos homens de confiança, as mãos batendo nas lanças e nos arcos enquanto esperavam a ordem. Apenas mil permaneceriam para proteger as mulheres e as crianças no acampamento. Não havia perigo. Qualquer ameaça nas planícies já fora enfrentada e esmagada.

Gêngis apertou as mãos nas rédeas de uma égua castanho-escura. Ao primeiro sinal do amanhecer, os meninos tocadores de tambor haviam começado a bater um ritmo que era o som da guerra aos seus ouvidos. Mil deles esperavam nas fileiras, com os tambores amarrados ao peito. O barulho ecoava nas montanhas e fazia sua pulsação se acelerar. Seus irmãos estavam em algum lugar adiante, meio congelados depois da caminhada pelas trilhas do alto. Para além deles ficava a cidade que havia derramado a semente jin em meio ao seu povo por mil anos, subornando-o e trucidando-o como uma matilha de cães sempre que achava necessário. Sorriu sozinho diante da imagem, imaginando o que seu filho Jochi acharia.

O sol estava escondido enquanto subia atrás dele, e então, num instante, a planície estava iluminada em ouro, e Gêngis sentiu o toque quente no rosto. Seu olhar ergueu-se do chão. Estava na hora.

CAPÍTULO 22

Kachiun esperava à medida que o amanhecer ia desenhando dedos de sombra com as árvores. Gêngis atravessaria a passagem o mais rápido possível, mas mesmo assim demoraria para alcançar a parte principal do exército jin. Ao redor, os homens de Kachiun preparavam os arcos nas aljavas. Doze homens haviam morrido nos caminhos elevados, o coração estourando no peito enquanto ofegavam no ar pouco denso. Outros mil haviam ido com Khasar. Mesmo sem esses, quase novecentas mil flechas ainda podiam ser disparadas contra o inimigo quando chegasse a hora.

Kachiun havia procurado em vão um local para formar fileiras que não fossem vistas pelos jin, mas não existia. Seus homens ficariam expostos no vale, com apenas saraivadas de flechas para conter um ataque. Riu com esse pensamento.

O acampamento jin mal se mexia no frio do alvorecer. A neve havia apagado as marcas do tempo passado ali, de modo que as tendas claras pareciam lindas e congeladas, um lugar de calma que mal sugeria o número de guerreiros lá dentro. Kachiun se orgulhava de sua visão afiada, mas não havia sinal de que soubessem que Gêngis estava finalmente em movimento. Os guardas foram trocados ao alvorecer, centenas deles voltando para uma refeição e o sono enquanto outros tomavam seus lugares. Ainda não existia pânico neles.

Kachiun havia formado um respeito relutante pelo general que organizara o acampamento a distância. Logo antes do amanhecer, batedores a cavalo tinham sido mandados para o vale, indo até a extremidade no sul antes de retornar. Estava claro que não esperavam que um inimigo estivesse tão perto, e Kachiun os ouvira gritando tranquilos uns para os outros enquanto cavalgavam, praticamente sem olhar para os picos e os pés dos morros. Sem dúvida achavam que era um serviço fácil passar um inverno aquecidos e em segurança, rodeados de tantas outras espadas.

Kachiun levou um susto quando um dos oficiais deu um tapa em seu ombro e pôs um pacote de carne e pão em sua mão. Estava quente e úmido, depois de ficar pressionado contra a pele de alguém, mas Kachiun sentia fome e apenas assentiu, agradecendo, enquanto cravava os dentes. Precisaria de todas as forças. Até mesmo para homens que haviam nascido para usar o arco, disparar uma centena de flechas a toda velocidade deixaria os ombros e os braços em agonia. Sussurrou uma ordem para eles formarem pares enquanto esperavam, cada um usando o peso do outro para afrouxar os músculos e manter o frio a distância. Todos os guerreiros conheciam o benefício desse tipo de trabalho. Nenhum deles queria fracassar quando chegasse a hora.

E o acampamento jin continuava quieto. Kachiun engoliu, nervoso, o resto do pão, enchendo a boca de neve até ter umidade suficiente para deixá-lo escorrer garganta abaixo. Precisava escolher com perfeição o momento do ataque. Se fosse antes de Gêngis estar à vista, o general jin poderia separar uma parte de seu vasto exército para derrubar os arqueiros de Kachiun. Se deixasse para muito tarde, Gêngis perderia a vantagem de um segundo ataque e talvez fosse morto.

Os olhos de Kachiun começaram a doer com o esforço de espiar a distância. Não ousava desviar o olhar.

Os prisioneiros começaram a gemer enquanto penetravam no desfiladeiro, sentindo o que estava adiante. As primeiras filas de cavaleiros mongóis bloqueavam a retirada, de modo que eles não tinham escolha além de continuar correndo adiante. Gêngis viu alguns dos homens mais jovens tentarem correr por entre dois de seus guerreiros. Milhares de olhos fitaram a tentativa de fuga com interesse febril, depois viraram em desespero quando os homens foram decapitados com golpes rápidos.

O barulho de tambores, cavalos e homens ecoava nas altas paredes da passagem enquanto eles entravam em seu abraço. Mais à frente, batedores jin corriam de volta com a notícia para seu general. O inimigo saberia que ele estava indo, mas Gêngis não dependia da surpresa.

A horda de prisioneiros andava em terreno pedregoso, olhando com medo para os primeiros sinais de arqueiros jin. O progresso era lento, com mais de trinta mil homens andando à frente dos cavaleiros mongóis, e havia alguns que caíam exaustos no chão enquanto os cavaleiros os alcançavam. Esses também eram empalados com as lanças, quer estivessem fingindo ou não. Os outros eram instigados com gritos agudos dos mongóis, assim como eles teriam gritado com as cabras em sua terra natal. O som familiar soava estranho naquele local. Gêngis olhou pela última vez para suas fileiras, observando as posições de seus generais de confiança antes de olhar faminto adiante. O desfiladeiro tinha quase cinco quilômetros de comprimento, e ele não voltaria.

Kachiun viu movimentos frenéticos no acampamento jin, finalmente. Gêngis estava em movimento, e a notícia havia chegado ao homem no comando. A cavalaria passava a meio-galope por entre as tendas, animais de melhor qualidade do que Kachiun os vira usar antes. Talvez o imperador mantivesse as melhores linhagens de sangue para seu exército imperial. Os animais eram maiores que os pôneis que ele conhecia e brilhavam ao sol do amanhecer enquanto os cavaleiros entravam em forma, virados para a Boca do Texugo.

Kachiun podia ver regimentos de besteiros e lanceiros correndo até as primeiras fileiras enquanto se encolhia diante do número enorme de soldados. Seu irmão poderia ser engolfado num ataque contra tantos. A tática predileta de Gêngis, de cercar o inimigo, era impossível naquele espaço estreito.

Kachiun virou para os homens atrás e os encontrou olhando em sua direção, esperando.

— Quando eu der a ordem, saiam correndo. Vamos formar três fileiras atravessando o vale, o mais perto deles que pudermos chegar. Vocês não poderão me ouvir acima do som dos arcos, por isso passem a ordem para disparar vinte flechas e depois esperar. Vou levantar o braço e baixar, para mais vinte.

— A cavalaria deles tem armaduras. Eles vão nos esmagar — disse um homem junto a seu ombro, olhando para além de Kachiun. Todos eles eram cavaleiros. A ideia de ficar a pé, sozinhos, esperando um ataque, ia contra tudo que conheciam.

— Não — respondeu Kachiun. — Nada no mundo pode enfrentar meu povo armado com arcos. As primeiras vinte flechas vão provocar pânico. Então avançaremos. Se eles atacarem, e atacarão, cravaremos uma flecha longa na garganta de cada homem.

Olhou para o acampamento jin, no vale. Agora era como se alguém tivesse chutado um formigueiro. Gêngis estava chegando.

— Passem adiante: estejam prontos — murmurou Kachiun. O suor brotou em sua testa. A avaliação tinha de ser perfeita. — Só um pouquinho mais. Quando formos, vamos depressa.

Quase na metade da passagem, os prisioneiros encontraram os primeiros ninhos de besteiros. Soldados jin haviam se posicionado em plataformas de rocha a quinze metros do chão. Os prisioneiros os viram primeiro e se afastaram das laterais, o que fez todos diminuírem o passo enquanto se comprimiam no centro. Os soldados jin não poderiam errá-los e disparavam setas contra a massa de pessoas. Enquanto os gritos ecoavam, as três primeiras fileiras que estavam com Gêngis levantaram os arcos. Cada um deles era capaz de acertar um pássaro na asa, ou três homens enfileirados, a pleno galope. À medida que chegavam ao alcance, suas flechas rasgavam o ar. Os soldados caíam sobre a cabeça dos que passavam embaixo. As fendas ensanguentadas foram deixadas para trás enquanto os guerreiros prosseguiam, forçando os prisioneiros que gritavam a partir numa corrida cheia de tropeços.

O primeiro trecho apertado entre duas grandes prateleiras de rocha ficava logo adiante. Os prisioneiros se afunilaram para lá, cambaleando e correndo enquanto os mongóis gritavam e os cutucavam com as lanças. Todos podiam ver dois grandes fortes pairando acima da única passagem. Isso era o máximo que qualquer batedor pudera ver antes de cavalgar de volta. Depois disso, estavam em terreno novo, e ninguém sabia o que ficava adiante.

Khasar estava suando. Havia demorado muito tempo para fazer mil homens descerem por apenas três cordas e, à medida que um número cada vez maior conseguia chegar em segurança ao terreno plano, ele se sentia tentado a deixar os outros. A neve era densa a ponto de os homens afundarem até a cintura enquanto se moviam, e ele não acreditava mais que a trilha fora usada pelos homens do forte para caçadas, a não ser que ele tivesse deixado de ver degraus cortados na rocha mais adiante. Seus homens haviam conseguido chegar aos fundos do forte, mas no escuro ele não podia ver um modo de entrar. Como o outro, que ficava no lado oposto da passagem, o forte fora projetado para ser inexpugnável para qualquer um que passasse pela Boca do Texugo. Pelo que ele percebia, os soldados podiam ser puxados para dentro por cordas.

Três de seus homens haviam caído na descida e, contra todas as expectativas, um deles sobrevivera, despencando num monte de neve tão fundo que o guerreiro atordoado teve de ser escavado pelos companheiros. Os outros dois não tiveram tanta sorte e bateram em rochas expostas. Nenhum havia gritado, e o único som era o uivo das corujas retornando aos ninhos.

Quando o amanhecer chegou, Khasar havia levado os homens através da neve pesada, os primeiros prosseguindo lentamente enquanto a pisoteavam. O forte se erguia negro acima das cabeças, e Khasar só pôde xingar, frustrado, convencido de que havia levado um décimo da força de Kachiun sem um bom motivo.

Quando chegou a um caminho que atravessava sua rota, sentiu um jorro de empolgação. Ali perto encontraram uma enorme pilha de lenha, escondida da passagem embaixo. Fazia sentido que os guerreiros jin pegassem sua lenha nos penhascos às costas, empilhando-a para um longo inverno. Um dos homens de Khasar encontrou um machado de cabo comprido cravado numa tora. A lâmina estava oleada e mostrava apenas alguns pontos de ferrugem. Ele riu ao ver aquilo, sabendo que tinha de haver uma entrada.

Khasar se imobilizou ao escutar o som de pés e as vozes dos prisioneiros gritando a distância. Gêngis vinha chegando, e ele ainda não estava em condições de ajudar os irmãos.

— Chega de cautela — disse aos homens ao redor. — Precisamos entrar nesse forte. Avancem e encontrem qualquer porta que eles usem para levar a lenha para dentro.

Começou a correr e eles o seguiram, preparando as espadas e os arcos.

O general Zhi Zhong estava no centro de um redemoinho de mensageiros correndo, dando ordens tão rapidamente quanto recebia notícias. Não havia dormido, mas sua mente soltava fagulhas de energia e indignação. Ainda que a tempestade tivesse passado, o ar continuava gélido e o gelo estava no chão do desfiladeiro e formando camadas nos penhascos ao redor. As mãos congeladas escorregariam nas espadas. Cavalos cairiam e cada homem sentiria a força ser roubada pelo frio. O general olhou com desejo para o lugar onde uma fogueira de cozinhar fora preparada, mas não acesa. Poderia ter ordenado que trouxessem comida quente, mas o alarme chegara antes que seu exército tivesse comido, e agora ele não tinha tempo. Ninguém guerreava no inverno, disse a si mesmo, zombando da certeza que sentira durante a noite.

Guardara a extremidade do desfiladeiro durante meses enquanto o exército mongol devastava as terras do outro lado. Seus homens estavam prontos. Quando os mongóis chegassem ao alcance, seriam recebidos por mil setas de bestas a cada dez batidas de coração, e isso era apenas o começo. Zhi Zhong tremeu enquanto o vento aumentava, rugindo pelo acampamento. Ele os trouxera para o único lugar onde os inimigos não poderiam usar sua tática de guerra de planícies. A Boca do Texugo guardaria seus flancos melhor do que qualquer força de homens. Que venham, pensou.

Gêngis tentou enxergar adiante enquanto os prisioneiros jorravam por baixo das fortalezas. O desfiladeiro estava apinhado de homens até tão longe, à frente de seu povo, que ele mal podia ver o que acontecia. A distância, ouvia gritos retornando no ar congelado e viu uma súbita brotação de fogo. Os prisioneiros de trás também tinham visto e hesitaram na corrida louca à frente de seus cavaleiros, aterrorizados. Sem uma ordem sua, as lanças baixaram e os obrigaram a continuar adiante, para a bocarra entre os fortes. Não importando que armas os jin tivessem, trinta mil prisioneiros eram uma coisa difícil de ser parada. Alguns deles já haviam passado pela parte mais estreita e estavam jorrando do outro lado. Gêngis continuou cavalgando e só podia esperar que, quando chegasse sob os fortes, os inimigos tivessem exaurido todo o óleo e as setas. Havia corpos caídos no chão, mais e mais enquanto ele se aproximava da parte estreita.

Acima de sua cabeça, viu arqueiros nos fortes, mas, para sua perplexidade, eles pareciam estar apontando para o outro lado da passagem, disparando uma flecha depois da outra contra seus próprios homens. Não pôde entender, e uma lança de preocupação se cravou em seus pensamentos. Mesmo que aquilo parecesse um presente, ele não gostava de ser surpreendido quando estava espremido num lugar assim. Sentiu as paredes de rocha pressionando, forçando-o a ir em frente.

Mais perto das fortalezas pôde ouvir o ruído surdo das catapultas, um som que agora ele conhecia bem e entendia. Viu uma trilha de fumaça subir no ar acima da passagem e um jorro de fogo se espalhar nas paredes da fortaleza à sua esquerda. Arqueiros caíam queimando de suas plataformas e um grito de comemoração soou do outro lado. Gêngis sentiu o coração saltar. Só poderia haver uma explicação, e ele rugiu ordens para afinar a coluna de modo que ela passasse do lado direito da Boca do Texugo, o mais longe da esquerda que pudessem.

Kachiun ou Khasar havia tomado o forte. Quem quer que estivesse lá em cima, Gêngis iria homenageá-lo quando a batalha terminasse, se os dois ainda vivessem.

Mais e mais cadáveres estavam esparramados no chão do desfiladeiro, de modo que seu cavalo teve de pisar neles, relinchando, perturbado. Gêngis sentiu o coração martelar com medo enquanto uma barra de sombra atravessava seu rosto. Estava quase sob os fortes, no coração de uma área de matança projetada por nobres jin mortos havia muito tempo. Milhares de seus prisioneiros tinham morrido, e havia lugares em que mal podia enxergar o chão, de tantos cadáveres. No entanto, sua vanguarda maltrapilha havia atravessado, agora correndo com terror selvagem. As tribos mongóis praticamente não tinham perdido nenhum homem, e Gêngis exultou. Passou abaixo do forte da direita, gritando alto para os de seu povo que o haviam invadido. Eles não podiam ouvi-lo. Ele próprio mal podia se ouvir.

Inclinou-se adiante na sela, sentindo necessidade de galopar. Era difícil conter a montaria num trote quando havia flechas no ar, mas ele se controlou, levantando a palma da mão para manter os homens firmes. Um dos fortes estava queimando por dentro, as chamas saltando dos buracos dos arqueiros. Enquanto Gêngis olhava para cima, uma plataforma de madeira desmoronou em fogo, caindo no chão embaixo. Cavalos relincharam perturbados e alguns dispararam, correndo atrás dos prisioneiros.

Gêngis ficou de pé na sela para olhar a passagem. Engoliu em seco, nervoso, ao ver uma linha escura na extremidade. Ali, o desfiladeiro era tão estreito quanto no trecho entre as fortalezas, uma perfeita defesa natural. Não havia como passar, a não ser por cima do exército do imperador jin. Os prisioneiros já estavam chegando lá, e agora Gêngis ouviu os estalos das saraivadas de bestas parecendo um trovão, tão alto no espaço confinado que fazia os ouvidos doerem a cada golpe.

Os prisioneiros enlouqueceram, em pânico, com as setas derrubando-os enquanto cada homem era acertado repetidamente, girando despedaçado ao cair. Eles corriam para uma tempestade de ferro, e Gêngis mostrou os dentes, sabendo que sua vez chegaria.

O mensageiro do general estava pálido de medo, ainda tremendo pelo que vira. Nada em sua carreira até esse ponto o havia preparado para a carnificina na passagem.

— Eles tomaram um dos fortes, general — disse — e viraram as catapultas para o outro.

— Os fortes só poderiam ter reduzido um pouco o número deles — lembrou ao homem. — Vamos pará-los *aqui*. — O mensageiro pareceu sentir confiança com os modos serenos do general e soltou um suspiro longo.

Zhi Zhong esperou que o mensageiro se controlasse, depois fez um gesto para um dos soldados próximos.

— Leve este homem e chicoteie-o até arrancar a pele das costas — disse. O mensageiro ficou boquiaberto ao ouvir a ordem. — Quando aprender a ter coragem, você pode interromper a instrução, ou depois de sessenta golpes da vara, o que acontecer primeiro.

O mensageiro baixou a cabeça, envergonhado, enquanto era levado, e pela primeira vez naquela manhã Zhi Zhong foi deixado sozinho. Xingou baixo por um momento antes de sair da tenda, faminto por informações. Nesse ponto, sabia que os mongóis estavam empurrando prisioneiros jin à frente, encharcando as defesas com seu próprio povo. Zhi Zhong aplaudiu em silêncio a tática, ao mesmo tempo que procurava modos de anulá-la. Dezenas de milhares de homens desarmados podiam ser tão perigosos quanto um exército, se alcançassem suas fileiras. Atrapalhariam os regimentos de besteiros que ele espalhara na passagem. Ordenou que um soldado que esperava mandasse novas carroças de setas para a frente de luta e ficou olhando-as se afastar.

O cã fora inteligente, mas os prisioneiros seriam apenas um escudo até estarem mortos, e Zhi Zhong ainda sentia confiança. Os mongóis teriam de lutar por cada metro de terreno. Sem espaço de manobra, seriam atraídos e trucidados.

Esperou, imaginando se deveria chegar mais perto da linha de frente. De seu ponto de vista, mais atrás, podia enxergar fumaça negra subindo do forte capturado e xingou de novo. Era uma perda humilhante, mas o imperador não se importaria, assim que o último homem das tribos tivesse morrido.

Zhi Zhong esperara matar muitos deles antes de abrirem caminho até seu exército, comprimindo-os ainda mais. Eles correriam para a abertura e se surpreenderiam sendo atacados de todos os lados, com a ponta de lança perdida numa massa de soldados veteranos. Era uma boa tática. A alternativa era bloquear a passagem completamente. Ele havia planejado as duas hipóteses e avaliara as duas. Acalmou o coração disparado, mostrando uma expressão confiante aos homens ao redor. Com mão firme, pegou uma jarra d'água e derramou num copo, bebendo enquanto olhava a passagem.

Com o canto do olho, viu movimento no vale coberto de neve. Virou para lá e se imobilizou por um momento. Escuras filas de homens se derramavam de trás das árvores, formando fileiras enquanto ele olhava.

Zhi Zhong jogou o copo no chão enquanto os mensageiros corriam pelo acampamento para lhe contar a novidade. Os picos não podiam ser escalados. Era impossível. Mesmo em seu choque, não hesitou, gritando ordens antes que os mensageiros pudessem alcançá-lo.

— Regimentos de cavalaria, do um ao vinte, formar! — rugiu. — Sustentem o flanco esquerdo e varram aquelas fileiras para longe. — Cavaleiros correram para repassar as ordens, e metade de sua cavalaria começou a se afastar da parte principal do exército. Olhou as fileiras mongóis se formando, caminhando pela neve em sua direção. Não se permitiu entrar em pânico. Eles haviam escalado os picos a pé e estariam exaustos. Seus homens iriam esmagá-los.

Pareceu demorar séculos até que vinte mil cavaleiros imperiais se formassem em blocos no flanco esquerdo, e nesse ponto as fileiras mongóis haviam parado. Zhi Zhong apertou os punhos enquanto as ordens eram dadas ao longo da fileira e seus cavaleiros começavam a trotar para o inimigo parado na neve. Não podia ver mais do que dez mil deles, no máximo. A infantaria não conseguiria suportar uma carga disciplinada. Seria destruída.

Enquanto o general olhava, sua cavalaria acelerou, espadas erguidas para cortar cabeças. Obrigou-se a olhar de novo para o desfiladeiro, com a boca seca. Eles haviam impelido prisioneiros à frente, tomado um de seus fortes e o flanqueado por cima dos picos. Se isso era tudo que tinham, Zhi Zhong ainda poderia derrotá-los. Por um instante, sua certeza hesitou e ele pensou em mandar bloquear a passagem. Não, ainda não era necessário, e o general permaneceu confiante enquanto sua cavalaria trovejava pelo vale.

CAPÍTULO 23

A NOVECENTOS PASSOS DE DISTÂNCIA, A CAVALARIA JIN CHEGOU A PLENO GALO-pe. Era cedo demais, pensou Kachiun. Ficou parado, olhando calmamente, com seus nove mil homens. Pelo menos o vale não era tão largo a ponto de ele ser flanqueado automaticamente. Podia sentir o nervosismo nos homens ao redor. Nenhum deles jamais enfrentara uma carga a pé e sabiam como seus inimigos deviam se sentir. O sol brilhava nas armaduras jin e nas espadas erguidas pelos cavaleiros, prontos para se chocarem contra a fileira.

— Lembrem-se disso! — gritou Kachiun. — Esses homens não nos en-frentaram na guerra. Não sabem o que podemos fazer. Uma flecha para derrubá-los e mais uma para matar. Escolham seu homem e, ao meu si-nal, disparem vinte!

Retesou o arco até a orelha, sentindo a força no braço direito. Era por isso que havia treinado durante anos, construindo músculos até pa-recerem de ferro. O braço esquerdo nem de longe era tão forte quanto o direito, e o calombo de músculos no ombro lhe dava uma aparência torta quando estava com o peito nu. Podia sentir o chão tremer enquanto a massa de cavaleiros se aproximava. Quando estavam a seiscentos passos, olhou para um lado e outro das fileiras, arriscando um olhar aos ho-mens de trás. Eles estavam com os arcos retesados, prontos para lançar a morte contra o inimigo.

Os soldados jin gritavam enquanto se aproximavam, o som preenchendo o vale e se chocando contra as silenciosas linhas mongóis. Estavam com boas armaduras e levavam escudos que os protegeriam de muitas flechas. Kachiun notou cada detalhe enquanto eles se aproximavam a velocidade apavorante. O maior alcance para matar era de quatrocentos metros, e ele deixou que passassem intocados por esse ponto. A trezentos metros, podia ver seus homens olhando-o com o canto dos olhos, esperando que ele disparasse sua flecha.

A duzentos metros, a linha de cavalos era como uma muralha. Kachiun sentiu o medo mordê-lo enquanto dava a ordem.

— Matem! — gritou, rosnando enquanto soltava a flecha. Nove mil flechas o acompanharam instantaneamente, disparando pelo espaço.

A carga de cavalaria hesitou como se tivesse atingido uma trincheira. Homens giravam para fora das selas e cavalos caíam. Os de trás se chocavam contra eles a pleno galope e, nesse ponto, Kachiun estava com a segunda flecha na corda e puxando-a. Outra saraivada se chocou contra a cavalaria.

Os cavaleiros jin não poderiam ter parado, nem se tivessem entendido o que acontecia. As fileiras da frente desmoronaram, e os que instigaram os cavalos por cima deles foram recebidos com outra onda de flechas, cada homem acertado por três ou quatro, que se moviam rápido demais para serem vistas. Rédeas eram arrancadas de dedos e, mesmo quando as armaduras ou os escudos os salvavam, a simples força do impacto os jogava no chão.

Kachiun contou em voz alta enquanto disparava, mirando os rostos desprotegidos dos soldados jin que se levantavam cambaleando. Se não pudesse ver um rosto, mirava o peito e contava com a pesada ponta da flecha para atravessar as escamas. Sentiu os ombros começando a queimar quando chegou à décima quinta flecha. Os cavaleiros que atacavam haviam se chocado a toda velocidade contra uma marreta e não tinham chegado mais perto. Kachiun baixou a mão e descobriu que havia usado suas vinte.

— Trinta passos à frente, comigo! — gritou, começando a correr devagar. Seus homens foram junto, arrancando novos feixes de flechas das aljavas. Os soldados jin os viram se mover e ainda havia milhares lutando em meio às fileiras de mortos. Muitos tinham caído sem nenhum ferimento, com os cavalos tombando na pressão de homens e animais agonizantes. Os oficiais rosnavam ordens para montar de novo, e os soldados gritavam ao ver os mongóis avançando.

Kachiun levantou o punho direito e a linha parou. Viu um de seus oficiais dar um cascudo tão forte num rapaz a ponto de fazê-lo cambalear.

— Se eu vir você acertar outro cavalo, eu mesmo o mato! — rugiu o oficial. Kachiun deu um risinho.

— Mais vinte! Mirem nos homens! — gritou, e a ordem foi repetida pela linha de guerreiros. A cavalaria jin havia se recuperado do primeiro colapso, e ele podia ver oficiais emplumados instigando-os à frente. Kachiun mirou um deles enquanto o homem fazia uma pirueta com a montaria, balançando uma espada no ar.

Mais nove mil flechas seguiram a de Kachiun quando ela acertou o pescoço do homem. A essa distância, eles podiam escolher os alvos, e a saraivada foi devastadora. Uma segunda carga de cavalaria, mal organizada, se desintegrou contra as flechas que zumbiam, e os soldados jin começaram a entrar em pânico. Alguns homens galoparam para longe do caos, incólumes, com os escudos eriçados de flechas. Mesmo doendo dar a ordem, Kachiun rugiu para os homens ao redor:

— Nos cavalos! — E os animais caíram com estalos de ossos.

Dez flechas chegavam a cada sessenta batidas do coração, e não havia folga. Os inimigos mais corajosos morriam rapidamente e deixavam apenas os fracos e amedrontados tentando virar as montarias de volta para onde estavam seus homens. As fileiras atrás eram atrapalhadas pelos cavalos em fuga, os cavaleiros oscilando nas selas, com flechas cravadas no peito.

O ombro de Kachiun estava doendo enquanto ele disparava sua quadragésima flecha e esperava que os homens ao redor terminassem de atirar. O vale adiante estava coberto de sangue e homens mortos, uma mancha vermelha de cascos se sacudindo e soldados estremecendo na neve. Não havia como fazerem outra carga agora, e ainda que os oficiais jin gritassem para eles forçarem uma passagem, não conseguiam mais o ímpeto.

Kachiun correu à frente, sem dar uma ordem, e seus homens foram junto. Contou vinte passos, depois deixou a empolgação suplantar a boa avaliação, correndo mais vinte, de modo a ficar perigosamente perto da massa de homens e cavalos caídos. Apenas cem metros separavam as duas forças enquanto Kachiun espetava mais vinte flechas na neve limpíssima e cortava o nó que as unia. Os soldados jin gritaram de terror ao ver a ação, e os arcos se curvaram de novo. O pânico estava se espalhando por suas fileiras e, à medida que mais flechas ainda penetravam neles, os jin desistiram.

A princípio, a debandada foi lenta, e muitos morreram tentando ir embora enquanto eram pressionados pelos que vinham atrás. Os mongóis disparavam metodicamente contra qualquer coisa que pudessem ver. Os oficiais caíam rapidamente, e Kachiun gritou feito louco ao ver a debandada se espalhar. Os que não haviam chegado perto das fileiras da frente foram empurrados de lado e infectados pelo medo e o sangue.

— Mais devagar! — gritou Kachiun aos seus homens. Disparou sua décima quinta flecha enquanto os chamava e pensou em chegar ainda mais perto dos soldados para completar a debandada. Então se acautelou, mesmo querendo correr atrás dos inimigos em fuga. Havia tempo, disse a si mesmo. A velocidade diminuiu, como ele havia ordenado, e a precisão aumentou ainda mais, de modo que centenas de homens caíam com mais de uma flecha no corpo. Havia disparado sessenta, e agora as aljavas estavam leves às suas costas.

Fez uma pausa. A cavalaria fora despedaçada, e muitos corriam de volta com as rédeas soltas. Ela ainda poderia se formar de novo e, mesmo que ele não esperasse outra carga, viu uma chance de debandá-la diretamente contra as próprias fileiras jin. Chegar mais perto era perigoso, ele sabia. Se os soldados jin alcançassem seus homens, o dia ainda poderia virar a favor deles. Kachiun olhou os rostos sorridentes ao redor e reagiu com uma gargalhada.

— Querem andar comigo? — perguntou. Os homens gritaram comemorando, e ele avançou, tirando outra flecha da aljava. Desta vez, segurou-a na corda enquanto iam direto até as primeiras linhas de mortos. Ainda havia muitos vivos, e alguns mongóis pegavam as espadas valiosas, demorando momentos preciosos para enfiá-las sob a faixa dos dils. Kachiun quase foi derrubado por um cavalo correndo à solta. Estendeu a mão para pegar as rédeas e errou, mas o animal foi parado por dois de seus homens mais adiante. Havia centenas de animais sem cavaleiro, e ele pegou outro que passou correndo, bufando e tentando evitar a sólida linha de arqueiros. Kachiun acalmou o animal, esfregando seu focinho enquanto olhava os cavaleiros jin começarem a reorganizar a formação. Talvez fosse hora de mostrar do que eram capazes quando estavam montados.

— Peguem espadas e montem! — gritou. De novo a ordem foi repetida, e ele viu seus homens correndo alegres por cima dos mortos para saltar nas selas dos cavalos jin. Havia um número mais do que suficiente, apesar de algumas montarias ainda estarem arregaladas de terror e manchadas com o sangue de seu cavaleiro anterior. Kachiun saltou na sela, ficando de pé sobre os estribos para ver o que o inimigo estava fazendo. Desejou que Khasar estivesse ali para ver. Seu irmão adoraria a chance de atacar o exército jin com seus próprios cavalos. Gritou um desafio e bateu os calcanhares, inclinando-se baixo na sela enquanto a montaria acertava o passo e saltava adiante.

O fim do desfiladeiro estava num caos, e Gêngis cavalgou por cima dos mortos. As bestas dos soldados jin haviam matado quase todos os seus prisioneiros, com meio milhão de setas de ferro caídas em pilhas que escorregavam sob os pés. No entanto, alguns deles haviam corrido contra as fileiras jin, alucinados de terror. Gêngis os vira agarrando armas e barricadas com as mãos sangrentas.

As saraivadas ordeiras haviam se tornado esporádicas enquanto os últimos deles se chocavam contra as linhas jin. Centenas de prisioneiros forçavam a passagem para além da primeira fila, gadanhando e chutando em desespero. Quando encontravam uma arma, usavam-na para golpear loucamente ao redor, até serem mortos.

Enquanto pressionava adiante, Gêngis sentia setas passarem zunindo e se abaixou na sela quando uma chegou perto demais. O vasto exército jin estava adiante e ele havia feito tudo que podia. A fenda se abriu enquanto ele cavalgava, e Gêngis percebeu que apenas um dos lados era uma parede de rocha. De trás, havia pensado na abertura como um grande portão, mas de perto viu que os jin haviam erguido um gigantesco tronco de árvore e posto de pé, num dos lados. Cordas se estendiam do topo, e Gêngis percebeu que ele poderia ser largado sobre a passagem, cortando seu exército ao meio. Se o tronco caísse, ele estava acabado. Enquanto o pânico o varria, Gêngis gritou em frustração, esperando ser acertado ou ver a árvore cair. Chamou pelo nome os homens que estavam à frente, ordenando que seguissem a pé e apontando para o grande tronco que esmagaria todas as suas esperanças. Eles lutaram para alcançar as cordas e cortá-las.

Para além da fenda, Gêngis pôde ver as fileiras jin em redemoinho. Algo estava errado, e ele se arriscou a ficar de pé nos estribos para ver o que era. Os últimos prisioneiros estavam forçando contra as barricadas de vime que protegiam os soldados jin enquanto eles recarregavam as bestas. Gêngis prendeu o fôlego vendo seus guerreiros se juntarem aos prisioneiros exaustos, as espadas parecendo linhas brilhantes ao sol. As bestas haviam silenciado por fim, e Gêngis pôde ver braços gesticulando, pedindo mais.

Finalmente estavam sem setas, como ele havia esperado. O chão estava preto com as feias hastezinhas de ferro, e cada corpo esparramado parecia gordo, de tantas setas. Se a árvore permanecesse de pé, ele ainda teria de romper as fileiras jin. Gêngis desembainhou a espada de seu pai, sentindo a pressão se liberar subitamente como uma represa se rompendo. Atrás dele, os mongóis levantavam as lanças ou espadas longas e batiam os calcanhares, forçando as montarias a saltarem por cima de pilhas de mortos. Passou à sombra da árvore enorme e não pôde parar enquanto era impelido contra o exército do imperador jin.

A linha de cavaleiros se cravou nos soldados jin, penetrando fundo em suas fileiras. O risco aumentava a cada trecho que cavalgavam, à medida que enfrentavam homens não apenas à frente, mas também dos lados. Gêngis golpeava qualquer coisa que se movesse, um estilo de trucidar que poderia manter durante horas. À frente, viu uma fileira de cavalaria em pânico se chocar contra as próprias forças jin, despedaçando-as. Não podia demorar um momento para olhar a árvore outra vez, com tantas espadas girando ao redor. Só quando outra linha acertou a cavalaria a pleno galope ele ergueu os olhos, reconhecendo seus próprios homens montados nos cavalos jin. Então soltou um grito rouco, sentindo o pânico crescente e a confusão dos inimigos. Atrás dele, os impotentes regimentos de besteiros estavam sendo estripados por seus homens, que abriam um caminho cada vez mais fundo nas fileiras apinhadas. Isso não bastaria, sem a carga de flanco, mas Gêngis viu os cavaleiros causando tumulto nas fileiras jin, os melhores cavaleiros do mundo correndo feito loucos no meio dos inimigos.

Uma lâmina acertou a garganta de seu cavalo, abrindo um talho enorme que jorrou sangue no rosto dos soldados em luta. Gêngis sentiu o animal hesitar e saltou, derrubando dois homens com todo o seu peso.

Seu sentimento da batalha se perdeu nesse instante, e ele só podia continuar a luta a pé, esperando que tivessem feito o suficiente. Um número cada vez maior de seus guerreiros saía pela passagem, chocando-se contra o centro... O exército mongol passava feito um punho com armadura, derrubando as fileiras jin.

O general Zhi Zhong só podia olhar boquiaberto enquanto os mongóis rasgavam suas linhas de frente. Ele vira a cavalaria debandar e depois ser impelida de volta contra o exército principal, espalhando o pânico pelas fileiras. Poderia tê-la contido, tinha certeza, mas então os mongóis desgraçados os perseguiram usando cavalos roubados. Eles montavam com habilidade espantosa, equilibrando-se perfeitamente enquanto disparavam saraivadas de flechas em pleno galope, abrindo um buraco. Viu um regimento de espadas desmoronar e depois as fileiras de frente, no desfiladeiro, tombaram para trás. E uma nova onda de inimigos saltou em meio aos seus soldados, como se estes fossem crianças com espadas.

O general ficou boquiaberto, com a mente vazia. Seus oficiais o olhavam esperando ordens, mas muita coisa estava acontecendo depressa demais, e ele se imobilizou. Não, ainda poderia se recuperar. Mais de metade de seu exército ainda não havia enfrentado o inimigo e mais vinte regimentos de cavalaria esperavam adiante, nas fileiras. Pediu seu cavalo e montou.

— Bloqueiem a passagem! — gritou, e seus mensageiros correram pela linha até a frente. Tinha homens prontos para receber a ordem, se ainda estivessem vivos. Se pudesse cortar a vinda dos mongóis através da passagem, poderia cercar e destruir os que cavalgavam tão imprudentes em meio às suas fileiras. Havia levantado a árvore como último recurso, mas ela se tornara a última coisa que lhe garantiria tempo suficiente para se reorganizar.

Tsubodai viu Gêngis atravessar o fim do desfiladeiro, o cavalo parecendo louco. Sentiu a pressão terrível começando a ceder ao redor enquanto mais e mais homens seguiam o cã através da fenda. Os Jovens Lobos de Tsubodai berravam de empolgação. Muitos deles ainda estavam tão comprimidos por homens e cavalos que não podiam se mexer. Alguns até haviam virado de costas na massa comprimida e estavam lutando para retornar à luta adiante.

Tsubodai havia perdido Gêngis de vista quando viu uma das cordas sobre sua cabeça se retesar, puxada por homens. Olhou para cima, entendendo num instante que a árvore trêmula poderia ser derrubada e separá-lo dos que haviam passado.

Seus homens não viram o perigo e instigavam as montarias adiante, uivando como jovens que eram. Tsubodai xingou enquanto outra corda perdia a frouxidão. A árvore era enorme, mas não seria preciso muito esforço para derrubá-la.

— Alvos ali! — rugiu para seus homens, dando-lhes as orientações enquanto retesava o arco e disparava mais rápido do que jamais fizera. Sua primeira flecha acertou a garganta de um jin que fazia força e ele caiu para longe de uma das cordas, fazendo dois companheiros se esparramarem. A corda se afrouxou, mas outros homens correram para cumprir a ordem de Zhi Zhong e a árvore começou a se inclinar. Os Jovens Lobos de Tsubodai reagiram com um enxame de flechas, derrubando dezenas de homens. Era tarde demais. Os últimos soldados jin puxaram o tronco enorme bem em cima deles, com um estrondo que ressoou por toda a passagem. Tsubodai não estava a mais de vinte passos da planície adiante quando ela caiu. Seu cavalo empinou, em pânico, e ele teve de fazer força para controlá-lo.

Até os prisioneiros sobreviventes foram arrancados do frenesi sangrento pelo barulho. Enquanto Tsubodai olhava num terror atônito, o silêncio caiu sobre as linhas em pânico, por um momento, antes que um único grito terrível soasse, dado por um guerreiro cujas pernas haviam sido esmagadas. A lateral da árvore bloqueava a passagem até a altura de um homem. Nenhum cavalo poderia saltar por cima. Tsubodai sentiu milhares de olhos virarem automaticamente em sua direção, mas não sabia o que fazer.

Seu estômago se revirou ao ver filas de lanceiros jin aparecerem por trás da barreira. Os que ousavam mostrar o rosto eram golpeados com flechas, mas suas armas permaneciam, uma linha de ferro pesado que aparecia como dentes ao longo de toda a extensão do tronco. Tsubodai engoliu em seco.

— Machados! — berrou. — Machados aqui! — Não sabia quanto tempo demoraria para cortar um tronco tão enorme. Até que fizessem isso, seu cã estava preso do outro lado.

CAPÍTULO 24

GÊNGIS VIU A ÁRVORE CAIR E UIVOU DE FÚRIA, DECEPANDO A CABEÇA DE UM homem com um único golpe enorme. Estava num mar de estandartes dourados e vermelhos, adejando com um ruído que parecia asas de pássaros. Lutava sozinho, desesperadamente. Os inimigos ainda não haviam percebido quem ele era. Só os que estavam perto tentavam esmagar aquele guerreiro demoníaco que lutava e rosnava em seus rostos. O cã girava e saltava entre eles, usando cada peça de armadura como arma; qualquer coisa que o mantivesse vivo. Deixava uma trilha de dor e jamais deixava de se movimentar. Parar era morrer em meio a tantas bandeiras.

Os jin sentiram a súbita incerteza nos inimigos e rugiram em desafio, a confiança retornando. Gêngis pôde ver uma vasta força de nova cavalaria trovejando pelo flanco e havia perdido de vista seu irmão Kachiun. Estava sem cavalo no meio do inimigo. Havia poeira em toda parte, e ele sabia que a morte se encontrava a um sussurro de distância.

Quando ia desanimar, um cavaleiro esmagou soldados empurrando-os para longe e puxou o cã para trás, com pura força. Era o lutador, Tolui. Gêngis ofegou um agradecimento ao guerreiro enorme enquanto os dois baixavam as lâminas sobre os que gritavam para eles. Setas de bestas ricocheteavam em suas armaduras, e Tolui grunhia enquanto as placas com a largura de um dedo eram partidas pelos impactos, muitas delas caindo.

— A mim! Defendam o cã! — gritou Tolui acima das cabeças do enxame de soldados jin. Viu um cavaleiro sem cavalo e virou sua montaria para lá. Enquanto saltava para a sela vazia, Gêngis levou um corte na coxa e gritou de dor. Chutou loucamente, o pé quebrando o queixo de um homem. A pontada trouxe seus sentidos de volta do desespero e ele olhou ao redor, em meio aos golpes, captando uma impressão do campo de batalha.

Era o caos. Os jin não pareciam ter formações, como se o simples número pudesse bastar. No entanto, a leste, o general estava restaurando a ordem. A cavalaria no flanco alcançaria os homens de Gêngis enquanto eles lutavam na massa borbulhante de soldados. Gêngis balançou a cabeça para livrar os olhos do sangue. Não se lembrava de ter levado o ferimento, mas seu couro cabeludo estava machucado e o elmo fora jogado longe. Sentiu gosto de sangue e cuspiu para baixo enquanto cortava o pescoço de outro soldado.

— O cã! — gritou Tolui, a voz indo longe. Kachiun ouviu e respondeu, a espada cantando. Não conseguia alcançar o irmão, e muitos de seus homens já estavam mortos, esmagados sob os pés. Talvez tivesse cinco mil dos nove mil originais. Todas as aljavas estavam vazias, e eles se encontravam muito longe da Boca do Texugo e do cã.

Kachiun girou a espada e abriu um grande talho no flanco de seu próprio cavalo. O sangue jorrou enquanto o animal relinchava e disparava por cima de homens, derrubando-os e fazendo-os voar. Kachiun ecoou o som com um chamado em desespero para seus homens o seguirem enquanto se agarrava, quase incapaz de guiar o animal ferido. Atravessou pelo meio de soldados jin, golpeando tudo que pudesse alcançar. O cavalo estava enlouquecido, e Kachiun ouviu o osso do esterno do animal se partir quando bateu em algum obstáculo. Passou voando sobre a cabeça do cavalo, acertando outro homem com sua armadura. Outro de seus guerreiros gritou atrás, e Kachiun agarrou um braço abaixado em sua direção, atordoado e sentindo dor enquanto saltava na garupa.

Os cinco mil lutavam como se tivessem perdido a sanidade mental, sem pensar na segurança. Os que estavam encurralados cortavam as próprias montarias, como Kachiun fizera, fazendo-as escoicear e bufar em busca da planície aberta entre as montanhas. Precisavam alcançar Gêngis antes que ele fosse morto.

Kachiun sentiu a segunda montaria tropeçar e quase caiu de novo. De algum modo, o animal se endireitou de novo e ele passou pelas fileiras, chegando ao terreno aberto, o cavalo arregalado de terror. Havia cavalos sem cavaleiros em toda parte, e Kachiun saltou para um deles sem pensar, quase arrancando o próprio braço direito quando agarrou as rédeas. Então saiu da batalha enquanto lutava contra o pânico do cavalo e o trazia de volta. Seus homens tinham vindo com ele, mas não poderia haver mais de três mil, depois daquela carga louca através do coração do exército jin.

— Vamos! — gritou Kachiun, balançando a cabeça para limpá-la. Mal podia enxergar, e sua cabeça latejava devido ao primeiro impacto com o chão. Podia sentir todo o rosto inchando enquanto galopava junto à borda do exército, retornando ao irmão. A oitocentos metros à frente, a retaguarda da cavalaria de Zhi Zhong corria para lacrar a passagem, vinte mil cavalos e homens descansados. Kachiun sabia que eram muitos, mas não diminuiu a velocidade. Levantou a espada enquanto cavalgava, deixando de lado a dor e mostrando ao vento os dentes vermelhos.

Não mais de mil homens haviam atravessado a passagem antes de a árvore ter caído. Metade desses já estava morta, e o resto se agrupava ao redor do cã, preparado para defendê-lo até o último homem. Os soldados jin redemoinhavam ao redor como um ninho de marimbondos, mas os mongóis lutavam como se estivessem possuídos. E o tempo todo Gêngis lançava olhares de volta para o tronco que bloqueava a passagem. Seus homens eram nascidos para a guerra, cada um tinha mais habilidade que os soldados jin que lutavam em seus estribos e morriam. Todas as aljavas estavam vazias, mas muitos homens manobravam as montarias como se fossem uma criatura única. Os pôneis sabiam quando recuar de uma lâmina girando e quando escoicear e acertar o peito de quem ousasse chegar perto demais. Como uma ilha num mar em fúria, os cavaleiros mongóis moviam-se em face do exército jin e ninguém conseguia derrubá-los. Setas de bestas ricocheteavam nas armaduras, mas os regimentos estavam apinhados demais para conseguir disparos organizados. Ninguém queria chegar perto das lâminas vermelhas dos guerreiros furiosos. Os que cavalgavam com Gêngis estavam escorregadios de sangue, as mãos coladas por ele às espadas. Eram homens difíceis de serem mortos.

Sabiam que seu cã estava com eles e que só precisavam se sustentar até que a barreira fosse cortada. Mesmo assim, seu número começou a diminuir, mas cada homem que caía levava dez ou vinte. Mais e mais começavam a olhar de volta para a passagem, os olhos sérios e em desespero crescente enquanto lutavam.

Jelme e Arslan chegaram juntos à passagem bloqueada, vendo Tsubodai pálido. O jovem general assentiu para os mais velhos.

— Precisamos de mais machados — gritou Jelme. — Nesse ritmo, vai demorar horas.

Tsubodai olhou-o com frieza.

— O comando é seu, general. Eu estava meramente esperando que o senhor chegasse à frente. — Em seguida, afastou seu cavalo sem dizer outra palavra, respirando fundo para gritar acima da cabeça de seus homens.

— Lobos, apear! — gritou. — Arcos e espadas. A pé! Comigo!

Enquanto os mais velhos assumiam o comando das equipes com machados, Tsubodai subiu no tronco com a espada na mão, olhando os lanceiros jin antes de chutar uma arma de lado e saltar no meio deles. Seus homens o seguiram num jorro desajeitado que fez suas próprias equipes de machados se esparramarem. Eles não deixariam seu general ir sozinho salvar o cã e estavam descansados e furiosos com os truques dos jin.

Gêngis levantou os olhos quando os Jovens Lobos entraram na batalha. Eles cortaram os surpresos jin por trás, abrindo uma grande fenda nas fileiras. Os que recebiam ferimentos não pareciam sentir, mantendo os olhos fixos em Tsubodai, que continuava correndo. Ele vira o cã e, naquele dia, seu braço não fora desafiado. Acertou os jin com uma fileira que não tinha mais de doze homens de largura, jovens guerreiros que se moviam a tamanha velocidade que não podiam ser parados. Abriram um caminho até Gêngis deixando uma trilha de mortos.

— Estava esperando você! — gritou Gêngis a Tsubodai. — O que quer de mim desta vez?

O jovem general gargalhou ao vê-lo vivo, ao mesmo tempo que se abaixava desviando-se de uma espada e estripava o homem que a brandia. Puxou a lâmina com força e pisou sobre um cadáver ao passar. Os jin estavam recuando, mas ainda formavam um enxame tão grande que até mesmo os dez mil de Tsubodai poderiam ser engolfados. No flanco do grande exército dos jin, trompas de cavalaria soavam, e Gêngis girou na sela, enquanto as fileiras jin recuperavam a ordem, abrindo um caminho para a carga. Os guerreiros mongóis se entreolharam à medida que a cavalaria jin começava a galopar em meio às suas próprias fileiras. Gêngis riu, ofegando enquanto seus homens se formavam ao redor.

— Aqueles cavalos são bons — disse. — Serei o primeiro a escolher entre eles quando tivermos acabado. — Os que o ouviram gargalharam. Em seguida, como se fossem um só, instigaram suas montarias cansadas até um meio galope, inclinando-se baixos nas selas. Deixaram Tsubodai sozinho para manter o terreno em volta da passagem e partiram a galope nos pôneis logo antes que as duas forças se chocassem.

O comandante da cavalaria jin morreu no instante em que encontrou os cavaleiros mongóis. Acima do trovão dos cascos, seus homens eram arrancados das selas. Os que conseguiam golpear de volta acertavam o ar vazio enquanto os mongóis se abaixavam ou se desviavam. Eles haviam treinado para isso durante toda a vida. Gêngis continuou galopando, penetrando cada vez mais fundo nas fileiras de cavaleiros, com o braço da espada ardendo. Eles não tinham fim, e ele recebeu um novo corte acima do quadril, onde a armadura havia se quebrado. Outro impacto o fez tombar para trás a ponto de ver o céu pálido girando, antes que pudesse se recuperar. Não caiu; não podia. Ouviu gritos quando as montarias de Kachiun se chocaram contra os cavaleiros jin por trás e se perguntou se encontraria o irmão no meio ou se morreria antes. Havia inimigos *demais*. Não esperava mais sobreviver, e isso trouxe uma leveza em seu humor que o fez galopar em meio aos inimigos num momento de puro júbilo. Era fácil imaginar o pai cavalgando com ele. Talvez o velho finalmente sentisse orgulho. Os filhos dele não poderiam ter escolhido um final melhor.

Atrás, a árvore finalmente foi rolada, em três pedaços. O exército mongol cavalgou lentamente para as planícies gélidas, sério e disposto a vingar o cã. Jelme e Arslan cavalgavam à frente, e tanto o pai quanto o filho estavam preparados. Olharam as bandeiras e estandartes jin que redemoinhavam a distância.

— Eu não mudaria minha vida, Jelme, se pudesse voltar atrás — gritou Arslan ao filho. — Eu ainda estaria aqui.

— Aonde mais estaria, velho? — respondeu Jelme com um sorriso. Em seguida, pôs uma flecha na corda e respirou fundo antes de disparar a primeira contra as formações inimigas.

Zhi Zhong ficou olhando, frustrado, enquanto a passagem se abria e vinte mil guerreiros saíam tempestuosamente, prontos para lutar. Os deuses não lhe haviam entregado o cã. A cavalaria de Zhi Zhong estava lutando contra a pequena força do cã enquanto outro grupo penetrava nos jin como um tigre rasgando a barriga de um cervo na corrida. Os mongóis não pareciam se comunicar, no entanto trabalhavam juntos no campo de batalha, ao passo que seu centro de comando era o único. Zhi Zhong esfregou os olhos, espiando as nuvens de poeira enquanto os homens lutavam.

Seus lanceiros estavam num caos e alguns haviam deixado a planície, figuras já transformadas em pontos distantes nas colinas. Será que ainda poderia salvar a batalha? Todos os truques haviam acabado. Tudo se resumia a uma luta numa planície, e ele ainda tinha o maior número.

Deu novas ordens aos mensageiros e ficou olhando-os galopar pelo campo de batalha. Os mongóis que saíam da passagem estavam martelando seus homens com uma flecha depois da outra, abrindo uma trincheira até o centro do exército que os esperava. A precisão implacável estava forçando suas fileiras a recuarem sobre si mesmas, fazendo-as se amontoarem onde deveriam ter ficado separadas. Zhi Zhong enxugou o suor da testa ao ver cavaleiros atravessando entre seus lanceiros como se estes estivessem desarmados. Só pôde olhar, imóvel, enquanto eles se dividiam em grupos de uma centena, atacando de todos os ângulos com suas flechas, despedaçando seu exército.

Pareceu se passar apenas um instante, até que um dos grupos à solta o viu ali parado, dirigindo a batalha. Zhi Zhong viu os rostos deles se iluminarem ao perceberem os enormes estandartes de guerra ao redor de sua tenda de comando. Enquanto olhava, viu uma dúzia de arcos se curvar em sua direção e outros guerreiros puxarem as rédeas para virar as montarias. Sem dúvida a distância era grande demais, não? Centenas de homens de sua guarda pessoal estavam no caminho deles, mas não podiam parar as flechas, e o general ficou subitamente aterrorizado. Eram demoníacos aqueles homens das planícies. Ele havia tentado tudo e eles continuavam chegando. Muitos haviam sido feridos na batalha, mas não pareciam sentir dor enquanto retesavam os arcos com as mãos sangrentas e instigavam os cavalos contra ele.

Uma flecha disparada ao acaso bateu em seu peito, projetando-se da armadura e fazendo-o gritar. Como se o som liberasse o medo, sua coragem desapareceu por completo e ele gritou chamando sua guarda, fazendo o cavalo girar pela força bruta e curvando-se abaixado na sela. Outras flechas zuniram sobre sua cabeça, matando homens ao redor. O general Zhi Zhong estava insensato diante da própria morte, a confiança se despedaçando. Bateu os calcanhares e o cavalo disparou, galopando em meio às fileiras e deixando sua guarda para trás.

Não olhou para os rostos arregalados de seus soldados ao vê-lo abandoná-los. Muitos largaram as armas e simplesmente correram, seguindo seu exemplo. Alguns foram derrubados por seu cavalo quando se moveram lentos demais. Seus olhos ficaram turvos no vento gelado, e ele não sabia de nada além da necessidade de escapar dos mongóis de rostos cruéis às suas costas. Atrás, seu exército desmoronava numa debandada completa, e a matança continuava. O exército de Gêngis rolou por cima dos soldados imperiais, matando até que seus braços estivessem exaustos e a boca dos cavalos ficasse branca com a saliva espumante.

Os oficiais superiores tentaram por três vezes juntar os homens, e cada tentativa fracassou, ao passo que Gêngis podia usar o terreno mais aberto para mandar cargas que os esmagassem. Quando as últimas flechas de Jelme foram disparadas, as lanças trabalharam bem a toda velocidade, derrubando os homens com o impacto. Gêngis vira o general jin fugir e não sentia mais os ferimentos terríveis que havia recebido. O sol se ergueu mais alto sobre a matança, e ao meio-dia as forças do imperador estavam caídas em sangrentas montanhas de mortos, o resto espalhado em todas as direções e ainda perseguido.

Enquanto Zhi Zhong cavalgava, sua mente perdeu o entorpecimento que o havia acovardado. Os sons da batalha sumiam a distância, e ele galopava pela estrada em direção a Yenking. Olhou para trás apenas uma vez, para a grande massa de homens em luta, e a vergonha e a fúria eram amargas em sua garganta. Alguns membros de sua guarda pessoal haviam tomado cavalos para seguir o general, leais apesar de seu fracasso. Sem uma palavra, formaram-se ao redor, de modo que uma séria falange de quase cem cavaleiros se aproximou dos portões da cidade do imperador.

Zhi Zhong reconheceu um dos homens que cavalgavam à frente, um alto oficial de Baotou. A princípio, não conseguiu se lembrar do nome dele e só pôde se espantar com os próprios pensamentos girando. A cidade cresceu rapidamente diante dele e foi necessário um enorme esforço de vontade para se firmar e acalmar o coração acelerado. Lujan. O nome do sujeito era Lujan, lembrou-se finalmente.

O general suava na armadura enquanto olhava as altas muralhas e o fosso ao redor da cidade. Depois do caos e da carnificina, o lugar parecia numa paz sonolenta, acordando lentamente para o novo dia. Zhi Zhong havia chegado antes de qualquer mensageiro, e o imperador continuava sem saber da catástrofe que ocorria a apenas trinta quilômetros dali.

— Quer ser executado, Lujan? — perguntou ao homem ao lado.

— Tenho família, general — respondeu o sujeito. Estava pálido, entendendo o que enfrentariam.

— Então me ouça e siga minhas ordens.

O general foi reconhecido a distância, e o portão exterior foi abaixado sobre o trecho de água. Zhi Zhong girou na sela para gritar ordens aos homens que estavam com ele.

— O imperador deve ser informado — disse rispidamente. — Podemos contra-atacar com a guarda da cidade. — Ele viu que as palavras tiveram efeito sobre os homens derrotados, fazendo-os se empertigarem nas selas. Eles ainda confiavam no general para salvar algo do desastre. Zhi Zhong tornou seu rosto uma máscara enquanto entrava na cidade, o som de cascos nas ruas pavimentadas soando alto em seus ouvidos. Perdera. Pior. Havia fugido.

O palácio imperial era uma construção gigantesca dentro da cidade, cercada de jardins de grande beleza. Zhi Zhong foi para o portão mais próximo que iria levá-lo a uma sala de audiência. Imaginou se o jovem imperador estaria ao menos acordado àquela hora. Ele estaria alerta em pouco tempo, quando recebesse a notícia.

Os guardas foram obrigados a apear no portão externo, caminhando para dentro ao longo de uma larga rua com limeiras. Foram recebidos por serviçais, depois passaram por vários salões enfileirados. Antes que pudessem chegar à presença do imperador, soldados da guarda pessoal bloquearam seu caminho.

Zhi Zhong não demonstrou nada enquanto entregava a espada e esperava que eles ficassem de lado. Seus soldados permaneceriam nos salões externos enquanto ele entrava. Imaginou o imperador Wei sendo acordado naquele momento, os escravos se agitando ao redor dele com a notícia de que o general retornara. O palácio estaria cheio de boatos, mas eles ainda não sabiam de nada. O alcance total da tragédia viria mais tarde, mas o imperador precisaria saber primeiro.

Passou-se um longo tempo até Zhi Zhong ver as portas da câmara de audiências se abrirem diante dele e caminhar pelo piso de madeira até a figura sentada na outra extremidade. Como havia pensado, o rosto do imperador estava inchado de sono, o cabelo trançado às pressas, de modo que havia fios fora do lugar.

— Que notícia é tão importante? — perguntou o imperador Wei, a voz tensa.

O general sentiu calma, por fim, e respirou fundo enquanto se ajoelhava.

— Sua majestade imperial me dá a honra.

Ele ergueu a cabeça, e os olhos que espiavam sob as sobrancelhas pesadas fizeram o imperador apertar a frente do manto, com medo. Havia loucura ali.

Zhi Zhong levantou-se devagar, olhando o salão ao redor. O imperador havia dispensado os ministros para ouvir a comunicação particular de seu general. Seis escravos mantinham-se no salão, ao redor, mas Zhi Zhong não se importava com eles. Eles levariam as notícias à cidade, como sempre. Soltou a respiração devagar. Seu pensamento estivera confuso por um tempo, mas por fim estava claro.

— Os mongóis atravessaram o desfiladeiro — disse, finalmente. — Não pude contê-los. — Ele viu o imperador empalidecer, a pele ficando igual a cera à luz que entrava pelas janelas altas.

— E o exército? Fomos obrigados a recuar? — perguntou o imperador Wei, levantando-se diante dele.

— O exército foi derrotado, majestade imperial.

Os olhos do general se cravaram no rapaz que o encarava, e desta vez não se afastaram.

— Eu servi bem ao seu pai, majestade imperial. Com ele eu teria vencido. Com o senhor, um homem inferior, fracassei.

O imperador Wei abriu a boca, espantado.

— Você vem a mim com isso e ousa me insultar em meu próprio palácio?

O general suspirou. Não tinha espada, mas desembainhou uma faca comprida que estivera oculta sob a armadura. O jovem imperador abriu a boca ao ver aquilo, subitamente aterrorizado.

— Seu pai não teria deixado que eu fosse ao seu encontro, majestade imperial. Saberia que não deveria confiar num general que retorna da derrota. — Zhi Zhong deu de ombros. — Ao fracassar com o senhor, mereci a morte. Que opção existe para mim, além disto?

O imperador respirou fundo para gritar aos seus guardas. Zhi Zhong saltou para ele e apertou sua garganta com a mão, sufocando o grito. Sentiu as mãos dele baterem contra sua armadura e seu rosto, mas o garoto era fraco, e seu aperto apenas aumentou. Poderia tê-lo estrangulado, mas seria uma desonra para o filho de um grande homem. Em vez disso, encontrou um lugar no peito do imperador que se retorcia, cravando a faca no coração.

As mãos caíram e só então ele sentiu a ardência dos arranhões no rosto. O sangue manchou o manto ao redor da lâmina, e o general o ergueu para colocá-lo de volta no assento.

Os escravos estavam gritando, e Zhi Zhong os ignorou, ficando parado diante do corpo do jovem imperador. Não houvera escolha, disse a si mesmo.

A porta externa se abriu enquanto os guardas do imperador entravam correndo. Eles levantaram as armas, e Zhi Zhong ficou encarando-os, vendo as figuras de seus homens preencherem o corredor atrás. Lujan havia seguido as ordens que ele dera e já estava coberto de sangue. Não demorou muito para acabar com o resto.

Lujan ficou parado com o peito arfando, olhando com espanto para o rosto branco do imperador morto.

— O senhor o matou — disse, espantado. — O que faremos agora?

O general olhou para os homens exaustos e ensanguentados que traziam o fedor do campo de batalha para aquele lugar. Talvez mais tarde chorasse por tudo que havia perdido, por tudo que havia feito, mas agora não era a hora.

— Diremos ao povo que o imperador está morto e que a cidade deve ser fechada e fortificada. Os mongóis estão chegando e não podemos fazer nada além disso.

— Mas quem será o imperador agora? Um dos filhos dele? — perguntou Lujan. Ele havia empalidecido muito e não olhou de novo para a figura esparramada no trono.

— O garoto mais velho tem apenas seis anos — respondeu Zhi Zhong. — Quando o funeral tiver terminado, mande que o menino seja trazido a mim. Eu governarei como regente dele.

Lujan encarou o general.

— Salve o novo imperador — sussurrou, e as palavras foram repetidas pelos que estavam ao redor. Quase num transe, Lujan se abaixou até que sua testa tocasse o piso de madeira. Os outros soldados o acompanharam, e o general Zhi Zhong sorriu.

— Dez mil anos — disse, baixinho. — Dez mil anos.

CAPÍTULO 25

O CÉU ARDIA NEGRO SOBRE AS MONTANHAS, COM A FUMAÇA OLEOSA CHEGANdo a quilômetros. No final, muitos jin haviam se rendido, mas as tribos tinham perdido guerreiros demais, para pensar na misericórdia. A matança continuou durante dias ao redor da passagem, e os que ainda queriam procuravam até os últimos soldados em fuga para trucidá-los como as marmotas de sua terra.

Grandes fogueiras haviam sido montadas com os cabos de lanças e bandeiras, deixando apenas a comida e os mortos. As famílias haviam chegado lentamente pelo desfiladeiro, atrás dos guerreiros, trazendo carroças e forjas para derreter as pontas de setas e usar o aço. Os suprimentos jin foram arrastados para bancos de neve, onde permaneceriam frescos.

Não houve contagem dos cadáveres jin, nem era necessário. Ninguém que visse as montanhas de carne jamais esqueceria. As crianças e mulheres ajudavam a retirar as armaduras e qualquer outra coisa de valor. O fedor era medonho depois de apenas um dia, e o ar estava cheio de moscas que estalavam e pegavam fogo na fumaça retorcida das fogueiras.

Na borda daquilo tudo, Gêngis esperava seus generais. Queria ver a cidade que mandara um exército assim contra ele. Kachiun e Khasar cavalgaram para se juntar ao irmão, olhando espantados o campo de sangue e fogo que se estendia até a distância. As fogueiras lançavam sombras trêmulas nas montanhas do vale e até as tribos ficaram tristes, cantando em vozes baixas pelos mortos.

Os três irmãos esperaram em silêncio enquanto os homens que Gêngis havia convocado chegavam trotando, as costas rígidas. Tsubodai chegou primeiro, pálido e orgulhoso com feios pontos pretos por toda a extensão do braço esquerdo. Jelme e Arslan cavalgavam juntos, escuros contra as fogueiras. Ho Sa e Lian, o construtor, foram os últimos a aparecer. Apenas Temuge permaneceu para levar o acampamento até um rio dezesseis quilômetros ao norte. As chamas ainda queimariam por dias, mesmo sem as tribos para alimentá-las. As moscas estavam ficando piores, e Temuge sentia-se enjoado com o zumbido constante e os mortos apodrecendo.

Gêngis mal conseguia afastar o olhar da planície. O que ele estava vendo era a morte de um império, tinha certeza. Jamais havia chegado tão perto da derrota e da destruição como na batalha para atravessar o desfiladeiro. Ela havia deixado sua marca nele, e Gêngis sabia que sempre seria capaz de fechar os olhos e invocar as lembranças. Oito mil dos seus homens haviam sido enrolados em pano branco e levados para as montanhas. Olhou para onde eles estavam, como dedos de osso na neve, distantes. Falcões e lobos já rasgavam sua carne. Ele ficara apenas para vê-los serem enterrados no céu, para homenageá-los e prestar honra às suas famílias.

— Temuge está com o acampamento — disse aos generais. — Vejamos essa tal de Yenking e seu imperador. — Em seguida, bateu com os calcanhares e o cavalo partiu numa corrida. Os outros o seguiram, como sempre.

Construída numa grande planície, Yenking era de longe a maior estrutura que qualquer um deles já vira. À medida que ela crescia à sua frente, Gêngis se lembrou das palavras de Wen Chao, o diplomata jin que ele conhecera anos antes. Wen dissera que os homens eram capazes de construir cidades que pareciam montanhas. Yenking era um lugar assim.

Erguia-se em pedras cinza-escuras que alcançavam pelo menos quinze metros, desde o leito de rocha até a crista. Gêngis mandou Lian e Ho Sa ao redor da cidade, para contar as torres de madeira que se erguiam mais altas ainda. Quando retornaram, eles haviam percorrido mais de oito quilômetros e informaram a existência de quase mil torres, como espinhos ao longo das muralhas. Pior ainda eram as descrições das enormes armas em forma de arco nas fortificações, guarnecidas por soldados silenciosos e atentos.

Gêngis examinou Lian em busca de algum sinal de que o construtor não estaria intimidado, mas o sujeito parecia visivelmente encolhido na sela. Como os mongóis, ele jamais havia visitado a capital e não conseguia pensar num modo de romper muralhas daquele tamanho.

Nos cantos do retângulo enorme, quatro fortalezas se destacavam separadas da muralha principal. Um amplo fosso corria entre as fortalezas e a muralha, e mais um os envolvia pelo lado de fora. Um canal gigantesco era a única passagem entre as muralhas, atravessando uma enorme comporta de ferro que, por sua vez, era protegida por plataformas para arqueiros e catapultas. A via aquática se estendia para o sul, até onde qualquer um deles poderia enxergar. Tudo em Yenking era numa escala grande demais para a imaginação. Gêngis nem conseguia começar a pensar num modo de forçar os portões.

A princípio, Gêngis e seus generais se mantiveram tão perto quanto haviam feito em Yinchuan ou em algumas outras cidades jin no oeste. Então um golpe de marreta soou no ar da tarde e um borrão escuro passou disparado por eles, fazendo o cavalo de Kachiun cambalear com a força do deslocamento. Gêngis quase caiu quando seu cavalo empinou e só pôde olhar, espantado, quando uma haste se cravou no chão macio, mais parecendo um tronco liso do que uma flecha.

Sem dizer uma palavra, seus generais recuaram para além do alcance da arma temível, o ânimo afundando ainda mais ao entender outra parte das defesas. Chegar mais perto do que quinhentos passos era convidar mais daqueles grandes mastros com suas pontas de ferro. Simplesmente pensar em um deles acertando uma massa de seus cavaleiros era espantoso demais.

Gêngis virou na sela para o homem que havia rompido muralhas menores.

— Podemos tomar este lugar, Lian?

O construtor não conseguiu encará-lo e olhou para a cidade. Por fim, balançou a cabeça.

— Nenhuma outra cidade tem uma muralha tão grossa no topo. Daquela altura, eles sempre terão mais alcance que qualquer coisa que eu possa fazer. Se construirmos fortificações de pedra, talvez eu possa proteger as catapultas de contrapeso, mas, se eu puder alcançá-los, eles certamente podem me alcançar e transformá-las em simples pedaços de lenha.

Gêngis olhou frustrado para Yenking. Ter ido tão longe e ser contido no obstáculo final era de causar fúria. Na véspera, mesmo, estivera parabenizando Khasar por ter tomado o forte no desfiladeiro e Kachiun por sua carga inspirada. Havia acreditado que seu povo era impossível de ser contido, que a conquista sempre viria com facilidade. Seu exército certamente acreditava nisso. Os homens sussurravam que o mundo podia ser tomado por ele. Olhando para Yenking, quase pôde sentir o escárnio do imperador diante dessa ambição.

Gêngis manteve o rosto frio enquanto virava para os irmãos.

— As famílias vão encontrar terras boas aqui, para pastar. Haverá tempo para planejar um ataque a este local.

Khasar e Kachiun assentiram, inseguros. Eles também podiam ver a grande conquista interrompida ao pé de Yenking. Como o próprio Gêngis, haviam se acostumado ao ritmo rápido e empolgante da tomada de cidades. As carroças de seu povo estavam tão carregadas de ouro e riquezas que partiam os eixos em qualquer viagem longa.

— Quanto tempo demoraria para fazer uma cidade dessas morrer de fome? — perguntou Gêngis de repente.

Lian não sabia mais do que qualquer um deles, mas não queria admitir a ignorância.

— Ouvi dizer que mais de um milhão de súditos do imperador mora em Yenking. Alimentar tantos é difícil de imaginar, mas eles devem ter silos e armazéns gigantescos. Há meses sabem que nós vínhamos, afinal de contas. — Ele viu Gêngis franzir a testa e continuou rapidamente: — Pode demorar até três anos, ou quatro, senhor.

Khasar gemeu alto diante daquela estimativa, mas o mais novo de todos, Tsubodai, se animou.

— Eles não têm exército para romper o cerco, senhor. O senhor não precisará manter todos nós aqui. Se não pudermos derrubar as muralhas, talvez o senhor nos permita fazer ataques nesta terra nova. Como as coisas estão, nem mesmo temos mapas da região além de Yenking.

Gêngis olhou seu general, vendo a fome nos olhos dele. Sentiu seu humor melhorar.

— É verdade. Se eu tiver de esperar até que esse imperador vire pele e osso antes de se submeter, pelo menos meus generais não estarão à toa. — Varreu o braço pela paisagem que ficava turva a uma distância grande demais para qualquer um deles imaginar.

— Quando as famílias estiverem estabelecidas, venha a mim com uma direção e ela será sua. Não vamos perder tempo aqui ficando gordos e sonolentos.

Tsubodai riu, com o entusiasmo acendendo o dos outros e substituindo o humor sombrio de antes.

— Sua vontade, senhor — respondeu.

Numa brilhante armadura de laca preta, o general Zhi Zhong andava raivoso de um lado para o outro enquanto esperava que os ministros do imperador se juntassem a ele na sala da coroação. A manhã estava pacífica, e ele podia ouvir os guinchos das pegas lá fora. Sem dúvida os intérpretes de presságios leriam alguma coisa nos pássaros barulhentos, se os vissem.

O funeral do imperador Wei tinha demorado quase dez dias, com metade da cidade rasgando as roupas e esfregando cinzas na pele antes que o corpo fosse cremado. Zhi Zhong suportara orações intermináveis das famílias dos nobres. Nenhum deles havia mencionado como o imperador havia morrido, principalmente com Zhi Zhong olhando-os irritado e seus guardas a postos com as mãos no punho das espadas. Ele havia cortado a cabeça da rosa imperial, arrancando-a com um único golpe, de modo que todo o resto permanecesse.

Os primeiros dias haviam sido caóticos, mas, depois que três ministros foram executados por falarem o que não deviam, qualquer resistência desmoronou e o grande funeral prosseguiu como se o jovem imperador tivesse morrido durante o sono.

Fora útil descobrir que os nobres do governo haviam feito planos para o evento muito antes de serem necessários. O império jin já sobrevivera a levantes e até mesmo a regicídios. Depois do espasmo inicial de ultraje, eles haviam retomado as rotinas quase com alívio. Os camponeses na cidade não sabiam de nada, a não ser que o Filho do Céu deixara sua carne mortal. Choravam, ignorantes, nas ruas da cidade, insensatos na histeria e no sofrimento.

O jovem filho do imperador não havia chorado ao saber da morte do pai. Pelo menos nisso o imperador Wei preparara bem a família. A mãe do menino tinha senso suficiente para saber que qualquer protesto significaria sua morte, por isso havia permanecido em silêncio durante o funeral, pálida e linda enquanto olhava o corpo do marido virar cinzas. Enquanto a pira funerária desmoronava com uma tosse de chamas, Zhi Zhong pensou que sentira o olhar da viúva sobre ele, mas quando levantou os olhos ela estava de cabeça baixa, suplicando pela vontade dos deuses. Da sua vontade, pensou ele, ainda que o resultado fosse mais ou menos o mesmo.

O general trincou os dentes irritado enquanto andava de um lado para o outro. Primeiro, o funeral havia demorado mais do que ele teria achado possível, e depois tinham lhe dito que a coroação demoraria mais cinco dias. Era de dar fúria. A cidade lamentava, e nenhum camponês trabalhava enquanto grandes eventos se desenrolavam. Ele suportava as provas intermináveis de novos mantos para marcar sua posição como regente. Até havia permanecido imóvel enquanto os ministros lhe faziam sermões nervosos sobre suas novas responsabilidades. Durante todo o tempo, o cã mongol espreitava como um lobo junto à porta, olhando a cidade.

Em suas horas livres, Zhi Zhong havia subido as escadas até uma dúzia de lugares nas muralhas, para olhar as tribos imundas se acomodarem na terra imperial. Algumas vezes achava que podia sentir na brisa o cheiro rançoso de carne de cordeiro e leite de cabra. Era abominável ter sido derrotado por pastores de cabras, mas eles não tomariam Yenking. Os imperadores que haviam construído a cidade tinham feito isso para demonstrar seu poder. Ela não cairia facilmente, disse Zhi Zhong a si mesmo.

Ainda acordava à noite com pesadelos em que era perseguido, com o zumbido das flechas parecendo mosquitos junto às orelhas. O que mais ele poderia ter feito? Ninguém achava que os mongóis poderiam escalar os picos mais altos para flanqueá-lo. Zhi Zhong não sentia mais vergonha pela derrota. Os deuses haviam estado contra ele e, no entanto, tinham entregado a cidade em suas mãos, como regente. Ele veria os mongóis despedaçarem seu exército contra as muralhas e, quando eles estivessem sangrentos, pegaria a cabeça do cã com as mãos e iria enterrá-la no buraco de merda mais fundo da cidade.

O pensamento aliviou seu humor enquanto ele esperava que o menino imperador aparecesse. Em algum lugar a distância, podia ouvir gongos soando, anunciando ao povo a presença de um novo Filho do Céu.

As portas da câmara da coroação se abriram, revelando o rosto suado de Ruin Chu, o primeiro-ministro.

— Senhor regente! — disse ele ao ver Zhi Zhong. — O senhor não está usando seus mantos! Sua majestade imperial estará aqui a qualquer momento. — Ele parecia em vias de desmoronar, depois de dias organizando o funeral e a coroação. Zhi Zhong achava o homenzinho gordo irritante e sentia prazer com o impacto que suas palavras teriam.

— Deixei-os em meus aposentos, ministro. Não precisarei deles hoje.

— Cada momento da cerimônia foi planejado, senhor regente. O senhor deve...

— Não diga que eu "devo" — reagiu Zhi Zhong rispidamente. — Traga o garoto para cá e ponha uma coroa na cabeça dele. Cante, entoe, acenda varetas de incenso, o que você quiser, mas diga mais uma palavra sobre o que eu *devo* fazer e mandarei arrancar sua cabeça.

O ministro olhou-o, boquiaberto, depois baixou os olhos, estremecendo visivelmente. Sabia que o sujeito que ele encarava havia assassinado o imperador. O general era um traidor brutal, e Ruin Chu não duvidava que ele até mesmo derramasse sangue no dia de uma coroação. Fez uma reverência enquanto andava de costas, abrindo as portas. Zhi Zhong ouviu o ritmo lento da procissão e esperou em silêncio enquanto o ministro a alcançava. Deu um risinho ao ouvir o ritmo se acelerar.

Quando as portas se abriram de novo, havia uma nítida expressão de medo no séquito ao redor do menino de seis anos que iria se tornar imperador. Zhi Zhong viu que ele estava se portando bem, apesar de ter dormido pouco nos dias anteriores.

A procissão diminuiu o passo de novo enquanto passava por Zhi Zhong, indo na direção do trono dourado. Monges budistas balançavam incensórios, enchendo o ar com fumaça branca. Eles também ficaram nervosos ao verem o general de armadura, o único homem com uma espada no salão. Zhi Zhong caminhou atrás deles enquanto o filho do imperador Wei ocupava seu lugar no trono. Era apenas o início do estágio final. Somente a recitação dos títulos demoraria até o meio-dia.

Zhi Zhong ficou olhando, azedo, enquanto os ministros se acomodavam confortavelmente, sentados como pavões ao redor do centro da cerimônia. O incenso o deixou tonto, e ele não pôde evitar o pensamento nos mongóis do lado de fora da cidade. A princípio, tinha visto a necessidade dos rituais, um modo de manter a ordem depois de ter matado o imperador. A cidade teria irrompido em tumultos se não houvesse uma mão forte para governá-la, e fora necessário permitir aos nobres o conforto de suas tradições. Agora estava cansado daquilo. A cidade se encontrava calma em seu sofrimento, e os mongóis haviam começado a construir grandes catapultas, erguendo muros de pedra para proteger as armas.

Com uma exclamação de impaciência, Zhi Zhong avançou, interrompendo a voz estentórea de um sacerdote. O menino se imobilizou ao olhar para o homem de armadura escura. Zhi Zhong pegou a coroa imperial que estava numa almofada de seda dourada. Era surpreendentemente pesada e, por um instante, ele foi tocado pelo espanto reverente ao pensar em manuseá-la. Havia matado o homem que a usara pela última vez.

Colocou-a com firmeza na cabeça do novo imperador.

— Xuan, você é imperador, Filho do Céu — disse. — Governe com sabedoria. — Ignorou o choque no rosto dos homens ao redor. — Sou seu regente, sua mão direita. Até você ter vinte anos, irá me obedecer em tudo, sem questionar. Entendeu?

Os olhos do menino se encheram de lágrimas. Ele mal compreendia o que estava acontecendo, mas gaguejou uma resposta:

— Eu... entendi.

— Então está feito. Que o povo festeje. Vou à muralha.

Zhi Zhong deixou os ministros estupefatos para trás, com o novo imperador, enquanto abria a porta e saía do palácio. Construído em lugar alto à beira do lago Songhai, que alimentava o grande canal, a vista do topo da escadaria lhe permitia olhar a cidade enquanto os súditos esperavam notícias. Cada sino tocaria e os camponeses ficariam bêbados durante dias. Respirou fundo, estremecendo ali parado, olhando as muralhas escuras. Para além delas, seus inimigos procuravam um ponto fraco. Não iriam entrar.

Temuge estava sentado, olhando sonolento para três homens que haviam sido cãs no povo. Podia ver sua arrogância em cada ação, o desdém por ele, mal contido. Quando entenderiam que não tinham poder na nova ordem que seu irmão havia criado? Havia apenas um gurcã, um homem superior a todos. O irmão de Gêngis estava sentado à frente, no entanto eles ousavam falar com Temuge como se fossem iguais a ele.

Enquanto as tribos erguiam suas iurtas na planície diante de Yenking, Temuge ficara satisfeito ao manter os homens esperando ao seu bel-prazer. Gêngis lhe havia demonstrado confiança com o título de chefe do comércio, mas o próprio Temuge havia definido o papel, contra oposições carrancudas. Adorava o poder que exercia e ainda sorria ao pensar em quanto tempo mantivera Kokchu esperando para vê-lo no dia anterior. O xamã estava pálido de fúria quando Temuge finalmente permitiu que ele entrasse na iurta do cã. Ao permitir que ele a usasse para seu trabalho, Gêngis demonstrava aprovação, um gesto que não passara despercebido aos suplicantes. Não havia sentido em apelar a Gêngis se eles repudiavam uma determinação feita em seu nome. Temuge havia se certificado de que entendessem isso. Se Kokchu queria reunir homens para explorar um templo a cento e cinquenta quilômetros dali, o pedido teria de ser concedido e os espólios examinados pelo próprio Temuge.

Temuge cruzou as mãos diante do corpo, mal ouvindo os homens que haviam sido cãs. O antigo cã woyela estava apoiado pelos dois filhos, incapaz de ficar de pé sozinho. Teria sido cortesia lhe oferecer uma cadeira, mas Temuge não era de deixar que velhas feridas fossem esquecidas. Eles ficaram de pé e arengaram sobre pastagem e madeira, enquanto ele olhava a distância.

— Se você não permitir que os rebanhos sejam levados a novas pastagens sem uma das suas fichas — estava dizendo o woyela —, estaremos matando de fome animais saudáveis. — Ele havia aumentado o peso desde que Gêngis cortara os tendões de suas pernas. Temuge gostou de ver o rosto do homem ficar vermelho de raiva e apenas o olhou preguiçosamente, sem dar resposta. Nenhum deles sabia ler ou escrever, lembrou-se com satisfação. As fichas haviam sido uma boa ideia, com o símbolo de um lobo queimado em quadrados de madeira de pinho. Ele tinha homens no campo, que exigiriam ver as fichas caso vissem guerreiros cortando árvores ou vendendo riquezas saqueadas, ou qualquer uma dentre milhares de coisas. O sistema ainda não era perfeito, mas Gêngis o havia apoiado ao mandar de volta os que reclamavam, com o rosto pálido de medo.

Quando os homens haviam terminado de arengar, Temuge falou com eles tão gentilmente quanto se estivesse discutindo o clima. Havia descoberto que o tom suave servia para aumentar a raiva dos outros e se divertia em cutucá-los desse modo.

— Em toda a nossa história nunca juntamos tantas pessoas num lugar só — disse, balançando a cabeça numa censura gentil. — Devemos ser organizados, se quisermos prosperar. Se eu deixar que as árvores sejam cortadas segundo a necessidade, não restará nenhuma para o próximo inverno. Entendem? Como determinei agora, só tiramos madeira de florestas que estejam a mais de três dias de cavalgada, arrastando-a de volta. Custa tempo e esforço, mas vocês verão o benefício no ano que vem.

Por mais que sua fala macia os irritasse, a parte deliciosa era que eles não podiam encontrar falha na lógica. Eram homens do arco e da espada, e ele havia descoberto que conseguia pensar em círculos ao redor deles, agora que eram obrigados a ouvir.

— Mas e a pastagem? — perguntou o cã aleijado dos woyela. — Não podemos mover uma *cabra* sem que um dos seus homens mutilados exija uma ficha para mostrar sua aprovação. As tribos estão ficando inquietas com uma mão controladora que elas nunca conheceram antes.

Temuge sorriu para o sujeito furioso, vendo como seu peso estava se tornando um esforço para os filhos que o apoiavam em cada ombro.

— Ah, mas não existem mais tribos, woyela. Você não aprendeu essa lição? Eu achava que você iria se lembrar todos os dias. — Ele fez um gesto e uma taça de airag foi posta em sua mão por um serviçal jin. Temuge havia formado seu pessoal em meio aos que Gêngis havia recrutado das cidades. Alguns tinham sido serviçais de famílias nobres e sabiam como tratar um homem em sua posição. Ele começava cada dia com um banho quente numa banheira de ferro construída especialmente com esse propósito. Era o único homem do acampamento que fazia isso, e pela primeira vez na vida podia sentir o cheiro de seu próprio povo. Franziu o nariz ao pensar nisso. Era assim que o homem deveria viver, disse a si mesmo, bebericando enquanto eles esperavam.

— Estes são tempos novos, senhores. Não podemos sair daqui até que a cidade caia, o que significa que as pastagens devem ser cuidadosamente administradas. Se eu não exercer *algum* controle, o terreno estará sem capim quando o verão chegar e, então, como ficaremos? Você quer que meu irmão fique a mil e quinhentos quilômetros de seus rebanhos? Não creio que queira. — Ele deu de ombros. — Podemos estar um pouco famintos no fim do verão. Talvez alguns rebanhos tenham de ser mortos, se a terra não puder sustentar tantos. Não mandei homens procurarem sal para curtir a carne? O imperador morrerá de fome antes de nós.

Os homens o olharam em frustração silenciosa. Podiam verbalizar exemplos de como seu controle havia se espalhado pelo vasto acampamento. Ele tinha uma resposta para cada um deles. O que não podiam exprimir era a irritação por serem chamados a se curvar o tempo todo diante de alguma regra nova estabelecida por Temuge. As latrinas não deviam ser cavadas perto demais de água corrente. Os pôneis só podiam cruzar segundo uma lista de linhagens de sangue que Temuge fizera pessoalmente, sem consultar ninguém. Um homem com uma boa égua e um bom garanhão não podia mais colocá-los juntos sem implorar permissão. Todos se irritavam, e era certo que a contrariedade se espalhava pelo acampamento.

Não ousavam reclamar abertamente, pelo menos enquanto Gêngis apoiasse o irmão. Se ele tivesse ouvido as reclamações, teria solapado Temuge e zombado do novo cargo. Temuge sabia disso, conhecendo o irmão muito melhor que eles. Depois que Gêngis lhe dera o cargo, não faria nada para interferir. Temuge adorava a chance de mostrar o que um homem inteligente poderia alcançar quando não era contido.

— Se é só isso, tenho muitos outros que devo receber esta manhã — disse. — Talvez agora vocês entendam por que é difícil me ver. Vejo que sempre há alguém capaz de falar o dia inteiro antes de entender o que *devemos* fazer aqui; o que devemos nos tornar.

Temuge não lhes dera nada, e a frustração furiosa dos woyela era como vinho fresco para ele. Não pôde resistir a cravar os espinhos um pouco mais fundo.

— Se houver mais alguma coisa, estou ocupado, mas arranjarei tempo para escutar, claro.

— Você escuta, mas não ouve — disse o cã aleijado, exausto.

Temuge abriu as mãos num gesto de lamento.

— Vejo que nem todo mundo que vem diante de mim consegue entender totalmente os problemas que traz. Até mesmo há ocasiões em que acontece comércio no acampamento sem que a parte do cã seja retirada e mandada para mim.

Ele olhou para o velho cã pendurado nos braços dos filhos enquanto falava, e o olhar febril do sujeito hesitou. O quanto Temuge sabia? Corriam boatos de que ele pagava a espiões para informar cada transação, cada barganha e troca de riquezas. Ninguém sabia qual era a extensão total de sua influência.

Temuge suspirou e balançou a cabeça como se estivesse desapontado.

— Eu esperava que você puxasse o assunto sem que eu provocasse, woyela. Você não vendeu uma dúzia de éguas a um dos nossos recrutas jin? — Deu um sorriso encorajador. — Ouvi dizer que o preço foi bom, mas que as éguas não eram da melhor qualidade. Ainda não recebi a parte de dois cavalos que você deve ao meu irmão, mas presumo que estará aqui ao pôr-do-sol. Acha que é razoável presumir isso?

O cã dos woyela se perguntou quem o teria traído. Depois de um tempo assentiu, e Temuge riu de orelha a orelha.

— Excelente. Devo lhe agradecer por me dar um tempo que seria dedicado aos que ainda procuram sua autoridade. Lembre-se que sempre estou aqui, caso mais alguma coisa exija minha atenção.

Ele não se levantou enquanto os homens viravam para sair da iurta do cã. Um dos que não haviam falado olhou para trás com uma raiva nua, e Temuge decidiu mandar vigiá-lo. Eles o temiam, tanto por seu papel como xamã quanto pela sombra de seu irmão. Kokchu falara a verdade. Ver o medo no rosto de outro homem talvez fosse o sentimento mais maravilhoso de todos. Trazia uma sensação de força e leveza que, afora isso, vinha apenas da pasta preta fornecida por Kokchu.

Outros homens esperavam para vê-lo, alguns que ele próprio havia chamado. Pensou numa tarde monótona passada na companhia deles e, de veneta, decidiu não fazer isso. Virou a cabeça para o serviçal.

— Prepare uma taça de airag quente com uma colherada de meu remédio — disse. A pasta preta traria visões coloridas e então ele dormiria durante toda a tarde, deixando todos à espera. Espreguiçou-se ao pensar nisso, satisfeito com o dia de trabalho.

CAPÍTULO 26

Foram necessários dois meses para construir fortificações de pedra e madeira destinadas a proteger as grandes máquinas de guerra. As catapultas que Lian havia projetado tinham sido construídas nas florestas a leste. Com suas grandes traves ainda pegajosas de seiva, acomodavam-se como monstros pensativos a um quilômetro e meio das muralhas da cidade. Quando as rampas fossem construídas, elas seriam empurradas até sua sombra protetora. Era um trabalho lento e exaustivo, mas de certa forma a confiança dos mongóis havia crescido nesse tempo. Nenhum exército saíra para atacá-los, havia um lago de água doce ao norte da cidade e as margens eram cheias de pássaros que eles poderiam pegar durante os meses de inverno. Eram os senhores da planície jin. No entanto, não havia nada a fazer além de viver, e os mongóis estavam acostumados à vitória rápida e à conquista, com novas terras sendo descobertas a cada dia. A parada súbita começara a azedar a camaradagem entre as tribos. Já haviam acontecido lutas de faca, brotando de antigos ressentimentos. Dois homens e uma mulher foram encontrados mortos à margem do lago, e os assassinos eram desconhecidos.

O exército esperava, inquieto, que a cidade passasse fome. Gêngis não sabia se as rampas de pedra poderiam proteger as pesadas catapultas, mas precisava de algo para manter o povo longe do ócio. Pelo menos, fazer os homens trabalharem até a exaustão os mantinha em ordem e cansados demais para picuinhas. Os batedores haviam encontrado um morro de ardósia a menos de um dia de cavalgada de Yenking. Os guerreiros retiravam a pedra com o entusiasmo que levavam a cada tarefa, quebrando-a com cunhas e marretas, depois colocando os blocos em carroças. O conhecimento de Lian era vital, e ele praticamente não saía da pedreira naquelas semanas. Mostrava como unir as pedras com uma pasta de calcário queimado, e as rampas cresciam diariamente. Gêngis perdera a conta de quantos milhares de carroças haviam passado por sua iurta, mas Temuge mantinha um registro cuidadoso no suprimento cada vez menor de pergaminhos saqueados.

Os contrapesos que Lian havia desenhado eram redes de cordas com pedras maiores, penduradas nas alavancas das máquinas. Dois homens haviam esmagado as mãos durante a construção, sofrendo agonias enquanto Kokchu amputava os membros mutilados. O xamã tinha esfregado uma pasta grossa e saibrosa em suas gengivas para diminuir a dor, mas mesmo assim eles gritaram. O trabalho continuou, sempre assistido das muralhas de Yenking. Gêngis não pudera impedir que os enormes arcos de guerra fossem movidos pelo topo para ficar diante de suas armas. Sua rentas equipes de guardas imperiais construíam novos suportes para eles, trabalhando tantas horas quanto os guerreiros mongóis embaixo.

Foram necessárias centenas de homens fortes para transportar as catapultas até as rampas diante de Yenking. Com a neve recente caindo sobre a planície, Gêngis ficava parado, em frustração, enquanto os artilheiros jin retesavam sete grandes arcos, disparando mastros com pontas de ferro que batiam nas fortificações. As catapultas responderam com duas pedras que se chocaram contra a muralha, fazendo lascas voarem. As armas jin ficaram intocadas.

Demorou séculos para reajustar as grandes alavancas de Lian. Nesse tempo, os arcos da muralha golpeavam as rampas repetidamente. Antes que as catapultas estivessem prontas para um segundo disparo contra a cidade, rachaduras apareceram nas rampas que as tribos haviam construído. Depois disso, a destruição veio rapidamente. Pedras explodiam no ar a cada golpe, cobrindo Lian e seus homens com lascas. Muitos deles caíam segurando as mãos e o rosto, cambaleando enquanto os disparos continuavam. O próprio Lian ficou intocado, olhando num silêncio sério enquanto suas fortificações eram despedaçadas e suas máquinas expostas.

Durante um tempo, parecia que as próprias catapultas poderiam sobreviver, mas então um disparo certeiro atravessou a planície, seguido quase instantaneamente por mais três. Enquanto as equipes na muralha se cansavam, o ritmo foi diminuindo, mas cada golpe tinha força terrível. Guerreiros morreram tentando arrastar as máquinas para fora do alcance. Num momento eles estavam ali, suando e gritando. No outro eram manchas sangrentas na madeira e o ar ao redor estava cheio de neve e pó.

Nada pôde ser salvo. Gêngis resmungou baixinho, na garganta, enquanto olhava os homens feridos e a madeira partida. Estava suficientemente perto da cidade para ouvir os gritos de comemoração lá dentro, e ficou irritado ao ver que Lian estivera certo. Sem proteção, eles não poderiam ter um alcance igual ao das armas da muralha, e qualquer coisa que construíssem seria derrubada. Gêngis havia discutido a ideia de fazer torres altas para serem empurradas até a cidade, talvez até mesmo cobertas de ferro, mas as lanças pesadas iriam atravessá-las direto, assim como suas próprias flechas furavam armaduras planas. Se seus ferreiros fizessem as torres suficientemente fortes para suportar os golpes, elas seriam pesadas demais para transportar. Era de enlouquecer.

Gêngis ficou andando de um lado para o outro enquanto Tsubodai mandava guerreiros corajosos para pegar os feridos e tirá-los do alcance das armas inimigas. Seus homens acreditavam que ele era capaz de tomar Yenking, e ele havia tomado outras cidades. Ver as extraordinárias construções de Lian serem esmagadas até virarem lenha não ajudaria o moral do acampamento.

Enquanto Gêngis olhava os Jovens Lobos arriscar a vida, Kachiun se aproximou e apeou. A expressão de seu irmão era inescrutável, mas Gêngis achou que podia detectar a mesma irritação profunda com o fracasso.

— Quem construiu esta cidade pensou bastante na defesa — disse Kachiun. — Não vamos tomá-la pela força.

— Então eles morrerão de fome — respondeu Gêngis rispidamente. — Eu levantei a tenda preta diante de Yenking. Não haverá misericórdia.

Kachiun assentiu, observando atentamente o irmão mais velho. Gêngis nunca ficava bem quando era obrigado a se manter inativo. Aqueles eram tempos em que os generais andavam com cuidado quando estavam perto dele. Nos dias anteriores, Kachiun vira Gêngis perder o humor sombrio enquanto as rampas eram erguidas, maravilhosamente fortes. Todos haviam ficado confiantes, mas agora estava claro que o comandante jin só esperara que eles arrastassem as novas armas para o alcance. Quem quer que fosse, o homem era paciente, e os inimigos pacientes eram os mais perigosos.

Kachiun sabia que Gêngis era capaz de ser instigado a tomar decisões imprudentes. Como as coisas estavam, ele ainda ouvia seus generais, mas, à medida que o inverno prosseguisse, Gêngis poderia ficar tentado a experimentar quase qualquer coisa, e em resultado as tribos poderiam sofrer.

— O que acha de mandar homens escalarem a muralha à noite? — perguntou Gêngis, ecoando os pensamentos de Kachiun. — Cinquenta ou cem, para provocar incêndios na cidade.

— A muralha pode ser escalada — respondeu Kachiun cuidadosamente. — Mas as patrulhas jin no topo são densas como moscas. Você já disse que isso seria um desperdício de homens.

Gêngis deu de ombros, irritado.

— Na época tínhamos catapultas. A tentativa ainda pode valer a pena.

Gêngis virou os olhos claros para o irmão. Kachiun sustentou o olhar, sabendo que o irmão quereria a verdade.

— Lian disse que eles tinham mais de um milhão de pessoas na cidade — disse Kachiun. — Quem quer que nós mandássemos seria caçado como um cão selvagem e se tornaria esporte para os soldados deles. — Gêngis grunhiu em resposta, sério e desanimando. Kachiun procurou um modo de aliviar seu humor.

— Talvez agora seja hora de mandar os generais fazerem ataques nas redondezas, como você disse que faria. Não haverá uma vitória rápida aqui, e há outras cidades nesta terra. Deixe seus filhos irem com eles, para aprenderem nosso trabalho.

Kachiun viu a dúvida atravessar o rosto do irmão e pensou que ele havia entendido. Os generais eram homens em quem Gêngis confiava para agir sem sua supervisão. Eram leais segundo qualquer teste que importasse, mas até aquele ponto a guerra fora travada com Gêngis olhando. Mandá-los, talvez por milhares de quilômetros, não era uma ordem que ele daria tranquilamente. Havia concordado com isso mais de uma vez; no entanto, de algum modo, a ordem final não viera.

— É a traição que você teme, irmão? — perguntou Kachiun, baixinho. — De onde ela viria? De Arslan e seu filho Jelme, que estão conosco desde o início? De Khasar ou Tsubodai, que o adoram? De mim?

Gêngis deu um sorriso tenso diante da ideia. Olhou a muralha de Yenking, ainda intocada. Com um suspiro, percebeu que não podia manter tantos homens ativos naquela planície por até três anos. Muito antes disso cada um estaria agarrando a garganta dos outros, fazendo o serviço para o imperador jin.

— Devo mandar todo o exército? Talvez eu fique aqui sozinho e desafie os jin a saírem.

Kachiun riu diante da imagem.

— Na verdade, eles provavelmente achariam que era uma armadilha e deixariam você aí. No entanto, se eu fosse o imperador, estaria treinando cada homem capaz, montando um exército lá dentro. Você não pode deixar um número muito pequeno para vigiar Yenking, caso contrário eles poderiam ver uma chance de atacar.

Gêngis fungou.

— Não se cria um guerreiro em poucos meses. Que eles treinem, aqueles padeiros e comerciantes. Eu adoraria a chance de mostrar o que significa ser um guerreiro nato.

— Com uma voz de trovão, sem dúvida, e talvez um pênis de raio — disse Kachiun, com rosto impassível. Depois de um momento de silêncio, os dois explodiram numa gargalhada.

Gêngis havia perdido o humor sombrio que se assentara sobre ele com a destruição das catapultas. Kachiun quase podia ver a energia crescendo no irmão, ao pensar no futuro.

— Eu disse que vou mandá-los fazer ataques, Kachiun, mas ainda é cedo. Não sabemos se outras cidades tentarão libertar Yenking e podemos precisar de cada homem que está aqui. — Ele deu de ombros. — Se a cidade não tiver caído até a primavera, deixarei os generais livres para caçar.

Zhi Zhong estava num clima pensativo, de pé diante da alta janela na câmara de audiências do palácio de verão. Mal havia falado com o menino imperador desde o dia em que o tinha coroado. Xhuan estava em algum lugar no labirinto de corredores que havia formado a residência oficial de seu pai, e Zhi Zhong raramente pensava nele.

Os soldados haviam aplaudido seu general enquanto as catapultas mongóis eram destruídas naquela manhã. Tinham procurado a aprovação de Zhi Zhong, e ele a demonstrara assentindo rapidamente para o oficial deles antes de descer a escada para a cidade. Apenas em particular ele havia apertado o punho em triunfo. Aquilo não bastava para expurgar a lembrança da Boca do Texugo, mas era uma espécie de vitória, e os cidadãos amedrontados precisavam de algo para tirá-los do desespero. Zhi Zhong deu um riso de desprezo, sozinho, ao se lembrar dos relatórios de suicídios. Quatro filhas de famílias importantes haviam sido encontradas mortas em seus quartos assim que a notícia da derrota do exército alcançara Yenking. Todas as quatro se conheciam, e aparentemente preferiram um fim digno ao estupro e à destruição que consideravam inevitável. Outras onze haviam seguido o mesmo caminho nas semanas seguintes, e Zhi Zhong tinha se preocupado com a hipótese de a nova moda de morte se espalhar pela cidade. Cruzou as mãos às costas, espiando as casas nobres do outro lado do lago. Hoje elas receberiam notícias melhores. Talvez hesitassem com suas facas de marfim e o desprezo pela capacidade dele. Yenking resistiria aos invasores.

O regente percebeu que estava cansado e com fome. Não havia comido desde a manhã, e o dia fora passado em reuniões demais para serem lembradas. Cada homem de autoridade em Yenking parecia precisar de sua aprovação e seu conselho. Como se ele soubesse melhor do que eles o que esperar nos próximos meses. Franziu a testa ao pensar nos suprimentos de comida, olhando para uma mesa lateral onde os rolos de pergaminhos formavam uma pirâmide. Os cidadãos de Yenking estavam comendo a ponto de chamar a derrota. Essa atitude, simplesmente, poderia zombar de suas defesas, mas o próprio Zhi Zhong havia esvaziado os armazéns da cidade para alimentar o exército. Irritava-o pensar nos mongóis comendo os suprimentos que ele juntara durante um ano no desfiladeiro, mas não havia sentido em olhar para as más decisões do passado. Afinal de contas, ele e o imperador tinham acreditado que os mongóis seriam parados antes mesmo de chegarem às vistas da cidade imperial.

Zhi Zhong franziu a boca. Os mercadores de Yenking não eram idiotas. O racionamento já acontecia na cidade. Até o mercado negro havia desmoronado quando as pessoas perceberam que o cerco não poderia ser rompido rapidamente. Apenas uns poucos comerciantes ainda vendiam comida com lucros enormes. O resto guardava suprimentos para as próprias famílias. Como todos de sua classe, eles tentariam esperar a passagem da tempestade e depois ficariam gordos e ricos de novo.

Fez uma anotação mental para mandar que os mercadores mais ricos fossem trazidos a ele. Sabia como aplicar o tipo de pressão que revelasse seus depósitos secretos. Sem eles, os camponeses estariam comendo gatos e cães dentro de um mês, e depois disso...? Estalou o pescoço, cansado. Depois disso, ele estaria preso num lugar com um milhão de pessoas famintas. Seria o inferno na terra.

A única esperança era que os mongóis não ficassem esperando para sempre do lado de fora da muralha. Disse a si mesmo que eles iriam se cansar do cerco e cavalgariam para outras cidades menos defendidas. Zhi Zhong esfregou os olhos, feliz por não haver ninguém além dos escravos para ver sua fraqueza. Na verdade, ele jamais trabalhara tanto na vida como neste novo papel. Mal dormia e, quando conseguia descansar, seus sonhos eram cheios de planos e estratagemas. Ficara acordado durante toda a noite anterior, junto com as equipes dos arcos.

Deu um sorriso tenso ao se lembrar de novo da destruição das máquinas mongóis. Se ao menos pudesse ter visto o rosto do cã naquele momento! Sentiu-se tentado a chamar os ministros para uma reunião final antes de tomar banho e ir dormir. Não. Não enquanto eles o espiassem com algo além de derrota nos olhos. Deixaria que tivessem esse dia completo, um dia em que ele havia rachado a imagem de invencibilidade ao redor do cã mongol.

Zhi Zhong deu as costas para a janela e fez um caminho pelos corredores escuros até onde o imperador Wei havia se banhado todos os dias. Suspirou com prazer antecipado enquanto chegava à porta e entrava num aposento em cujo centro ficava uma piscina. Os escravos haviam aquecido a água para seu ritual, e ele estalou o pescoço enquanto se preparava para afastar as preocupações do dia.

Escravos despiram Zhi Zhong com eficiência casual enquanto ele olhava para duas jovens que esperavam para esfregar sua pele com óleos na piscina. Em silêncio, congratulou o gosto do imperador Wei. As escravas da casa imperial seriam desperdiçadas com o filho dele, pelo menos durante mais alguns anos.

Nu, Zhi Zhong entrou na água, desfrutando da sensação de espaço no aposento de teto alto. A água pingava e ecoava, e ele começou a relaxar enquanto as garotas ensaboavam sua pele com escovas macias. O toque o reanimou. Depois de um tempo, puxou uma delas para fora da piscina, deitando-a de costas nos ladrilhos frios. Os mamilos da jovem se enrijeceram ao frio súbito. Apenas a parte inferior das pernas permanecia na água enquanto ele a possuía em silêncio. A garota era bem treinada, e suas mãos se retorciam nas costas dele enquanto ela ofegava sob o homem que governava a cidade. Sua companheira observou o casal copulando com interesse desapaixonado durante alguns instantes, depois voltou a ensaboar as costas dele, pressionando os seios contra ele e fazendo-o gemer de prazer. Sem abrir os olhos, Zhi Zhong pegou a mão dela, guiando-a para onde os dois corpos se encontravam, de modo que ela o sentisse penetrar na colega. Ela o segurou com habilidade profissional, e ele sorriu, a mente ficando calma ao mesmo tempo que o corpo se retesava e estremecia. Havia compensações em governar Yenking.

Três noites depois da destruição das catapultas mongóis, dois homens desceram pela muralha de Yenking, escorregando sem serem vistos, e saltaram os últimos metros sem fazer barulho. As cordas desapareceram acima das cabeças, puxadas pelos guardas do regente.

Na escuridão, um dos homens olhou para o outro, controlando o nervosismo. Não gostava da companhia do assassino e ficaria satisfeito quando o caminho dos dois se separasse. Sua missão era igual à outra que fizera para o imperador Wei, e ele adorava a perspectiva de se misturar aos recrutas jin que trabalhavam tão incansavelmente para o cã mongol. Absolutamente todos os traidores mereciam a morte, mas ele sorriria para eles e trabalharia tão duro quanto eles enquanto reunia informações. A seu modo, sabia que sua colaboração seria tão valiosa quanto a de qualquer soldado nas muralhas. O regente precisava de qualquer migalha de informação sobre as tribos, e o espião não subestimava sua importância.

Não ficara sabendo o nome do assassino, que talvez estivesse tão bem protegido quanto o seu. Ainda que tivessem ficado juntos do lado de dentro da muralha, o homem de roupas escuras não havia falado uma palavra. O espião não pudera resistir a ficar olhando enquanto o homem verificava as armas, amarrando e prendendo as pequenas lâminas de sua profissão enquanto esperavam. Sem dúvida Zhi Zhong havia pago uma fortuna em ouro pelo serviço, um serviço que quase certamente significaria a morte do próprio assassino.

Era estranho se agachar ao lado de um homem que esperava morrer naquela noite e, no entanto, não demonstrava qualquer sinal de medo. O espião tremeu delicadamente. Não quereria trocar de lugar com o outro, e mal podia entender como um homem daqueles deveria pensar. Que devoção poderia inspirar uma lealdade tão fanática? Por mais que suas próprias missões tivessem sido perigosas no passado, ele sempre esperara voltar aos seus senhores, à sua casa.

Com sua roupa escura, o assassino era pouco mais que uma sombra. O companheiro sabia que o sujeito não responderia, mesmo que ele ousasse sussurrar uma pergunta. Ele estava focado, sua vida fora comprada. Não permitiria qualquer distração. Em silêncio absoluto, entraram num barquinho de madeira e usaram uma vara para atravessar o fosso negro. Uma corda o prendia ao outro lado, para ser puxado de volta e escondido ou afundado. Não haveria qualquer traço dos homens para causar suspeitas à luz do dia.

Do outro lado, os dois se agacharam quando ouviram um tilintar de arreios. Os batedores mongóis eram eficientes, mas não podiam enxergar em cada poço de escuridão e estavam atentos a uma demonstração de força, e não a dois homens esperando para entrar às escondidas em seu acampamento. O espião sabia onde os recrutas jin haviam montado suas iurtas, imitando as casas dos novos senhores sem qualquer vergonha. Havia uma chance de o descobrirem, e então ele também seria morto, mas esse era um risco avaliado segundo sua habilidade, e ele não deixou que o pensamento o perturbasse. Olhou de novo para o assassino, e desta vez viu a cabeça do homem virar em sua direção. Desviou o olhar, sem graça.

Durante toda a vida ouvira falar daquele culto, de homens que treinavam durante todo o tempo que passavam acordados, para trazer a morte. Eles não tinham honra como a que era entendida pelos soldados. O espião havia representado o papel de soldado por tempo suficiente para conhecer o credo e sentiu uma pontada de nojo ao pensar num homem que vivia apenas para matar. Tinha visto os frascos de veneno que o sujeito guardou e o garrote de arame que ele havia enrolado habilmente no pulso.

Diziam que as vítimas dos assassinos eram seu sacrifício aos deuses da sombra. Sua própria morte era a prova definitiva de fé e lhes garantia um lugar elevado na roda da vida. O espião estremeceu de novo, perturbado porque seu trabalho o pusera em contato com um destruidor daqueles.

Os sons dos batedores mongóis morreram, e o espião estremeceu, surpreso, ao sentir um toque leve no braço. O assassino apertou um frasco pegajoso em sua mão. Aquilo fedia a gordura rançosa de cordeiro e o espião só pôde olhar, confuso.

— Esfregue na pele — murmurou o assassino. — Para os cães.

Enquanto entendia, o espião levantou os olhos, mas a figura preta já estava se afastando com os pés que não faziam barulho, desaparecendo na escuridão. O espião agradeceu aos ancestrais pelo presente enquanto esfregava a gosma na pele. A princípio, pensou que havia sido gentileza, mas era mais provável que o assassino não quisesse que o acampamento fosse acordado enquanto ele realizava o trabalho. Seu rosto ficou vermelho de humilhação ao pensar nisso. Que não houvesse mais surpresas naquela noite.

Quando havia se recomposto, levantou-se e correu pela escuridão, indo a um destino que havia marcado enquanto ainda havia luz. Sem o companheiro sinistro, sentiu a confiança começando a retornar. Dentro de pouco tempo estaria entre os recrutas jin, conversando como se os conhecesse havia anos. Já fizera isso antes, quando o imperador suspeitara da lealdade de um governador de província. Afastou o pensamento, percebendo que deveria estar no lugar antes que o assassino atacasse, caso contrário poderia ser apanhado e interrogado. Caminhou até o acampamento adormecido, gritando um cumprimento para um guerreiro mongol quando o sujeito saiu para urinar na noite. O homem respondeu sonolento em sua própria língua grunhida, sem esperar que fosse entendido. Um cão levantou a cabeça quando ele passou, mas apenas rosnou baixinho ao captar seu cheiro. O espião sorriu, sem ser visto no escuro. Estava dentro.

O assassino se aproximou da grande iurta do cã, movendo-se pelo acampamento escuro como um fantasma. O líder mongol era um idiota em revelar sua localização a todo mundo que estivesse nas muralhas de Yenking. Era o tipo de erro que um homem só cometia uma vez, quando não sabia nada sobre a Tong Negra. O assassino não sabia se os mongóis voltariam às suas montanhas e planícies quando o cã morresse. Não se importava. Havia recebido um rolo de pergaminho amarrado com fita de seda preta numa cerimônia formal, das mãos de seu mestre, oferecendo sua vida num elo de sangue. Não importando o que acontecesse, ele não retornaria aos seus irmãos. Se fracassasse, tiraria a própria vida para não ser capturado e talvez revelar os segredos de sua ordem. Os cantos de sua boca se apertaram numa diversão sombria. Ele não iria fracassar. Os mongóis eram pastores de ovelhas: bons com um arco, mas pareciam crianças contra um homem com seu tipo de treinamento. Havia pouca honra em ser escolhido até mesmo para matar um cã daqueles selvagens fedorentos, mas ele não pensou nisso. Sua honra vinha da obediência e de uma morte perfeita.

Não foi visto enquanto chegava à grande iurta sobre a carroça, brilhando esbranquiçada na escuridão. A tenda se erguia acima enquanto ele se esgueirava ao redor, procurando guardas. Havia dois homens perto. Podia ouvi-los respirar, parados numa imobilidade entediada, esperando que outros os rendessem. Das muralhas de Yenking fora impossível discernir os detalhes, e ele não sabia com que frequência os guardas eram trocados durante a noite. Teria de agir depressa, assim que levasse a morte àquele lugar.

Parado absolutamente imóvel, o assassino olhou quando um dos homens se afastou para fazer um giro ao redor da iurta do cã. O guerreiro não estava alerta e, quando sentiu alguém parado nas sombras, era tarde demais. O guarda sentiu algo envolver seu pescoço e se cravar na garganta, cortando seu grito. Um suspiro de ar sangrento saiu de seus pulmões, e o outro guarda fez uma pergunta sussurrada, ainda sem se alarmar.

O assassino baixou o primeiro guarda e se esgueirou até o canto da carroça, pegando o segundo rapidamente quando este chegou. Ele também morreu sem um som, e o assassino o deixou onde caiu, indo rapidamente até a escada que levava para cima. Era um homem pequeno, e os degraus praticamente não rangeram sob seu peso.

Na escuridão de dentro, dava para ouvir a respiração lenta de um homem em sono profundo. O assassino se esgueirou com passo leve pelo piso. Num equilíbrio perfeito, chegou à figura adormecida e se agachou perto da cama baixa. Estavam sozinhos. Pegou uma lâmina afiada, com o metal enegrecido por fuligem oleosa para não brilhar.

Apertou uma das mãos contra a fonte da respiração, encontrando a boca. Enquanto o homem se sacudia, ele passou a faca rapidamente pela garganta. Um gemido foi cortado tão rapidamente quanto começara, e o corpo espasmódico se imobilizou. O assassino esperou até que o silêncio tivesse retornado, a respiração contida por causa do fedor das entranhas se abrindo. Na escuridão, não podia ver o rosto do homem a quem havia matado e usou os dedos para traçar as feições, com uma ruga franzindo a testa. O homem não cheirava como os guerreiros do lado de fora. Suas mãos tremeram ligeiramente enquanto exploravam a boca aberta e os olhos, subindo até o cabelo.

O assassino xingou sozinho enquanto tateava a trança oleada de alguém do seu povo. Só poderia ser um serviçal, alguém que merecia a morte pela corda por ter ajudado os mongóis com seu serviço. O assassino sentou-se nos calcanhares enquanto pensava no que fazer. O cã certamente estaria por perto, pensou. Havia uma quantidade de iurtas amontoadas ao redor da maior. Uma delas conteria o homem que ele buscava. O assassino se recompôs, recitando um mantra de seu treinamento que lhe trazia calma instantânea. Ainda não havia merecido o direito de morrer.

CAPÍTULO 27

O ASSASSINO PÔDE OUVIR RESPIRAÇÕES ENQUANTO ENTRAVA EM OUTRA IURTA. A escuridão era completa, mas ele fechou os olhos e se concentrou nos sons. Havia cinco pessoas adormecidas naquele espaço pequeno, todos inconscientes do homem parado de pé. Quatro tinham a respiração rasa, e ele fez uma careta. Crianças. A outra pessoa era provavelmente a mãe, mas ele não podia ter certeza sem uma luz. Uma única fagulha de uma pederneira bastaria, mas era um risco. Se eles acordassem, ele não poderia matar todos antes de gritarem. Tomou a decisão rapidamente.

Um golpe rápido trouxe um clarão de luz na iurta, o bastante para mostrar cinco corpos adormecidos. Nenhum deles tinha tamanho suficiente para ser um homem adulto. Onde *estava* o cã?

O assassino virou para sair, consciente do tempo que passava. Não poderia demorar muito até que os guardas mortos fossem descobertos. Quando isso acontecesse, a noite pacífica seria despedaçada.

Uma das crianças adormecidas fungou no sono, o ritmo mudando. O assassino se imobilizou. Esperou durante séculos até que a respiração profunda fosse retomada, depois foi com o passo leve até a porta da iurta. Havia engordurado as dobradiças, e ela se abriu sem nenhum som.

Empertigou-se enquanto fechava a porta depois de sair, virando a cabeça lentamente para escolher a próxima iurta. Com a exceção da despudorada tenda preta virada para a cidade e a que ficava sobre a carroça, todas as outras pareciam exatamente iguais.

Ouviu um som atrás, e seus olhos se arregalaram ao perceber que era uma inspiração, do tipo que acontecia antes de um grito. Estava movendo-se no instante em que o som começou, saltando para longe, para sombras mais profundas. Não pôde entender as palavras que ecoaram pela noite, mas a reação foi quase imediata. Guerreiros saíram tropeçando de cada iurta à vista, arcos e espadas preparados nas mãos.

Foi Jochi quem havia gritado e cujo sono fora interrompido pela presença silenciosa do homem em sua casa. Seus três irmãos foram acordados bruscamente pelo grito e, como se fossem um só, começaram a gritar perguntas na escuridão.

— O que foi? — perguntou Borte acima do ruído, jogando longe os cobertores.

Jochi já estava de pé no escuro.

— Havia alguém aqui — disse ele. — Guardas!

— Você vai acordar o acampamento inteiro! — reagiu Borte rispidamente. — Foi só um pesadelo.

Ela não podia ver o rosto do garoto quando ele respondeu:

— Não. Eu vi.

Chagatai se levantou e parou perto do irmão. Trompas de alarme soaram a distância, e Borte xingou baixinho.

— Reze para estar certo, Jochi, ou seu pai vai arrancar a pele das suas costas.

Jochi abriu a porta e saiu sem se incomodar em responder. Um enxame de guerreiros andava ao redor das iurtas, procurando um intruso antes mesmo de saberem que ele existia. Jochi engoliu em seco, dolorosamente, esperando não ter sonhado com a figura.

Chagatai saiu com ele, o peito nu e apenas calças justas para se proteger do frio. Havia um pouco de luz das estrelas do lado de fora, mas tudo era confusão, e por duas vezes homens os agarraram com ferocidade antes de os soltarem, ao serem reconhecidos.

Jochi viu seu pai andando por entre as iurtas, com a espada na mão, mas segurando-a frouxamente.

— O que está acontecendo? — perguntou ele. Seu olhar se fixou em Jochi, vendo seu nervosismo. O garoto se encolheu sob o olhar chapado, subitamente convencido de que havia acordado todos sem motivo. Mesmo assim, juntou coragem, recusando-se a se envergonhar diante do pai.

— Havia um homem na iurta. Acordei e o vi quando ele abriu a porta para sair.

Gêngis fungou, mas, antes que pudesse responder, novas vozes gritaram na noite.

— Homens mortos aqui!

Gêngis perdeu o interesse nos filhos. Viu Kachiun chegar correndo, com uma espada longa na mão. Khasar não estava muito atrás, e os três irmãos ficaram juntos enquanto tentavam entender o caos.

— Diga — pediu Kachiun quando parou, o rosto ainda inchado de dormir.

Gêngis deu de ombros, tenso como uma corda de arco.

— Jochi viu um homem em sua iurta e há três guardas mortos. Alguém está entre nós e quero que seja encontrado.

— Gêngis!

Ouviu Borte chamar seu nome e virou para ela. Com o canto do olho, viu uma sombra escura se mover ao escutar o nome.

Gêngis girou e teve um vislumbre do assassino pulando contra ele. Girou a espada e o homem se retorceu de lado, levantando-se depois de rolar, com facas nas mãos. Gêngis viu que o assassino ia atirá-las antes que ele pudesse golpear de novo, e pulou contra a figura escura, derrubando-o. Uma fagulha de dor tocou sua garganta e então seus irmãos estavam esfaqueando o assassino, cravando as lâminas com tanta força que penetravam no chão embaixo. O homem não gritou.

Gêngis tentou se levantar, mas o mundo nadou preguiçoso e sua visão ficou estranhamente turva.

— Fui cortado — disse, tonto, caindo de joelhos. Podia ouvir os pés do assassino batendo repetidamente no chão enquanto seus irmãos apertavam o peito dele com os joelhos, esmagando as costelas. Gêngis levou a mão ao pescoço e piscou para os dedos sangrentos. A mão estava terrivelmente pesada, e ele tombou para trás na terra seca, ainda confuso.

Viu o rosto de Jelme pairar no alto, movendo-se devagar. Gêngis olhou para cima, incapaz de ouvir o que ele estava dizendo. Viu Jelme se abaixar e afastar o pano do ferimento em seu pescoço. Quando ele falou de novo, a voz pareceu estrondear nos ouvidos de Gêngis, quase afogando os sussurros que o ensurdeciam. Jelme pegou a faca do assassino e xingou ao ver a mancha escura no gume.

— A lâmina está envenenada — disse Jelme, o medo refletido em Kachiun e Khasar, que estavam parados, perplexos, junto ao irmão. O general não falou de novo. Em vez disso, baixou a boca sobre o pescoço de Gêngis e sugou o fluxo de sangue. Estava quente e amargo, fazendo-o engasgar quando o cuspiu de lado. Não parou, ainda que as mãos de Gêngis dessem tapas débeis em seu rosto sempre que ele se afastava, totalmente sem forças.

Jelme pôde ouvir os filhos mais jovens do cã chorando, perturbados, ao verem o pai caído, perto da morte. Só Jochi e Chagatai estavam em silêncio, olhando enquanto Jelme cuspia montes de sangue até que a frente de seu dil estivesse coberta por uma mancha escura e escorregadia.

Kokchu atravessou a turba, parando em choque ao ver seu cã no chão. Ajoelhou-se ao lado de Jelme e passou as mãos sobre o peito de Gêngis para sentir o coração. Ele estava acelerado, numa velocidade incrível, e por um tempo Kokchu não pôde sentir as batidas individuais. O suor havia coberto todo o rosto do cã, e sua pele estava vermelha e quente ao toque.

Jelme sugava e cuspia, e o sangue fluía. O general podia sentir seus lábios ficando entorpecidos e se perguntou se o veneno iria penetrar nele. Não importava. Pensava nisso como se estivesse vendo outra pessoa. O sangue pingava dos lábios e ele ofegava a cada tentativa.

— Você não deve tirar sangue demais — alertou Kokchu, ainda com as mãos ossudas no peito. — Ou ele vai ficar muito fraco para resistir ao veneno que restar. — Jelme espiou-o com os olhos vítreos antes de assentir e baixar o rosto de novo para a pele ardente. Suas bochechas estavam vermelhas pelo contato com aquele calor, e ele continuou, porque parar seria olhar seu cã morrer.

Kokchu sentiu o coração acelerado dar um baque e temeu que ele parasse sob suas mãos. Precisava do homem que lhe garantira tanto respeito entre as tribos, em especial agora que Temuge o abandonara. Começou a rezar alto, invocando os espíritos através de seus nomes antigos.

344

Chamou a própria linhagem de Gêngis, numa torrente de som. Chamou Yesugei, até mesmo Bekter, o irmão que Gêngis havia matado. Precisava de todos para impedir que o cã fosse para o reino deles. Kokchu podia senti-los se juntando enquanto entoava seus nomes, pressionando-se contra ele de modo que os ouvidos de Gêngis se enchessem de sussurros.

O coração teve um espasmo de novo, e Gêngis ofegou alto, os olhos abertos olhando sem enxergar. Kokchu sentiu a pulsação irregular se acomodando, subitamente diminuindo a velocidade como se uma porta houvesse se fechado por dentro. Estremeceu no frio, pensando que, por alguns instantes, havia segurado o futuro das tribos nas mãos.

— Agora chega, o coração dele está mais forte — disse, rouco. Jelme sentou-se. Como teria feito com um cavalo ferido, o general fez uma pasta de poeira e saliva e passou-a no ferimento. Kokchu se inclinou para observar o processo, aliviado ao ver que o sangue havia diminuído até sair apenas um fio. Nenhuma das veias principais fora cortada, e ele começou a se regozijar pensando que Gêngis ainda poderia viver.

De novo Kokchu começou a rezar alto, forçando os espíritos dos mortos a ajudarem o homem que havia formado uma nação. Eles não quereriam um homem daqueles em seu reino, enquanto ele guiava seu povo em frente. Sabia disso com uma certeza que o amedrontava. Os homens das tribos olhavam com espanto Kokchu passar as mãos sobre o corpo deitado, juntando fios invisíveis, como se seus dedos enrolassem o cã numa teia de espíritos e fé.

Kokchu olhou para Borte, que estava parada com os olhos vermelhos e oscilando em choque. Hoelun também estava ali, desesperadamente pálida enquanto se lembrava da morte de outro cã, muitos anos antes. Kokchu fez um gesto para que elas se aproximassem.

— Os espíritos o estão segurando aqui, por enquanto — disse-lhes, os olhos brilhando. — Yesugei está aqui, com seu pai, Bartan. Bekter está aqui para segurar o cã, seu próprio irmão. — Ele estremeceu no frio, os olhos ficando vítreos por um momento. — Jelme sugou boa parte do veneno, mas o coração está batendo irregular; algumas vezes forte, algumas vezes fraco. Ele precisa de descanso. Se ele quiser comer, dê-lhe sangue e leite, para fortalecer. — Kokchu não podia mais sentir o frio profundo dos espíritos se amontoando ao redor, mas eles haviam feito seu trabalho.

345

Gêngis ainda vivia. Chamou os irmãos do homem para carregá-lo até a iurta. Kachiun saiu do transe para ordenar que o acampamento fosse revistado em busca de qualquer outro inimigo ainda escondido. Depois disso, colocou nos ombros, junto com Khasar, o corpo frouxo do irmão e carregou-o para a iurta de Borte.

Jelme foi deixado de joelhos, balançando a cabeça, perturbado. Seu pai Arslan alcançou-o no momento em que o jovem general vomitava sobre o chão ensanguentado.

— Ajudem-me com ele — ordenou Arslan, puxando o filho. O rosto de Jelme estava frouxo, e todo seu peso caiu sobre o pai antes que dois guerreiros se juntassem e passassem os braços dele sobre os ombros.

— O que há de errado com ele? — perguntou Arslan a Kokchu. O xamã afastou o olhar da iurta de Gêngis. Em seguida, usou os dedos para abrir ao máximo os olhos de Jelme, examinando-os. As pupilas estavam grandes e escuras, e Kokchu xingou baixinho.

— Ele pode ter engolido o sangue. Parte do veneno entrou nele também. — Kokchu enfiou uma das mãos sob a túnica molhada de Jelme, sentindo seu peito.

— Não pode ter sido muito, e ele é forte. Mantenha-o acordado, se puder. Faça-o andar. Vou levar uma dose de carvão para ele beber.

Arslan assentiu. Em seguida, fez um gesto para um dos guerreiros que sustentavam Jelme e ocupou o lugar dele, puxando o braço do filho ao redor de seu pescoço como num abraço. Com o outro homem, começou a fazer Jelme andar entre as iurtas, falando com ele ao mesmo tempo.

A multidão crescente de guerreiros, mulheres e crianças não se moveu. Não iriam voltar a dormir enquanto não tivessem certeza de que seu cã viveria. Kokchu deu-lhes as costas, cheio da necessidade de fazer uma pasta de carvão que poderia sugar o veneno tomado por Jelme. Isso seria de pouca utilidade para Gêngis, mas faria uma segunda tigela para ele também. Enquanto se aproximava do círculo de rostos que olhavam, eles abriram caminho, e foi então que Kokchu viu Temuge vindo até a frente. A malícia fagulhou nos olhos de Kokchu.

— Chegou tarde demais para ajudar o cã — disse, baixinho, quando Temuge chegou perto. — Seus irmãos mataram o assassino, e Jelme e eu o mantivemos vivo.

— Assassino? — exclamou Temuge, vendo ao redor o sofrimento e o medo em tantos rostos. Seu olhar passou pela figura de preto esparramada no chão, e ele engoliu em seco, horrorizado.

— Algumas coisas devem ser feitas do modo antigo — disse Kokchu.
— Não podem ser contadas nem postas em umas das suas listas.

Temuge reagiu ao escárnio do xamã como se tivesse levado um soco.

— Você ousa falar comigo? — indagou ele. Kokchu deu de ombros e foi andando. Não pudera resistir à farpa, mas sabia que iria se arrepender. Naquela noite, a morte havia caminhado entre as iurtas, e Kokchu estava em seu elemento.

A multidão ficou mais densa à medida que mais recém-chegados pressionavam, desesperados por notícias. Tochas foram acesas no acampamento enquanto esperavam o amanhecer. O corpo do assassino estava esmagado e partido no chão, e eles o encaravam com simples pavor, não querendo chegar perto demais.

Quando Kokchu retornou com duas tigelas de líquido preto e denso, pensou que eles pareciam um rebanho de iaques num dia de matança, arrasados e com os olhos escuros, mas incapazes de entender. Arslan segurou o queixo do filho e inclinou sua cabeça enquanto Kokchu forçava-o a engolir o líquido amargo. Jelme engasgou e tossiu, jogando gotas pretas no rosto do pai. Havia recuperado parte da consciência no tempo necessário para moer o carvão, e Kokchu não se demorou com ele. Apertou a tigela meio vazia na mão livre de Arslan e se afastou com a outra. Gêngis não podia morrer, principalmente à sombra de Yenking. Kokchu estava cheio de um pavor frio enquanto pensava no futuro. Esmagou o próprio medo ao entrar na iurta minúscula, baixando a cabeça para passar sob a trave da porta. A confiança fazia parte de seu serviço, e ele não deixaria que o vissem tão abalado.

Quando o amanhecer foi se aproximando, Khasar e Kachiun saíram, cegos para os milhares de olhos grudados neles. Khasar recuperou a espada que estava cravada no peito do morto e chutou a cabeça frouxa antes de embainhar a lâmina.

— O cã vive? — gritou alguém.

Khasar lançou um olhar cansado sobre eles, sem saber quem havia falado.

— Vive — respondeu. Suas palavras foram repetidas em sussurros até que todos soubessem.

Kachiun pegou sua espada onde estava caída e levantou a cabeça ao ouvir aquele som. Não podia fazer nada para ajudar o irmão na iurta e talvez por isso seu mau humor tenha se acendido ao vê-los.

— Nossos inimigos vão dormir enquanto estamos reunidos aqui? — perguntou rispidamente. — Não. Vão para suas iurtas e esperem notícias. — Sob seu olhar feroz, os guerreiros viraram primeiro, abrindo caminho pela multidão de mulheres e crianças. Elas também começaram a se afastar, olhando para trás enquanto andavam.

Kachiun ficou parado com Khasar, como se guardassem a iurta onde Gêngis estava. Chakahai, a segunda mulher do cã, tinha vindo, o rosto parecendo uma máscara de medo pálido. Todos os homens haviam olhado para Borte, para ver como ela reagiria, mas ela apenas assentira para a mulher xixia, aceitando sua presença. No silêncio, Kachiun pôde ouvir a voz monótona de Kokchu entoando dentro da iurta. Por um momento, não quis retornar ao interior fétido, apinhado daqueles que amavam seu irmão. Seu próprio sofrimento parecia um tanto solapado pela presença dos outros. Respirou fundo no ar frio, limpando a cabeça.

— Não há mais nada que possamos fazer — disse. — O amanhecer não está distante, e há coisas que precisamos discutir. Ande um pouco comigo, Khasar.

Khasar o acompanhou até onde não fossem ouvidos. Passou-se muito tempo até que estivessem fora do acampamento, os passos esmagando o capim congelado.

— O que é? O que você quer? — perguntou Khasar por fim, parando o irmão com uma das mãos em seu braço.

Kachiun virou para ele, o rosto numa fúria sombria.

— Nós fracassamos esta noite. Fracassamos em manter o acampamento seguro. Eu deveria ter considerado que o imperador mandaria assassinos. Deveria ter mais guardas vigiando as muralhas.

Khasar estava cansado demais para discutir.

— Você não pode mudar o que aconteceu. Se eu o conheço, isso não vai acontecer de novo.

— Uma vez pode ser o bastante — disse Kachiun com rispidez. — E se Gêngis morrer?

Khasar balançou a cabeça. Não queria pensar nisso. Enquanto ele hesitava, Kachiun o segurou pelos ombros, quase sacudindo-o.

— Não sei! — respondeu Khasar. — Se ele morrer, vamos retornar às montanhas Khenti e entregá-lo aos falcões e abutres. Ele é um cã; o que você esperaria que eu dissesse?

Kachiun deixou as mãos caírem.

— Se fizermos isso, o imperador vai reivindicar uma grande vitória contra nós. — Ele quase parecia estar falando consigo mesmo, e Khasar não interrompeu. Nem podia começar a imaginar o futuro se Gêngis não estivesse ali.

— O imperador veria nosso exército recuar — continuou Kachiun, sério. — Dentro de um ano, todas as cidades jin saberiam que havíamos sido expulsos.

Khasar continuou sem dizer nada.

— Não vê, irmão? Nós perderíamos tudo.

— Poderíamos retornar — respondeu Khasar, bocejando. Será que havia dormido ao menos um pouco? Não tinha certeza.

Kachiun fungou.

— Em dois anos, eles estariam *nos* atacando. O imperador viu o que somos capazes de fazer e não cometerá os mesmos erros de novo. Nós criamos uma chance, Khasar. Você não pode ferir um urso e depois fugir. Ele vai caçá-lo.

— Gêngis viverá — disse Khasar, teimoso. — É forte demais para cair.

— Abra os olhos, irmão! Gêngis pode morrer, como qualquer outro homem. Se morrer, quem liderará as tribos, ou será que vamos vê-las se dividirem? Nesse caso, até que ponto isso seria fácil para o exército jin, quando vier à caça?

Khasar viu a primeira luz rosada do amanhecer atrás de Yenking, a distância. Gostou de vê-la, numa noite que ele pensava que nunca terminaria. Kachiun estava certo. Se Gêngis morresse, a nova nação iria se despedaçar. Os antigos cãs iriam afirmar sua autoridade sobre as tribos em disputa. Balançou a cabeça para limpá-la.

— Sei o que você está dizendo — disse. — Não sou idiota. Você quer que eu o aceite como cã.

Diante disso, Kachiun ficou imóvel. Não havia outro modo, mas se Khasar não enxergasse, o novo dia começaria com derramamento de sangue enquanto as tribos lutassem para ir embora ou permanecer leais. Gêngis as havia unido. Diante da primeira sugestão de fraqueza, os cãs sentiriam o gosto da liberdade e lutariam para mantê-la.

Kachiun respirou fundo, com a voz calma.

— Sim, irmão. Se Gêngis morrer hoje, as tribos precisarão sentir uma mão forte no pescoço.

— Sou mais velho que você — disse Khasar, baixinho. — Comando o mesmo número de guerreiros.

— Você não é o homem para liderar a nação. E sabe disso. — O coração de Kachiun estava disparando com a tensão de fazer com que Khasar entendesse. — Se você achar que é, eu lhe faço um juramento. Os generais vão seguir minha orientação e carregar os cãs. Não vou lutar com você por isso, Khasar, principalmente com tanta coisa em risco.

Khasar apertou os nós dos dedos contra os olhos para afastar o cansaço, enquanto pensava. Sabia o que devia ter custado a Kachiun fazer a oferta. A ideia de liderar as tribos era inebriante, algo com que ele não havia sonhado antes. Tentava-o. No entanto, não fora ele que vira os perigos para a nação frágil. Isso permanecia como um espinho em sua carne para preocupá-lo. Os generais viriam procurá-lo esperando que ele resolvesse seus problemas, que enxergasse através de dificuldades que eles não conseguiam resolver. Teria até mesmo de planejar batalhas, com o triunfo ou o fracasso dependendo de sua palavra.

O orgulho de Khasar guerreava com o conhecimento de que o irmão era mais capaz de liderar. Não duvidava que Kachiun lhe daria apoio completo caso ele se tornasse cã. Ele governaria seu povo e ninguém ao menos saberia que essa conversa havia acontecido. Como acontecera com Gêngis, ele seria pai de todo o seu povo. Seria responsável por manter todos vivos contra um império antigo decidido a provocar sua destruição.

Fechou os olhos, deixando que as visões luminosas saíssem da mente.

— Se Gêngis morrer, farei um juramento a você, irmãozinho. Você será cã.

Kachiun suspirou num alívio exausto. O futuro de seu povo havia dependido da confiança de Khasar nele.

— Se ele morrer, farei com que cada cidade jin seja destruída com fogo, a começar por Yenking — disse Kachiun. Os dois olharam para as altas muralhas da cidade, unidos no desejo de vingança.

Zhi Zhong estava numa plataforma de arqueiros, bem acima da planície e do acampamento mongol. Uma brisa fria soprava, e suas mãos estavam entorpecidas no corrimão de madeira. Estivera ali parado durante horas, olhando as tribos em busca de algum sinal de que o assassino tivera sucesso.

Apenas algum tempo antes sua vigília fora recompensada. Pontos de luz brotaram entre as iurtas, e Zhi Zhong havia segurado o corrimão com mais força, os nós dos dedos ficando brancos enquanto ele forçava a vista. Sombras escuras corriam entre os poços tremeluzentes de luz e a esperança de Zhi Zhong cresceu, imaginando o pânico que se espalhava.

— Esteja *morto* — sussurrou, sozinho na torre de vigia.

CAPÍTULO 28

Gêngis abriu os olhos vermelhos e encontrou as duas esposas e sua mãe ao lado. Sentia uma fraqueza espantosa e o pescoço latejava. Levantou uma das mãos até o ferimento, e Chakahai segurou seu pulso antes que ele pudesse mexer na bandagem. Seus pensamentos eram vagarosos, e ele a encarou, tentando se lembrar do que tinha acontecido. Lembrou-se de estar do lado de fora da iurta, com guerreiros ao redor. Havia sido noite e ainda estava escuro na iurta, com apenas uma lâmpada pequena para banir a escuridão. Quanto tempo teria se passado? Piscou devagar, perdido. O rosto de Borte estava pálido e preocupado, com círculos escuros sob os olhos. Viu-a sorrir.

— Por que... estou deitado aqui? — perguntou. Sua voz estava débil, e ele precisou forçar as palavras a saírem.

— Você foi envenenado — disse Hoelun. — Um assassino jin cortou você, e Jelme sugou a imundície. Ele salvou sua vida. — Ela não mencionou a participação de Kokchu. Havia suportado os cânticos dele, mas não lhe permitiu ficar, nem que mais ninguém entrasse. Os que entrassem iriam sempre se lembrar de seu filho daquele modo, e isso iria prejudicá-lo. Como esposa e mãe de cãs, Hoelun sabia o bastante sobre a mente dos homens para entender a importância disso.

Com esforço gigantesco, Gêngis lutou para se apoiar nos cotovelos.

Como se tivesse esperado exatamente por esse momento, uma dor de cabeça golpeou seu crânio.

— Balde — gemeu ele, inclinando-se. Hoelun foi rápida o suficiente para enfiar um balde de couro sob sua cabeça, e ele esvaziou o líquido preto do estômago numa série de espasmos dolorosos. A ação tornou sua dor de cabeça quase insuportável, mas ele não conseguiu parar, nem quando não havia mais nada para sair. Por fim, deixou-se cair de novo na cama, apertando a mão sobre os olhos para afastar a luz fraca que o rasgava.

— Beba isto, filho — disse Hoelun. — Você ainda está fraco devido ao ferimento.

Gêngis olhou para a tigela que ela segurava junto a seus lábios. A mistura de sangue e leite era azeda na língua enquanto ele engolia duas vezes e depois a empurrava para longe. Os olhos pareciam cheios de areia e o coração martelava no peito, mas os pensamentos finalmente iam clareando.

— Ajudem-me a me levantar e me vestir. Não posso ficar aqui deitado, sem saber de nada.

Para sua irritação, Borte o apertou de volta na cama enquanto ele tentava se levantar. Não tinha forças para empurrá-la para longe e pensou em chamar um dos irmãos. Era desagradável estar impotente, e Kachiun não ignoraria suas ordens.

— Não tenho lembrança — disse, rouco. — Nós pegamos o homem que fez isso comigo?

As três mulheres trocaram olhares. Foi sua mãe que respondeu.

— Ele está morto. Faz dois dias, filho. Você esteve perto da morte durante todo esse tempo. — Seus olhos se encheram de novas lágrimas enquanto ela falava, e ele só pôde olhá-la perplexo. A raiva chegou à superfície, sem alerta na mente. Gêngis estivera bem e em forma e subitamente acordava naquele estado. Alguém o havia ferido: o tal assassino que elas haviam mencionado. A fúria penetrou como fumaça enquanto ele tentava se levantar de novo.

— Kachiun! — chamou, mas saiu apenas um sopro na garganta.

As mulheres se agitaram ao redor, colocando um pano molhado e fresco em sua testa enquanto ele baixava a cabeça sobre os cobertores, ainda raivoso. Não conseguia se lembrar de ter visto as duas esposas na mesma iurta, antes. Achou a ideia desconfortável, como se elas fossem falar sobre ele. Precisava...

O sono veio de novo sem aviso, e as três mulheres relaxaram. Era a terceira vez, em três dias, que ele havia acordado, e a cada vez fazia as mesmas perguntas. As mulheres agradeciam por Gêngis não se lembrar que elas o ajudavam a urinar no balde ou que trocavam os cobertores quando suas entranhas se esvaziavam numa gosma preta, levando o veneno para fora do corpo. Talvez fosse o carvão que Kokchu havia trazido, mas até a urina estava mais escura do que qualquer das mulheres já vira antes. Houvera tensão na iurta enquanto o balde se enchia. Nem Borte nem Chakahai haviam se mexido para esvaziá-lo, mas olhavam na direção dele e desafiavam uma à outra com os olhares. Uma era filha de um rei e a outra era a primeira esposa do próprio Gêngis. Nenhuma cedia. No fim, foi Hoelun quem o levou para fora, mal-humorada, olhando as duas com irritação.

— Desta vez, ele parecia um pouco mais forte — disse Chakahai. — Os olhos dele estavam límpidos.

Hoelun assentiu, passando a mão no rosto. Todas estavam exaustas, mas só saíam da iurta para levar os despejos para fora ou trazer novas tigelas de sangue e leite.

— Ele vai sobreviver. E os que o atacaram vão se arrepender. Meu filho pode ser misericordioso, mas não irá perdoá-los por isso. Para eles seria melhor se ele morresse.

O espião se movia rapidamente pela escuridão. A luz havia passado atrás das nuvens, e ele tinha pouco tempo. Havia encontrado seu lugar em meio a milhares de recrutas jin. Como tinha esperado, ninguém sabia se alguém era de Baotou, de Linhe ou de qualquer outra cidade. Ele poderia ter passado por morador de qualquer uma delas. Havia apenas uns poucos oficiais mongóis para treinar os homens das cidades como guerreiros, e não viam grande honra na tarefa. O oficial mongol mal havia olhado para ele enquanto lhe entregava um arco e o mandava se juntar a uma dúzia de outros arqueiros.

Quando ele vira as fichas de madeira trocando de mãos no acampamento, havia se preocupado, pensando que seriam prova de alguma burocracia controladora. Não teria sido possível entrar desse modo num regimento jin, ou mesmo se aproximar sem ser questionado muitas vezes. Os soldados jin sabiam do perigo de espiões em seu meio e haviam desenvolvido técnicas para impedi-los.

O espião riu sozinho ao pensar nisso. Aqui não havia senhas nem códigos. Sua única dificuldade era se obrigar a demonstrar tanta ignorância quanto os outros. Havia cometido um erro no primeiro dia, quando acertou uma flecha bem no meio do alvo. Na ocasião, não fazia ideia sobre os inúteis agricultores jin com quem estava trabalhando, e, quando eles dispararam, em seguida, nenhum se saiu tão bem. O espião havia escondido o medo enquanto o oficial mongol caminhava até ele, pedindo com mímica que ele disparasse outra flecha. Ele tivera o cuidado de atirar mal, e o guerreiro perdeu o interesse, o rosto mal escondendo o nojo pela falta de capacidade deles.

Ainda que todos os guardas reclamassem de cumprir turnos de vigia no meio da noite, a tentativa fracassada de assassinato havia provocado um efeito em todo o acampamento. Os oficiais mongóis insistiam em manter um perímetro para evitar outra tentativa, mesmo na seção do acampamento que abrigava os recrutas jin. O espião se oferecera para um turno tardio, da meia-noite ao amanhecer. Isso o colocou na borda do acampamento e sozinho. Mesmo assim, deixar a posição era um risco. Ele precisava fazer contato com seu chefe, caso contrário todos os esforços seriam desperdiçados. Haviam-lhe dito para juntar informações, descobrir qualquer coisa. Ficava por conta deles fazer algo com o que ele descobrisse.

Correu descalço na escuridão, afastando o pensamento em algum oficial que estivesse verificando se seus guardas estavam acordados. Não podia controlar seu destino e certamente ouviria o alarme, caso descobrissem que ele havia sumido. Tinha uma senha que poderia gritar para a muralha, e iriam se passar apenas alguns instantes até que seu pessoal jogasse uma corda e ele estivesse de novo em segurança.

Algo se moveu à direita e ele se jogou no chão, controlando a respiração e ficando absolutamente imóvel enquanto forçava os sentidos. Desde o ataque ao cã, os batedores cavalgavam a noite toda, em turnos, mais alertas do que jamais antes. Era uma tarefa inútil patrulhar a cidade escura, mas eles eram rápidos e silenciosos, seriam mortais caso o pegassem. Enquanto estava ali deitado, o espião se perguntou se outros assassinos viriam para o cã, caso ele sobrevivesse ao primeiro.

Quem quer que fosse o cavaleiro, não viu nada. O espião ouviu o homem estalando a língua baixinho para o pônei, mas os sons foram sumindo e então ele estava se movendo de novo como uma lebre. Tudo dependia da velocidade.

A muralha da cidade era negra sob as nuvens, e ele dependia da memória para chegar ao lugar certo. Contou dez torres de vigia a partir do canto sul e correu direto ao fosso. Deitou-se de barriga para tatear junto à margem, sorrindo ao sentir a aspereza do barquinho de junco que haviam amarrado para ele. Não ousava se molhar e teve cuidado no escuro enquanto se abaixava na embarcação, atravessando a água em poucas remadas. Na escuridão, fazia tudo pelo tato, saindo do barco e enrolando a corda molhada numa pedra. Não seria bom se o barquinho flutuasse para longe.

O fosso não chegava à muralha que se erguia acima dele. Um amplo caminho de pedra circulava toda a cidade, úmido e escorregadio com limo. Nos dias de verão, ele vira os nobres disputando corridas de cavalo ali, apostando quantias enormes no primeiro homem que conseguisse chegar de volta ao ponto de partida. Atravessou-o rapidamente e tocou a cidade onde nascera, um breve aperto da mão na muralha que significava a segurança e o lar.

Acima de sua cabeça, talvez uma dúzia de homens se agachavam atrás da crista, em silêncio. Mesmo que não falassem, eles o entendiam e, naqueles poucos instantes, a tensão em que ele vivia se reduziu a nada, sem ser notada a não ser pela ausência.

Suas mãos passaram rapidamente pelo chão, procurando uma pedrinha. Lá no alto as nuvens eram sopradas rapidamente pelo céu. Ele avaliou com cuidado a posição da lua. Haveria uma fenda na cobertura de nuvens por apenas um tempo pequeno, e nesse momento ele precisaria estar longe da muralha. Bateu com a pedra na muralha, e o ruído soou alto no silêncio noturno. Ouviu a corda escorregando, antes de vê-la.

Começou a escalar e, ao mesmo tempo, eles o arrastaram para cima, fazendo-o subir a grande velocidade.

Depois de apenas alguns instantes, o espião chegou em cima da muralha de Yenking. Uma turma de arqueiros enrolava a corda, prontos para jogá-la de volta. Outro homem estava ali parado, e o espião fez uma reverência para ele.

— Fale — disse o homem, olhando para o acampamento mongol.

— O cã foi ferido. Não pude chegar muito perto, mas ele ainda vive. O acampamento está cheio de boatos, e ninguém sabe quem assumirá o controle, caso ele morra.

— Um dos irmãos — respondeu, baixinho, o homem, e o espião se conteve, imaginando quantos outros dariam informações ao sujeito.

— Talvez, ou as tribos vão se dividir com o comando dos antigos cãs. Esta é uma hora para atacar.

O chefe sibilou baixinho, irritado.

— Não quero saber de suas conclusões, só do que ficou sabendo. Se tivéssemos um exército, você acha que o regente se contentaria em permanecer sentado dentro das muralhas?

— Desculpe — respondeu o espião. — Eles têm suprimentos que podem durar anos, com o que pegaram dos depósitos do exército na Boca do Texugo. Encontrei uma facção que gostaria de fazer uma outra tentativa com novas catapultas contra as muralhas, mas são apenas uns poucos e nenhum deles tem influência.

— O que mais? Dê alguma coisa para eu informar ao regente — disse o chefe, segurando seu ombro com força.

— Se o cã morrer, eles retornarão às montanhas. Todos os homens dizem isso. Se ele viver, podem permanecer aqui durante anos.

O chefe xingou baixinho, amaldiçoando-o. O espião suportou isso, baixando o olhar para os pés. Não havia fracassado, sabia. Sua tarefa era informar com fidelidade, e tinha feito isso.

— Encontre-me alguém que possamos alcançar. Com ouro, com medo, com qualquer coisa. Encontre-me alguém nesse acampamento que possa fazer o cã tirar a tenda preta. Enquanto ela estiver de pé, não podemos fazer nada.

— Sim, senhor — respondeu o espião. O homem lhe deu as costas e ele foi dispensado, com a corda já serpenteando muralha abaixo. O espião desceu quase tão depressa quanto havia subido, e instantes depois estava amarrando o barquinho do outro lado e correndo com passos leves pelo capim, até seu posto. Outra pessoa iria pegar o barco e os mongóis não saberiam de nada.

Era difícil vigiar as nuvens e ao mesmo tempo permanecer atento ao terreno em volta. O espião era bom no trabalho, caso contrário nunca teria sido escolhido. Continuou correndo e, quando a lua atravessou as nuvens e iluminou a planície, ele já estava abaixado, escondido por arbustos e ainda do lado de fora do acampamento principal. À luz prateada, pensou nos homens que ficavam ao redor do cã. Não Khasar, nem Kachiun. Nem qualquer um dos generais. Eles não queriam nada além de ver Yenking ser derrubada, pedra por pedra. Pensou em Temuge por um momento. Ele, pelo menos, não era guerreiro. O espião sabia muito pouco sobre o chefe do comércio. Nuvens escureceram a terra de novo, e ele correu até o círculo exterior de sentinelas. Retomou seu lugar como se não tivesse saído, pegando o arco e a faca e calçando um par de sandálias de corda. Enrijeceu-se de repente quando ouviu alguém se aproximar, mantendo-se ereto como qualquer outro guarda.

— Alguma coisa a informar, Ma Tsin? — gritou Tsubodai do escuro, usando a língua jin.

Foi necessário um enorme esforço para controlar a respiração o suficiente para responder:

— Nada, general. É uma noite calma. — Em seguida, o espião respirou pelo nariz, em silêncio, esperando algum sinal de que sua ausência fora descoberta.

Tsubodai grunhiu uma resposta e foi andando para verificar o próximo homem da linha. Deixado sozinho, um suor novo brotou na pele do espião. O mongol usara o nome que ele dera. Será que suspeitariam? Achou que não. Sem dúvida o jovem general havia verificado com seu oficial antes de começar a ronda. Os outros guardas ficariam espantados com esse feito da memória, mas o espião apenas sorriu no escuro. Conhecia os exércitos bem demais para se impressionar com os truques dos oficiais.

Enquanto cumpria o turno e deixava que o coração acelerado se acomodasse, pensou no raciocínio por trás da ordem. Só poderia ser a rendição. Por que outro motivo o regente quereria que a tenda preta fosse removida, se não para oferecer tributo por Yenking? No entanto, se o cã ouvisse isso, saberia que eles estavam perto de se dobrar e se regozijaria porque o cerco estava chegando ao fim. O espião balançou a cabeça num medo entorpecedor enquanto pensava. O exército havia tomado os armazéns da cidade e perdido tudo para o inimigo no desfiladeiro. Yenking estava faminta praticamente desde o início, e Zhi Zhong se sentia mais desesperado do que qualquer um fazia ideia.

Então seu orgulho veio à superfície. Fora escolhido para a tarefa porque era tão hábil quanto qualquer assassino ou soldado, mais útil que qualquer um deles. Tinha tempo para encontrar um homem que valorizasse o ouro mais do que o cã. Sempre havia algum. Em apenas alguns dias, o espião ficara sabendo sobre cãs insatisfeitos cujo poder lhes fora arrancado. Talvez um deles pudesse ser levado a enxergar o valor do tributo, comparado à destruição. Pensou de novo em Temuge, imaginando por que seus instintos retornavam ao sujeito. Assentiu sozinho no escuro, adorando o desafio à sua habilidade, diante dos riscos mais altos.

Quando Gêngis acordou de novo no terceiro dia, Hoelun estava do lado de fora, pegando comida. Ele fez as mesmas perguntas, mas desta vez não quis se deitar de volta. Sua bexiga estava cheia a ponto de causar dor, e ele tirou as pernas de cima dos cobertores, pondo os pés com firmeza no chão antes de tentar se levantar. Chakahai e Borte o ajudaram a ir até o mastro central da iurta, enrolando seus dedos nele até terem certeza de que Gêngis não iria cair. Puseram o balde onde o arco da urina alcançaria e recuaram.

Ele piscou para as esposas e para a estranheza de vê-las juntas.

— Vocês vão ficar olhando? — perguntou. Por algum motivo que não conseguia entender, as duas mulheres sorriram. — Para fora — disse ele, mal se segurando até elas terem saído da iurta e ele poder esvaziar a bexiga. Franziu o nariz diante do cheiro horrível da urina, cuja cor estava longe de ser saudável.

— Kachiun! — gritou de repente. — Venha a mim!

Em resposta, ouviu um grito de júbilo e riu. Sem dúvida os cãs estariam vigiando, para ver se ele morria. Segurou com força o mastro de madeira enquanto pensava no melhor modo de assumir de novo o controle do acampamento. Havia muita coisa a fazer.

A porta bateu com força quando Kachiun entrou na iurta, contra os protestos das esposas do irmão.

— Eu o ouvi me chamar — estava dizendo Kachiun, passando por elas com o máximo de gentileza que pôde. Ficou em silêncio ao ver o irmão finalmente de pé. Gêngis usava apenas uma calça suja e estava mais pálido e mais magro do que ele jamais vira.

— Vai me ajudar a me vestir, Kachiun? Minhas mãos estão fracas demais para fazer isso sozinho.

Os olhos de Kachiun se encheram de lágrimas, e Gêngis piscou.

— Você não vai chorar, vai? — perguntou, atônito. — Pelos espíritos, estou rodeado de mulheres.

Kachiun riu, enxugando os olhos antes que Chakahai ou Borte pudessem ver.

— É bom vê-lo de pé, irmão. Eu quase havia desistido de você.

Gêngis fungou. Ainda estava fraco e não soltou o mastro, para não se humilhar e cair.

— Mande alguém trazer minha armadura e comida. Minhas mulheres quase me mataram de fome, de tanta negligência.

Lá fora, todos podiam ouvir a notícia correndo pelo acampamento, gritada cada vez mais alto. Ele estava acordado. Ele vivia. Aquilo cresceu até um rugido que chegou às muralhas de Yenking e interrompeu Zhi Zhong, que estava em reunião com os ministros.

O general se imobilizou no meio de uma discussão enquanto ouvia o barulho e sentiu um nó gelado no estômago.

Quando finalmente Gêngis emergiu da tenda de doente, as tribos se reuniram em comemoração, batendo com os arcos nas armaduras. Kachiun ficou junto dele, para o caso de o irmão tropeçar, mas Gêngis caminhou rigidamente até a iurta sobre a carroça, subindo a escada sem qualquer sinal de fraqueza.

Assim que entrou, quase caiu, liberando o controle da vontade sobre o corpo enfraquecido. Kachiun convocou os generais, deixando o irmão sentado dolorosamente ereto e sozinho.

Enquanto eles ocupavam seus lugares, Kachiun viu que Gêngis continuava numa palidez que não era natural, com suor brotando na testa apesar do frio. O pescoço de Gêngis estava enrolado com bandagens novas, como um colar. Ainda que o rosto estivesse magro a ponto de ser possível ver a forma do crânio, os olhos brilhavam com clareza febril enquanto ele dava as boas-vindas a cada homem.

Khasar riu ao ver a expressão de falcão, enquanto ocupava seu lugar perto de Arslan e Tsubodai. Jelme chegou por último, e Gêngis fez um sinal para ele se aproximar. Não achava que suas pernas iriam sustentá-lo caso se levantasse, mas Jelme se abaixou sobre um dos joelhos, diante dele, e Gêngis o segurou pelo ombro.

— Kachiun disse que você sofreu com o veneno que tirou de mim — disse Gêngis.

Jelme balançou a cabeça.

— Foi uma coisa pequena — respondeu.

Gêngis não sorriu, mas Khasar, sim.

— Nós dois compartilhamos sangue — disse ele. — Isso o torna meu irmão, tanto quanto Khasar, Kachiun ou Temuge.

Jelme não respondeu. A mão em seu ombro tremia, e ele podia ver como os olhos de seu cã ardiam, fundos no crânio. Mesmo assim, ele vivia.

— Tome um quinto dos meus rebanhos, cem rolos de seda e uma dúzia de bons arcos e espadas. Vou honrá-lo entre as tribos, Jelme, pelo que você fez.

Jelme baixou a cabeça, sentindo o olhar orgulhoso de Arslan. Gêngis puxou a mão de volta e olhou os homens reunidos em seu nome, ao redor.

— Se eu tivesse morrido, qual de vocês teria liderado as tribos? -- Olhares se viraram para Kachiun, e seu irmão assentiu para ele. Gêngis sorriu, imaginando quantas conversas teria perdido enquanto dormia como os mortos. Pensara que poderia ser Khasar, mas não existia humilhação no olhar límpido dele. Kachiun o havia manobrado bem.

— Fomos idiotas em não planejar uma coisa dessas — disse Gêngis. — Vejam isso como um aviso. Qualquer um de nós pode cair e, se isso acontecer, os jin sentirão nossa fraqueza e atacarão. Cada um de vocês deve nomear um homem em quem confie, para tomar seu lugar. E outro para tomar o dele. Vocês vão estabelecer uma linha de comando até o soldado de posto mais baixo, de modo que cada homem saiba que é liderado, não importando quantos morram ao redor. Não seremos surpreendidos por isso de novo.

Parou para deixar uma onda de fraqueza o atravessar. A reunião teria de ser curta.

— Quanto a mim, aceito a vontade de vocês e nomearei Kachiun como meu sucessor, até meus filhos estarem crescidos. Khasar irá segui-lo. Se cairmos, Jelme governará as tribos e contra-atacará em nosso nome.

Um a um os homens que ele havia mencionado baixaram a cabeça, aceitando a nova ordem e sentindo conforto nela. Gêngis não podia saber como eles haviam chegado perto do caos enquanto estava ferido. Cada um dos cãs antigos reunira seus homens ao redor, com uma lealdade antiga assumindo precedência sobre os *tumans* e seus generais. Num único golpe, o assassino os havia lançado de volta aos antigos elos de sangue.

Ainda que seu corpo tivesse sido ferido, Gêngis não perdera a compreensão sobre as tribos. Poderia citar cinquenta homens que teriam gostado de se livrar de seu comando caso ele morresse. Ninguém falou, enquanto ele pensava no futuro, sabendo que precisava restabelecer as estruturas do exército, que haviam lhes garantido as cidades jin. Qualquer outra coisa iria fazer com que se dividissem e acabassem destruídos.

— Kachiun e eu falamos muitas vezes em mandar vocês para fazer ataques. Fiquei relutante antes, mas precisamos dividir as tribos agora. Algumas terão esquecido o juramento que fizeram a mim e aos seus generais. Elas devem ser lembradas. — Olhou o rosto dos generais ao redor. Nenhum era fraco, mas ainda precisavam de sua liderança, para lhes dar autoridade. Talvez Kachiun os tivesse mantido juntos caso ele morresse, mas não podia ter certeza.

— Quando saírem daqui, formem os *tumans* na planície, à vista das muralhas. Que eles vejam nossa força e depois nosso desprezo quando vocês partirem. Que temam o que tantos conseguirão quando vocês tomarem outras cidades. — Virou para Tsubodai, vendo a empolgação em seu olhar.

— Você vai levar Jochi, Tsubodai. Ele o respeita. — Gêngis pensou por um momento. — Não quero que ele seja tratado como um príncipe. Ele é um garoto irritadiço e arrogante, e isso deve ser arrancado à força. Não tema discipliná-lo em meu nome.

— A sua vontade, senhor — respondeu Tsubodai.

— Aonde você irá? — perguntou Gêngis, curioso.

Tsubodai não hesitou. Havia pensado na resposta muitas vezes desde a batalha da Boca do Texugo.

— Para o norte, senhor. Para além dos terrenos de caça da minha antiga tribo, os uriankhai, e mais longe ainda.

— Muito bem. Kachiun?

— Ficarei aqui, irmão. Verei esta cidade cair.

Gêngis sorriu da expressão séria no rosto do irmão.

— Sua companhia é bem-vinda. Jelme?

— Para o leste, senhor — respondeu Jelme. — Nunca vi o oceano, e não sabemos nada sobre aquelas terras.

Gêngis suspirou diante desse pensamento. Ele também nascera no mar de capim, e a ideia era tentadora. Mas primeiro veria Yenking ser derrubada.

— Leve meu filho Chagatai, Jelme. Ele é um bom garoto que ainda pode ser cã, quando tiver crescido. — O general assentiu, solene, ainda dominado pela honra que Gêngis lhe havia prestado. Na véspera mesmo, todos haviam estado nervosos, esperando para ver o que aconteceria nas tribos quando chegasse a notícia da morte de Gêngis. Ouvi-lo dar as ordens restaurou a confiança de todos. Como as tribos sussurravam, Gêngis obviamente era amado pelos espíritos. Jelme sentiu o orgulho crescer, e sua tentativa de manter o rosto frio se perdeu num riso.

— Quero você aqui comigo, Arslan, para quando a cidade se render de fome — prosseguiu Gêngis. — Talvez então façamos uma lenta volta para casa e desfrutemos alguns anos cavalgando nas planícies em paz.

Khasar fez "tsk tsk", baixinho.

— Isso é um homem doente falando, irmão. Quando você estiver bem, vai querer me seguir para o sul e tomar cidades jin como frutas maduras, uma a uma. Lembra-se do embaixador Wen Chao? Vou para Kaifeng, no sul. Gostaria de ver o rosto dele quando me vir de novo.

— Então é para o sul, Khasar. Meu filho Ogedai mal tem dez anos, mas vai aprender mais com você do que ficando aqui olhando as muralhas. Vou ficar apenas com o pequeno Tolui. Ele adora o monge budista que você trouxe com Ho Sa e Temuge.

— Vou levar Ho Sa também — respondeu Khasar. — Na verdade, eu poderia levar Temuge para onde ele não possa causar nenhum outro problema.

Gêngis pensou na ideia. Não era tão surdo, quanto fingia, às reclamações sobre o irmão mais novo.

— Não. Ele é bastante útil. Fica entre mim e mil perguntas de idiotas, e isso vale alguma coisa. — Khasar fungou, deixando claros seus sentimentos. Gêngis continuou pensativo, provando novas ideias como se a doença tivesse libertado sua mente.

"Temuge vinha querendo mandar pequenos grupos para aprender sobre outras terras. Talvez ele esteja certo e as informações que eles tragam seja útil. Esperar pela volta deles pelo menos aliviará o tédio deste lugar maldito. — Gêngis assentiu sozinho. — Vou escolher os homens e eles também partirão quando vocês cavalgarem. Vamos partir em *todas* as direções. — Gêngis sentiu a energia o abandonando, tão subitamente quanto havia chegado, e fechou os olhos diante de uma onda de tontura.

"Deixem-me agora, menos Kachiun. Formem seus *tumans* e se despeçam das esposas e amantes. Elas estarão seguras comigo, a não ser que sejam muito bonitas.

Deu um sorriso débil enquanto eles se levantavam, satisfeito ao vê-los visivelmente mais confiantes do que quando haviam chegado. Quando Kachiun ficou de pé sozinho na grande iurta, Gêngis deixou a animação sumir, parecendo subitamente mais velho.

— Preciso descansar, Kachiun, mas não quero retornar àquela iurta que fede a doença. Ponha uma guarda na porta para que eu possa dormir e comer aqui, está bem? Não quero ser visto.

— Farei isso, irmão. Posso mandar Borte para despi-lo e alimentá-lo? Ela já viu o pior.

Gêngis deu de ombros, com a voz fraca.

— É melhor mandar as duas mulheres. Qualquer paz que elas tenham encontrado não vai durar muito se eu favorecer uma acima da outra. —

Seus olhos já estavam vítreos. O esforço da reunião o havia levado à beira da exaustão, e as mãos tremiam frouxas no colo. Kachiun virou para sair.

— Como você conseguiu fazer com que Khasar o aceitasse para me suceder? — murmurou Gêngis às suas costas.

— Eu disse que ele poderia ser cã. Acho que isso o aterrorizou.

CAPÍTULO 29

Foram necessários mais seis dias para os generais reunirem seus homens em quadrados de dez mil, prontos para cavalgar. Em essência, cada *tuman* era um bando de ataque em grande escala, algo que todos conheciam bem. No entanto, essa escala exigia organização, e Temuge e seu séquito de homens mutilados se ocuparam com suprimentos, montarias de reserva, armas e suas listas. Pela primeira vez, os oficiais não resmungaram contra a interferência. À frente estavam terras que ninguém de seu povo tinha visto. O desejo de viajar era forte nos homens que olhavam na direção que seus generais haviam escolhido.

Os que ficavam para trás estavam menos animados, e Gêngis dependia de Kachiun para manter a disciplina enquanto se recuperava. A tática havia se mostrado surpreendentemente bem-sucedida, já que bastava seu irmão olhar para a grande iurta e os homens que discutiam ficavam em silêncio. Ninguém queria perturbar Gêngis enquanto recuperava as forças. O simples fato de ele estar vivo roubara o poder crescente dos antigos cãs no acampamento. Mesmo assim, o cã woyela era um que havia exigido ver Gêngis, sem considerar as consequências. Kachiun tinha visitado o sujeito em sua iurta e, depois disso, o cã woyela não falou mais nenhuma palavra a ninguém. Seus filhos cavalgariam para o sul com Khasar e ele ficaria sozinho, tendo apenas servos para levantá-lo a cada dia.

A neve havia caído na noite anterior, mas a manhã era luminosa e o céu de um azul doloroso sobre Yenking. Em vastos quadrados na planície congelada, os guerreiros esperavam as ordens, prontos para montar enquanto os pôneis pastavam na neve. Os oficiais estavam verificando as fileiras e o equipamento, mas havia poucos que eram descuidados a ponto de terem deixado algo para trás, principalmente quando sua vida dependia disso. Muitos homens riam e faziam piadas uns com os outros. Haviam se movido pela face da terra durante toda a vida, e a parada forçada em Yenking não era natural para eles. Haveria cidades menos formidáveis na jornada, e cada *tuman* viajava com catapultas numa dúzia de carroças e homens treinados para usá-las. As carroças fariam com que fossem devagar, claro, mas cada homem ali se lembrava de Yinchuan, no reino xixia. Em vez disso romperiam portões de cidades e jogariam pequenos reis das alturas. Era uma perspectiva animada, e o humor era como o de um dia de verão.

Os últimos itens que Temuge produziu foram tendas brancas, vermelhas e pretas para cada general usar. Os guerreiros criaram coragem ao vê-las enroladas e carregadas, amarradas com cordas longas. No mínimo, a presença das tendas demonstrava sua intenção de conquistar todos que se opusessem a eles. Sua força lhes dava esse direito.

Além dos *tumans*, Gêngis havia reunido dez grupos de vinte guerreiros para explorar terras novas. A princípio, pensou neles como grupos de ataque, mas Temuge o convencera a lhes dar carroças cheias de ouro e presentes saqueados. Temuge havia falado com o oficial de cada grupo, certificando-se que o sujeito entendesse que sua tarefa era observar e aprender, até mesmo subornar. Temuge os havia chamado de diplomatas, um termo que aprendera com Wen Chao, muitos anos antes. Nisso, como em tantas outras coisas, Temuge havia criado uma coisa nova para as tribos. Ele podia enxergar o valor disso, mesmo que eles próprios não pudessem. Aqueles homens estavam muito menos alegres do que os que sabiam que tomariam cidades.

Gêngis havia retirado as bandagens do pescoço, mostrando uma grossa casca de ferida sobre um hematoma amarelo e preto. Respirava fundo no ar frio, tossindo na mão depois de uma onda de fraqueza. Nem de longe estava em forma, mas também desejava cavalgar com os outros, mesmo com aqueles que deveriam falar e espionar em vez de atacar. Lançou um olhar irritado para Yenking ao pensar nisso, aquela cidade agachada como um sapo na planície. Sem dúvida o imperador jin estava nas muralhas naquele mesmo instante, olhando esse estranho movimento de homens e cavalos. Gêngis cuspiu no chão em direção à cidade. Os nobres jin haviam se escondido atrás de soldados na Boca do Texugo e agora se escondiam atrás de muralhas. Imaginou quantas outras estações eles aguentariam, e seu humor ficou amargo.

— Os homens estão preparados — disse Kachiun, chegando a cavalo e apeando. — Temuge não consegue pensar em mais uma coisa para irritá-los, graças aos espíritos. Quer tocar a trompa?

Gêngis olhou para a polida trompa de batedor que estava pendurada ao pescoço do irmão. Balançou a cabeça.

— Primeiro vou me despedir de meus filhos — disse. — Traga-os a mim. — Em seguida, indicou um grande cobertor no chão, com uma garrafa de airag preto e quatro taças sobre o tecido.

Kachiun baixou a cabeça e saltou de volta na sela, instigando o animal a galope através dos quadrados de homens que esperavam. Era um longo caminho para cavalgar até os sobrinhos. Cada guerreiro tinha mais dois cavalos, formando um vasto rebanho, e a manhã era ruidosa com os bufos e relinchos.

Gêngis esperou pacientemente até que Kachiun retornasse com Jochi, Chagatai e Ogedai, com seu irmão ficando de lado para deixar os filhos se aproximarem. Kachiun espiou com o canto do olho enquanto Gêngis se sentava com as pernas cruzadas e os três garotos o encaravam sobre o cobertor áspero. Em silêncio, serviu para cada um uma taça de bebida forte, e eles a pegaram formalmente com a mão direita, apoiando o cotovelo com a mão esquerda para mostrar que não seguravam arma.

Gêngis não pôde encontrar nada para criticar na postura deles, enquanto os observava. Jochi usava uma armadura nova, um pouco grande em seu corpo. Chagatai ainda tinha a que ganhara. Só Ogedai usava o tradicional manto almofadado, o dil, já que aos dez anos ainda era muito pequeno para merecer uma armadura de homem, mesmo com a quantidade que haviam capturado na Boca do Texugo. O menino olhava a taça de airag com alguma dúvida, mas bebeu com os outros, sem qualquer expressão.

— Meus pequenos lobos — disse Gêngis, com um sorriso. — Vocês todos serão homens quando eu os vir de novo. Já falaram com sua mãe?

— Já — respondeu Jochi. Gêngis o olhou e se perguntou sobre a profundeza de hostilidade nos olhos do garoto. O que ele fizera para merecer isso?

Devolvendo o olhar de Jochi, falou com todos:

— Vocês não serão príncipes longe deste acampamento. Deixei isso claro aos seus generais. Não haverá tratamento especial para os meus filhos. Vocês viajarão como qualquer outro guerreiro do povo, e, quando forem chamados a lutar, não haverá ninguém para salvá-los por causa de quem vocês são. Entenderam?

Suas palavras pareceram sugar a empolgação dos garotos, com os sorrisos desaparecendo. Um a um eles assentiram. Jochi terminou de beber e pôs a taça no cobertor.

— Se vocês forem criados para serem oficiais — continuou Gêngis — será somente porque demonstraram ter pensamento rápido, habilidade e coragem *maior* do que os homens ao redor. Ninguém quer ser liderado por um idiota, mesmo um idiota que seja meu filho.

Ele parou, deixando isso penetrar enquanto seu olhar pousava em Chagatai.

— No entanto, vocês *são* meus filhos e eu espero ver o sangue correr verdadeiro em cada um. Os outros guerreiros estarão pensando na próxima batalha, ou na última. Vocês estarão pensando na nação que poderão liderar. Espero que encontrem homens em quem possam confiar e os liguem a vocês. Espero que se esforcem mais e mais implacavelmente do que qualquer outro poderia. Quando sentirem medo, escondam-no. Ninguém mais saberá, e o que o causou passará. O modo como se portarem será lembrado.

Havia muita coisa para dizer a eles. Era gratificante ver até mesmo Jochi grudado em cada palavra, mas quem mais poderia lhes dizer como governar, se não seu próprio pai? Este era seu último dever para com os meninos, antes de se tornarem homens.

— Quando estiverem cansados, jamais falem sobre isso e os outros pensarão que vocês são feitos de ferro. Não permitam que outro guerreiro zombe de vocês, nem mesmo de brincadeira. Os homens veem quem tem força para enfrentá-los. Mostrem que não irão se acovardar e, se isso significar que precisam lutar, bom, é o que devem fazer.

— E se for um oficial que zombar de nós? — perguntou Jochi, baixinho.

Gêngis o olhou incisivamente.

— Já vi homens que tentam desviar esse tipo de coisa com um sorriso, ou baixando a cabeça, ou mesmo cabriolando para ver os outros rirem mais ainda. Se fizerem isso, vocês jamais comandarão. Recebam as ordens que forem dadas, mas mantenham a dignidade. — Ele pensou por um momento.

"A partir deste dia, vocês não são mais crianças. Você também, Ogedai. Se tiverem de lutar, mesmo que seja com um amigo, derrubem-no o mais depressa e com o máximo de força que puderem. Matem se for preciso, ou o poupem; mas cuidem para que nenhum homem fique lhes devendo. Dentre todas as coisas, isso é o que mais causa ressentimento. Qualquer guerreiro que levante o punho para vocês deve saber que está jogando com a vida e que *vai* perder. Se vocês não puderem ganhar a princípio, vinguem-se, nem que seja a última coisa que façam. Vocês estão viajando com homens que só respeitam uma força maior que a deles, homens mais duros que eles próprios. Acima de tudo, eles respeitam o sucesso. Lembrem-se disso.

Seu olhar duro passou sobre eles, e Ogedai estremeceu, sentindo o frio das palavras. Gêngis não sorriu ao ver isso, enquanto continuava:

— Jamais se permitam ficar moles, ou um dia haverá um homem que tirará tudo de vocês. Ouçam aqueles que sabem mais do que vocês e sejam os últimos a falar, em qualquer conversa, até que eles esperem que vocês lhes mostrem o caminho. E tenham cuidado com os homens fracos que venham até vocês por causa de seu nome. Escolham seus seguidores com tanto cuidado como se fossem esposas. Se eu tenho apenas uma habilidade que me levou a governar nosso povo, é essa. Consigo ver a diferença entre um guerreiro espalhafatoso e um homem como Tsubodai, Jelme ou Khasar.

O fantasma de um riso de desprezo tocou a boca de Jochi antes de ele desviar os olhos, e Gêngis se recusou a deixar que a irritação aparecesse.

— Mais uma coisa antes de vocês irem. Tenham cuidado quanto a derramar sua semente. — Jochi ficou vermelho nesse momento, e a boca de Chagatai se abriu. Só Ogedai pareceu confuso. Gêngis continuou:

— Os garotos que passam a noite brincando com suas partes ficam fracos, obcecados pelas necessidades do corpo. Mantenham as mãos longe e tratem o desejo como qualquer outra fraqueza. A abstinência irá torná-los fortes. Com o tempo, vocês terão esposas e amantes.

Enquanto os três garotos ficavam ali sentados, num silêncio embaraçado, Gêngis soltou a espada e a bainha. Não havia planejado isso, mas parecia certo, e ele queria fazer algo que eles fossem lembrar.

— Pegue, Chagatai — disse. Em seguida, bateu com a espada nas mãos do filho. Chagatai quase deixou-a cair, num prazer espantado. Gêngis ficou olhando quando o menino levantou o punho com a cabeça de lobo para captar o sol, depois desembainhou lentamente a lâmina que seu pai havia carregado durante toda a vida. Os olhos dos outros estavam no metal brilhante, luzidios de inveja.

— Meu pai Yesugei a usava no dia em que morreu — disse Gêngis, baixinho. — O pai *dele* a fez, numa época em que os lobos eram inimigos de todas as outras tribos. Ela tirou vidas e viu o nascimento de uma nação. Certifique-se de não desonrá-la.

Chagatai, sentado, baixou a cabeça, dominado pelos sentimentos.

— Não desonrarei, senhor — respondeu ele.

Gêngis não olhou o rosto de Jochi.

— Agora vão. Quando retornarem aos seus generais, tocarei a trompa. Nós nos veremos de novo quando vocês forem homens, e poderemos nos encontrar como iguais.

— Estou ansioso por esse dia, pai — disse Jochi de repente. Gêngis levantou os olhos claros para ele, mas não disse nada. Os garotos não falaram uns com os outros enquanto galopavam para longe, no terreno duro, e não olharam para trás.

Quando estava de novo sozinho com Kachiun, Gêngis sentiu o olhar do irmão.

— Por que não deu a espada a Jochi? — perguntou Kachiun.

— A um bastardo tártaro? — respondeu Gêngis rispidamente. — Vejo o pai dele me olhando sempre que nos encontramos.

Kachiun balançou a cabeça, entristecido ao ver que Gêngis podia ser cego nesse aspecto e enxergar tão longe em todos os outros.

— Somos uma família estranha, irmão — disse ele. — Se alguém nos deixa em paz, ficamos fracos e moles. Se alguém nos desafia, se faz com que odiemos, ficamos suficientemente fortes para contra-atacar.

Gêngis olhou-o interrogativamente, e Kachiun suspirou.

— Se você quisesse mesmo enfraquecer Jochi, deveria ter dado a espada a *ele*. Agora ele vai pensar em você como inimigo e *vai* se tornar de ferro, como aconteceu com você. Era isso que você pretendia?

Gêngis piscou, atônito com a ideia. Kachiun via coisas com clareza dolorosa, e ele não pôde encontrar uma resposta.

Kachiun pigarreou.

— Foi um conselho interessante, irmão — disse —, especialmente a parte sobre derramar a semente.

Gêngis o ignorou, olhando as figuras distantes se juntando de novo aos quadrados de guerreiros.

— Isso não pareceu causar nenhum mal a Khasar — disse Kachiun. Gêngis deu um risinho, estendendo a mão para a trompa do irmão. Em seguida, ficou de pé e tocou uma nota longa e profunda que ressoou pela planície. Antes de o som morrer, os *tumans* se moveram com som de trovão, seu povo cavalgando para conquistar. Ansiava por estar com eles, mas ainda veria a queda de Yenking.

Temuge soltou um gemido enquanto o serviçal massageava seus ombros para afastar as preocupações do dia. O povo jin parecia ter uma ideia de civilização que ninguém entre as tribos podia igualar. Sorriu sonolento ao pensar no que aconteceria se pedissem a um guerreiro para massagear com óleo os músculos dos tornozelos. O sujeito receberia isso como insulto ou iria bater neles como se fosse uma pele de carneiro.

A princípio, havia lamentado a perda do primeiro serviçal. O sujeito raramente falava e, na verdade, não sabia nada da língua mongol. No entanto, havia apresentado Temuge a um dia estruturado, de modo que os acontecimentos pareciam fluir ao redor dele sem tensão. Temuge se acostumara a acordar depois do amanhecer e se banhar. Então seu serviçal o vestia e preparava um desjejum leve. Ele lia os relatórios de seus homens até o fim da manhã, depois começava os negócios do dia propriamente dito. Perder um homem assim para a lâmina de um assassino parecera uma tragédia, a princípio.

Suspirou com prazer enquanto o novo assistente trabalhava num músculo, com os polegares apertando fundo. Talvez não fosse uma perda tão grande, afinal de contas. O velho Sen não sabia nada de óleos e massagens e, ainda que sua presença tivesse sido relaxante, o novo homem falava sempre que Temuge lhe permitia, explicando cada aspecto da sociedade jin que atraísse sua atenção.

— Isso é muito bom, Ma Tsin — murmurou ele. — A dor quase sumiu.

— É um prazer, senhor — respondeu o espião. Não gostava de esfregar as costas do sujeito, mas havia passado quase um ano como guarda de bordel e sabia como as garotas relaxavam os clientes.

— Vi os exércitos se afastando hoje cedo, senhor — disse ele, em tom ameno. — Nunca vi tantos cavalos e homens num só lugar.

Temuge resmungou.

— Tê-los longe torna a vida mais simples. Já estou farto das reclamações e das picuinhas. Acho que meu irmão também.

— Eles trarão ouro de volta para o cã, não duvido — continuou o espião. Em seguida, começou a socar os músculos das costas de Temuge, antes de encontrar outro nó para trabalhar com dedos rígidos.

— Não precisamos de mais — murmurou Temuge. — Já há carroças de moedas, e só os recrutas jin parecem interessados.

O espião parou por um momento. Este era um aspecto da mente mongol que o confundia. Temuge já estava relaxado, mas ele continuou a trabalhar, tentando entender.

— Então é verdade que vocês não buscam riquezas? Ouvi dizer isso.

— O que faríamos com ela? Meu irmão coletou ouro e prata porque há algumas pessoas que olham com cobiça para essas coisas. Mas de que servem? A verdadeira riqueza não é encontrada em metais moles.

— Mas vocês poderiam comprar cavalos com eles, até mesmo terras — insistiu o espião. Sob suas mãos, sentiu Temuge dar de ombros.

— De quem? Se uma pilha de moedas fará outro homem nos dar seus cavalos, nós os tomamos dele. Se ele tiver terras, ela é nossa de qualquer modo, para cavalgarmos como quisermos.

O espião piscou, irritado. Temuge não tinha motivo para mentir, mas o suborno não seria fácil, se ele falasse a verdade. Tentou de novo, suspeitando que era inútil.

— Nas cidades jin, o ouro pode comprar casas enormes junto de um lago, comidas delicadas, até mesmo milhares de serviçais. — Ele lutou em busca de mais exemplos. Para alguém nascido numa sociedade que usava moedas, era difícil explicar algo tão óbvio. — Pode até comprar influência e favores de homens poderosos, senhor. Raras obras de arte, talvez como presentes para suas esposas. Torna todas as coisas possíveis.

— Entendo — respondeu Temuge, irritado. — Agora fique quieto.

O espião quase desistiu. O irmão do cã não conseguia captar o conceito. Na verdade, aquilo o fazia perceber a natureza artificial de seu próprio mundo. O ouro era realmente mole demais para ter qualquer utilidade real. Como pudera ser visto como algo valioso?

— E se o senhor quisesse o cavalo de um homem das tribos, senhor? Digamos que fosse um cavalo melhor que todos os outros.

— Se você valoriza suas mãos, não falará de novo — reagiu Temuge rispidamente. O espião trabalhou em silêncio por um tempo, e Temuge suspirou. — Eu lhe daria cinco cavalos de raça inferior, ou dois escravos capturados, ou seis arcos, ou uma espada feita por um homem hábil, o que quer que ele quisesse, dependendo da minha necessidade. — Temuge deu um risinho, deslizando em direção ao sono. — Se eu lhe dissesse que tinha um saco de metal valioso que iria lhe comprar *outro* cavalo, ele me diria para tentar com outro idiota.

Então Temuge sentou-se. O céu da tarde estava límpido, e ele bocejou. Fora um dia movimentado, organizando a partida de tantos guerreiros.

— Acho que vou tomar algumas gotas do meu remédio esta noite, Ma Tsin, para me ajudar a dormir.

O espião ajudou Temuge a vestir um manto de seda. As pretensões do sujeito o divertiam, mas ele não conseguia escapar da frustração que sentia. O poder dos pequenos cãs fora estrangulado quando Gêngis dera a ordem para a formação dos *tumans*. Não era uma perda. Nenhum deles tinha influência verdadeira no acampamento. O espião havia contado os prejuízos e trabalhado rapidamente para substituir o serviçal que fora morto pelo assassino. Mover-se a tal velocidade trazia muitos perigos, e ele sentia a tensão crescer diariamente. Ainda achava que Temuge era um homem vaidoso e superficial, mas ainda não havia encontrado uma alavanca que pudesse tentá-lo a cometer uma traição, e nenhum candidato melhor. A tenda preta precisava ser desmontada, mas Gêngis não podia saber da agonia de Yenking. O espião achava que o regente lhe dera uma tarefa quase impossível.

Perdido em pensamentos, preparou a dose de airag preto e acrescentou uma colherada da pasta preta do xamã, tirando-a de um pote. Quando Temuge não estava olhando, cheirou-a, imaginando se seria um opiáceo. Os nobres fumavam ópio nas cidades e pareciam ligados aos seus cachimbos, assim como Temuge era ligado à bebida.

— Estamos quase no fim do suprimento, senhor — disse ele.

Temuge suspirou.

— Então terei de pedir mais ao xamã.

— Eu irei a ele. O senhor não deve se incomodar com coisas pequenas.

— Verdade — respondeu Temuge, satisfeito. Aceitou a taça e tomou um gole, fechando os olhos com prazer. — Vá falar com ele, mas não diga nada do que você faz por mim. Kokchu não é um homem agradável. Certifique-se de não dizer a ele nada do que viu e ouviu nesta iurta.

— Seria mais fácil se o senhor pudesse comprar a pasta com ele usando moedas de ouro, senhor — disse o espião.

Temuge respondeu sem abrir os olhos.

— Kokchu não quer o seu ouro. Acho que ele só se importa com o poder. — Esvaziou a taça, fazendo uma careta diante da borra amarga, mas ainda inclinando-a para pegar até a última gota. A ideia do pote vazio o perturbava estranhamente. Ele iria precisar de novo de manhã.

"Veja-o esta noite, Ma Tsin. Se puder, tente descobrir como ele faz a pasta, para você mesmo preparar. Eu já perguntei antes, mas ele não conta. Acho que ele gosta do fato de ainda ter algum poder sobre mim. Se você puder descobrir o segredo, eu não esquecerei.

— A sua vontade, senhor — respondeu o espião. Ele deveria retornar à muralha naquela noite, para dar informações. Havia tempo para falar com o xamã antes de ir. Qualquer coisa poderia ser útil e, como a situação estava, ele havia conseguido pouca coisa no acampamento, enquanto Yenking passava fome.

CAPÍTULO 30

O VERÃO FOI O MAIS PACÍFICO QUE GÊNGIS PODIA RECORDAR. SE NÃO FOSSE A presença constante da cidade que preenchia os olhos a cada dia, seria um tempo de descanso. As tentativas de recuperar a forma física eram atrapalhadas por uma tosse persistente que o deixava ofegando e só piorava à medida que o ano ficava mais frio. Kokchu se tornara um visitante regular à sua iurta, trazendo xaropes de mel e ervas tão amargas que Gêngis mal conseguia engolir. Eles só traziam alívio temporário, e Gêngis perdia peso de modo alarmante, de modo que os ossos surgiam brancos sob a pele que parecia descorada e doente.

Durante os meses frios, Yenking permanecia na borda de sua visão, inalterada e sólida, zombando de sua presença naquela terra. Fazia quase um ano desde que ele vencera a batalha na Boca do Texugo. Havia ocasiões em que daria tudo para poder viajar para casa e recuperar as forças nos morros e riachos límpidos.

Preso à letargia que afetava a todos, Gêngis mal levantou os olhos quando Kachiun escureceu a porta da grande iurta. Quando viu a expressão do irmão, ele se obrigou a se empertigar.

— Você está explodindo de novidades, Kachiun. Diga algo que importe.

— Acho que sim — respondeu Kachiun. — Os batedores do sul contam que há uma coluna de apoio vindo para cá. Chega a cinquenta mil soldados e um gigantesco rebanho de gado de primeira.

— Então Khasar não os viu. — O humor de Gêngis melhorou. — Ou eles vieram de algum lugar fora do caminho dele. — Os dois homens sabiam que um exército poderia passar pelo outro separados apenas por um vale. A terra era mais vasta do que se poderia imaginar, colorindo os sonhos de homens forçados a ficar num lugar por tempo maior do que jamais haviam estado antes.

Kachiun ficou aliviado ao ver uma fagulha do antigo prazer em Gêngis. O irmão mais velho fora enfraquecido pelo veneno que corria no sangue, qualquer um poderia ver isso. Enquanto tentava responder, seu fôlego foi roubado por um ataque de tosse que o deixou de rosto vermelho e agarrado à trave central da iurta.

— A cidade deve estar desesperada para que eles passem — disse Kachiun acima do som áspero. — Será que vamos nos arrepender de termos mandado metade dos nossos homens para longe?

Gêngis balançou a cabeça em silêncio antes de finalmente conseguir uma respiração limpa. Passou por Kachiun indo até a porta e cuspiu um monte de catarro no chão, encolhendo-se enquanto tentava limpar a garganta.

— Veja isso — disse, rouco, pegando uma besta jin que haviam capturado na Boca do Texugo. Kachiun acompanhou o olhar do irmão até um alvo de palha a trezentos metros de distância, ao longo de um caminho. Gêngis disparava flechas durante horas, a cada dia, para restaurar as forças, e ficara fascinado com os mecanismos das armas jin. Enquanto Kachiun olhava, ele mirou com cuidado e puxou o gatilho esculpido, disparando uma seta preta que voou pelo ar. Ela caiu antes do alvo, e Kachiun sorriu, entendendo imediatamente. Sem dizer uma palavra, pegou um dos arcos do irmão e uma flecha numa aljava, retesando-o até a orelha antes de mandá-la, sem erro, ao centro do escudo de palha.

O sangue havia sumido do rosto de Gêngis, e ele assentiu para o irmão.

— Eles devem estar vagarosos com os suprimentos para a cidade. Leve seus homens e cavalgue ao longo das fileiras, jamais suficientemente perto para que eles o alcancem. Diminua um pouco o número deles e eu farei o resto quando chegarem.

Enquanto Kachiun galopava pelo acampamento, as notícias dos batedores viajavam ainda mais depressa. Cada guerreiro estava preparado apenas nos poucos instantes necessários para pegar o pônei e agarrar as armas nas paredes das iurtas.

Kachiun gritou ordens aos seus oficiais, que espalharam a notícia, fazendo muitos homens pararem o que estavam fazendo. A nova forma de guerra ainda era apenas um verniz sobre os bandos de ataque dos nômades, mas a estrutura de comando era suficientemente sólida para que os grupos de dez se reunissem e recebessem instruções. Muitos tinham de retornar às suas iurtas em busca de outra aljava de cinquenta flechas, obedecendo à ordem de Kachiun, antes de correr para se arrumar no grande quadrado de dez mil. O próprio Kachiun marcou a linha mais distante cavalgando com seu pônei de um lado para o outro, com um grande estandarte de guerra, de seda dourada, agitando-se atrás.

Conferenciou de novo com os batedores que tinham visto a coluna de apoio e entregou o estandarte tremulante a um mensageiro na primeira fileira, um garoto que não teria mais de doze anos. Kachiun olhou ao longo das fileiras que se formavam e ficou satisfeito. Cada homem levava duas pesadas aljavas penduradas nos ombros. Eles não precisavam de suprimento para um ataque relâmpago, e apenas arcos e espadas batiam nas coxas e selas.

— Se deixarmos que eles entrem na cidade — gritou, girando com o cavalo no mesmo lugar —, vamos demorar mais um ano para vê-la cair. Façam-nos parar, e as montarias e armas deles serão de vocês, depois de separar a parte do cã.

Os que puderam ouvir rugiram, apreciando. Kachiun levantou o braço direito e depois baixou-o, sinalizando o avanço. As fileiras moveram-se em formação perfeita, produto de meses de treinamento na planície diante da cidade, quando não havia inimigos com quem lutar. Os oficiais gritavam ordens por hábito, mas, na verdade, não havia falhas nas fileiras. Finalmente haviam tomado as rédeas em seu entusiasmo pela guerra, mesmo depois de uma espera tão longa.

A coluna estivera a sessenta e cinco quilômetros ao sul de Yenking quando os batedores tinham atravessado seu caminho. No tempo que Kachiun havia demorado para retornar, a massa vagarosa de homens e animais encurtara a distância para apenas vinte. Sabendo que tinham sido vistos, eles haviam pressionado os rebanhos a correrem o mais rápido possível, mas não puderam fazer muita coisa antes de enxergarem a nuvem de poeira dos guerreiros se aproximando.

O oficial superior, Sung Li Sen, sibilou baixinho ao ver o inimigo pela primeira vez. Havia trazido quase cinquenta mil guerreiros para o norte e o leste, vindo de Kaifeng, para aliviar a situação da cidade do imperador. A coluna era uma coisa enorme e pesada, com carroças e novilhos se estendendo pela estrada. Forçou a vista para os quadrados de cavalaria guardando seus flancos e assentiu para o comandante dela, por cima da cabeça dos homens. Esta era uma batalha pela qual ele ansiava havia muito.

— Primeira posição! — gritou, e o comando foi repetido para um lado e para outro nas linhas vagarosas. As ordens que havia dado eram perfeitamente claras. Ele não pararia até chegar a Yenking. Se o inimigo o enfrentasse, ele deveria travar uma batalha em corrida até a cidade e evitar ser atolado em escaramuças. Franziu a testa com o pensamento. Teria preferido uma ordem direta para esmagar os mongóis e se preocupar com os suprimentos para Yenking quando eles fossem apenas ossos.

Ao longo da vasta serpente de homens, os soldados levantaram lanças longas formando uma cobertura eriçada. Milhares de bestas foram engatilhadas, e Sung Li Sen assentiu para si mesmo. Agora via as linhas de cavaleiros mongóis com mais clareza e se firmou na sela, sabendo que os homens o olhavam em busca de um exemplo de coragem. Poucos deles haviam viajado tão ao norte, e todos sabiam que aqueles selvagens estavam no caminho da exigência feita pelo imperador, de apoio das cidades ao sul. A curiosidade de Sung Li Sen aumentou enquanto os cavaleiros se dividiam ao longo de uma linha invisível, como se sua própria coluna fosse uma ponta de lança da qual eles não ousavam se aproximar. Viu que eles passariam dos dois lados e deu um sorriso tenso. O fato de fazerem isso servia bem às ordens que recebera. A estrada para Yenking estava aberta e ele não pararia.

Kachiun conteve o galope até o último instante possível antes de se inclinar contra o vento e gritar para sua montaria aumentar o passo. Adorava o trovão que soava ao redor, enquanto se levantava sobre os estribos. A uma distância assim, eles pareciam se aproximar lentamente, e então tudo estava correndo em sua direção. Seu coração martelava quando ele alcançou a coluna jin e disparou a primeira flecha estalando pelo ar. Viu as setas jin saltarem, caindo inúteis no capim. Cavalgar ao longo daquela linha interminável era ser intocável, e Kachiun riu alto, de júbilo, disparando uma flecha depois da outra. Praticamente não precisava mirar, com cinco mil homens de cada lado da coluna, espremendo-a em golpes fulminantes.

A cavalaria jin mal conseguiu chegar a pleno galope antes de ser totalmente aniquilada, arrancada das montarias. Kachiun riu ao ver que nenhum dos cavalos inimigos fora morto. Seus homens estavam sendo cuidadosos, especialmente agora que tinham visto como os jin haviam trazido poucos cavaleiros ao campo.

Quando a cavalaria estava destruída, Kachiun escolheu seus alvos com precisão, mirando contra qualquer oficial que pudesse ver. No tempo de sessenta batidas do coração, seu *tuman* disparou cem mil flechas contra a coluna. Apesar da armadura laqueada dos jin, milhares caíram enquanto andavam, os que vinham atrás tropeçando neles.

Kachiun podia ouvir o gado mugindo assustado e em pânico e, para seu prazer, viu o rebanho estourar, esmagando mais de uma centena de soldados jin e abrindo um buraco na coluna antes de partir a distância. Ele havia chegado ao fim da fileira e continuou mais um pouco, pronto para voltar. Setas de bestas ricocheteavam em seu peito, quase sem força. Depois dos meses de treinamento tedioso, era simplesmente uma maravilha cavalgar contra um inimigo e, melhor ainda, um inimigo que não podia tocá-los, só podia morrer. Desejou ter pensado em trazer mais aljavas. Seus dedos encontraram a primeira vazia e começaram a usar as últimas cinquenta flechas, derrubando um porta-estandarte jin com a primeira.

Kachiun piscou para afastar dos olhos as lágrimas provocadas pelo vento. Havia esgarçado a coluna o suficiente para enxergar, através, os outros cinco mil que se encontravam no flanco leste. Eles também cavalgavam impunes, golpeando à vontade. Mais sessenta batidas do coração e cem mil flechas acompanharam as outras. Os soldados jin não podiam se esconder, e a coluna bem arrumada começou a se desintegrar. Homens que andavam perto de carroças se jogavam embaixo delas, em busca de proteção, enquanto os colegas morriam em volta. Um grande gemido de medo veio dos lanceiros, e não restavam oficiais vivos para juntá-los ou mantê-los na estrada para Yenking.

Kachiun começou sua segunda passagem, desta vez muito longe da coluna para desperdiçar um disparo. As fileiras se reverteram com a facilidade que vem de horas incessantes de treino, e novas aljavas foram esvaziadas rapidamente. Kachiun galopava ao longo das fileiras, olhando de volta para a trilha de mortos deixados para trás à medida que a coluna continuava se movendo através da tempestade. Os soldados haviam mantido a disciplina, mas o passo estava mais lento. Outros homens gritavam ordens no lugar dos oficiais mortos, sabendo que entrar em pânico era convidar a destruição completa.

Kachiun grunhiu numa admiração relutante. Tinha visto muitas forças que desmoronariam diante daquilo. Chegou à frente da coluna e girou de novo para a linha interna, sentindo os ombros arderem enquanto retesava o arco de novo a toda velocidade. Imaginou o rosto do irmão quando os remanescentes dispersos chegassem à recepção preparada junto de Yenking. Gargalhou pensando nisso, os dedos doloridos enquanto tateavam na aljava que ia se esvaziando rapidamente. Restariam no máximo dez flechas, mas a coluna pareceu estremecer à medida que o pânico se espalhava de novo pelas fileiras. As setas das bestas não haviam parado, e Kachiun precisava tomar uma decisão. Podia sentir seus homens olhando para ele, esperando a ordem que os faria desembainhar as espadas e retalhar a coluna. Todos estavam ficando com poucas flechas, e quando a última saraivada compacta fosse disparada, o trabalho estaria encerrado. Conheciam as ordens tão bem quanto ele, mas mesmo assim olhavam-no esperançosos.

Kachiun apertou o maxilar. Yenking estava longe, e Gêngis certamente iria perdoá-lo se ele acabasse sozinho com a coluna. Podia sentir como ela estava perto de ceder. Tudo que havia aprendido nos anos de guerra tornavam aquilo algo cujo gosto ele quase podia sentir.

Fez uma careta, mordendo a própria bochecha enquanto o ímpeto inchava ao redor. Por fim, balançou a cabeça e fez um círculo grande com o punho no ar. Cada oficial à vista repetiu o gesto, e as fileiras recuaram dos restos despedaçados da coluna.

Kachiun viu seus homens se formarem em fileiras ofegantes, empolgados. Os que ainda tinham flechas as dispararam com cuidado enorme, escolhendo homens ao bel-prazer. Kachiun podia ver a frustração deles quando puxaram as rédeas atrás da coluna e ficaram olhando-a se afastar. Muitos deram tapinhas no pescoço das montarias e olharam para os oficiais, furiosos por serem chamados para longe da matança. Não fazia sentido, e Kachiun precisou ficar surdo aos gritos de reclamação vindos de todos os cantos.

À medida que a coluna punha distância entre eles, muitos soldados olharam para trás aterrorizados, convencidos de que seriam atacados pela retaguarda. Kachiun deixou um espaço aberto, depois fez seu pônei avançar. Ordenou que as alas da direita e da esquerda avançassem, de modo a envolver a retaguarda da coluna e a arrebanhar na direção de Yenking.

Atrás, deixaram uma trilha de mortos por mais de um quilômetro e meio, com penachos balançando e lanças empilhadas. Kachiun mandou uma centena de guerreiros para saquear os corpos e despachar os feridos, mas seu olhar não se afastou da coluna indo na direção de seu irmão que esperava.

Demorou até o fim da tarde para a coluna sofrida avistar a cidade que viera ajudar. Nesse ponto, os soldados jin que haviam sobrevivido à chacina caminhavam de cabeça baixa, o espírito abatido depois de andar tanto tempo com a morte às costas. Quando viram mais dez mil guerreiros barrando o caminho, homens descansados, com lanças e arcos, soltaram um gemido de sofrimento absoluto. A coluna estremeceu de novo enquanto eles hesitavam, sabendo que não poderiam abrir caminho lutando. Sem um sinal, pararam finalmente, e Kachiun levantou um punho para impedir que seus homens chegassem muito perto. Na escuridão que se aproximava, esperou que o irmão chegasse perto. Ficou satisfeito por não ter negado esse momento a Gêngis quando o viu cavalgar separado do *tuman* de guerreiros e vir a meio-galope através do capim.

Os soldados jin, de olhos opacos, olharam-no, ofegantes e exaustos devido ao ritmo em que tinham sido forçados a andar. As carroças de suprimentos haviam ficado para trás, em meio às fileiras apressadas, enquanto Kachiun mandava homens investigarem o conteúdo.

Numa demonstração deliberada, Gêngis avaliou o humor da coluna e cavalgou ao longo dela. Kachiun ouviu seus homens murmurarem de prazer diante da demonstração de coragem do cã. Talvez ainda houvesse um risco de que as bestas o arrancassem da sela, mas Gêngis não olhava para os soldados jin ao passar, aparentemente sem notar os milhares de homens que viravam para espiá-lo com a testa baixa.

— Você não deixou muitos para mim, irmão — disse Gêngis. Kachiun pôde ver que ele estava pálido e suando pela cavalgada. Num impulso, apeou e tocou a cabeça no pé do irmão.

— Eu gostaria que você estivesse lá para ver a cara dos oficiais deles. Somos verdadeiros lobos num mundo de ovelhas, irmão.

Gêngis assentiu, o cansaço impedindo-o de compartilhar o ânimo leve de Kachiun.

— Não estou vendo suprimentos — disse.

— Eles deixaram tudo para trás, inclusive o rebanho de bois mais belo que você vai ver na vida.

Gêngis se animou com isso.

— Não como carne de boi há muito tempo. Vamos assá-los diante de Yenking e mandar o cheiro da carne por cima da muralha. Você fez bem, irmão. Vamos acabar com eles?

Os dois olharam a séria coluna de soldados, agora com metade do tamanho original.

Kachiun deu de ombros.

— São muitas bocas para alimentar, a não ser que você lhes dê os suprimentos que eles trouxeram. Deixe-me tentar desarmá-los primeiro, caso contrário ainda podem lutar.

— Você acha que eles vão se render? — perguntou Gêngis. Seus olhos brilharam com a sugestão do irmão, emocionado com o orgulho evidente de Kachiun. As tribos gostavam, acima de tudo, de um general capaz de vencer com a inteligência, mais do que com a força.

Kachiun deu de ombros.

— Vejamos.

Convocou uma dúzia de homens que falavam a língua jin e mandou-os cavalgar ao longo da coluna, tão perto quanto Gêngis havia feito, oferecendo termos de paz se entregassem as armas. Sem dúvida ajudou o fato de os homens estarem próximos da exaustão depois de um dia sendo perseguidos por um inimigo que atacava com força chocante e permanecia intocado. Seu moral fora deixado na marcha, e Gêngis sorriu ao ouvir o estrondo das armas sendo jogadas no chão.

Estava quase escuro quando as lanças, bestas e espadas haviam sido retiradas das fileiras silenciosas. Gêngis mandara milhares de aljavas para Kachiun, e os mongóis esperaram numa antecipação calma enquanto o sol dourava a planície.

Antes que a última luz sumisse, uma trompa soou na planície e vinte mil arcos se curvaram. Os soldados jin berraram de horror diante da traição, com o som engasgado enquanto as flechas acertavam, acertavam, acertavam até que ficasse escuro demais para enxergar.

Enquanto a lua subia, centenas de bois foram mortos e assados na planície e, nas muralhas da cidade, Zhi Zhong sentiu o gosto de sua própria saliva amarga, cheio de um desespero esmagador. Em Yenking, as pessoas estavam comendo os mortos.

Quando a festa estava no auge, o espião viu o xamã se levantar e cambalear bêbado em meio às iurtas. Levantou-se como uma sombra para segui-lo, deixando Temuge dormindo para digerir o naco de carne sangrenta que havia devorado. Os guerreiros estavam cantando e dançando em volta das fogueiras, e os garotos que tocavam tambor batiam num ritmo feroz que escondia o som baixo de seus passos. O espião manteve o xamã à vista enquanto este parava para urinar no caminho, segurando-se tonto e xingando na escuridão ao molhar os pés. O espião perdeu-o de vista quando Kokchu entrou numa escuridão mais profunda entre duas carroças. Não se apressou, achando que o sujeito iria retornar à garota jin que ele mantinha como escrava em sua casa. Enquanto andava, pensou no que poderia dizer ao xamã. Na última ida à muralha, ouvira dizer que o regente havia começado uma loteria da morte na cidade, na qual um membro de cada família camponesa era obrigado a enfiar a mão num pote de cerâmica tão fundo quanto o braço. Os que tiravam um ladrilho branco eram mortos para alimentar os outros. Cada dia provocava cenas de dor e sofrimento inimagináveis.

Perdido em pensamentos, viu uma sombra se mexer enquanto ele rodeava uma iurta e soltou um grito de choque e dor ao ser derrubado contra a lateral dela. A trama de vime estalou contra suas costas, e ele pôde sentir uma lâmina fria na garganta, interrompendo sua respiração.

Quando Kokchu falou, a voz saiu baixa e firme, sem qualquer sinal da embriaguez extravagante que o espião havia testemunhado.

— Você esteve me vigiando a noite toda, escravo. E agora está me seguindo até em casa. Hsst! — Kokchu fez o som enquanto o espião levantava as mãos automaticamente, com medo.

"Se você se mexer, eu corto sua garganta — sussurrou Kokchu em seu ouvido. — Fique como uma estátua, escravo, enquanto eu o revisto. — O espião obedeceu, suportando as mãos ossudas que passavam sobre seu corpo. O xamã não podia revistar até os tornozelos ao mesmo tempo que mantinha a lâmina em sua garganta. Mas encontrou uma faca pequena e jogou-a na escuridão, sem olhar. A que estava na bota continuou sem ser detectada, e o espião deu um suspiro baixo, de alívio.

Ficaram parados em silêncio completo entre as iurtas, escondidos da lua e dos guerreiros que festejavam.

— Por que um escravo iria me seguir? Você veio me procurar por causa da pasta do seu senhor e seus olhinhos rápidos estão em toda parte, com perguntas tão inocentes. Você é espião de Temuge ou outro assassino? Se for, é uma escolha ruim.

O espião não respondeu, mas firmou o maxilar diante da ferroada em seu orgulho. Sabia que mal havia olhado para o xamã durante toda a noite e só podia se perguntar que tipo de mente produzia uma suspeita tão constante. Sentiu a faca pressionar com mais firmeza em seu pescoço e soltou as primeiras palavras que lhe vieram aos lábios.

— Se me matar, o senhor não ficará sabendo de nada.

Kokchu ficou em silêncio durante uma eternidade, digerindo a informação. O espião girou os olhos para ver a expressão do outro e encontrou a curiosidade misturada ao rancor.

— O que poderia haver para ficar sabendo, escravo? — perguntou Kokchu.

— Nada que o senhor queira que seja ouvido por outros. — O espião ignorou a cautela usual, sabendo que sua vida dependia daquele momento.

Kokchu era bem capaz de matá-lo só para privar Temuge de seu apoio. — Deixe-me falar, e o senhor não se arrependerá.

Sentiu um empurrão e cambaleou à frente. Mesmo no escuro, percebia Kokchu atrás. O espião pensou em modos de desarmar o xamã sem matá-lo, mas se obrigou a relaxar. Pôs as mãos na cabeça e deixou Kokchu guiá-lo até sua iurta.

Foi necessário coragem para se abaixar diante da porta, com o xamã segurando uma lâmina em suas costas, mas o espião fora longe demais para fingir que suas palavras haviam sido uma piada. Sabia da oferta que teria de fazer. O próprio regente se encontrara com ele na muralha, durante o último informe. Respirou fundo e empurrou a pequena porta.

Uma garota de grande beleza estava ajoelhada no chão perto da porta aberta. Uma lâmpada iluminava suas feições quando ela o olhou, e o espião sentiu o peito se apertar pensando que uma jovem tão delicada fosse obrigada a ficar esperando o xamã como um cão. Escondeu a raiva enquanto Kokchu fazia um gesto para ela deixá-los a sós. Ela trocou um último olhar com o compatriota enquanto passava pela porta, e Kokchu deu um risinho.

— Acho que ela gosta de você, escravo. Estou ficando cansado dela. Talvez eu a entregue aos seus oficiais jin. Você pode ter sua vez, quando eles se cansarem de ensinar humildade a ela. — O espião ignorou as palavras, sentando-se numa cama baixa, de modo que as mãos baixaram naturalmente até perto dos tornozelos. Se a reunião azedasse, ele ainda poderia matar o xamã e retornar à muralha antes que mais alguém descobrisse. Esse pensamento lhe deu uma confiança que Kokchu sentiu, franzindo a testa.

— Estamos sozinhos, escravo. Não preciso de você nem de nada que você tenha a me dizer. Fale depressa ou eu o entregarei aos cães amanhã de manhã.

O espião respirou longa e lentamente, preparando palavras que poderiam significar a morte pela tortura antes que o sol nascesse. Não havia escolhido o momento. Os cadáveres em Yenking haviam feito isso. Agora, ou ele estava certo quanto ao xamã ou estava morto.

Empertigou as costas e pousou a mão num joelho, olhando sério para Kokchu com uma leve expressão desaprovadora. O xamã olhou irritado para a mudança nele, passando de escravo amedrontado a guerreiro digno em apenas um momento.

— Sou um homem de Yenking — disse, baixinho, o espião. — Um homem do imperador.

Os olhos de Kokchu se arregalaram. O espião assentiu.

— Agora minha vida está nas suas mãos. — Um instinto súbito o fez pegar a adaga na bota e colocar no chão aos seus pés. Kokchu assentiu diante do ato de fé, mas não baixou sua lâmina.

— O imperador deve estar desesperado ou louco de fome — disse Kokchu, baixinho.

— O imperador é um menino de sete anos. O general que seu cã derrotou governa a cidade agora.

— Ele mandou você aqui? Por quê? — perguntou Kokchu, genuinamente curioso. Antes que o homem pudesse falar, Kokchu respondeu à própria pergunta. — Porque o assassino fracassou. Porque ele quer que as tribos partam antes que o povo morra de fome ou incendeie a cidade em tumultos.

— É como o senhor diz — confirmou o espião. — Mesmo que o general quisesse pagar tributo pela cidade, a tenda preta está diante da muralha. Que escolha ele tem, além de se sustentar durante dois anos, ou mais ainda? — Nenhum traço da mentira desesperada aparecia no rosto do espião. Yenking cairia dentro de mais um mês, no máximo três.

Por fim, Kokchu guardou sua faca. O espião não soube como entender esse ato. O regente o havia lançado aos lobos para fazer a oferta. Tudo que ele tinha era um instinto de que Kokchu estava nas tribos mas não fazia parte delas, era um homem separado. E homens assim estavam maduros para serem colhidos, mas ele sabia que sua vida ainda poderia ser medida em batimentos cardíacos. Um único espasmo de lealdade da parte do xamã, um único grito, poderia acabar com tudo. Gêngis saberia que tinha vencido Yenking, e a joia do império estaria perdida para sempre. O espião sentiu o suor brotar na pele apesar do ar gelado. Continuou antes que Kokchu pudesse responder:

— Se eles erguerem a tenda branca de novo, meu imperador pagará um tributo que faria cem reis chorarem. Seda suficiente para forrar as estradas até a terra de vocês, pedras preciosas, escravos, obras escritas de grande magia, ciência e medicina, marfim, ferro, madeira... — Ele vira os olhos de Kokchu piscarem à menção de magia, mas não hesitou na lista. — ... papel, jade, milhares e milhares de carroças cheias de riquezas. O bastante para fundar um império, se o cã desejar. O bastante para construir cidades.

— E tudo isso ele teria de qualquer modo quando a cidade caísse — murmurou Kokchu.

O espião balançou a cabeça com firmeza.

— No final, quando a derrota for inevitável, a cidade será incendiada por dentro. Saiba que falo a verdade quando digo que seu cã terá apenas cinzas e mais dois anos de espera nesta planície. — Ele parou, tentando e não conseguindo ver como suas palavras eram recebidas. Kokchu estava parado como uma estátua, mal respirando enquanto ouvia.

— Por que não fez essa oferta ao próprio cã?

Ma Tsin balançou a cabeça, subitamente cauteloso.

— Não somos crianças, xamã, o senhor e eu. Deixe-me falar às claras. Gêngis ergueu a tenda preta, e todos os homens dele sabem que isso significa a morte. Iria lhe custar o orgulho aceitar o tributo do imperador e, pelo que eu vi, ele deixaria Yenking queimar, antes disso. Mas se outro homem, um homem em quem ele confiasse, pudesse levar-lhe a notícia em particular? Ele poderia sugerir uma demonstração de misericórdia, talvez, pelos inocentes que sofrem na cidade.

Para perplexidade do espião, Kokchu gargalhou diante da ideia.

— Misericórdia? Gêngis consideraria isso uma fraqueza. Você jamais encontrará um homem que entenda o medo na guerra tão bem quanto o cã que eu sigo. Você não iria tentá-lo com uma coisa assim.

Mesmo contra a vontade, o espião sentiu a raiva chegar à superfície diante do tom de zombaria do xamã.

— Diga como ele pode ser afastado de Yenking ou me mate aqui para os seus cães. Eu lhe disse tudo que sei.

— Eu *poderia* afastá-lo — disse Kokchu, baixinho. — Eu mostrei a ele o que sou capaz de fazer.

— O senhor é temido no acampamento — respondeu o espião rapidamente, pegando o braço ossudo dele. — É do senhor que eu preciso?

— Sim — respondeu Kokchu. Seu rosto se retorceu ao ver o alívio do outro. — Tudo que resta é você dizer o preço de minha ajuda nesta coisa pequena. Quanto será que sua cidade vale para o seu imperador? Que preço eu deveria cobrar pela vida dele?

— Qualquer coisa que o senhor quiser fará parte do tributo pago ao cã — respondeu o espião. Ele não ousava acreditar que o sujeito estivesse brincando com ele. Que opção havia, além de ir aonde o xamã o levava?

Kokchu ficou em silêncio por um tempo, avaliando o homem que estava sentado rigidamente ereto na cama.

— Existe magia verdadeira no mundo, escravo. Eu a senti e usei. Se seu povo sabe alguma coisa sobre a arte, seu menino imperador a terá em sua cidade preciosa — disse, finalmente. — Um homem não pode aprender o suficiente, nem em cem vidas. Quero saber cada segredo que seu povo encontrou.

— Há muitos segredos, xamã: desde como fazer papel e seda até o pó que queima, a bússola, óleo que não acaba. O que quer saber?

Kokchu fungou.

— Não barganhe comigo. Quero todos. Vocês têm homens que trabalham nessas artes nas cidades?

O espião assentiu.

— Sacerdotes e médicos de muitas ordens.

— Faça com que eles me entreguem seus segredos, como um presente entre colegas. Diga para não deixarem nada de fora, caso contrário contarei ao meu cã uma visão sangrenta, e ele voltará para queimar suas terras até o mar. Entendeu?

O espião libertou a língua e respondeu, fraco de alívio. Podia ouvir vozes exaltadas em algum lugar ali perto e falou mais depressa, desesperado para terminar.

— Farei isso — sussurrou. — Quando a tenda branca for erguida, o imperador vai se render. — Pensou por um momento, depois falou de novo. As vozes lá fora estavam mais altas.

— Se houver traição, xamã, tudo que o senhor quer saber irá para as chamas. Há na cidade uma quantidade suficiente do pó que queima para transformar as pedras em poeira.

— Uma ameaça corajosa — respondeu Kokchu, fungando. — Imagino se seu povo terá realmente a vontade de fazer uma coisa dessas. Eu o ouvi, escravo. Você fez o seu trabalho. Agora volte à sua cidade e espere a tenda branca com seu imperador. Ela virá na hora certa.

O espião queria instigar o xamã, fazer com que ele entendesse que deveria agir depressa. A cautela conteve sua boca, com o pensamento de que isso iria apenas enfraquecer sua posição. O xamã simplesmente não se importaria se o povo da cidade estivesse morrendo a cada dia.

— O que está acontecendo aí? — perguntou Kokchu bruscamente, perturbado com os gritos do lado de fora da iurta. Fez um sinal para o espião sair e o acompanhou para o luar. Todos ao redor estavam olhando para a cidade, e os dois homens viraram para espiar as muralhas.

As jovens subiram lentamente os degraus de pedra, usando branco, a cor da morte. Eram esqueléticas e estavam descalças, mas não tremiam. O frio não parecia tocá-las. Os soldados nas muralhas recuaram num pavor supersticioso, e ninguém barrou o caminho delas. Aos milhares, reuniram-se acima da cidade. Dezenas de milhares. Até o vento baixou para um sussurro em Yenking e o silêncio era perfeito.

A passarela ao redor da cidade estava branca, congelada e dura, quinze metros abaixo. Quase como se fossem uma só, as jovens de Yenking chegaram à borda. Algumas se deram as mãos, outras ficaram sozinhas, olhando para a escuridão. Por todos os quilômetros de muralhas, ficaram ali paradas, olhando o luar.

O espião prendeu o fôlego, sussurrando uma oração da qual não se lembrava havia anos, de antes de ter esquecido seu nome verdadeiro. Seu coração se partia por seu povo e sua cidade.

Ao longo de toda a muralha, figuras de branco haviam subido como uma fileira de fantasmas. Os guerreiros mongóis viram que eram mulheres e gritavam para elas com vozes roucas, rindo e zombando das figuras distantes. O espião balançou a cabeça para afastar os sons ásperos, com lágrimas brilhando nos olhos. Muitas garotas se davam as mãos, olhando o inimigo que havia cavalgado até os portões da cidade do imperador.

Enquanto o espião olhava num sofrimento imobilizado, elas saltaram. Os guerreiros que olhavam ficaram num silêncio espantoso. A distância, elas caíam como pétalas brancas, e até Kokchu balançou a cabeça, atônito. Milhares de outras ocuparam o lugar na muralha e saltaram para a morte sem dar um grito, os corpos se partindo sobre as pedras duras embaixo.

— Se houver traição, a cidade e tudo que há nela será destruído no fogo — sussurrou o xamã, a voz embargada de tristeza.

Kokchu não duvidava mais.

CAPÍTULO 31

À MEDIDA QUE O INVERNO SE APROFUNDAVA, CRIANÇAS NASCERAM NAS IURTAS — muitas cujos pais estavam longe com os generais ou com um dos grupos de diplomatas enviados por Temuge. A comida fresca era farta, depois da captura da coluna de víveres, e o vasto acampamento desfrutou de um período de paz e prosperidade que jamais havia conhecido antes. Kachiun mantinha os guerreiros em forma com treinamento constante na planície ao redor de Yenking, mas era uma paz falsa, e havia poucos homens que não voltavam os olhos para a cidade muitas vezes por dia, esperando.

Gêngis sofreu com o frio pela primeira vez na vida. Tinha pouco apetite, mas havia conseguido uma camada de gordura obrigando-se a comer carne e arroz. Apesar de ter perdido parte da magreza, a tosse permaneceu, roubando seu fôlego e enfurecendo-o. Para um homem que jamais conhecera a doença, era tremendamente frustrante ser traído pelo próprio corpo. Dentre todos os homens no acampamento, ele era o que mais olhava para a cidade, desejando que ela caísse.

Foi no meio de uma noite cheia de neve em redemoinho que Kokchu veio até ele. Por algum motivo, a tosse ficava pior à noite, e Gêngis havia se acostumado à visita do xamã antes do amanhecer, com uma bebida quente. Com as iurtas tão próximas como eram, sua tosse rouca podia ser ouvida por todos ao redor.

Gêngis sentou-se ao ouvir Kokchu ser questionado por seus guardas. Não haveria repetição da tentativa de assassinato, com seis homens bons ao redor da grande iurta, revezando-se em turnos a cada noite. Olhou para a escuridão enquanto Kokchu entrava e acendia uma lâmpada pendurada no teto. Gêngis não pôde falar com ele por um momento. Espasmos sacudiram seu peito até ele ficar com o rosto vermelho. Aquilo passou, como sempre, deixando-o com dificuldade para respirar.

— Você é bem-vindo à minha casa, Kokchu — sussurrou ele, rouco. — Que ervas novas vai experimentar esta noite?

Podia ter sido sua imaginação, mas o xamã parecia estranhamente nervoso. A testa de Kokchu brilhava com suor, e Gêngis se perguntou se ele também estaria ficando doente.

— Nada que tenho irá deixá-lo melhor, senhor. Tentei tudo que sei. Imagino se há alguma outra coisa que o impeça de ficar bom de novo.

— Outra coisa? — perguntou Gêngis. Sua garganta coçava de modo enfurecedor, e ele engoliu em seco para aliviá-la, um ato que agora era um costume, de modo que engolia constantemente.

— O imperador mandou assassinos, senhor. Talvez ele tenha outros modos de atacá-lo, modos que não podem ser vistos e mortos.

Gêngis pensou nisso, interessado.

— Você acha que ele tem gente que faz magia na cidade? Se o melhor que eles conseguem provocar é uma tosse, não vou temê-los.

Kokchu balançou a cabeça.

— Uma maldição pode matá-lo, senhor. Eu deveria ter pensado antes nisso.

Gêngis se recostou na cama, cansado.

— O que tem em mente?

Kokchu sinalizou para o cã se levantar e desviou os olhos para não ver Gêngis com dificuldade.

— Se vier à minha iurta, senhor, invocarei os espíritos e verei se está marcado por algum trabalho sinistro da cidade.

Gêngis estreitou os olhos, mas assentiu.

— Muito bem. Mande um de meus guardas chamar Temuge para se juntar a nós.

— Não é necessário, senhor. Seu irmão não é tão hábil nessas questões...

Gêngis tossiu, um som que ele transformou num rosnado furioso de raiva diante do corpo que falhava.

— Faça o que eu digo, xamã, ou saia.

Kokchu apertou a boca e fez uma breve reverência.

Gêngis o acompanhou até a iurta minúscula, esperando na neve e no vento enquanto Kokchu se enfiava dentro. Temuge não demorou a aparecer, acompanhado pelo guerreiro que o havia tirado do sono. Gêngis puxou o irmão de lado, onde o xamã não podia ouvir.

— Parece que devo suportar os rituais de fumaça dele, Temuge. Você confia no sujeito?

— Não — respondeu Temuge bruscamente, ainda irritado por ter sido acordado.

Gêngis riu da expressão irascível do irmão ao luar.

— Achei que você talvez não confiasse, motivo pelo qual está aqui. Você vai me acompanhar, irmão, e vigiá-lo enquanto eu estiver na iurta dele. — Em seguida, fez um sinal para o guerreiro que esperava ali perto, e o homem veio rapidamente.

— Você vai guardar esta iurta, Kuyuk, contra qualquer um que possa nos incomodar.

— A sua vontade, senhor — respondeu o guerreiro, baixando a cabeça.

— E se Temuge ou eu não sairmos, sua tarefa é matar o xamã.

Gêngis sentiu o olhar de Temuge e deu de ombros.

— Não sou um homem que confia, irmão.

Respirando o ar gelado, Gêngis conteve a garganta que coçava e entrou na iurta do xamã. Temuge foi atrás. Mal havia espaço para três naquele espaço minúsculo, mas eles se sentaram no chão forrado de seda com os joelhos se tocando, esperando para ver o que Kokchu faria.

Kokchu acendeu cones de pólvora em pratos de ouro no chão. Eles soltaram fagulhas e cuspiram, produzindo uma densa nuvem de fumaça narcótica. Quando os primeiros fiapos alcançaram Gêngis, ele se dobrou num ataque de tosse. Cada respiração tornava aquilo pior, e Kokchu ficou visivelmente nervoso com a hipótese de o cã desmoronar. Por fim, Gêngis conseguiu uma respiração limpa e sentiu frio na garganta torturada, como água de riacho num dia quente. Respirou de novo e de novo, regozijando-se com o entorpecimento que fluía para dentro.

— Assim está melhor — admitiu, espiando o xamã com os olhos injetados.

Kokchu estava em seu elemento, apesar do olhar duro de Temuge. Pegou um pote da pasta preta e levou-a à boca de Gêngis. Estremeceu quando uma mão envolveu seu pulso.

— O que é isso? — perguntou Gêngis, cheio de suspeita.

Kokchu engoliu em seco. Não o tinha visto se mexer.

— Vai ajudá-lo a romper os elos da carne, senhor. Sem isso, não posso levá-lo para os caminhos.

— Eu já provei isso — disse Temuge de repente, os olhos mais brilhantes. — Não faz mal.

— Esta noite você não provará — respondeu Gêngis, ignorando o desapontamento do irmão. — Quero que observe, Temuge, só isso.

Gêngis abriu a boca e suportou os dedos de unhas pretas do xamã esfregando a pasta em suas gengivas. A princípio, não houve efeito, mas quando Gêngis começou a mencionar isso, notou que a luz fraca da lâmpada do xamã havia ficado mais forte. Olhou-a maravilhado e a luz cresceu até preencher a iurta, banhando todos em ouro.

— Pegue minha mão — sussurrou Kokchu — e caminhe comigo.

Temuge ficou olhando desconfiado enquanto os olhos de seu irmão se reviravam para cima e ele ficava frouxo. Kokchu havia fechado os dele, de modo que Temuge sentiu-se estranhamente sozinho. Encolheu-se quando a boca de Gêngis se abriu, tornada preta pela pasta. O silêncio se esticou, e Temuge perdeu parte da tensão ao se lembrar de suas visões na pequena iurta. Seu olhar foi até o pote de pasta preta e, com os dois homens em transe profundo, ele recolocou a tampa e a fez desaparecer dentro de seu dil. Seu serviçal Ma Tsin havia conseguido um suprimento regular durante um tempo, antes de desaparecer. Havia muito tempo Temuge deixara de se perguntar aonde ele teria ido, mas suspeitava que Kokchu tivesse algo a ver com o sumiço. Havia outros serviçais a serem encontrados em meio aos soldados jin que Gêngis havia tomado, mas nenhum era tão hábil.

Temuge não tinha como avaliar a passagem do tempo. Ficou sentado por uma eternidade, completamente parado, depois foi arrancado do devaneio pela voz de Kokchu, rouca e distante. As palavras encheram a iurta, e Temuge se encolheu, afastando-se do jorro de sílabas sem sentido. Gêngis também se remexeu com o som, abrindo os olhos vítreos enquanto Kokchu começava a falar mais alto e mais depressa.

Sem aviso, o xamã desmoronou, soltando a mão de Gêngis. Gêngis sentiu os dedos escorregarem para longe e piscou lentamente, ainda preso no aperto do opiáceo.

Kokchu estava deitado de lado, com cuspe escorrendo da boca. Temuge olhou-o com nojo. Sem aviso, a arenga de sons desconhecidos parou, e Kokchu falou sem abrir os olhos, em voz firme e baixa:

— Vejo uma tenda branca erguida diante da muralha. Vejo o imperador falando com seus soldados. Homens apontando e implorando a ele. Ele é um menino e há lágrimas em seu rosto.

O xamã ficou em silêncio, e Temuge se inclinou para perto dele, preocupado, pensando que a imobilidade significasse que o coração do sujeito havia parado. Tocou de leve o ombro do xamã e, ao fazer isso, Kokchu estremeceu, retorcendo-se, produzindo sons desprovidos de sentido. De novo ele ficou em silêncio e a voz grave falou outra vez:

— Vejo tesouros, um tributo. *Milhares* de carroças e escravos. Seda, armas, marfim. Montanhas de jade, o bastante para encher o céu. O bastante para construir um império. E brilha!

Temuge esperou por mais, porém nada veio. Seu irmão havia se afrouxado de encontro à parede com trama de vime da iurta e estava roncando baixinho. A respiração de Kokchu relaxou, e seus pulsos apertados se afrouxaram quando ele também caiu no sono. De novo Temuge ficou sozinho e espantado com o que tinha ouvido. Será que algum dos dois iria se lembrar das palavras? Sua lembrança de visões era, na melhor das hipóteses, fragmentada, mas ele se lembrou que Kokchu não havia posto a pasta preta na boca. Sem dúvida ele diria ao cã tudo que tinha visto.

Temuge sabia que não podia acordar o irmão. Ele dormiria durante muitas horas, muito depois de o acampamento ter se levantado ao redor. Balançou a cabeça, exausto. Gêngis estava enjoado do cerco à medida que o fim do segundo ano se aproximava. Ele poderia muito bem aproveitar qualquer chance. Temuge fez uma careta. Se a visão de Kokchu era verdadeira, Gêngis iria procurá-lo no futuro, para todas as coisas.

Pensou em cortar a garganta de Kokchu, durante o sono. Para um homem que lidava com magia, não seria muito difícil de explicar. Temuge imaginou que contaria a Gêngis que uma linha vermelha aparecera na garganta de Kokchu enquanto ele olhava horrorizado. Seria Temuge que contaria a Gêngis o que o xamã tinha visto.

Temuge desembainhou a faca lentamente, sem fazer som. Sua mão tremia um pouco, ao mesmo tempo que ele dizia a si mesmo para agir. Inclinou-se sobre o xamã e, nesse momento, os olhos de Kokchu se abriram de súbito, alertados por algum sentido. Ele mexeu o braço bruscamente para empurrar a lâmina, prendendo-a nas dobras do casaco.

Temuge falou depressa:

— Você vive, então, Kokchu? Por um momento pensei que tinha sido possuído. Estava pronto para matar qualquer espírito que o tivesse tirado do corpo.

Kokchu sentou-se com os olhos afiados e alerta. Um riso de desprezo tocou seu rosto.

— Você teme demais, Temuge. Não há espírito que possa me fazer mal. — Os dois sabiam da verdade do momento, mas por seus próprios motivos nenhum estava disposto a deixar a situação às claras. Entreolharam-se como inimigos e, por fim, Temuge assentiu.

— Mandarei o guarda levar meu irmão de volta à iurta — disse. — Acha que a tosse dele vai melhorar?

Kokchu balançou a cabeça.

— Não pude descobrir nenhum feitiço. Leve-o, como quiser. Devo pensar no que os espíritos me revelaram.

Temuge queria cutucar a vaidade do sujeito com algum comentário cruel, mas não conseguiu pensar em nenhum e se arrastou pela porta para chamar o guarda. A neve o envolveu em redemoinhos enquanto o guerreiro corpulento colocava Gêngis nos ombros, e a expressão de Temuge era amarga. Nada de bom poderia vir da ascensão de Kokchu, tinha certeza.

Zhi Zhong acordou abruptamente com o ruído de sandálias no piso duro. Balançou a cabeça para livrá-la do sono e ignorou o espasmo de fome que permanecia com ele em todas as horas. Até a corte do imperador estava sofrendo com a fome. No dia anterior, Zhi Zhong havia comido apenas uma tigela de sopa aguada. Tinha dito a si mesmo que os fiapos de carne flutuando eram os últimos dos cavalos do imperador, mortos meses antes. Esperava que fosse verdade. Como soldado, aprendera a jamais recusar uma refeição, mesmo que a carne estivesse podre.

Levantou-se, jogando os cobertores de lado e pegando a espada enquanto um serviçal entrava.

— Quem é você para me incomodar a esta hora? — perguntou Zhi Zhong. Ainda estava escuro lá fora, e ele se sentia drogado com o sono exausto. Baixou a arma enquanto o servo se jogava no chão, tocando as pedras com a cabeça.

— Senhor regente, o senhor é chamado à presença do Filho do Céu — disse o homem sem levantar a cabeça. Zhi Zhong franziu a testa, surpreso. O menino imperador, Xuan, nunca ousara convocá-lo antes. Conteve o tremor de raiva que sentia, até que soubesse mais, chamando os escravos para vesti-lo e banhá-lo.

O servo tremeu visivelmente ao ouvir o chamado.

— Senhor, o imperador disse para ir imediatamente.

— Xuan vai esperar até quando eu queira! — respondeu Zhi Zhong rispidamente, aterrorizando o sujeito ainda mais. — Espere-me lá fora. — O serviçal se levantou, e Zhi Zhong pensou em fazê-lo andar mais depressa com um chute.

Seus escravos entraram e, apesar da resposta, Zhi Zhong fez com que se apressassem. Optou por não tomar banho e meramente mandou que o cabelo comprido fosse amarrado atrás com uma presilha de bronze, de modo a pender nas costas, em cima da armadura. Podia sentir o cheiro do próprio suor, e seu humor azedou ainda mais enquanto imaginava se os ministros do imperador estariam por trás da convocação.

Quando saiu de seus aposentos, com o serviçal trotando à frente, pôde ver o cinza do amanhecer entrando por todas as janelas abertas. Era sua hora predileta do dia, mas de novo seu estômago se apertou.

Encontrou o imperador na câmara de audiência onde Zhi Zhong havia matado o pai dele. Enquanto passava pelos guardas, o regente imaginou se alguém teria contado ao garoto que ele estava sentado na mesma cadeira.

Os ministros se encontravam agrupados como um bando de pássaros multicoloridos. Ruin Chu, o primeiro dentre eles, estava parado do lado direito de Xuan enquanto o menino permanecia sentado no trono, que fazia seu corpo minúsculo parecer anão. O primeiro-ministro parecia nervoso e desafiador ao mesmo tempo, e Zhi Zhong ficou curioso enquanto se aproximava e se abaixava sobre um dos joelhos.

— O Filho do Céu me convocou e eu vim — disse claramente em meio ao silêncio. Viu os olhos de Xuan se fixarem na espada à sua cintura e achou que o garoto sabia muito bem o que acontecera com o pai. Nesse caso, isso tornava a escolha da sala uma declaração, e Zhi Zhong dominou a impaciência até saber o que dera a nova confiança aos pássaros do imperador.

Para sua surpresa, foi o próprio Xuan que falou.

— Minha cidade está passando fome, regente — disse ele. Sua voz tremia um pouco, mas ficou mais firme à medida que ele prosseguia. — Com a loteria, talvez um quinto tenha morrido, incluindo as que se jogaram da muralha.

Zhi quase respondeu rispidamente ao se lembrar daquele incidente vergonhoso, mas sabia que teria de haver mais, para Xuan ter ousado chamá-lo à sua presença.

— Os mortos não são enterrados, com tantas bocas para alimentar — continuou o imperador. — Em vez disso, devemos suportar a vergonha de comer nossa gente ou de nos juntarmos a ela.

— Por que fui chamado? — perguntou Zhi Zhong de súbito, cansado dos ares do garoto. Ruin Chu ofegou diante da afronta que era interromper o imperador. Zhi Zhong lançou um olhar preguiçoso na direção do sujeito, mal se importando.

O garoto no trono se inclinou adiante, reunindo coragem.

— O cã mongol ergueu uma tenda branca de novo na planície. O espião que você mandou foi bem-sucedido, e finalmente podemos pagar um tributo.

Zhi Zhong fechou o punho direito, sentindo-se esmagado. Não era a vitória que ele queria, mas logo a cidade seria um túmulo para todos eles. Mesmo assim, foi necessário um enorme esforço para colocar um sorriso no rosto.

— Então sua majestade sobreviverá. Irei à muralha ver essa tenda branca, depois mandarei a notícia ao cã. Falaremos de novo.

Ele viu o escárnio no rosto dos ministros e os odiou por isso. Absolutamente todos o viam como o arquiteto do desastre que se abatera sobre Yenking. A vergonha de se render atravessaria a cidade junto com o alívio. Desde a alta corte até o mais humilde pescador, todos saberiam que o imperador fora obrigado a pagar um tributo. Mesmo assim, viveriam para escapar à ratoeira em que Yenking havia se transformado. Assim que os mongóis recebessem seu dinheiro de sangue, a corte poderia viajar para o sul e juntar forças e alianças nas cidades de lá. Talvez até encontrasse apoio no império Sung, no sul distante, invocando o elo de sangue para esmagar o invasor. Haveria outras batalhas com a horda mongol, mas nunca mais permitiriam que o imperador ficasse numa armadilha. De um modo ou de outro iriam sobreviver.

A sala de audiências estava fria, e Zhi Zhong estremeceu, percebendo que havia ficado em silêncio enquanto o imperador e seus ministros olhavam. Não tinha palavras para aliviar a dor amarga do que deveria fazer e tentou afastar a enormidade daquilo. Não fazia sentido ver toda a cidade morrer de fome, de modo que os mongóis pudessem escalar a muralha e encontrar apenas mortos. Com o tempo, os jin ficariam fortes de novo. A ideia de alcançar o luxo macio do sul animou seu espírito um pouco. Lá haveria comida e um exército.

— É a decisão certa, Filho do Céu — disse, fazendo uma reverência profunda antes de deixar a sala.

Quando havia saído, um dos escravos junto à parede se adiantou. O olhar do menino imperador saltou rapidamente para ele, e agora havia malícia e raiva aparecendo onde antes houvera apenas nervosismo.

O escravo se empertigou sutilmente, alterando o modo como se portava. Sua cabeça era completamente careca, até mesmo sem sobrancelhas e cílios, e brilhava com algum unguento denso. O homem olhou para o regente como se pudesse enxergar através da grande porta da câmara.

— Deixe-o viver até que o tributo tenha sido pago — disse Xuan. — Depois disso, ele deve morrer do modo mais doloroso possível. Pelo fracasso e por meu pai.

O chefe da Tong Negra de assassinos fez uma reverência respeitosa para o garoto que governava o império.

— Será assim, majestade imperial.

CAPÍTULO 32

Era uma coisa estranha ver os portões de Yenking finalmente abertos. Gêngis se enrijeceu na sela enquanto olhava a primeira carroça, pesada de carga, passar sacolejando. O fato de ser puxada por homens, e
não por animais, mostrava a situação da cidade lá dentro. Era difícil não
bater os calcanhares no cavalo e atacar, depois de tantos meses sonhando com esse momento. Disse a si mesmo que havia tomado a decisão certa, olhando para Kokchu ao seu lado direito, montado num pônei da melhor
linhagem de sangue das tribos.

Kokchu não conseguia conter um sorriso enquanto sua profecia era
confirmada. Quando contara a Gêngis os detalhes da visão, quando a tenda
preta ainda estava diante da cidade, Gêngis lhe prometera escolher o que
quisesse do tributo, se este viesse. Não somente havia crescido em poder
e influência nas tribos, mas seria mais rico do que jamais sonhara. Sua
consciência estava quieta à medida que olhava o tesouro de um império
saindo. Havia mentido a seu cã e talvez o privado de uma vitória sangrenta,
mas Yenking *tinha* caído, e Kokchu era o arquiteto do triunfo mongol.
Trinta mil guerreiros comemoraram a aproximação das carroças até ficarem roucos. Sabiam que estariam usando seda verde antes do fim do dia
e, para homens que viviam de saquear, era uma visão que contariam aos
netos. Um imperador fora obrigado a se ajoelhar diante deles, e a cidade
inexpugnável só podia vomitar suas riquezas na derrota.

Com os portões abertos, os generais que esperavam podiam captar um vislumbre da cidade pela primeira vez, uma rua que desaparecia a distância. Gêngis tossiu no punho enquanto o tributo saía como uma língua, com homens agitados ao redor da coluna, no que era quase uma operação militar. Muitos estavam esqueléticos. Cambaleavam ao trabalhar e, quando tentavam descansar, os oficiais jin os chicoteavam de modo selvagem até que se mexessem ou morressem.

Centenas de carroças haviam sido trazidas à planície, postas em filas bem arrumadas enquanto as equipes suarentas voltavam à cidade para pegar mais. Temuge pusera guerreiros para fazer uma contagem do total, mas já era um caos, e Gêngis riu ao vê-lo correndo de um lado para o outro com o rosto vermelho, gritando ordens enquanto caminhava por novas ruas de riquezas, brotadas do nada na planície.

— O que fará com o tributo? — perguntou Kachiun a seu lado.

Gêngis interrompeu os pensamentos e levantou a cabeça. Deu de ombros.

— Quanto um homem pode carregar sem ficar lento demais para lutar?

Kachiun riu.

— Temuge quer que construamos nossa própria capital, ele lhe disse? Está fazendo projetos para um lugar que tem uma semelhança razoável com uma cidade jin.

Gêngis fungou diante disso, depois se dobrou na sela com um ataque de tosse que o deixou ofegante. Kachiun falou de novo, como se não tivesse visto a fraqueza:

— Não podemos simplesmente enterrar o ouro, irmão. Deveríamos fazer alguma coisa com ele.

Quando conseguiu responder, Gêngis havia perdido a resposta afiada que teria dado.

— Você e eu andamos por ruas cheias de casas jin, Kachiun. Lembra-se do cheiro? Quando penso em casa, penso em riachos limpos e vales macios com capim doce. Não há a menor chance de fingir que somos nobres jin por trás de muralhas. Nós não mostramos que as muralhas deixam as pessoas fracas? — Fez um gesto para a fila de carroças que continuavam saindo de Yenking, para enfatizar o argumento. Mais de mil haviam deixado a cidade, e ele ainda podia ver a fila que se estendia ao longo da rua dentro do portão.

— Então não teremos muralhas — disse Kachiun. — Nossas muralhas serão os guerreiros que você vê ao redor, mais fortes que qualquer construção de pedra e pasta de cal.

Gêngis olhou-o interrogativamente.

— Vejo que Temuge foi persuasivo.

Kachiun desviou o olhar, sem graça.

— Não me importo com a visão dele, de praças de mercados e casas de banho. Ele fala sobre locais de aprendizado, de médicos treinados para curar os ferimentos dos guerreiros. Ele olha para um tempo em que *não* estejamos em guerra. Nunca tivemos essas coisas, mas isso não significa que nunca deveríamos ter.

Os dois ficaram olhando por um tempo para as filas de carroças. Mesmo com cada cavalo de reserva dos *tumans*, eles teriam dificuldade para carregar aquele espólio. Era natural sonhar com as possibilidades.

— Mal consigo imaginar a paz — disse Gêngis. — Nunca a conheci. Só quero retornar para casa e me recuperar dessa doença que me assola. Cavalgar o dia inteiro e ficar forte de novo. Você gostaria que eu construísse cidades nas minhas planícies?

Kachiun balançou a cabeça.

— Cidades, não. Somos cavaleiros, irmão. Sempre será assim. Mas talvez uma capital, uma única cidade para a nação que fizemos. Pelo modo como Temuge disse, posso imaginar grandes áreas de treinamento para nossos homens, um lugar para nossos filhos viverem e jamais conhecerem o medo que conhecemos.

— Eles ficariam moles. Ficariam fracos e inúteis como os próprios jin e, um dia, alguém viria cavalgando, duro, magro e perigoso. Então onde nosso povo estaria?

Kachiun olhou as dezenas de milhares de guerreiros que caminhavam ou cavalgavam pelo vasto acampamento. Sorriu e balançou a cabeça.

— Somos lobos, irmão, mas até os lobos precisam de um lugar para dormir. Não quero as ruas de pedra de Temuge, mas talvez possamos fazer uma cidade de iurtas, uma cidade que possamos transportar sempre que a pastagem tiver acabado.

Gêngis ouviu com mais interesse.

— Isso é melhor. Vou pensar, Kachiun. Haverá tempo suficiente na viagem para casa e, como você diz, não poderemos enterrar todo esse ouro.

Nesse ponto, milhares de escravos haviam saído com as carroças e estavam enfileirados com aparência sofrida. Muitos eram meninos e meninas, dados como propriedade pelo jovem imperador ao cã conquistador.

— Eles poderiam construí-la para nós — disse Kachiun, indicando-os com um movimento brusco da mão. — E quando você e eu estivéssemos velhos, teríamos um lugar calmo para morrer.

— Já falei que vou pensar, irmão. Quem sabe que terras Tsubodai, Jelme e Khasar encontraram para conquistar? Talvez cavalguemos com eles e jamais precisemos de um lugar para dormir que não seja sobre um cavalo.

Kachiun sorriu das palavras do irmão, sabendo que não deveria pressioná-lo mais.

— Olhe tudo isso — disse. — Você se lembra de quando éramos só nós? — Não precisava acrescentar detalhes. Houvera um tempo, para os dois, em que a morte estivera a uma respiração de distância e todo homem era inimigo.

— Lembro — respondeu Gêngis. Contra as imagens da infância, a planície com suas carroças e os enxames de guerreiros inspiravam espanto. Enquanto olhava a cena, Gêngis viu a figura do primeiro-ministro do imperador trotando em direção a ele. Suspirou ao pensar em outra conversa tensa com o sujeito. O representante do imperador fingia boa vontade, mas sua aversão pelas tribos era evidente em cada olhar com um tremor. Além disso, ele ficava nervoso perto de cavalos e, por sua vez, deixava-os nervosos.

Enquanto Gêngis olhava, o ministro jin fez uma reverência profunda antes de desenrolar um pergaminho.

— O que é isso? — perguntou Gêngis na língua jin antes que Ruin Chu pudesse falar. Chakahai lhe havia ensinado, recompensando seu progresso de maneiras inventivas.

O ministro pareceu sem graça, mas se recuperou rapidamente.

— É a contagem do tributo, senhor cã.

— Dê ao meu irmão Temuge. Ele saberá o que fazer com isso.

O ministro ficou vermelho e começou a enrolar o pergaminho num tubo apertado.

— Achei que o senhor quereria saber se o tributo é exato — disse ele. Gêngis franziu a testa.

— Eu não havia pensado que alguém seria idiota o bastante para não cumprir o que foi prometido, Ruin Chu. Está dizendo que seu povo não tem honra?

— *Não*, senhor... — gaguejou Ruin Chu.

Gêngis balançou a mão para silenciá-lo.

— Então meu irmão cuidará disso. — E pensou por um momento, olhando por cima da cabeça do ministro, para a fila de carroças carregadas.— Ainda não vi o seu senhor, para oferecer a rendição formal, Ruin Chu. Onde está ele?

Ruin Chu ficou mais vermelho ainda enquanto pensava em como responder. O general Zhi Zhong não havia sobrevivido à noite, e o ministro corpulento fora chamado aos aposentos dele ao amanhecer. Estremeceu com a lembrança das tiras e marcas no corpo. Não fora uma morte fácil.

— O general Zhi Zhong não sobreviveu a esses tempos difíceis, senhor — disse finalmente.

Gêngis olhou-o inexpressivo.

— O que me importa outro dos seus soldados? Não vi seu imperador. Ele acha que vou pegar seu ouro e ir embora sem ao menos pôr os olhos nele?

A boca de Ruin Chu se mexeu, mas nenhum som saiu.

Gêngis chegou mais perto.

— Volte a Yenking, ministro, e o traga para fora. Se ele não estiver aqui ao meio-dia, nem todas as riquezas do mundo salvarão sua cidade.

Ruin Chu engoliu em seco, visivelmente com medo. Havia esperado que o cã mongol não pedisse para ver um menino de sete anos. Será que o pequeno Xuan sobreviveria ao encontro? Ruin Chu não tinha certeza. Os mongóis eram cruéis e não eram incapazes de nada. No entanto, não havia escolha, e ele fez uma reverência ainda mais profunda do que antes.

— A sua vontade, senhor.

À medida que o sol subia no céu, a grande fila de carroças de tesouros parou para que a liteira do imperador fosse trazida à planície. Com ele vieram cem homens usando armaduras, caminhando ao lado da caixa carregada por escravos totalmente iguais. Vinham em silêncio sério, e os mongóis também ficaram quietos ao verem aquilo, começando a vir atrás do grupo que se dirigia ao lugar onde Gêngis esperava com seus generais. Nenhuma tenda especial fora erguida para o imperador, no entanto Gêngis não pôde deixar de sentir uma pontada de espanto enquanto as fileiras marchavam até ele. Era verdade que o garoto não tivera um papel na história das tribos. No entanto, era o único símbolo de tudo contra o qual eles haviam se juntado para resistir. Gêngis baixou a mão ao punho de uma das espadas de Arslan, na cintura. Quando fora forjada, ele era cã de menos de cinquenta homens num acampamento de neve e gelo. Mal teria ousado sonhar, na época, que o imperador dos jin um dia viria, obedecendo à sua ordem.

A liteira brilhava ao sol enquanto era baixada com gentileza incrível. Os escravos se empertigaram depois de largar as varas, olhando direto em frente. Gêngis ficou olhando com fascínio quando as pequenas cortinas foram puxadas por Ruin Chu e um menino saiu sobre o capim. Usava um comprido casaco verde, cheio de joias, sobre calças pretas justas. Um colarinho alto fazia o garoto manter a cabeça erguida. Seus olhos não tinham medo enquanto encaravam os do cã, e Gêngis sentiu um toque de admiração pela coragem da criança.

Gêngis deu um passo à frente e sentiu o olhar duro dos soldados.

— Mande esses homens recuarem, Ruin Chu — disse, baixinho. O ministro baixou a cabeça e deu a ordem. Gêngis ficou parado rigidamente enquanto os oficiais o olhavam, irritados, antes de se afastarem para uma distância relutante. A ideia de que poderiam proteger o menino no coração do acampamento mongol era ridícula, mas Gêngis podia sentir a lealdade feroz deles. Não queria que fossem assustados, provocando um ataque. Assim que haviam se movido, não pensou mais em sua presença e se aproximou do imperador.

— Você é bem-vindo ao meu acampamento — disse, na língua jin. O menino olhou-o sem responder, e Gêngis viu que as mãos dele estavam tremendo.

— Você tem tudo que queria — disse Xuan subitamente, com a voz aguda e frágil.

— Eu queria acabar com o cerco. Isto é um fim.

O garoto levantou a cabeça ainda mais, parecendo um manequim brilhante ao sol.

— Vai nos atacar agora?

Gêngis balançou a cabeça.

— Eu disse que minha palavra é ferro, homenzinho. Acho que, talvez, se seu pai estivesse diante de mim agora, eu pensaria nisso. Há muitos, no meu povo, que me aplaudiriam pela estratégia. — Ele parou para engolir saliva e aliviar a garganta que coçava, e não pôde impedir uma tosse áspera tentando se libertar. Para sua irritação, um chiado audível permaneceu enquanto ele continuava:

"Eu matei lobos. Não vou caçar coelhos.

— Eu não serei sempre tão jovem, senhor cã — respondeu o menino. — Talvez o senhor se arrependa de me deixar vivo.

Gêngis sorriu diante da demonstração de desafio precoce, ao mesmo tempo que Ruin Chu se encolhia. Com um movimento fácil, Gêngis desembainhou a espada e pousou a ponta no ombro do garoto, tocando seu colarinho.

— Todos os grandes homens têm inimigos, imperador. Os seus ouvirão dizer que você ficou com minha espada em seu pescoço e nem todos os exércitos e cidades dos jin puderam tirar a lâmina. Com o tempo, você entenderá o que me dá mais satisfação do que matar você jamais daria. — Outra tosse fez sua garganta se apertar, e ele enxugou a boca com a mão livre.

"Eu lhe ofereci a paz, garoto. Não posso dizer que não voltarei, ou que meus filhos e seus generais não estarão aqui nos anos que virão. Você comprou a paz por um ano, talvez dois ou três. É mais do que seu povo jamais deu ao meu. — Com um suspiro, embainhou a espada.

"Há uma última coisa, garoto, antes que eu vá para as terras da minha infância.

— O que mais o senhor quer? — respondeu Xuan. Sua pele ficara de um branco doentio, agora que a lâmina fora afastada do pescoço, mas os olhos estavam frios.

— Ajoelhe-se diante de mim, imperador, e eu partirei.

Para surpresa de Gêngis, os olhos do garoto se encheram de lágrimas furiosas.

— Não farei isso!

Ruin Chu veio para perto, parando nervoso junto ao imperador.

— Filho do Céu, o senhor deve — sussurrou. Gêngis não falou de novo e, finalmente, os ombros do garoto se encurvaram em derrota. Ele ficou olhando sem enxergar, enquanto se ajoelhava diante do cã.

Gêngis ficou parado na brisa e desfrutou de um longo momento de silêncio antes de sinalizar para Ruin Chu ajudar o menino a ficar de pé.

— Não se esqueça deste dia, imperador, quando estiver crescido — disse Gêngis, baixinho. O menino não respondeu enquanto Ruin Chu guiava seus passos de volta para a liteira e o colocava dentro, em segurança. A coluna se formou ao redor e começou a marcha de volta à cidade.

Gêngis olhou-os se afastando. O tributo fora pago e seu exército esperava a ordem de se mover. Nada mais o prendia à planície desgraçada que trouxera fraqueza e frustração desde o instante em que ele pusera os pés ali.

— Vamos para casa — disse a Kachiun. Trompas soaram pela planície, e a vasta horda de seu povo começou a se mover.

O enjoo no peito de Gêngis piorou nas primeiras semanas de viagem. Sua pele estava quente ao toque e ele suava constantemente, sofrendo de erupções na virilha e nas axilas, onde quer que houvesse pelos para ficarem fétidos. A respiração saía dolorosa, de modo que ele chiava todas as noites e jamais conseguia limpar a garganta. Ansiava pelos ventos frescos e limpos das montanhas de casa e, contra qualquer razão, passava o dia inteiro na sela, olhando o horizonte.

Um mês depois de saírem de Yenking, as bordas do deserto estavam à vista, e as tribos pararam junto de um rio para pegar água para a viagem. Foi ali que os últimos batedores que Gêngis deixara para trás chegaram ao acampamento. Dois deles não se juntaram aos amigos junto às fogueiras e, em vez disso, foram direto à iurta do cã sobre a carroça.

Kachiun e Arslan estavam ali com Gêngis, e os três saíram para ouvir o relato final. Ficaram olhando os dois batedores apearem rigidamente. Ambos estavam cobertos de poeira e sujeira, e Gêngis trocou um olhar com o irmão, engolindo saliva para aliviar a garganta torturada.

— Senhor cã — começou um dos batedores. Ele oscilava de pé, e Gêngis se perguntou o que teria feito o sujeito cavalgar até a exaustão.

"O imperador saiu de Yenking, senhor, está indo para o sul. Mais de mil foram com ele.

— Ele fugiu? — perguntou Gêngis, incrédulo.

— Para o sul, senhor. A cidade foi deixada aberta, abandonada. Não fiquei para ver quantas pessoas sobreviviam lá dentro. O imperador levou muitas outras carroças e escravos, e todos os ministros.

Ninguém mais falou enquanto esperavam que Gêngis tossisse no punho fechado, lutando para respirar.

— Eu lhe dei a paz — disse Gêngis finalmente. — No entanto, ele grita ao mundo que minha palavra não significa nada.

— O que importa, irmão? — começou Kachiun. — Khasar está no sul. Nenhuma cidade ousaria dar abrigo...

Gêngis o silenciou com um gesto furioso.

— Não voltarei àquele lugar, Kachiun. Mas há um preço para todas as coisas. Ele violou a paz que ofereci e fugiu para seus exércitos no sul. Agora você irá lhe mostrar o resultado.

— Irmão? — perguntou Kachiun.

— Não, Kachiun! Já estou farto de jogos. Leve seus homens de volta àquela planície e queime Yenking até os alicerces. É o preço que cobrarei dele.

Diante da fúria do irmão, Kachiun só pôde baixar a cabeça.

— A sua vontade, senhor — disse.

NOTA HISTÓRICA

"A natureza deixou esta tintura no sangue:
Todos os homens seriam tiranos, se pudessem."

— Daniel Defoe

A DATA DE NASCIMENTO DE GÊNGIS SÓ PODE SER ESTIMADA. DADA A NATUREZA nômade das tribos mongóis, o ano e o local de seu nascimento jamais foram anotados. Além disso, as pequenas tribos marcavam o ano a partir de eventos locais, tornando difícil comparar com os calendários da época. Só quando Gêngis entra em contato com o mundo mais amplo as datas são conhecidas com alguma certeza. Ele invadiu a região de Xixia, ao sul do deserto de Gobi, em 1206 d.C., e foi proclamado cã de todas as tribos no mesmo ano. Nos calendários chineses, esse foi o ano do Fogo e do Tigre, no fim da era Taihe. Ele podia ter 25 ou 38 anos quando uniu seu povo. Não me demorei nos anos de guerra e alianças enquanto ele reunia lentamente as grandes tribos sob seu comando. Por mais interessante que isso seja, sua história sempre teve um alcance mais amplo. Recomendo *The Secret History of the Mongols*, traduzida para o inglês por Arthur Waley, para quem queira saber mais sobre esse período.

*

A aliança naiman foi a última grande coalizão que resistiu até ser varrida para a nova nação. O cã dos naimanes realmente subiu o monte Nakhu, afastando-se cada vez mais nas encostas enquanto o exército de Gêngis avançava. Gêngis se ofereceu para poupar seus homens de confiança, mas eles se recusaram, e ele mandou matá-los até o último. O resto dos guerreiros e das famílias foi absorvido em suas forças.

Kokchu foi um xamã poderoso, também conhecido como Teb-Tenggeri. Pouco se sabe sobre como, exatamente, ele se tornou influente. Tanto Hoelun quanto Borte reclamaram dele com Gêngis em vários momentos. Sua capacidade de influenciar Gêngis se tornou uma grande fonte de preocupação para os que rodeavam o cã. O próprio Gêngis acreditava num único pai céu: um teísmo sustentado pelo mundo espiritual do xamanismo. Kokchu permanece como uma espécie de enigma. Uma lei das tribos era que era proibido derramar sangue real ou de homens santos. Ainda não terminei de contar a história dele.

Enquanto as tribos se juntavam sob o chamado de Gêngis, o cã dos uigures escreveu uma declaração de lealdade quase exatamente como pus aqui. No entanto, o incidente de Khasar ser espancado e Temuge ser forçado a se ajoelhar envolveu os filhos do clã kongkhotan e não woyela.

Gêngis realmente inundou a planície de Xixia e foi obrigado a recuar diante das águas que subiram. Ainda que isso possa ter sido embaraçoso, a destruição das plantações levou o rei à mesa de negociações e acabou garantindo um vassalo para o povo mongol. Não teria sido o primeiro contato de Gêngis com a ideia de tributo pago. Sabe-se que as tribos mongóis negociavam desse modo, mas jamais nessa escala. É interessante considerar o que Gêngis deve ter pensado sobre as riquezas dos xixia e, mais tarde, da cidade do imperador. Ele não tinha uso para posses pessoais além das que poderia levar no cavalo. Um tributo impressionaria as tribos e sinalizaria seu domínio, mas, afora isso, tinha pouca utilidade prática.

O resultado para os xixia poderia ser diferente se o príncipe Wei, do império jin, tivesse atendido ao pedido de ajuda. Sua mensagem (numa tradução aproximada) foi: "A vantagem é nossa quando nossos inimigos atacam um ao outro. Onde está o perigo para nós?"

Quando Gêngis passou ao redor da Grande Muralha da China, fez isso apenas por acidente. Seu caminho para Yenking através das terras xixia passou ao largo da muralha. No entanto, é importante entender que a muralha só era um obstáculo sólido nas montanhas ao redor de Yenking — mais tarde conhecida como Pequim. Em outros lugares estava quebrada, ou não passava de uma fortificação de terra com um posto de guarda ocasional. Em séculos posteriores, a muralha foi unida, formando uma barreira contínua contra invasões.

Vale observar que a pronúncia ocidental dos topônimos chineses sempre foi uma aproximação, usando um alfabeto estrangeiro para criar o mesmo som. Assim, algumas vezes Xixia é grafado como Tsi-Tsia ou Hsi-Hsia, e algumas vezes jin é escrito como chin ou mesmo kin. Sung é escrito como Song em alguns textos. Consegui encontrar 21 grafias para Gêngis, desde as exóticas Gentchiscan e Tchen-Kis até as mais prosaicas Jingis, Chinggis, Jengiz e Gêngis. A palavra mongólica "ordo" ou "ordu" significa acampamento ou quartel-general. A partir daí derivamos a palavra "horda". Alguns dicionários dão "xamã" como palavra de origem mongólica, e os gurkhas do Nepal poderiam muito bem derivar seu nome de "gurkhan", ou cã dos cãs.

Gêngis teve quatro filhos legítimos. Assim como acontece com os nomes mongólicos, há diferenças na grafia. Algumas vezes, Jochi é visto como Jiji, Chagatai como Jagatai, Ogedai como Ogdai. Seu último filho foi Tolui, algumas vezes escrito como Tule.

Além da princesa xixia, algumas vezes Gêngis aceitou esposas dadas pelos inimigos vencidos. Um de seus últimos decretos tornou todos os filhos legítimos, mas a lei não pareceu afetar o direito de herança entre seus próprios filhos.

As cidades cercadas por muralhas sempre foram problema para Gêngis. Na época do ataque a Yenking, a cidade era rodeada de povoados-fortaleza contendo armazéns e um arsenal. Havia fossos ao redor das muralhas da cidade que tinham quase quinze metros de grossura na base, alcançando uma altura igual. A cidade tinha treze portões bem construídos e o que ainda é o canal mais longo do mundo, estendendo-se por mais de mil e seiscentos quilômetros para o sudeste até Hangzhou. A maioria das capitais do mundo tem seu início à margem de um grande rio. Pequim foi construída ao redor de três grandes lagos — Beihei ao norte, Zhonghai (ou Shonghai) no centro e Nanhai ao sul. Pode ser o assentamento humano mais antigo ocupado continuamente, já que foram encontradas evidências de habitantes de meio milhão de anos atrás — o homem de Pequim, como é conhecido algumas vezes.

Na época do ataque de Gêngis através da passagem na Boca do Texugo, Yenking havia passado por um período de crescimento que resultou em muralhas com oito quilômetros de circunferência e uma população de um quarto de milhão de habitações, ou aproximadamente um milhão de pessoas. É possível imaginar até meio milhão a mais, que não apareceria em qualquer contagem oficial. Mesmo assim, a famosa Cidade Proibida, dentro das muralhas, e o Palácio de Verão do imperador (destruído por soldados britânicos e franceses em 1860) ainda não haviam sido construídos. Hoje a cidade tem uma população de aproximadamente *quinze* milhões de pessoas e é possível atravessar de carro o desfiladeiro que um dia abrigou uma das batalhas mais sangrentas da história. Esta é outra data conhecida: 1211 d.C. Nesse ponto, Gêngis era líder de seu povo havia cinco anos. Estava no auge da forma física e lutou junto com seus homens. É improvável que tivesse muito mais de quarenta anos, mas podia estar até mesmo com trinta, como escrevi aqui.

A batalha do desfiladeiro Boca do Texugo é considerada uma das maiores vitórias de Gêngis. Enfrentando um número tremendamente maior de soldados e incapaz de manobrar, mandou homens flanquearem o inimigo escalando montanhas que os jin consideravam intransponíveis. A cavalaria jin foi obrigada a debandar contra suas próprias fileiras impelida pelo cavalo mongol e, até mesmo dez anos depois, esqueletos cobriam o chão por *cinquenta quilômetros* ao redor daquele local. Com os problemas usuais da pronúncia anglicizada, o desfiladeiro é conhecido em obras antigas como Yuhung, que pode ser traduzido aproximadamente como Texugo.

Tendo perdido a batalha, o general Zhi Zhong de fato retornou e matou o jovem imperador, nomeando outro enquanto governava como regente.

A cidade de Yenking foi construída para ser inexpugnável e havia quase mil torres de guarda nas muralhas. Cada uma era defendida por enormes balistas que podiam disparar flechas gigantescas até a um quilômetro de distância. Além disso, possuíam catapultas capazes de disparar cargas pesadas por centenas de metros por cima das muralhas. Tinham pólvora e estavam começando a usá-la na guerra, mas nessa época ela teria formado parte das defesas. Suas catapultas podiam lançar potes de argila cheios de óleo destilado — petróleo. Atacar uma cidade-fortaleza assim teria partido a espinha do exército mongol, por isso eles optaram por devastar o país ao redor e fazer Yenking passar fome até a rendição.

Isso demorou quatro anos, e os habitantes de Yenking eram obrigados a comer seus próprios mortos na época em que abriram os portões e se renderam, em 1215. Gêngis aceitou a rendição junto com tributos de valor inimaginável. Depois viajou de volta às planícies de sua juventude, como fez durante toda a vida. Com o fim do cerco, o imperador fugiu para o sul. Apesar de não retornar pessoalmente, Gêngis mandou um exército à cidade, para se vingar. Partes de Yenking queimaram durante um mês.

Apesar de seu ódio pelos jin, não seria Gêngis que iria vê-los serem ocupados e subjugados finalmente. Isso seria feito por seus filhos e seu neto Kublai. No auge do sucesso, ele deixou a China e foi para o oeste. É verdade que os governantes islâmicos se recusaram a reconhecer sua autoridade, mas Gêngis era um visionário grande demais para reagir sem pensar. É um fato estranho, geralmente exagerado nas histórias, que ele saiu da China quando ela estava pronta para cair a seus pés. Talvez seja simplesmente porque ele foi distraído de seu ódio pelo desafio do Xá de Khwarizm, Ala-ud-Din Mohammed. Gêngis não era homem de deixar um desafio sem resposta. Na verdade, parecia adorá-los.

Ele entendia a ideia de nações e leis, lentamente desenvolvendo seu próprio código, chamado de Yasa.

"Se os grandes, os líderes militares e os líderes dos muitos descendentes do governante que nascerá no futuro não seguirem rigidamente o Yasa, o poder do Estado será despedaçado e chegará ao fim. Não importando o quanto procurem Gêngis Khan, não irão encontrá-lo." — Gêngis Khan

Nisso vemos o visionário capaz de sonhar com nações a partir de tribos dispersas e entender o que significava governar uma terra tão vasta.

O sistema das tendas branca, vermelha e preta foi usado por Gêngis como descrevi. Era uma espécie de propaganda, destinada a fazer as cidades caírem rapidamente, por medo. Como as pastagens sempre eram uma questão importante para os rebanhos mongóis, os cercos prolongados deveriam ser evitados, se possível. Eles não se adequavam ao temperamento nem ao estilo de guerra de Gêngis, onde a velocidade e a mobilidade eram fatores centrais. De modo semelhante, impelir inimigos na direção de uma cidade para esgotar seus recursos é de um bom senso implacável. Em alguns sentidos, Gêngis era o pragmático definitivo, mas uma característica da guerra mongol vale ser mencionada: a vingança. A frase "Perdemos muitos homens bons" costumava ser usada para justificar um ataque total depois de um revés.

Ele também se dispunha a tentar novas técnicas e armas, assim como a lança longa. O arco sempre seria a principal arma da cavalaria mongol, mas eles usavam a lança exatamente como os cavaleiros medievais, como uma arma de carga pesada tremendamente bem-sucedida, contra a infantaria ou outros cavaleiros.

O logro é outra chave para entender muitas vitórias mongóis. Gêngis e os homens sob seu comando consideravam uma luta direta quase digna de descrédito. As vitórias trazidas pela esperteza traziam muito mais honra, e eles sempre procuravam um modo de enganar o inimigo, fosse com uma retirada falsa, reservas ocultas ou até mesmo bonecos de palha sobre cavalos extras, para dar a ilusão de reservas que eles na verdade não possuíam. Pode ser interessante considerar que Baden-Powell usou exatamente a mesma abordagem na defesa de Mafeking, sete séculos depois, com campos minados de mentira, mandando os homens colocarem arame farpado invisível e todo tipo de truques e ardis. Algumas coisas não mudam.

O incidente em que Jelme sugou o sangue do pescoço de Gêngis é interessante. Não sobrevive qualquer menção a veneno, mas de que outro modo o ato pode ser explicado? Não é necessário sugar sangue coagulado de um ferimento no pescoço. Isso não ajuda na cura e, de fato, poderia estourar paredes de artérias que já estivessem fracas com o corte. O incidente histórico aconteceu antes do que coloquei aqui, mas foi tão extraordinário que não pude deixar de fora. É o tipo de incidente que costuma ser reescrito na história, mas talvez uma tentativa de assassinato parcialmente bem-sucedida fosse considerada desonrosa.

Um acontecimento das histórias que não usei foi quando um homem das tribos, banido e faminto, pegou o filho mais novo de Gêngis, Tolui, e sacou uma faca. Não podemos saber o que ele pretendia, porque foi rapidamente morto por Jelme e outros. Esses acontecimentos podem ajudar a explicar por que, quando mais tarde os mongóis entraram em contato com os Assassinos Árabes originais, foram às últimas consequências para destruí-los.

Gêngis não era invencível, nem de longe, e foi ferido muitas vezes em batalhas. No entanto, a sorte estava sempre com ele, e ele sobreviveu repetidamente — talvez merecendo a crença que seus homens tinham, de que ele era abençoado e destinado a conquistar.

Uma nota em relação às distâncias percorridas: uma das principais vantagens do exército mongol era que ele podia aparecer praticamente em qualquer lugar, num ataque surpresa. Há registros bem atestados de ele ter coberto novecentos e cinquenta quilômetros em nove dias, a cento e dez quilômetros por dia, ou corridas mais extremas de duzentos e vinte quilômetros num dia, com o cavaleiro ainda em condições de continuar. As maiores cavalgadas implicavam mudanças de pôneis, mas Marco Polo registra mensageiros mongóis percorrendo quatrocentos quilômetros entre o nascer e o pôr-do-sol. No inverno, os pôneis incrivelmente resistentes eram soltos. Comiam neve suficiente para satisfazer a sede e cavavam através dela para encontrar alimento por baixo. Quando o monge franciscano John de Plano Carpini atravessou as planícies para visitar Kublai Khan, na época em Karakorum, os mongóis o aconselharam a trocar seus cavalos por pôneis mongóis, caso contrário poderia vê-los morrerem de fome. Eles não tinham esse tipo de preocupação com os pôneis. Os cavalos ocidentais têm sido criados para a força bruta, em raças como a Suffolk Punch, ou para velocidade em corridas. Nunca foram criados para a resistência.

O incidente da queda das pétalas é verdadeiro. Até seis mil jovens se jogaram das muralhas de Yenking para não verem a cidade cair diante do invasor.

Este livro foi composto na tipografia
Rotis Serif, em corpo 11/15, e impresso em
papel off-set no Sistema Digital Instant Duplex
da Divisão Gráfica da Distribuidora Record.